LA PETITE LIBRAIRIE DE RIVERSIDE DRIVE

Titre original : *Bokhandeln på Riverside Drive*

Traduit du suédois par Sophie Jouffreau

10, place des Cinq-Martyrs-du-Lycée-Buffon
75015 Paris – France
www.editionscharleston.fr

ISBN : 978-2-36812-893-0

Maquette : Patrick Leleux PAO

Charleston s'engage pour une fabrication écoresponsable ! Amoureux des livres, nous sommes soucieux de l'impact de notre passion et choisissons nos imprimeurs avec la plus grande attention pour que nos ouvrages soient imprimés sur du papier issu de forêts gérées durablement.

Pour suivre notre actualité, rejoignez-nous sur Facebook (Éditions.Charleston), sur Twitter (@LillyCharleston) et sur Instagram (@LillyCharleston) !

LES LECTRICES ONT AIMÉ !

« Secrets de famille, librairie londonienne et double temporalité : tous les ingrédients sont réunis pour passer un moment magique hors du temps. »
Sophie, de @ducafeetdeslivres

« Un roman feel-good parfait : léger, chaleureux et divertissant. J'ai adoré cette librairie londonienne et les innombrables références à la littérature qui ponctuent le récit. Je le recommande aux amoureux des livres. »
Julie, de @julie_jelis

« J'aime ces romans qui mettent en valeur un lieu aussi magique et essentiel que la librairie, j'aime leur faculté à mettre en lumière l'importance de ce havre de paix, ce lieu de rencontres. Si vous souhaitez une lecture agréable et fluide au cœur de l'amour des mots où l'odeur du papier transparaît à chaque ligne, alors bienvenue ! »
Léa, de @leatouchbook

« Un bon petit feel-good avec des ingrédients parfaits pour en faire une très bonne lecture : une librairie, Londres, des références à Harry Potter et à la lecture et des secrets de famille qu'on a envie de percer. »
Cindy, de @_enlivresque_

« C'est une lecture très douce, cocooning. L'histoire se passe dans une petite librairie ancienne, je me suis sentie comme dans une "safe place". »
Émilie, de @leslivresdemilie

« C'est un roman émouvant qui traite des sujets forts tels que la famille, l'amour et le partage. L'autrice signe un roman à la fois divertissant et poignant qui ne laisse pas indifférent, surtout pour nous, passionnés de lecture… »
Candice, de @madame.bovarysme

« On aime se balader dans Londres et accompagner la protagoniste dans sa reconstruction. Il y a de l'humour, c'est fin. J'ai adoré l'histoire ancrée dans les livres. C'était une très belle lecture, de celles qui touchent, avec des personnages qu'on regrette de quitter. »
Manon, de @manonlitaussi

« Un roman frais, plein d'humour, d'amour et de littérature. Un cocktail qui fonctionne et qui m'a fait passer un très joli moment. »
Louise, de @livresse_delire_delivre

« Nouvelles amitiés, secrets de famille et ambiance petite librairie charmante, poussiéreuse et débordante de romans en tous genres. L'autrice nous y instille des références littéraires délicieuses, des plus connues et cultes aux plus contemporaines. »
Camille, de @leschamoureux

Pour en savoir plus sur les Lectrices Charleston, rendez-vous sur la page www.editionscharleston.fr/lectrices-charleston

Frida Skybäck

LA PETITE LIBRAIRIE DE RIVERSIDE DRIVE

Roman

Traduit du suédois par Sophie Jouffreau

CHARLESTON

1

Mercredi 24 août

PENDANT QUELQUES BIENHEUREUSES SECONDES, Martinique s'imagina la joie de Sara quand elle découvrirait la belle couverture de la nouvelle édition de Mrs Dalloway – avant d'être rattrapée par la brutale réalité. Du bout des doigts, elle caressa doucement le dos souple du livre et le serra contre sa poitrine.

Près d'un mois s'était écoulé depuis la mort de son amie, pourtant Martinique se surprenait encore à penser à Sara comme si rien ne s'était passé. Chaque fois qu'elle voyait, dans la vitrine de la boulangerie, les gros scones aux canneberges que Sara aimait tant, il lui prenait l'envie d'entrer lui en acheter ; ce n'est qu'après un court laps de temps qu'elle se rappelait ce qui s'était passé.

Anéantie, elle se laissa tomber sur une chaise derrière le grand comptoir en chêne de la librairie. Son mari avait essayé de la tranquilliser : ce qu'elle ressentait n'avait rien d'anormal. Suite à la perte d'un être cher, son cerveau avait simplement besoin de temps pour intégrer l'information. Ses explications rassurantes n'avaient rien changé. À chaque fois, Martinique se sentait aussi désemparée.

Elle se saisit d'un journal oublié sur le comptoir et s'en servit comme d'un éventail. La moiteur de cette fin d'été la faisait se sentir à peu près aussi fraîche qu'une éponge mal essorée. Sa fille Angela l'avait empêchée de dormir la moitié de la nuit avec sa musique assourdissante et elle avait dû se lever particulièrement tôt pour conduire ses trois neveux à l'école puisque sa sœur Marcia avait un cours de tennis qu'elle ne pouvait manquer sous aucun prétexte.

Martinique porta une main à son front et se massa les tempes. Qui était assez fou pour réserver une leçon de tennis à huit heures du matin ?

Elle se passa une mèche de cheveux derrière l'oreille en soupirant. Selon Paul, elle se montrait bien trop généreuse envers Marcia. Il avait peur qu'elle ne finisse par s'épuiser, mais Martinique ne pouvait tout simplement rien refuser à sa sœur. Le divorce de Marcia avec Richard avait été particulièrement éprouvant et elle avait besoin de ses leçons de tennis autant que de ses opérations de bienfaisance pour ne pas perdre complètement les pédales. Puisque son ex-mari l'avait trompée avec la baby-sitter, Marcia ne voulait embaucher personne pour l'aider avec les enfants. Martinique était la seule en qui elle ait confiance.

Martinique jeta un regard oblique à l'imposant chat norvégien occupé à lécher son abondante fourrure grise sur son étagère favorite – l'étagère Abigail, où étaient rangés les essais de A à K. Au fond, elle ne rêvait que de rentrer à la maison, d'ouvrir une bouteille de vin et de s'endormir devant la télé, mais elle avait promis d'aller chercher Spencer à son entraînement de cricket pour que Marcia n'ait pas à trimballer Sterling et Edison jusqu'au gymnase. En temps normal, Paul aurait plaisanté sur le fait que Marcia n'avait qu'à envoyer une limousine. Avec tous les millions qu'elle avait touchés à la suite du divorce, cela aurait été infiniment plus simple que de demander à sa sœur de traverser la moitié de Londres à l'heure de pointe, mais il ne serait jamais venu à l'idée de Martinique de proposer une chose pareille. Elle qui avait toujours eu du mal à dire non à Marcia ne pouvait pas se le permettre alors qu'elle traversait une si mauvaise passe. Pour la paix des ménages, elle s'efforçait de ne pas montrer à Paul qu'elle passait son temps à se plier en quatre pour sa sœur.

— Mais d'abord, dit Martinique avec amour, il faut réussir à faire rentrer ce cher matou dans la voiture.

Quand Tennyson remarqua qu'elle le regardait, il s'étira et se mit à ronronner. Il avait vécu à Riverside Drive depuis le jour où Martinique, quelques années auparavant, l'avait trouvé en train de miauler devant la porte d'entrée. Trempé et hirsute, il s'était précipité entre ses jambes pour aller se cacher derrière une bibliothèque jusqu'à ce que Sara finisse par l'attirer hors de sa cachette avec une assiette de hareng acheté chez le poissonnier au Borough Market voisin.

De toute évidence, Tennyson était un pure race et il portait un collier, elles étaient certaines que son propriétaire ne tarderait pas à se manifester. Ce soir-là, elles étaient restées à la librairie bien au-delà de l'horaire de fermeture, mais personne n'était venu. Le lendemain matin, Sara téléphona à tous les vétérinaires des environs, contacta la police et colla des affiches dans le quartier, sans résultat. C'était tout à fait providentiel, car Tennyson devint vite un membre de la famille, et bientôt, plus personne ne se rappela à quoi ressemblait la librairie avant que le gros chat gris n'ait élu domicile entre les rayonnages.

Martinique se dirigea vers Tennyson et s'accroupit en faisant tinter les perles arc-en-ciel qu'elle portait autour du cou. Tant qu'il était autorisé à rester dans la librairie, il était le chat le plus gentil au monde, mais depuis que Sara n'y habitait plus, elle se sentait obligée de l'emmener avec elle le soir.

— Viens là, minou, dit-elle doucement. C'est l'heure de rentrer à la maison.

Tennyson plissa les yeux et la gratifia d'un regard indigné comme s'il l'avait parfaitement comprise et qu'il voulait lui répondre : « Ma bonne dame, sachez que la maison mitoyenne où vous me traînez tous les soirs n'est pas la mienne. C'est ici que j'habite. »

Martinique soupira. Chaque soir, le même cinéma : elle devrait user des ruses habituelles pour le faire entrer dans sa cage de transport et n'aurait ensuite pas d'autre choix que d'écouter sa complainte pendant tout le trajet.

Elle approcha sa main avec prudence et caressa Tennyson entre ses grandes oreilles à plumets. Le pauvre n'avait pas l'air d'avoir intégré quoi que ce soit, lui non plus. Même après plusieurs semaines, il continuait de monter à l'étage de la librairie où se trouvait l'appartement de Sara, se faufilait par la chatière et se plantait devant la porte de sa chambre d'où il poussait des miaulements aigus, comme si sa maîtresse s'était retirée un instant pour avoir la paix et qu'elle pouvait ressortir à tout instant. Martinique se leva péniblement. Son corps malmené depuis plusieurs semaines semblait prendre sa revanche : sa nuque et ses épaules la faisaient particulièrement souffrir. Ces derniers temps, elle n'avait pas eu le temps de souffler une minute.

Une main sur son épaule la plus douloureuse, elle rangea le cahier de commandes dans la caisse. Elle ne l'avouerait jamais à personne, mais parfois, elle en voulait à Sara d'être morte aussi soudainement. Si son amie lui avait dit tout de suite à quel point elle était malade, elles auraient au moins eu le temps de se préparer à l'inéluctable, au lieu de quoi elle avait préféré taire son diagnostic jusqu'au dernier moment. Personne, dans son entourage, n'aurait pu deviner qu'elle était condamnée.

Ce n'est que plus tard, lorsque Martinique reçut la fameuse lettre, qu'elle comprit que Sara avait toujours su qu'elle ne s'en sortirait pas, mais que têtue comme elle était, elle avait tout gardé pour elle. Elle se justifiait dans la lettre : il était hors de question que la maladie mette en sourdine ses derniers instants de vie. Elle voulait que tout soit comme à l'accoutumée. Par conséquent, aucun de ses amis n'était préparé à la voir partir quand son heure fut venue.

Martinique fut parcourue d'un frisson quand elle repensa au coup de téléphone qu'elle avait reçu de bon matin pendant ses vacances. Elle avait été choquée au point de ne pas réussir à s'habiller seule. Paul lui avait enfilé une robe et brossé les cheveux avant de la conduire à l'hôpital.

Le plus grand regret de Martinique était de n'avoir pas eu plus de temps pour faire ses adieux à Sara. Elle était heureuse d'avoir pu vivre avec elle ces précieuses dernières quarante-huit heures, mais elle n'avait pas trouvé digne de lui dire au revoir dans cette chambre d'hôpital glaciale où le corps de son amie, pâle et méconnaissable, était percé de toutes sortes de tuyaux.

Comme pour chasser ces pensées détestables, Martinique prit une profonde inspiration. Elle avait encore du mal à retrouver un mode de fonctionnement normal après ce qui s'était passé. Puisqu'elle était celle qui avait travaillé le plus longtemps à Riverside, il lui incombait la responsabilité de s'occuper de Tennyson et de la librairie jusqu'à ce que la nièce de Sara qui avait hérité de la maison, Charlotte, fasse son apparition. L'autre employée du magasin, Sam, ne travaillait qu'à mi-temps, et l'argent manquait pour lui donner plus d'heures. Par ailleurs, Sam était plutôt du genre étourdi, et les rares fois où on lui avait demandé de recevoir une livraison ou de passer une grosse commande, l'opération s'était soldée par une petite catastrophe.

Tant pis si Martinique était exténuée et ne parvenait plus à passer une nuit correcte, c'était à elle de veiller à ce que la librairie ouvre chaque jour comme d'habitude. À dix heures pile tous les matins, elle déverrouillait la lourde porte de verre, sortait le petit fanion sur la façade et retournait le panneau accroché derrière la vitrine pour que les visiteurs soient accueillis par un « Bienvenue » ensoleillé.

Martinique passa un chiffon humide sur le comptoir où Parnella et Herbert étaient accoudés quelques heures auparavant. Sans le joyeux défilé quotidien des amis de Sara qui entraient dans la boutique pour boire un café et discuter, elle ne sait pas si elle aurait eu la force de continuer. Ce sont eux qui, chaque matin, donnaient à Martinique une raison de se réjouir de la journée à venir. De plus, ces allées et venues donnaient l'impression que la boutique était pleine de clients, ce qui, elle l'espérait, en attirerait davantage à l'intérieur. Et Dieu savait que la librairie en avait besoin.

La main crispée sur le chiffon, elle essaya de faire disparaître les auréoles laissées par les tasses de café. Les ventes de livres avaient déjà connu un ralentissement avant le départ de Sara, mais on pouvait désormais parler d'un effondrement. Elle avait beau redoubler d'efforts – donner des conseils de lecture à tous ceux qu'elle croisait, organiser des campagnes publicitaires et mettre les nouveautés bien en évidence dans la vitrine, la situation était toujours aussi critique.

Martinique n'était pas suffisamment au fait des finances de Riverside pour savoir précisément ce qu'il en était, mais l'érosion des ventes était de mauvais augure. Que se passerait-il si Riverside cessait d'être rentable ? La nièce de Sara aurait-elle vraiment envie de reprendre l'affaire ?

Cette pensée la rendit presque malade. Elle ne connaissait pas Charlotte, mais elle espérait que Sara savait ce qu'elle faisait en décidant de tout léguer à sa nièce. Si la librairie devait fermer, Martinique ne perdrait pas seulement la seule chose qui lui restait de Sara, mais aussi son travail ; et une femme d'âge moyen n'ayant pas d'autres qualifications qu'un diplôme de lettres avait peu de chances d'être convoitée sur le marché du travail britannique.

Tennyson émit un miaulement discret et Martinique le caressa du regard. Il était bientôt temps de rentrer. Il aurait voulu ne jamais quitter la librairie, mais Martinique n'osait pas l'y laisser tout seul de nuit. Non qu'elle craignait qu'il puisse être volé. *Qu'on essaye seulement !* pensa-t-elle en regardant les marques de griffures sur sa main gauche. En revanche, elle redoutait de laisser le fauve sans surveillance dans la petite librairie. Chez elle, il avait déjà dépiauté un canapé et dézingué plusieurs tringles à rideaux.

Elle examina l'animal apathique qui avait été si turbulent et plein de vie par le passé.

— Elle me manque à moi aussi, murmura-t-elle.

Tennyson cligna des yeux en guise de réponse et plongea la tête la première vers les planches de bois brut du parquet. Délicatement, Martinique posa la cage devant lui et en entrouvrit la porte.

— Je vais juste m'assurer que rien n'est resté allumé. Ce serait vraiment super si tu étais dans la cage à mon retour.

Elle se fendit d'un sourire enjôleur, mais les chances que Tennyson entre de lui-même dans la cage étaient à peu près aussi grandes que celles de gagner le gros lot à l'EuroMillions.

Martinique fit une dernière ronde dans la librairie pour s'assurer que tout était à sa place. Elle appréciait ce moment de quiétude juste avant de fermer boutique. Dans le silence et l'obscurité, elle pouvait presque sentir la présence de Sara.

Elle leva sa main à hauteur des étagères et effleura du doigt le dos des volumes bien alignés. Riverside avait appartenu à Sara pendant plus de vingt-cinq ans, et chaque meuble, chaque bibelot qui s'y trouvaient la lui rappelaient. Le vieil escalier en bois avec sa rampe sculptée à la main que Sara, prise d'une lubie après avoir vu un film français, avait repeint en vert petit-pois, les fauteuils en velours délabrés qu'elle s'entêtait à retapisser au lieu d'en acheter des neufs et les tasses dépareillées qu'elle avait accumulées dans la cuisine au cours des années, chaque détail disait quelque chose de Sara. Elle avait adoré cette ancienne librairie et aimait raconter à qui voulait l'entendre sa fabuleuse histoire.

Le tout premier propriétaire, le pasteur Waters, avait ouvert The Riverside Bookshop près d'un siècle auparavant avec la volonté de répandre la bonne parole humaniste par la littérature. Il marqua la librairie de son empreinte en construisant lui-même les douze énormes bibliothèques qu'il dédia à chacun de ses douze enfants. En y regardant de près, on pouvait lire, sur chaque étagère, le nom d'un enfant gravé sur une petite étiquette de laiton ; et lorsqu'un habitué de la librairie cherchait un ouvrage, il suffisait au pasteur de lui lancer un très commode « Regardez là-bas du côté de Joséphine. »

Les fauteuils furent offerts à la librairie après qu'elle eut servi de refuge à des enfants d'origine caribéenne, qui, au cours des longs mois de l'été 1958, n'avaient pas pu jouer dehors puisque des milices d'extrême droite patrouillaient dans les rues. Les propriétaires de l'époque, Mr et Mrs Mantle, manifestement préoccupés par le sort des jeunes du quartier, leur aménagèrent des coins de lecture et des ateliers de travaux manuels pour les occuper après l'école jusqu'au retour de leurs parents. En guise de remerciement, les familles s'étaient cotisées pour leur offrir quatre fauteuils d'artisan aux dossiers piqués et aux pieds torsadés, qui n'avaient jamais quitté Riverside depuis.

Martinique s'assura que la porte du bureau était bien fermée à clef et sourit en voyant la banderole appuyée contre le mur. Sara, mue par les mêmes velléités d'action sociale que ses prédécesseurs, avait toujours laissé grandes ouvertes les portes de la petite librairie qui avait continué d'être un lieu de rencontre pour les habitants du quartier. Ils s'y retrouvaient pour discuter des questions locales, organiser des festivals culturels, ou rassembler des fonds quand les élèves de l'école St Andrews, située à deux pas, n'avaient pas les moyens de faire leur excursion annuelle à Brighton – et même, parfois, pour préparer une manifestation.

Mais les temps changeaient. À peu près au même moment où Martinique avait commencé à travailler à Riverside, la solidarité de voisinage s'était peu à peu délitée. Les riverains de la librairie n'avaient plus le temps de s'engager. Ils étaient trop occupés à vivre et Martinique les comprenait. Elle-même était épuisée d'avance à l'idée de toutes les activités qu'elle était censée aider à organiser, en plus des gâteaux à préparer et des billets de loterie à acheter pour l'école d'Angela.

Martinique fit une ronde supplémentaire dans la cuisine pour vérifier que la machine à café était bien éteinte. Malgré tous les changements dans le quartier, Sara avait continué à arranger des soupes populaires et des discussions de groupe dans la librairie et depuis sa mort, les fidèles de Riverside se trouvaient dans les limbes. Ils attendaient l'arrivée de Charlotte, qui, d'après l'avocat de Sara, allait débarquer d'une minute à l'autre.

Martinique caressa tendrement *Blonde* de Joyce Carol Oates oublié dans un des fauteuils avant de le remettre à sa place dans la bibliothèque Louisa. Malgré tous ses efforts pour rester positive, elle se faisait un sang d'encre au sujet de Charlotte et de ce qu'elle allait penser de la librairie. Elle-même avait toujours considéré Riverside comme l'un des plus beaux endroits de Londres. Elle adorait le charme de sa décoration fin-de-siècle : les moulures sculptées à la main en bois foncé, le plancher massif, la vieille cheminée et sa tablette de marbre vert, et cette vue incroyable sur la Tamise – mais tout d'un coup, les défauts lui sautaient aux yeux. Et puis elle trouvait un peu étrange que la nièce de Sara ne se soit toujours pas manifestée. Il y avait un risque qu'elle n'ait pas du tout envie de s'occuper d'une librairie.

Martinique resserra l'étreinte de sa main sur le chiffon. Paul lui avait conseillé de ne pas ruminer ce genre de pensées, mais ça n'était pas si facile quand toute son existence semblait comme en suspens.

Son regard las vint se fixer sur une plinthe cassée. Ils devraient probablement mener une offensive de charme pour convaincre Charlotte que la librairie valait largement la peine qu'on s'y investisse. Elle en avait longuement parlé avec Sam, et avec William, qui louait l'appartement à l'étage, afin qu'ils mesurent la gravité de la situation. Si la nièce de Sara n'était pas séduite par ce qu'elle découvrirait, il n'y aurait plus qu'à vendre la maison au plus offrant.

À la seule pensée que l'œuvre de toute la vie de Sara serait perdue, Martinique sentit ses entrailles se nouer. Coûte que coûte, il faudrait faire comprendre à Charlotte combien la librairie était unique et essentielle.

Son regard se posa sur Tennyson, installé à sa place habituelle. Convaincre Charlotte d'adopter le chat de Sara serait une autre paire de manches. Enfin, qu'en savait-elle. La nièce de Sara avait peut-être un faible pour les vieux chats mal dégrossis.

— Désolé bonhomme, maintenant on y va.

Martinique attrapa son sac à main et fit un signe de tête en direction de la cage.

— Si vous voulez bien vous donner la peine…

Tennyson lui lança un regard amusé et roula sur le flanc. Il n'avait visiblement pas l'intention de coopérer.

Martinique poussa un long soupir sonore et se mit à genoux. Glissant ses mains sous le ventre replet de l'animal, elle le souleva et le posa délicatement dans sa cage. Tennyson n'opposa aucune résistance, mais il ne fit rien pour l'aider ; à peine la porte fermée, elle l'entendit miauler et fut aussitôt rattrapée par sa mauvaise conscience.

— Allons, on revient demain, dit-elle d'un ton qui se voulait rassurant, et avec un peu de chance, Charlotte sera là elle aussi, plus merveilleuse encore que sa tante.

En prononçant ces mots, sa voix se brisa. Elle espérait vraiment que Charlotte soit en route, car elle ne savait pas combien de temps elle tiendrait toute seule.

Croisant le regard plaintif de Tennyson à travers les barreaux, elle ajouta :

— Il y a du thon à la maison, tu en auras si tu es sage.

— Elle s'efforça de prendre un air sévère, mais elle savait déjà comment cela allait finir. D'ici quelques heures, Tennyson aurait englouti les deux dernières boîtes de thon dont l'odeur envahirait toute la cuisine, car même si elle avait toujours trouvé que Sara le gâtait au-delà du raisonnable, elle n'avait pas le cœur à dire non à celui qui venait juste de perdre sa fidèle compagne.

2

CHARLOTTE CHERCHA LE 187, RIVERSIDE DRIVE dans le GPS de son téléphone. Chaque fois qu'elle le sortait, elle devait résister à la tentation d'appeler en Suède pour demander à son collègue Henrik s'il avait pu avancer sur la to-do list qu'elle lui avait laissée.

Dans le vacarme du trafic incessant, elle caressa du bout de l'ongle la coque de son téléphone. En réalité, il n'y avait rien de très important sur cette liste, mais toute seule en plein centre de l'une des plus grandes métropoles du monde, elle avait envie d'entendre une voix familière.

Pendant un bref instant, Charlotte effleura du doigt la touche verte de son portable avant de changer d'avis et de se concentrer à nouveau sur son itinéraire. Henrik ne se gênerait pas pour se moquer d'elle si elle lui passait son premier coup de fil quelques heures à peine après avoir atterri.

Charlotte se remit à marcher et ce n'est qu'après avoir trébuché sur le rebord d'un trottoir qu'elle leva les yeux de son téléphone. D'imposants gratte-ciel scintillaient dans le soleil de septembre, les vibrations d'un métro se faisaient sentir sous ses pieds pendant que des taxis noirs et dodus filaient devant elle à contresens de celui auquel elle était habituée. Charlotte regarda autour d'elle avec un air troublé. *C'est donc ça, Londres,* eut-elle le temps de penser avant de baisser les yeux sur son écran.

Au fond, elle aurait préféré rester à la maison et régler cette affaire par téléphone. Depuis plus d'un an qu'Alex était parti, elle avait dirigé l'entreprise seule et s'était enterrée sous une montagne d'obligations professionnelles. Alors qu'elle commençait tout juste à trouver un équilibre, elle avait encore beaucoup de mal à lâcher prise. Seule dans sa bulle, elle s'oubliait dans le travail et trouvait plutôt agréable de rester à l'écart de tout le reste.

Agnetha Wislander, la psychothérapeute que son médecin lui avait plus ou moins ordonné d'aller consulter, lui avait demandé s'il était vraiment nécessaire qu'elle travaille autant. Derrière ses lunettes dernier cri portées nonchalamment sur le bout du nez, elle avait déclaré à Charlotte qu'elle la soupçonnait de se servir de son travail comme d'une excuse pour ne pas être dans l'instant présent. *Si j'avais été dans l'instant présent, je serais morte de honte d'avoir fait appel à vous,* avait alors pensé Charlotte. Elle avait toujours été du genre à s'en sortir par ses propres moyens, et la seule pensée qu'un de ses collaborateurs apprenne qu'elle suivait une thérapie lui donnait des crampes d'estomac.

Être *dans l'instant présent* était l'une des expressions favorites d'Agnetha, et sa réponse à la plupart des souffrances humaines. Elle semblait convaincue que les exercices de pleine conscience qu'elle prescrivait à tire-larigot, comme de mâcher un raisin sec pendant dix minutes pour en apprécier *vraiment* le goût, étaient à même de tout guérir, d'une simple migraine à une rupture du tendon d'Achille.

Même si Charlotte protestait et refusait d'admettre qu'elle noyait son chagrin dans le travail, elle savait, au fond, qu'Agnetha avait raison. Le travail était la seule chose qui l'aidait à oublier ce qui s'était passé et maintenant qu'elle avait enfin repris le contrôle sur sa vie, elle ne voulait pas risquer de le perdre à nouveau.

Ce fut encore pire lorsque Agnetha avait pivoté sur sa chaise de bureau vert pomme et demandé à Charlotte avec qui elle passait son temps libre. Il était manifestement vital de mener une vie sociale trépidante, une règle à laquelle personne ne pouvait échapper, même pas une veuve comme Charlotte.

— Pensez-vous que passer autant de temps seule vous fait du bien ? avait demandé Agnetha de sa voix de thérapeute la plus douce en inclinant la tête.

À cette question, le ventre de Charlotte s'était noué. Que pouvait-elle répondre à cela ? Non, bien sûr qu'elle n'avait pas envie d'être seule pour le restant de ses jours, mais elle n'était pas prête à faire la connaissance de quiconque pour le moment. De plus, les chances de rencontrer quelqu'un d'aussi formidable qu'Alex étaient en principe infimes, voire nulles. Pour autant, elle n'était pas particulièrement enthousiaste à l'idée de n'avoir ni famille, ni amis, ni enfants, car elle n'aurait probablement jamais la joie d'être mère maintenant que son mari était mort.

Charlotte sentait qu'elle perdait la raison lorsqu'elle repensait à toutes les fois où elle et Alex avaient formé un projet d'enfant. Ce n'était jamais le bon moment ; l'entreprise, en pleine phase de développement, requérait toute leur attention et ils finissaient généralement par se mettre d'accord pour attendre *un an de plus,* persuadés qu'ils avaient tout leur temps. Mais cette année tant attendue avait eu le temps de passer plusieurs fois et à présent elle se retrouvait sans rien. Enfin, ce n'était pas tout à fait exact. Elle avait toujours l'entreprise. C/O[1] Charlotte était tout ce qui lui restait d'Alex et Charlotte n'avait aucune intention de la perdre.

À la fin de chaque consultation, Agnetha mordait son crayon à papier en signe de concentration extrême, avant de faire une suggestion parfaitement extravagante qui prouvait à quel point elle connaissait mal Charlotte. La dernière fois, elle lui avait proposé de prendre des cours de danse.

— C'est la meilleure façon de faire des rencontres ! déclara-t-elle toutes dents dehors, faisant tournoyer son crayon pendant que Charlotte secouait la tête.

Elle ne pouvait rien imaginer de pire que d'être forcée de se trémousser avec un étranger qui, selon toute vraisemblance, aurait les mains moites et des morpions.

Ce qu'Agnetha n'avait pas l'air de comprendre, c'est que si elle avait eu le choix, Charlotte ne se serait même plus donné la peine de sortir de chez elle. Et pourtant elle était là. À Londres. À des milliers de kilomètres de son domicile. Lorsque Agnetha l'apprendrait, elle se mettrait probablement à sauter de joie. S'isoler dans une ville qui comptait plus de huit millions d'habitants était impossible ; le risque d'attraper des morpions avait d'ailleurs sensiblement augmenté depuis qu'elle avait posé le pied à l'aéroport.

---

1. *Care of* : « Aux bons soins de » (Toutes les notes sont de la traductrice).

Charlotte frémit quand elle pensa au nombre de maladies qui devaient circuler dans une ville aussi densément peuplée et jura en silence en essayant de faire pivoter la carte sur son GPS qui ne cessait de s'orienter dans le mauvais sens. En fait, tout était de la faute de ce notaire. Il lui avait paru si autoritaire au téléphone, avec son accent britannique hyper snob, en prenant bien soin d'insister sur chaque voyelle. Charlotte l'imaginait, assis à son bureau avec vue sur Buckingham Palace, se faire servir le thé par son majordome. Il portait probablement un monocle et une moustache en guidon de vélo.

— Vous deviez compter énormément pour votre tante puisqu'elle vous a légué tout le bâtiment, y compris la librairie, Mrs Rydbgerg, avait-il dit.

Non, avait voulu répondre Charlotte, *je n'ai jamais compté pour elle puisqu'elle ne me connaissait pas. Nous ne nous sommes jamais rencontrées.* Mais elle avait à peine eu le temps d'émettre un bégaiement que le notaire avait raccroché le combiné.

Peu importe que toute cette histoire ressemble à un poisson d'avril. Si un notaire britannique décroche son téléphone pour vous annoncer que vous avez hérité de la maison d'un proche plus ou moins lointain, il n'y a pas à tortiller, vous y allez. C'est ce dont Henrik et Agnetha avaient essayé de la convaincre.

Un homme qui exhalait le parfum bon marché passa devant Charlotte, qui mit instinctivement sa main devant son nez. La journée avait été longue. Toutes les impressions du voyage. Le brouhaha à l'aéroport. Son voisin à bord de l'avion qui voulait *tout* savoir sur elle. (La première chose qu'il lui avait dite en se tournant vers elle : « Commençons par le commencement, où êtes-vous née ? ») La fatigue la fouettait comme une vague en pleine figure. Elle prit appui sur sa valise.

Tout aurait été beaucoup plus simple si elle avait eu Alex avec elle. Il était naturellement doué pour se lier d'amitié avec tout le monde et, il y a huit ans, lorsqu'ils avaient lancé l'entreprise, il avait paru évident qu'Alex serait responsable des échanges avec les clients tandis que Charlotte, qu'il appelait tendrement son « petit génie introverti », se consacrerait au développement des produits.

Charlotte sortit un tube de gel hydroalcoolique de son sac et s'en frotta consciencieusement les mains. Elle se rappelait la fois où Alex et elle étaient descendus en Espagne, dans une usine où la production s'était brutalement interrompue. Charlotte, consciente des problèmes qui surviendraient si les commandes n'étaient pas livrées à temps alors que l'entreprise était encore en phase de lancement, était furibonde, mais Alex, calme comme d'habitude, avait expliqué qu'il était inutile de faire un scandale. Au lieu de quoi, il avait usé de diplomatie avec Juan, le contremaître, apporté une boîte de chocolats à ses deux fils et passé toute la soirée à écouter ses doléances. Quand Alex comprit que Juan avait raison, qu'il faisait trop chaud dans l'usine et qu'il eut promit de faire installer des ventilateurs, il ne fallut pas longtemps avant que la production reprenne.

Juan continua à leur envoyer des nouvelles régulièrement, et quand une carte postale adressée à *Alex et sa famille* atterrit dans la boîte aux lettres à la mi-juillet, ce fut le coup de grâce pour Charlotte. Elle s'était imaginé que tout le monde avait appris l'accident d'Alex, mais manifestement, la nouvelle n'était pas parvenue jusqu'à Grenade.

Un vent tiède s'engouffra au-dessus de la Tamise et Charlotte s'autorisa à s'arrêter un court instant pour profiter de la chaleur. Les gens affluaient de partout et en tous sens, mais personne ne la regardait dans les yeux. Lorsqu'une vieille dame en manteau bleu ciel et à la coiffure élaborée fit tomber son sac de provisions, Charlotte fut la seule à se précipiter à terre pour l'aider à ramasser les pommes.

Charlotte tendit son sac de fruits à la dame en échange d'un sourire reconnaissant tout en essayant d'éviter le flux permanent de passants pressés. Elle n'avait pas l'habitude des bains de foule. En général, Charlotte travaillait de sa maison à la campagne et il se passait souvent plusieurs jours sans qu'elle ne parle à personne d'autre que Henrik. Et à ses adversaires virtuels au Scrabble bien sûr, mais d'après Agnetha, ils ne comptaient pas.

Une petite fille à vélo déguisée en Spider-Man fonça droit sur Charlotte qui dut s'écarter pour ne pas se faire écraser. En vérité, elle n'avait pas de temps à perdre ici à Londres. Elle était en pleine négociation avec plusieurs grandes chaînes de cosmétiques qui souhaitaient proposer ses gammes de produits dans leurs points de vente. Vu les circonstances, Henrik avait suggéré qu'ils attendent un peu avant de passer à cette étape. Il craignait que Charlotte ne travaille trop ; personne ne semblait comprendre qu'elle n'avait pas d'autre choix que de s'occuper. Sa seule option, pour ne pas se laisser rattraper par la réalité jusqu'à devenir une flaque de larmes, était de travailler chaque jour jusqu'à épuisement. De plus, il lui semblait plus important que jamais de concrétiser les rêves d'Alex, car aussi longtemps qu'elle travaillerait sur leur projet commun, il serait, d'une certaine manière, toujours à ses côtés.

La valise de Charlotte tambourina quand elle la fit rouler sur les pavés. Comme elle n'avait aucune idée du temps qu'elle allait passer à Londres, elle l'avait remplie au hasard d'un peu tout et n'importe quoi. Dans le meilleur des cas, elle serait de retour chez elle dès le lendemain, ce qu'elle s'était efforcée d'expliquer à Henrik lorsqu'il avait insisté pour lui réserver une place de concert.

Au fond, toute cette histoire tenait du mystère. Non pas le fait que Henrik ait voulu lui réserver des places de spectacle : il était obsédé par Andrew Lloyd Webber au point qu'il lui était arrivé, sur Ebay, d'enchérir sur un mouchoir dans lequel le compositeur aurait déposé ses miasmes. En revanche, jamais sa mère ne lui avait vraiment parlé de sa sœur aînée Sara, à laquelle elle avait seulement fait allusion en vitesse quelques fois. De ce que savait Charlotte, sa mère n'avait pas été en contact avec sa sœur depuis plusieurs décennies, c'est pourquoi elle avait été plus que surprise de cet héritage inattendu.

Charlotte jeta un œil au fleuve impétueux et faillit perdre l'équilibre à cause d'une bourrasque plus violente que les autres. Le notaire avait précisé que le bâtiment se composait de deux appartements et d'un local commercial et que la librairie, au rez-de-chaussée, avait plus d'un siècle d'existence. Que pourrait-elle bien faire d'une aussi vieille maison ? Et surtout, pourquoi sa tante la lui avait-elle léguée ?

Après la conversation avec Mr Gerald Cook (un nom aux consonances obscènes, selon Charlotte, quoiqu'elle ne fût pas sûre de la prononciation), elle lui avait écrit un long mail dans lequel elle suggérait qu'il mette la maison en location. Mais Mr Cook, sur le même ton sévère qu'il avait pris au téléphone, avait insisté pour qu'elle fasse le déplacement : puisqu'elle avait hérité d'une entité commerciale employant du personnel, il était de son devoir de visiter la librairie avant de prendre une décision. Et Mr Cook avait raison, Charlotte le savait et redoutait cette rencontre qui risquait d'être pénible. Car qu'aurait-elle à offrir aux anciens employés de Sara ? Elle ne pouvait tout de même pas emménager à Londres et se mettre à vendre des livres en abandonnant sa propre entreprise.

Elle s'arrêta une nouvelle fois pour s'assurer qu'elle marchait dans la bonne direction. Sur la Tamise glissait un bateau cargo, quelques mouettes raillaient dans le ciel et le soleil brillait si fort à travers les nuages éthérés qu'elle dut plisser les yeux.

À en croire son GPS, elle n'était plus très loin. Elle leva une main devant ses yeux éblouis et sut immédiatement qu'elle était à la bonne adresse.

C'était une maison de ville typique de l'époque victorienne. Blanche à l'origine, sa partie inférieure avait été couverte d'une façade vert aiguille de pin et lui donnait cet air anglais si charmant. Mis à part l'incroyable fourbi entassé dans la vitrine surchargée, seule ombre au tableau, la maison avait l'air particulièrement agréable.

La maison, coincée entre deux autres bâtisses, n'était certes pas très grande, mais elle avait de la personnalité avec ses volets et ses bacs à fleurs modernes – et à sa vue, pour une raison inconnue, son cœur se mit à battre plus vite.

Un chauffeur de taxi klaxonna brusquement quand Charlotte traversa la rue comme une démente. Elle n'arrivait pas à détacher son regard de la maison. Au-dessus de la vitrine encombrée étaient suspendues des lettres dorées qu'elle déchiffra à voix basse : The Riverside Bookshop.

Hypnotisée, elle resta interdite sur le trottoir. Elle avait pensé jeter un simple coup d'œil de l'extérieur avant de se rendre directement à l'hôtel, mais piquée par la curiosité, elle était incapable de faire demi-tour.

La vieille bâtisse semblait l'attirer à elle, comme si le sol s'était incliné vers l'entrée.

Charlotte se gratta la nuque. Elle pouvait bien entrer deux minutes pour voir. Le personnel n'avait aucun moyen de la reconnaître, et il lui restait largement le temps de trouver l'hôtel que Henrik avait réservé dans le quartier. *Et pourquoi pas, après tout,* pensa-t-elle en saisissant la robuste poignée.

La porte vitrée de la librairie était lourde et n'avait visiblement pas été nettoyée depuis l'époque où les jeans délavés étaient à la mode. Charlotte songea à ressortir son gel hydroalcoolique, mais une fois à l'intérieur, ses principes hygiénistes s'envolèrent et elle se recueillit un instant pour apprécier ce qu'elle voyait.

Bien qu'elle découvrît la librairie pour la première fois, un puissant sentiment de déjà-vu fit à nouveau battre son cœur. Elle avait l'impression d'être revenue cent ans en arrière. Les étagères de bois lasuré, entièrement couvertes de livres, s'élevaient jusqu'au plafond. Au-dessus du vieux parquet aux planches irrégulières, des moutons de poussière dansaient dans la lumière filtrée par les carreaux encrassés.

Elle leva les yeux vers une rangée de globes verts suspendus au bout de leur douille en cuivre et respira l'odeur d'encre, de vieux papier et de vanille.

Envoûtée, elle laissa voguer son regard. Cette librairie dégageait une aura toute particulière. De l'extérieur, elle avait paru agréable, quoique modeste – à l'intérieur, c'est tout un univers qui s'ouvrait à elle. Une impression calfeutrée se dégageait des moulures baroques, des plinthes décoratives, de la cheminée au cadre de bois et au pare-étincelles en acier forgé. Malgré sa façade quelque peu défraîchie, la boutique respirait la chaleur et la convivialité, ce devait être le repaire idéal de tous les amoureux des livres. *Tant qu'ils ne sont pas allergiques à la poussière,* songea Charlotte.

Enchantée, Charlotte s'attarda sur le tapis lie-de-vin de l'entrée. L'impressionnante quantité de livres anciens, qui faisait ployer les étagères, lui donnait le sentiment d'être chez un bouquiniste plutôt que dans une librairie moderne. Aux murs étaient affichés des portraits d'écrivains dans d'épais cadres d'étain et ce que Charlotte supposa être des citations célèbres. Dans un coin de la pièce, d'accueillants fauteuils de velours attendaient leurs lecteurs. Au centre trônait un comptoir massif en forme de U aux nombreux détails sculptés, surmonté d'une antique caisse enregistreuse argentée.

À croire qu'elle s'était habituée au tumulte urbain de Londres, Charlotte prit soudain conscience du silence dans lequel était plongée la boutique. C'était donc ça, la librairie de Sara. C'était *sa* librairie.

Une grande femme en tunique rouge s'approcha d'elle et l'enchantement fut rompu. Charlotte se tourna vers elle, prête à déclarer qu'elle jetait juste un œil et n'avait pas besoin de conseils, mais avant d'avoir le temps d'ouvrir la bouche, la femme ouvrit les bras et se jeta en souriant à son cou.

Pendant de longues secondes Charlotte se retrouva prisonnière de cette étreinte forcée. La panique l'envahit alors qu'elle essayait de s'en défaire, en vain. Quand la femme lâcha enfin prise, Charlotte recula dans l'attente d'excuses, ou du moins, d'une explication du genre « J'ai dû oublier de prendre mon Xanax aujourd'hui » – au lieu de quoi la femme s'exclama :

— Quel plaisir de vous rencontrer enfin !

Interloquée, Charlotte dévisagea l'inconnue qui lui faisait face. La femme vêtue de rouge devait se tromper.

Peut-être prenait-elle Charlotte pour une célébrité ? Un jour, on lui avait dit qu'elle ressemblait à Scarlett Johansson. Bon, d'accord, la photo avait été prise de profil et Charlotte avait ajouté un filtre. Mais il y avait bien une petite ressemblance, en toute objectivité. Oui, l'inconnue avait simplement dû la confondre avec Scarlett.

La femme en tunique rouge n'avait pas l'air d'attendre de réponse. Elle posa sa main sur son épaule.

— Je suis si contente de te voir, si tu savais ! Je me suis fait tellement de souci. J'ai essayé de m'occuper de Riverside du mieux que j'ai pu, mais depuis que Sara nous a quittés... dit-elle en dodelinant tristement de la tête. Oui, j'ai fait de mon mieux, reprit-elle, mais maintenant que tu es là, tout va s'arranger. Mon Dieu, j'étais si impatiente ! J'ai un million de choses à te montrer !

Les mots se bousculaient dans sa bouche, qu'elle fendit d'un large sourire.

Charlotte s'accrocha maladroitement à son sac à main. Elle ne comprenait rien à rien. Comment était-il possible que cette femme l'ait reconnue ?

— Moi, c'est Martinique, mais je ne t'apprends rien, dit-elle en éclatant d'un rire sonore qui fit danser ses boucles brunes.

Les traits de son visage, hautement sympathiques, auraient mis à l'aise n'importe qui.

Charlotte se sentit soudain très mal à l'aise. Comment allait-elle s'y prendre pour expliquer qu'elle n'avait jamais entendu parler de Martinique ?

— Pardon, mais je...

Une porte s'ouvrit dans l'arrière-boutique. La femme en tunique rouge mit ses mains en porte-voix et s'écria :

— Sam, devine qui est là ! Dépêche-toi un peu et viens dire bonjour à Charlotte !

Gênée, Charlotte posa une main sur sa poitrine. On connaissait donc aussi son nom ? Elle réfléchissait à cent à l'heure. Le notaire avait-il prévenu le personnel de sa visite ? Ça ne pouvait être que ça. Martinique avait peut-être trouvé qu'elle ressemblait à Sara, à moins qu'elle n'ait deviné que Charlotte était suédoise à cause de ses cheveux blonds. Il n'y avait pas d'autre explication possible.

Une autre femme, plus jeune, en pattes d'eph, chemise brune col Claudine et cardigan de laine jaune traversa la boutique en trottinant. Charlotte fut soulagée de voir qu'elle n'avait pas l'air de déborder d'enthousiasme à l'idée de la rencontrer ; elle lui tendit une main molle pour la saluer.

— Tu es donc la nièce de Sara. Ravie de te rencontrer, dit-elle d'un air pressé avant de se tourner vers Martinique.

— Je commande plus de sacs ou on attend encore un peu ?

Charlotte sentit un mince filet de sueur couler entre ses omoplates. Elle était donc attendue à Riverside. Il n'y avait rien d'étonnant à ce que les employées s'inquiètent pour leur avenir, mais à l'heure actuelle, Charlotte était bien en peine de leur promettre quoi que ce soit. Il fallait avant tout qu'elle parle avec le notaire.

Pendant que Sam et Martinique discutaient du nombre de sacs à commander, Charlotte chercha tant bien que mal quelque chose à répondre. Elle était décidée à chercher le meilleur compromis possible et espérait louer la maison à quiconque serait en mesure de gérer la librairie, mais elle ne pouvait rien affirmer tant qu'elle n'avait pas épuisé les différentes options avec Mr Cook.

Quand elles eurent terminé, Martinique la regarda en souriant.

— Tu dois être rincée après ce voyage. Je vais te montrer l'appartement de Sara pour que tu commences à t'installer.

Hésitante, Charlotte hocha la tête. Elle n'avait pas du tout prévu de passer la nuit dans l'ancien appartement de sa tante, mais sa curiosité l'emporta : elle n'était pas contre l'idée d'y faire un tour. Au fond, ça l'arrangeait bien. Martinique l'y laisserait seule, et elle pourrait enfin se rendre à l'hôtel.

Charlotte attrapa sa valise et se prépara à ressortir dans la rue, mais Martinique pointa un doigt en direction de l'arrière-boutique.

— C'est par là, mon cœur. Sara habitait l'appartement à l'étage. Nous avons vécu ici comme une grande famille, tu comprends. Sara, Sam et moi. Et William bien sûr, qui loue l'autre appartement.

Le grand escalier vert semblait tout droit sorti d'un livre de contes et lorsqu'elles arrivèrent en haut des marches, Charlotte ne fut pas surprise de constater que la porte d'entrée de l'appartement était décorée de fleurs ocre peintes à la main.

Martinique sortit un trousseau de clefs de sa poche et fit un geste du menton vers la porte percée d'une chatière où un petit écriteau indiquait « S. Rydberg ».

— C'est ici chez toi. Nous avons essayé de ranger un peu, dit-elle avec l'air de s'excuser, mais nous n'avons pas osé toucher aux affaires de Sara avant ton arrivée.

Elle sourit encore une fois tandis que Charlotte essayait de tourner la clef dans la serrure grippée.

— Redescends quand tu seras prête, je m'occupe du dîner.

Charlotte la remercia, bien qu'elle se sentît parfaitement incapable de passer la soirée avec Sam et

Martinique. Pour le moment, la seule chose dont elle rêvait était de rejoindre l'hôtel pour prendre une longue douche, commander un repas à la réception, se blottir au fond du lit et s'occuper de ses mails professionnels.

Une fois Martinique disparue dans l'escalier et qu'elle eut enfin déverrouillé la porte, Charlotte fut accueillie par un indescriptible fouillis. L'appartement, qu'il aurait été plus juste d'appeler une caverne, était jonché de carnets et de vieux journaux. Les encadrements de porte étaient recouverts de Post-it gribouillés de notes du style « Commander le dernier Franzen ! » ou « Mrs Ipswich va adorer *Du bout des doigts* si elle lui laisse une chance. » Au sol s'entassaient de hautes piles de livres qui menaçaient de s'écrouler.

Étourdie de fatigue, Charlotte contempla l'appartement en bataille. Elle était une organisatrice de première et prenait un vrai plaisir à faire le ménage. À la maison, elle avait soigneusement rangé chaque petite chose, élastiques et taille-crayons compris, dans un compartiment dédié ; et rien ne l'agaçait plus que de voir Alex, cette tête de linotte, vider le contenu de ses tiroirs par terre en quête d'un objet disparu. À ce brusque souvenir, son cœur se serra. Avec du recul, toutes leurs disputes lui paraissaient dérisoires et elle s'en mordait les doigts.

Charlotte redressa un cadre qui piquait du nez et soupira avant de sortir sa petite bouteille de gel hydroalcoolique. La pièce était dans un état si chaotique qu'elle ne savait pas par où commencer. Les murs du séjour étaient tapissés d'antiques affiches décolorées de Bob Dylan et de Janis Joplin à l'air si précaires qu'elles semblaient prêtes à tomber en poussière.

Elle fit quelques pas prudents dans l'appartement, avec la sensation de se trouver dans un musée. Charlotte promena son regard autour d'elle. Dans les pièces petites et étroites, les meubles avaient l'air d'avoir été choisis au hasard dans une brocante. Une odeur de renfermé la prenait aux narines, ainsi qu'une familière odeur aigre-douce qui rappelait celle d'un vieux fruit oublié dans un sac de sport.

Elle serait redescendue si elle n'avait pas été aussi fatiguée, mais ses yeux se fermaient tout seuls et les forces lui manquaient pour seulement imaginer faire la conversation avec qui que ce soit.

Sur un guéridon, un cadre attira son attention. C'était une photo de sa mère Kristina à côté d'une autre petite fille qu'elle supposa être sa tante, Sara. Assises sur un banc, la frange rabattue dans les yeux par le vent, elles souriaient de toutes leurs dents à l'objectif. Les petites filles avaient les mêmes cheveux blonds et des taches de rousseur au-dessus du nez. Âgées d'à peine douze ou treize ans, elles se ressemblaient comme deux gouttes d'eau.

Charlotte n'arrivait pas à détacher ses yeux de la photo. Elle avait toujours cru que de nombreuses années séparaient sa mère de sa sœur et que c'était pour cette raison qu'elles s'étaient perdues de vue, mais cette photo était la preuve qu'elles avaient quasiment le même âge.

Elle caressa du doigt le visage de sa mère. Pourquoi ne lui avait-elle jamais parlé de Sara ? S'étaient-elles disputées ?

Charlotte essuya une larme. Kristina avait disparu depuis déjà plusieurs années, mais elle lui manquait encore terriblement. Qu'aurait-elle ressenti si elle avait eu l'occasion de rencontrer Sara ? Vu leur ressemblance, elle lui aurait probablement rappelé sa mère.

En parcourant la pièce du regard, elle fut attirée par des images familières. Sur une petite étagère, près de la télé, étaient alignés d'autres clichés qu'elle connaissait pour la plupart puisqu'il s'agissait de photos d'elle-même. Elle se vit assise dans une bassine à l'âge d'un an, courant dans un champ à quatre ans. Si sa mère avait envoyé ces photos à sa sœur, elles avaient dû être en contact malgré tout. Pourquoi n'avait-elle jamais rien dit à ce sujet ?

Elle s'empara d'un autre cadre et un frisson la parcourut. La photo, qui la représentait à l'âge adulte, illustrait une interview qu'elle avait donnée pour un journal juste après avoir lancé son entreprise.

Charlotte se souvenait de cette journée comme si c'était hier. Elle avait d'abord refusé qu'on lui tire le portrait, avant qu'Alex lui fasse remarquer qu'elle avait un rôle d'ambassadrice à jouer puisque l'entreprise portait son nom. Elle s'était donc pliée à l'exercice et à son grand étonnement, elle avait pris plaisir à poser selon les consignes du photographe.

Elle se recueillit un instant devant la photo. De mauvaise qualité, elle avait visiblement été éditée sur une vieille imprimante, pourtant Charlotte s'y trouva plutôt à son avantage. Dans un autre cadre, elle reconnut une de ses anciennes photos de profil Facebook. Sara avait donc mené sa petite enquête sur elle, et c'est grâce à ces photos que Martinique l'avait reconnue.

Charlotte reposa le cadre. Si sa tante voulait faire sa connaissance, pourquoi ne lui avait-elle jamais écrit ?

Elle avança d'un pas vacillant entre les meubles jusqu'à trouver un fauteuil qu'elle épousseta avant de s'y asseoir. Elle pensait si vite que la tête lui tournait. Pourquoi Sara tenait-elle à ce qu'elle hérite de sa librairie ?

Perplexe, Charlotte regarda autour d'elle encore une fois. Si la maison était rénovée, elle pourrait en tirer un bon prix, mais elle s'en sortait déjà très bien avec l'entreprise et elle n'avait pas besoin de plus. En outre, elle ne se sentait pas capable de trier les affaires de la défunte. S'occuper des successions d'Alex et de sa propre mère avait déjà été largement au-dessus de ses forces.

Charlotte bâilla. Elle ne voulait surtout pas passer pour une ingrate, mais elle n'était pas prête à se lancer dans un tel projet. Si Alex avait encore été en vie, cela aurait été autre chose : ils auraient été deux. Sans compter qu'elle n'avait aucune idée de la manière de gérer une librairie et il aurait été malhonnête envers Sam et Martinique d'engager leur futur à toutes les deux. Il ne devrait pas être difficile de trouver quelqu'un de plus compétent qu'elle pour s'occuper de la librairie.

Demain, se promit Charlotte, *je demanderai à l'avocat de trouver un bailleur pour la maison, voire un acheteur, si c'est plus simple.*

Ses paupières étaient lourdes. Elle les ferma un instant. Une minute de repos était tout ce dont elle avait besoin avant de partir en quête de cet hôtel. C'était tout vu. Avec un peu de chance, elle serait dans l'avion du retour dès le lendemain.

Lorsque Charlotte se réveilla, l'appartement était plongé dans une semi-obscurité. L'espace d'une seconde, elle se demanda où elle était, envahie par un sentiment de panique. Confuse, elle chercha des yeux un indice jusqu'à repérer les photos sur l'étagère. Soudain tout lui revint. Elle se trouvait toujours dans l'appartement de Sara.

Un lampadaire diffusait sa lumière jaune à travers les carreaux. Les piles de livres, qui semblaient avoir grandi, projetaient de longues ombres sur le sol.

Charlotte vérifia sa montre : sept heures moins le quart. S'était-elle assoupie pendant plusieurs heures ?

Elle soupira et se frotta le visage des mains. Elle aurait voulu téléphoner à l'avocat pour confirmer leur rendez-vous du lendemain, mais il était probablement trop tard.

Elle se leva et fit quelques pas vers la fenêtre. La librairie était-elle encore ouverte ? En un sens, elle l'espérait – sinon, elle aurait du mal à s'échapper.

Elle frissonnait. Il valait peut-être mieux qu'elle passe la nuit ici. Il lui suffirait de débarrasser le canapé des dizaines de livres qui l'encombraient et de trouver une paire de draps propres. En revanche, elle aurait préféré ne pas recroiser Sam et Martinique avant d'avoir pris une décision concernant la librairie.

Un craquement bruyant dans l'escalier fit sursauter Charlotte. Doucement, elle sortit dans l'entrée.

Soudain, quelqu'un frappa à la porte si fort que les coups résonnèrent dans tout l'appartement.

Sam et Martinique savaient qu'elle se trouvait encore à l'intérieur. Si elle refusait d'ouvrir, elle se rendrait ridicule. Pourquoi n'avaient-elles rien dit ?

On frappa une autre fois et Charlotte fut tirée de ses ruminations. Elle appuya sur l'interrupteur qui fit s'allumer un plafonnier de verre. Une douce lumière inonda le hall d'entrée.

Elle croisa son propre regard dans un miroir suspendu au-dessus d'une commode, se passa une main dans les cheveux et tourna la clef.

Sam se tenait sur le palier, négligemment appuyée contre le mur. Avec ses cheveux mi-longs peignés en arrière et sa dégaine nonchalante, elle faisait penser à un acteur des années 1950. James Dean peut-être, ou bien Elvis. Charlotte attendit qu'elle eût fini d'allumer une cigarette coincée derrière son oreille avec des allumettes tirées de sa poche de chemise.

— Salut, dit-elle en levant le menton.

— Salut.

— On va passer à table avec Martinique. Tu viens ?

Charlotte hésita, puis fit non de la tête.

— Merci, c'est adorable, mais je n'ai pas très faim, dit-elle en espérant que Sam n'entende pas son estomac gargouiller.

Sam haussa les sourcils.

— Ouais, OK. Sauf qu'il faut que tu saches que Martinique a passé une heure à te faire un ragoût. Elle est allée jusqu'à Tesco pour acheter une tonne de légumes dont je connais même pas le nom, donc ce serait cool si tu voulais bien te donner la peine de descendre et d'y goûter, au moins.

Charlotte, gênée, croisa son regard.

— Oh, c'est elle qui a cuisiné ? Alors bien sûr, je te suis. Attends juste une seconde.

Elle retourna dans le séjour et attrapa son sac à main. Sa valise, elle pouvait bien la laisser, il n'y avait aucune raison pour la trimballer alors qu'elle n'avait plus l'intention de sortir maintenant qu'il commençait à faire nuit.

Dans les escaliers, Sam lui jeta un coup d'œil par-dessus son épaule.

— Au fait, t'es célibataire ? Mariée ? Ou en concubinage quelconque ?

Charlotte fit une moue embarrassée. Elle n'aimait pas parler de sa vie privée.

— Célibataire.

Sam opina du chef.

— Autant que tu le saches tout de suite, on a un arrangement à Riverside. J'ai la priorité sur tous les clients. Ça ne t'empêche pas de draguer qui tu veux, mais tu dois me demander d'abord. OK ?

Malgré l'étrangeté de sa remarque, Charlotte hocha la tête. Sam pensait-elle qu'elle comptait rester ici ? N'avait-elle pas compris que Charlotte avait déjà une vie en Suède ? Pourquoi serait-elle intéressée par un des clients de la librairie ? Elle eut envie de lui dire qu'elle n'avait aucune intention d'emménager ici, mais anticipant le flot de questions qui s'ensuivrait, elle préféra se taire.

Quand elles arrivèrent au rez-de-chaussée, Charlotte remarqua le changement d'ambiance lumineuse. La librairie avait presque l'air d'être dans la brume, maintenant que le soleil était descendu et que le seul éclairage provenait des lampes vertes et de quelques bougies alignées sur la cheminée.

Charlotte suivait Sam dans la boutique. L'odeur de la nourriture lui rappela combien elle avait faim. Elle sourit quand elle vit qu'une nappe blanche avait été jetée sur le comptoir en chêne et que la table de fortune avait été dressée avec des assiettes dépareillées.

— Assieds-toi, on arrive, dit Sam en désignant les tabourets de bar disposés autour du comptoir.

Charlotte prit place et examina ses ongles. Son vernis beige clair lui rappelait le peu d'intérêt qu'elle portait encore à son apparence. Autrefois, elle avait été une véritable publicité ambulante pour ses produits de beauté, mais à présent, elle n'avait même pas le courage de se faire une manucure basique.

Malgré la nuit tout juste tombée, il y avait encore de la vie et de l'agitation dans la rue. La Tamise scintillait à la lueur des réverbères et il y avait un monde fou sur la promenade longeant le fleuve. Les restaurants de l'autre côté de la rue diffusaient une lumière chaleureuse ; derrière les fenêtres, on devinait les silhouettes des clients attablés pour le dîner.

Charlotte observait la foule de Londoniens. Un couple marchait main dans la main, les paumes comme soudées l'une à l'autre. Sur un banc public, une femme chantait, sa guitare sur les genoux ; à côté d'elle un homme l'écoutait, son chien sous le bras. Il y avait tant à regarder qu'elle n'arrivait pas à en détacher le regard. Depuis la fenêtre de son bureau à la maison, c'était à peine si elle apercevait quelques corbeaux. Elle n'avait pas l'habitude d'avoir sous les yeux autant d'activité humaine à la fois.

À travers les étagères de la vitrine, tous ces passants ne pouvaient pas la voir, comme si la librairie était un secret bien gardé à l'abri du regard des autres. À cette idée, follement excitante, le sang de Charlotte ne fit qu'un tour.

Sa propre curiosité l'étonnait. Ces dernières années, elle avait passé tellement de temps seule qu'elle s'était habituée au silence. En fait, elle n'était pas pressée de retrouver une vie sociale : lorsqu'elle était en société, elle finissait toujours par devoir répondre à des questions sur Alex – et elle n'en avait aucune envie.

Agnetha lui avait dit qu'elle n'était pas obligée de raconter la vérité, en tout cas pas au début d'une nouvelle relation, mais pour Charlotte cela revenait à mentir. Presque toutes les questions semblaient mener à son souvenir et elle ne tenait pas à plomber l'ambiance avec le triste récit de la mort de son mari. Et puis, il y avait toujours cette peur bleue d'éclater en sanglots, ce qui lui était arrivé à plusieurs occasions plus ou moins bien choisies, notamment au cinéma, après que l'ouvreur à la caisse lui eut raconté le scénario du film *Avant toi.*

De loin, Charlotte aperçut un jeune homme en veste de cuir. Les cheveux bruns en bataille, il avançait d'un pas pressé avec l'air d'être en colère. Malgré sa barbe de trois jours et sa chemise froissée qui dépassait sous sa veste, il avait indéniablement du style.

Charlotte le suivit du regard jusqu'à ce qu'elle se rende compte qu'il se dirigeait droit vers elle. Au lieu de poursuivre le long du trottoir, il ne dévia pas de sa trajectoire, la librairie en ligne de mire, et lorsqu'il enclencha brusquement la poignée de la porte, elle retint sa respiration.

Un frémissement se fit entendre lorsque la porte s'ouvrit. Il n'en fallut pas plus pour ressentir un petit vent de panique. Elle s'était persuadée que la librairie était fermée. N'importe qui pouvait y entrer, et elle avait la désagréable sensation d'être exposée à tous les dangers.

L'homme à la veste en cuir s'arrêta un instant et la dévisagea. Charlotte se força à soutenir son regard.

— Où est Sam ? demanda-t-il d'un ton bourru.

Elle pointa l'arrière-boutique et le vit s'éloigner à pas lourds en faisant craquer le plancher massif.

La parenthèse enchantée s'était subitement refermée. Si elle restait là, elle serait forcée de répondre à toute une série de questions pénibles. Il aurait mieux valu qu'elle prenne son sac à main et qu'elle rejoigne son hôtel. Elle aurait bien le temps, le lendemain, pour revenir à la librairie accompagnée de l'avocat.

À peine avait-elle glissé de son tabouret que Martinique fit son apparition, un faitout dans les mains.

— Alors trésor, roucoula-t-elle, tu as pu te reposer un moment ?

Légèrement déçue de n'avoir pas réussi à s'enfuir, Charlotte se rassit et fit oui de la tête.

— Comment tu trouves l'appartement de Sara ? Joli, hein ? Par ciel dégagé, on peut voir Tower Bridge depuis la salle à manger !

— Ah oui ? se contenta-t-elle de répondre avant de se mordre la lèvre.

Martinique était adorable avec elle et elle serait forcément déçue si Charlotte déclinait son invitation à dîner. D'ailleurs, la casserole exhalait un fumet exquis. Elle pouvait bien faire l'effort de rester un peu.

Martinique posa le faitout sur le comptoir, en souleva le couvercle et y plongea une cuillère en bois. Elle avait une peau fantastique, d'une couleur que Charlotte aurait qualifiée de praline ou de sucre muscovado. Leurs nouveaux illuminateurs de teint à base d'or lui seraient allés à merveille, et si Charlotte avait été elle-même, celle d'avant l'accident, elle aurait veillé à ce que Martinique essaye plusieurs échantillons du produit.

Au lieu de ça, gênée, Charlotte jetait des regards autour d'elle comme si elle espérait trouver quelque chose à dire. Ce n'est pas la langue qui lui posait problème. Il lui était presque plus facile de parler anglais que suédois, car elle pouvait alors jouer un autre rôle que le sien. En revanche, elle n'avait jamais été douée pour les bavardages, quelle que soit la langue.

— Vous en avez un temps agréable ! dit-elle en s'efforçant de sourire – lorsqu'elle sentit quelque chose lui frôler la jambe.

Charlotte avait lu quelque part que dans une grande ville comme Londres, on n'était jamais à plus de quelques mètres d'un rat et pendant un millième de seconde, elle crut qu'il s'en était faufilé un sous le comptoir. Avant que son cerveau ne fasse le lien entre la caresse sur son mollet et l'apparition d'une queue touffue, elle avait déjà bondi à plusieurs mètres de son tabouret qu'elle renversa du même coup.

— Oh, mon Dieu. Je suis désolée, je n'ai pas vu que c'était un chat, s'excusa-t-elle, les joues écarlates, en s'empressant de remettre son siège à sa place.

Martinique la rassura.

— Ce n'est que Tennyson. C'est un peu la mascotte ici, les clients l'adorent. N'est-ce pas, chaton ? demanda-t-elle doucement comme on s'adresse à un enfant.

Charlotte observa le gros animal se déhancher jusqu'à un panier et faire quelques tours sur lui-même avant de s'y laisser tomber, satisfait. Si un matou de cet acabit avait le droit de gambader librement dans la boutique, rien d'étonnant à ce que le plancher soit couvert de poussière et de poils.

Martinique releva la tête du ragoût fumant. Sa bouche souriait, mais ses yeux brillaient de tristesse.

— Tu ressembles tellement à ta tante, s'écria-t-elle soudain.

Charlotte se tortilla sur sa chaise. Fallait-il qu'elle avoue qu'elle ne connaissait pas Sara et qu'elle ne l'avait jamais rencontrée ?

Martinique se détourna en reniflant.

— Sara appréciait beaucoup mes ragoûts, dit-elle en farfouillant dans une boîte en plastique remplie de couverts hétéroclites.

Elle s'essuya une larme au coin de l'œil et se mit à rire.

— Oh, pardon. Il faut que je me reprenne !

Elle secouait la tête avec l'air de s'en vouloir.

— Tu n'as pas idée à quel point nous sommes heureux de t'avoir enfin parmi nous, Charlotte ! Sara nous a dit que tu avais peur de l'avion, on ne te remerciera jamais assez d'avoir surmonté ta phobie pour venir ici.

C'est donc ça, pensa Charlotte. *La voilà, l'excuse qu'avait trouvée Sara pour expliquer pourquoi sa nièce n'était jamais venue lui rendre visite.*

Depuis son tabouret, elle vit Sam s'approcher bras dessus, bras dessous avec l'homme à la veste de cuir et à la voix forte.

— Voilà William, expliqua Martinique. Il habite l'appartement à côté du tien.

De cette présentation, Charlotte retint surtout qu'elle avait désormais emménagé à l'étage, mais préféra laisser couler.

Sam tenait une bouteille de vin dans chaque main. Elle en déboucha une d'une main experte sans cesser d'écouter Veste de cuir. Il parlait avec frénésie, un genre de bouillie épaisse dont Charlotte avait du mal à saisir un traître mot.

Sam servit quatre verres de vin. Immédiatement, William porta le sien à sa bouche et le vida d'un trait.

Charlotte l'observait en silence. Il avait toujours l'air remonté. Lorsqu'il poussa vers elle un verre de vin, elle détourna le regard. Son geste eut un effet immédiat. Veste de cuir se racla la gorge et lui tendit la main.

— Navré pour tout à l'heure, dit-il. William.

Charlotte lui serra la main sans grande conviction.

— Charlotte.

— J'espère que je ne vous ai pas effrayée.

Elle secoua la tête.

— Mais non.

— Vous êtes sûre ? Vous n'aviez pas l'air dans vos baskets.

— Non, c'est promis, murmura-t-elle.

— OK. Vous prendrez bien du vin ?

Charlotte serra les poings sous la table.

— Non, merci.

William tendit son verre vide à Sam.

— Est-ce que j'ai le droit d'en avoir un peu plus ?

Sam leva les yeux au ciel et versa ce qu'il restait de la première bouteille dans le verre de William avant d'ouvrir la seconde.

— Voyons donc, continua-t-il, seriez-vous une des *amies* de Sam ?

La manière dont il appuya sur le mot « amies » fit comprendre à Charlotte qu'il insinuait autre chose.

Sam soupira bruyamment.

— Sache que je ne couche pas avec tous ceux qui mettent les pieds dans cette boutique.

— Eh non, seulement soixante-quinze pour cent.

— Dit-il, envieux, compléta Sam.

Charlotte tripotait son verre de vin. Sans être abstinente, elle n'avait pas eu beaucoup d'occasions de boire dernièrement. Cela faisait plusieurs années qu'elle n'avait pas été ivre. Quel intérêt de se servir un verre de vin quand elle passait toutes ses soirées en tête à tête avec elle-même. Au moins, tenir son verre lui donnait une contenance. *Et j'ai bien besoin d'un remontant,* pensa-t-elle en humant le contenu de son verre avant d'en prendre une petite gorgée.

— Figure-toi que c'est la nièce de Sara, dit Sam, acerbe.

William s'éclaircit à nouveau la gorge et, pour la première fois depuis qu'il était entré, prit le temps de regarder Charlotte par-dessous ses sourcils bruns.

— Quel outrage. Pardonnez-moi, ô Maîtresse de maison, plaisanta-t-il en faisant la révérence. Vous n'allez tout de même pas augmenter mon loyer pour me punir de m'être donné en spectacle ?

Jusque-là, Charlotte n'avait pas encore remarqué à quel point sa voix était grave.

Sam siffla.

— Et si. Mon pauvre, tu n'auras jamais les moyens de rester ici.

William rit nerveusement.

— Écoutez, Charlotte, parlons vrai. Sara et moi avions un arrangement très spécial. Elle me louait l'appartement à prix d'ami pour me permettre d'écrire.

— Oui, William est notre écrivain à domicile, déclara Martinique d'un ton badin. Tu as dû entendre parler du pigeon ? *Le pigeon se pose sur ton toit ?*

Charlotte secoua la tête.

— Non, malheureusement.

— Ah non ? Il a même reçu un prix. La révélation du premier roman ! Un autre des nombreux détails qui rendent ce lieu unique !

Subitement, William s'enfouit le visage dans les mains. Martinique le regarda, interloquée.

— Trésor, il n'y a aucune gêne à avoir ! Sois fier de ton talent !

Sam se tourna vers Martinique en fronçant les sourcils.

— Eh bien quoi ? Je n'ai pas le droit de vanter les mérites de l'homme de lettres de la maison ?

À ces mots, William poussa un lourd soupir et Sam passa une main sur son épaule.

— Allez, ça va s'arranger.

Martinique fut rapidement gagnée par l'inquiétude.

— Qu'est-ce qu'il s'est passé ?

— Il avait cette fichue réunion aujourd'hui…

— Quelle réunion ?

— Tu sais, avec Deidra, son éditeur, soupira Sam en resservant du vin à William. Tiens, bois encore un peu !

Sans relever la tête, William s'envoya un autre verre. Entre les gorgées, il grommela une phrase inaudible.

Charlotte ne savait pas trop où se mettre. Elle avait le sentiment d'assister à une conversation qu'elle n'aurait pas dû entendre. Indiscrète bien malgré elle, elle se mit à lorgner la porte d'entrée.

— Allons, ça ne peut pas être aussi grave que tu le crois, dit Martinique d'un ton réconfortant.

Joignant le geste à la parole, elle lui tendit une assiette de ragoût encore brûlant.

— Ils m'ont offert des digestive ! Des biscuits digestive ! Tu imagines ? Et ce n'était même pas des McVitie's.

Sam donna une cuillère à William qui se mit aussitôt à dévorer.

— Mais, et le manuscrit ? Ça fait un an que tu y travailles ! Tu disais que tu n'avais jamais rien écrit d'aussi bon ?!

William ferma les yeux et Sam fusilla Martinique du regard.

— Ne dis pas ça, siffla-t-elle entre ses dents.

— Hein, quoi ?! Martinique criait presque. Je n'invente rien ! Il a été gai comme un pinson tout le printemps ! Je l'ai même entendu siffloter.

William respirait lourdement. Il recommença à marmonner.

— Qu'est-ce qu'il a dit ? chuchota Martinique à Sam qui n'arrêtait pas de secouer la tête.

— Qu'est-ce que tu as dit ? demanda-t-elle à William en remplissant son verre.

William bredouilla quelque chose. Charlotte se demanda s'il était vraiment judicieux qu'il boive autant.

— At… ten… dait, l'entendit-elle articuler.

Ses voisines de table se penchèrent vers lui.

— S'y attendait ? répéta Sam.

William hocha la tête, même si personne n'avait l'air de comprendre ce qu'il essayait de dire.

— Oui. Elle a dit qu'elle s'attendait à mieux, bégaya-t-il enfin. Je ne comprends pas. Il était très bien, ce manuscrit. Du moins c'est ce que je croyais, maintenant je ne sais plus. Le manuscrit ne vaut rien, je ne vaux rien. Elle n'avait même pas l'air d'avoir envie de le relire.

Dans un grand fracas, Martinique se leva et prit William dans ses bras. La cuillère avait glissé de son assiette sur la nappe, laissant une grosse tâche huileuse se répandre sur le tissu blanc.

— Je ne sais pas ce qui me retient d'aller trouver cette Deidra et de lui dire ce que je pense, dit Sam en serrant les poings. Martinique lui lança un regard réprobateur.

— Tu ne peux pas la forcer à publier le livre si elle n'en veut pas.

— Je vais me gêner ! On verra si elle ne change pas d'avis après une bonne raclée !

Sam était surexcitée, surtout en contraste avec William, manifestement au bout du rouleau.

Charlotte but une belle gorgée de vin. Finalement, il n'y avait rien de mieux à faire pour se montrer solidaire, sinon le pauvre William aurait bientôt fini d'ingurgiter tout ce qu'il restait dans la bouteille.

Elle n'avait toujours pas été servie en ragoût et s'il aurait été particulièrement déplacé de se servir une assiette et de commencer à se bâfrer pendant que les autres étaient en pleine gestion de crise, elle avait terriblement faim. C'est seulement lorsqu'elle vida son deuxième verre de vin qu'elle se souvint du sachet de noix qu'on lui avait offert à bord de l'avion.

Tout en surveillant discrètement ses hôtes du coin de l'œil, Charlotte boulotta des noix de cajou sorties de son sac à main. Elle trouvait plutôt émouvant de voir Sam et Martinique consoler William. Elle n'avait jamais eu d'amis de ce genre. À l'exception d'Annette, sa meilleure copine au collège, elle avait toujours eu du mal à se sentir proche des autres. Elle n'avait jamais su comment nouer une amitié et après avoir rencontré Alex, elle n'en avait pas ressenti le besoin. Mais à présent qu'Alex n'était plus là, il lui arrivait de souffrir de solitude.

Il fallut un long moment à William pour se calmer. Quand Martinique finit par remarquer que Charlotte n'avait pas été servie, elle se dépêcha de remplir son assiette d'une belle portion de ragoût odorant tout en se confondant en excuses.

— Aïe, j'ai honte ! Mais rassure-toi, ce n'est pas toujours autant le bazar. Avec les clients, nous sommes archi-professionnelles, c'est promis ! C'est juste que William se prépare à cette réunion depuis des mois et que nous pensions que les choses se passeraient autrement.

Charlotte remercia Martinique en attrapant son assiette. Après deux verres de vin, elle se sentait plus téméraire.

— Ça ne fait rien, vraiment. Est-ce que je peux poser une question sur Sara ?

— Mais bien sûr, gazouilla-t-elle gaiement.

— Qu'est-ce que ma tante vous a raconté à mon sujet ?

Martinique se mordit la lèvre et fit rouler entre ses doigts les perles en bois de son long collier.

— Pas mal de trucs. Que tu vis en Suède où tu diriges une entreprise florissante. Que tu as peur de l'avion, évidemment, et que c'est pour ça que tu n'as jamais pu lui rendre visite.

Elle se tourna vers Sam qui, comme elle, venait de s'asseoir sur son tabouret.

— Est-ce que tu penses à autre chose ?

Sam se gratta derrière l'oreille.

— Oui, que tu aimes les mots croisés. Et les séries américaines.

Charlotte avala une bouchée de ragoût et se brûla. Elle toussa discrètement dans son coude. Chaque fois qu'elles parlaient de Sara, leurs yeux se mettaient à briller. Charlotte n'avait pas le cœur à dévoiler que les seules informations que sa tante détenait sur elle étaient celles que tout le monde pouvait lire sur Facebook.

Sam remplit son verre et Charlotte reprit une gorgée. Pourquoi Sara avait-elle menti à son sujet. Et pourquoi n'avait-elle jamais essayé d'entrer en contact avec elle ?

Tout d'un coup, Sam s'illumina.

— J'ai quelque chose pour toi ! lança-t-elle en se mettant aussitôt à farfouiller sous le comptoir.

Charlotte craignait le pire. Dans l'expectative, elle regardait William, toujours assis, la tête dans les mains. Même si elle le plaignait, elle avait trouvé assez désagréable d'assister en direct à l'effondrement d'un inconnu.

Sam brandit une enveloppe blanche et prit une pose à la Elvis en roulant des hanches.

— Voilà, dit-elle en la tendant à Charlotte.

Martinique se leva précipitamment.

— Où est-ce que tu as trouvé ça ?

Sam haussa les épaules.

— Entre les pages des *Hauts de Hurlevent* que Sara m'avait prêté. Elle disait qu'elle t'écrivait régulièrement, Charlotte, je suppose qu'elle n'a pas eu le temps de poster celle-ci.

Charlotte fixait la lettre. Sam continuait de parler, mais Charlotte n'entendait rien d'autre qu'un bourdonnement comme lorsqu'on nage sous la surface de l'eau, là où tous les bruits sont étouffés et suivis par un écho sourd.

Lentement, elle lut l'adresse calligraphiée en lettres bleues sur l'enveloppe : « Ms Rydberg ».

Le cœur battant, elle décacheta l'enveloppe. Sara lui avait donc écrit cette lettre ? Et pensé lui envoyer ?

Elle termina son verre de vin jusqu'à la dernière goutte. Sam avait dit que Sara lui écrivait « régulièrement ». Pourquoi n'avait-elle reçu aucune lettre ?

Charlotte pressa l'enveloppe contre sa poitrine. De loin, elle perçut la voix distordue de Sam.

— Ouvre ! Je veux savoir si ça parle de nous.

Prise de vertige, Charlotte essayait tant bien que mal de distinguer les différentes voix qui résonnaient de toutes parts. Une seule question tournait en boucle dans sa tête : si Sara lui avait écrit plusieurs fois, où étaient les lettres ?

3

Mardi 5 septembre

Des rayons de soleil têtus l'éblouissaient. Irritée, Charlotte cligna des yeux. Elle tâtonna devant elle pour tirer les rideaux jusqu'à se rendre compte que le canapé était trop loin de la fenêtre.

Elle jeta un œil fatigué autour d'elle. Elle se trouvait toujours dans l'appartement de Sara.

Charlotte se redressa sur le canapé. Sa tête cognait, une nausée légère l'oppressait et une couverture qu'elle ne connaissait pas avait été posée sur elle. Comment avait-elle atterri ici, est-ce que Sam ou Martinique l'avaient mise au lit ?

Quelque chose bougea à ses pieds et elle ramena ses jambes vers elle prestement. Bienheureux, le chat roula sur le dos et se mit à ronronner si fort que ses longues moustaches blanches vibrèrent. Charlotte mit du temps avant de se rappeler le nom de l'animal. Tennyson ? Avait-il passé toute la nuit à côté d'elle ?

Charlotte se massa les tempes et soupira. Elle avait beau se concentrer, elle n'arrivait pas à se rappeler ce qu'il s'était passé la veille au soir. Il lui restait quelques images floues du dîner, mais elle n'avait aucune idée de la façon dont elle avait rejoint l'appartement de Sara. *Le vin,* pensa-t-elle. *Je n'aurais jamais dû boire autant !* Comment diable avait-elle réussi à grimper les marches escarpées de l'escalier ? Ils n'avaient tout de même pas eu besoin de la porter ?

Charlotte étouffa un gémissement. Pourquoi s'était-elle laissée aller à l'ivresse ? Et surtout, qu'avait-elle pu raconter aux autres ? Leur avait-elle dévoilé qu'elle ne connaissait rien de sa tante et que tout ce qu'ils croyaient savoir était un formidable mensonge mis au point par Sara ?

Sa bouche était sèche et ses yeux comme soudés ensemble. Elle se frotta le visage et se mit en quête de quelque chose à boire. Il y avait une kitchenette à l'autre bout de la pièce dont elle s'approcha en titubant. L'eau du robinet sentait le chlore, mais Charlotte était trop assoiffée pour en faire cas. Pendant qu'elle buvait deux verres à la suite, elle remarqua que les livres, qui la veille encombraient le canapé, avaient été renversés et éparpillés partout sur le sol. Plusieurs piles de journaux et de papiers griffonnés avaient aussi valdingué. Était-elle à l'origine de ce désordre sans nom ou le chat y était-il pour quelque chose ? Le souvenir de la lettre lui revint en mémoire et son cœur fit un bond. Où était-elle passée ?

Les jambes tremblantes, Charlotte rejoignit son lit temporaire, mais elle eut beau secouer la couverture et les oreillers, elle ne trouva rien. Tennyson était toujours étalé de tout son long sur le canapé. Il n'était pas étonnant qu'elle ait les cervicales bloquées s'ils avaient dormi tous les deux dans un espace aussi étroit. De mauvaise humeur, elle lui administra une pichenette sur le flanc.

— Je suis navrée, mais ça me rendrait service si tu voulais bien te pousser un peu.

Le chat prit un air vexé avant de se lever et de sauter lestement au sol. Le museau en l'air, il s'éloigna en faisant la moue pour montrer à quel point il trouvait indigne ce genre de traitement.

— Pardon minou, lui lança-t-elle, sans pouvoir s'empêcher de sourire devant sa démarche dédaigneuse.

Charlotte enfonça ses mains entre les coussins du canapé. Elle en sortit une vieille grille de loto, deux caramels et une espèce de recette écrite sur un Post-it mais de lettre, aucune.

Elle était sur le point d'abandonner quand elle aperçut son sac à main échoué par terre. Impatiente, elle le retourna au-dessus du canapé où atterrirent pêle-mêle une pince à épiler, quelques pièces de monnaie et deux tampons. Elle continua de secouer son sac qui refusait obstinément de lui rendre ce qu'elle cherchait, puis fourragea dedans jusqu'à sentir un petit rouleau de papier enfoncé tout au fond d'une des poches intérieures. Charlotte retint son souffle et extirpa la lettre.

Elle observa longuement l'enveloppe froissée et éventrée. Elle n'avait aucun souvenir de l'avoir ouverte.

Très délicatement, elle fit glisser la lettre hors de l'enveloppe. Le papier était taché, l'encre avait coulé par endroits. Elle plissa les yeux. Étaient-ce des larmes ? Avait-elle pleuré en lisant la lettre ?

Un malaise l'envahit. Que s'était-il vraiment passé la veille ?

Elle commença à lire en silence, se concentrant pour déchiffrer la gracieuse écriture de Sara.

Très chère Kristina, lut-elle tout en haut. Kristina ? La lettre ne s'adressait pas à elle, mais à sa mère.

Charlotte laissa filer son regard au-dehors. La brume matinale, qui ne s'était pas encore levée, floutait les contours des bâtiments de la ville. Elle eut beau chercher, elle ne vit de Tower Bridge nulle part.

Elle caressa la lettre du bout des doigts. Aurait-elle vraiment le courage de la lire ? Était-ce même une bonne idée ?

Charlotte prit une profonde inspiration. Elle avait fait le voyage jusqu'ici alors qu'elle ignorait tout de sa tante. Cette lettre était peut-être sa seule chance de savoir ce qu'il s'était passé entre sa mère et sa tante, et par là même, de comprendre enfin pourquoi Sara lui avait légué sa maison. Elle ne pouvait pas s'en dispenser.

Elle se mordit la lèvre presque jusqu'au sang et étala le papier froissé sur ses genoux.

Très chère Kristina,

Je nous revois descendre du ferry à Felixstowe. Nous étions si heureuses, le regard tourné vers l'avenir. Il n'y avait que toi et moi. Tu n'avais que moi et je n'avais que toi.

Tu te rappelles la valise que tu avais emportée ? La vieille mallette de grand-père, avec les bretelles en cuir ? Tu l'as portée seule pendant tout le trajet et tu n'as pas voulu de mon aide. C'est seulement lorsque nous sommes arrivées au pied de cet interminable escalier dans le métro que tu t'es ravisée et que tu as laissé un type en costume impeccable la porter pour toi jusqu'en haut des marches. Tu te souviens comme nous avons ri quand le vent a soufflé son chapeau et qu'il a dû lui courir après ?

Et ces premières nuits passées à l'église suédoise. La joie de savoir que la ville s'étendait là sous les fenêtres, et qu'elle n'attendait que nous. Tu te souviens comme on nous a accueillies ? Ils étaient tous si gentils… Les brioches qu'on nous a offertes alors que nous n'avions pas un sou ?

Quand je pense que trente ans ont passé depuis notre dernière rencontre. Parfois, je me demande ce qu'il serait advenu si nous n'avions jamais fait ce voyage. Nous serions peut-être restées à Årebro, nous aurions trouvé un emploi dans le village, comme tous les autres. Est-ce que j'aurais eu le bonheur de t'avoir encore comme sœur ?

Oh, Kristina. Je m'en veux tellement pour ce qu'il s'est passé et je ferais n'importe quoi pour revenir en arrière. J'aurais aimé avoir la chance de te parler pour tout t'expliquer, mais je comprends que tu n'en aies pas envie.

J'espère que tu voudras bien me pardonner un jour.
Ta Sara.

Charlotte reposa la lettre. Quelque chose lui chatouillait la gorge et elle dut déglutir plusieurs fois pour se débarrasser de cette sensation désagréable.

Qu'est-ce que Sara avait pu faire à sa mère ? Elles avaient été très proches l'une de l'autre, c'est en tout cas ce que donnait à penser la lettre. Il était forcément arrivé quelque chose de très grave pour que Kristina coupe à jamais les ponts avec Sara. Et pourquoi Sara avait-elle continué d'écrire à sa sœur, ignorait-elle qu'elle n'était plus de ce monde ou qu'elle avait changé de nom après son mariage il y a de nombreuses années ?

Charlotte essaya de se rappeler si sa mère avait mentionné un quelconque voyage en Angleterre pendant qu'elle cherchait « Felixstowe » sur son téléphone. La ville était de taille modeste, mais se trouvait être l'un des plus grands ports de Grande-Bretagne. Sa mère y avait donc déjà mis les pieds.

En voyant l'heure sur l'écran, Charlotte sursauta. Dix heures moins le quart. Elle qui n'avait pas fait la grasse matinée depuis des années ! Si elle voulait être à l'heure à son rendez-vous avec le notaire, il faudrait qu'elle accélère le mouvement.

Une éternité passa avant que de l'eau chaude ne coule enfin du pommeau et lorsqu'elle fut sous la douche, la température changea plusieurs fois. Charlotte s'ébroua quand le jet d'eau passa du chaud au froid, puis inversement, mais elle ne se sentait pas particulièrement fraîche après un voyage en avion et une nuit sur un canapé, elle tenait à se laver à fond.

Lorsqu'elle ouvrit le rideau défraîchi, Tennyson l'attendait devant la porte. Elle fit un pas hors de la douche et sentit l'eau ruisseler entre ses orteils quand son pied s'enfonça dans la moquette en laine. Au même moment, Tennyson s'avança vers elle et se frotta contre ses jambes mouillées.

Frissonnante, Charlotte jeta une serviette au sol tout en essayant de chasser l'animal et de ne pas penser au fait qu'il n'y avait sans doute pas de pire nid à microbes qu'une moquette dans une salle de bains.

— Tu n'as rien d'autre à faire ? marmonna-t-elle, agacée.

À sa grande surprise, Tennyson lui répondit par un doux ronronnement. Elle n'avait pas du tout l'habitude des animaux ; elle finit par se résigner lorsque Tennyson lui fit les yeux doux.

— OK, tu peux rester. Mais s'il te plaît, évite de me coller des poils partout. Figure-toi que j'ai une réunion importante.

Lorsque Charlotte finit de s'habiller, il lui restait encore trois quarts d'heure avant son rendez-vous. Elle se dirigea vers le coin cuisine pour essayer de trouver quelque chose à grignoter. Tennyson la précéda sans cesser de se frotter à elle.

Charlotte eut une révélation.

— Tu as faim, naturellement ! Attends, je vais voir ce que je peux te donner.

Dans le frigo, elle ne vit rien d'autre qu'un paquet de fromage en tranches. Elle en proposa un morceau à Tennyson qui la regarda comme si elle avait perdu la raison, avant de détourner la tête.

Un anneau de calcaire encerclait le bec de la bouilloire. Charlotte la remplit à moitié et l'écouta se mettre à chanter.

Pendant que l'eau bouillait, elle ouvrit un à un les placards au cas où sa tante y aurait caché un éventuel trésor. Il n'était pas rare d'entendre qu'on avait découvert un magot conséquent dans une vieille maison et de toute évidence, Sara n'avait pas dilapidé son argent en objets de décoration intérieure.

La kitchenette était mal équipée et Charlotte soupçonna sa tante de n'avoir jamais beaucoup cuisiné. La cuisinière ne comportait que deux petits feux, l'évier était minimaliste et le seul four visible était à micro-ondes. De plus, un seul des placards servait à ranger la vaisselle ; derrière la porte désaxée, elle trouva une collection navrante d'assiettes et de tasses dépareillées, la plupart aux bords ébréchés et aux motifs décolorés. Les autres placards renfermaient des rangées de livres soigneusement agencés afin que chaque millimètre soit exploité au maximum.

Charlotte sourit. Elle-même était du genre à devoir « googler » le temps de cuisson d'un œuf dur et depuis la disparition d'Alex, elle avait surtout utilisé la cuisine comme zone de stockage pour les produits de l'entreprise – voilà manifestement un point qu'elle et Sara avaient en commun.

Après avoir bu son thé avec quelques biscuits secs trouvés dans l'un des placards, elle refit le tour de l'appartement. Elle avait du mal à réaliser que la sœur de sa mère avait habité ici. Que tous les objets qui s'y trouvaient éparpillés, brosses à cheveux, stylos, lunettes et chaussettes, lui avaient appartenu.

Tennyson avait apparemment pardonné à Charlotte sa bévue, car même après qu'elle eut tenté de lui refiler une vulgaire tranche de fromage, il la suivait à présent dans tout l'appartement, la queue gaiement pointée vers le plafond. Lorsqu'ils arrivèrent face à une porte fermée, il s'assit et se mit à miauler. Charlotte lui jeta un regard en coin. Presque certaine d'être devant la chambre de Sara, elle n'osait pas entrer par peur de violer l'intimité de sa tante.

— Pas maintenant, dit-elle, mais le chat n'avait aucune intention de capituler.

Il continua à miauler sur un ton toujours plus désespéré. Finalement, elle céda et le prit dans ses bras.

— Voilà, comme ça, dit-elle en caressant la douce fourrure argentée. On va bien te trouver quelque chose à te mettre sous la dent au rez-de-chaussée.

Alors qu'elle se retournait, Charlotte remarqua une photo au mur. Le hall était mal éclairé ; elle dut s'en approcher tout près.

Tout en continuant à caresser Tennyson, qui, sans la moindre gêne, enfouissait son museau sous son aisselle, Charlotte plissa les yeux. La photo en noir et blanc représentait un homme aux cheveux blonds peignés en arrière, une boucle en suspension sur le front. Les manches de son tee-shirt retroussées, il était assis sur le bord d'une chaise, l'air détendu, un sourire confiant aux lèvres.

Charlotte étudia le portrait en détail. Il lui semblait reconnaître quelque chose de familier, sans réussir à mettre le doigt dessus. La photo ancienne, au grain épais, avait probablement été prise dans les années 1980, à en juger par les vêtements de l'homme.

Tennyson se dégagea de son étreinte et sauta sur le sol, mais Charlotte ne bougea pas d'un centimètre. Elle avait du mal à détourner son regard de l'image. Il y avait quelque chose de profondément intrigant dans la manière dont l'homme regardait l'objectif. Un éclat dans ses yeux qui piquait la curiosité de Charlotte.

Soudain, l'alarme préenregistrée dans le calendrier de son téléphone retentit, ce qui signifiait qu'il lui restait exactement trente minutes avant son rendez-vous. Il lui fallait partir.

Dans l'entrée, Charlotte enfila son manteau et vérifia que son portable, son portefeuille, son tube de gel hydroalcoolique et les clefs de Sara se trouvaient bien dans les poches. Avant de quitter l'appartement, elle jeta un dernier coup d'œil à la photo de l'homme-mystère, claqua la porte derrière elle et dévala l'escalier, Tennyson sur les talons.

4

Mercredi 18 août 1982

LE VENT MARIN RABAT SES CHEVEUX d'avant en arrière. Au milieu du vrombissement des bateaux à moteur on entend la corne de brume d'un gros paquebot qui se faufile dans l'entrée du port entre les bateaux de pêche. Des mouettes les survolent, surexcitées ; au loin résonne l'écho de coups métalliques frappés sous un grand hangar.

Dans le port, le bruit est assourdissant, mais Kristina ne peut pas s'empêcher de sourire. C'est exactement ce qu'elle est venue chercher. Quand le paquebot accoste, elle sent sa poitrine vibrer, comme une voile gonflée par un sentiment de liberté. Elles sont arrivées ! Enfin ! Tout le reste est derrière elles. Une nouvelle vie peut commencer.

Quand elles descendent sur l'embarcadère, Sara lui tend la main pour qu'elle l'attrape. Kristina fait la grimace pour montrer qu'elle trouve ça ridicule, mais au fond, elle est bien contente de sentir les doigts de sa sœur entrecroisés aux siens. Contre toute attente, elle aussi est un peu nerveuse. Ici en Angleterre, elles ne connaissent personne. Elles n'ont ni travail ni maison et elles ne peuvent pas non plus rentrer chez elles.

Lorsque cette dernière pensée la traverse, Kristina doit se blinder pour ne pas éclater en sanglots. Non pas que la maison lui manque. S'il y a bien quelqu'un pour se réjouir d'être partie, c'est elle. C'est le sentiment en lui-même qui l'effraie, l'impossibilité de faire demi-tour. S'il survenait quelque chose de grave, elles n'auraient nulle part où aller.

Elle a essayé d'expliquer à Sara ce qu'elle ressentait, mais sa sœur n'a pas eu l'air de comprendre. En général, elle se contente d'incliner la tête et de dire à Kristina qu'elle n'a pas à s'inquiéter. Elle le promet : tout ira bien. Elles vont vivre des choses formidables.

À l'origine, ce voyage, c'était l'idée de Sara. C'est elle qui a économisé pour partir le plus loin possible, c'est elle aussi qui a insisté pour partir de nuit. Sinon, elle n'aurait jamais laissé Kristina l'accompagner.

Il leur faut un long moment pour rejoindre la gare ferroviaire depuis le port. Elles portent leurs valises dans une direction, puis dans l'autre avant de trouver leur chemin.

Chaque fois que Kristina jette un œil vers sa sœur, celle-ci arbore le même sourire en coin. Sara est rayonnante. Les voilà en Angleterre, ensemble. L'aventure peut commencer. Enfin, elles vont vivre vraiment ! Enfin, loin d'Årebo !

Le soleil haut dans le ciel donne chaud à Kristina. La sueur coule le long de sa nuque, mais elle ne veut pas enlever son manteau. Elle se sent plus en sécurité avec.

Sara lui fait un clin d'œil.

— Tu as faim ? On se paye des sandwichs ?

Elle ouvre le sac à bandoulière qu'elle a acheté exprès pour le voyage. Les six derniers mois, elle a été caissière au Konsum[1] pour mettre de l'argent de côté. Kristina vient à peine de finir l'école ; elle aussi a travaillé, mais pas autant. Elle a surtout aidé à la cuisine de l'auberge d'Årebo.

— On a assez d'argent ?

Sara lève les yeux au ciel.

— Pour les sandwichs ? Bien sûr qu'on a assez ! Y a aucune raison de t'inquiéter ainsi.

Elle sort un billet de cinq livres et le secoue devant son visage.

— Tu gardes les valises. Je retourne en vitesse au kiosque qu'on vient de dépasser.

Sara disparaît à l'angle de la rue, Kristina choisit de l'attendre sur un banc public muni d'une tablette. Elle fixe son regard sur le bâtiment face à elle et fait son possible pour paraître occupée lorsque quelqu'un passe à sa hauteur. Elle est terrorisée à l'idée qu'on lui adresse la parole. Que pourrait-elle bien dire ? L'anglais qu'elle a appris à l'école est plus que médiocre ; par ailleurs, elle est timide. Heureusement qu'elle a Sara avec elle. Sa sœur, elle, n'a peur de rien.

C'est Sara qui a tout planifié. Elle sait quel train elles doivent prendre, quelle ligne de métro. C'est elle qui a écrit à l'église pour leur demander l'hospitalité, elle encore qui a l'adresse.

Kristina lit les panneaux visibles depuis le banc et s'entraîne silencieusement à la prononciation. Elle sait qu'elle n'aura bientôt plus le choix, il faudra qu'elle se lance.

---

1. Célèbre chaîne de supermarchés en Suède.

À l'origine, elle n'avait aucune envie d'aller jusqu'en Angleterre. Elle serait bien restée en Suède, mais Sara trouvait qu'un voyage à Stockholm était loin d'être une aventure. « Dans ce cas, autant rester ici », avait-elle dit en soupirant. À la fin, c'était toujours Sara qui avait le dernier mot. Kristina se pliait à ses désirs même si au fond, tout ce qu'elle voulait était de partir loin d'Årebo. De partir loin de lui.

Tous ces changements la fatiguent. Elle ferme les yeux, puis sursaute lorsqu'elle entend chuchoter à son oreille. C'est sa voix à lui. Il n'y a personne et pourtant elle l'entend très distinctement.

Un frisson la parcourt. Elle regarde tout autour d'elle. Il ne peut quand même pas l'avoir suivie jusque-là ?

Cette pensée lui donne des sueurs froides. Elle cherche Sara des yeux. Où est-elle passée ? Pourquoi n'est-elle pas déjà revenue ? Combien de temps faut-il au juste pour acheter deux satanés sandwichs ?

Le cœur battant, Kristina attrape une valise dans chaque main. Faut-il qu'elle parte à la recherche de Sara ? Les valises, pleines à craquer, sont beaucoup trop lourdes. Elle n'ira pas bien loin.

Une autre minute passe, une longue minute.

Et Sara qui n'est toujours pas là…

Elle a enlevé son sac à dos qu'elle serre contre sa poitrine. Elle pense à Papa. Ce qu'il doit être en colère. Surtout contre Sara. Toujours contre Sara.

Elle ne préfère pas imaginer ce qu'il se passerait s'il les trouvait. Ce qu'il ferait à Sara. *C'est tout autant de ta faute, Kristina. Regarde un peu ce qui arrive à ta sœur, maintenant. Tu aurais dû réfléchir avant de te comporter comme une imbécile. Ne ferme pas les yeux. Regarde-moi. Regarde-la !*

Lorsque le visage joyeux de Sara apparaît au coin de la rue, Kristina lâche un soupir de soulagement. Il n'est pas là, se souvient-elle. Il est loin d'ici et elles sont hors de portée.

Kristina marche tranquillement, l'air détendu, tout à son aise. Comme si elle n'avait jamais rien fait d'autre que d'acheter des sandwichs à Felixtowe.

— Il ne leur restait plus qu'au fromage. Et le pain n'a pas l'air terrible.

Elle tend un sandwich emballé dans du papier à Kristina et pose deux bouteilles en verre sur la table.

— Soda à la cerise, annonce-t-elle gaiement.

— Pourquoi ça t'a pris si longtemps ?

Kristina essaye d'avoir l'air en colère, mais face au sourire de sa sœur, elle est désarmée.

— Tu trouves ? Elle s'assoit, déchire le papier autour des fines tranches de pain et mord dedans. Mmmh ! Le sandwich anglais. Si sec qu'il est presque impossible à avaler.

Kristina fronce les sourcils.

— Je n'aime pas quand tu t'en vas. On doit…

— Rester ensemble, complète Sara. Je sais. Elle observe sa petite sœur et souffle quelques mèches de cheveux qui lui barrent le front.

— Tu t'es inquiétée pour de vrai ?

Kristina hausse les épaules et détourne le regard. Sara repose son sandwich et s'assoit plus près d'elle.

— Excuse-moi, dit-elle en posant une main sur l'épaule de Kristina. C'était idiot de ma part. Mais tu sais quoi ?

Kristina secoue la tête.

— Je ne vais pas disparaître.

Elle regarde sa grande sœur et lève le menton vers les sodas.

— Papa n'aurait pas apprécié qu'on gaspille comme ça.

Sara attrape l'une des deux bouteilles, dévisse le bouchon et la tend à Kristina avant d'ouvrir la sienne.

— Mais Papa n'est pas là, dit-elle en remuant sa frange.

Elle lève sa bouteille vers Kristina et trinque avec elle.

— On fait ce qu'on veut maintenant.

Kristina secoue la tête d'un air boudeur.

— Je suis sérieuse. Qu'est-ce que tu veux faire ?

Sara porte la bouteille à sa bouche et boit si vite que de la mousse rose s'échappe du goulot.

— Boire directement à la bouteille ?

Kristina sourit.

— Les coudes sur la table ? dit-elle en se penchant en avant, les deux bras en appui sur la table.

— Les coudes sur la table, répond Sara, qui passe son bras autour des épaules de Kristina.

— Te fais pas de bile. Tout va s'arranger, dit-elle en reprenant une gorgée de soda.

Kristina soupire. Elle aimerait être aussi insouciante que sa sœur, mais c'est plus facile à dire qu'à faire.

— Tu te rends compte ? On est là, en Angleterre ! Enfin arrivées ! On peut faire tout ce qu'on veut.

Kristina approuve et mord dans son sandwich, tellement sec qu'il lui râpe la langue. Lorsqu'elle entend sa sœur glousser, elle ne peut pas s'empêcher de sourire elle aussi. Sara exulte.

— On peut boire du soda infect et manger des sandwichs en carton à volonté !

Kristina se penche sur l'épaule de sa sœur en disant :

— Rien que toi et moi.

— Rien que toi et moi, répète Sara en posant son menton sur la tête de Kristina.

5

Mardi 5 septembre, suite

— Si je comprends bien, vous pensez qu'il n'est pas judicieux de louer ?

— Non. Maintenant que vous avez vu la maison, vous devinez sans peine les difficultés qui vous attendent si vous décidez de louer les appartements et le local commercial. Si vous n'avez pas l'intention de vous installer ici, je vous recommande de vendre le tout sans attendre.

Charlotte fixait l'écriteau en argent posé devant elle. M. Gerald Cook, le notaire de Sara, était très différent de ce qu'elle avait imaginé. Assis derrière son bureau en désordre dans un col roulé et un costume en tweed vert beaucoup trop serré, il ressemblait davantage à un professeur d'arts plastiques des années 1970 qu'à un juriste britannique.

— Je ne peux pas rester ici, dit-elle sur un ton grave.

Mr Cook hocha la tête.

— Dans ce cas, vous feriez mieux de vendre aussi vite que possible. Je peux vous aider pour les détails pratiques.

Charlotte soupira. Même si elle avait espéré pouvoir louer la librairie à un nouveau gérant, elle savait que Mr Cook avait raison. Le plus simple était sans doute de vendre.

— Je tiens à ce que nous trouvions un acheteur qui souhaite reprendre The Riverside Bookshop. J'aimerais que la librairie reste ouverte, ne serait-ce que par égard pour le personnel.

Un sourire satisfait se dessina sur le visage du notaire, qui épousseta quelques miettes tombées sur le revers de sa veste.

— Je ne suis pas sûr d'y arriver, mais je peux essayer. Le personnel toutefois s'en sort toujours. Les chances de rebondir ne manquent pas dans une grande ville comme Londres.

Charlotte s'apprêtait à se lever. Elle avait cru que Mr Cook ferait tout pour la convaincre de garder la librairie. Contrairement à ses attentes, il était lui aussi en faveur d'une résolution rapide.

— Si nous avons fait le tour, je vous salue.

— Bien évidemment.

— Combien de temps pensez-vous qu'il faudra pour vendre la maison ?

Mr Cook se mit à chercher dans ses papiers.

— Quelques semaines, je l'espère, dit-il, enthousiaste. Dans le pire des cas, quelques mois. Je reviendrai vers vous avec tous les détails dès que j'aurai consulté un courtier.

— Je vous en prie. Je serai probablement bientôt de retour en Suède. Mais vous pouvez me joindre par téléphone.

Il se leva promptement et déplaça trois tasses de café vides pour rassembler une pile de dossiers éparpillés sur le bureau.

— Voici le livre des comptes, les documents de prêts et tout ce que vous m'avez demandé.

Charlotte le remercia et rangea le tout dans son sac.

— Je m'occupe d'évaluer la valeur du bien immobilier, j'espère vous donner un chiffre préliminaire aussi rapidement que possible. N'oubliez pas de remplir les papiers que je vous ai envoyés pour estimer les biens meubles qui se trouvent dans la maison afin que nous puissions calculer les droits de succession.

Charlotte hocha la tête et pensa au bazar sans nom qui encombrait l'appartement de Sara. En faire l'inventaire lui prendrait une éternité, mais elle doutait d'en tirer quoi que ce soit.

— C'est entendu. Je vais faire au plus vite.

Mr Cook eut l'air ravi.

— Vous m'avez dit que vous pourriez avancer un peu d'argent si les économies de Sara ne suffisaient pas ?

— Oui, répondit-elle brièvement.

— Bien. Si la maison se vend dans les six mois, vous pourrez compter sur une partie des bénéfices pour régler les droits.

— Merci pour votre aide.

Il sourit.

— Il n'y a pas de quoi. N'hésitez pas si vous avez la moindre question.

Sur le chemin du retour, Charlotte se sentait plus légère malgré tout. Elle souhaitait sincèrement pouvoir sauver la librairie de Sara, mais elle ne pouvait tout simplement pas rester ici pour s'en charger elle-même. Sam et Martinique le comprendraient sûrement.

Elle traversait une petite rue commerçante inondée de soleil. Comme les coulisses d'un studio de cinéma, les boutiques alignées affichaient fièrement leurs marchandises sur des étalages colorés déployés jusque sur le trottoir.

Même en plein milieu de journée, il y avait foule dans les rues. Quelques enfants jouaient au foot sur un petit terre-plein en graviers. Devant une porte peinte en noir, un homme prenait le soleil sur une chaise pliante.

Chez le traiteur indien, Charlotte choisit un sandwich au fromage triangulaire emballé sous plastique. Derrière le comptoir, une femme portait un sari mauve cousu de fil d'or ; son front était orné d'un point rouge. Le curry et la cannelle embaumaient toute la boutique. S'il avait été là, Alex se serait moqué de son manque d'audace culinaire et l'aurait encouragée à goûter l'une des spécialités.

Son sac plastique blanc en main, Charlotte sourit et remercia. Elle aurait cru que la ville, grouillante et trop bruyante, la mettrait mal à l'aise, mais à son grand étonnement, elle se sentait plutôt sereine malgré le spectacle permanent qui se jouait devant elle. Personne ici ne savait qui elle était, personne ne la voyait comme une jeune veuve au destin tragique.

L'année passée, elle n'avait même pas eu le courage de se rendre à la salle des fêtes située à seulement quelques kilomètres de chez elle. Chaque fois qu'elle mettait un pied dehors, elle sentait s'appesantir sur elle les regards compatissants, comme si son histoire était connue de tous. Elle les entendait chuchoter « C'est elle. C'est elle qui a perdu son mari dans cet accident bizarre. »

Charlotte marchait dans ce qu'elle croyait être la bonne direction. Bien qu'elle ait pris un taxi jusqu'à l'étude du notaire, elle espérait retrouver le chemin de Riverside sans avoir à consulter son portable.

La vie dans une métropole n'avait rien de commun avec l'existence paisible qu'elle menait à la campagne. Ici, tout le monde avait l'air si pressé ; les passagers des bus à impériale n'attendaient même pas l'arrêt pour en descendre. Là d'où venait Charlotte, en revanche, les gens prenaient le temps de vivre, et s'il vous arrivait un jour d'être pressé, vous pouviez être sûr de vous retrouver coincé derrière un tracteur lancé à sa vitesse de pointe de trente kilomètres heure.

Charlotte orienta son visage vers le soleil. Londres était loin d'être aussi grise et morne qu'elle se l'était imaginée. De larges avenues et des ponts ferroviaires à la circulation assourdissante jouxtaient de tranquilles quartiers résidentiels où chaque maison disposait d'un petit jardin avec balançoire et bac à sable ; les restaurants et les boutiques s'entassaient à moins d'un jet de pierre des monuments historiques, des parcs guindés, des églises et des boîtes de nuit. Un environnement pour le moins varié, et même si Charlotte ne se voyait pas y habiter elle-même, elle comprenait pourquoi la ville attirait à elle des millions d'âmes. Alex, qui lui avait souvent évoqué son envie de découvrir Londres, aurait certainement voulu rester quelques jours supplémentaires.

Charlotte ferma les yeux. Elle s'était fait un sang d'encre à l'idée de partir loin de chez elle – mais surtout à l'idée de quitter la maison. Là-bas, tout lui rappelait Alex et elle avait peur de rompre le lien si elle s'éloignait de l'endroit où ils avaient vécu. Par chance, elle sentait toujours sa présence à ses côtés. Agnetha avait l'habitude de dire qu'Alex continuait d'habiter le cœur de Charlotte. Si elle trouvait cette explication particulièrement niaise, le fait est qu'elle n'en avait pas de meilleure. D'ailleurs, Henrik lui avait écrit que tout était sous contrôle à C/O Charlotte, il n'y avait donc peut-être pas d'urgence à rentrer.

Avant d'arriver à la librairie, Charlotte se promena sur les rives de la Tamise en prenant tout son temps. Le large fleuve argenté tranchait en son cœur le trépidant paysage urbain de Londres. De vieilles bâtisses en pierre élégantes avec leurs façades colorées se mêlaient aux gratte-ciel étincelants et aux clochers altiers. De loin, elle distinguait une coupole gigantesque qui devait être la Cathédrale Saint-Paul.

Elle redoutait le moment où elle annoncerait à Sam et à Martinique qu'il n'y avait pas d'autre option que de vendre la maison. Avec un peu de chance, elle pourrait néanmoins leur reverser une partie du bénéfice en guise de bonus. Et s'il était vraiment impossible de trouver un repreneur pour la librairie et qu'elles venaient à perdre leur emploi, Charlotte veillerait à ce qu'elles reçoivent une indemnité de départ digne de ce nom, même si elle espérait ne pas en arriver à cette extrémité.

Riverside Drive était pleine de petites boutiques dépareillées soigneusement alignées les unes à côté des autres. Dès qu'elle arriva dans la rue, Charlotte sentit une douce chaleur envahir sa poitrine. Comme la librairie, la plupart des commerces avaient une façade de bois peinte. La petite boulangerie était jaune citron, la boutique de vêtements pour enfants, rose framboise, l'épicerie biologique bleu turquoise, le fleuriste violet et le pub The Rose, rouge foncé. Chaque devanture était ornée d'une enseigne peinte à la main se balançant au gré du vent ainsi que d'adorables décorations de fenêtre.

Elle huma l'odeur du pain frais en passant devant la porte de la boulangerie restée entrouverte avant de poursuivre vers la charcuterie-fromagerie. À l'intérieur, des guirlandes de saucisses fraîches pendaient du plafond et des centaines de fromages et de jambons différents se serraient sous la vitrine. Le quartier rappelait un village du temps jadis et elle ne pouvait pas s'empêcher de se demander ce qu'Alex en aurait pensé s'il l'avait parcouru avec elle. Il avait toujours été d'un naturel plus aventureux qu'elle, il aurait probablement insisté pour qu'ils continuent à faire vivre la librairie en parallèle de C/O Charlotte. Sauf qu'une double responsabilité de ce genre méritait bien d'être portée à deux. Seule, ce n'était même pas la peine d'y penser. Tout était plus difficile maintenant qu'elle ne pouvait plus compter sur lui.

Elle s'arrêta devant la vitrine de vêtements d'enfant et sentit une boule se former dans son ventre à la vue des petites robes blanches à volants et des blouses à fleurs roses. Il n'y a encore pas si longtemps, elle aurait été incapable de passer devant une boutique de ce genre sans y entrer pour faire des emplettes. À la maison, elle avait rempli un tiroir entier de grenouillères, robes brodées et chaussettes tricotées main. Pendant plusieurs années, elle avait collectionné les plus jolies choses qu'elle avait pu trouver pour son futur enfant – leur futur enfant, à Alex et elle.

Elle ravala la boule de tristesse qui se formait dans sa gorge. Elle n'était pas encore prête à accueillir ce genre de pensées. Si elle n'avait pas tout à fait intégré le fait qu'Alex l'ait laissée sans enfant, elle savait pertinemment qu'il ne lui restait pas beaucoup de temps. L'idée d'avoir un bébé toute seule lui avait bien traversé l'esprit, mais cela finissait toujours par lui coller une angoisse monstre.

Charlotte posa une main sur sa poitrine et se mit à compter à voix basse.

— Un, deux, trois, inspire, un, deux, trois, expire.

C'était l'une des rares choses apprises d'Agnetha qui lui faisait vraiment du bien. Petit à petit, son pouls ralentit – mais lorsqu'elle aperçut la boîte à musique bleu clair avec les petits chevaux, la même que celle qu'Alex lui avait offerte, ses yeux se remplirent de larmes et elle détala aussi vite qu'elle put.

Une fois de retour dans l'appartement de Sara, Charlotte débarrassa la petite table à manger pour y étaler les rapports de gestion et autres documents remis par le notaire. Elle feuilleta le livre de comptes tout en mangeant son sandwich.

Pendant les premières années de C/O Charlotte, Alex et elle s'étaient occupés eux-mêmes de toute la comptabilité et bien que ces documents fussent en anglais, elle n'eut pas de mal à comprendre à quoi correspondaient les différents chiffres.

Elle parcourut tous les documents un par un. À chaque page tournée, elle se sentait plus affligée. Séduite par le charme de la librairie, elle s'était imaginé que ses finances se portaient bien. Les chiffres parlaient d'eux-mêmes : sa tante n'avait visiblement aucune idée de la manière dont il fallait gérer une entreprise pour la maintenir à flot. De ce qu'elle voyait, les comptes de Riverside n'étaient même pas à l'équilibre. Les recettes ne couvraient plus les dépenses courantes comme le personnel ou les achats de livres.

Elle enfourna le dernier morceau de sandwich dans sa bouche et mâcha lentement. Il lui faudrait du temps pour tirer tout ça au clair et elle ne pourrait probablement pas rentrer avant la fin de la semaine.

Charlotte prit quelques notes dans un carnet trouvé par terre. Si la librairie n'avait pas fait faillite, c'était uniquement grâce aux différentes hypothèques que

Sara avait prises sur la maison et à l'argent qu'elle avait avancé elle-même pour couvrir tous les frais.

Charlotte s'enfouit le visage dans les mains. Il ne serait pas facile de trouver un acheteur pour une librairie déficitaire. Pire encore, la maison était tellement grevée d'hypothèques que sa revente ne permettrait pas de générer de bénéfice digne de ce nom, après que les droits de succession auraient été réglés. En d'autres termes, dans l'hypothèse de la fermeture, elle ne pourrait même pas donner à Sam et Martinique d'indemnité de licenciement.

Elle se leva et commença à déambuler dans l'appartement. Pourquoi le notaire ne l'avait-il pas alertée ? Ne savait-il pas à quel point la situation était désespérée ?

Elle soupira lorsqu'il lui fallut enjamber une pile de livres en plein milieu du salon. Cet appartement n'aurait eu aucun mal à se qualifier pour l'une de ces émissions de téléréalité où l'on apprenait à des familles à mettre de l'ordre chez elles. Plus Charlotte y passait de temps, plus l'envie lui prenait de se livrer à sa passion du ménage, munie de gants en latex, d'un rouleau de sacs-poubelle et d'une bouteille d'eau de Javel.

Quand sa chaussette se prit dans la couverture d'un livre et que toute une pile s'effondra sur le plancher, Charlotte tomba elle aussi à genoux, consternée.

Parmi les livres renversés, Charlotte repéra *Le Monde selon Garp* et passa son pouce sur les lettres du titre. Elle ouvrit le livre et en feuilleta les pages pour sentir le papier velouté sous la pulpe de ses doigts. Sur la page de garde, elle vit que quelques mots avaient été griffonnés de la main de sa tante, dont elle reconnut immédiatement l'écriture.

À Daniel. Je t'aime.

Le dos appuyé contre le mur, elle observa longuement la dédicace. *Daniel*, pensa-t-elle. *Était-ce le petit ami de Sara, ou même son mari ?*

Elle trouvait si étrange de ne rien savoir de sa propre tante, excepté qu'elle avait vécu ici, dans cette maison et qu'elle n'avait jamais eu le moindre contact avec elle, sa nièce. Et même si Kristina n'avait presque jamais évoqué Sara devant elle, Charlotte était persuadée que ce mystère était intimement lié à sa propre mère. Sara avait manifestement voulu entrer en contact avec sa sœur, sinon pourquoi aurait-elle écrit cette lettre et légué la librairie à Charlotte ?

Elle essaya de se rappeler si sa mère avait déjà prononcé le nom de Daniel. Elle savait que Kristina avait aimé *Le Monde selon Garp,* mais que lui avait-elle raconté au juste sur sa vie avant sa naissance ?

L'ébauche d'une pensée se forma dans sa tête, puis se volatilisa lorsqu'on frappa à la porte. Charlotte reposa le livre et se leva.

6

Vendredi 24 septembre 1982

Elle est couchée contre le mur pourtant froid et humide. Derrière la porte résonnent des bruits sourds et des cris. La musique qui s'échappe d'un ghetto-blaster fait trembler le sol. La voix stridente de Joe Strummer hurle « I'm only looking for fun. »

Kristina se force à fermer les paupières et tire la couverture sur son nez, mais elle n'arrive pas à dormir. Elle se tourne sur le côté et regarde vers la petite fenêtre. La lumière des lampadaires traverse les rideaux trop légers et de la rue lui parviennent les éclats de voix des clients ivres regroupés à l'extérieur du pub.

Bientôt Sara sera là. Kristina ne s'endort presque jamais avant le retour de sa sœur.

Elle se retourne encore. Fixe le mur et se rappelle à quel point elle déteste cet endroit en même temps que quelqu'un se met à brailler *London's Burning* dans la chambre d'à côté.

Kristina ne se plaît pas du tout ici. Rien ne se passe comme elle se l'était imaginé. Sara et elle ne vivent pas dans un appartement avec une mignonne petite cuisine, une nappe sur la table et de la porcelaine fleurie. Elles devaient repartir de zéro et vivre l'aventure ; au lieu de quoi, elles habitent une colocation où personne ne semble jamais avoir envie de dormir.

Quand Sara n'est pas à la maison, Kristina n'ose même pas sortir voir les autres. Elle n'aime pas les voir défoncés en permanence, ni retirer les seringues qui traînent dans le lavabo à chaque fois qu'elle veut se laver.

Les jobs de rêve qu'elles avaient espérés, elles ne les ont pas trouvés non plus. Sara travaille dans un pub répugnant. Chaque fois que Kristina lui rend visite pendant ses heures de service, elle en ressort écœurée. À l'intérieur, l'air est chargé de fumée. Des mouches mortes gisent sur le rebord des fenêtres, les murs sont jaunis par les vapeurs de cuisine et l'air empeste l'aigre et le renfermé.

Sara a promis qu'elles déménageraient dès que possible, mais elles n'ont pas les moyens de trouver mieux. Aucune d'entre elles n'a un salaire suffisant pour louer un logement rien qu'à elles deux. Du moins, pas dans le centre de Londres, or c'est là qu'on trouve du travail.

Kristina s'efforce de ne pas pleurer, mais ses larmes sortent toutes seules. Personne, dans la colocation, ne nettoie après soi. La poubelle déborde en permanence, la table de la cuisine est couverte d'assiettes sales et de vieux restes oubliés, les rebords de l'évier sont noirs de crasse et la moquette poisseuse. En plus, il faut penser à cacher ses affaires sans quoi elles disparaissent. Même le papier toilette, il faut l'emporter avec soi car le rouleau ne reste jamais très longtemps à sa place.

Elle se tourne encore une fois et regarde sa montre. Onze heures et trois minutes. Même si elles n'habitent pas loin du pub, elle n'aime pas que Sara rentre seule le soir. Fatiguée, elle fixe le papier peint à fleurs et suit des yeux leurs tiges épineuses, de haut en bas, jusqu'à ce que la porte s'ouvre.

Kristina sourit. Enfin, la voilà ! Elle a attendu toute la journée de pouvoir parler à Sara. Impatiente, elle a hâte de sentir sa sœur se glisser sous la couverture.

Plusieurs secondes passent sans que Sara ne dise un mot, puis la porte se referme subitement.

Kristina s'assoit dans le noir.

— Sara ? C'est toi ?

Elle entend respirer.

— Sara ?

Dans la chambre qui ne fait que quelques mètres carrés, le matelas recouvre la majeure partie de la surface au sol. Kristina a la gorge nouée.

— C'est qui ?

Elle devine une silhouette près du lit, ramène ses jambes contre elle, cherche de la main de quoi se défendre, mais ne trouve qu'un livre. C'est *Le Monde selon Garp,* que Sara a emprunté à un de ses collègues au pub.

— Va-t'en, siffle-t-elle en brandissant le livre devant elle.

Le silence qui suit augmente encore l'angoisse de Kristina. Pourquoi n'a-t-elle pas fermé la porte à clef ?

Le corps crispé, elle essaye de voir dans l'obscurité. Faut-il qu'elle se lève ? Kristina hésite. Elle ne porte qu'une chemise de nuit et rester sous la couverture lui semble plus prudent.

Elle retient sa respiration. Son cœur bat si fort qu'elle l'entend résonner dans ses oreilles. Des milliers de pensées la traversent. Elle reconnaît d'un coup sa présence dans la chambre. Elle l'entend haleter. Il l'a retrouvée. Il a fait tout le trajet jusqu'ici pour la punir.

La panique l'envahit. Kristina gémit dans le noir. Que peut-elle faire maintenant ? Elle n'a nulle part où aller, nulle part où se cacher. Elle voudrait crier, mais rien ne sort de sa bouche, comme si l'air était prisonnier de ses poumons.

Soudain, quelqu'un éclate de rire. Ils sont deux à pouffer juste à côté d'elle. La porte s'ouvre et dans le rai de lumière du couloir, Kristina voit Angie, une de ses colocataires, et un mec aux cheveux longs qui a l'habitude de lui rendre visite. Il doit s'appeler John, quelque chose dans ce goût-là.

Kristina lâche un soupir. Au fond, elle voudrait leur balancer le livre à la figure et leur dire d'aller se faire voir, mais ça ne servirait à rien. Quoi qu'elle dise, ils l'utiliseraient pour continuer à la charrier.

Angie et John ricanent et chuchotent entre eux. Ils marmonnent quelque chose pour tirer Kristina du lit.

— C'est la fête ! disent-ils.

— Allez, viens Kicks ! Sois pas rabat-joie !

Kristina ne répond pas. Elle attend qu'ils ferment la porte. Quand ils s'en vont, elle peut enfin se recoucher. Son cœur continue de battre dans sa poitrine. Elle déteste qu'on l'appelle Kicks.

Quelques minutes plus tard, c'est enfin au tour de Sara de rentrer. Elle se glisse dans la chambre et commence à se déshabiller en silence. Elle s'imagine sans doute que Kristina dort déjà.

La peur ne la quitte pas tout de suite, mais Kristina préfère ne rien dire. Elle ne veut pas passer pour une imbécile auprès de Sara. Évidemment qu'il n'est pas là. Évidemment qu'il ne les a pas retrouvées. Sara se prépare à se mettre au lit. Kristina se concentre sur des bruits qui lui sont familiers. Elle écoute sa sœur ôter son pull et déboutonner son jean, puis jurer quand elle perd l'équilibre à force de tirer sur son pantalon trop serré. Ensuite, elle l'entend chercher des mains sa brosse à cheveux sur la commode.

Le bruit que fait sa sœur en brossant ses longs cheveux est très particulier. Méthodiquement, elle passe sa main de haut en bas ; la caresse douce et rythmée, comme un crépitement, a un effet hypnotique sur Kristina.

Les jambes de Sara sont froides quand elle se glisse sous la couverture, mais ça ne fait rien. Kristina est heureuse de la savoir tout près. Elle se serre à côté de sa sœur, la frôle de la main et sent sa peau douce contre la sienne.

D'habitude, elles ne tardent pas à s'endormir. Ce soir, Sara entend Kristina chuchoter :

— T'es réveillée ?

Kristina fait mine de gémir en se tournant vers sa sœur.

— Oui. Qu'est-ce qu'il y a ?

Sara glousse. Elle sent le tabac. La fumée imprègne tout : vêtements, coussins, cheveux. Même le parfum n'aide pas à masquer l'odeur âcre.

— J'ai rencontré un garçon, dit-elle en se mettant à glousser. Daniel.

— Ah oui ?

Sara s'assoit dans le lit. Kristina observe son visage éclairé par la lumière rouge d'un panneau publicitaire sur l'immeuble d'en face. Elle a toujours su que Sara avait quelque chose de spécial mais, ce soir, sa beauté lui saute aux yeux. Il arrive souvent que les gens se retournent sur elle dans la rue ; parfois, elles ne payent rien quand elles commandent de la bière ou de la nourriture. Sara dit que c'est à cause de ses cheveux blonds.

Kristina sait que ça ne fait pas tout, elle-même a exactement la même nuance de blond et pourtant personne ne lui offre à boire ni ne la siffle.

Sara ramène ses genoux sous son menton.

— Bah, c'est rien du tout.

Kristina soupire. Il faut qu'elle se lève très tôt le lendemain. Elle est de service pour le petit déjeuner dans le café où elle travaille, de loin la tâche la plus ingrate : personne ne laisse de pourboires dès potron-minet.

— Dors, maintenant, dit-elle en tirant la couverture sur elle.

— Je vais pas tarder.

Kristina ferme les paupières. Toute la colère qui grondait en elle quelques minutes auparavant s'est envolée. Dès qu'elle est avec Sara, tout s'arrange. N'empêche qu'elles doivent partir d'ici, et au plus vite. Kristina n'en peut plus. Demain, elle achètera un journal et lira les petites annonces. Il doit bien exister quelque part un petit appartement à portée de leur bourse. Si elle déniche la perle rare, elle pourra même arriver à convaincre Sara de s'éloigner un peu du centre.

Bercée par les images de leur futur appartement, elle ressent bientôt une agréable torpeur. Tant qu'elle aura Sara avec elle, tout ira bien, elle le sait.

Rien que toi et moi, se répète Kristina en glissant doucement dans le sommeil. *Rien que toi et moi.*

7

Mardi 5 septembre, suite

DEPUIS SON POSTE D'OBSERVATION à côté de l'étagère Louisa, Martinique aperçut Charlotte traverser la boutique et grimper les escaliers à toute allure. En la voyant entrer, elle avait frôlé l'arrêt cardiaque, la ressemblance avec Sara était si forte. Elles avaient le même visage ovale, le même nez droit, les mêmes yeux clairs et intelligents.

Martinique déplaça *Vingt Mille Lieues sous les mers* qui s'était retrouvé coincé entre *La Tante Julia et le scribouillard* et *Lituma dans les Andes*. Elle avait préparé une longue liste d'arguments pour convaincre Charlotte de garder la librairie, mais en la voyant si semblable à sa tante, elle avait perdu le fil. Même le son de sa voix lui rappelait Sara. Elle trouvait presque sinistre de la voir évoluer dans la librairie comme une version plus jeune de son ancienne patronne et amie. Pour Martinique, le temps était compté. Si elle voulait avoir une chance d'influer sur la décision de Charlotte, elle devrait se hâter car il n'était pas exclu qu'elle décide de rentrer en Suède aussi vite qu'elle était venue.

La porte claqua et Martinique jeta un œil vers l'entrée. La présence de la nièce de Sara parmi eux soulevait en elle un tsunami d'émotions ; elle se dépêcha d'essuyer une larme au coin de l'œil.

L'enjeu était énorme. Si la librairie devait fermer, ce ne serait pas seulement une tragédie pour les habitants du quartier. Martinique en serait personnellement affectée. Son mari et elle ne roulaient pas exactement sur l'or et Londres était une ville chère. De plus, Angela entrerait bientôt à la fac, Martinique était terrifiée à l'idée de se retrouver au chômage dans un moment aussi critique. Elle-même avait grandi dans une famille modeste et ne pouvait envisager de perdre tout ce que Paul et elle avaient construit, sans parler de ce qu'elle éprouverait si l'œuvre de Sara était réduite à néant. Martinique caressa du doigt le petit écriteau de laiton portant le nom de Louisa. Cette librairie était le patrimoine de Sara. The Riverside Bookshop était à la fois sa vie et son œuvre. Si elle venait à disparaître, tout ce qui lui restait de Sara s'évanouirait de même, et Martinique n'était pas sûre de supporter de perdre son amie une seconde fois.

Elle tourna le regard vers les livres alignés sur l'étagère et commença à compter les titres de Jules Verne, mais son esprit était ailleurs, perdu dans des considérations autour de Sara et de Charlotte. Une pensée, en particulier, la taraudait.

Martinique prit une profonde inspiration. Sara et elle avaient toujours été extrêmement proches. Au fil des années, son amie lui avait confié une quantité astronomique de secrets ; sur son lit de mort, Sara avait fait promettre à Martinique d'expliquer à Charlotte ce qui s'était passé entre sa sœur et elle.

Elle repoussa du doigt *Le Tour du monde en quatre-vingts jours* qui dépassait de sa rangée. Elle n'avait aucune idée, au fond, de ce que Charlotte savait de la relation entre Sara et Kristina. Elle avait tout intérêt à ne pas se précipiter. Leur situation familiale n'avait pas été simple et la raison du différend entre les deux sœurs n'était pas le genre de commérage à raconter à l'heure du thé.

Les lèvres serrées, Martinique changea *L'Île mystérieuse* de place pour remettre les livres de la rangée dans l'ordre alphabétique. S'il lui faudrait jouer de prudence avec Charlotte pour ne pas l'effrayer, elle n'avait pas non plus envie de lui cacher la vérité trop longtemps. Plus le temps passerait et plus les secrets de Sara seraient lourds à porter. Martinique craignait aussi que Charlotte ne découvre les choses par elle-même. En réalité, elle avait tout à fait le droit de savoir sans attendre ce qu'il s'était passé. Après tout, c'était son histoire familiale à elle.

À cette dernière pensée, Martinique fixa le plafond pour s'empêcher de pleurer. Elle allait devoir se livrer à un jeu d'équilibriste pour le moins périlleux. À peine avait-elle sorti un mouchoir de sa poche que son portable se mit à sonner. Martinique se sécha rapidement les joues et décrocha son téléphone.

— Oui, allô ?

— Salut ma douce, c'est Marcia.

Martinique reprit une profonde inspiration. Elle espérait que sa sœur n'entendrait pas à sa voix chevrotante qu'elle venait de pleurer.

— Salut ! Je pensais justement t'appeler. Comment ça s'est passé pour Sterling, hier ?

Marcia se racla discrètement la gorge.

— Pas très bien, malheureusement.

— Ah bon, ils ont perdu le match ? Il était tellement excité dans la voiture quand je l'ai emmené à l'école, hier matin !

— Je sais, oui, mais j'ai eu une de ces migraines… on a été obligés d'annuler. Je n'ai trouvé personne de libre pour l'y amener. C'est sans doute le genre de choses auxquelles je dois m'habituer maintenant que je suis mère célibataire.

À ces mots, Martinique sentit son estomac se nouer. Pendant le repas de la veille, elle avait mis son portable sur silencieux justement pour ne pas risquer d'être appelée à l'aide par sa sœur, une audace qu'elle allait devoir payer cher.

— Qu'est-ce que tu faisais hier soir, à propos ? J'ai essayé de te joindre.

Un client qui passait devant Martinique la força à se tourner face au mur.

— On a organisé un dîner de bienvenue pour la nièce de Sara, Charlotte, chuchota-t-elle.

— Ah tiens, la Suédoise a fini par débarquer. Eh bien, il était temps. Tu vas enfin pouvoir arrêter de passer chaque seconde de ton temps éveillé dans cette satanée librairie.

Martinique hocha la tête en guise de mea culpa.

— Mmmh, espérons-le.

— Et ce soir, qu'est-ce que tu fais ?

Martinique se figea. Était-ce un crime de ne vouloir penser qu'à soi deux soirs de suite ? Exténuée, Martinique devait se ménager, ne serait-ce que pour Charlotte.

Pourtant, elle avait un mal de chien à dire non à Marcia. Malgré les encouragements de Paul, elle n'y parvenait jamais vraiment et sa sœur savait précisément quoi dire pour lui donner mauvaise conscience.

— J'ai… un dîner.

— Ah oui, et avec qui ?

— Avec Charlotte, ce soir aussi. Elle a tellement de choses à apprendre sur la librairie.

Elle pouvait presque voir Marcia plisser les yeux d'un air dubitatif.

— Mais tu as bien un créneau de libre pendant la soirée ? Ce serait formidable si tu pouvais amener Spencer à sa leçon de violon. Oui, j'y serais bien allée moi-même, mais j'ai peur que ma migraine me reprenne si je dois rester à l'attendre au conservatoire pendant son cours. Ça m'embête, si tu savais… mais tout le monde n'a pas la chance d'être aussi doué que Spencer.

Martinique réfléchissait. La voix de Paul résonnait dans sa tête. *Dis-lui non. Tu vas y arriver !*

— Non. Ça n'est pas possible ce soir, désolée.

C'était dit. À l'autre bout de la ligne, elle entendit Marcia suffoquer. *Il faut que je tienne bon*, se dit-elle en comptant dans sa tête. À cinq, Marcia n'avait toujours rien dit – pour Martinique, c'en était déjà trop.

— Je peux l'y amener, mais ensuite il faudra que je retourne à Riverside.

Martinique regretta ces mots avant même d'avoir fini de les prononcer. Pourquoi n'était-elle pas capable de fermer son clapet ?

Marcia soupira.

— Est-ce que ce dîner est vraiment indispensable ? Tu sais à quel point le violon est important pour Spencer ! Les enfants qui jouent d'un instrument partent dans la vie avec de meilleures chances que les autres. Le pauvre a déjà dû traverser un divorce !

Martinique serra les dents. Elle était sur le point de céder quand elle prit conscience de ce que Marcia venait de lui dire. Le dîner était effectivement indispensable.

S'ils voulaient que Charlotte s'attache à la librairie, ils devaient lui donner une chance d'apprendre à la connaître vraiment.

— Oui, dit-elle d'un ton aussi calme que possible. Je ne peux pas rater ce dîner.

Le silence se fit à nouveau mais, cette fois, Martinique était prête à tout. Elle serra son poing si fort que ses ongles s'enfoncèrent dans sa paume.

Pendant quelques secondes qui lui parurent des heures, aucun son ne sortit du combiné – jusqu'à un nouveau soupir de Marcia.

— OK, siffla-t-elle. Tu peux venir le prendre à partir de cinq heures.

Martinique observa ses phalanges blanchies. Ce n'était donc pas plus compliqué que ça ?

Après avoir raccroché, Martinique entra dans la cuisine où la vaisselle de la veille était toujours à tremper. Elle se sentait particulièrement fière d'avoir réussi à tenir tête à sa sœur. Certes, elle aurait pu être encore plus ferme, mais au moins, elle ne s'était pas aplatie devant elle. Elle n'aurait qu'à conduire Spencer à son cours de violon, pas à aller le chercher.

À cette dernière pensée, elle sentit la culpabilité fondre sur elle. Le pauvre Spencer n'y était pour rien ! Loin d'elle l'idée de se débarrasser de ses adorables neveux ! Elle était simplement fatiguée de devoir toujours tout passer à sa sœur, le plus souvent sans l'ombre d'un remerciement. En fait, Martinique avait un emploi à plein temps, au contraire de Marcia qui, elle, travaillait quand elle en avait envie.

Martinique retroussa ses manches et plongea ses mains dans l'eau trouble de l'évier. Paul ne verrait certainement pas du même œil cette demi-victoire contre son dragon de sœur. Selon lui, elle était toujours trop faible avec Marcia. Il n'avait pas l'air de comprendre que Martinique était sincèrement heureuse d'aider sa sœur, du moins quand elle le pouvait.

Du coude, elle fit glisser une mèche de cheveux qui lui barrait la vue et repêcha une assiette qu'elle se mit à frotter si énergiquement qu'un torrent de mousse envahit l'évier. Ces derniers temps n'avaient pas été faciles entre elle et Paul. En fait, depuis la mort de Sara, son couple était resté dans les limbes. Martinique avait du mal à penser à autre chose qu'à la librairie et Paul en avait par-dessus la tête de l'entendre ruminer ses angoisses, même s'il était beaucoup trop bien élevé pour le lui dire franchement. Au lieu de quoi, il s'était montré plus distant, jusqu'à ne plus lui parler que de sujets très pratiques comme le jour de passage des éboueurs ou le dernier dégât des eaux chez les voisins. C'était comme si leur relation avait été mise sur pause. Martinique ne se souvenait même pas de la dernière fois où ils avaient fait l'amour.

En temps normal, ce genre de choses ne l'aurait pas inquiétée outre mesure. Depuis près d'un quart de siècle que Paul et elle étaient mariés, elle avait eu le temps d'intégrer que leur relation avait ses creux et ses bosses. Toutefois, le comportement récent de Paul avait eu de quoi lui mettre la puce à l'oreille. L'autre jour, il avait carrément débarqué avec un bouquet de chrysanthèmes. Lui qui ne lui offrait jamais de fleurs, au point d'en avoir fait un principe – et elle, une matière à plaisanter… combien de fois s'était-elle moquée des hommes qui courent chez le fleuriste à la première incartade ? Il semblait l'avoir oublié lorsqu'il lui tendit ce bouquet, l'air presque embarrassé, avant de quitter la pièce au plus vite. Ce matin, Paul avait reçu un mystérieux coup de fil qu'il avait préféré garder secret. Dès la première sonnerie, il avait quitté la table du petit déjeuner, couru dans le couloir et fermé la porte derrière lui.

Martinique frotta aussi fort qu'elle put sur une tache de sauce qui collait obstinément à une assiette. Elle ne voulait pas soupçonner Paul, mais après ce qui s'était passé entre Marcia et Richard, elle ne savait plus quoi penser. Sa sœur et son mari avaient toujours eu l'air de nager dans le bonheur. Comment être sûre que la même chose n'était pas en train de leur arriver à Paul et elle ?

Après avoir fini d'essuyer la vaisselle, Martinique ouvrit le frigo pour voir ce qu'il restait du ragoût de la veille. Le faitout était encore à moitié plein, elle n'aurait qu'à faire un peu de riz pour rallonger le tout.

L'idée de passer une autre soirée avec Sam, William et Charlotte lui mit du baume au cœur. S'il y avait une chose que Martinique aimait plus que tout, c'était organiser de bons petits dîners pour ses amis. Certes, il lui faudrait s'absenter un instant pour conduire son neveu, mais il lui resterait encore du temps pour mettre les petits plats dans les grands. Elle pourrait confectionner ces délicieux roulés de pâte feuilletée aux olives et au fromage frais en entrée et peut-être même une tarte meringuée à servir avec le café ?

Martinique loucha sur un paquet de biscuits à l'avoine de chez Marks & Spencer posé sur la table. Alors qu'elle s'apprêtait à en prendre un, son portable vibra. Un message d'Angela.

Tu as fait les muffins ?

Martinique poussa un gémissement. Elle avait complètement oublié que la classe d'Angela organisait une vente de gâteaux le lendemain pour récolter de l'argent en vue d'un voyage scolaire. Elle qui pensait pouvoir cuisiner en paix !

Elle se dépêcha de répondre à sa fille.

Je dois travailler toute la soirée.
Tu ne peux pas t'en occuper ?

Pas aussi bons que les tiens ! Et je dois passer chez Birdie réviser l'interro de maths.

Martinique soupira. Elle aimait se rendre indispensable, mais par moments, elle se demandait si elle n'avait pas fait prendre de mauvaises habitudes à sa fille. Une ado de seize ans était bien assez grande pour préparer quelques muffins.

Il t'en faut combien ?

Trente. Au chocolat avec glaçage rose.

Martinique secoua la tête. Tout ça, c'était de sa faute. C'était elle qui les avait inscrites au comité de vente de gâteaux pendant la dernière réunion de parents d'élèves à l'école d'Angela. Non pas parce qu'elle en avait tellement envie, mais simplement pour couper court au silence de mort qui régnait dans l'amphithéâtre lorsque la déléguée des parents d'élèves avait lancé des regards désespérés aux autres parents qui faisaient tous mine d'être terriblement occupés.

Martinique se prenait parfois à rêver qu'elle faisait comme la mère de Nancy Hanagan, Lucy. Elle avait débarqué à l'une des soirées de charité organisées par l'école en robe à paillettes et perruque, avant de monter sur scène et d'entonner une version karaoké assez sensuelle de *The Best* de Tina Turner. Les autres parents en furent si choqués qu'ils donnèrent plus de huit cents livres sterling ce soir-là – par la suite, plus personne ne s'était attendu à la voir revenir à une seule autre occasion de ce genre.

Martinique se mit à ricaner. Elle avait d'abord eu pitié de Lucy, dont, d'après la rumeur, le mari venait de demander le divorce. Mais quand elle l'avait vu, tout sourire, au volant de sa Jeep, elle n'était plus certaine que cette performance fût réellement le signe avant-coureur d'un épisode de décompensation psychiatrique, comme certains le prétendaient. Au contraire, son petit manège ressemblait à une stratégie bien pensée pour ne plus avoir à participer aux activités organisées par l'école.

Martinique avait beau posséder elle-même une robe à paillettes ainsi qu'un large répertoire de chansons de Whitney Houston, elle savait qu'Angela ne lui aurait jamais pardonné si elle était montée sur scène se trémousser au micro.

OK, je m'en occupe. Je t'aime.

Pendant plusieurs longues secondes, elle fixa l'écran de son téléphone dans l'attente d'une réponse d'Angela du style « Merci, meilleure maman du monde ! » ou juste « Je t'aime aussi », mais devant son écran désespérément noir, elle attrapa un biscuit à l'avoine et enfourna la perfection à l'état pur dans sa bouche. Heureusement que Marks & Spencer savait de quoi elle avait vraiment besoin.

Martinique jeta un œil à sa montre. Vu l'heure, elle allait devoir mettre les bouchées doubles. En s'y prenant bien, elle mettrait à cuire les muffins pendant qu'elle préparerait le dîner, mais avant tout, il lui fallait vérifier que Charlotte n'avait rien prévu d'autre pour la soirée.

Juste avant de quitter la cuisine, elle eut une illumination et déposa les derniers biscuits à l'avoine sur une assiette. Si Charlotte, pour une raison ou pour une autre, se montrait réticente à l'idée de dîner un second soir avec eux, elle ne résisterait pas aux gâteaux les plus gourmands de toute l'Angleterre.

***

— Ouh-ouh, il y a quelqu'un ?

Charlotte se figea en reconnaissant la voix de Martinique. Elle ne voulait pas avoir à dire quoi que ce soit sur la vente de la maison avant d'être fixée sur la situation financière de la librairie.

— J'arrive ! répondit-elle en se dépêchant d'étaler un vieux journal au-dessus des rapports comptables ouverts sur la table.

En ouvrant la porte, elle découvrit Martinique vêtue d'une autre tunique, turquoise cette fois-ci, brodée autour du cou de perles de verre bleu. Avec ses cheveux brillants et ses lèvres soigneusement peintes, elle avait énormément d'allure.

— Tout va bien ?

Charlotte hocha la tête.

— Oui, merci.

— Tu as déjà rencontré Mr Cook ?

Cook, répéta Charlotte dans sa tête. Elle devait se rappeler de bien prononcer son nom à l'avenir.

— Oui, nous nous sommes vus en vitesse.

— Qu'est-ce qu'il a dit ?

Charlotte haussa les épaules.

— Oh, il m'a laissé tout un tas de documents à éplucher, dit-elle sans se mouiller.

De son sourire le plus engageant, Martinique lui tendit l'assiette de gâteaux.

— Tiens, dit-elle gaiement. Ils sont encore frais !

Charlotte prit l'assiette et la posa sur la petite commode dans l'entrée. Elle n'arrivait pas à se rappeler la dernière fois qu'on lui avait offert des douceurs.

— Des biscuits à l'avoine, aux noix et aux raisins secs.

— Mmmh.

— Tu n'es pas allergique, j'espère ?

— Pas du tout. Ils ont l'air très bons.

Un ange passa. Charlotte avait envie de lui demander ce qui s'était passé la veille, avant de se raviser. De quoi aurait-elle l'air ? *Pardon, mais c'est toi qui m'as portée dans les escaliers, hier soir ?* Cette seule pensée la fit rougir. Profitant de ce que Tennyson venait de se faufiler dans l'appartement, elle le pointa du doigt.

— Est-ce qu'il est censé passer toutes ses nuits ici ?

Martinique secoua la tête.

— Pas vraiment, non. Les dernières semaines, je l'ai amené chez moi tous les soirs, un peu contre sa volonté je dois dire. Hier, il a saisi sa chance et s'est glissé à l'intérieur avant qu'on n'arrive à l'attraper. Une fois qu'il était passé par la chatière, on n'a pas osé entrer le chercher puisque tu dormais déjà.

Toujours gênée, Charlotte se passa une mèche de cheveux derrière l'oreille.

— D'accord.

— Si tu veux, je le prends avec moi ce soir. Mais ça ne va pas être simple maintenant qu'il sait que tu dors ici. Je crois qu'il t'aime bien. En fait, je ne l'ai pas vu aussi en forme depuis que… oui, depuis que Sara est partie.

Charlotte se retourna vers Tennyson qui avait déjà sauté sur le canapé. Allongé sur le dos, il moulinait des pattes comme s'il faisait rouler une boule invisible, tout en lui lançant des regards langoureux.

— Tu t'es fait un nouvel ami, dit Martinique en souriant. Moi, il ne m'a jamais regardée comme ça, alors que je lui graisse la patte avec des boîtes de thon quasiment tous les jours.

Elle secoua brusquement la tête, comme pour se réveiller.

— Bon, je ne vais pas te déranger plus longtemps. Je voulais simplement te dire : si tu te poses la moindre question sur la librairie, n'hésite pas à venir me voir. Je suis au courant de presque tout !

À part que Riverside est sur le point de faire faillite, pensa tristement Charlotte.

— C'est gentil. Je n'y manquerai pas.

Martinique répondit par un signe de tête enthousiaste.

— C'est sincère ! Ne sois pas timide, tu peux me demander *n'importe quoi.*

Charlotte se racla la gorge et porta son regard sur la photo accrochée de travers derrière elle. Martinique savait peut-être qui était l'homme-mystère.

— Cette photo, dit-elle en décrochant le cadre d'une main, tu sais qui c'est ?

Elle tendit la photo à Martinique qui l'observa en silence.

— Non, finit-elle par dire. Je n'en ai aucune idée, malheureusement.

— Tu sais si Sara avait un petit ami ? Si elle a été mariée, ou en couple ?

Elle secoua la tête.

— Je suis désolée, mais pendant toutes les années où j'ai travaillé ici, Sara n'a eu personne.

— Je vois, dit Charlotte en essayant de cacher sa déception.

Martinique inclina la tête.

— Bon, comme ça a un peu dégénéré hier, on a prévu de se rattraper avec un vrai dîner de bienvenue en ton honneur ce soir.

— Merci, mais ça n'est pas nécessaire, s'empressa de répondre Charlotte.

— Bien sûr que c'est nécessaire ! Laisse-nous une chance te faire ta connaissance. Les autres seront là aussi et William a promis de bien se tenir.

— D'accord, dit finalement Charlotte en espérant secrètement qu'elle aurait pris une décision d'ici là.

— Formidable, s'écria Martinique. Dans ce cas, on se retrouve en bas vers six heures.

Charlotte retourna vers la table recouverte de dossiers et de documents épars. Les finances de la librairie étaient en piteux état. Il fallait à tout prix augmenter les recettes au plus vite, sans quoi la seule option serait de mettre la clef sous la porte.

Elle se laissa tomber sur une chaise. Était-ce la raison pour laquelle Sara lui avait légué la librairie ? Croyait-elle que Charlotte pouvait la sauver ? Ou bien était-ce un genre de vengeance ? Sara avait-elle voulu punir Kristina en refourguant à sa fille une société au bord de la faillite ?

Elle rejeta cette pensée. Il paraissait assez peu probable que Sara ait sciemment laissé pourrir son affaire avant de mourir, dans le seul but de faire un cadeau empoisonné à Charlotte.

Elle ouvrit un dossier et feuilleta le livre des comptes de l'année passée. Elle chercha en vain le montant des bénéfices. De quoi Sara avait-elle vécu ?

Désespérée, Charlotte secouait la tête. L'équation était insoluble, et la logique aurait voulu qu'elle reste en dehors de tout ça. La librairie était simplement irrécupérable. Si, envers et contre tout, elle tentait de la remettre sur pied, elle risquait surtout de donner de faux espoirs à Sam et à Martinique.

Charlotte griffonna d'autres notes dans son carnet. Les coûts fixes de Riverside étaient relativement faibles. Martinique était la seule employée à plein temps ; son salaire et celui de Sam étaient pour le moins modestes.

Elle fit un calcul grossier pour savoir de combien il lui faudrait faire gonfler le chiffre d'affaires. Il n'y avait pas trente-six solutions, les rentrées d'argent devraient augmenter. Peut-être était-il possible de vendre des livres en ligne ou d'organiser un genre d'événement ?

Elle comptait à toute vitesse dans sa tête. Alex aimait dire de Charlotte qu'aucun problème ne lui résistait. Elle avait toujours remué ciel et terre pour trouver une solution, quel que soit le défi à relever : des étiquettes mal collées sur des tubes de crème, du vernis à ongles qui se fige au bout d'à peine quelques semaines. Charlotte avait traversé ce genre de phase maniaque où l'on ne peut ni dormir ni manger tant que l'on n'a pas mis en place un plan d'action. S'il y avait bien une personne sur Terre pour s'y coller, c'était elle. La question était de savoir si elle en avait vraiment le temps.

Charlotte regarda l'heure. Elle avait promis d'appeler Henrik avant son cours de céramique à quatre heures.

Même si elle avait pu remettre à flot la librairie, le problème demeurait entier. Elle ne pouvait pas rester ici. Henrik serait là pour lui rappeler qu'il avait besoin d'elle à Lund et il lui réserverait le premier vol retour pour la Suède.

— *Hello Charlotte,* dit son assistant en chef avec un anglais britannique surfait. *How are you doing* à Londres ?

Au son de sa voix, elle retrouva immédiatement son calme. Même s'il possédait un certain nombre de défauts, comme son optimisme à toute épreuve, Henrik était une perle. Elle pouvait compter sur lui.

— Bonjour, Henrik. Ça va, je te remercie, et toi ?

— À merveille.

— Je t'appelle surtout pour vérifier que tout se passe bien. Où en est le système de commandes, est-ce qu'il plante toujours ?

— Non, tout est revenu à la normale.

— Et l'usine à Grenade, alors ?

— La production reprend. Apparemment, ils avaient seulement besoin d'un électricien pour remettre en route les machines. Tout va bien. Tu peux me faire confiance.

Tennyson, qui semblait avoir perdu tout espoir d'être rejoint sur le canapé, se rapprocha d'elle discrètement. D'une main, Charlotte lui barra le passage.

— Je sais. Encore une question, comment tu trouves les nouveaux emballages, ça tient la route ?

— Oui, répondit-il patiemment. Un des revendeurs trouvait que le bouchon était trop serré, mais je lui ai expliqué que sans ça, le produit risquait de couler.

— Tu lui as expliqué gentiment ?

Henrik se mit à rire.

— Charlotte, tu me connais ! Je ne quitte jamais mes gants de velours. Mais parlons peu, parlons bien. Qu'est-ce que tu penses de Londres ?

Elle fit tourner son stylo.

— C'est pas mal.

— Qu'est-ce que tu as vu jusque-là ?

Charlotte se mordit la lèvre. Si elle lui avouait qu'elle avait à peine quitté la librairie, il ne manquerait pas de lui aboyer dessus. Par la fenêtre, elle distinguait enfin les deux tours de Tower Bridge.

— Tower Bridge, dit-elle sans conviction en espérant qu'il ne remarquerait pas qu'elle mentait.

Henrik émit un étrange grognement.

— Mais encore ? Tu es allée à Camden Town ? À Oxford Street ? Qu'est-ce que tu m'as acheté comme souvenir ?

— Je n'ai pas eu le temps.

Il soupira si fort qu'elle dut éloigner le téléphone de son oreille.

— Voyons, Charlotte, tu es dans l'une des villes les plus cool au monde. Il faut que tu sortes et que tu en profites ! Je vais t'aider. Je te fais un mail avec une liste des choses à ne surtout pas manquer.

— On verra, dit-elle. Je crois qu'il est bientôt temps que je rentre.

— Hein ? Tu es là-bas depuis à peine vingt-quatre heures ! Charlotte, je te dis ça en tant qu'ami, donc ne l'utilise pas contre moi à la prochaine revalorisation salariale, mais tu as besoin de vacances ! Ça fait des années que tu n'as pas pris de congés.

— J'étais en vacances quand…

— Ça ne compte pas ! Il faut que tu te reposes. Tu le mérites. On s'en sort bien ici et en plus c'est une période creuse. Tant que tu ne restes pas à Londres pour toujours ! dit-il en riant.

Charlotte parcourut du regard l'appartement en désordre.

— Aucun risque, marmonna-t-elle.

Dans un sens, tant mieux si Henrik n'a pas besoin de moi dans l'immédiat, songea-t-elle les yeux fixés sur les livres de comptes. Ça la démangeait. Elle était capable d'arranger les choses. Elle n'aurait qu'à mettre en place un plan d'action pour sauver la librairie et augmenter les chances de trouver un acheteur.

— OK, promets de me prévenir en cas de crise.

— Évidemment !

— Je vais sans doute rester quelques jours de plus.

— Reste autant que tu veux ! Et je t'ordonne d'aller voir une comédie musicale. À Londres, c'est un must. *Cats* est un classique. Et *Le Roi lion !*

Charlotte loucha sur Tennyson qui slalomait entre ses jambes. La seule pensée d'être obligée de regarder des chanteurs déguisés en chats lui donna la chair de poule.

— On verra, dit-elle avec diplomatie. Tu voudrais que je te ramène quelque chose en particulier ? Et ne me réponds pas Andrew Lloyd Webber, je n'ai pas l'intention de kidnapper qui que ce soit.

— Mais tu pourrais le suivre ! s'écria Henrik surexcité. Attendre qu'il se mouche et récupérer le saint mouchoir dans une poubelle de la ville. Londres n'est pas épargnée par l'épidémie de rhino-pharyngite, si ?

Charlotte fit mine de soupirer.

— Et qu'est-ce que je ramène à Harry, alors ?

Âgé de sept ans, Harry était l'adorable rejeton de Henrik. Charlotte, qui n'avait ni frères, ni sœurs, ni cousins, n'avait jamais été à l'aise avec les enfants. Ils lui apparaissaient comme des êtres d'une complexité émotionnelle extrême capables de passer du rire aux larmes en quelques secondes. Avec Harry, c'était différent. Henrik avait plus ou moins forcé Charlotte à porter son nouveau-né. Une fois le bout de chou dans les bras, à sa grande surprise, elle s'était sentie pleinement en confiance, certaine que Harry était heureux contre elle. C'est en plongeant son regard dans les yeux intelligents du nourrisson que Charlotte avait ressenti pour la première fois le désir d'être mère.

— Harry serait sans doute aussi heureux que son père d'avoir un mouchoir d'Andrew Lloyd Webber, mais si tu n'en trouves pas, il se contentera de n'importe quelle babiole avec Batman dessus.

— OK, de la morve ou n'importe quoi avec Batman dessus, répéta Charlotte en réalisant à quel point Henrik et Harry lui manquaient.

— Dis, au fait, ajouta-t-il en baissant la voix. Qu'est-ce qu'on fait avec BC Beauty ? Je leur envoie la contre-offre qu'on a esquissée ensemble ?

Charlotte prit le temps de réfléchir. Ils avaient encore reçu une offre très séduisante de la part d'un grand groupe intéressé par l'achat de C/O Charlotte, qui proposait même de lui laisser son rôle de responsable de développement produit. Et BC Beauty était une entreprise respectable, Charlotte le savait.

D'un côté, elle se serait bien passée de l'énorme responsabilité qui lui revenait de diriger l'entreprise seule ; de l'autre, elle n'était pas encore prête à lâcher prise. Alex et elle avaient bâti C/O Charlotte ensemble. C'était leur œuvre à tous les deux, et elle avait peur que tout le travail qu'ils avaient accompli soit perdu si elle laissait les rênes à quelqu'un d'autre.

— Oui, tu peux toujours leur envoyer, on verra ce qu'ils disent.

Quand ils eurent raccroché, Charlotte rangea son téléphone et rassembla ses notes. Le plus grand défi qui l'attendait était d'accroître suffisamment les recettes de la librairie pour arriver à couvrir les coûts fixes.

Elle regarda autour d'elle. Après un rafraîchissement, l'appartement de Sara pourrait se louer quelques centaines de livres par mois. Charlotte frôla du doigt une pile de livres appuyée contre la table. Elle pourrait sans doute mettre en vente quelques objets. Dans tous les cas, il faudrait commencer par faire un grand tri dans les affaires de Sara.

En entendant remuer dans l'appartement mitoyen, elle écrivit « William » dans le carnet. Il n'y avait de traces nulle part de la somme qu'il versait en échange de son logement. Pour qu'ils aient une chance de s'en sortir, il lui faudrait payer un loyer raisonnable.

Mais chaque chose en son temps. Elle verrait ça un autre jour. Le plus urgent dans l'immédiat était de comprendre le fonctionnement de la chaîne du livre. Elle ne connaissait ni le montant du bénéfice marginal par livre, ni le nombre d'exemplaires qui étaient vendus dans la semaine. Elle ne savait pas qui décidait des titres à commander, quels étaient les genres les plus populaires ou s'il était possible de retourner les invendus.

Elle fit la liste des questions les plus pressantes et sentit une forme d'excitation l'envahir. Dès qu'elle aurait les réponses, elle ferait une analyse de marché et déciderait d'une stratégie. La librairie allait subir une petite révolution, mais il fallait espérer que Sam et Martinique, très attachées à leur emploi, seraient ouvertes au changement.

Un sentiment de bien-être l'envahit. Satisfaite, Charlotte se laissa aller contre le dossier de sa chaise. Face à un défi à relever, elle ressentait toujours une incroyable décharge d'adrénaline. Il y avait longtemps qu'elle ne s'était pas sentie aussi stimulée par un nouveau projet. Quoi qu'il arrive, tout allait s'arranger.

Son regard glissa vers la photo de Sara et Kristina. Curieusement, d'être ici dans l'appartement de Sara la faisait se sentir proche de sa mère. Si Kristina avait été encore en vie, elle l'aurait appelée pour tout lui raconter. Qu'elle avait peut-être trouvé le moyen de sauver la librairie. Qu'il y avait une chance pour que Riverside survive.

— Hein Tennyson, t'en dis quoi, toi ? Une suggestion pour augmenter le chiffre d'affaires ?

Le chat se mit à ronronner à plein volume et Charlotte le prit sur ses genoux. Il avait beau être mignon, il faudrait bientôt trouver un autre foyer à ce vieux chat car le futur propriétaire ne serait certainement pas d'avis de le garder.

— Qu'est-ce qu'on va faire de toi ? s'inquiéta-t-elle avant de sourire lorsqu'il enfouit sa tête sous son aisselle.

8

Jeudi 21 octobre 1982

SARA SORT UNE AUTRE CIGARETTE DE SON PAQUET et la coince entre ses lèvres. D'une main tremblante, elle frotte l'allumette et porte la flamme vacillante à sa bouche. À l'instant même où la cigarette rougeoie, elle jette loin d'elle l'allumette à peine consumée.

Kristina boit une bière, mal à l'aise de voir Sara aussi nerveuse. Elle qui n'est jamais nerveuse. Kristina essaye de dire quelque chose ; juste quand elle ouvre la bouche, Sara se lève pour aller aux toilettes.

Dans le pub à moitié vide, le barman accoudé sur le comptoir vient de mettre le disque *Tainted Love*. Kristina attend, assise dans un carré. Aux murs sont accrochées des photos de groupes de rock et de têtes couronnées. Les gros cadres dorés ressortent bien sur le papier peint fleuri à médaillons et les tapisseries couleur prune. C'est drôle comme l'intérieur des pubs ici ressemble au salon de monsieur et madame tout le monde. Elle suppose que c'est ce que veulent les clients, se sentir comme à la maison.

Quand Sara revient, elle a l'air plus calme. Kristina pose une main sur le bras de sa sœur qui lui sourit en retour.

— Ça va ?

— Ça va, dit-elle en lorgnant la porte d'entrée. Il est en retard.

Kristina hoche la tête d'un air compatissant. Elle a vu Daniel seulement de loin, les fois où il a raccompagné Sara devant chez elles. En général, Kristina et lui étaient si occupés à s'embrasser qu'ils n'ont jamais remarqué que Kristina les observait par la fenêtre.

Au fond, Kristina n'a rien contre le fait que sa sœur ait un petit ami, même si c'est à cause de lui que Sara tient absolument à rester à Londres. Non, c'est l'anxiété soudaine de Sara qui l'inquiète. Sa sœur lui a dit qu'ils avaient quelque chose à lui annoncer. *Ils,* comme dans elle *et* Daniel.

À croire qu'elle n'est pas capable de lui en parler toute seule. Les voilà toutes les deux, une pinte à la main, à attendre Daniel.

Kristina avale quelques gorgées de bière. Elle est claire et mousseuse, au goût, elle lui rappelle le *julmust,* ce soda de Noël qu'elle buvait en Suède. Elle a passé la journée à se demander ce que Sara et Daniel pouvaient bien avoir de si important à lui dire. Kristina ne sait pas grand-chose de Daniel, à part qu'il vient de Belfast. Elle s'imagine qu'il a demandé à sa sœur de l'y suivre.

L'image de Sara et Daniel enlacés à bord d'un porte-conteneurs rouillé, agitant un mouchoir dans sa direction, lui tord l'estomac. Que va-t-elle devenir si Sara la laisse seule ? Dans tous les cas, elle ne peut pas continuer à vivre dans l'immeuble. Non, il faudra qu'elle rentre à la maison. Qu'elle retourne vivre à Årebo, chez Papa.

Kristina écarte cette pensée le plus loin possible. Sara ne lui ferait jamais un coup pareil. Elle ne va pas l'abandonner maintenant. Aucun risque. Kristina sait qu'elle peut compter sur sa grande sœur.

Soudain le visage de Sara se fend d'un large sourire. Kristina se retourne et voit Daniel entrer dans le pub, les mains dans les poches d'un manteau noir très large d'épaules. Il fait un petit signe à Sara en s'excusant du retard.

— Central line était complètement à l'arrêt, dit-il avec un geste de la tête qui fait danser ses boucles blondes.

Sara le serre dans ses bras avant de se tourner vers Kristina.

— Je te présente ma sœur.

Elle l'attrape par les épaules et la pousse vers Daniel dont le visage se retrouve tout contre le sien. Il lui serre la main avec un peu plus de délicatesse.

— Kristina, dit-il avec un drôle d'accent, quel plaisir de te rencontrer enfin !

Jamais personne avant lui n'avait prononcé son nom de cette manière.

Kristina essaye de sourire.

— Bonjour, Daniel, dit-elle.

Il la regarde droit dans les yeux pendant plusieurs secondes interminables avant de se tourner à nouveau vers Sara.

— Vous buvez quoi ?

Sara désigne son verre de bière.

— Je vais nous commander une autre tournée.

Ils sont assis face à face. Sara et Daniel entrelacés d'un côté et Kristina de l'autre. Sara a retrouvé son calme. L'air parfaitement détendu, elle rit à gorge déployée.

Kristina regarde comment Daniel touche Sara, une main constamment posée sur son corps.

Kristina n'a posé aucune question, mais elle a quand même droit au récit de leur rencontre. Le jour où Daniel est entré dans le pub où Sara travaille et lui a commandé une Kilkenny Cream Ale. Leur fou rire quand Daniel a essayé de lui expliquer ce que c'était et la tête de Sara quand il a insisté pour qu'elle goûte audit breuvage.

Daniel passe son bras autour de Sara.

— T'as pas aimé, hein ?

— Bien sûr que j'ai aimé !

Daniel secoue la tête.

— Tu mens comme tu respires ! s'écrie-t-il en éclatant de rire. Et toi, Kristina, où est-ce que tu travailles ?

Elle baisse les yeux. Chaque fois qu'il la regarde, Kristina se sent rougir. Et à la pensée, terrifiante, que sa sœur s'en aperçoive, elle rougit de plus belle.

— Dans un café, se contente-t-elle de répondre. Et toi ?

— Je suis ingénieur électronique, je travaille à l'usine à Wembley.

Kristina n'entend pas ce qu'il dit. Elle ne voit rien d'autre que ses lèvres bouger quand il parle.

— Mais il habite près de Southwark. Dans un appartement au-dessus d'une librairie, glisse Sara.

Kristina lève le menton.

— Ah oui ?

Elle les voit qui se regardent et rient.

— Oui, et Daniel est d'accord pour qu'on emménage chez lui. Comme ça, on quitte l'immeuble.

Kristina croise le regard de sa sœur. C'était donc ça, la grande nouvelle à lui annoncer. Elle comprend enfin pourquoi sa sœur a voulu qu'ils se voient tous les trois. Pour qu'elle ne puisse pas dire non.

Elle se tortille sur sa chaise en tripotant son verre de bière. Kristina a beau vouloir quitter la coloc plus que tout au monde, elle n'est pas sûre qu'emménager chez un parfait inconnu soit franchement une bonne idée. Sara exulte.

— C'est pas très grand, mais on aura notre propre chambre ! C'est chouette, non ?

Elle se tourne vers Daniel qu'elle embrasse fougueusement.

Kristina finit sa bière. Qu'est-ce qu'elle peut dire ? Qu'elle ne connaît pas Daniel et qu'elle préfère garder sa sœur pour elle toute seule ? Daniel s'essuie la bouche.

— Il y a une salle de bains et une cuisine, dit-il. Enfin, une cuisine, c'est un bien grand mot mais, pour sûr, il y a une kitchenette.

Sara donne des coups de pied à Kristina sous la table.

— Alors, dis quelque chose ! T'en penses quoi ?

Kristina hausse les épaules.

— Vous ne préférez pas rester tous les deux ?

Sara lève les yeux au ciel.

— Mais non, voyons. Tu es ma petite sœur. J'ai promis de prendre soin de toi ! Elle se penche au-dessus de la table et chuchote en suédois. Ne t'inquiète pas. Il est très gentil, et le quartier est tranquille. Et rassure-toi, il n'y a pas de punaises dans l'appartement.

Kristina hoche lentement la tête.

— D'accord.

— D'accord ? répète Daniel.

— T'es d'accord ? dit Sara en tapant dans ses mains.

Kristina se force à sourire.

— Mais oui, allez, on n'a qu'à faire ça.

Sara bondit sur son banc et se jette au cou de Daniel.

— Oh, ça me rend tellement heureuse. Ça va être extra, tu vas voir ! On va bien s'amuser tous les trois.

Elle pose ses mains sur le visage de Daniel et lui donne un rapide baiser avant de tendre son bras au-dessus de la table pour attraper la main de Kristina.

— Comme une famille, dit-elle en la regardant. Toi, moi et Daniel. On sera comme une vraie petite famille.

9

Mardi 5 septembre, suite

MARTINIQUE MÉLANGEA LA PÂTE au chocolat fondu dans le grand saladier. Trente muffins avec glaçage rose. Il fallait qu'elle se dépêche si elle voulait avoir bouclé ça avant qu'il ne soit l'heure d'aller chercher Spencer au conservatoire.

Le micro-ondes émit un bip strident. Martinique en sortit le bol de beurre fondu en soupirant. Une fois de plus, elle se retrouvait à se plier en quatre pour les autres. Quand elle les avait inscrites au comité de vente de gâteaux, Martinique avait été assez naïve pour croire qu'Angela et elle feraient ces muffins ensemble et qu'elles auraient ainsi l'occasion de partager de bons moments. Quoi qu'elle fasse, elle ne parvenait pas à devenir cette mère parfaite qu'elle rêvait secrètement d'incarner.

Martinique dévissa le bouchon du flacon d'extrait de vanille et en versa une cuillère à café dans la pâte.

Elle allait finir par mourir d'épuisement à force de tout faire pour rendre Angela heureuse. Un jour, sa fille avait évoqué son goût pour la photographie, Martinique s'était empressée de les inscrire à un cours. Elle veillait toujours à ce que les placards de la cuisine soient pleins de bonnes choses à grignoter au cas où Angela inviterait des amis à la dernière minute et si Angela avait eu besoin d'elle, Martinique se serait ouvert les veines pour lui venir en aide. Pourtant, un mur s'était dressé entre elle et sa fille.

Martinique disposa les moules à muffins sur une plaque. Quand Angela était plus jeune, elles étaient très proches l'une de l'autre. Inséparables, elles passaient tout leur temps ensemble. Martinique l'emmenait au musée, au square et à la piscine. Elle lui faisait la lecture à voix haute, des colliers de perles et des tresses dans les cheveux.

Sa petite fille chérie, intelligente et réfléchie, avait toujours été un ange. Sincèrement préoccupée par le bien-être de tous, elle était dotée d'une grande empathie pour son âge. Un jour, la petite Angela avait même convaincu Paul de poser des planches dans l'allée du jardin de peur que quelqu'un ne piétine les fourmis qui traversaient sur les pavés d'ardoise.

Paul et elle se regardaient d'un air entendu, heureux d'avoir réussi à mettre au monde une aussi charmante créature. Rétrospectivement, elle ne comprenait pas comment, en l'espace de quelques années, cette petite fille adorable s'était muée en une adolescente irritable qui criait sur ses parents et fuguait dès qu'elle en avait l'occasion.

Délicatement, Martinique mélangea le beurre fondu à la pâte. Qu'avait-elle raté dans l'éducation d'Angela pour qu'elle change à ce point ? Être une mauvaise mère était sa hantise, mais les enfants n'étaient pas livrés avec la notice d'utilisation et quoi qu'elle fasse, Martinique n'était jamais à la hauteur. Si elle laissait carte blanche à Angela, sa fille en profitait pour faire n'importe quoi. Si au contraire elle s'opposait à elle, sa fille se braquait d'autant plus.

Martinique regarda sa montre avant de couler la pâte dans les moules à muffins. Ces derniers temps, qu'il pleuve ou qu'il vente, Angela semblait contrariée. Elle se tenait à l'écart et faisait tout pour l'éviter. Dès qu'elle rentrait du travail, Angela s'enfermait dans sa chambre. Si Martinique frappait à la porte, Angela lui criait de la laisser tranquille. Elle passait ses week-ends chez ses amis et si par malheur elles se croisaient dans la cuisine le matin, Angela s'arrangeait pour disparaître au plus vite.

Martinique avait beau chercher, elle ne comprenait pas ce qu'elle avait loupé. Lorsqu'elle voyait d'autres adolescentes passer du temps avec leur mère, son cœur se serrait de jalousie. Angela refusait catégoriquement de se montrer en sa compagnie ; quant à l'accompagner au cinéma ou à la boulangerie, c'était hors de question. Ces derniers temps, Angela ne lui parlait plus que lorsqu'elle avait besoin d'elle, ce qui finissait le plus souvent en terribles prises de bec.

Quand Angela avait voulu partir faire la fête à la Playa del Inglés dans les îles Canaries, utiliser l'argent destiné à la fac pour s'acheter une Vespa ou se rendre à un concert sordide à Kentish Town et que Martinique avait dit non, sa fille lui avait crié dessus si fort que les murs en avaient tremblé.

— Tu dis toujours non ! hurlait-elle. Tous mes amis ont eu l'autorisation de leurs parents !

Chaque fois, Martinique avait essayé de garder son calme et de la raisonner, mais le plus souvent, sa frustration l'avait conduite à hausser la voix elle aussi. Angela hurlait à s'en rompre les cordes vocales que sa mère ne comprenait rien à rien. Martinique hurlait en retour qu'elle n'avait qu'à lui expliquer – mais Angela n'avait rien voulu expliquer du tout.

Mais le pire n'était pas leur dispute. Le pire c'était qu'Angela refusait de faire la paix. Quelques années auparavant, il aurait suffi que Martinique lui offre une glace pour que sa fille finisse par lui sauter dans les bras. À présent, Angela lui grognait à la figure comme un lion enragé.

Martinique avait essayé d'atteindre sa fille par tous les moyens. Elle avait ouvert un compte sur tous les réseaux sociaux, de Facebook à Twitter en passant par Snapchat, et sacrifié de longues heures de sommeil pour en comprendre le fonctionnement, en vain. Peu importe comment, sa fille refusait de répondre à ses messages et le seul ami qu'elle avait réussi à se faire jusqu'à présent était un officier américain qui lui envoyait de curieux acronymes dont elle n'osait pas chercher la signification sur Google.

Martinique enfourna la plaque. En temps normal, elle aurait appelé Paul pour se plaindre, mais elle ne savait toujours pas quoi penser des fleurs qu'il lui avait offertes en rentrant du travail.

Pendant qu'elle passait l'éponge sur le plan de travail, elle essaya de donner un sens à ce bouquet de chrysanthèmes. L'avait-il trouvé par hasard, sur un banc public ou dans une poubelle ? Ou bien l'avait-il lui-même reçu en cadeau d'un élève ou d'une collègue qui le courtisait à son corps défendant ?

Paul était plutôt du genre radin, au point où il découpait les bouteilles de ketchup et les tubes de dentifrice pour en récupérer les dernières gouttes. Lui qui détestait le gaspillage n'avait peut-être pas supporté de laisser un bouquet se perdre ?

Elle sortit la lourde marmite du réfrigérateur et la posa sur le feu. Quelle que soit la raison de cette subite générosité, elle préférait ne pas savoir. Elle n'aimait pas quand le malaise s'installait entre eux et n'avait pas la force de voir éclater un nouveau conflit. De plus, elle avait du mal à croire que Paul puisse faire quoi que ce soit dans le but de la blesser. Il s'agissait très certainement d'un fâcheux malentendu.

Après qu'elle eut fini de ranger la cuisine, elle jeta un œil au contenu de la marmite qui cuisait à petits bouillons. À présent, Charlotte requérait toute son attention. Elle sortit une casserole et un paquet de riz. Sara avait toujours été là pour elle, c'était maintenant son tour de lui rendre la pareille. Elle était prête à tout pour que Charlotte se plaise à Riverside. Il faudrait néanmoins qu'elle se dépêche sans quoi le passé de Sara les rattraperait.

Sam passa une tête dans la cuisine et siffla en voyant tout ce que Martinique était en train de préparer.

— Quand est-ce qu'on mange ?!

Martinique agita son index avec malice.

— Il va falloir attendre encore quelques heures.

Sam roula des yeux.

— Bon, d'accord. Dis, je sors acheter un sandwich. Tu veux quelque chose ?

Sam reluquait les bouteilles vides posées par terre.

— Tu peux t'occuper du vin pour ce soir ?

— Sans problème. Combien de bouteilles ?

— Trois. Ou non d'ailleurs, prends-en quatre !

Mieux vaut trop que pas assez, pensa Martinique en versant un premier verre de riz dans la casserole. D'expérience, elle savait que Sam et William étaient d'autant plus aimables s'ils avaient un peu d'alcool dans le sang, et ça ne ferait pas de mal à Charlotte non plus d'être un peu éméchée.

Elle sourit à la perspective de la belle soirée qu'ils allaient passer. Bien sûr que Charlotte aurait envie de garder Riverside ! Tant qu'elle s'y plairait, la nièce de Sara n'aurait aucune raison de vouloir partir. Martinique devrait seulement veiller à ce que personne ne laisse échapper un mot de trop – et à ce qu'ils aient suffisamment à boire.

***

— Tu ne veux pas nous en dire un peu plus sur toi ?

Charlotte, qui venait tout juste de prendre une grosse cuillerée de ragoût en bouche, hocha lentement la tête. Elle trouvait particulièrement difficile l'exercice qui consistait à se décrire elle-même. Que voulaient-ils vraiment savoir ? Son logiciel de calcul préféré, les vaccins qu'elle avait reçus ou bien le fait qu'elle n'attachait aucune importance à la destination qu'elle choisissait pour ses vacances, tant qu'elle avait assez de réseau pour continuer à travailler ?

Toutes les fois où elle s'était retrouvée dans ce genre de situation inconfortable, Alex avait été là pour lui souffler les réponses.

— À propos de quoi, par exemple ?

Sam avait ouvert une bouteille de vin ornée d'un drapeau italien qu'elle versait à présent dans les verres.

— Du vin ?

Charlotte secoua la tête.

— Non, merci.

Sam sourit.

— Je te sers un demi-verre, juste au cas où.

À contrecœur, elle prit son verre et observa Sam en silence. Elle arborait une paire de compensées blanches et un jean pattes d'eph taille haute dont les boutons remontaient jusqu'au nombril. Dessous, elle portait un col roulé vert et sur la tête une casquette Manchester bouffante orange. Une sacrée audace vestimentaire. Sam ne semblait pas se soucier le moins du monde de ce que les autres pensaient de son accoutrement.

— Parle-nous de ton entreprise !

Martinique lui fit un signe d'encouragement. Charlotte reprit une bouchée de curry.

— Nous vendons du vernis à ongles, entre autres.

En général, cette phrase suffisait à la sortir de l'impasse. La plupart de ses interlocuteurs, peu intéressés par la cosmétique, trouvaient futile le commerce de vernis à ongles. Dans un cas comme dans l'autre, cette réponse lui avait toujours permis de mettre fin à l'interrogatoire.

— Ah oui ! C'est vrai que tu as lancé ta marque toute seule ?

Charlotte avait oublié que sa tante l'avait cyber-espionnée.

— Oui, avec mon… elle se tut. Oui, c'est mon entreprise.

— Vous produisez vous-mêmes le vernis à ongles ?

Elle fit oui de la tête.

— J'ai trouvé une formule chimique quand on était en école d'ingénieurs.

Elle tendit sa main fièrement.

— Un des composants rend la couleur plus claire et raccourcit le temps de séchage.

Sam prit sa main et contempla les ongles mauves que Charlotte avait peints pendant l'après-midi.

— Joli !

— Merci.

— C'est qui, *on* ?

— Pardon ?

Sam but une gorgée de vin.

— Tu as dit « quand on était en école d'ingénieurs ». C'est qui, *on* ?

D'un coup, Charlotte se sentit perdre les pédales.

— Non, je voulais dire, pendant *mes* études, marmonna-t-elle avant que Martinique prenne le relais.

— Je trouve qu'il est plus que temps que nous portions un toast de bienvenue à Charlotte.

Elle se mit debout et leva son verre.

— Nous sommes si heureux que tu sois parmi nous ! Moi qui ai travaillé à Riverside pendant près de vingt ans, cette librairie m'est particulièrement chère. Malheureusement, nous avons traversé quelques années difficiles, poursuivit-elle. Mais nous espérons que le vent va tourner, avec ton aide précieuse, Charlotte ! Sara nous a dit que tu avais su mener ton entreprise droit vers le succès. Sam et moi promettons de faire tout notre possible pour t'aider à remettre Riverside sur pied.

— À Sara et Charlotte, dit Sam.

— À Sara et Charlotte, répétèrent les autres en chœur.

Charlotte détourna la tête, gênée de croiser leurs regards. Elle avait sincèrement envie de les aider, mais ils semblaient se faire une très haute idée de ses capacités et elle n'avait aucune garantie de réussite.

À la fin du repas, lorsque Sam et William eurent fini de débarrasser, Martinique vint s'asseoir à côté d'elle.

— Il faut que tu saches que nous n'avons rien dit que nous ne pensions pas, dit-elle gentiment. Nous sommes prêts à tout faire pour t'aider.

Charlotte jouait avec son verre de vin.

— Je n'en doute pas. Ça m'aiderait beaucoup si tu pouvais m'expliquer comment fonctionne la librairie. Qui décide des titres à commander, par exemple ?

Martinique se mit à rire.

— Je répondrai avec plaisir à toutes tes questions demain. Chaque chose en son temps. Ce soir, on s'amuse !

William arriva de la cuisine et Charlotte l'observa discrètement. Malgré sa présence plutôt intense, elle ne parvenait ni à le cerner ni à l'atteindre. Les hommes dans son genre étaient probablement si habitués à être l'objet d'attentions féminines qu'ils n'avaient aucune raison de faire des efforts. Et il était beau, d'une beauté presque irritante. Sa mâchoire et son menton prononcé formaient un cadre harmonieux autour de ses grands yeux et de ses lèvres au contour parfait, mais Charlotte n'avait pas l'intention de se laisser séduire. Elle n'avait jamais aimé les hommes trop sûrs d'eux.

Quand ils furent tous de retour autour du comptoir, Sam remplit leurs verres de vin. Charlotte se félicita de n'avoir pas touché au sien. Elle était en train de se demander si elle était restée assez longtemps à table pour pouvoir s'en aller sans paraître impolie quand Martinique frappa dans ses mains.

— Je sais ! dit-elle gaiement. On n'a qu'à jouer à un jeu ! Il n'y a pas mieux pour faire connaissance.

Charlotte frémit. Elle n'était vraiment pas joueuse. Un jour, elle avait même prétexté une sciatique pour échapper à une partie de Monopoly avec les amis d'enfance d'Alex. Par ailleurs, elle aurait préféré continuer ses calculs à l'étage.

— J'en ai un ! s'écria Sara avec assurance. Avec quel personnage littéraire voudriez-vous passer la nuit ?

Charlotte tripota son verre de vin. À travers ses cils, elle vit les autres esquisser un sourire. Était-elle la seule à trouver la question particulièrement gênante ?

— Dans ce cas, c'est toi qui commences ! dit Martinique sur un ton décidé en désignant Sam, qui savourait d'être au centre de l'attention.

— D'accord, dit-elle en faisant mine de se gratter le menton.

— Je choisis Lisbeth Salander parce que c'est la plus cool. Elle se fout de ce que les autres pensent et en plus elle est ultra sexy avec son style punk.

— Comme c'est étonnant, dit William en levant les yeux au ciel.

— Tu sais bien que j'aime les femmes comme j'aime les livres : enserrées dans du cuir.

William se prit la tête entre les mains.

— Mon Dieu, mais t'as pas de filtre ou quoi ?

— Ou bien l'une des sœurs d'Edward Cullen, poursuivit Sam sans se laisser perturber. Je sais que c'est cliché, mais qui peut résister aux vampires ?

Charlotte se mordit la lèvre. Elle n'avait aucune envie de répondre à cette question.

— Et toi alors, Martinique ?

— Constantin Dmitriévitch Lévine.

Elle exagéra l'accent russe avec l'air de prendre un certain plaisir à prononcer son nom.

— C'est qui ? demanda Sam.

— Le Lévine d'*Anna Karénine,* voyons ! Ou le docteur Jivago. Ou bien le vicomte de Valmont, des *Liaisons dangereuses.*

— OK, c'est bon, on a compris ! Tu carbures aux classiques en costume et aux grands barbus.

— Je ne crois pas que le vicomte de Valmont ait une barbe, intervint William. Et je comprends très bien le choix de Martinique. La marquise de Merteuil me fait le même effet… quelle femme !

— J'aurais cru que Bridget Jones était plus à ton goût, William, lança Sam, mordante.

Martinique partit d'un grand éclat de rire et Charlotte elle-même ne put retenir un sourire.

William leva un sourcil.

— Figure-toi que je ne l'ai pas lu.

— Peut-être que tu devrais si tu veux réussir à pondre un best-seller, dit-elle en faisant la grimace.

— Elle n'arrivera jamais à la cheville de Jane Eyre.

Sam, qui venait tout juste de prendre une gorgée de vin, manqua de s'étouffer avec.

— T'es pas sérieux ? s'exclama-t-elle dans une quinte de toux. J'aurais jamais cru que c'était le genre de bonne femme à exciter les hommes.

William eut presque l'air offensé.

— Tu plaisantes, j'espère ? Intelligente au cœur pur, chaste et parfaitement inconsciente de son propre pouvoir d'attraction, Jane Eyre est le rêve de tous les hommes, déclara-t-il.

Sam exultait.

— On pourrait créer un club de lecture sur le thème des personnages littéraires les plus sexy, non ? On aurait un succès fou !

Elle regarda Martinique opiner du chef.

— Oui, je parie que Parnella serait la première à s'inscrire, dit-elle en vidant son verre de vin.

Sam se tourna vers Charlotte.

— Et toi, alors ? Parle-nous un peu de tes personnages préférés.

Charlotte porta compulsivement son verre de vin à sa bouche et en but une gorgée tout en se liquéfiant de l'intérieur.

— Ouais, c'est quoi ton type ? ajouta William en la dévisageant.

Charlotte sentit ses joues s'enflammer alors qu'elle cherchait fébrilement quelque chose à dire. En moins de temps qu'il ne fallait pour le dire, elle avait vidé son demi-verre.

— Je ne sais pas, chuchota-t-elle presque.

— Allez, quoi, dit Sam qui remplit aussitôt son verre. On a parlé, c'est ton tour !

Le cœur de Charlotte battait si fort qu'elle crut qu'il allait exploser. Elle n'était pas une grande lectrice, mais ce n'était pas chose à dire ici. Elle réfléchit à des romans adaptés au cinéma et se rappela *Cinquante Nuances de Grey*. Le film n'était pas un chef-d'œuvre, mais le personnage principal avait au moins la réputation d'être sexy. Elle essaya de se rappeler son nom.

— Christian... Grey.

Sam fit un geste dramatique de la main.

— Pardon, mais il faut que tu lises plus !

Charlotte ne savait plus où se mettre. Tous les regards autour de la table étaient tournés vers elle.

— Mr Darcy ? tenta-t-elle.

En voyant le sourire de Martinique, la pression sur sa poitrine diminua un peu. Charlotte remercia en silence le professeur de lycée qui l'avait forcée à lire *Orgueil et Préjugés*.

— *In vain I have struggled. It will not do. My feelings will not be repressed. You must allow me to tell you how ardently I admire and love you*[1], récitèrent Sam et Martinique en chœur.

---

1. « C'est en vain que je me suis débattu. C'est inutile. Mes sentiments refusent de se laisser réprimer. Il faut que vous me permettiez de vous dire avec quelle ardeur je vous admire et vous aime. » (Trad. Jules Castier, 1947)

— Oh, Mr Darcy ! Martinique posa une main sur sa poitrine.

Sam se leva.

— Je vais te dégoter l'homme parfait, Charlotte ! T'aimes quoi, comme genre de mec ?

Elle secoua la tête.

— Je ne sais pas.

Sam leva les deux mains en signe d'encouragement.

— Allez, un petit effort ! Donne-moi au moins un indice.

— Jay Gatsby ! cria Martinique. Un homme mystique, plein aux as, qui ferait tout pour les femmes qu'il aime.

— Non, il lui faut quelqu'un de plus drôle. Pourquoi pas Willy Wonka ?

Charlotte jeta un œil vers William qui semblait hypnotisé par le flot de passants qui marchaient dans la rue.

— Tu aimes le chocolat ? demanda Martinique.

Sam croisa les bras sur sa poitrine.

— Tu connais une seule personne qui n'aime pas le chocolat, toi ? La question est plutôt de savoir si elle aime les hommes en costume de velours mauve !

— Il en porte dans le livre ?

— Évidemment que oui. C'est typique de Roald Dahl !

Martinique fit la grimace.

— Il n'est pas particulièrement beau. Regarde-la ! Charlotte a besoin d'un partenaire à la hauteur de sa beauté !

— Pardon ? Tu ne te souviens pas qui jouait Willy Wonka dans le film de Tim Burton ? S'il y a bien un homme sexy dans l'univers, c'est Johnny Depp !

— Je ne sais pas trop. Tous ces Oompa Loompas m'ont gâché mon plaisir. En plus, Willy Wonka était farci de botox. Très peu pour moi, je préfère le livre.

Elles discutaient avec véhémence, en faisant de grands gestes, parfaitement dans leur élément. Charlotte fixait son verre de vin. En général, elle évitait la compagnie des gens bruyants, mais il y avait quelque chose de plaisant dans la dynamique entre Sam et Martinique. Elles se disputaient comme un vieux couple, l'humour en plus.

Soudain Martinique sursauta.

— Je l'ai ! clama-t-elle haut et fort en courant vers l'une des étagères. Lorsqu'elle revint, elle tendit fièrement un livre à Charlotte.

— Le comte de Monte-Cristo, dit-elle. Tu l'as lu ?

Charlotte secoua la tête.

Sam sourit.

— Edmond Dantès est parfait pour toi !

Charlotte prit le livre dans ses mains et le posa doucement sur ses genoux. D'une certaine manière, elle avait l'impression d'avoir reçu un cadeau précieux.

— Je crois qu'il est temps pour moi de vous dire bonne nuit.

— Non ! cria Sam. On n'a même pas encore eu le temps de danser ! William, tu veux pas mettre un peu de musique ?

William sortit son téléphone et se mit à chercher sous le comptoir. Sam se tourna vers Charlotte.

— T'écoutes quel genre de trucs ? Elle brandit une bouteille de vin et désigna le verre de Charlotte du menton. Avicii ?

Charlotte secoua la tête. Elle n'avait jamais entendu parler d'Avicii, mais si elle était sûre d'une chose, c'est qu'elle avait bu assez de vin pour la soirée.

Sam se leva et lui attrapa la main.

— William, mets du Lady Gaga ! Charlotte et moi, on veut danser !

Martinique s'était mise à fredonner *Dancing Queen*.

— Ou Abba ? Tu ressembles un peu à la blonde d'ailleurs. Agnetha, c'est ça ? dit-elle en souriant à Charlotte.

Sam siffla avec malice.

— Elle est tellement belle ! Je me suis fait une combinaison d'après une vieille photo d'elle. Bleue à sequins. Je n'ai pas encore trouvé l'occasion de l'inaugurer, dit-elle en tournant sur elle-même.

— Je veux la voir ! Tu ne peux pas l'apporter demain ? demanda Martinique.

Charlotte se dégagea de la main de Sam.

— À propos de demain, vous commencez à quelle heure ?

William venait de brancher son téléphone à une paire d'enceintes sorties d'on ne sait où et choisit un morceau. Sam se mit aussitôt à danser.

Charlotte se tourna vers Martinique qui, elle aussi, bougeait au rythme de la musique. Gênée, Charlotte détourna le regard.

— Je suis là dès neuf heures. Sam arrive à dix heures pour l'ouverture.

Charlotte acquiesça.

— Parfait. Je vous rejoindrai dans ces eaux-là, si vous voulez bien me faire visiter le local et répondre à quelques questions.

— Sans problème, dit Martinique.

— Tu es sûre que tu ne veux pas plus de vin ? s'enquit Sam tout en s'essayant à un genre de chorégraphie disco. Tu n'as pas besoin de danser si tu n'en as vraiment pas envie.

— Non, c'est gentil. Et merci pour le repas, tout était délicieux.

Martinique lui lança un baiser.

— Merci mon cœur !

— Bonne nuit à tous.

Sam et Martinique lui répondirent aussitôt, mais William ne lâcha pas son téléphone des yeux. Elle l'entendit marmonner un « salut » peu engageant.

Charlotte monta les marches sans pouvoir refouler son irritation. William était-il trop imbu de lui-même pour se donner la peine de la regarder ?

Elle chassa cette pensée. William était peut-être distrait ; d'ailleurs, quelle importance qu'il la regarde ou non, puisqu'elle ne tarderait pas à rentrer en Suède ?

Charlotte se retournait dans le canapé peu confortable. Du rez-de-chaussée, elle entendait encore la musique résonner.

Elle ralluma la lampe et saisit le livre que Martinique lui avait donné. Elle n'avait jamais été une grande amatrice de livres, et il lui arrivait de jalouser ceux à qui la littérature semblait tant apporter. Sa relation aux livres se limitait aux histoires que sa mère lui lisait quand elle était petite.

Charlotte sourit en repensant à la pile de livres empruntés à la bibliothèque posés sur sa table de nuit impatients d'être lus. Enfant, Charlotte avait adoré se glisser sous la couverture et écouter la voix douce de sa mère lui lire *Ronja, fille de brigand* ou *Mio, mon Mio.* Depuis son lit, douillette forteresse, elle avait vécu les plus folles aventures. Devant ses yeux fermés, elle voyait les personnages s'animer et prendre vie.

Peu importait que Maman fût fatiguée, elle lisait avec le même entrain, donnant une voix différente à chaque personnage. Charlotte suivait Ronja dans la forêt, piqueniquait avec elle sur les pierres, grimpait, courait et se cachait des sylves griffues.

Quand l'histoire prenait un tour trop terrifiant, Kristina s'arrêtait de lire et interrogeait Charlotte du regard pour s'assurer qu'elle pouvait continuer. Charlotte n'avait aucune hésitation. Elle devait à tout prix connaître la suite.

Ces souvenirs mirent du baume au cœur de Charlotte. Elle s'était toujours imaginé qu'un jour, ce serait à elle de s'asseoir au bord du lit et de faire la lecture à ses enfants.

Elle retourna délicatement le livre que lui avait donné Martinique et lut la quatrième de couverture. Quand elle vit qu'il s'agissait d'une version simplifiée pour jeunes lecteurs, elle se sentit un peu vexée. Très vite, elle fut reconnaissante à Martinique : le texte, traduit dans un anglais ardu, datait du XIXe siècle.

Tennyson se rapprocha sans bruit et sauta sur ses genoux. Il s'allongea d'abord de tout son poids sur ses jambes. Elle le repoussa un peu sur le côté et finit par trouver une position confortable. Contre toute attente, elle se faisait très bien à sa présence et finit même par trouver agréable de le sentir blotti contre elle. Elle se promit de ne pas trop s'attacher au chat.

Charlotte caressa la couverture lisse avant d'ouvrir le livre et de se plonger dedans. La lecture des premières pages était un peu laborieuse, mais Charlotte fut bientôt absorbée par le récit et avant même de s'en rendre compte, elle avait dévoré plusieurs chapitres.

Dérangée par la soif, elle alla chercher de l'eau dans le garde-manger. Le verre à la main, elle fit un tour dans l'appartement et se retrouva de nouveau face à la mystérieuse photo du jeune homme. Quelque chose l'attirait dans cette photo. Quelque chose dans le sourire de l'homme la faisait réagir au plus profond d'elle-même.

Pendant qu'elle observait la photo, elle se prit les pieds dans des livres empilés sur le plancher. En haut de la pile, *Orgueil et Préjugés* attira son attention. Elle se baissa pour le ramasser. Sur la page de garde, un message était écrit au stylo-plume. Charlotte se dirigea vers la lumière pour le déchiffrer.

Kristina, il faut que tu lises ce livre ! Les sœurs Bennett me font tellement penser à nous deux ! Toi, tu es Jane, si calme et réfléchie, qui n'oublie jamais de penser à tout et moi, l'impulsive et têtue Lizzy. Avec cet humour sec qui nous plaît tant, Austen écrit au sujet des pauvres femmes du xixe siècle qui n'avaient rien d'autre à faire que de se marier. Pourtant tu verras, le livre est super drôle, plein d'amour et l'histoire finit bien. La question est seulement de savoir si Daniel est un Mr Darcy ou un Mr Bingley. Qu'est-ce que t'en penses ?

Charlotte sourit à la lecture du message écrit par Sara. En plus de trouver sa tante vraiment drôle, elle était émue d'en apprendre ainsi sur sa mère. Pourquoi Sara ne s'était-elle pas manifestée plus tôt ? Si seulement Charlotte avait eu la chance de la connaître avant sa mort.

D'un coup, la tristesse de les avoir perdues toutes les deux la submergea. Elle n'avait jamais très bien supporté d'entendre les gens se plaindre de leur trop grande famille – s'ils avaient seulement une idée de ce que ça fait de n'avoir personne.

Elle s'enfonça dans le canapé. Au fond, elle ne savait pas grand-chose de sa propre famille. À l'exception d'une vieille tante chez qui elle avait pris le goûter une fois quand elle était petite, Charlotte n'avait jamais rencontré aucun de ses proches parents. Sa mère ne lui avait jamais vraiment rien raconté sur son enfance, elle lui avait seulement répété qu'elles étaient tout l'une pour l'autre. Charlotte s'était souvent demandé pourquoi. Elle avait espéré que sa mère lui parle enfin de son passé, mais ce jour n'était jamais venu et à présent il était trop tard.

Elle sentit son ventre se nouer à l'idée que sa mère avait probablement lu le livre qu'elle tenait entre les mains. Le message portait à croire que les deux sœurs avaient été très proches, et d'après la lettre de Sara, elles avaient voyagé ensemble jusqu'à Felixstowe. Charlotte regarda autour d'elle. Sa mère avait peut-être vécu ici, à Londres.

Elle retourna s'asseoir à la table recouverte des dossiers laissés par le notaire dans l'espoir de trouver la date d'achat de la maison. Elle se mit à feuilleter la pile de titres qui paraissaient les plus anciens, aux pages jaunies et à l'encre pâlie. Au bout de quelques minutes, elle trouva un vieux contrat de location daté d'avril 1983, l'année de sa naissance.

Pendant qu'elle parcourait le texte, son sang se mit à pulser dans ses veines. Le bail, qui portait sur un appartement au 187, Riverside Drive, était signé de deux noms.

Charlotte plissa les yeux pour déchiffrer les signatures : Sara Rydberg et Daniel O'Connor.

Elle passa la main sur le papier. Sara et Daniel avaient donc vécu ici dès 1983.

D'un pas vif, Charlotte alla chercher la photo du jeune homme qui ne pouvait être que Daniel O'Connor. S'il avait vécu ici avec Sara, où donc se trouvait sa mère à ce moment-là ?

10

Lundi 8 novembre 1982

ALLONGÉE DANS LE LIT de leur nouvelle chambre, Kristina fixe le plafond. Elle entend Sara et Daniel chuchoter derrière le mur. Le canapé grince quand ils bougent.

Kristina pose sa main à l'emplacement de Sara dans le lit, elle suit les sillons creusés par les plis du drap. Le matelas est froid. Sara a dû se lever bien avant que Kristina ne se réveille.

Elle jette un œil à sa montre. Il est bientôt l'heure de se lever, sinon elle sera en retard au travail. Mais elle ne peut pas sortir de la chambre, pas tant qu'ils n'ont pas fini dans la pièce à côté.

Kristina s'assied sur son séant et cherche des sous-vêtements propres. Elles ont leur propre commode et Daniel a promis de leur dénicher une garde-robe. Où il va la trouver, elle n'en sait fichtre rien, mais elle n'a pas l'intention de protester. Quand elles habitaient en colocation, elle gardait toutes ses affaires dans sa valise ; une commode représente un progrès indéniable.

Le tiroir du haut coince quand elle l'ouvre. Kristina le fait glisser d'avant en arrière et il finit par se rendre dans un couinement.

Soudain, le silence se fait dans la salle à manger. Kristina sent le rouge lui monter aux joues. Elle ne veut pas qu'ils croient qu'elle les a entendus.

Le canapé grince encore une fois, puis on entend un soupir. Quelqu'un se lève et fait quelques pas sur le plancher.

— Tu vas où ?

C'est la voix de Sara.

— Dehors, chuchote Daniel.

— Je ne pense pas qu'elle soit réveillée.

Des bruits de pas dans le couloir. Un cintre qu'on décroche, et un trousseau de clefs qu'on prend sur le guéridon.

— Je reviens vite, dit-il en ouvrant et en refermant délicatement la porte.

Kristina rassemble ses habits. Elle est soulagée qu'il soit parti. En silence, elle sort dans le petit couloir. Sara l'aperçoit et se lève d'un bond. Ses cheveux sont ébouriffés, elle est enroulée dans une couverture à carreaux.

— Tu es debout !

Kristina fait oui de la tête.

— On t'a réveillée ?

Elle essaye de ne pas regarder la culotte qui a été jetée au sol.

— C'est pas grave. Je dois aller bosser, de toute façon.

Sara se lève.

— Je peux passer aux toilettes avant que tu te douches ?

Elle marche lentement en traînant la couverture derrière elle.

Kristina hausse les épaules. Quand Sara arrive devant elle, elle lui donne un rapide baiser sur la joue.

— Merci ! T'es la meilleure.

Elle sourit de son sourire irrésistible qui dissipe l'agacement de Kristina.

— Je t'en prie. Je fais chauffer de l'eau pour le thé. T'en veux ?

— Toujours ! dit Sara en disparaissant dans la salle de bains.

Kristina remplit une casserole d'eau et allume la plaque. Ça grésille doucement avant que le gaz n'atteigne l'allumette et ne fasse jaillir la flamme bleue.

Elle craint que Daniel ne revienne avant qu'elle ait eu le temps d'aller sous la douche. Depuis qu'elles ont emménagé ici, elle l'évite, sans trop savoir pourquoi. Il est toujours adorable avec elle, mais lorsqu'ils sont tous les trois à la maison, elle se sent mal à l'aise, comme de trop. Elle passe la plupart de ses soirées dans la chambre, prétextant la fatigue ou un mal de tête, dans le seul but de laisser Sara et Daniel seuls dans la salle à manger.

Sara se précipite hors de la salle de bains. Elle baie aux corneilles et se frotte le visage.

— Fatiguée ? demande Kristina en sortant deux tasses.

Sara se penche au-dessus de la petite table.

— Oui. T'es sûre qu'on t'a pas réveillée ?

— Mais non. T'inquiète pas.

Sara se racle la gorge.

— Je ne veux pas que tu t'interdises d'être dans la salle à manger. C'est aussi ton appartement. Pardon, dit-elle en regardant Kristina de ses grands yeux. Je te promets qu'on va faire un effort. Mais il est tellement beau. J'arrive pas à m'en empêcher.

Kristina secoue la tête.

— Ça va. Tant que tu es prudente.

Sara se met à rire.

— C'est mon boulot de te dire ce genre de trucs, pas l'inverse. Elle sourit et se penche plus près. Mais oui, je suis prudente. Du moins quand j'y pense.

Alors qu'elle venait de se saisir du sucre, Kristina lâche prise et fait tomber le paquet dans l'évier. Elle fixe Sara sans savoir quoi répondre ; sa sœur lève les yeux au ciel.

— Mon Dieu, du calme ! On ne peut plus plaisanter ? Elle se caresse le ventre. Quoique je ne serais pas contre voir arriver un petit bébé. Daniel serait un père fantastique et si je tombais enceinte, il n'aurait pas d'autre choix que de m'épouser !

Sara aime plaisanter sur le fait qu'elle veut se marier avec Daniel, mais que lui fait tout pour y échapper. Dès qu'elle se comporte comme une vraie femme au foyer, comme quand elle plie le linge ou qu'elle nettoie la kitchenette, elle tend la main en déclarant « T'as tout intérêt à me passer la bague au doigt avant que quelqu'un d'autre ne s'aperçoive que je suis la femme idéale. » En général, Daniel répond en riant qu'il est prêt à prendre le risque.

Kristina commence à rassembler dans une des tasses les morceaux de sucres épars.

— Dis pas des trucs comme ça, marmonne-t-elle en rangeant le paquet de sucre dans le placard. On le connaît à peine.

— Tu le connais à peine, corrige Sara. Si tu y mettais un peu du tien, tu te rendrais compte qu'il est super chouette.

Elle s'avance vers Kristina et pose une main sur son bras.

— Tu ne veux pas faire un petit effort ? Je l'aime vraiment fort et ça voudrait dire beaucoup si vous deveniez amis tous les deux. Fais-le pour moi, ajoute-t-elle le visage penché sur le côté.

— D'accord.

Kristina montre la casserole.

— L'eau est chaude, mais je ne vais pas avoir le temps pour le thé. Il faut que je me douche.

Elle laisse Sara dans la salle à manger et s'enferme dans la petite salle d'eau. Ce n'est que lorsque l'eau se met à couler que Kristina reprend sa respiration. Elle sait que Sara a raison, il faudrait qu'elle apprenne à mieux connaître Daniel. Mais chaque fois qu'elle le voit, ce drôle de sentiment s'empare d'elle sans qu'elle puisse rien y faire.

Les blagues idiotes de Sara n'arrangent rien. Comment peut-elle seulement parler d'avoir un bébé, même pour rire ? Elles ont à peine de quoi s'acheter à manger, trimballées qu'elles sont d'un emploi mal payé à un autre et complètement dépendantes de Daniel qui règle la plus grande partie du loyer. En plus, Sara serait une mère catastrophique. Elle est dépourvue de tout sens pratique. C'est Kristina qui veille à ce que tout leur salaire ne parte pas en disques vinyles, bottes en Skaï et vin rouge. C'est elle qui achète les quelques légumes qui se battent au fond du frigo, elle qui pense à faire tourner des machines de linge et qui met de l'argent de côté en cas d'urgence. Sans Kristina, elles n'auraient plus rien à se mettre sous la dent depuis longtemps déjà.

Kristina croise son propre regard dans le miroir. Une autre pensée la traverse. Si Sara parle sérieusement, si elle est tellement amoureuse de Daniel qu'elle veut l'épouser, que deviendra-t-elle ? Elle ne peut pas décemment rester chez eux s'ils deviennent mari et femme. Où est-ce qu'elle ira ?

Kristina passe la main sous le jet de la douche et sent l'eau se réchauffer peu à peu. Elle ne veut pas rentrer à Årebo. Elle ne supporte pas l'idée de devoir rentrer chez son père pour se retrouver enfermée dans son appartement.

Elle rentre prudemment dans la cabine de douche. L'eau coule à flots, elle est trempée en un rien de temps.

Kristina est chez elle là où se trouve Sara, mais a-t-elle vraiment envie de rester à Londres si elle ne peut plus habiter avec sa sœur ? Quand elle entend la porte d'entrée claquer, elle soupire. Daniel est de retour. Elle laisse l'eau dégouliner sur son visage et le frotte aussi fort qu'elle peut.

Peut-être que Sara a raison et qu'elle devrait laisser sa chance à Daniel. Elle se plaira sans doute mieux chez lui si elle accepte de faire sa connaissance. Rien ne peut être pire qu'Årebo. De cela, au moins, elle est sûre.

11

Mercredi 6 septembre

— J'ai quitté ce foutu club minceur. Tu savais qu'il fallait compter le lait pris dans le thé ? Non, mais franchement, t'as déjà entendu quelque chose d'aussi aberrant ? Tu parles d'un coach à la noix, toujours à chipoter sur des détails et à me casser les pieds pour trois calories ; je ne sais pas ce qui m'a retenue de lui donner une claque !

Debout près du comptoir, Martinique triait les tickets de caisse quand Parnella s'aida de sa canne pour escalader maladroitement un des tabourets de bar. L'une des plus anciennes amies de Sara avait pris l'habitude de venir à Riverside dès qu'elle se sentait d'humeur bavarde.

— L'autre jour, Paul m'a acheté des fleurs.

— Voilà qui est charmant, dit Parnella de sa voix rauque. Je me demande si je ne vais pas plutôt rejoindre les Alcooliques Anonymes. Être dépendant au whisky ou au chocolat, c'est du pareil au même, non ?

— C'était des chrysanthèmes. À ton avis, qu'est-ce que ça veut dire ?

— Ils offrent des beignets pendant les réunions, non ? dit-elle, rêveuse. Tout ce dont j'ai besoin, c'est d'un peu de soutien. Quelqu'un à appeler quand la tentation devient trop forte.

Elle se prit la poitrine.

— À l'aide, j'ai besoin d'une glace, maintenant ! Avec des vermicelles en chocolat, de la sauce caramel et de petits marshmallows fondants !

Martinique passa une main dans la masse fournie de ses cheveux crépus.

— Puis il a reçu un drôle de coup de fil. Je n'ai pas voulu lui demander qui c'était, tu penses que je devrais ?

— Je me demande ce qu'ils peuvent bien dire pour t'aider à résister ? J'imagine qu'ils ont été formés à plusieurs techniques. Comme les négociateurs d'otages qu'on voit à la télé. Lâche ce pot de glace ou je tire! Elle riait grassement.

— Peut-être que je me pose trop de questions. Pourquoi je ne peux pas me réjouir de recevoir des fleurs comme tout le monde ?

Parnella se racla la gorge bruyamment.

— Tu ne devrais pas t'en faire autant. Paul ne t'a jamais trahie, pourquoi crois-tu qu'il s'y mettrait maintenant ?

Martinique baissa les yeux, l'air abattu.

— Tu dois avoir raison. Il y a mille explications possibles à son comportement.

— Exactement ! Ça t'embête si je fume ?

D'un geste plein d'espoir, elle sortit un paquet de cigarettes de son grand imper en toile huilée.

Martinique secoua la tête énergiquement.

— C'est tout à fait hors de question !

Parnella soupira lourdement.

— Rabat-joie. Dis-moi, comment ça se passe avec Charlotte ?

— Elle ressemble terriblement à Sara. Une jeune femme charmante et peu commune, si tu veux mon avis.

— Qu'est-ce qu'elle sait de sa tante, exactement ?

— Pas grand-chose. Elle leva un index menaçant et ajouta : Et toi, tu as intérêt à tenir ta langue !

— Mais oui. Je ne suis pas du genre à jouer les commères.

— Bien, dit Martinique le plus sérieusement du monde. Il faut la ménager. Si elle vend la maison, c'en est fini de nous tous.

Parnella soupira à nouveau en tripotant son paquet de cigarettes. Martinique l'observa en silence. Elle était l'une des rares personnes à avoir connu Sara avant qu'elle commence à travailler à Riverside, et la disparition de son amie l'avait profondément affectée. Au cours des dernières semaines, elle avait vieilli à vue d'œil. Ses beaux cheveux d'un noir de jais, devenus plus fins, s'étaient teintés de gris.

— Je viens juste de faire du café. Tu en veux une tasse ?

— Toujours ! s'écria Parnella. Mais oublie le lait, ça fait trop de calories pour moi.

— Je croyais que tu refusais de les compter.

— Je ne les compte pas, dit Parnella. Mais que je le veuille ou non elles sont là.

Martinique mit en route la caisse enregistreuse et se dirigea vers la cuisine quand elle entendit Parnella s'éclaircir la gorge à nouveau.

— Tu n'as pas de sucre à mettre dans le café ? De préférence sans calories ! cria-t-elle depuis son tabouret.

— Je ne suis pas magicienne ! lui cria-t-elle en riant avant d'ajouter d'un ton conciliant, je vais voir ce que je peux faire.

Lorsqu'elle fut de retour devant le comptoir, Martinique aperçut Herbert qui marchait à vive allure le long du fleuve. Il s'arrêta devant la librairie et s'appuya contre le mur pour reprendre son souffle. Visiblement paniqué et essoufflé, il ouvrit la porte, se glissa à l'intérieur et vint s'asseoir à côté de Parnella. Comme d'habitude, il portait une chemise fraîchement repassée, une moustache bien peignée et un nœud papillon impeccable sous son triple menton.

— Eh bien, le rabroua Parnella, qu'est-ce qui t'arrive ?

Herbert sortit un mouchoir de la poche de sa veste et s'épongea le front.

— Je crois que Clary m'a vu.

Parnella se retourna pour regarder dehors.

— Tu peux souffler. Il n'y a pas une seule mère-panthère à l'horizon, je ne pense pas qu'elle t'ait suivi.

Les épaules de Herbert s'abaissèrent de plusieurs centimètres. Il sourit en échange de la tasse que lui tendit Martinique.

— J'ai encore eu de la chance, murmura-t-il. Clary est rapide comme un lynx. Dans sa jeunesse, elle était championne régionale de course d'orientation.

Il secoua la tête.

— Si un jour je finis en chaise roulante, je suis cuit.

Martinique remplit sa tasse de café fumant.

— Et pourquoi est-ce qu'elle te court après ?

L'espace d'une seconde, Herbert eut le regard trouble.

— Il faut croire qu'elle a un faible pour les veufs.

— Avec un appartement en plein centre de Londres, il n'est pas étonnant que tu sois le chouchou des dames célibataires. Surtout dans un immeuble adapté aux personnes à mobilité réduite ! expliqua Parnella. Tu habites bien dans cette résidence à Bourbon Street, avec réception vingt-quatre heures sur vingt-quatre et salle d'activités ?

Herbert posa une main sur son cœur.

— Oui, soupira-t-il. Elle a dit qu'elle voulait qu'on fasse équipe au bingo.

— Clary veut probablement te rappeler qu'il y a pire dans la vie que les calculs rénaux, suggéra Parnella. J'y ai été confrontée il y a quelques années, je t'assure que ça n'est pas une partie de plaisir. Les calculs rénaux, j'entends, pas Clary.

Elle s'étira.

— Ils étaient tellement gros, le toubib n'en revenait pas. Il a même envoyé une photo au *British Medical Journal*.

— Félicitations, dit Herbert. Moi aussi, j'ai failli contribuer à la revue avec une photo de mes articulations déformées. Ils ont fini par trouver quelqu'un qui accepte de poser nu.

Martinique lui sourit. Herbert était un être délicieux, et malgré sa santé vacillante, il était le premier à proposer son aide en cas de besoin. L'hiver dernier, après avoir entendu Sara s'inquiéter des décorations de Noël à installer, il était entré la nuit dans Riverside et avait accroché des guirlandes pour lui faire une surprise. Le lendemain, quand Martinique était entrée dans la librairie, des dizaines de petits anges dorés et soigneusement découpés tombaient gracieusement du plafond. Personne n'avait jamais su comment il avait réussi à les accrocher. Le simple fait d'imaginer le pauvre Herbert, vêtu d'un de ses costumes impeccables, en équilibre précaire sur une échelle avait inquiété Martinique. Elle lui avait remonté les bretelles en lui faisant promettre de ne jamais refaire une chose aussi dangereuse. Mais le pauvre homme s'était décomposé et elle avait préféré ne pas insister. Il ne devait pas être facile de s'habituer à un corps chaque année plus fragile.

Malgré son grand âge, Herbert avait encore une sacrée réserve de joie de vivre. Et il était l'un des hommes les mieux habillés que Martinique ait jamais rencontré. Même pour se rendre chez l'épicier du coin, il arborait une chemise amidonnée, des pantalons à pinces à la coupe parfaite et une veste croisée à double boutonnage. Bien qu'il ait fait son deuil depuis longtemps, sa femme disparue était le grand amour de sa vie et d'après Parnella, Herbert n'avait pas la moindre envie de rencontrer quelqu'un d'autre.

— Tu as dit à Clary que tu n'avais pas envie de jouer au bingo ? demanda Martinique prudemment.

Herbert renifla et ajusta son nœud papillon à carreaux.

— Bien sûr, mais elle refuse de l'entendre de cette oreille. Elle dit que mes yeux ne mentent pas et qu'ils crient mon désir pour elle. En fait, c'est la cataracte qui m'empêche de faire le point ! Elle a l'air de croire qu'on joue au chat et à la souris et que je la fuis pour le plaisir. Je ne connais personne souffrant de la goutte qui courre pour le plaisir !

Son visage afficha une expression désespérée quand il se tourna vers Martinique.

— Si elle débarque et qu'elle demande après moi, ne lui dis surtout pas que j'ai mes habitudes ici !

Martinique secoua la tête.

— Évidemment que non. À quoi elle ressemble ?

Parnella leva la main quelques centimètres au-dessus de sa tête.

— Elle a de grands cheveux violets. Tu n'as qu'à t'imaginer une aubergine. On fréquente la même coiffeuse, la Colombienne au coin de la rue. Après neuf coupes, la dixième est gratuite. Je suppose qu'elle espère que la plupart d'entre nous ne vivront pas assez longtemps pour profiter de l'offre.

Martinique fit un large sourire.

— Voyons, nous sommes à Londres ! J'en connais plus d'une avec les cheveux violets !

Parnella opina du chef.

— Tu as raison. Elle a un manteau de fourrure en léopard aussi. Et de longs ongles à strass.

— Je ne comprends pas comment elle arrive à faire quoi que ce soit de ses mains. Comment elle se lave les cheveux ? demanda Herbert d'un air affligé.

Parnella se mit à rire.

— Sûr qu'elle aurait bien besoin de ton aide.

Herbert frissonna et se tint le ventre.

— J'ai pris plusieurs kilos depuis que je la connais. Presque chaque jour, elle me prépare un plat qu'elle laisse devant ma porte. Un soir, alors que j'étais rentré plus tard que prévu du centre médical, quelqu'un a renversé son Tupperware. C'était un mardi, dit-il tristement. Le mardi, elle fait toujours du curry. J'ai mis plusieurs heures à récurer les escaliers. L'odeur n'a pas complètement disparu.

Il porta la tasse de café à sa bouche et prit quelques gorgées de la boisson encore fumante.

— Elle me gave comme une oie. Honnêtement, je ne sais pas ce qu'elle me veut.

Parnella haussa les sourcils.

— Bien sûr que tu le sais, dit-elle avec malice. La majorité des femmes préfèrent les hommes avec de l'embonpoint. Elles veulent du moelleux, du rond, du doux.

Au même instant, Charlotte entra dans la pièce, un bloc-notes à la main.

— Bonjour ! dit-elle prestement.

Elle avait l'air d'avoir eu le temps de boire plusieurs tasses de café pour le petit déjeuner.

— Bonjour beauté, gazouilla Martinique. Comment ça va aujourd'hui ?

— Bien, merci. Et toi ? Vous avez fini tard hier ?

— Pas tant. Elle fit un geste en direction des deux compères. Charlotte, je te présente Parnella et Herbert, deux de nos clients les plus fidèles. Herbert vit ici depuis quelques années seulement, mais Parnella est l'une des plus anciennes amies de Sara.

— Mes enfants ont insisté pour que j'emménage dans un logement adapté à mon grand âge, dit Herbert amèrement. Mais je viens du West Sussex, c'est là qu'est ma place.

— Moi, ma place est à Las Vegas, dit Parnella en riant. Ou n'importe où ailleurs, tant qu'on y sert des buffets de crustacés à volonté.

— Ravie de vous rencontrer, dit Charlotte en se tournant vers Parnella. Vous habitez le quartier ?

Parnella fit oui de la tête et tendit sa tasse à Martinique pour se faire servir un second café.

— Oui, à deux pâtés de maisons.

— Quand est-ce que vous avez emménagé ici ?

L'air pensif, elle tourna la cuillère dans la tasse où elle plongea deux morceaux de sucre.

— En 1986.

— Vous avez donc bien connu ma tante ?

— Nous avons été amies pendant trente ans, répondit-elle fièrement.

Charlotte posa le bloc-notes devant elle.

— Excusez mon indiscrétion, mais connaissez-vous un certain Daniel, avec qui elle aurait vécu ?

Parnella jeta un regard en coin vers Martinique.

— Non, répondit-elle, soudain beaucoup moins loquace.

— Vous en êtes sûre ? Il y a une photo dans l'appartement de Sara que je pourrais vous montrer si vous avez le temps.

Parnella fit mine de réfléchir avant de secouer la tête.

— Je n'ai jamais entendu Sara parler d'un quelconque Daniel.

Martinique se crispa. Parnella savait de quoi il retournait, mais elle était aussi la plus susceptible de gaffer. Il lui fallait faire diversion pour que Charlotte arrête de creuser dans le passé de Sara.

— Autant commencer la visite tout de suite, dit-elle, enthousiaste, avant l'arrivée des premiers clients. Tu es prête ?

***

Elles progressèrent de rayonnage en rayonnage, guidées par les explications pédagogiques de Martinique sur le rangement des livres. Charlotte essayait tant bien que mal de saisir leur système, mais chaque question qu'elle posait trahissait son incompréhension. S'il lui paraissait logique que les titres soient rangés par ordre alphabétique, elle n'arrivait pas à voir l'intérêt de classer les livres dans des bibliothèques elles-mêmes dotées de noms.

Charlotte inspectait les étagères prêtes à rompre sous le poids d'une et parfois deux rangées de livres. Elle ne voulait pas paraître trop critique et elle espérait vraiment pouvoir travailler *avec* Sam et Martinique plutôt que *contre* elles, mais la liste des choses à changer s'allongeait à vue d'œil. Combien de titres étaient inscrits à l'inventaire et serait-il seulement possible de récupérer l'argent des invendus ?

Alex aimait à dire que Charlotte, en affaires, devenait quelqu'un d'autre. Comme en pilote automatique, elle oubliait sa timidité naturelle. On aurait dit qu'elle jouait un rôle. Quand elle parlait coûts de production avec les prestataires ou délais avec les sociétés de transport, elle était la première étonnée par la dureté de son ton.

Lorsqu'elles firent une pause devant une bibliothèque visiblement baptisée Amy et qui, comme toutes les autres, était pleine à craquer, Charlotte lâcha un soupir. Martinique lui lança un regard interrogateur.

— Est-ce que ça fait trop à retenir d'un seul coup ?

Elle hésita.

— Non, mais ça fait vraiment beaucoup, beaucoup de livres.

— Oui, c'est le risque dans une librairie, dit Martinique en riant.

Charlotte chercha ses mots. Elle n'avait aucune envie de marcher sur les plates-bandes de Martinique.

— Je me demande surtout si les clients arrivent à trouver ce qu'ils cherchent ?

— Oui ! Et sinon, nous sommes là pour les aider.

Charlotte pointa du doigt des piles de livres hautes de plusieurs mètres en équilibre dans un coin de la pièce.

— Mais vous ne pouvez pas sérieusement connaître la place de chaque livre ?

Martinique prit aussitôt l'air offensé.

— Bien sûr que si ! Teste-moi et tu verras.

Charlotte pinça les lèvres. Le seul exemple qui lui venait à l'esprit était ce livre au long titre étrange que Henrik avait offert à Alex à Noël il y a quelques années.

— Avez-vous *Le Guide du voyageur galactique* ? demanda-t-elle, dans l'expectative.

Martinique se dirigea presque au pas de course vers une étagère où elle plongea la main sans quitter Charlotte des yeux.

— *Le Guide du voyageur galactique* de Douglas Adams. Une science-fiction humoristique adaptée d'un feuilleton radiophonique écrit pour la BBC en 1978. Un livre de choix pour amateurs d'humour et d'aventures spatiales, dit-elle en agitant devant elle l'épais pavé.

Charlotte rit.

— OK, je te crois. Mais il ne doit pas être facile de faire le ménage quand des piles de livres sont posées à même le sol.

Elle avait manifestement touché un point sensible, car Martinique sembla prête à éclater en sanglots. Elle se passa la main dans les cheveux.

— J'ai vraiment essayé, mais ça n'a pas été facile depuis que Sara nous a quittés. Je ne savais pas quand tu serais là et je n'ai pas osé toucher à quoi que ce soit, ni même commander de nouveaux produits ménagers.

Elle parlait vite, prenant à peine le temps de respirer entre chaque mot. Charlotte se sentait particulièrement bête.

— Excuse-moi. Je ne voulais pas rejeter la faute sur toi.

Martinique secoua la tête.

— Non, excuse-moi. Tu dois penser que je suis une imbécile même pas fichue de me maîtriser. Je te promets que j'ai fait de mon mieux pour que tout roule comme d'habitude.

Charlotte fit un geste de la tête qui se voulait réconfortant, mais la franchise de Martinique la mettait mal à l'aise. Était-elle censée la consoler à présent ? Est-ce qu'elle s'attendait à ce que Charlotte la prenne dans les bras ou est-ce qu'une tape sur l'épaule suffisait ?

Elle tenta maladroitement de lui caresser le bras.

— Oui, je comprends bien ! dit-elle rapidement avant de détourner le regard. Que faites-vous des livres que vous ne vendez pas ? Vous les renvoyez à l'imprimeur ?

Une ride se creusa entre les sourcils de Martinique.

— Pour quoi faire ? On ne commande que les livres qu'on aime.

Elle haussa les épaules.

— La philosophie de Sara était d'offrir un foyer aux livres en attendant qu'ils trouvent leur lecteur. Par ailleurs, elle tenait à ce que nous proposions une offre aussi large que possible. Les livres ne dévaluent pas simplement parce qu'ils ont quelques années d'existence.

— C'est tout à votre honneur, mais la librairie doit faire assez d'argent pour pouvoir tourner. Si on garde tous les invendus, on peut difficilement faire de la place aux nouveautés qui ont une chance d'être achetées.

Martinique leva un sourcil.

— La librairie ne tourne pas ?

— Franchement… non.

Martinique hocha la tête, comme si elle n'était pas vraiment surprise par les propos de Charlotte.

— À mes débuts dans la librairie, on vendait des livres pour plusieurs milliers de pounds par semaine, mais les temps ont changé. Aujourd'hui, il est presque impossible de concurrencer les ventes en ligne. Amazon n'est rien d'autre qu'un grand entrepôt, ils n'ont pas de mal à baisser les prix. Si la plupart des gens aiment les librairies, personne n'a envie de casser sa tirelire juste pour nous faire survivre.

Martinique soupira.

— Tous les mois, de petites librairies qui existent depuis des décennies sont obligées de mettre la clef sous la porte. La semaine dernière, l'une de mes librairies jeunesse préférées à Richmond a dû fermer. Je n'en connaissais pas de plus merveilleuse, cela faisait presque soixante ans qu'ils avaient pignon sur rue. Quand j'étais petite, ma grand-mère m'y emmenait pour que je choisisse mes cadeaux d'anniversaire. C'est l'un de mes plus beaux souvenirs d'enfance.

Charlotte tripota son stylo. Elle comprenait que Riverside était beaucoup plus qu'un simple gagne-pain pour Martinique.

— Qu'est-ce que vous avez qu'Amazon n'a pas ?

Martinique essuya une larme.

— Qu'est-ce que tu veux dire ?

— Je veux dire, pourquoi est-ce tellement important que Riverside survive ? C'est quoi, votre plus-value ?

Elle sourit.

— Nous connaissons les livres. Nous donnons des conseils personnels à chacun. Si quelqu'un entre dans la librairie pour y acheter un cadeau, nous savons exactement quoi lui recommander. Nous connaissons tous nos clients et nous savons comment les aider à faire le bon choix.

— Service à la personne.

Herbert s'éclaircit la gorge.

— Je ne connais personne d'aussi doué que Martinique pour conseiller le bon ouvrage. Elle sait exactement ce que les gens ont envie de lire ! Et pour nous les anciens, cet endroit est extrêmement précieux. Sans Riverside, j'aurais passé mes journées seul à la maison. Il fallait voir l'ambiance quand Sara faisait la lecture à voix haute. Elle avait le pouvoir de rendre les livres vivants. Je te jure qu'aucune âme ne repartait d'ici inchangée.

Ses yeux fatigués brillaient d'enthousiasme. Charlotte l'écoutait, l'air pensif.

— Si on veut que la librairie survive, il va falloir se préparer à quelques changements substantiels.

Martinique prit un air grave.

— Bien entendu.

— Je voudrais revoir un peu les chiffres, que dites-vous d'une réunion dès l'arrivée de Sam ?

— Bonne idée ! Je te sers un café en attendant ?

Charlotte jeta un regard à Parnella.

— C'est bon, dit-elle de sa voix râpeuse, Herbert approuvant à côté d'elle.

— Si bon que vous seriez prêt à payer pour en boire une tasse ?

Parnella fit la grimace.

— Ça, je ne sais pas.

Charlotte leva les yeux vers le plafond.

— Vous savez ce que j'ai pensé la première fois que j'ai débarqué ici ?

— Que tu avais besoin d'un fer à repasser ? suggéra Parnella.

Charlotte secoua la tête.

— J'ai trouvé cet endroit si paisible. Dehors, c'est le chaos permanent. Des passants pressés, des voitures qui klaxonnent, des feux clignotants... tandis qu'ici, dit-elle avec dévotion, ici le temps semble s'être arrêté. La librairie est comme à l'écart du monde, comme si elle appartenait à une autre époque. Voilà ce que les clients gagneraient à découvrir, que Riverside est plus qu'une simple librairie.

Charlotte vit Martinique s'illuminer.

— Un café-librairie !

Elle haussa les épaules.

— Et pourquoi pas ? Même si ça ne rapporte pas énormément, ça pourrait attirer plus de visiteurs. Elle pointa du doigt un espace laissé vacant à côté du comptoir.

Ici, on pourrait installer quelques tables. Et toi qui es si bonne pâtissière, tu pourrais vendre des gâteaux faits maison ?

Martinique rayonnait.

— Tout à fait. Nous pourrions même proposer des pâtisseries suédoises. Avec Sara, on faisait souvent ces fameux *semlor,* et je sais qu'elle a un livre qui s'appelle *Sju sorters kakor*[1].

— Voilà une excellente idée. On pourrait aussi repenser les étalages, les rendre les plus attirants possible avec de livres qui crient « Achète-moi ! » aux clients potentiels. Si les visiteurs sont séduits par la librairie, ils voudront sans doute en emporter un morceau chez eux.

Charlotte prenait des notes à toute vitesse, galvanisée par le projet.

— Il nous faut aussi faire entrer plus de lumière. Les étagères devant la fenêtre doivent être déplacées. Honnêtement, la vitrine est une vraie catastrophe.

Martinique se racla la gorge.

— Ça ne peut pas être si terrible, murmura-t-elle en faisant un geste étrange de la main, comme si elle voulait se gratter le menton mais avait manqué sa cible.

— Si, dit Charlotte. La première fois que j'ai vu tout ce bazar derrière la vitre, j'en ai eu des frissons.

Derrière elle, la porte claqua. Charlotte se retourna. Sam était là, les bras croisés. Elle portait un manteau de fourrure rose, sa combinaison bleue Abba et des bottes de caoutchouc fleuries, bien qu'il n'y ait pas un nuage à l'horizon.

— Y a un problème avec la vitrine ? grogna Sam.

— Aucun, répondit Charlotte. Mais nous pourrions sans doute la rendre un peu plus… attrayante.

1. « Sept sortes de gâteaux ».

Sam secoua la tête.

— Elle est attrayante. Le truc, c'est que tu n'as pas suivi de formation en design comme moi et que tu n'y comprends pas grand-chose.

Charlotte prit une profonde inspiration. Elle avait cru que Martinique l'émotive serait la plus difficile à gérer. Manifestement, elle s'était trompée.

***

Sam retira son manteau et regarda Charlotte d'un œil furibond. Allait-elle vraiment se laisser insulter par une débutante qui avait l'air de n'avoir jamais mis les pieds dans une librairie de sa vie ? Que diable Charlotte avait-elle à lui apprendre en termes de vente de livres, décoration de vitrines ou sur la vie en général, tant qu'on y était ? Cette mijaurée qui n'avait visiblement jamais quitté sa maison depuis sa première communion !

Sam renifla ostensiblement et fourra son manteau rose sous le comptoir sans se soucier de la patère prévue à cet effet dans la cuisine. Martinique lui avait demandé *de brider* sa personnalité et comme si ça ne suffisait pas, il faudrait en plus qu'elle laisse critiquer son sens artistique par une bonne femme en jean, tee-shirt noir et queue-de-cheval moche ? Pouvait-elle imaginer traitement plus *dégradant* ?

Sam s'accrocha au comptoir et prit une profonde inspiration. Au fond, elle aurait bien dit ses quatre vérités à Charlotte, mais le regard affolé de Martinique l'en dissuada. Celle-ci avait été très claire sur le fait qu'elles ne devaient surtout pas entrer en conflit avec Charlotte. L'avenir de Riverside était entre ses mains et le moindre faux pas pourrait leur être fatal. Quoi que ça lui coûte, il lui fallait ravaler son dépit et tenter par tous les moyens de manipuler Charlotte pour se la mettre dans la poche.

En soi, ce ne serait pas un problème pour Sam. Elle avait toujours eu le don de se faire aimer des autres. Certains appellent ça du charme, d'autres du sex-appeal. Sam préférait parler d'un *petit truc en plus*. Personne, sur Terre, ne pouvait lui résister pourvu qu'elle l'ait décidé.

Elle observa Charlotte feuilleter nerveusement son bloc-notes. La plupart des gens se méprenaient sur le concept d'aura, pensant à tort que c'était une question d'apparence. Sam savait très bien que d'autres facteurs entraient en jeu. Elle-même était la banalité incarnée. Elle n'avait ni les cheveux blonds et bouclés d'une star de Hollywood, ni les lèvres pulpeuses dont raffolent les hommes. Ses fesses étaient plutôt plates et aucune autre partie de son anatomie n'était remarquable par son rebondi. Pourtant, elle attirait à elle les gens comme le miel attire les mouches. Sam lisait dans leurs yeux le désir irrépressible qu'elle provoquait en eux. Même les mauvais jours, quand elle arrivait au travail sans avoir eu le temps de se doucher, du khôl en miettes sous les yeux, elle n'échappait pas à ces regards lubriques. Elle pouvait sentir le désir monter par vagues jusqu'à elle – et même ceux qui prétendaient ne pas l'avoir remarquée finissaient toujours par se trahir à travers un geste infime, presque invisible, qu'elle avait appris à déceler sans se tromper.

Parfois, cette force d'attraction lui pesait comme un fardeau. On entendait souvent des célébrités comme Victoria Beckham se plaindre de ne pouvoir aller et venir en paix sans être constamment observée et sous-pesée. Sam portait la même croix. Certains jours, elle aurait aimé entrer dans un Starbucks et commander un café sans que le type derrière le comptoir ne se mette à sourire bêtement, lui demandant si elle voulait davantage de lait dans son cappuccino ou si elle avait envie d'un muffin à la banane et aux noisettes.

La plupart du temps, toutefois, Sam remerciait le ciel de l'avoir dotée d'un tel don. Elle avait appris à apprivoiser son potentiel d'attraction sexuelle. Pour elle, il s'agissait d'un super-pouvoir qu'elle se devait de mettre à profit, ne serait-ce que par respect pour les personnes qui en étaient dépourvues.

Un autre avantage à pouvoir éblouir ses congénères avec sa personnalité était la confiance en soi qu'elle en retirait. Sam avait une foi indéfectible en ses capacités. Elle se trouvait formidable et se moquait bien qu'on ne soit pas de cet avis.

Elle prit une gorgée du café qu'on lui avait servi sans quitter Charlotte des yeux. La Suédoise, assise à l'autre extrémité du comptoir, prenait des notes dans son bloc en attendant que Martinique revienne de la cuisine.

Sans un mot, elle observa le tee-shirt banal de Charlotte et les baskets insipides qu'elle s'entêtait à porter du matin au soir. Certes, elle avait de beaux traits, exactement ceux de sa tante, mais du sex-appeal, non, d'aucune sorte. Charlotte ne faisait absolument rien pour se mettre en valeur, ce qui était étonnant puisqu'elle possédait sa propre marque de beauté. *Sérieux, meuf, fais-nous le plaisir de te mettre un peu d'ombre à paupières ou de paillettes,* pensa Sam avec dépit.

Elle arracha une écharde minuscule sur le vieux comptoir en chêne avant de la remettre en place. Il était peut-être temps pour elle de quitter Riverside. Après tout, elle n'avait pas à négocier plus de vingt-cinq heures par semaine et elle était obligée de travailler presque tous les samedis.

L'année passée, elle avait eu envie de s'inscrire à l'université. Le problème c'est qu'elle ne savait ni quelle matière choisir, ni comment se financer. Faire des études avait un coût, et Sam n'avait pas un rond. Il faut dire que Riverside était loin d'être une mine d'or. Cela dit, elle se plaisait à vivre comme elle le faisait. La simplicité lui allait bien, ainsi que son travail à la librairie. C'était vrai, du moins, jusqu'à ce que Sara ait le culot de mourir.

Elle fit tourner sa cuillère dans sa tasse de café et essaya d'imaginer quel autre genre de boulot pourrait lui convenir. Psychologue scolaire peut-être ? Elle n'aurait pas détesté rester assise dans un fauteuil rembourré, des fleurs à la fenêtre, une jolie musique en fond sonore, à écouter les problèmes banals d'adolescents sans histoires. *Tu ne sais pas s'il t'aime ? Essaye de coucher avec, tu sauras très vite ce qu'il ressent. Tu crois que tout le monde te déteste ? C'est sans doute le cas, t'as qu'à essayer de porter des fringues plus originales, pour voir. Tu es amoureuse de ton prof ? Publie une déclaration sur Facebook pour savoir si ton amour est réciproque.*

Quoiqu'au bout d'un moment, pensa Sam, *je finirais par me lasser d'être enfermée dans la même pièce et d'entendre geindre les élèves jour après jour.* Ce qui lui plaisait à Riverside, c'était sa liberté. Elle et Martinique avaient toujours eu le droit de décider quoi faire et comment. La vitrine, par exemple. À intervalles réguliers, Sam la décorait selon un thème précis. Ces jours-ci, le romantisme noir était à l'honneur, avec des nappes de velours rouge sang, un crâne de chez Butterick, de fausses roses et d'antiques chandeliers dégoulinants de vieille cire. Elle adorait exprimer sa créativité et Sara n'avait cessé de l'encourager. Sam avait toujours carte blanche, et plus la vitrine était délirante, plus Sara était satisfaite.

Pour ne rien gâcher, Sara était même payée pour lire. Pendant au moins deux heures par semaine, elle était autorisée à feuilleter tous les livres qu'elle voulait, sur son temps de travail. En prime, elle avait droit à un livre offert par mois et pour tout le reste, elle se contentait de payer le prix coûtant. La dénommée Charlotte ne tarderait sans doute pas à mettre un terme à tous ses privilèges.

— Très bien, dit-elle sèchement. Nous pouvons commencer.

Elle se tourna vers Herbert et Parnella.

— Vous pouvez rester si vous y tenez, mais vous risquez de vous ennuyer.

Sam sourit lorsque Parnella partit d'un grand éclat de rire.

— Je ne vois pas comment je pourrais m'ennuyer davantage qu'en restant chez moi à regarder tourner la machine de linge.

Elle tapota du doigt son appareil auditif.

— Si tu rabâches trop, je n'ai qu'à éteindre ce machin. Quand mes petits-enfants me rendent visite, je leur fais toujours croire que la batterie est déchargée, ricana-t-elle.

Herbert fit signe qu'il était du même avis.

— Si je reste chez moi, je suis à la merci de Clary. Ici au moins, il y a une issue de secours par laquelle je peux m'enfuir.

Charlotte s'éclaircit la voix. Tout d'un coup, elle avait l'air beaucoup plus sûre d'elle, à la limite de l'arrogance. Elle s'étirait, prenait de la place et n'avait aucun mal à soutenir le regard de Sam.

— OK. Comme je le disais plus tôt à Martinique, le problème majeur est que la librairie ne génère pas assez de profits. Pour éviter d'avoir à fermer Riverside, il nous faut augmenter les rentrées d'argent pour couvrir salaires, coûts fixes et nouvelles commandes.

Elle fit un signe à Sam.

— À l'heure actuelle, la librairie peine à se maintenir à flot. Il n'y a aucun fonds de roulement et sans les deniers que Sara tirait de sa poche tous les mois, techniquement, la librairie tourne à perte.

Sam soupira, elle était loin d'imaginer que la situation était aussi grave. Elle serait licenciée, cela ne faisait plus aucun doute. Eh bien, au moins, plus aucun espoir n'était permis. Dès la fin de la réunion, elle chercherait une formation de psychologue scolaire.

Charlotte tenait toujours son petit bloc-notes dans les mains. Elle n'avait pas l'air le moins du monde troublée par les révélations qu'elle venait de faire, ce qui irrita Sam au plus haut point. Charlotte était forcément à l'origine de ce désastre. Si les finances de Riverside allaient aussi mal qu'elle le prétendait, pourquoi Sara n'en avait-elle jamais rien dit ?

— Étonnant qu'on s'en soit sorties toutes ces années, dit Sam, maussade, en louchant vers Martinique dans l'espoir de trouver un soutien, mais sa collègue resta de marbre.

Charlotte fronça le nez.

— Il me semble que Sara n'a pas toujours été très rigoureuse avec la comptabilité.

Le visage de Sam s'assombrit. Quel genre d'assaut était-ce ?!

— Ah oui ? Et comment va-t-on régler ce problème ? Tu as sans doute une formidable proposition à nous faire, dit-elle, acerbe.

— J'en ai plusieurs, répondit Charlotte avec un aplomb imperturbable. Mais je ne veux pas prendre de décision avant de vous consulter toi et Martinique.

— Ouais, d'accord, dit Sam. Moi, je m'en fiche. Je vais commencer une formation de psychologue scolaire.

Martinique eut l'air surpris.

— Hein ? Tu ne m'en as jamais parlé ! C'est génial, félicitations ! dit-elle en se penchant au-dessus du comptoir pour prendre Sam dans les bras. J'ignorais que tu avais postulé pour une formation ! Tu vas faire ça dans quelle école ?

Sam secouait la tête. Martinique ne comprenait-elle pas qu'elle n'avait aucune envie de devenir une foutue psychologue scolaire ?

— On en parlera plus tard. Parle-nous un peu de tes propositions, dit-elle d'un air grincheux à Charlotte.

— Tu veux une autre tasse de café ? lui demanda Martinique.

Sam fit oui de la tête. Si elle devait finir à la porte, la moindre des choses serait de lui servir un peu de café. Et elle penserait à prendre avec elle l'exemplaire original signé de *Sourires de loup* qui était rangé sous clef dans le bureau. Elle l'avait bien mérité.

Elle reprit une gorgée.

— Il est bon, non ? demanda Martinique gaiement.

Sam la dévisagea. Tout son avenir était en jeu et Martinique attendait des félicitations pour son café.

— Mmmh, fit-elle.

— Ça fera deux pounds.

— Pardon ?

— Oui, le café coûte deux pounds. C'est un bon prix, non ? Chez Costa et Nero, c'est presque le double !

Sam fixa Martinique sans comprendre. Elle avait l'habitude pourtant des excentricités de Martinique. Une fois, elle avait confondu les sœurs Brontë et donné *Les Hauts de Hurlevent* à un client qui avait expressément demandé le livre d'Anne. Heureusement, Sam avait découvert l'erreur à la toute dernière minute et échangé le roman contre *Agnes Grey*. *Mais là, c'est le pompon*, pensa-t-elle.

Devant le silence de Sam, Martinique ouvrit grand les bras.

— Nous allons ouvrir un café-librairie !

— Ah oui ?

Charlotte compléta :

— Le tout est d'attirer de nouveaux clients. Une fois à l'intérieur, je suis persuadée qu'ils tomberont sous le charme de l'atmosphère si particulière de Riverside.

— Et du bon café, ajouta Martinique.

— Oui, et du bon café. Et avec un peu de chance, ça donnera envie aux clients d'acheter plus de livres.

Charlotte plongea les yeux dans ceux de Sam.

— Mais pour cela, nous avons besoin de toi. Il faudra peut-être même augmenter tes heures, si ça ne t'empêche pas d'étudier, évidemment.

Sam tripota son écharpe à paillettes. Elle pourrait donc garder son emploi ? Et elle n'aurait même pas à trouver une formation de psychologue scolaire.

— Je croyais qu'il fallait réduire les coûts, dit-elle d'une voix atone.

— Le plus important est d'augmenter les revenus. Il nous faut vendre au moins le double, et pour cela, nous n'avons pas d'autre choix que d'attirer davantage de clients. Si tu veux réfléchir à la meilleure façon de nous démarquer de la concurrence, je suis ouverte à toutes les suggestions !

Lorsque la porte s'ouvrit, tous les regards se tournèrent vers l'entrée. Un homme aux cheveux blonds coupés à ras, les mains enfoncées dans les poches de son jean, se faufila discrètement vers le comptoir. Ses épaules étaient remontées jusqu'aux oreilles et sa tête se balançait au rythme de ses pas.

— Excusez-moi, chuchota-t-il. Pourriez-vous m'aider à trouver quelque chose ?

Un ange passa avant que Martinique ne reprenne ses esprits.

— C'est un plaisir de vous aider, dit-elle en contournant le couloir. Et vous n'avez pas besoin de chuchoter, ce n'est pas une bibliothèque.

— Ah bon, chuchota-t-il un peu plus fort. Vous êtes sûre ?

— Absolument sûre, dit-elle gentiment. Qu'est-ce que vous cherchez précisément ?

L'homme enfonça ses mains encore plus loin dans ses poches en jetant un œil furtif autour de lui.

— Un cadeau pour ma sœur. Elle est très croyante, j'avais donc pensé à une bible.

— Nous avons ce qu'il vous faut.

L'homme semblait déjà plus en confiance.

— Quelle bonne nouvelle. Ma sœur va avoir cinquante ans, j'aurais aimé lui faire un vrai, beau cadeau. Auriez-vous quelques exemplaires dédicacés ?

— Dédicacés ? De qui, pardonnez-moi ?

— Eh bien, de l'auteur. Ou des auteurs, je ne me souviens plus trop qui l'a écrit, dit-il en se grattant la nuque.

Quel abruti, pensa Sam en regardant Martinique se démener pour lui répondre avec diplomatie.

— Nous n'avons plus d'exemplaires dédicacés, dit-elle rapidement.

— Oh non, quel dommage. Est-ce que par hasard vous allez en recevoir d'autres ?

— Non, les auteurs sont malheureusement morts.

— Aïe. J'aurais dû venir plus tôt, dit l'homme sans sourciller.

— Oui, siffla Parnella. Il y a environ deux mille ans.

L'homme croisa les bras et réfléchit un instant.

— Il y a bien ce livre pour enfants que nous aimions lire quand nous étions petits, dans les années 1970. Je suis sûr que ça lui ferait plaisir.

Martinique l'encouragea du regard.

— Quelle bonne idée. Vous vous souvenez du titre ?

— Non.

— Mais vous vous rappelez sans doute l'histoire ?

L'homme secoua la tête.

— Je me souviens que la couverture était bleue et que la fin nous faisait toujours rire. Vous voyez duquel je veux parler ?

Martinique tendit une main vers le rayon jeunesse en s'armant de tout son courage.

— Que diriez-vous d'aller voir si on trouve votre bonheur ?

Lorsqu'ils furent trop loin pour l'entendre, Sam se laissa aller au fou rire.

— Qu'est-ce qu'il ne faut pas entendre, franchement ! Encore un zinzin, dit-elle avant de s'interrompre en croisant le regard réprobateur de Charlotte.

— Eh, il vaut mieux en rire... bredouilla-t-elle d'un air coupable.

Sans rien dire, Charlotte griffonna quelques mots dans son bloc, ce qui contribua un peu plus à l'irritation de Sam. Cette pimbêche était-elle en train de prendre des notes à leur sujet, maintenant ? Pour qui se prenait-elle, au juste ?

Sam saisit la cuillère dans sa tasse et se mit à remuer son café un peu trop vivement. Ils l'avaient accueillie à bras ouverts, invitée à dîner deux soirs de suite en faisant semblant de s'intéresser à sa vie privée, et la Suédoise n'avait montré aucun signe de gratitude. Ne comprenait-elle pas que c'était leur librairie ? C'était elle et Martinique qui l'avaient fait vivre, avec Sara. Charlotte ne pouvait pas débarquer ici et décider de la pluie et du beau temps ! C'était elles les expertes, pas

Charlotte. Comment pouvait-on seulement comparer les livres à du vernis à ongles ?

Sam soupira. Elle ne voulait pas passer pour une empêcheuse de tourner en rond et d'ailleurs, elle était la première à penser que quelques changements n'auraient pas nui à la librairie. Malgré tout, ça ne donnait pas le droit à Charlotte de prendre impunément la place de Sara, elle était à même de le comprendre ?

Soudain un peu triste, elle contempla le fauteuil où Sara avait l'habitude de s'asseoir. Quelle malédiction avait frappé Sam pour que sa chef se permette de mourir et, comble de l'absurde, qu'elle lègue Riverside à quelqu'un qui semblait tout à fait insensible à son charme ? Allait-elle perdre tout son pouvoir sur la librairie désormais, au point que sa voix ne soit plus entendue ?

Cette pensée la fit frémir. Elle défit l'écharpe qu'elle avait autour du cou. L'idéal aurait été de renvoyer Charlotte en Suède et de leur laisser carte blanche, à elle et à Martinique, pour s'occuper de Riverside. Qui d'autre qu'elles deux connaissaient assez la librairie pour être en mesure de la sauver ? La seule vraie difficulté était d'amener Charlotte à s'en rendre compte.

Quand Charlotte eut fini son café, elle se retourna vers Sam.

— À propos, dit-elle d'un ton que Sam jugea condescendant, s'il y a quoi que ce soit que je dois savoir sur Riverside, il faut m'en parler.

Sam se mordit la lèvre. Charlotte n'avait pas l'air d'avoir ouvert beaucoup de livres dans sa vie. Si Sam arrivait à la convaincre de lire quelques-uns de leurs titres les plus farfelus, elle finirait certainement par l'épuiser. Dans tous les cas, elle aurait trop à faire pour se mêler de leurs affaires.

— Si tu veux travailler ici, il faudrait que tu lises quelques-uns de nos best-sellers. Je peux te donner plusieurs titres pour commencer.

D'abord hésitante, Charlotte se rangea au conseil de Sam.

— OK, merci !

Sam exultait intérieurement. Elle allait donner à Charlotte de quoi s'occuper.

— Pour commencer, dit-elle en s'éclaircissant la voix, il te faut lire *Le Journal de maître Andoh dans les Pennines : expert japonais en sexualité volaillère à Hebden en 1935.* Tu en as entendu parler ?

Charlotte tourna une nouvelle page de son bloc et secoua la tête.

— C'est l'histoire d'un expert japonais, Koichi Andoh, dont la mission est d'enseigner aux Britanniques l'art de déterminer le sexe des poules. Ensuite, il faudra absolument que tu lises *Pourquoi les hommes ont-ils des tétons ?* Celui-là, je te le recommande chaudement. Et aussi *La Grande Panique des pénis à Singapour,* un autre classique.

Avec application, Charlotte se mit à écrire dans son bloc les titres en même temps qu'elle les murmurait. Sam trouvait cette scène si comique qu'elle dut se mordre la langue pour se retenir de pouffer. Les titres qu'elle lui avait conseillés n'avaient été ajoutés au catalogue de la librairie que parce qu'ils avaient concouru pour le prix du « Livre au titre le plus étrange au monde ». Sam n'en revenait pas elle-même d'être aussi géniale.

Particulièrement fière de son coup, elle se tourna vers Parnella. Et toi, tu n'as pas de conseil à donner à Charlotte ?

Parnella lança un regard si noir à Sam que cette dernière s'en voulut, mais seulement l'espace d'une seconde.

— Je ne lis pas grand-chose ces temps-ci. Le problème avec les livres, c'est qu'on ne sait jamais comment ils vont finir, et j'ai déjà eu mon compte de tragédies au cours de ma longue vie. Tout ce que je demande maintenant, ce sont des histoires drôles et légères avec juste ce qu'il faut de cochonneries dedans.

Herbert fixait sa tasse de café.

— Quand j'étais petit, ma mère réécrivait toujours la fin des livres pour nous éviter tout traumatisme. Si un roman allait à l'encontre de notre éducation religieuse, elle changeait carrément l'intrigue. Ce n'est qu'une fois devenu adulte que j'ai appris que *Le Vilain Petit Enfant de chœur* était en fait l'histoire d'un canard et que Jane Eyre ne se marie pas du tout avec St John. Ça a été un vrai choc.

Parnella eut l'air effaré.

— Quelle horreur, dit-elle. Tout le monde comprend qu'elle est faite pour être avec Rochester.

Charlotte, qui avait tout juste arrêté d'écrire, referma son bloc-notes d'un coup sec.

— Merci pour les conseils, Sam ! Bon, j'ai du pain sur la planche, mais je suis sûre que vous vous en sortirez très bien sans moi.

Sam opina du chef à s'en rompre les cervicales.

— Évidemment, on s'en sort toujours.

Elle lança un sourire forcé à Charlotte qui disparut avant que Parnella ne lui assène un coup de coude dans les côtes.

— On peut savoir à quoi tu joues avec la nièce de Sara ? Tu sais ce qu'a dit Martinique. Il faut qu'on prenne soin d'elle.

Sam leva les yeux au ciel. Elle avait certes promis à Martinique de tout faire pour que Charlotte se sente la bienvenue, mais elle savait déjà qu'ils s'en sortiraient beaucoup mieux sans elle. Et de toute façon, elle n'avait rien fait d'autre que de lui donner des conseils de lecture.

— Bah, ça va, c'était de l'humour, marmonna-t-elle avant de poursuivre à part soi : *Si Charlotte ne s'y fait pas, elle ne se fera jamais à Riverside.*

12

Samedi 20 novembre 1982

— OUH-OUH, y a quelqu'un ?

Assise sur le canapé, Kristina est en train de dessiner quand il ouvre la porte. Son premier réflexe est de se demander si elle a le temps de filer dans la chambre avant qu'il ne la voie.

— Ouh-ouh ?

Elle serre le poing sur son crayon.

— Salut, chuchote-t-elle presque.

Le visage de Daniel dépasse du cadre de la porte. En le voyant, Kristina sent son ventre se nouer. Elle retourne son bloc d'un geste machinal.

Ce soir-là, Sara est de service au pub. En temps normal, Daniel rentre tard. Les soirs de week-end sont les seuls moments où Kristina se sent parfaitement libre. Libre de se balader dans l'appartement comme si elle y vivait seule, libre de jouer le vinyle de The Osmonds qu'elle cache sous son matelas et de chanter les paroles de *Love Me for a Reason* sans avoir peur d'être entendue.

Un grand sourire aux lèvres, Daniel tient un sachet de papier brun.

— *Fish and chips.* Je t'en ai pris aussi.

Il s'assoit à côté d'elle sur le canapé et ouvre le sachet sur la table. Kristina cherche un prétexte pour disparaître dans la chambre, mais le poisson frit, parfaitement doré, lui fait venir l'eau à la bouche. Elle n'a rien mangé depuis le déjeuner et elle ne résiste pas au délicieux fumet qui s'échappe du papier brun. Daniel prend deux frites dans sa bouche et lui fait signe de se servir.

Kristina hésite. Elle a l'impression de trahir Sara en acceptant de partager un repas avec son petit ami en son absence. Mais Kristina a faim, et Sara lui a demandé de faire un effort pour apprendre à le connaître. Elle tend la main vers le cornet de frites encore chaudes. C'est si bon que Kristina ferme les yeux.

Daniel coupe en deux l'un des poissons et lui tend une moitié.

— Quand j'étais petit, on achetait souvent les miettes de friture chez le marchand de poisson. Il nous en donnait un gros sachet pour seulement quelques pence. C'est pas le plus nourrissant, mais qu'est-ce que c'est bon !

Il lance un clin d'œil à Kristina.

— Il nous faut de la bière, dit-il en se levant.

Les bouteilles tintent l'une contre l'autre quand il les pose sur la table. Kristina a déjà fini son poisson et tout ce sel lui a donné soif.

Je peux bien m'autoriser une bière, pense-t-elle en attrapant la bouteille que lui tend Daniel.

Ils mangent et boivent en silence jusqu'à ce que Daniel repère son bloc.

— Tu dessines ?

— Oh, à peine.

— Je peux voir ?

Kristina louche vers son bloc. Elle ne veut surtout pas que Daniel voie ses dessins.

— Eh, je te jure, y a rien à voir. Rien que des gribouillages.

Elle se concentre pour qu'il ne remarque pas que son cœur bat à toute vitesse. Elle essaye de trouver un autre sujet de conversation.

— Concrètement, ça fait quoi un ingénieur électronique ? articule-t-elle.

Il lui lance un regard amusé en se laissant tomber sur le canapé.

— T'as pas envie de savoir.

Sans réponse de Kristina, Daniel reprend une gorgée de bière.

— Je travaille dans une usine Marconi. On fabrique des équipements de communication et de radio. Il hausse les épaules. Comme je te disais, chiant à mourir.

— Quand est-ce que t'as emménagé ici ?

— Il y a deux ans.

— Pourquoi ?

Daniel rit.

— Dis donc, t'en poses des questions !

Kristina détourne le regard et gratte l'étiquette de sa bouteille de bière qui a commencé à se décoller.

— Désolée, je voulais juste…

— Bah, t'inquiète. Il se tourne face à elle sur le canapé. Il n'y avait pas de boulot à Belfast, c'est tout. Et toi, pourquoi t'es venue ici ?

Elle replie ses jambes sur le canapé. Qu'est-ce que Sara a bien pu lui raconter ?

— Pour la même raison. Y avait pas de boulot.

Kristina sent son regard posé sur elle. Il y a quelque chose en lui qui la trouble au point qu'elle s'oublie elle-même. Ses pensées se disloquent et son cœur bat trop fort.

— Et alors, ça fait combien de temps que tu connais Sara ?

Kristina le regarde et voit ses yeux briller. Elle rit.

— Je savais bien que t'étais capable de sourire, dit-il en reprenant une gorgée de bière.

— Très drôle, marmonne-t-elle en vidant sa bouteille.

Daniel lui fait encore un clin d'œil. Chaque fois qu'elle croise son regard, elle sent la chaleur envahir son corps.

— Tu te plais à Londres ?

— Ça va, répond-elle sans entrain. Toi ?

Il hausse les épaules.

— Pas trop mal en général. Mais ça n'est pas toujours facile d'être un Irlandais ici. Les gens nous insultent dans la rue et veulent nous casser la gueule quand ils ont bu une pinte de trop. J'ai essayé de baragouiner cockney pour cacher mon accent, mais j'ai laissé tomber. J'avais l'impression de parler avec une patate chaude dans la bouche.

Kristina pouffe. Elle aime l'accent de Daniel même si elle ne le comprend pas toujours. Elle est sensible à la mélodie dans sa voix.

— C'est quoi, cockney ?

— Tu sais, le parler des vrais Londoniens : « *Hee-low* ».

Kristina ouvre une autre bouteille de bière sans lâcher Daniel des yeux. Elle n'entend pas la différence avec son accent habituel.

— Dans le monde entier, y a pas de classe ouvrière plus snob.

Les yeux de Daniel s'assombrissent.

— Et ils pensent tous que si tu es irlandais, tu es forcément un membre de l'IRA.

Kristina se redresse. Elle a entendu des clients parler de l'IRA au café et vu le gérant fouiller les poubelles dans l'arrière-cour chaque matin pour s'assurer que personne n'y a caché de bombe pendant la nuit. Au cours des dernières années, des attentats ont régulièrement blessé et tué, si bien que tout le monde semble être préparé au prochain bombardement.

— Aïe. Tu ne veux pas me parler un peu de Belfast ?

Kristina croit que cette question va faire plaisir à Daniel, mais c'est tout le contraire.

— À la maison, c'est le chaos. J'ai vu tellement d'horreurs.

Il lève une main devant son front pour qu'elle ne puisse pas voir son visage.

— Partout des barricades et des soldats, mitraillette à la main, qui font sortir les gens de leur voiture pour chercher les bombes. Tu te réveilles le matin et tu vois un tank passer sous tes fenêtres. C'est complètement dingue.

Kristina ne sait pas quoi dire. Elle a envie de prendre Daniel dans ses bras pour le consoler. Au moment où elle se penche vers lui, elle entend les clefs tourner dans la serrure. Elle jette un rapide coup d'œil à sa montre : il est déjà onze heures et demie.

Daniel a d'abord l'air surpris, puis tend les mains vers Sara quand elle entre dans le salon.

— Bonsoir, chérie !

— Hé ! Vous fêtez quelque chose ?

Kristina regarde les bouteilles de bière vides sur la table. Une chanson de Thin Lizzy passe en fond musical. Elle ne se rappelle même pas qu'ils aient mis de la musique. Rouge de honte, elle regarde Sara.

— On n'a pas vu l'heure, dit-elle d'un air désolé.

Elle est soulagée de voir que Sara n'a pas du tout l'air en colère. Elle avance vers Daniel, l'embrasse sur la bouche et se laisse tomber entre eux sur le canapé. Daniel se lève :

— Je t'apporte une bière.

— Chouette. Elle se tourne vers Kristina : j'ai loupé quoi ?

Kristina hausse les épaules.

— On a discuté, c'est tout.

Sara lève un sourcil.

— Et alors ? Tu le valides, oui ou non ? dit-elle beaucoup trop fort.

— Mais chut !

Sara n'arrête pas de rire.

— Tu sais, il ne comprend pas le suédois !

— Je ne veux pas qu'il pense qu'on parle de lui, répond Kristina. En plus, faut que j'aille dormir. Je travaille demain matin.

Sara lui prend la main.

— S'il te plaît, reste encore un peu.

— Non, je ne peux pas.

Kristina interroge du regard sa sœur dont le sourire joyeux laisse place à un front plissé.

— Très bien. Sois une petite fille sage et va te coucher alors, dit Sara froidement en lâchant la main de Kristina.

— Tu m'en veux pas quand même ? Il faut que je dorme, sinon j'arriverai pas à me lever demain.

Sara attrape la bière que lui tend Daniel et hausse les épaules en signe d'indifférence.

— On s'en sortira bien sans toi, va.

Kristina reprend son bloc.

— D'accord. Sûre que tu m'en veux pas ?

Sara essaye de garder le masque le plus longtemps possible, puis éclate de rire et donne à Kristina un léger coup de pied sur la cuisse.

— Non. File au lit maintenant, petite sœur !

Kristina soupire. Sara ne peut donc pas s'en empêcher.

— Bonne nuit alors, dit-elle en serrant son bloc de dessin contre sa poitrine.

— Bonne nuit ! On essayera de pas faire trop de bruit.

Sara passe son bras autour de Daniel.

— Dors bien, Kristina, dit-il.

Elle fait un petit signe vers lui, mais évite de croiser son regard.

— Dors bien.

Même après avoir fermé la porte de la chambre, Kristina ne cesse pas de sourire. Elle se sent à la fois comblée et plus légère.

Une fois sous la couverture, elle comprend pourquoi elle est sur un petit nuage. Quand elle ferme les paupières, elle ne voit que le visage de Daniel. Elle fait tout pour le chasser de son esprit, mais son image ne la quitte pas.

C'est seulement parce que nous sommes amis maintenant, essaye-t-elle de se convaincre. *Je suis heureuse pour Sara, heureuse qu'elle ait trouvé un aussi chic type.*

Kristina s'efforce d'ignorer l'inquiétude qui lui broie la poitrine, puisqu'il n'y a aucune raison de s'en faire. *Tout va bien,* pense-t-elle en se roulant sous la couverture. *On est bien.*

13

Lundi 11 septembre

— Et alors, t'en es où de ton bouquin ? demanda Sam en passant une éponge sur le comptoir.

Assis à côté d'elle, William semblait sur le point de se noyer dans sa tasse de café. Avec ses cheveux châtains ébouriffés, il avait l'air d'avoir dormi tout habillé. Charlotte se demanda s'il lui arrivait d'être de bonne humeur. La bouderie permanente était peut-être la norme pour un écrivain. Après tout, elle n'en avait jamais rencontré avant lui.

— Je ne sais pas, répondit-il d'une voix d'outre-tombe.

— Tu as quelques pistes pour le retravailler ?

Il enfouit son visage dans ses mains et poussa un long soupir.

— Deidra m'a demandé de lisser le personnage principal. Elle ne le trouve pas assez sympathique.

C'est sûr que s'il passe son temps à bouder, pensa Charlotte qui préférait ne rien dire.

— Fais comme moi, mets-toi aux fan fictions ! Je viens de publier une nouvelle sur un zombie qui tombe fou amoureux de *La Dame en noir* de Susan Hill et j'ai déjà plus de cinquante likes ! se vanta Sam.

— Tu m'expliques comment je pourrais en vivre ?

— Demande à E. L. James.

William s'effondra sur le comptoir.

— Ou tente ta chance chez un autre éditeur ! continua Sam. Tu sais que j'ai une amie dont c'est le métier ; je pourrais lui passer le manuscrit.

Il secoua la tête.

— Et si elle ne l'aime pas non plus ? Non vraiment, je n'ai pas la force de vivre ça une seconde fois.

Lorsqu'il releva la tête, Charlotte vit que ses yeux brillaient. Depuis une semaine à peine qu'elle était arrivée, elle l'avait déjà vu perdre ses moyens plusieurs fois. Alex, lui, n'avait jamais été très expansif. Il était plutôt du genre stoïque. Grand, blond et bronzé en toute saison, il avait l'allure d'un globe-trotteur toujours en quête des plus belles vagues ou d'un coureur du triathlon – le genre de mec à prendre son vélo pour aller au travail même par moins vingt degrés. À côté, William avait plutôt l'air d'être du style à rester planqué sous la couette à la moindre perturbation atmosphérique. Il lui semblait un peu plus frêle qu'Alex sous sa chemise froissée et son gilet à grosses mailles. Avec sa barbe de trois jours faussement négligée, il était évident qu'il faisait tout pour se donner un air nonchalant alors que rien, dans son apparence, n'était laissé au hasard.

Sam donna une tape d'encouragement sur l'épaule de William.

— Tu ne vas pas abandonner maintenant ! *Le pigeon se pose sur ton toit* est l'un des meilleurs romans que j'aie jamais lus. En plus, on a besoin de toi à Riverside. À la sortie de ton prochain bouquin, tu vas devenir une vraie attraction touristique.

D'un geste, elle interpella Charlotte et posa sa joue contre l'épaule de William.

— On pourra organiser des visites guidées dans ton appartement. Et des clubs de lecture. Tu feras tellement de dédicaces que t'en auras des crampes à la main !

Charlotte se fendit d'un sourire forcé. Elle n'avait pas encore eu le temps de parler finances avec William, mais il était clair qu'il ne pouvait pas continuer à vivre là-haut pour le loyer ridicule qu'il avait versé jusque-là. En fait, la somme couvrait à peine l'eau et l'électricité.

Elle lança un regard en coin vers Sam. Charlotte avait vraiment du mal à la cerner. En un éclair, elle pouvait passer d'une joie rayonnante à une colère noire sans que personne ne comprenne pourquoi. Charlotte tremblait à l'idée de lui annoncer que la formule café-librairie n'avait pas permis d'augmentation significative des ventes. Sans parler de sa réaction si elle mettait William à la porte.

— Pourquoi faut-il que ça soit si difficile ? soupira William.

— Tu devrais peut-être faire comme Rick Hammond ? J'ai lu quelque part qu'il suivait les traces de Hemingway pour trouver l'inspiration ; le type chasse le lion et voyage à bord de sous-marins des années 1940.

William prit un air effaré.

— Qu'est-ce qu'il ne faut pas entendre. J'espère qu'il se tirera une balle dans la jambe.

— C'est ce qu'a fait Hemingway ?

— Oui, en essayant de tuer un requin pendant une partie de pêche.

— Il ne devrait pas tarder, dans ce cas-là !

William secouait la tête.

— C'est rien qu'une opération marketing. Je ne vois pas comment ça pourrait rendre ses bouquins moins mauvais.

Sam leva un sourcil et tourna les pages du *Sunday Times* jusqu'à la liste des meilleures ventes de librairie.

— Voyons s'il est dans le haut du panier.

William leva une main devant ses yeux.

— Je ne veux pas voir ça !

Sam replia le journal.

— D'accord. Tu ne veux même pas savoir qui est à la première place ?

— Non.

— Sûr ?

William se frotta le front.

— Eh bien vas-y, montre-moi ! Et puis non d'ailleurs, je me fiche royalement de ces listes à la noix.

— C'est pas ce que tu disais quand ton livre était dedans ! taquina Sam avant de faire semblant de chuchoter à Charlotte : il est resté à la place 98 pendant deux semaines ! William nous a forcés à plastifier la page !

William se passa une main dans les cheveux.

— OK, dis-moi qui est à la première place. Dis-le ! C'est lui ?

Sam ouvrit le journal avec une lenteur exagérée, puis hocha la tête.

— Ça me rend dingue ! Pourquoi les gens ne sont-ils pas capables de lire autre chose que des polars bas de gamme tous fondus dans le même moule ? Ils n'ont donc aucune envie de s'élever ? D'apprendre quelque chose de nouveau, de vivre une expérience unique ? Faut-il qu'on leur rabâche sans arrêt les mêmes histoires ?

— Qui est à la première place ? s'enquit Charlotte.

— C'est Rick Hammond, le rival historique de William, ricana Sam. Il vend beaucoup plus de livres que lui.

— Des millions, soupira William.

— Dites donc. Et combien tu en vends, toi ?

William se rembrunit encore plus.

— Malheureuse, il ne faut jamais poser cette question à un écrivain ! la rudoya Sam.

Charlotte se mordit la lèvre.

— OK. Pourquoi pas ?

— Parce que tous les écrivains sont persuadés de vendre moins de livres qu'ils ne le devraient. De plus, ils ne veulent pas être évalués à l'aune d'un chiffre purement commercial, pas vrai William ?

Il gémit en guise de réponse. Charlotte hocha la tête d'un air grave.

— Il y a autre chose qu'il ne faut jamais demander à un écrivain ?

— Oui, combien ils gagnent, murmura-t-il. Et s'ils cotisent pour leur retraite, car la réponse est toujours non. C'est pourquoi tant d'écrivains finissent par se tuer. Il leva ses yeux éteints vers Charlotte. Et *ne dis jamais* que tu aimes mes livres, mais que tu les empruntes à la bibliothèque. Ou que tu les détestes, d'ailleurs.

Une femme qui prenait racine entre deux rayonnages jeta un regard inquiet vers le comptoir. Sam fit signe à William de se taire.

— Tu effraies les clients.

— S'ils ne sont pas prêts à lire autre chose que les romans dans le top 100 des meilleures ventes, ils peuvent aussi bien les commander en ligne.

Charlotte s'éclaircit la gorge. La présence, près de la caisse, d'un William geignard et désagréable avec les clients avait peu de chances de les aider à vendre plus de livres.

— Et si tu retournais travailler sur ton manuscrit ? Je ne suis pas sûre que rester ici fasse avancer les choses.

William lui lança un regard assassin en faisant tourner sa cuillère dans sa tasse.

— Tu ne comprends rien au processus de création. Il ne me suffit pas d'ouvrir mon ordinateur pour me mettre à écrire. D'abord, je dois trouver l'inspiration.

Pour une fois, Sam était d'accord avec Charlotte. Elle fit un signe vers les escaliers.

— Tu ne peux pas la trouver dans ton appartement, l'inspiration ?

William renifla bruyamment avant de se lever.

— Tout le monde cherche à se débarrasser de moi. Mon éditeur. Ma propriétaire. Mes amis.

Sam regarda brièvement Charlotte.

— Voilà peut-être matière à écriture, dit-elle d'un ton enjoué.

— C'est ça. Moque-toi autant que tu veux. Vous le regretterez quand mon prochain livre sortira.

Il partit en traînant la patte. Sam était hilare.

— Qu'est-ce qu'il a voulu dire ? demanda Charlotte.

— Il va nous tuer. Probablement dès le premier chapitre.

Une femme élancée aux cheveux bruns bouclés et en manteau de laine grise s'avança vers le comptoir et se tourna vers Charlotte.

— Bonjour. Je cherche un livre sur les rats-taupes nus.

Charlotte la dévisagea.

— Je vous demande pardon ?

La femme ramena sur elle les pans de son large manteau.

— Un livre sur les rats-taupes nus, répéta-t-elle, une légère irritation dans la voix.

Avant que Charlotte n'ait eu le temps de réagir, Sam s'était interposée.

— Vous voulez parler des *Actes du colloque international sur les rats-taupes nus* ?

Elle hocha la tête énergiquement.

— Oui, c'est cela même !

Sam attrapa un livre rangé sous le comptoir et le tendit à la femme.

— Merveilleux ! s'écria la cliente. Il me faudrait aussi quelque chose pour m'aider à dormir.

— Ah bon, s'étonna Sam, ça n'était pas déjà l'idée avec le rapport du colloque ?

— Non, celui-là, je le prends par intérêt personnel.

Sam se concentra un instant.

— Dans ce cas, je peux vous proposer *Timbres-poste et histoire postale de la Grèce* ou *Les Temps forts de l'histoire du béton*. Parmi nos meilleures ventes.

— Excellent ! Je prends les deux.

Lorsque la femme fut sortie de la librairie, Sam pointa du doigt les piles de livres rangées sous le comptoir.

— Nous avons tout un stock des *Actes du colloque international sur les rats-taupes nus*. Il part comme des petits pains.

L'air profondément découragé, Charlotte secouait la tête.

— Tu ne peux pas être sérieuse ?

Sam ricanait.

— Et pourtant, je t'assure, *Les Temps forts de l'histoire du béton* se vend aussi très bien. Ne jamais sous-estimer le pouvoir soporifique d'un livre vraiment ennuyeux !

Martinique arriva courbée sous le poids d'une pile de livres.

— Voilà, dit-elle en soufflant. Ceux-là sont tous arrivés cette année. Et il y en a d'autres dans la cuisine.

Charlotte s'illumina.

— On peut donc les renvoyer à l'éditeur ?

Martinique s'épongea le front.

— Oui, tant qu'ils n'ont pas passé plus de dix-huit mois ici. Mais c'est à nous de payer les frais de port.

Charlotte approuva.

— Malheureusement, on n'a pas le choix. Il faut absolument dégager des liquidités et faire de la place pour de nouveaux livres. Sauf si vous voulez emporter les vieux chez vous, bien sûr.

— Sara en stockait quelques-uns dans son appartement.

— Merci, j'avais remarqué. Les placards de la cuisine en sont pleins à craquer.

— Tu as regardé sous le lit ? Je suis sûre qu'on peut encore y caser une centaine de titres. L'avantage, c'est qu'une fois qu'il n'y a plus de place, plus besoin de passer l'aspirateur, dit Sam avec un petit clin d'œil.

Charlotte sourit. Chaque nouveau détail qu'elle découvrait sur Sara lui faisait chaud au cœur. Elle n'avait pas encore commencé à trier ses affaires, mais il était plus que temps de s'y mettre.

— Au fait, dit Martinique. Tu savais que William était célibataire ?

Charlotte haussa les épaules.

— Tiens donc.

— Exactement comme toi ! dit Sam, l'œil pétillant.

Décontenancée, Charlotte les regardait tour à tour.

— Je ne suis pas intéressée.

— Pourquoi ? Il est hyper canon ! Et comme écrivain, il n'est pas aussi raté qu'il en a l'air. Faut juste qu'il finisse d'écrire ce bouquin.

Comme Charlotte ne disait rien, Sam lui donna un coup de coude dans les côtes.

— Bah alors, qu'est-ce qui t'arrive ? Tu viens de te faire larguer ou quoi ?

Ces mots, prononcés sans méchanceté, vinrent s'écraser sur la poitrine de Charlotte. Elle baissa immédiatement les yeux. Dans son esprit se forma une phrase qu'elle fut incapable d'articuler.

Martinique passa un bras autour d'elle.

— Mon petit cœur, dit-elle doucement. Qu'est-ce qu'il y a ? (Elle se tourna vers Sam.) Bon Dieu, réfléchis un peu à ce que tu dis.

— Ouais, pardon, marmonna Sam.

Charlotte secoua la tête.

— Ce n'est rien. Il faut que je monte un petit moment. Je vais revoir les commandes des dix-huit derniers mois.

— Tout va bien, tu es sûre ?

Martinique se pencha si près d'elle que Charlotte eut les narines saturées de son parfum capiteux.

— Tout à fait sûre, dit-elle en se forçant à décocher un demi-sourire avant de monter les escaliers quatre à quatre.

Charlotte glissa précipitamment la clef dans la serrure et tourna deux fois. Elle avait appris à donner ce petit coup brusque pour que le verrou cède sans résistance.

Quand la porte s'ouvrit enfin, elle se dépêcha d'entrer comme pour se mettre à l'abri. Chaque fois qu'elle entrait dans l'appartement de Sara, Charlotte se sentait davantage chez elle. C'était probablement ce sentiment particulier qui l'avait retenue, jusque-là, de faire du tri dans les affaires de Sara. Curieusement, malgré le désordre ambiant, elle se plaisait ici. Les quelques semaines qu'elle passait à Londres étaient pour elle des vacances qui n'auraient pas pu être plus éloignées de son quotidien. D'ailleurs, Henrik l'avait applaudie des deux mains quand elle lui avait annoncé qu'elle allait devoir y rester plus longtemps que prévu.

Elle se dirigea vers la kitchenette pour faire bouillir de l'eau. Elle avait emménagé dans sa maison, en Suède, seulement quelques mois avant l'accident d'Alex. Grande et lumineuse, la maison était idéalement placée aux abords d'un petit bosquet. Avec cinq chambres, une grande véranda, un jardin avec balançoire, une cuisine avec un carrelage marocain facile à nettoyer s'il y tombait des éclaboussures de purées de légumes ou de fruit, elle était parfaite pour le but recherché, celui d'y fonder une famille.

Lorsque l'impensable était arrivé, ils avaient à peine eu le temps de s'installer. Au sol traînaient encore des tableaux que personne n'avait eu le temps d'accrocher. Dans un coin, des cartons de déménagement prenaient la poussière.

Après l'accident, la maison avait perdu tout son sens pour Charlotte. Elle était toujours aussi belle, mais même si elle avait été contente d'y trouver refuge dans les moments les plus difficiles, les chambres vides lui donnaient la nausée.

Henrik était venu chercher la balançoire quand elle le lui avait demandé, pourtant, malgré toute sa bonne volonté pour s'habituer à la maison, elle ne s'y était jamais vraiment sentie chez elle. Avec Alex, leur avenir était tout tracé, ils n'avaient aucun doute sur la direction à prendre. Charlotte avait construit sa vie telle qu'elle l'avait rêvée, mais du jour au lendemain tout avait été anéanti. Au cours des derniers mois, elle avait surtout essayé de se frayer un chemin au milieu des décombres.

Elle attrapa la tasse qu'elle utilisait chaque jour. Il y avait presque quelque chose de méditatif à boire son thé dans une seule et même tasse, à la rincer, à l'essuyer, pour la réutiliser la fois d'après. Un genre de rituel rassurant que rien ne venait perturber.

Elle laissa aller son regard librement dans l'appartement. Évidemment, elle n'avait pas l'intention de rester ici pour toujours, juste assez pour remettre Riverside sur pied. Mais ce projet avait le mérite de lui redonner le goût de vivre qu'elle croyait avoir perdu. Comme si elle avait dormi pendant une année entière et qu'elle se réveillait enfin. Ici, elle avait la possibilité de repartir de zéro, sans regards compatissants ni questions gênantes, du moins jusque-là. Charlotte n'avait presque pas vu le temps passer. Sur la porte de la garde-robe de l'entrée, elle avait affiché une grande feuille de papier où elle listait les priorités et mettait à plat ses idées. Le travail était pour elle la plus formidable des distractions.

Les bras croisés, campée devant son panneau à relire ses notes, elle réagit à peine lorsque le battant de la chatière claqua et que Tennyson se retrouva entre ses pieds.

Le café-librairie ouvert depuis quelques jours n'avait généré aucun progrès visible du côté des ventes. Ils avaient intérêt à améliorer leur communication, mais elle ne pouvait pas appliquer à la librairie les recettes qui avaient fonctionné pour ses produits de beauté.

Elle avait commencé à faire le plan d'un site Web et commandé un panneau à poser sur le trottoir. À Londres, c'était manifestement un moyen classique pour attirer le chaland. Elle avait vu plusieurs autres librairies aux pancartes similaires, dont une proposant à ses clients *du thé et des potins*. Vu la somme d'informations que Martinique avait l'air de détenir, ils n'auraient pas de mal à rivaliser avec l'offre de la concurrence.

Peut-être pourraient-ils promettre *du café et des cancans.* Et les jours où Sam travaillait, *du café, des gâteaux et de la drague en tout genre.* Cette dernière flirtait de manière presque obscène avec la clientèle. Lorsqu'elle entendait les offres de séduction bon marché que Sam servait aux clients, Charlotte était si gênée qu'elle était forcée de quitter la pièce. C'était un miracle que personne ne l'ait encore signalée aux autorités pour harcèlement sexuel. Charlotte espérait vraiment que Sam avait le discernement de ne draguer que les clients qui n'y voyaient pas d'outrage. En tant que gérante, c'était son devoir d'en toucher un mot à Sam, pourtant, cette pensée seule lui donnait des frissons. Sam était souvent rude envers elle sans que Charlotte sache trop pourquoi. Elle pouvait toujours l'ajouter à sa liste des tâches impossibles à réaliser une fois qu'elle aurait jeté l'écrivain favori de Riverside hors de sa garçonnière.

Charlotte prit Tennyson dans les bras et caressa doucement son dos rayé. En entendant William piétiner dans l'appartement voisin, elle repensa à ce que Sam et Martinique avaient insinué à son sujet.

William n'était pas du tout son genre. Certes, il était séduisant avec ses cheveux foncés et ses grands yeux profonds, mais elle n'aurait jamais pu supporter un tel personnage. Elle préférait la stabilité émotionnelle, la logique et l'ordre, et par ailleurs, elle n'aurait jamais accepté de fréquenter un type sans emploi véritable. Enfin, outre le fait qu'elle n'avait aucune idée du temps qu'il lui restait à passer ici, elle n'avait pas la moindre envie de parler d'Alex. Et que tout le monde à Riverside se mette à la voir comme *cette pauvre veuve éplorée.*

Pendant que l'eau du thé refroidissait, elle attrapa quelques cartons que lui avait donnés Martinique et les déplia. Elle commença à y rassembler les livres qui traînaient par terre et en fit différentes piles, séparant les plus neufs de ceux aux coins écornés et à la couverture maculée d'empreintes de doigts. Depuis son poste d'observation favori au milieu du canapé, Tennyson se délectait à la regarder travailler.

Charlotte contrôlait chaque page de garde, espérant découvrir d'autres messages secrets.

Sa tasse à la main, elle fit ensuite le tour de l'appartement, Tennyson sur les talons. Comme d'habitude, elle fut attirée par la photo de Daniel et se retrouva bientôt devant la porte de la chambre de Sara.

Plus elle passait de temps ici et plus elle se sentait proche de sa tante. L'idée d'entrer dans sa chambre avait cessé de la terrifier. Une lueur d'espoir brilla dans les yeux de Tennyson lorsque Charlotte posa sa main sur le bois jauni de la porte et laissa ses doigts se refermer sur la poignée. Elle prit une profonde inspiration avant d'entrer.

La porte s'ouvrit en grinçant. Tennyson se précipita à l'intérieur, la queue pointée vers le ciel, tandis que Charlotte s'arrêta un instant dans l'encadrement de la porte. Même si l'exploration de la chambre de la défunte ne lui semblait plus aussi intrusive, elle hésitait.

La chambre était plus petite qu'elle se l'était imaginé, seulement meublée d'une garde-robe, d'une commode, d'un large lit avec une couverture à fleurs jaunes et d'une petite table de nuit.

Tennyson, qui ronronnait à plein régime, fit quelques tours sur le tapis avant de sauter élégamment sur le lit et de se laisser tomber sur un des oreillers qui disparut entièrement sous sa masse de poils.

Presque intimidée, elle le suivit et s'arrêta devant la grande armoire restée entrouverte. À l'intérieur, une série de robes étaient sagement suspendues à des cintres. Effleurant à peine les tissus, elle sentit les différentes matières onduler sous ses doigts.

Très délicatement, elle sortit une robe et la plaça devant son corps. *Voilà donc les vêtements de Sara,* pensa-t-elle en respirant un léger parfum de lavande. Pour la première fois, sa tante apparaissait devant ses yeux, tout habillée, comme un personnage de théâtre.

Charlotte ferma les yeux. Elle se sentait plus proche de sa tante qu'elle ne l'avait jamais été. Lorsqu'elle rouvrit les paupières, son attention fut attirée par les photos au-dessus de la table de nuit.

Charlotte rejoignit Tennyson au bord du lit, attrapa l'une des photos et l'observa en silence. Trois jeunes gens posaient devant une fontaine. Au milieu, Sara portait une longue cape vert menthe à épaulettes ; elle était entourée par Kristina d'un côté et de l'autre par le jeune homme en photo dans l'entrée. Tous trois souriaient.

Elle se rassit sur le lit à côté du chat. Sa mère avait donc passé du temps à Londres avec Sara. Pourquoi ne lui en avait-elle jamais parlé ?

Elle sortit la photo de son cadre et jeta un œil au verso. *Kristina, Daniel et moi à Trafalgar Square, 1982.*

Charlotte regarda longuement sa mère. Elle n'avait encore jamais vu de photo d'elle prise avant sa naissance. Était-ce à la suite de son retour en Suède que sa mère et sa tante s'étaient brouillées ? Sara aurait-elle voulu que Kristina reste à ses côtés ?

Elle rapprocha la photo de ses yeux et se perdit dans les détails. Sa mère était si jeune. Ses cheveux longs lui arrivaient jusqu'à la taille. Sous sa frange épaisse, son regard était teinté d'inquiétude, et malgré son sourire apparent, elle serrait les poings.

Sara, en revanche, avait l'air détendu. La tête penchée sur le côté, son large sourire découvrait ses dents.

Charlotte comprenait pourquoi Martinique l'avait reconnue au premier coup d'œil ; elle était le portrait craché de sa tante. Elles avaient la même forme de visage, la même bouche, elle lui ressemblait davantage qu'à sa propre mère.

Elle plissa les yeux. Daniel portait un imperméable trop grand et un pantalon cigarette. La mode de l'époque la fit sourire.

Elle remit délicatement la photo dans son cadre et la raccrocha au mur. Une autre photo représentait Charlotte en robe de Sainte-Lucie. Cette photo-là, elle l'avait déjà vue cent fois. Du haut de ses trois ans, elle posait devant un sapin de Noël dans sa tenue immaculée, les mains fièrement jointes devant sa poitrine. Les petites ampoules de sa couronne en plastique luisaient dans l'obscurité.

Vu le nombre de photos d'elle accrochées dans l'appartement de Sara, sa tante avait forcément dû se soucier de son existence et cette pensée lui fit plaisir. Bien qu'elles ne se soient jamais parlé, elle se sentait liée à Sara.

Alors qu'elle s'apprêtait à partir, Charlotte aperçut une autre photo de Kristina et Daniel. Un détail pour le moins étrange attira immédiatement son attention : la photo avait été déchirée en deux, puis recollée avec du Scotch.

Charlotte fixa l'image. Sa mère et Daniel étaient assis l'un à côté de l'autre sur un canapé marron. La balafre courait entre eux comme un éclair. Aucun doute n'était permis : la photo n'avait pas été déchirée à cet endroit-là par hasard.

Du bout des ongles, elle replia les petites languettes de métal qui maintenaient la photo en place et la sortit de son cadre. Charlotte retourna la photo : son revers cartonné avait été recouvert de texte. Le même mot avait été écrit à l'encre bleue sur toute la surface du papier : *Pourquoi ?* en tout petit. *Pourquoi, pourquoi, pourquoi ?*

Charlotte n'avait pas entendu Tennyson sauter au pied du lit. Tout contre sa jambe, il laissa échapper un hurlement strident. Il se précipita hors de la chambre en titubant. Lui avait-elle marché sur la queue ?

Un sentiment diffus de malaise l'envahit. Elle regarda la photo à nouveau avant de la reposer sur la table de nuit. L'air dans la chambre s'était refroidi d'un coup. Les poils de ses bras se hérissèrent.

Charlotte quitta la chambre de Sara aussi vite qu'elle put et claqua la porte derrière elle. Mille pensées à la seconde la traversaient. Que s'était-il vraiment passé entre Sara et Kristina ?

Une main sur la poitrine, elle sentit son cœur battre à toute allure. Charlotte avait tant aimé sa mère. Kristina avait été son point d'ancrage, sa meilleure amie et sa complice. Elle avait été présente à chaque étape importante de sa vie. C'est elle que Charlotte avait appelée quand elle avait été acceptée en école d'ingénieurs, quand elle avait réussi son premier partiel, quand elle avait rencontré Alex ou quand ils avaient emménagé ensemble. C'est elle, encore, qui avait été la première informée de leur projet de création d'entreprise. C'est elle enfin qui l'avait écoutée, encouragée et poussée à aller au bout de ses rêves.

Kristina avait été une mère extraordinaire. Chaleureuse et toujours à l'écoute, elle débordait d'amour pour ses proches. Mais il arrivait à tout le monde de commettre des erreurs, même aux meilleurs d'entre nous. Charlotte se demandait si sa mère avait pu être à l'origine de la rupture entre les deux sœurs. Était-ce la raison pour laquelle Kristina n'aimait pas parler de sa jeunesse ?

Charlotte rejeta cette pensée. Elle avait peut-être tort de fouiller le passé. Dans tous les cas, elle n'arriverait probablement jamais à découvrir l'entière vérité.

De retour dans le salon, elle appela Tennyson qui se planquait sous la table, tout recroquevillé.

— Eh minou, dit-elle doucement. Est-ce que je t'ai marché dessus ? Pardon, je n'ai pas voulu te faire mal.

Quand elle s'accroupit en tendant vers lui une main amicale, il avança lentement vers elle. Encore méfiant, il s'arrêta juste assez loin pour qu'elle ne puisse pas l'attraper, mais se laissa tout de même caresser sous le menton.

— Ne t'attache pas trop à moi, tu sais que je ne peux pas rester ici, lui dit-elle avec douceur, puis elle sourit quand il ferma les yeux. De toute façon, tu en aurais vite marre. Premièrement, je n'aime que les comédies romantiques. Deuxièmement, je ne supporte pas la poussière. Ah, et encore moins que tu laisses traîner tes chaussettes sales.

Tennyson se mit à ronronner ; elle soupira.

— Et en plus, depuis quelque temps je parle avec mon chat, non mais tu vois le genre ?

Charlotte s'assit sur le canapé et Tennyson sauta sur ses genoux. Même si elle se plaisait vraiment à Riverside et qu'elle y avait fait de jolies rencontres, il lui tardait de rentrer. Toute la gentillesse de Martinique ne parvenait pas à lui faire oublier à quel point Henrik lui manquait. Elle vivait aussi avec l'angoisse sourde d'une faillite imminente. Pour l'empêcher, il lui faudrait investir énormément de temps et d'énergie dans la librairie.

Elle n'en avait encore rien dit à Martinique et à Sam, mais son retour en Suède était imminent. Plus elle attendrait, plus ce serait difficile. Elle ne savait pas comment la librairie s'en sortirait sans elle, mais son entreprise, en Suède, avait besoin d'elle – tout comme ses huit employés avaient besoin de leur cheffe.

En pleine réflexion, elle plongea la main dans la fourrure épaisse de Tennyson et le gratta derrière l'oreille.

— Je te ramènerai peut-être à la maison, dit-elle tendrement.

Faire passer les frontières à un animal ne devait pas être une mince affaire et de toute façon Tennyson n'accepterait jamais de quitter Riverside. Mais à l'idée de devoir le quitter, elle se sentit mélancolique.

Le chat roula sur le dos comme pour inviter Charlotte à caresser son ventre blanc. Tout se passait exactement comme elle l'avait redouté. À présent, plus rien n'était simple.

Charlotte lâcha un long soupir et se posa la question une énième fois : pourquoi diable Sara lui avait-elle légué la maison ? Alors qu'elle aurait pu calculer ce qui lui revenait de droit, elle tenait vraisemblablement à ce que Charlotte s'y rende en personne.

Une pensée naquit dans un recoin de son cerveau, si abstraite, et aux contours si flous, que Charlotte ne parvint pas à s'en saisir. Plutôt que de continuer à ruminer, elle la renvoya aux oubliettes.

14

Jeudi 2 décembre 1982

Réveillée de bon matin, Kristina regarde sa sœur dormir. Elle étudie son visage en silence. Naturellement, elle est toujours aussi belle, mais l'immobilité la transfigure.

Doucement, elle ôte une mèche de cheveux en travers du visage de sa sœur qui gémit faiblement avant de se tourner. Kristina n'a pas protesté quand elles ont parlé d'acheter un lit plus grand, mais au fond, elle aime dormir tout près de Sara. La chaleur de son corps et le rythme régulier de sa respiration la bercent.

Kristina s'étire avant de glisser hors du lit et de sauter dans une paire de jeans. Elle est presque toujours la première debout. Les jours comme aujourd'hui, où elle n'est pas de service le matin, elle file en douce acheter un petit déjeuner dans la boutique au coin de la rue.

Elle referme la porte de la chambre le plus doucement possible pour ne pas réveiller Sara. Daniel dort sur le canapé. Sans le quitter des yeux, elle enfile des bottes sur ses pieds nus. Elle noue les pans de sa chemise de nuit sous son manteau et passe une écharpe à son cou pour affronter le matin qu'elle sait glacial à cette période de l'année.

Kristina lance un dernier coup d'œil à Daniel avant de sortir de l'appartement, son nouveau sac sur l'épaule. Jusque-là, elle n'avait jamais possédé de vrai sac à main. Celui-là, c'est Sara qui l'a trouvé dans une friperie et qui a insisté pour qu'elle l'achète. Kristina ne comprend pas comment elle a pu s'en passer si longtemps.

Au moment où elle pose un pied sur le trottoir, le froid matinal la saisit. Déjà levé depuis quelque temps, le soleil n'a pas encore réussi à réchauffer les frimas charriés par la Tamise.

Kristina fait un tour de plus avec son écharpe et enfonce les mains dans les grandes poches de son manteau. À n'importe quelle heure du jour ou de la nuit, il y a toujours quelqu'un dehors. *C'est vrai ce qu'on dit,* pense-t-elle, *que Londres ne dort jamais.*

L'homme au chapeau qui habite la maison en face semble n'avoir rien d'autre à faire que de promener son beagle. Quand il la salue du menton, elle répond de même. En silence, elle croise les commerçants occupés à ouvrir leur boutique.

Les rideaux métalliques abaissés pendant la nuit s'ouvrent les uns après les autres en couinant. Pendant que certains balaient le trottoir avant d'y déposer leurs étalages, d'autres accrochent des fanions et déplient des panneaux avec les promotions du jour.

Kristina grimpe les quelques marches qui montent à l'épicerie qui fait l'angle. La boutique d'où s'échappent des effluves épicés est tenue par une famille originaire du Bangladesh. La cloche retentit quand elle pousse la porte. Kristina fait signe à Adi assise derrière le comptoir.

— Bonjour, lance-t-elle gaiement.

Adi n'a pas l'air fatiguée alors qu'elle a déjà dit à Kristina qu'il lui arrivait de faire des journées de quatorze heures.

Kristina fait un tour entre les étagères pleines de produits qu'elle n'a encore jamais goûtés. Des sachets de riz de toutes formes côtoient des lentilles de toutes les couleurs, des haricots secs, des conserves et des légumes dont elle ne connaît même pas le nom. Quand elle passe devant le rayon des épices, ses narines frémissent. La cannelle sucrée se mêle au gingembre, au curry et à l'ail.

Kristina attrape une bouteille de lait et se dirige vers le comptoir. Elle montre du doigt la pile de pains naan.

— Deux, s'il vous plaît, dit-elle en souriant.

Son travail au café l'a fait progresser en anglais. Kristina ne tremble plus avant de parler, et sa prononciation est presque devenue naturelle. Ses anciens professeurs seraient fiers d'elle s'ils pouvaient l'entendre.

Adi prend une feuille de papier journal qu'elle roule autour de deux petits pains.

— Ça sera tout ?

Kristina regarde autour d'elle. Sous une vitrine, elle aperçoit un fromage anglais à pâte molle. Elle hésite en voyant le prix affiché. Le fromage coûte cher, mais Kristina se sent particulièrement de bonne humeur ; elle le pose sur le comptoir.

— Le fromage aussi. Et le lait, bien sûr.

Elle donne l'appoint à Adi en échange d'un sachet contenant ses achats.

— Vous les Suédois, vous buvez beaucoup de lait, dit la femme en riant.

Kristina hoche la tête.

— Oui, on aime les vaches, répond-elle en se tournant vers la sortie.

Ce n'est qu'une fois dehors que Kristina se rend compte de ce qu'elle vient de dire. *On aime les vaches ?* Heureusement que Daniel n'est pas avec elle, sinon elle serait morte de honte.

De retour dans l'appartement, Kristina marche sur la pointe des pieds jusqu'à la cuisine pour mettre de l'eau à chauffer. En général, elle se douche avant le petit déjeuner, mais elle entend Daniel qui remue dans le canapé et ne veut surtout pas manquer une occasion de se retrouver seule avec lui avant le réveil de Sara.

Kristina ouvre le fromage et en tartine une couche sur l'un des deux pains. Elle met la table en veillant à faire suffisamment de bruit pour être entendue par Daniel. Lorsqu'il s'assoit, encore tout ensommeillé, elle lui tend une tasse de café instantané.

— Tiens.

Daniel sourit.

— Merci, dit-il en portant immédiatement la tasse à sa bouche.

Kristina prépare une assiette avec le pain naan et sa tasse de thé qu'elle pose sur la table basse. Elle s'assoit à côté de Daniel et boit une gorgée de thé.

— Aïe, siffle-t-elle en se brûlant la gorge. Malgré le lait, son thé est encore bouillant.

Daniel secoue la tête.

— Fais attention, dit-il sans la regarder.

Il continue de boire son café. Quand la couverture glisse de ses épaules, son torse nu apparaît. Gênée, elle détourne le regard.

— Tu ne travailles pas ce matin ?

Kristina pose son thé et découpe un petit morceau de pain. Le fromage a une drôle de couleur jaune, elle regrette un peu de l'avoir payé si cher.

— Non, pas avant dix heures.

— Chouette.

Quand il se tourne vers elle, elle se force à le regarder. Elle trouve particulièrement intime de petit-déjeuner avec lui alors que ni l'un ni l'autre ne sont encore habillés.

Daniel fronce le nez.

— Qu'est-ce que tu as mis sur ton pain ?

— Du fromage mou anglais, répond-elle fièrement.

Il rit si fort qu'il risque de réveiller Sara. Kristina lui fait signe de se taire.

— Arrête ! Qu'est-ce qu'il y a de si drôle ?

— Seuls les vrais Britanniques arrivent à manger cette pâte infâme.

Kristina s'enfonce dans le canapé. Pourquoi faut-il toujours qu'il la charrie ? Elle croque dans son pain. Le fromage a un goût bizarre, un peu chimique, mais elle n'a pas l'intention de le reconnaître.

Daniel ramène ses jambes sur le canapé et la regarde.

— Excuse-moi, dit-il de sa voix rauque. Je ne voulais pas te blesser.

Kristina ne répond rien. Il se penche vers elle et croque dans le pain naan.

— Regarde, dit-il. Moi aussi, j'en mange.

Elle lève les yeux au ciel puis, sans pouvoir s'en empêcher, elle le regarde en train de manger.

— Mmmhh, excellent !

Kristina attrape un des coussins du canapé et lui donne un coup sur la jambe.

— Ben quoi ? J'adore ! Tout comme les Anglais ont civilisé l'Inde, ce fromage délicat réussit à civiliser le pain naan.

Kristina sourit à contrecœur. Elle est incapable d'en vouloir à Daniel.

— Une garniture coloniale, s'écrie-t-elle en levant son morceau de pain en l'air.

— De la meilleure sorte ! ajoute-t-il.

Ils rient de bon cœur jusqu'à remarquer la présence de Sara. Debout dans l'encadrement, elle les observe.

— Vous avez l'air de sacrément vous amuser, dites donc. Elle se frotte les yeux. Qu'y a-t-il de si drôle ?

Kristina croise le regard de sa sœur. Embarrassée, elle fait un geste vers le pain.

— J'ai acheté un fromage mou qui est moins bon qu'il n'en avait l'air, c'est tout.

Sara les regarde sans rien dire avant de se dépêcher d'aller chercher une tasse de thé dans la petite cuisine.

— À quelle heure tu rentres ce soir ?

Kristina baisse les yeux vers son thé. La question ne lui est pas adressée. Immobile sur le canapé, elle essaye de se rendre invisible.

— Tard. Je vais voir des potes.

— Ah oui ? Lesquels ?

Kristina se lève.

— Je vais me doucher, dit-elle. Aucun des deux ne lui répond, trop occupés qu'ils sont à se dévisager l'un l'autre.

Daniel frappe dans ses mains.

— Qu'est-ce que ça peut faire ?

Kristina repose sa tasse et file vers la salle de bains.

— C'est ce mec, Steve, je me trompe ?

Kristina ferme la porte. Elle ne veut pas les entendre, mais leurs voix se frayent un chemin à travers les murs.

— C'est quoi le problème avec Steve ?

— Tu sais que je ne l'aime pas. Il est louche.

— Comment ça, louche ?

— Ça se voit qu'il lui manque une case. Il raconte que des conneries. L'autre jour, il m'a dit qu'il voulait demander de l'aide à l'IRA pour assassiner le pape.

— Il avait fumé trop de champis, c'est tout.

Sara prend un ton grave.

— Tu ferais mieux de prendre tes distances avec ce genre de types.

Daniel soupire.

— Lâche-moi avec ça. C'est un type tout ce qu'il y a de plus normal. Faut que j'aille bosser.

Kristina l'entend se lever et fouiller parmi ses affaires dans le salon.

— T'es obligé de les voir aujourd'hui ? C'est mon seul soir de libre cette semaine.

— Je sais pas si j'ai envie de passer du temps avec toi quand tu me casses les pieds comme ça.

On n'entend plus rien, puis Sara laisse échapper un hurlement.

— À ton avis, pourquoi je te casse les pieds ? Parce que je passe toujours en dernier !

Kristina fait couler l'eau de la douche pour qu'ils ne croient pas qu'elle les écoute. Elle a des frissons quand elle les entend se crier dessus comme des poissonniers. Elle ne comprend pas pourquoi ils se disputent autant.

Espérant que l'eau qui ruisselle sur ses oreilles la rendra sourde à leurs cris, Kristina entre dans la douche. Peine perdue. Dans le salon, elle entend Sara renifler et marcher à pas lourds jusqu'à la chambre avant de claquer la porte. Au bout d'une minute à peine, c'est au tour de la porte d'entrée de claquer avec fracas. Kristina comprend que Daniel est sorti.

Quand elle revient dans la chambre, Sara est assise sur le lit. Kristina ne sait pas quoi dire. Elle se faufile jusqu'à la commode pour prendre ses vêtements. Sans un mot, elle s'habille sous le regard humide de Sara. Sa sœur finit par briser le silence.

— Qu'est-ce que tu penses de Daniel, au fond ?

Kristina cherche vainement quoi répondre. Quelque chose en elle veut dire que Daniel est formidable et que Sara doit essayer de le garder coûte que coûte.

— Il est pas trop mal.

Sara s'assoit au bord du lit et étend ses jambes par terre.

— Parfois, je me demande ce qu'on fait ensemble. C'est peut-être pas le bon pour moi.

Kristina hausse les épaules. Qu'est-ce qu'elle peut dire, de toute façon ? Que Sara a raison ? Que Daniel irait beaucoup mieux avec elle ?

— Tu l'aimes ?

Surprise, Sara ouvre de grands yeux. Kristina elle-même n'en revient pas d'avoir osé poser une telle question.

— Comment sait-on qu'on aime quelqu'un ?

Kristina secoue la tête.

— C'est à moi que tu demandes ça ? J'en ai aucune idée. J'ai même jamais embrassé personne.

Sara sourit.

— Et ce mec dans ta classe ? Celui avec les oreilles décollées.

Kristina rit jaune.

— Pelle ? Ça compte pas. Ça a duré environ trois secondes. D'ailleurs c'était un pari.

Sara entortille une mèche de ses cheveux autour de son index.

— Ah bon. Je pensais que c'était pour ça que Papa s'était mis en colère.

Le sourire de Kristina se fige. Nerveuse, elle se gratte le bras.

— Non, c'était pas pour ça. J'avais pris un des colliers de Maman. Je voulais juste être jolie. C'est quand je l'ai remis à sa place qu'il m'a vue.

Les yeux de Kristina se remplissent de larmes. Sara la serre fort contre sa poitrine.

— Ça va aller, la console-t-elle, on est loin maintenant. Il ne te touchera plus jamais.

Kristina enfouit son visage dans l'épaule de Sara. Elle est si heureuse d'avoir sa grande sœur avec elle. Sara aurait pu s'enfuir de la maison il y a plusieurs années, mais elle a attendu que Kristina finisse l'école d'abord.

Kristina frémit à la pensée qu'elle aurait pu rester seule avec Papa. Que se serait-il passé si elle n'avait pas eu Sara ? Comment s'en serait-elle sortie sans elle ?

— On reste ensemble, chuchote Sara à l'oreille de Kristina. Hein, pas vrai qu'on reste ensemble ?

Kristina fait oui de la tête. Elle se rend compte soudain qu'il n'y a personne de plus important que Sara dans sa vie. Ce qu'elle ressent pour Daniel, on s'en fiche. C'est rien qu'un ami. Il faut qu'elle veille à rester à l'écart pour ne pas se mettre en travers de leur relation.

— On reste ensemble, dit-elle en se reposant dans l'étreinte de sa sœur.

15

Lundi 19 septembre

— Que puis-je faire pour vous ?

Perchée sur ses escarpins, une queue de renard autour du cou et les doigts boudinés par de grosses bagues, la cliente l'observa d'un air suspicieux avant de détourner le regard vers une étagère de livres, sans se donner la peine de répondre.

Martinique soupira intérieurement. Après vingt ans dans la boutique, elle avait appris à les reconnaître du premier coup. Chaque mois, la librairie recevait son lot de visiteurs sans-gêne. Certains venaient pour qu'on leur échange des livres abîmés qu'ils n'avaient le plus souvent même pas achetés à Riverside. D'autres semblaient n'avoir été dotés de la parole que pour se plaindre, quels que soient les efforts fournis par Sam ou Martinique pour les satisfaire. Un homme malheureusement habitué de la librairie avait pour coutume de les appeler en sifflant ou en tapant sur sa jambe, comme si Sam et Martinique étaient des chiens.

— Vous n'aurez qu'à me faire signe si je peux vous être utile, dit-elle gentiment à la cliente qui continuait de l'ignorer. Ces temps-ci, Martinique ne pouvait pas se permettre de manquer une seule vente. Plus que jamais, le client était roi, aussi exécrable fût-il.

La femme, qui prenait racine en silence dans un rayonnage, se tourna soudain vers Martinique et la regarda droit dans les yeux.

— Qu'est-ce qui sent comme ça ? demanda-t-elle avec humeur.

Le cœur de Martinique se serra d'angoisse. Et si Tennyson s'était oublié dans un carton ?! Elle s'imagina avec terreur la dame aux habits chics sortir un carton souillé d'en dessous une étagère.

Prise de panique, elle fonça à travers la librairie jusqu'au rayon où se tenait Queue-de-renard. Tout en reniflant autour d'elle, elle chercha des yeux sur le plancher, mais ne vit nulle part de carton abandonné, pas plus qu'elle ne sentit d'odeur particulière, d'ailleurs. Toujours souriante, elle se retourna vers la cliente.

— Pourrait-il s'agir d'une odeur vanillée ? Quand le papier vieillit, une substance présente dans l'arbre est libérée, la lignine, dont l'odeur rappelle celle de la vanille.

La femme la toisa en silence avant de secouer vigoureusement la tête.

— Non, je ne crois pas. J'imagine qu'on ne peut jamais savoir avec certitude ce qui empeste dans ce genre de vieille boutique bouffée aux mites.

Elle fit un geste dédaigneux vers les étagères pleines à craquer.

— Comment voulez-vous que l'on trouve ce que l'on cherche parmi tout ce fouillis ?

Martinique se mordit la langue. De là où elle se trouvait, elle pouvait voir Charlotte occupée à bricoler quelque chose à l'extérieur du bureau. Il lui faudrait user de diplomatie pour que Queue-de-renard reparte satisfaite. Elle ne voulait surtout pas que Charlotte pense qu'elle ne savait pas s'occuper des clients.

— Avez-vous besoin d'aide ? Qu'est-ce que vous cherchez ? dit-elle en se forçant à sourire.

La femme renifla une fois de plus.

— Si je le savais, je ne resterais pas plantée là !

— Pour qui souhaitez-vous acheter un livre ?

— Mon mari. Il lit beaucoup. Oui, nous lisons énormément tous les deux ; je doute fort que vous trouviez un livre que nous n'ayons pas déjà...

— Tenez, dit Martinique en lui tendant *The Ashes of London* d'Andrew Taylor.

La femme pinça les lèvres.

— Il est fort possible que nous l'ayons déjà lu. (Elle prit le livre des mains de Martinique.) Je reconnais la couverture.

Martinique prit une profonde inspiration.

— J'en déduis que votre mari aime les romans historiques ?

— Oui, s'agaça la cliente. Je vous l'ai déjà dit ! Vous ne m'écoutez donc pas ?!

Martinique jeta un regard vers Charlotte qui avait levé les yeux de ce qu'elle était en train de faire. À coup sûr, elle avait entendu le dernier commentaire de Queue-de-renard.

— Y a-t-il une période de l'histoire qui intéresse votre mari en particulier ?

La femme fit des moulinets dans l'air, le livre à la main.

— L'histoire moderne. La Seconde Guerre mondiale, la guerre froide, les espions, ce genre de choses.

— Très bien, je vais voir ce que je peux trouver. Accordez-moi juste un instant !

Martinique eut à peine le temps de faire quelques pas dans la libraire que la femme se mit à grogner.

— C'est que je n'ai pas de temps à perdre, voyez-vous. Je prends celui-là.

— Bien entendu. Veuillez me suivre jusqu'à la caisse.

Elle fit un geste en direction du comptoir en chêne, mais au moment où elle saisit le livre, Queue-de-renard le lui reprit des mains.

— Il est abîmé ici ! dit-elle en pointant du doigt une minuscule rayure sur la couverture.

— Il arrive que les livres subissent de petits chocs lors de la livraison. Nous ne pouvons rien y faire, malheureusement, dit Martinique aussi cordialement qu'elle put.

— Je veux un autre exemplaire ! rugit la femme.

— Nous n'avons que celui-ci. Je peux en commander un nouveau si vous voulez, avec un délai d'une semaine.

La femme secoua la tête.

— Ce n'est pas possible. Il me le faut maintenant !

Martinique haussa les épaules d'un air résigné.

— Je suis désolée, mais je ne peux rien faire de plus.

— Je veux parler avec votre supérieur. Tout de suite.

Martinique jeta un regard vers Charlotte par-dessus son épaule, ce qui n'échappa pas à la cliente qui se dirigea vers le bureau en trépignant.

— C'est vous le chef, ici ?

Charlotte acquiesça.

— Oui, comment puis-je vous aider ?

— Votre employée refuse de faire ce que je lui demande !

Charlotte leva très haut un sourcil.

— Tiens donc, ça ne ressemble pas du tout à Martinique.

D'un geste brusque, la femme lui tendit le livre.

— Je souhaite acheter ce livre, enfin pas celui-ci puisqu'il est rayé, dit-elle en montrant la couverture. Mais votre employée refuse de m'en donner un autre.

— Je comprends, dit Charlotte. Il n'y en a peut-être plus en réserve ?

— Dans ce cas, je ne vois pas pourquoi on ne me propose pas de rabais pour cet exemplaire en sale état.

Charlotte lui reprit le livre des mains.

— Suivez-moi, lui dit-elle en se dirigeant vers la caisse.

Martinique était restée derrière le comptoir. Un poids lui écrasait la poitrine, elle craignait plus que tout d'avoir déçu Charlotte. Elle avait fait de son mieux pour aider cette odieuse bonne femme et elle espérait que Charlotte s'en soit rendu compte.

Charlotte contourna le comptoir, croisa le regard alerte de Martinique et lui fit un clin d'œil avant de s'installer à côté d'elle. Elle plongea ses yeux droit dans ceux de Queue-de-renard.

— Nous ne sommes pas en mesure de vous vendre ce livre, ni aucun autre. Nous ne servons pas les clients qui sont désagréables avec le personnel.

La femme n'aurait pas fait pire grimace si elle avait été informée d'une hausse de l'impôt sur la fortune.

— Je vous demande pardon ?

Furibonde, elle croisa les bras sur sa poitrine.

— Je veux parler au propriétaire !

Charlotte sourit.

— Vous l'avez devant vous.

Queue-de-renard semblait sur le point d'exploser.

— Je ne remettrai plus jamais les pieds ici !

— De toute façon, je ne vous y autorise pas tant que vous n'aurez pas présenté des excuses, répondit Charlotte avec autorité.

La femme eut l'air mauvais. Pendant un court instant, Martinique crut qu'elle allait gifler Charlotte de sa main pleine de bagues, au lieu de quoi elle tourna les talons et sortit de la boutique.

— Mon Dieu, dit Charlotte, vous en avez beaucoup, des clients comme ça ?

— Quelques-uns, malheureusement.

Martinique sourit, mais au lieu de lui rendre son sourire, Charlotte fronça les sourcils.

— Ne prends pas mal ce que je vais te dire. Je connais peu de gens avec ton sens de la diplomatie, et il va sans dire que nous devons tout faire pour satisfaire les clients. Seulement, tu ne peux pas les laisser te dire n'importe quoi.

Martinique la regarda avec surprise.

— Qu'est-ce que tu veux dire ?

D'un coup, Charlotte eut l'air très sérieux.

— Au-delà de ce que cette bonne femme t'a dit, et que j'ai eu le malheur d'entendre, j'ai remarqué que tu te laissais parfois marcher sur les pieds.

Martinique tira maladroitement sur sa tunique. Elle ne savait pas quoi dire.

— Tu dois faire attention à toi. On dirait que tu fais toujours passer les autres en premier.

— Mais j'aime ça, aider les autres.

— J'ai bien compris, dit Charlotte avec un sourire. Tu es incroyablement gentille et généreuse. Fais attention à ne pas en faire trop.

Martinique eut envie de protester, mais au fond Charlotte avait raison. Elle avait du mal à dire non quand on avait besoin d'elle.

— J'essaye seulement de bien faire mon travail, chuchota-t-elle.

Charlotte s'approcha pour poser une main sur son épaule.

— C'est déjà le cas. Je n'ai jamais rencontré quelqu'un d'aussi doué pour éveiller le désir de lecture chez les autres. Tu sembles connaître tous les livres publiés dans le monde et grâce à toi, chaque client qui entre dans cette librairie s'y sent comme chez lui.

— Tu le penses vraiment ?

— Évidemment que je le pense ! Ce type au bord de la crise de nerfs qui était là tout à l'heure, j'ai vraiment cru qu'il allait se jeter dans le fleuve, mais après t'avoir parlé il avait presque l'air content.

— Sa copine venait tout juste de le quitter alors je lui ai donné *Mange, prie, aime*. Un excellent remède quand on a le cœur brisé.

— Et à cette maman qui voulait des livres dont elle pourrait parler avec sa fille, tu lui as vendu quoi ?

Charlotte vit un tressaillement au coin des lèvres de Martinique.

— *La Servante écarlate* de Margaret Atwood, *Americanah* de Chimamanda Ngozi Adichie et *Treize Jours* de Roxane Gay.

— Qu'est-ce que je disais ! Personnellement, je n'ai jamais entendu parler d'un seul de ces bouquins, rit Charlotte. Il faut que tu prennes soin de toi parce qu'on ne s'en sortirait pas ici sans ta précieuse expertise.

Martinique serra les lèvres. Elle ne voulait pas se mettre à pleurnicher, mais les larmes montaient déjà. C'était pour elle un bonheur immense que de voir une personne se sentir mieux après la lecture d'un livre qu'elle lui avait conseillé. L'autre jour par exemple, le vieux Douglas, qui ne se déplaçait plus qu'en chaise roulante, l'avait remerciée de lui avoir fait revivre la beauté des îles grecques dans *La Mandoline du capitaine Corelli*. Elle-même bénissait les livres qui l'avaient aidée à traverser les périodes les plus difficiles de son existence.

On n'est jamais vraiment seul avec un livre. À Riverside, Martinique pouvait rendre aux autres un peu de ce que la lecture lui avait apporté, voilà pourquoi elle aimait tant son travail.

Quel soulagement d'entendre que Charlotte était contente de son travail. Après deux semaines seulement, elle se fondait déjà dans le décor de la librairie. Martinique espérait secrètement que leurs efforts suffiraient pour lui donner envie de rester. Bien qu'elle eût préféré ne pas trop forcer la main à Charlotte, c'était là leur dernière chance.

Martinique s'essuya le coin de l'œil. Charlotte ne lui avait encore rien dit au sujet du livre qu'elle lui avait prêté – peut-être était-il temps qu'elle en commence un deuxième ? Comme beaucoup, elle avait prétendu ne pas être une grande lectrice, mais pour Martinique, ce n'était rien d'autre qu'un prétexte. Nous sommes tous de grands lecteurs, pourvu qu'on nous mette le bon livre entre les mains.

Au fond, elle savait bien peu de choses de Charlotte. Tout ce qu'elle savait, c'est qu'il n'existait pas meilleure façon d'apprendre à se connaître soi-même que la lecture, et que Charlotte pouvait en avoir besoin. Elle lui avait semblé un peu perdue. De plus, Martinique brûlait d'envie de partager avec elle ses livres préférés. Lire Joyce Carol Oates, les sœurs Brontë, Sylvia Plath, Louisa May Alcott, Marilyn French et Jane Austen allait forcément aider Charlotte à approfondir sa relation avec la librairie – et à elle-même – et il y aurait ainsi de meilleures chances qu'elle accepte d'y rester. *Dans tous les cas, ça ne peut pas lui faire de mal,* pensa Martinique.

Et il y avait aussi les secrets que lui avait confiés Sara avant de mourir. Plus Charlotte passerait de temps dans cet appartement, plus la vérité risquait de lui éclater à la figure – vérité qu'elle n'était pas encore tout à fait prête à entendre, selon Martinique. Elle voulait se rapprocher encore un peu de Charlotte avant d'en venir aux confidences. Quand la nièce de Sara se sentirait plus en confiance avec elle, il serait plus facile de tout lui expliquer. Il y avait fort à parier que Charlotte lui en voudrait de ne pas lui avoir tout dit depuis le début, Martinique était prête à prendre le risque. Pour le moment, elle n'avait pas d'autre choix que de se fier à son intuition.

16

Mercredi 21 septembre

CHARLOTTE ÉTAIT OCCUPÉE À FEUILLETER une liste de commandes lorsqu'elle aperçut Tennyson en train de ronfler au milieu d'une étagère, étalé de tout son long au-dessus des livres alignés. Elle ne put retenir un petit rire. Comment arrivait-il seulement à dormir sur une surface aussi irrégulière ?

Elle se tourna vers l'énorme bibliothèque nommée d'après le fils du pasteur, Arthur. En quête d'un livre intitulé *Poèmes à faire pleurer les hommes,* elle essayait tant bien que mal d'en localiser le dos gris clair. Les recueils de poésie ne représentaient qu'une fraction marginale des ventes de Riverside. Elle s'était donc mis en tête de renvoyer à l'éditeur tous ceux qu'elle trouverait.

— H comme Holden, murmura-t-elle avant de réaliser qu'elle allait, pour atteindre sa cible, devoir grimper à l'une des grandes échelles branlantes montées sur rail.

Déterminée, elle tira vers elle l'échelle permettant d'accéder au sommet de la bibliothèque Arthur. Elle posa le pied sur le premier barreau où elle transféra prudemment le poids de son corps.

L'échelle semblait tenir bon, mais elle n'était pas rassurée pour autant. Elle avait toujours été sujette au vertige. Elle jeta un regard inquiet tout autour d'elle. Martinique se tenait derrière le comptoir, mais Charlotte n'oserait jamais l'appeler à l'aide.

Elle s'en voulut d'être aussi ridicule. Tu parles d'une comédie ! Bien sûr qu'elle arriverait à attraper ce fichu bouquin toute seule. Elle n'avait qu'à escalader les barreaux, tendre la main et redescendre. Cela ne lui prendrait que quelques secondes.

Elle monta sur le deuxième barreau, puis sur le suivant. Elle eut soudain l'impression de se trouver à plusieurs mètres au-dessus du sol. Tant qu'elle ne regarderait pas en bas, tout irait bien.

Bientôt le livre fut à sa portée. Charlotte le voyait juste au-dessus d'elle ; elle voulait lever une main, mais son bras refusait simplement d'obéir. Elle essaya encore et encore, mais ses doigts étaient comme soudés à l'échelle.

Charlotte jura intérieurement. Si près du but, le vertige lui avait fait perdre tout contrôle de ses mouvements. Coincée dans une position étrange, elle était incapable de bouger d'un millimètre sans que sa tête ne lui tourne atrocement.

Elle soupira. C'était perdu d'avance, autant redescendre de l'échelle. Lentement, elle essaya de déplacer son pied gauche sur le barreau du dessous, sans succès. Son pouls accélérait. Elle ne pouvait plus faire le moindre mouvement.

Soudain, elle entendit une voix. William venait d'apparaître juste en dessous d'elle.

— Besoin d'aide là-haut ?

Charlotte secoua la tête tant bien que mal.

— Non, merci.

— C'est sûr ? Tu n'as pas l'air particulièrement à l'aise.

Elle baissa les yeux et le vit appuyé contre la bibliothèque, un paquet de chips à la main. Est-ce qu'il trouvait ça drôle ? Charlotte sentit la colère monter en elle. Elle n'avait pas l'intention, en plus, de se laisser humilier !

Résolue à se débrouiller toute seule, elle essaya à nouveau de descendre. L'espace d'un instant, elle crut avoir réussi, jusqu'à se rendre compte qu'elle ne trouvait pas le barreau du dessous. Agitant désespérément son pied en l'air, elle sentit soudain l'échelle vaciller.

Charlotte s'y accrocha fermement. Au bout de quelques longues secondes, comprenant que toute la bibliothèque était sur le point de s'effondrer, elle laissa échapper un gémissement.

William se débarrassa du paquet de chips et s'essuya les mains sur son pantalon avant de lui jeter un regard inquiet.

— Tiens, prends ma main !

Charlotte hésita. Quelle que soit sa honte, elle n'avait pas le choix. Elle n'avait aucune envie de rester perchée en haut de l'échelle et les chances qu'elle arrive à en redescendre sans atteinte à sa dignité, morale ou physique d'ailleurs, lui semblaient bien faibles.

Lentement, elle décolla un doigt après l'autre de l'échelle et tendit sa main vers celle de William. Quand elle la saisit, elle vacilla à nouveau, mais William enroula rapidement un bras autour de sa taille pour qu'elle atterrisse dans ses bras.

Ils se retrouvèrent face à face, si près qu'elle pouvait sentir son haleine chaude contre sa peau. D'abord soulagée d'être de retour sur la terre ferme, elle se libéra de l'étreinte de William sitôt qu'elle aperçut son sourire fat.

La tête baissée, elle rajusta son pull. L'espace d'un quart de seconde, elle imagina ce que ce serait d'embrasser William et son cœur s'emballa. Elle devait encore être sous l'effet du vertige, il n'y avait pas d'autre explication.

Gênée, elle leva les yeux vers William et ce faisant, elle remarqua ses muscles saillants sous les manches courtes de son tee-shirt. La tête lui tourna à nouveau.

Mon Dieu, mais qu'est-ce qui m'arrive, se demanda-t-elle, étourdie. *Concentre-toi sur autre chose ! Pense à du boudin. Un boudin carbonisé, tout sec au fond d'une poêle.*

— Merci, dit-elle sèchement en détournant la tête pour ramasser la liste des commandes qu'elle avait laissée sur une pile de livres.

— Je t'en prie. Il n'y a pas de quoi avoir honte. Les accidents d'échelle ne sont pas à prendre à la légère. C'est même la deuxième cause de mort la plus fréquente chez les libraires.

Charlotte renifla.

— Sans doute, dit-elle, dépitée, avant d'être rattrapée par la curiosité. Et la cause la plus fréquente, c'est quoi ?

— D'être assommé par *Crime et Châtiment*. Certaines compagnies d'assurances exigent même qu'on ne le vende plus que sous forme numérique.

Elle se mit à rire.

— Je vois. Je vais faire attention.

Martinique, qui venait d'assister à toute la scène, arriva en courant depuis la caisse.

— Comment tu te sens, mon cœur ? Tu t'es fait mal ?

Charlotte secoua la tête d'un air embarrassé.

— Mais non. C'était idiot de ma part. Avec mon vertige, je n'aurais jamais dû essayer de grimper là-haut.

Martinique posa une main sur son épaule.

— Tu veux t'asseoir un instant ?

— Ça va bien, je t'assure.

— Grâce à moi, dit William. Je lui ai sauvé la vie.

— Heureusement que tu étais là, dit Martinique d'un ton aimable.

Charlotte leva les yeux au ciel.

— C'est ça. Le sauveur des âmes en détresse.

Martinique leva les yeux vers l'étagère.

— Qu'est-ce que tu cherchais exactement ?

— Un recueil de poèmes que je pensais retourner à l'éditeur.

William rit amèrement.

— On ne se débarrasse pas si facilement de ces fichus recueils de poèmes.

Martinique secoua la tête.

— J'aime la poésie et je pense qu'une librairie digne de ce nom se doit d'avoir quelques œuvres lyriques au catalogue !

William eut l'air honteux.

— Évidemment ! Je voulais simplement dire qu'ils ne sont pas faciles à vendre.

— Oui. Fais-moi plaisir et écris-nous un livre capable de s'envoler tout seul des étagères, dit Martinique.

William posa la main sur sa poitrine comme s'il venait de recevoir un coup de poignard.

— Merci, soupira-t-il. C'est précisément ce que j'avais besoin d'entendre alors que je suis en proie au plus grand combat rédactionnel de mon existence.

— Ça va aller, tu verras ! lui cria Martinique tandis qu'il tournait les talons. Tout va s'arranger, il faut juste que tu te mettes à écrire.

De loin, il lui lança un baiser et Charlotte ne put s'empêcher d'esquisser un sourire. En silence, elle observa William disparaître en haut des marches. À contrecœur, elle était obligée de reconnaître qu'elle le trouvait attirant. Avec ses cheveux bruns mal coiffés, ses grands yeux et ses manières décontractées, elle avait du mal à ne pas lui prêter attention lorsqu'il était dans la librairie. D'un autre côté, elle s'irritait de sa propension à toujours dire tout ce qui lui passait par la tête. Incapable de décider si son apparente confiance en lui était charmante ou agaçante, elle se força à penser à autre chose.

C'était la première fois qu'elle était confrontée à cette situation depuis qu'elle était veuve, jamais elle n'aurait cru pouvoir ressentir quelque chose pour quelqu'un d'autre qu'Alex. De plus, elle n'était que de passage à Londres. Sa vie se trouvait en Suède. Plus tôt dans la journée, elle avait d'ailleurs eu Henrik au téléphone, et même s'ils n'avaient eu aucun mal à régler leurs affaires par mail jusqu'à présent, ça ne serait pas tenable à long terme.

Décidée à se remettre au travail, elle reprit la liste des commandes et sentit le regard de Martinique posé sur elle.

— Comment ça se passe avec *Le Comte de Monte-Cristo* ? Tu l'as fini ? demanda-t-elle gentiment.

Charlotte acquiesça.

— Oui. C'était pas mal.

Martinique ouvrit de grands yeux curieux.

— Tu as lu *Jane Eyre* ?

Elle tourna une page de sa liste et s'éclaircit la gorge.

— Je ne suis pas une grande lectrice. Elle jeta un regard d'excuses à Martinique. Le soir, en général, je suis trop fatiguée.

— Mais celui-là, tu vas l'adorer, je te le promets ! C'est un des livres préférés de ma fille Angela.

Martinique alla chercher un livre sur une des étagères de Joséphine. Charlotte le prit à contrecœur et en étudia la couverture. Pour une raison qu'elle n'arrivait pas tout à fait à expliquer, elle ne voulait pas dévoiler qu'elle avait adoré *Le Comte de Monte-Cristo* et qu'elle en était déjà à la moitié d'*Orgueil et Préjugés,* trouvé dans les affaires de Sara. En revanche, elle n'avait pas du tout été emballée par les livres conseillés par Sam. Le seul dont elle avait réussi à lire quelques pages était *La Grande Panique des pénis à Singapour,* bien qu'elle ne comprenne pas comment ce livre avait pu devenir aussi populaire.

— Je verrai si j'ai le temps, dit-elle en posant *Jane Eyre* sur un guéridon.

Martinique l'encouragea du menton.

— Bien sûr, mon cœur.

D'un coup, ses traits changèrent. Charlotte la vit afficher une mine attristée.

— Tout va bien ?

— Oui, excuse-moi. C'est Angela. Avant, elle adorait parler littérature avec moi, mais en ce moment elle ne prend même pas le temps d'échanger deux mots avec sa vieille maman.

— Comme c'est dommage.

Martinique passa ses doigts sur le dos des livres alignés devant elle.

— Ça passera avec le temps, j'espère. Elle soupira avant de sourire à Charlotte. Demande-moi, la prochaine fois que tu veux attraper un livre rangé en hauteur.

Charlotte trouva son attention touchante. Elle avait toujours eu du mal à se sentir proche des autres. Avec Martinique, c'était différent. Elle n'avait pas besoin de se contorsionner dans tous les sens pour lui plaire et pouvait rester elle-même, ce qu'elle trouvait extrêmement reposant. Si elle n'avait pas déjà sa vie en Suède, elle aurait pu envisager de rester ici plus longtemps, mais le destin en avait décidé autrement.

— C'est d'accord, répondit-elle avec gratitude. À partir de maintenant, je reste au niveau de la mer.

— Sage décision. Il faut que je passe un coup de fil, tu peux garder la librairie un instant ?

Charlotte jeta un œil vers l'entrée de la boutique. Elle n'était pas sûre de maîtriser le maniement de la caisse. Par chance, à cette heure-ci il n'y avait personne dans la librairie.

— Pas de problème, dit-elle.

À peine Martinique eut-elle disparu dans le bureau que la porte s'ouvrit sur un homme en doudoune bleu clair déchirée qui s'avança vers elle en boitant.

Typique. Aucun client n'a franchi la porte depuis une bonne heure et il suffit que je me retrouve seule dans la boutique pour que le Tout-Londres s'y presse, pensa-t-elle amèrement. Puis, rattrapée par sa conscience professionnelle et bien décidée à faire augmenter les revenus de la librairie, elle se glissa rapidement derrière le comptoir.

— Bonjour, que puis-je faire pour vous ?

L'homme tripotait une couture de sa doudoune. Ses cheveux rassemblés en mèches grasses venaient recouvrir les parties dégarnies de son crâne. Sur son nez, ses lunettes ne tenaient que grâce à un morceau de Scotch.

— J'ai commandé des livres, déclara-t-il.

La bouche de Charlotte se figea en un sourire forcé.

— À quel nom ?

— Rooney.

Charlotte s'accroupit et chercha parmi les piles de livres rangées sous le comptoir. Ayant mis la main sur un petit paquet au nom de « Rooney », elle le posa devant elle et en sortir les livres un par un. Elle eut un haut-le-cœur en découvrant leurs titres. Le premier, un manuel intitulé *Construis ton propre cercueil,* était accompagné de deux autres ouvrages non moins macabres : *Les Bases de la taxidermie / conserve ta bien-aimée pour toujours* et *Funérailles et codes vestimentaires.*

— Ce sont bien ceux-là ?

L'homme se saisit de *Funérailles et codes vestimentaires* qu'il feuilleta rapidement.

— Oui, c'est parfait, dit-il en jetant un œil par-dessus son épaule, comme s'il craignait d'être suivi. Je les prends tous.

Jouant nerveusement avec un bouton de sa doudoune, il attendit que Charlotte enregistre les livres pour lui tendre deux billets de vingt pounds pliés en seize.

Il y avait quelque chose de sinistre dans sa manière de se déplacer au point qu'elle en avait la chair de poule. Lorsqu'elle lui tendit ses achats, l'homme la fixa intensément pendant plusieurs secondes.

— C'est pour Rhonda, tout ça, marmonna-t-il.

— Ah oui, dit Charlotte, hésitante.

Il continua à la dévisager à travers ses lunettes rafistolées.

— Il ne lui reste pas longtemps.

— Avant quoi ? demanda prudemment Charlotte.

L'homme se pencha au-dessus du comptoir de sorte que son visage blafard arrive à la hauteur de celui de Charlotte, qui dut prendre sur elle pour ne pas tressaillir.

— Avant sa mort, dit-il d'un air grave en clignant des deux yeux.

Pendant quelques secondes infinies, il resta parfaitement immobile. Puis, il tourna les talons et ressortit dans la rue.

Charlotte le regarda s'éloigner. Son malaise, lui, ne la quitta pas tout de suite. Elle n'arrivait pas à s'ôter de l'esprit les étranges propos de l'homme. Que voulait-il dire par « Il ne lui reste pas longtemps ? » Avait-il prévu de fabriquer un cercueil pour cette pauvre femme nommée Rhonda, ou n'était-ce qu'une blague de très mauvais goût ?

Elle croisa les bras sur la poitrine. L'homme avait très bien pu la faire marcher. *Sauf si…* pensa Charlotte, envahie par le doute. Sauf si, au contraire, l'homme avait parlé sérieusement ? Et si cette pauvre Rhonda, victime de kidnapping, était attachée dans la cave humide de ce Rooney dans l'attente d'être sacrifiée ? Comment être sûre que ce client à l'air peu engageant n'était pas un tueur en série décidé à se livrer à des rituels macabres avant d'achever sa proie, comme dans les séries américaines ? Fabriquer un cercueil lui apparaissait comme un passe-temps particulièrement sordide, surtout s'il prévoyait d'y mettre le corps empaillé de la victime.

Charlotte sortit son téléphone dont elle tripota nerveusement la coque. Elle hésita un instant à appeler la police. Les risques de passer pour une idiote l'en dissuadèrent. *Excusez-moi, un client vient de m'acheter des ouvrages sur la taxidermie et j'ai le sentiment qu'il s'apprête à tuer quelqu'un.*

Charlotte remit son portable dans sa poche. Il fallait qu'elle se calme. Ces livres avaient vraisemblablement été commandés par Sam ou Martinique qui auraient réagi si elles y avaient vu un motif d'inquiétude. D'ailleurs, Charlotte avait assez de raisons de s'en faire et chacun pouvait bien lire les livres qu'il voulait, aussi lugubres soient-ils.

L'étiquette au nom de Rooney était restée sur le comptoir ; Charlotte en fit une toute petite boule. Elle n'avait aucune raison de s'en faire ; cet homme avait bien le droit d'avoir un passe-temps original. *Après tout, il n'y avait rien d'illégal à confectionner des cercueils*, se rappela-t-elle en jetant la boule de papier froissé dans la poubelle.

Malgré tous ses efforts pour se raisonner, son pouls ne décélérait pas, et elle ne cessait de repenser au visage ridé du terrifiant Rooney.

17

Jeudi 9 décembre 1982

— Non mais ça va pas, la tête ?

Sara tourne sur elle-même en riant pour empêcher Kristina de lire l'étiquette de prix encore attachée à la robe.

— C'était combien ? demande Kristina en faisant la grimace.

— Dis-moi d'abord comment tu la trouves !

Kristina lève les yeux au ciel.

— Elle est jolie, oui. Mais combien elle t'a coûté ?

— Promets de ne rien dire à Daniel, dit Sara en s'approchant de sa sœur d'un air mystérieux.

— D'accord. Allez, maintenant accouche !

— Je l'ai trouvée à Soho, dans la boutique la plus mignonne de l'univers. Quand la vendeuse m'a vue avec, elle a dit que je ressemblais à Farrah Fawcett.

Sara tient la robe devant sa poitrine en arborant son sourire le plus charmeur.

— Combien ? répète Kristina.

— Soixante-quinze pounds.

— Soixante-quinze !

— Chut ! Daniel va t'entendre !

Kristina secoue la tête.

— Tu sais ce qu'on aurait pu faire avec tout cet argent ?

Sara pouffe, une main devant sa bouche.

— C'est bon, je te fais marcher. Elle m'a coûté beaucoup moins. Elle était à cinquante-cinq livres, mais la vendeuse m'a trouvé tellement belle qu'elle me l'a laissée pour quarante-neuf !

Kristina se laisse tomber sur le lit. Elle pense à toutes les factures qu'elle doit régler. À la taxe communale qu'il faudra bientôt payer, sans parler de l'eau et de l'électricité.

Sara pose devant le miroir. Elle a l'air si heureuse avec son absurde robe à paillettes.

— Tu ne peux pas la rendre ?

Sara fait semblant de ne pas entendre et se met à fredonner le générique de *Charlie et ses drôles de dames.*

— Sara ! Est-ce que tu peux te faire rembourser ?

Elle hausse les épaules.

— Non, pas après l'avoir eue à prix réduit.

La détresse de Kristina dut se voir car Sara vient la rejoindre sur le lit.

— Mon Dieu, Kristina, c'est rien qu'une robe. Pas de quoi en faire une montagne.

— Tu comprends pas qu'on n'a pas les moyens de mettre autant d'argent dans des fringues ?

Sara lève un sourcil.

— J'ai pas besoin d'acheter à manger ce mois-ci. Je peux prendre tous mes repas au pub.

— Et le petit déjeuner ?

— Je piquerai des cacahuètes.

Kristina secoue la tête.

— Pourquoi tu ne m'as pas demandé d'abord ? Je croyais qu'on faisait équipe. Et que je pouvais te faire confiance.

Enfin, elle obtient la réaction qu'elle attendait. L'air abattu, Sara baisse la tête et repose la robe sur la commode.

— Désolée. J'étais tellement contente quand je l'ai trouvée, c'est bête. Je me suis sentie spéciale. Et tu sais que je déteste demander la permission. Et puis merde, on n'est plus à la maison. À quoi ça sert d'être venues jusqu'ici si on ne peut même pas faire ce qu'on veut ?

Elle prend la main de Kristina, la tête penchée sur le côté.

— Ne m'en veux pas, s'il te plaît. Je recommencerai plus, c'est promis.

Kristina la regarde sans rien dire. Elle ne devrait pas pardonner à sa sœur si vite, mais elle n'a aucune envie de continuer à se disputer. Et Sara a raison, si elles sont parties, c'est pour ne plus avoir à rendre de comptes à personne. Sauf que Kristina, elle, n'aurait jamais acheté une robe pareille alors qu'elles ont à peine de quoi manger.

Sara se penche vers son épaule.

— Tu me pardonnes ? chuchote-t-elle.

Kristina fait oui de la tête. Aussitôt, Sara bondit hors du lit.

— Super ! Dis, au fait, ça t'embêterait de prendre mon linge ? J'ai promis à Ferne d'aller faire un tour avec elle avant l'embauche.

À l'autre bout de la pièce, elle se met à fouiller dans un tas de vêtements sales.

— Ça t'en rajoutera pas beaucoup, dit-elle en prenant dans ses bras une montagne de chemises et de jupes. Seulement quelques trucs dont j'aurai besoin cette semaine.

Kristina ne dit rien. Sara se tourne vers elle.

— T'avais prévu d'aller à la laverie aujourd'hui, non ?

— Mmmh.

Sara fait tomber le tas de vêtements aux pieds de sa sœur et lui donne un baiser sur la joue.

— Merci, t'es un ange !

Elle attrape son sac à main et se dirige vers la porte. Juste avant de sortir, elle fait un signe en direction de la montagne de linge.

— Tu feras attention à mon pull en laine, pas plus de…

— … trente degrés, je sais, achève Kristina.

— Merci ! À ce soir, alors !

Après le départ de Sara, Kristina voit la robe à paillettes briller sur la commode. Elle ne peut pas s'empêcher de la tenir devant elle, face au miroir. Les sequins captent la lumière et scintillent au moindre mouvement. Kristina fait un tour sur elle-même. Elle se demande ce que Daniel dirait s'il la voyait dedans. Sûr qu'il serait surpris, car elle n'a pas l'habitude de s'habiller pour se faire remarquer. Il lui dirait peut-être qu'elle est jolie ou qu'elle ressemble à Sara.

Kristina suspend délicatement la robe dans la penderie que Daniel leur a dégotée. Ce jour-là, Sara était au moins aussi heureuse que Kristina, même si elle a dû supporter les amis de Daniel venus lui donner un coup de main.

Kristina s'appuie contre le meuble robuste et respire l'odeur du bois foncé. L'imposante garde-robe à deux portes donne à la petite pièce l'air d'une chambre.

Elle sourit en repensant à la mine concentrée qu'a prise Daniel en portant la grosse armoire en haut du minuscule escalier. Plein d'assurance, il pilotait le petit groupe et donnait des instructions, expliquant exactement dans quel sens incliner la garde-robe pour ne pas la heurter. Kristina sait que c'est ridicule, mais elle se sent en sécurité quand Daniel est dans les parages.

Elle referme la porte de la garde-robe qui grince. Elle sait qu'il faut qu'elle arrête de penser à Daniel comme elle le fait. Qu'elle ne devrait pas ressentir ce qu'elle ressent pour lui. Mais c'est plus fort qu'elle. Les pensées coupables fusent avant qu'elle n'ait le temps de les arrêter. Quand elle est avec Daniel, elle ne s'inquiète plus de rien, comme si le monde autour d'elle s'était évanoui. Alors, elle se sent heureuse, comme elle ne l'a jamais été auparavant. Mais elle est consciente que ces sentiments peuvent tout détruire. Elle doit veiller à ne jamais se trahir et à ne rien laisser paraître quand elle est avec Daniel.

Ça aurait pu être pire, pense-t-elle en ramassant le linge de Sara entassé par terre. Si elle l'avait détesté, ils n'auraient jamais pu vivre ensemble. *Et puis quoi, c'est juste une amourette. Ça me passera,* essaye-t-elle de se convaincre en remplissant le grand panier de linge, de façon que le pull en laine de Sara se retrouve sur le dessus.

18

Lundi 25 septembre

DERRIÈRE LE COMPTOIR, Sam emballait lentement un livre dans du papier cadeau zébré sans quitter des yeux son client. Il avait ce look grunge qu'elle aimait tant, avec ses cheveux longs, une veste militaire kaki sur une chemise en flanelle et un jean déchiré.

— Ta grand-mère va adorer ce bouquin, dit-elle en passant le papier dans le massicot.

— J'en suis sûr, répondit-il avec un sourire.

Un téléphone vibra sous le comptoir. Sam y jeta un œil agacé.

— Quelqu'un qui te harcèle ?

Sam replia le papier autour du livre et y colla un bout de Scotch.

— Une vieille flamme qui refuse de s'éteindre. Tu sais ce que c'est, on leur donne le doigt, ils vous prennent le bras.

Quelqu'un toussa à l'oreille de Sam. Elle sursauta. Charlotte se tenait juste derrière elle, une pile de livres à la main. Sam soupira. On ne pouvait donc plus plaisanter avec les clients ?

— Évidemment, si elle a déjà ce livre-là, vous pouvez toujours revenir pour qu'on vous l'échange.

Le client sourit à nouveau. Sam sortit un long bolduc qu'elle noua lentement autour du paquet en espérant que Charlotte s'en irait avant qu'il ne quitte la boutique.

Par chance, sa tactique fonctionna. Au bout d'une minute ou deux, Charlotte était repartie à l'autre bout de la librairie. Le client de Sam se pencha au-dessus du comptoir.

— Ton chef ?

— Oui, et comme tous les chefs, elle est parfaitement dépourvue de sens de l'humour.

Il hocha la tête vers elle.

— Heureusement que tu es là pour compenser.

— Sur plus d'un plan, dit-elle, charmeuse et sûre de son coup.

Quand elle lui tendit son paquet, il lui fit un clin d'œil.

— Je reviendrai acheter d'autres cadeaux. J'ai sans doute un oncle ou une cousine dont c'est l'anniversaire bientôt.

— Quand tu voudras !

Sam l'observa quitter la boutique en souriant et disparaître le long du quai. La vue d'un bel homme provoquait chez elle le même plaisir qu'une création de Vivienne Westwood ou un coucher de soleil au-dessus de la gare de Waterloo. William ne supportait pas qu'elle commente le corps des hommes, mais Sam ne voyait pas où était le problème. Après tout, il était largement temps que la gent féminine rende la pareille aux hommes après avoir été objectifiée par eux pendant la dernière dizaine de milliers d'années.

Par moments, Sam se disait qu'elle n'aurait jamais pu être qu'homosexuelle. Même les plus séduisants des hommes traînaient derrière eux des casseroles. Sam avait du mal à comprendre les femmes qui se laissaient passer la bague au doigt par des types néandertaliens qui ne se souciaient ni de leur pilosité corporelle ni de leur hygiène buccale et qui laissaient leurs ongles de pied trouer leurs chaussettes plutôt que de les couper.

En maternelle déjà, Sam avait su qu'elle préférait les femmes. Dès le jour de la rentrée, elle avait eu une révélation en faisant la connaissance d'Annabelle, aux longs cheveux blonds et à la robe de ballerine rose. Il fallait être stupide pour choisir de passer ses récrés avec des garçons occupés à se coller des crottes de nez plutôt que d'aller s'asseoir en tailleur sous le préau pour brosser les beaux cheveux d'Annabelle.

Il s'était pourtant passé une décennie avant que Sam fasse son coming out. Avant, elle ne savait pas comment définir sa sexualité, ni même si cela était nécessaire ; mais à l'occasion d'une dispute électrique avec son père, les mots avaient comme jailli hors d'elle.

Sam avait été une adolescente impulsive, elle-même le reconnaissait volontiers, quoique son père, selon elle, ne lui eût pas facilité la tâche. Il n'y avait rien d'étonnant à ce qu'elle se soit vite sentie à l'étroit avec le peu de liberté qu'il lui laissait. Lorsque Barack Obama avait prononcé son discours de la victoire à Grant Park, son père avait refusé de la laisser partir, arguant A) que c'était trop cher, B) qu'elle manquerait trop de jours de classe et C) qu'elle était trop jeune pour traverser l'Atlantique toute seule. Pire encore, il n'achetait jamais de soda, déclarant que l'eau du robinet était *tout aussi bonne*, et il ne lui versait jamais suffisamment d'argent de poche sous prétexte qu'elle ne participait pas aux tâches domestiques.

Sam ne se souvenait pas du motif de leur dispute ce jour-là, seulement qu'elle s'était précipitée dans sa chambre en claquant la porte, comme d'habitude. Affalée sur son lit, la tête enfouie dans les oreillers, elle se souvenait d'avoir entendu son père en furie prendre son élan dans le couloir avant d'enfoncer la porte.

— Je t'ai prévenue, avait-il dit en attrapant la porte des deux mains. Je te l'enlève, tu as perdu ton privilège de solitude. À partir de maintenant, il n'y aura plus de porte à claquer.

Pour Sam, ça avait été la goutte d'eau. Elle savait qu'elle n'avait aucune chance de survie sans porte. Ses larmes de crocodile, même redoublées de cris hystériques, n'avaient eu aucun effet sur lui. Incapable de l'amadouer, elle n'avait plus eu d'autre choix que de faire diversion, et en moins de temps qu'il n'en fallait pour le dire, elle avait crié de toutes ses forces : « Je suis gay ! »

Ce souvenir continuait de la faire sourire. Après avoir lâché la porte, son père avait eu une réaction pour le moins déconcertante. Sam avait espéré qu'il se mette en colère (il était tout de même un *fervent catholique*, comme disait sa grand-mère), ou qu'il soit troublé au point de lui jeter des objets à la figure. Elle aurait au moins eu un argument de poids pour leur prochaine négociation (Tu te souviens de ce que tu m'as fait le jour de mon coming out ? Oui, donne-moi de l'argent pour un voyage à Ibiza et non, tu n'as pas besoin d'en savoir plus !).

Mais contre toute attente, son père avait fondu sur elle pour la serrer dans ses bras.

Depuis ce jour, Sam avait trouvé en son père un indéfectible soutien. Il avait défilé à toutes les Gay Pride, était devenu membre de l'association Fiers d'être parents d'enfant LGBT, et militait constamment pour qu'elle invite ses petites amies à la maison le dimanche après-midi, ce qui n'avait pas été simple puisque Sam préférait de loin les aventures sans lendemain aux relations à long terme.

En bref, Sam était plutôt bien lotie. En plus d'avoir une vie sentimentale pour le moins trépidante, et un travail plaisant, elle s'offrait le luxe de continuer à vivre chez son père – qui lui avait finalement laissé la porte de sa chambre.

Pourtant, quelque chose manquait à son bonheur. Dernièrement, elle avait senti grandir une frustration jusqu'à finir par se demander si elle n'était pas sortie du placard un peu trop tôt. Évidemment qu'elle était lesbienne. Cependant, elle regrettait le lot de responsabilités qui accompagnait son statut public. Dans son entourage, beaucoup la voyaient comme un modèle, à commencer par son père qui ne cessait de répéter à quel point il était fier d'elle. Il lui manquait la marge de manœuvre pour changer d'avis et c'était ce sentiment même qui, lentement mais sûrement, finissait par la faire suffoquer. Elle se trouvait dans une impasse.

Son téléphone vibra à nouveau. Encore un message de Lindsay.

Tu fais quoi ce soir ?

Sam soupira. Bien qu'elle ait fréquenté Lindsay à plusieurs reprises, Sam n'y voyait rien de plus qu'une distraction passagère. Lindsay, de son côté, avait l'air de croire que leurs nuits passées ensemble faisaient d'elles un couple. Depuis, elle lui écrivait à tout bout de champ, manifestement peu informée des règles qui prévalaient en la matière dans le Londres postmoderne.

Sam considéra l'écran de son téléphone. Lindsay avait beau être à la fois drôle et mignonne, Sam n'était pas du genre à pérenniser des relations. Si Lindsay ne voulait pas entendre qu'elle avait autre chose à faire, ce qu'elle se tuait pourtant à lui écrire, elle devrait être encore plus claire.

Elle effleura du doigt son téléphone et tapa une réponse à toute vitesse :

Désolée. Je sais pas si je suis toujours gay. Je te fais signe quand j'en suis sûre.

Sam émit un gloussement satisfait en appuyant sur « envoyer ». Voilà qui donnerait à Lindsay du grain à moudre.

Elle reposa son téléphone et se mit à trier les livres éparpillés sur le comptoir. Oui, parfois, elle se demandait vraiment si elle ne s'était pas un peu trop précipitée à définir sa sexualité. Loin d'elle l'idée qu'un pénis réglerait tous ses problèmes, elle n'aimait pas être rangée dans une case et elle s'agaçait qu'on pense qu'elle était spécialiste en anatomie féminine.

Debout entre deux rayonnages, Charlotte avait l'air de chercher quelque chose. Sam la scruta discrètement. Elle s'irritait de la voir déambuler dans la boutique comme si elle était chez elle. Car même si c'était le cas, ça ne l'empêchait pas de montrer un peu plus de respect à elle et à Martinique, étant donné leur ancienneté. Martinique craignait que Charlotte ne ferme boutique si elle ne se plaisait pas à Riverside, mais Sam n'était pas dupe. Peu importaient leurs efforts pour la mettre à l'aise, car en définitive, tout ne serait qu'une question d'argent, comme toujours. Et ce n'était certainement pas pour leurs beaux yeux que Charlotte risquerait de mettre en péril son capital.

De fil en aiguille, Sam repensa à ce projet dont elle avait discuté avec Sara avant qu'elle ne tombe malade. Il y avait sous l'escalier un petit cagibi qui servait surtout à ranger les choses dont personne ne voulait et que Sam rêvait d'aménager en coin lecture pour les enfants. L'idée lui en était venue en voyant ce même genre d'espace dans d'autres librairies. Par ailleurs, ce serait l'occasion de savoir à quel point Charlotte tenait compte de leurs propositions.

D'un pas déterminé, elle s'avança vers Charlotte qui avait l'air terriblement occupée, comme d'habitude.

— Toi, chef !

Perchée sur la pointe des pieds, la nièce de Sara se battait avec un ouvrage qui refusait de quitter son étagère.

— Oui ?

Sam s'éclaircit la gorge.

— Il y a un truc donc j'aurais aimé te parler.

Charlotte lâcha le livre réfractaire et reposa ses talons au sol.

— Ah oui, de quoi donc ?

— Eh bien, je…

À cet instant précis, le téléphone de Charlotte sonna. Le genre de sonnerie prédéfinie insupportable que toute personne normalement constituée s'empresse de changer dès réception du nouvel appareil. Sam vit Charlotte loucher sur son écran.

— Je suis désolée, il faut que je prenne l'appel. On peut se parler plus tard ?

Avant que Sam n'ait eu le temps de lui répondre, Charlotte avait disparu dans le petit bureau, refermant la porte derrière elle.

Sam secoua la tête. Elle avait vu juste depuis le début : Charlotte était une vraie garce.

Elle sortit son téléphone, ouvrit le moteur de recherche et accéda à une liste de formations universitaires. Il fallait se rendre à l'évidence, sa carrière à Riverside était terminée. Charlotte ne ferait jamais rien pour sauver la librairie et Sam n'avait pas l'intention de rester à bord pour assister au naufrage.

En quête de métiers susceptibles de lui plaire – autres que psychologue scolaire –, elle tomba sur un lien vers une formation d'infirmière. En parcourant la page d'informations, elle s'imagina dans l'une de ces très seyantes tenues d'infirmière. L'ensemble lui paraissait très prometteur, jusqu'à ce qu'elle réalise qu'elle ne supporterait pas de passer aussi longtemps sur les bancs de la fac : trois ans, une éternité !

Épuisée, elle se pencha au-dessus du comptoir. Dans trois ans, elle aurait presque trente ans. TRENTE ANS. Si vieille, déjà ! Elle ne pouvait tout simplement pas gâcher les dernières années de sa jeunesse dans une université minable. D'ailleurs, changer les cathéters, ce n'était pas vraiment son truc, même en tenue immaculée. Non, vraiment, le métier d'infirmière n'était pas pour elle.

Sam soupira. Il n'était pas juste que Charlotte débarque et impose sa loi. Elle avait l'air de n'être obnubilée que par une seule chose : travailler, travailler, travailler. Pour Sara en revanche, la priorité allait au bien-être et au plaisir de chacun. En général, elles s'amusaient si bien ensemble que Sam n'avait jamais eu l'impression d'être au boulot.

Sam débarrassa le comptoir des reliefs de son petit déjeuner. Bien sûr qu'elle allait s'en sortir. Elle retombait toujours sur ses pieds. Seulement, elle n'était pas habituée à ce que quelqu'un ait autant de pouvoir sur sa vie.

Elle aperçut le bloc-notes que Charlotte avait laissé près de la caisse. Ce soir, Sam chercherait d'autres idées de carrière. Il existait sans doute, de par le monde, tout un tas d'employeurs prêts à se battre pour la recruter. *La seule difficulté,* pensa-t-elle, *est de trouver un métier qui me comble autant que de vendre des bouquins dans une librairie.*

***

Dès que Charlotte eut refermé la porte, elle regretta d'avoir été aussi brusque avec Sam. Elle avait les yeux rivés sur son téléphone qui continuait de sonner. C'était un numéro anglais.

Rassemblant tout son courage, Charlotte décrocha et se présenta en anglais.

— Bonjour ! Carl Chambers, conseiller bancaire à la Westminster Bank. Vous confirmez être Charlotte Rydberg, nouvellement propriétaire de la maison au 187, Riverside Drive ?

— C'est moi-même.

— Quel plaisir de vous joindre enfin ! Serait-il possible que nous prenions rendez-vous ? Il y a un certain nombre de choses dont nous devons discuter au plus vite, en rapport avec le prêt que vous avez contracté chez nous.

Charlotte déplaça le stylo posé sur le bloc devant elle pour qu'il se retrouve parallèle au lignage du papier. Mr Cook avait très certainement communiqué son numéro à la banque.

— Pourrions-nous régler ces questions par téléphone ? Je n'ai pas l'intention de rester très longtemps ici à Londres et mon emploi du temps est déjà bien chargé, dit-elle d'un ton cordial.

Carl Chambers s'éclaircit la gorge.

— Vous comprenez vous-même qu'au vu de la situation, je tienne à vous rencontrer en personne.

Charlotte s'assit derrière le bureau.

— Excusez-moi, mais quelle est cette situation, au juste ?

— Comme vous le savez sans doute, les frais bancaires et intérêts n'ont pas été réglés depuis le mois de mai.

— Pardon ? Je n'en avais aucune idée !

— J'ai longtemps essayé de joindre Mme Sara Rydberg, sans succès.

— Peut-être parce qu'elle est récemment décédée, fit remarquer Charlotte, acerbe.

— Précisément, et je vous présente toutes mes condoléances. Nous avons tenu à vous laisser souffler quelque temps, mais il devient urgent de régler les factures impayées.

Charlotte suffoquait. Elle n'avait pas vu la moindre trace d'une lettre de relance pour facture impayée.

— Quelle somme vous devons-nous ?

Pendant qu'elle l'entendait pianoter lentement sur son clavier d'ordinateur, elle pria secrètement pour que la dette ne dépasse pas le capital de la librairie.

— En tout et pour tout, nous arrivons à quinze mille trois cent vingt-huit livres sterling, si j'inclus les intérêts du mois prochain. Vous avez jusqu'au 27 octobre pour nous régler cette somme, ce qui vous laisse quatre bonnes semaines.

Le souffle coupé, Charlotte dut faire un effort pour ne pas tomber de sa chaise.

— Vous en êtes sûr ? dit-elle aussi calmement que possible.

— Parfaitement, répondit-il brièvement.

Se mordant la lèvre, elle repensa à toutes les fois où Alex et elle s'étaient sortis de situations à première vue inextricables, juste après le lancement de leur entreprise, quand ils n'avaient pas encore de capital.

— Est-ce qu'on pourrait convenir d'un plan de remboursement ?

— Malheureusement, c'est trop tard. Si la dette n'est pas remboursée à échéance, nous ferons appel à l'huissier. C'est la politique de la Westminster Bank.

Tout au fond de sa chaise, Charlotte en était déjà à calculer le montant de l'épargne qu'elle avait sur son compte, avant de se rappeler qu'elle était déjà engagée pour les éventuels droits de succession. De plus, Alex lui avait appris à ne jamais utiliser ses propres deniers pour faire tourner une entreprise. Si le projet de départ n'était pas viable économiquement, peu importaient les sommes injectées, l'entreprise était condamnée à faire faillite. *D'un autre côté,* pensa Charlotte, *ça n'est pas n'importe quelle entreprise.*

— OK. Je m'en occupe. Vous aurez votre argent.

— Je serais heureux que nous nous rencontrions afin d'étudier en détail les finances de la librairie.

— Malheureusement, je n'ai pas le temps. Je vous remercie, Mr Chambers.

— Mrs Rydberg, l'entendit-elle protester avant de raccrocher.

Charlotte reposa son téléphone sur le bureau. Ces derniers jours, elle avait vu grandir l'espoir que Riverside finisse malgré tout par survivre. Le café-librairie attirait de plus en plus de monde, et l'afflux de clients, combiné à une communication plus efficace, avait enfin permis d'augmenter les ventes.

Certaine que la petite librairie serait bientôt renflouée, elle prévoyait déjà de retourner en Suède en laissant une affaire florissante dans les mains très efficaces de Martinique. Mais quinze mille livres sterling, en plus de tous les autres frais, étaient une sacrée somme.

Elle se leva et se mit à fouiller dans le placard au-dessus du bureau. Ces lettres de relance devaient bien se trouver quelque part. À moins que Sara ne les ait jetées au feu ?

Cette seule pensée la découragea. Si elle avait connu l'existence de cette dette depuis le départ, elle aurait modéré son optimisme quant à l'avenir de Riverside.

Soudain maladroite, Charlotte fit tomber un dossier par terre et poussa un juron. Tout était de sa faute. Elle avait donné à Sam et à Martinique l'espoir que la librairie resterait ouverte. Elles lui avaient fait confiance et maintenant, elles seraient déçues.

Il fallait se rendre à l'évidence. Elle avait hérité d'un navire à la coque percée et peu importait le nombre de seaux d'eau qu'elle jetterait par-dessus bord, il finirait par couler. Elle soupira. Une faillite n'était jamais une partie de plaisir ; de plus, elle était toujours assortie d'une énorme charge de travail. La question était de savoir si Charlotte aurait le temps de régler tous les problèmes qui en découleraient. Sans parler des conséquences désastreuses qu'une telle débâcle pourrait avoir sur le plan émotionnel. Dimitri, un ami d'Alex dont l'entreprise avait fait faillite, en avait été tellement affecté qu'il avait passé plusieurs mois sans sortir de son appartement. De plus, se rappela-t-elle, Riverside était bien plus qu'une entreprise : c'était une famille. Que deviendraient les habitués qui s'y retrouvaient tous les jours ? Où iraient-ils ?

Charlotte avala sa salive avec difficulté. Elle n'avait pas du tout prévu de s'investir émotionnellement dans la librairie, mais devant le risque soudain réel de la voir disparaître, elle prit conscience de ce que Riverside lui avait déjà apporté. En fait, cela faisait bien longtemps qu'elle ne s'était pas sentie aussi joyeuse. Elle se réveillait le matin le sourire aux lèvres, impatiente de commencer sa journée. Ses doigts lui démangeaient quand elle pensait aux défis qui l'attendaient et à l'avenir qu'ils construisaient tous ensemble pour Riverside. Mais ils avaient besoin de temps pour réussir, beaucoup plus que de quatre semaines.

Charlotte frissonna en repensant à la conversation avec Mr Chambers. Les chances de réunir autant d'argent en si peu de temps étaient infimes. Désormais, elle n'avait pas d'autre choix que de se préparer au pire. À l'idée de laisser les clefs de Riverside à un liquidateur, son estomac se retourna. Charlotte ne supporterait pas de voir la librairie plumée de l'intérieur, vidée de tout ce qui la rendait si unique. Les livres, les meubles, la décoration d'époque, tout devrait être vendu ou, pire, envoyé à la déchetterie.

De rage, Charlotte donna un coup de pied dans la corbeille à papier qui se renversa, avant de s'empresser de la remettre en place. Elle s'en voulait d'avoir été assez naïve pour supposer que Sara remboursait son prêt par virement automatique. Bêtement, elle lui avait fait confiance – et elle n'aurait pas dû.

Charlotte porta la main à son front et se massa les tempes en essayant de mettre de l'ordre dans ses pensées. Avant d'en parler aux autres, il fallait qu'elle retrouve les lettres de la banque. Mais si elles n'étaient pas rangées dans le bureau, où étaient-elles ?

Dans l'appartement de Sara, les placards débordaient de carnets et de vieux journaux : une cachette idéale pour des lettres de relance.

Charlotte prit une profonde inspiration. Il fallait qu'elle retrouve son calme et sa raison. Dans une telle situation, il ne servait à rien de se précipiter ; pire, elle risquait d'aggraver les choses. Déjà, elle avait intérêt à tenir sa langue. Et avant toute chose, à remettre la main sur ces fichus papiers de la banque. *Oui*, pensa Charlotte en fourrant son portable dans sa poche, c'est ce qu'il y a de mieux à faire.

Dans la kitchenette, elle sortit tous les livres des placards et les dépiauta un par un dans l'espoir de trouver les lettres de relance coincées entre deux pages. Ensuite, elle ouvrit tous les carnets à moitié remplis qu'elle put ramasser dans la salle à manger, en vain.

Elle chassa de son front une mèche de cheveux rebelle. Où diable se cachaient les maudites factures ? Elle se rappela soudain avoir vu une pile de papiers sur l'une des étagères de cette grande garde-robe rustique dans la chambre de Sara.

D'un pas décidé, elle pénétra dans la petite pièce et s'arrêta devant l'imposante armoire en bois foncé. L'atmosphère dans la chambre à coucher avait quelque chose de solennel ; elle avait l'impression d'être entrée dans une église. Elle s'y sentait proche de Sara, comme si l'âme de sa tante habitait encore la petite chambre.

Elle ouvrit la garde-robe et en sortit une pile de livres qu'elle feuilleta rapidement, sans y trouver la moindre facture.

Tout au fond de l'armoire, elle trouva un épais carnet de notes qui ressemblait à un journal intime. Charlotte l'ouvrit prudemment. Les pages étaient noircies jusque dans les marges. Elle y trouverait peut-être les informations qu'elle cherchait sur les finances de la librairie !

De retour dans le salon, elle s'assit sur le canapé, le carnet sur les genoux. Le lourd cahier semblait avoir beaucoup vécu.

Charlotte passa les doigts le long de la tranche. Avait-elle tort de vouloir mettre le nez dans les notes personnelles de Sara ? Si ce qu'elle y découvrait pouvait lui donner une chance de sauver la librairie, le risque était à prendre.

Lentement, elle ouvrit le carnet et se mit à lire. Les pages n'étant pas datées, il était impossible à Charlotte de savoir quand ces notes avaient été prises.

Elle parcourut les pages d'un œil distrait. La plupart des notes semblaient d'ordre privé. Sara décrivait ses journées de travail dans un pub, listait les choses qu'elle rêvait de faire à Londres et parlait de sa relation avec *lui.*

Lui, pensa Charlotte, *pourrait-il s'agir de ce Daniel ?* Elle continua de lire en diagonale jusqu'à ce que sa rétine s'arrête sur le nom de sa mère.

Kristina dit qu'ils sont restés assis à m'attendre, mais je ne sais pas si je dois la croire. Si elle ment, je ne lui pardonnerai jamais.

Charlotte sursauta. Rien, dans ce texte, n'avait de rapport avec la librairie, et le plus sage aurait été de remettre le carnet à sa place, mais quelque chose la poussait à continuer sa lecture.

Elle croit que je ne comprends pas que c'est lui qu'elle passe son temps à dessiner. Dès qu'elle est seule, elle sort son bloc et reste là à fantasmer. Si j'avais su que Kristina serait aussi fausse envers moi, je ne l'aurais jamais emmenée. Qui ferait une chose pareille à sa propre sœur ? Aujourd'hui, la seule chose que je souhaite, c'est qu'elle s'en aille.

Charlotte referma le carnet d'un coup et le posa à côté d'elle sur le canapé. Elle n'avait pas envie d'en savoir davantage. Son corps était parcouru de frissons. Si Sara en voulait tellement à Kristina, pourquoi tenait-elle tant à ce que Charlotte vienne à Londres ?

Elle se leva et se mit à faire les cent pas dans l'appartement. Prise dans un tsunami d'émotions, elle essayait désespérément de faire le tri entre les milliers de pensées qui la traversaient. Il n'était pas juste qu'elle ait dû venir jusqu'ici pour reprendre une affaire déjà condamnée à mort.

Agacée, elle jeta un œil vers l'une des piles de journaux. Tout était la faute de Sara, qui n'avait rien fait pour lui faciliter la tâche. Il n'y avait nulle part trace d'informations sur l'économie bancale de la librairie et ce que Sara avait écrit sur sa mère ne l'encourageait pas vraiment à poursuivre ses efforts. Au fond, elle aurait mieux fait de débarrasser le plancher de tout le bazar qui s'entassait.

Décidée à tout nettoyer une bonne fois pour toutes, Charlotte se baissa pour attraper un carton qu'elle croyait vide. À peine l'eut elle soulevé que le fond s'ouvrit sous le poids des livres qui tombèrent en avalanche sur ses pieds – Charlotte jura.

Au même moment, on frappa à la porte. Charlotte essuya une larme. Elle n'avait pas envie de parler à qui que ce soit, et encore moins d'écouter les jérémiades de Sam.

À contrecœur, elle sortit dans le couloir, sécha ses joues et ouvrit la porte. À sa grande surprise, elle se trouva nez à nez avec William.

— Oui ? dit Charlotte en baissant les yeux pour qu'il ne remarque pas qu'ils étaient encore humides.

William avait l'air mal à l'aise.

— Une journée difficile, on dirait ?

Charlotte soupira.

— Oui, on peut le dire.

Il lui fit un sourire d'encouragement.

— Je sais ce qu'il te faut pour en venir à bout.

— Venir à bout de quoi ?

— De cette mauvaise journée, bien sûr. Prends ta veste, on va faire un tour.

Charlotte fit non de la tête.

— Ce n'est pas possible, j'ai du travail urgent.

— C'est peut-être ça le problème. Tu as toujours quelque chose d'urgent à faire. C'est quand, la dernière fois que tu as fait une pause ?

Elle haussa les épaules. Alex lui disait souvent qu'elle travaillait trop dur.

— 2003, dit-elle, déjà un peu réconfortée de le voir sourire. En novembre. Ce que j'ai pu m'ennuyer... !

— Tu sais que tu perds en efficacité quand tu travailles tout le temps ? Et puis Riverside s'en sortira sans toi pendant une heure ou deux, c'est promis.

Charlotte regarda sa veste suspendue à la patère. Au fond, elle n'était pas contre l'idée de sortir pour se changer les idées. Les longues promenades qu'elle faisait chez elle lui manquaient. Marcher l'aidait toujours à y voir plus clair. Tant que William ne la forçait pas à parler de ce qui n'allait pas.

— Tu n'as pas un roman à écrire, toi ?

— Moi, j'ai besoin d'une pause, dit-il sèchement. Et tu n'as pas dû voir grand-chose de Londres encore, si ?

— Seulement Tower Bridge, dit-elle en désignant la fenêtre du menton. D'ici.

William ouvrit grand la porte.

— En tant que Londonien, c'est mon devoir de te montrer la ville. Allez, viens, on y va !

Longeant le fleuve vers l'ouest, ils passèrent devant un théâtre à colombages, reconstitution à l'identique de l'ancien théâtre du Globe, et devant l'énorme Tate Modern, autrefois centrale électrique, à en croire

William. Le long du quai avaient été plantés de hauts arbres dont les feuilles portaient haut les couleurs de l'automne. Charlotte eut l'impression de marcher au beau milieu d'une peinture à l'huile.

Leurs premiers pas furent accompagnés d'un silence gênant que William ne tarda pas à rompre. Prenant très au sérieux son rôle de guide, il avait quelque chose à dire sur chaque bâtiment qu'ils croisaient. Charlotte écoutait attentivement, soulagée qu'il ne lui pose aucune question.

Elle porta son regard au-dessus de l'eau argentée à la surface aussi polie que celle d'un miroir. Charlotte trouvait à Londres un caractère particulièrement changeant et elle ne pouvait s'empêcher de penser aux millions d'êtres humains qui y avaient vécu au cours des siècles. D'une seconde à l'autre, ils passaient d'un vieux quartier tout droit sorti d'un conte de Charles Dickens à un ensemble de gratte-ciel en verre et en métal aux angles aigus, comme de nouvelles villes construites à l'intérieur de la ville. C'est ce curieux mélange de styles et de matériaux qui donnait à Londres son visage unique.

Le signal strident d'une sirène de police fendit l'air en même temps qu'un avion passa au-dessus de leurs têtes. Rafraîchie par un vent capricieux, Charlotte remonta le col de sa veste. Chez elle en Suède, elle pouvait marcher pendant des heures sans jamais croiser personne. Ici, ça fourmillait de partout, tout le temps.

William, qui semblait connaître un nombre infini d'anecdotes sur l'histoire du quartier, s'arrêta un instant.

— Sans vouloir me mêler de ce qui ne me regarde pas, est-ce que ça va ?

À cette question, une vague d'angoisse l'envahit. Que pouvait-elle répondre ? Oserait-elle parler de ce coup de téléphone de la banque ? Non, elle ne voulait rien dire avant d'avoir étudié toutes les solutions possibles et imaginables pour sauver la librairie. De plus, Sam et Martinique avaient le droit d'être informées les premières.

— Ça va.

Peu convaincu par sa réponse succincte, il l'encouragea à se confier.

— C'est vrai, ça ?

Charlotte soupira. Il avait dû l'entendre pleurer. Un inconvénient certain quand on habitait une grande ville – dans sa maison, elle pouvait sangloter jusqu'au bout de la nuit sans être entendue de personne.

— Oui, répondit-elle en se remettant à marcher.

William accéléra pour la rattraper.

— J'ai traversé une sale période il y a quelques années et je sais qu'on se sent vite seul, dans ces moments-là. Je veux seulement que tu saches que tu peux m'en parler si tu veux.

Charlotte détourna le visage et sentit le rouge lui monter aux joues. Elle avait envie de tout lui raconter, sur sa mère et Alex, mais elle avait peur de trop en dire.

— Merci. Peut-être une autre fois, dit-elle rapidement. On passe le pont ?

Après avoir traversé la Tamise sur un gigantesque pont de béton, ils arrivèrent face au palais presque surréel en granit clair qui rappelait à Charlotte le château d'Amalienborg à Copenhague.

— Un château, carrément ? s'étonna Charlotte.

William haussa les épaules, un sourire ironique aux lèvres.

— Tu trouves ça excessif ? N'oublie pas qu'on a été l'Empire le plus puissant au monde, on a une certaine réputation à tenir.

Charlotte n'arrivait pas à détacher son regard de l'élégant palais. Après l'avoir dépassé, elle se retourna plusieurs fois pour continuer à l'admirer.

— Et alors, lequel des membres de la famille royale vit ici ?

— Aucun, à ce que je sache. Je crois que c'est une galerie d'art qui appartient au King's College. Le mari de Martinique y travaille. Il pourra te faire visiter si tu veux.

Charlotte secoua énergiquement la tête.

— Non, c'est pas la peine !

William esquissa un sourire.

— OK, du calme ! Personne ne te forcera à faire quoi que ce soit.

— Pardon, dit-elle en fronçant le nez. Ça me coûte pas mal d'énergie de rencontrer de nouvelles personnes. Pour le moment, j'ai eu mon compte.

— Est-ce que tu insinues par là qu'on t'a vidée de ta substantifique moelle ?

Charlotte fit la grimace. Elle trouvait particulièrement reposant de pouvoir parler à quelqu'un sans avoir à tourner sa langue dix fois dans sa bouche.

— Oui, certains plus que d'autres.

Se sentant visé, William posa une main sur sa poitrine dans un geste théâtral.

— Très bien, je peux fermer mon clapet si tu me parles un peu de toi.

— Je ne sais pas quoi dire.

— Qu'est-ce que tu aimes faire ?

Charlotte haussa les épaules.

— Je ne sais pas. Jouer au Scrabble en ligne, dit-elle en prenant conscience qu'elle ne s'était pas connectée à son compte depuis qu'elle avait quitté la Suède.

— Le Scrabble en ligne ? Sérieusement, c'est une passion ?

Voyant son air exagérément sceptique, Charlotte lui donna un léger coup de coude.

— Eh bien quoi ? Tu me demandes, je te réponds ! Qu'est-ce que tu fais de tellement intéressant, toi ?

William se tenait en équilibre sur le rebord du trottoir. Pour une fois qu'il s'était passé un peigne dans les cheveux, il était vraiment très élégant.

— Je mène une vie des plus trépidantes, si tu veux savoir.

— Ah oui ?

Il fit un grand pas en avant et se retourna pour se planter en face d'elle.

— Promets de ne rien dire à personne, dit-il en posant un doigt sur sa bouche.

— D'accord.

— Je fais partie d'une société secrète pour artistes. Nous nous retrouvons dans différents lieux à Londres pour échanger des idées.

— Ben voyons.

— Tu ne me crois pas ? Je te promets que c'est vrai !

Charlotte leva un sourcil.

— Tu as une preuve ?

William sortit son portefeuille et se mit à fouiller dedans. Entre ses sourcils, la ride de l'inquiétude se creusa.

— Non ! J'ai dû l'oublier à la maison.

— Oublier quoi ?

— Ma carte de membre.

Charlotte éclata de rire.

— Une carte de membre ? Pour un club secret ?

Il poussa un juron et remit le portefeuille dans sa poche.

— Je te montrerai une autre fois. T'as faim ?

Charlotte hocha la tête.

— Ouais.

William s'illumina.

— L'un des avantages de vivre dans une des plus grandes métropoles du monde est d'avoir le choix entre tellement de restos différents. Tu aimes quoi ? Chez Harvey Nichols, ils font un homard extra. On devrait avoir du mal à réserver une table chez Nobu au dernier moment, mais ils proposent une cuisine asiatique géniale chez Kurobuta aussi. Qu'est-ce que tu dis d'une pizza au thon, d'un estomac de porc grillé ou de fritures japonaises ? Ah, et le chef israélien Yotam Ottolenghi a plusieurs restaurants aux menus incroyables. Si tu préfères quelque chose de plus simple, on peut aussi aller dans l'est, à Brick Lane, et se trouver un bon petit indien ou un nigérien.

Charlotte le dévisagea.

— Euh, eh bien, je sais pas trop. Est-ce qu'on peut manger un sandwich normal dans l'un de ces restaurants ?

William éclata de rire en secouant la tête.

— Je vois, tu es ce genre de personne. Qu'est-ce que tu dis d'un hamburger ?

Elle hocha la tête, l'air soulagé.

— Oui ! Un hamburger, c'est parfait.

Charlotte suivit William dans un grand bâtiment ; en haut d'un escalier se trouvait un genre de grill secret.

— MEATmarket, dit-il en souriant. Les meilleurs hamburgers de Londres.

Elle regarda autour d'elle l'air circonspect. Le local avait l'allure d'une vieille gargote des années 1980. Les tables hautes et les chaises, faites de grossières planches de bois, étaient coincées dans l'espace réduit entre le mur et la cuisine et les relents de friture rendaient l'air difficilement respirable. La petite pièce était sombre, seulement éclairée par de grandes enseignes publicitaires suspendues au plafond.

— Je recommande le *dead-hippie,* murmura William en s'avançant pour commander. Charlotte le suivit péniblement, se demandant si le hamburger avait été baptisé ainsi après qu'un hippie en fut réellement mort. Elle dut se retenir de sortir sa bouteille de gel hydroalcoolique et d'en tartiner tout le local. Oserait-elle seulement manger ici ? Rien de ce qu'elle voyait n'avait l'air hygiénique. D'un autre côté, elle ne voulait pas décevoir William.

— Ils ont quelque chose de végétarien ?

William pointa du doigt le menu posé sur le comptoir.

— Burger halloumi-champignon.

— J'en prends un, merci !

Charlotte s'empressa d'accepter quand William proposa qu'ils prennent les burgers à emporter. Dès qu'ils furent dehors, elle prit une profonde inspiration.

Tout en mangeant, ils traversèrent la grande place du marché de Covent Garden où une foule s'était amassée pour admirer différents artistes de rue. D'un côté de la place se trouvait une halle couverte, entre ses piliers, dans des chariots à l'ancienne, peints en vert à marquises rayées, on vendait des caramels. William expliqua qu'il y avait beaucoup d'autres stands à l'intérieur du bâtiment, dont un immense marché aux fleurs. Le Royal Opera s'élevait fièrement dans un autre coin de la place.

En finissant son hamburger qu'elle trouva étonnamment bon, Charlotte regardait tout autour d'elle, fascinée. Elle ne se lassait pas de regarder le spectacle qui se jouait devant elle. C'était comme si le temps, ici à Londres, filait plus vite qu'en Suède.

— Est-ce qu'on a fait le tour maintenant ? demanda-t-elle gaiement. Je commence à fatiguer.

William secoua la tête.

— Pas vraiment. Il y a encore une cinquantaine de sites à visiter, mais on n'est pas obligés de tout voir aujourd'hui.

— Tu ne peux pas raccourcir la liste et choisir les quarante sites les plus importants ?

— Ça ne va pas être facile, mais je peux essayer.

— Où on va maintenant ?

Il lui lança un regard qui se voulait mystérieux.

— Tu vas voir.

Au bout d'un certain temps, ils atteignirent une esplanade décorée de deux fontaines spectaculaires, de nombreuses statues et d'une colonne gigantesque dressée devant un superbe édifice. Charlotte ouvrit de grands yeux. Étaient-ils à Trafalgar Square ?

— Bah, dit William quand elle leva les yeux vers le sommet de la colonne, c'est juste en souvenir d'une bataille qu'on a gagnée.

Il la conduisit vers l'escalier et lui demanda de fermer les yeux. En la voyant hésiter, il lui tendit la main.

— Vis un peu, Charlotte. Tu verras, c'est pas dangereux.

Charlotte prit une profonde inspiration. En général, elle n'aimait pas perdre le contrôle, de plus, elle avait toujours eu du mal à faire confiance. Pourtant, croisant le regard de William, elle se sentit enveloppée par une douce chaleur et ferma les yeux.

Elle se laissa guider pendant ce qui lui parut une éternité, trébucha à plusieurs reprises, se retrouvant chaque fois dans les bras rassurants de William. Lorsqu'il l'autorisa à ouvrir les yeux, ils se trouvaient devant un tableau qu'elle reconnut aussitôt.

— Van Gogh, chuchota-t-elle.

William acquiesça.

— *Champ de blé avec cyprès.*

Charlotte était aux anges. Elle adorait ce tableau où tout ondulait dans un mouvement joyeux et optimiste.

— Il m'a aidé à relever la tête quand j'étais au fond du trou, dit William.

— Il est fabuleux. Quand on pense qu'un être aussi malheureux a pu peindre quelque chose d'aussi lumineux et d'aussi beau…

— Mmmh. Quand on touche à l'art, de près ou de loin, on s'identifie volontiers à Van Gogh.

Charlotte lui jeta un regard interrogatif.

— Qu'est-ce que tu veux dire ?

— Eh bien, c'est rassurant de se voir comme un grand artiste incompris. Van Gogh n'a jamais connu le bonheur. Son talent n'a jamais été reconnu, sa famille l'a rejeté et il n'a vendu qu'un seul tableau de son vivant. Il a vécu de la charité, au jour le jour.

— C'est tellement triste.

— Oui.

Il se tourna vers elle avec un regard qui la troubla beaucoup.

— Tu veux du café ? Aujourd'hui, c'est moitié prix. C'est pour ça que je viens toujours le mercredi.

Chacun avec son gobelet de carton à la main, ils continuèrent de déambuler dans la National Gallery, admirant les somptueuses peintures à l'huile et les aquarelles timides.

— J'aimerais que la scène finale de mon roman se passe ici, dit William en faisant un geste grandiloquent.

— Ah tiens ! Tu peux me dire de quoi ça parle ?

Il haussa les épaules.

— Je ne suis pas sûr que ça ait tellement d'intérêt.

— Allez raconte ! Je t'ai parlé de ma passion du Scrabble en ligne. Tu comprends à quel point je me sens mise à nu, maintenant ?

Il rit et but une gorgée de café.

— Je n'ai encore rien décidé pour la fin, mais en gros, c'est l'histoire d'un homme et d'une femme qui tombent amoureux dans le Londres de l'après-guerre. Lui est allemand et elle est britannique – un obstacle de taille – et ils doivent se battre pour pouvoir rester ensemble. Un jour, il cesse de lui rendre visite sans qu'elle sache pourquoi. Elle a peur qu'il lui soit arrivé quelque chose…

William s'éclaircit la gorge.

— Oui, il faut encore que je peaufine les dernières pages, mais l'idée serait qu'ils finissent par se retrouver ici même. Leur amour est si magnétique qu'ils n'ont pas d'autre choix que d'être ensemble.

Charlotte baissa les yeux vers son gobelet.

— C'est quelque chose que tu as déjà ressenti pour quelqu'un ?

William rajusta le col de sa veste.

— Tout le temps. Ou disons, peut-être pas tout le temps, mais je tombe facilement amoureux. La première fois, j'avais même pas cinq ans.

— Ah bon, et de qui ?

— Elle s'appelait Mabel, elle avait trois ans de plus et habitait la maison d'à côté. J'ai été profondément amoureux pendant plusieurs années, jusqu'à ce que je la voie embrasser un autre mec. Et toi ? demanda-t-il en se passant la main dans les cheveux.

Charlotte haussa les épaules.

— Je ne sais pas. Je ne me souviens pas d'avoir été amoureuse, enfant.

Ils s'arrêtèrent devant un autre tableau de Van Gogh.

— *Les Tournesols*, constata-t-elle.

— Van Gogh était malheureux en amour, aussi. Ce qui n'est pas très étonnant, puisqu'il était artiste. Je me demande même si ça n'est pas une condition de la création ?

— Est-ce que ça veut dire qu'un artiste doit choisir entre être heureux et être productif ?

William acquiesça.

— Quelle tragédie ! À ce que je sache, Van Gogh n'a jamais eu de relation amoureuse à proprement parler. Il est tombé amoureux quelques fois, mais personne n'a jamais voulu de lui. Il a même demandé à se marier avec sa cousine, Kee Vos.

— Il n'a pas eu le droit ?

— Non. C'était interdit aux Pays-Bas, et d'ailleurs Kee n'était pas intéressée. Van Gogh, lui, était persuadé du contraire, et que c'était sa famille qui voulait empêcher leur union. Il a supplié le père de Kee de les autoriser à se voir. Van Gogh était tellement désespéré qu'il a tenu sa main au-dessus d'une lampe à pétrole, dans l'espoir que le père de Kee les laisse se voir aussi longtemps qu'il aurait réussi à maintenir sa main dans la flamme.

Charlotte lui lança un regard terrifié.

— Mon Dieu ! Et après ?

— Après, le père de Lee a soufflé la flamme et a emmené Vincent dans un bar pour lui expliquer que Kee n'avait aucune envie de ce mariage.

— Les feux de l'amour, quoi.

William fit la grimace.

— Aïe, dit-il avec le sourire. Ça, c'est de l'humour britannique. T'es toujours aussi froide ?

— Ouais. C'est comme ça que je tiens les hommes à distance.

Ils se laissèrent tomber sur un banc où ils restèrent assis sans rien dire.

Il y avait longtemps que Charlotte ne s'était pas autant amusée. Cette pause loin de l'agitation qui régnait à Riverside lui avait permis de découvrir un autre visage de William. Il n'était pas aussi rustre et ennuyeux qu'elle l'avait d'abord pensé. Peut-être l'avait-elle rencontré alors qu'il traversait une mauvaise passe.

L'espace d'un instant, Charlotte se demanda si elle devait demander conseil à William au sujet de Sam. Malgré tout, ils semblaient être de bons amis et il avait peut-être une suggestion à lui faire pour se mettre Sam dans la poche ? Elle l'observa un instant mais se ravisa, de peur de gâcher l'ambiance. Elle se contenta de lui donner un petit coup de coude.

— On rentre à la maison ? J'ai une montagne de paperasse qui m'attend.

William soupira.

— Le travail, toujours le travail. Je ne vous comprendrai jamais, vous, les Suédois.

Charlotte se leva et pointa un doigt vers la sortie.

— On appelle ça la conscience professionnelle, dit-elle gaiement. Suis-moi, je vais te montrer comment ça marche.

19

Dimanche 19 décembre 1982

Kristina s'allonge sur le lit et enfonce son visage dans l'oreiller. Même avec la porte fermée, elle les entend se disputer dans le salon.

Je ne comprends pas pourquoi tu tiens absolument à traîner avec ces types. Pourquoi tu n'arrêtes pas tout simplement de les voir ?

— Ce sont mes amis. Je peux pas les laisser tomber.

Sara est dans une colère folle. Sa voix résonne dans tout l'appartement.

— Ah ouais, super les amis ! Qui parlent sans arrêt de faire exploser des trucs.

— Arrête avec ça, c'était une blague, rien de sérieux. C'est juste qu'ils en ont marre d'être traités comme de la merde.

— Dans ce cas, j'aimerais que vous arrêtiez de chanter l'hymne national irlandais au pub.

Kristina entend Daniel soupirer.

— Ils étaient bourrés.

— Et alors, qu'est-ce que ça change ? Ça fait rire personne, ce genre de blagues.

— Sara, je les connais. Ils ne feraient jamais un truc pareil.

— Comment tu peux en être sûr ?

— On vient du même endroit, on a vécu les mêmes choses. Crois-moi, aucun d'eux n'a envie de rejouer Belfast.

Sara gémit.

— Je n'aime pas les amis de Mark. Eux, tu ne les connais pas ?

— Non, mais c'est mon frère, et je lui fais confiance.

— Arrête de les fréquenter, ces mecs sont dangereux !

— Dangereux ? Juste parce qu'ils sont irlandais ?

— Non, pas parce qu'ils sont irlandais. Parce qu'ils parlent de fabriquer des bombes.

— Mais t'as pas fini ! Je t'ai dit que c'était pour rire.

Quand ils se taisent enfin, Kristina se lève. Fatiguée de sa longue journée au café, elle voudrait juste manger quelque chose et aller se coucher. Elle regarde l'heure. Elle sera en retard pour le service du soir si Sara ne part pas maintenant.

Elle entend remuer dans l'entrée : c'est Sara qui s'apprête à sortir. Au bout de quelques minutes, la porte claque. Kristina se faufile jusqu'à la kitchenette.

Daniel est assis sur le canapé, les bras croisés, les traits tendus. Il fixe droit devant lui. Kristina attrape un paquet de céréales et s'en sert un bol.

— J'aurais cru qu'elle comprendrait, surtout vu ce qu'elle m'a dit sur votre enfance.

Kristina se retourne. Daniel n'a pas bougé d'un millimètre. Elle ouvre le frigo et en sort la bouteille de lait.

Daniel soupire et se frotte la nuque.

— Excuse-moi, je ne voulais pas être blessant.

Kristina hausse les épaules.

— Ça va, dit-elle, sur la défensive.

Daniel pose sa main sur le canapé à côté de lui.

— Tu ne veux pas me tenir compagnie un moment ?

Kristina hésite. Elle sait qu'elle ne devrait pas, mais c'est plus fort qu'elle. Elle vient s'asseoir.

— Qu'est-ce que Sara t'a raconté sur notre enfance ?

Il secoue la tête.

— Pas grand-chose. Elle m'a un peu parlé de votre père, c'est tout.

Kristina remue la cuillère dans son bol. Les céréales ont déjà commencé à ramollir.

— Mmmh.

Daniel se lève.

— J'ai soif. Tu veux boire quelque chose ?

— Non merci.

Il revient avec une bouteille de vodka et un grand verre qu'il remplit à moitié. Il le vide en quelques secondes.

Kristina sent qu'elle devrait dire quelque chose.

— Ça n'a pas été si facile pour lui. Pour Papa, je veux dire, quand Maman a disparu. Il ne savait pas s'y prendre avec nous.

Daniel lui jette un rapide coup d'œil avant de détourner le regard.

— On lui a peut-être pas toujours rendu la vie facile, je veux dire. J'imagine qu'il a fait de son mieux.

Daniel se ressert une autre vodka.

— La violence ne résout rien.

D'un coup, Kristina ressent aussi la soif. Elle repose son bol de céréales et attrape le verre de Daniel. Elle essaye de boire vite, mais l'alcool lui brûle la gorge.

— Non, dit-elle.

— Je veux juste que Sara comprenne. Ces mecs-là, c'est comme ma famille. On ne rompt pas avec sa famille, quoi qu'il arrive.

Lorsqu'il se rend compte de ce qu'il vient de dire, il pose une main sur les genoux de Kristina.

— Excuse-moi, c'est pas ce que je voulais dire. Évidemment qu'on ne peut pas tout pardonner.

Il soupire à nouveau et se ressert encore une fois. Kristina fixe sa main toujours posée sur sa jambe.

— Non, dit-elle. On ne peut pas.

Daniel lui tend le verre qu'elle porte à ses lèvres. Elle sent la chaleur de sa main à travers son jean.

— Pourquoi est-ce que tout est tellement compliqué ?

Kristina hausse les épaules. Déjà un peu ivre, elle penche la tête en arrière.

— J'aime bien parler avec toi, dit-il de sa voix rauque. Tu me comprends beaucoup mieux que Sara. Je crois qu'on se ressemble vachement, toi et moi.

Kristina tourne la tête vers Daniel. Il n'a plus l'air d'être en colère. Ses traits se sont radoucis et ses yeux sourient à nouveau. Elle se sent tellement bien quand elle est avec lui.

— Oui, c'est pas faux, bredouille-t-elle.

D'un coup, leurs corps se rapprochent. Kristina s'enfonce dans le canapé et ferme les yeux Elle aime sentir près d'elle Daniel et sa chaleur si rassurante.

Quand elle se penche sur son épaule, tout devient flou autour d'elle. Il caresse sa jambe, et, lentement, fait remonter sa main.

Kristina a l'impression d'être au beau milieu d'un rêve dont elle ne voudrait jamais se réveiller. Daniel lui prend le menton. Elle ouvre les yeux et les plonge dans les siens.

Daniel a l'air sérieux.

— Je t'aime bien, Kristina, tu sais ?

— C'est vrai ?

— Ben oui, c'est vrai.

Il se tient si près d'elle qu'elle sent son parfum : un mélange d'eau de Cologne, de sueur, et d'une légère odeur de brûlé qui émane des taches d'huile qu'il a toujours sur les mains en rentrant du travail.

Va-t'en, lui chuchote une voix. *Lève-toi avant qu'il ne soit trop tard.* Mais Kristina s'en fiche, elle ne veut pas se lever. Tout ce qu'elle veut, c'est rester ici avec Daniel. Peut-être qu'il a raison. Qui se ressemble s'assemble. Peut-être que c'est elle qu'il devrait préférer.

Il se rapproche encore. Elle sent le bout de son nez contre sa joue.

Kristina respire la bouche ouverte et se penche jusqu'à ce que leurs lèvres se rencontrent.

Ce qu'elle ressent lorsqu'ils s'embrassent est de l'ordre de l'explosion. Elle n'a jamais rien ressenti de tel. Soudain tous ses sens sont en éveil. Son corps se tend comme un arc, des picotements lui chatouillent le bas-ventre. L'espace de quelques secondes, elle croit flotter dans une eau chaude – puis elle pense à Sara et détourne le visage.

— Pardon, dit Daniel en retirant ses mains. Je sais pas ce qui m'a pris.

Kristina se lève et secoue la tête.

— Moi non plus.

Elle referme ses bras sur sa poitrine en évitant soigneusement de croiser le regard de Daniel. Elle chuchote :

— Je vais me coucher.

Kristina fait un pas vers la chambre, puis s'arrête.

— On ne dit rien à Sara, d'accord ? dit-elle sans se retourner.

— Bien sûr que non.

— Tu promets ?

Daniel s'éclaircit la gorge.

— Kristina, tu as ma parole. C'était une connerie. Il ne s'est rien passé.

— Très bien.

Kristina rentre dans la chambre et se jette sur le lit. Elle essaye de mettre de l'ordre dans ses pensées, de comprendre ce qu'il vient de se passer, ce qu'elle a fait. Elle est submergée par un torrent d'émotions. Elle a trompé Sara. Elle a trahi sa propre sœur.

Kristina appuie son front contre l'oreiller. Elle sait qu'elle vient de commettre l'irréparable, qu'elle n'aurait jamais dû. Pourtant, une part d'elle-même continue de penser à ce baiser.

Elle se retourne, ses yeux sont rivés au plafond. Peu importe ce qu'elle ressent, il ne faut jamais que Sara apprenne ce qu'il vient de se passer sinon tout sera détruit. Leur relation volerait en éclats. Ce serait la fin de tout, ils ne pourraient plus jamais vivre ici tous les trois.

Elle enfonce son visage dans l'oreiller. D'un coup, tout devient limpide. Elle sait ce qu'elle doit faire : oublier. Faire comme si elle avait rêvé, ne jamais rien dire et ne plus s'approcher de Daniel. C'est la seule manière de les protéger, elle et Sara. C'est la seule chose à faire pour qu'ils restent ensemble.

20

Jeudi 28 septembre

— Il faut que tu aies l'air sympathique et intéressé.

— Pas trop intéressé non plus. Sinon tu fais fuir les clients.

— Et tu dois sourire.

— Mais un sourire naturel, hein, pas crispé. Juste comme ça, en passant.

Debout derrière la caisse, Charlotte essayait de retenir chaque conseil qu'on lui donnait. Elle se trouvait parfaitement ridicule à jouer la comédie devant des clients imaginaires incarnés par Sam et Martinique, mais elle tenait à leur montrer qu'elle avait envie d'apprendre.

— Bienvenue, lança-t-elle d'un ton emprunté, que puis-je faire pour vous aider ?

Sam secouait la tête à s'en rompre les cervicales.

— Non, on dirait un robot ! Fais comme si tu parlais avec tes amis.

Charlotte refréna l'envie de pousser un long soupir. Ça n'était pas un hasard si ses produits de beauté ne se vendaient qu'en ligne.

— Je sais pas m'y prendre, se résigna-t-elle.

— Mais si ! Il faut que tu pratiques un peu, c'est tout, dit Martinique de sa voix la plus maternelle. Entraîne-toi sur moi.

Elle recula de quelques pas et s'avança vers la caisse. Charlotte faisait de son mieux pour sourire le plus naturellement possible. Avec le regard de Sam braqué sur elle, c'était peine perdue.

— Bonjour !

— Bonjour. Pourriez-vous m'aider à trouver un cadeau ?

— Bien entendu ! À qui souhaitez-vous faire plaisir ?

— À ma sœur.

— … très bien !

Regardant autour d'elle, Charlotte aperçut la pile de livres posée sur le présentoir qu'elle avait elle-même placé près de la caisse.

— Celui-ci sera parfait ! dit-elle avec tout l'enthousiasme dont elle était capable en lui tendant un livre de Lee Child.

Martinique observa la couverture.

— De quoi parle-t-il ?

— Ça n'est pas écrit sur la quatrième ?

— Vous ne l'avez pas lu ?

Charlotte se tortilla sur place, l'air embarrassé.

— Non, pas celui-ci. Mais j'en ai entendu le plus grand bien.

Sam soupira.

— Tu ne peux pas choisir n'importe quel bouquin au pif. Demande-lui quel est le genre littéraire préféré de sa sœur.

— Mais je…

— Et ne parle pas si vite, continua-t-elle. On dirait que tu veux te débarrasser de la cliente.

Charlotte lui lança un regard vexé. Pourquoi fallait-il toujours que Sam soit aussi désagréable avec elle ? Ne voyait-elle pas tout le mal qu'elle se donnait ?

— Quel genre de livres votre sœur a-t-elle l'habitude de lire ? dit-elle, atone.

Martinique sourit.

— Pas de policiers, en tout cas. Elle et moi en avons par-dessus la tête de ces histoires d'enquêteurs alcoolisés qui courent après des criminels toqués du ciboulot. Je veux dire, quel intérêt y a-t-il à lire des pages et des pages sur des psychopathes qui tuent à tire-larigot dans le seul but d'augmenter leur collection d'orteils humains ?

Charlotte réfléchit.

— Est-ce qu'elle aime les romans good-feel ?

— Feel-good, souffla Martinique entre ses dents.

— Pardon, les romans feel-good, je voulais dire.

Martinique lui décocha un sourire adorable.

— Qu'est-ce que c'est, au juste ?

— Ce sont des livres qui… font du bien. (Elle loucha vers Sam qui levait déjà les yeux au ciel.) Le plus souvent, le personnage principal est confronté à une série de problèmes qui finissent par changer radicalement son existence. Si vous vous intéressez à la dynamique des relations humaines et à la mise en scène du quotidien, vous ne serez pas déçue.

Le visage de Martinique s'illumina.

— Ça me semble très bien. Vous pourriez me montrer quelques titres de ce genre ?

Charlotte lui emboîta le pas jusqu'à l'un des rayonnages à droite de la caisse. Un immense soulagement l'envahit lorsqu'elle repéra sur une étagère la couverture d'un roman de Lucy Dillon que Sam avait vendu à une cliente quelques jours auparavant.

Elle tendit le livre à Martinique qui eut soudain l'air ravie.

— En voilà une jolie couverture. De quoi est-ce que ça parle ?

— D'amour, répondit Charlotte avec hésitation.

— Et puis ? l'encouragea Martinique.

— C'est un récit merveilleux sur l'amour, l'amitié, et la quête du bonheur lorsque la vie ne se passe pas exactement comme prévu.

— Oui ! s'écria Martinique. Bravo ! Je le prends.

— Pas moi, marmonna Sam.

Martinique coinça le livre sous son bras et applaudit des deux mains.

— Ne l'écoute pas, tu es très douée !

Après toutes les critiques qu'elle avait reçues de la part de Sam, Charlotte fut prise de court par ce compliment soudain. Le rouge lui monta immédiatement aux joues.

— Je crois qu'il vaut mieux que je reste dans l'arrière-boutique.

— Je suis d'accord, dit Sam.

Martinique lui lança un regard lourd de reproches.

— Pas du tout ! dit-elle à Charlotte. Nous avons tous été débutants, et c'est ta librairie, quand même. Évidemment que tu vas aussi tenir la caisse. Si tu veux, on peut passer en revue nos meilleures ventes du moment pour que tu saches un peu de quoi ça parle.

Pleine de gratitude, Charlotte sourit à Martinique.

— Avec plaisir, mais d'abord, il faut que je retrouve les derniers titres à envoyer à Random House.

Charlotte alla chercher un carton dans la réserve et se fraya un chemin dans la forêt de papier qu'était la librairie. Quand elle levait les yeux, les innombrables rangées de livres qui s'élevaient jusqu'au plafond lui donnaient le vertige.

Au cours de sa vie, la lecture n'avait été qu'un mal nécessaire, une activité contrainte plutôt qu'un passe-temps. À présent, Charlotte regrettait de n'avoir jamais rien lu d'autre que les livres au programme du cours de lettres. Elle avait le sentiment d'être passée à côté de quelque chose, comme s'il existait un club secret de lecteurs dont elle était à jamais exclue.

Charlotte reposa le carton au sol. Elle n'aurait jamais le temps de rattraper son retard vis-à-vis de Sam ou de Martinique, et elle était encore très loin de s'imaginer pouvoir donner des conseils aux clients de Riverside. Il ne leur faudrait pas longtemps avant de découvrir l'étendue de son ignorance.

Elle replia sa liste et se pencha en quête d'un titre qu'elle avait aperçu à travers les rayons d'une bibliothèque. De l'autre côté, quelqu'un était accroupi dans un coin – vu la quantité de livres entassés sur l'étagère, elle ne pouvait distinguer rien d'autre qu'une forme à peu près humaine.

Charlotte se redressa, la tête déjà bourdonnante d'hypothèses. Qui diable pouvait bien se cacher dans une librairie ? Pouvait-il s'agir d'une personne en état d'ivresse entrée pour cuver son vin ou un criminel en cavale ? Cette dernière hypothèse lui donna la chair de poule, l'espace d'une seconde, elle se demanda si elle devait appeler à l'aide avant de se souvenir que c'était sa librairie – et donc, *sa* responsabilité. Rassemblant tout son courage, elle attrapa un exemplaire des *Frères Karamazov* puisque *Crime et Châtiment* était visiblement épuisé, et le brandit devant elle comme une arme.

Pendant les secondes qu'il lui fallut pour contourner la bibliothèque, son cœur avait battu tous ses records de vitesse. À sa grande surprise, Charlotte découvrit que le criminel en cavale n'était autre qu'une petite fille vêtue d'un uniforme bleu marine à jupe plissée et chemise blanche. Son cartable mauve encore sur le dos, elle avait le visage complètement enfoui dans un livre. Sur ses genoux ronronnait Tennyson.

Avant que la petite fille ait levé les yeux, Charlotte avait abaissé le chef-d'œuvre de la littérature russe au niveau de sa poitrine.

— Bonjour ! dit-elle gentiment.

La petite fille avait l'air sur la défensive.

— Bonjour.

— Je m'appelle Charlotte. Et toi ?

— Calliope.

— Calliope, répéta Charlotte. Quel joli prénom !

— Je porte le nom de l'une des muses grecques. Mais tu dois le savoir, si tu travailles ici.

— Bien évidemment, dit Charlotte en priant pour ne pas avoir à répondre à une quelconque question sur le sujet puisqu'elle n'avait aucune idée de qui étaient les muses grecques.

La petite fille souffla sur sa frange pour dégager ses yeux.

— C'est la première fois que je te vois, constata-t-elle. Ça te plaît de travailler ici ?

Charlotte haussa les épaules. Elle ne pouvait pas décemment répondre qu'elle était la seule libraire de l'univers à ne rien connaître aux livres.

— C'est pas mal.

— Pas mal, c'est tout ?! fit Calliope, déçue. Ma grand-mère dit que les librairies sont magiques. Il n'y a aucune question dont la réponse ne se trouve pas dans une bibliothèque ! Qu'il y a dans les livres tout ce qui mérite d'être su !

Charlotte vit la petite fille s'illuminer en parlant de livres.

— Ta grand-mère a l'air d'être très sage.

— Elle l'est ! C'est parce qu'elle a lu beaucoup de livres.

Sa façon de s'exprimer, comme une adulte en miniature, fit sourire Charlotte qui se mit à genoux en même temps que Tennyson s'étirait. La grosse boule de poils ébouriffés regardait Charlotte avec ravissement.

— Tu viens souvent ici ?

Calliope fit oui de la tête.

— De temps en temps.

Charlotte pointa du doigt vers l'avant de la boutique.

— Pourquoi tu ne vas pas t'asseoir dans un des gros fauteuils ?

Calliope leva les yeux au ciel, comme si ce qu'avait dit Charlotte était la chose la plus stupide qu'elle ait jamais entendue.

— Ben, c'est évident, non ? Quand on lit un livre, on veut avoir la paix !

De loin, Charlotte vit Sam débarquer avec ses gros sabots. Elle se leva aussitôt car elle n'avait pas le courage d'écouter une énième remontrance de la part de sa collègue. Sur ses gardes, elle croisa les bras. C'est seulement quand elle vit que Sam ne la visait pas elle, mais la petite fille, qu'elle se détendit.

— Salut Calliope !

— Bonjour Sam !

— Alors, t'en es où ?

Calliope agita le livre qu'elle tenait dans la main.

— J'en suis au dernier chapitre, c'est vraiment génial ! Percy va être plongé dans le Styx et il est enfin devenu ami avec Rachel.

— Percy Jackson, dit Sam à Charlotte en guise d'explication, comme si cela pouvait l'aider à comprendre de quoi elles parlaient. Tu as réfléchi à ce que tu voulais pour ton anniversaire ?

Charlotte se figea. Elle n'avait parlé à personne de son anniversaire et elle ne voulait surtout pas que soit organisée quelque festivité que ce soit pour elle. Pendant de longues secondes, elle chercha fébrilement comment détourner l'attention sans passer pour une ingrate, jusqu'à ce qu'elle comprenne que la question s'adressait à Calliope. Tout sourire, la petite fille caressa Tennyson qui ronronnait de plus belle.

— J'aurais adoré recevoir *Le Fauteuil d'argent* ou *La Dernière Bataille*, ce sont les seuls Narnia que je n'ai pas encore lus.

D'un geste théâtral, Sam leva un doigt en l'air.

— Bon choix ! Et histoire que tu le saches, Martinique va sans doute vouloir te préparer une petite fête cette année aussi. Bon, je sais que c'est un peu ridicule, les ballons, les bougies, tout ça… mais elle sera tellement heureuse de faire un gâteau et de mettre un peu de déco !

Calliope serra les lèvres dans une tentative de dissimuler sa joie manifeste.

— Si elle y tient, je n'ai rien contre, dit-elle d'un ton grave. Et au fait, le coin lecture, ça avance ?

Sam se racla la gorge et fit un signe en direction de Charlotte.

— Calliope, tu as dit bonjour à Charlotte ? C'est elle, la nouvelle propriétaire de Riverside.

— Quel coin lecture ? demanda Charlotte.

Calliope reposa délicatement Tennyson et se leva.

— Sam a eu l'idée géniale de créer un coin lecture pour les enfants dans le cagibi sous l'escalier. Ce serait super si on pouvait s'y asseoir pour lire tranquille, et en plus, ça rappellerait le placard où Harry Potter dort quand il est chez les Dursley, en plus douillet bien sûr, avec des lampes, des coussins et tout !

Devant l'absence de réaction de Charlotte, Calliope plissa les yeux.

— Harry Potter, tu connais, hein ?

— Bien sûr. J'ai vu un des films au cinéma, ajouta-t-elle en souriant à Calliope. Ça m'a l'air d'être une très bonne idée, je vais voir si c'est un projet réalisable dans un futur proche.

Calliope soupira et rajusta son sac à dos dont la bretelle avait glissé de son épaule.

— Je vois, dit-elle, mélodramatique. C'est bon, ne vous fatiguez pas, je sais ce que ça veut dire.

Avant que Charlotte n'ait eu le temps de répondre, Calliope avait déjà presque atteint la porte de la boutique.

— Au revoir Calliope ! lui cria Sam. À très bientôt !

Charlotte se tourna vers Sam.

— Elle vient souvent ici, non ?

Sam hocha la tête.

— Oui, elle vient parfois après l'école. Chez elle, c'est pas toujours la joie. Ses parents ont pas mal d'emmerdes. En général, elle habite avec sa grand-mère dans son petit studio.

Charlotte s'éclaircit la gorge.

— Je ne me souviens pas que tu m'aies parlé de ce coin lecture.

— J'ai essayé, à plusieurs reprises. Mais t'as l'air sacrément occupée. L'idée te plaît ?

— Oui. Seulement j'imagine que ça va nous coûter de l'argent, et en ce moment, on est complètement à sec.

Sam leva un sourcil.

— Ça ferait sans doute venir plus d'enfants dans la boutique.

Charlotte ne voulait pas passer pour pingre, et d'un autre côté, elle se devait d'être transparente.

— Sauf que les enfants n'achètent pas tellement de livres ? Ceux que j'ai vus sont plutôt du genre à venir ici pour lire gratis.

Charlotte vit un éclair passer dans les yeux de Sam et regretta immédiatement ce qu'elle venait de dire.

— Premièrement, on a toujours accueilli les enfants qui ont envie de lire. Sara trouvait extrêmement important que nous proposions un lieu où ils puissent développer leur intérêt pour la lecture. Deuxièmement, les enfants contribuent largement à créer une atmosphère familiale, et troisièmement, la littérature jeunesse représente une grande part des ventes. Il m'est même arrivé de vendre des livres pour des enfants qui n'étaient pas encore nés, et on ne compte pas le nombre de parents qui viennent ici pour trouver des cadeaux de baptême ou d'anniversaire.

— D'accord, dit Charlotte, les mains levées devant elle comme pour se rendre. Je me suis mal exprimée. On doit faire attention aux dépenses, c'est tout. Mais si tu veux, tu peux calculer ce que ça nous coûterait.

Martinique les rejoignit en tapant dans ses mains. Elle avait manifestement entendu leur conversation.

— Où en sont les ventes ? En hausse, non ?

Charlotte approuva.

— Absolument. Au cours des dernières semaines, on a vendu près de vingt-cinq pour cent de plus que d'habitude, en grande partie grâce au café.

Elle fit une pause. Le moment était peut-être venu d'évoquer l'appel de la banque, mais en voyant le regard plein d'espoir de Martinique, elle n'osa pas.

— On ne devrait pas tarder à recevoir l'argent des livres retournés à l'éditeur, aussi, ajouta-t-elle.

— Formidable ! dit Martinique en souriant. Elle venait tout juste de se remettre du rouge à lèvres et sa bouche luisait comme une cerise trop mûre. J'ai eu une autre idée pour faire venir encore plus de monde.

— Ah oui, laquelle ? demanda Charlotte sur un ton exagérément optimiste.

Martinique s'éclaircit la gorge.

— J'ai parlé avec une amie qui tient une librairie à Liverpool. Elle organise régulièrement des soirées-rencontres pendant lesquelles un auteur est invité à parler de ses livres. Les places pour l'événement sont vendues à l'avance, et un apéritif est servi au public. Généralement, tout le monde passe un très bon moment et les clients en redemandent.

Charlotte se redressa.

— Mmmh, et pourquoi pas ? Est-ce que vous connaissez des auteurs susceptibles de venir ?

Les yeux de Sam se mirent à briller.

— Si on arrive à faire se déplacer Elena Ferrante, ce serait un succès garanti !

Charlotte l'encouragea du menton.

— Très bien, tu la connais ?

Sam secoua la tête.

— Non, personne ne la connaît, dit-elle sèchement. Elle écrit sous pseudonyme. Mais rien ne nous empêche d'inviter quelqu'un qui se fasse passer pour Elena Ferrante ? Personne ne sait à quoi elle ressemble, de toute façon.

— Mmmh, fit Charlotte. Je propose qu'on évite toute publicité mensongère, du moins dans un premier temps.

— Je sais ! s'écria subitement Martinique. Je connais le voisin de Matthew Morrow.

Charlotte se tourna vers Sam pour voir si elle savait de qui Martinique parlait. Mais Sam, pour une fois, semblait tout aussi perdue qu'elle-même.

— Qui est-ce ? demanda-t-elle.

— Vous savez, le présentateur télé de cette émission sur la nature ! Il a écrit un livre sur les chouettes !

Charlotte interrogea du regard ses deux collègues.

— Vous pensez qu'il est assez connu pour attirer du public ?

Martinique opina du chef.

— Les écrivains de sexe masculin rameutent toujours les foules, surtout les vieux beaux dans le genre de Matthew. Je l'ai croisé au salon du Livre cette année, escorté d'un fan-club de blogueuses et de bibliothécaires. Clairement, elles n'étaient pas là pour leur passion des oiseaux, si vous voyez ce que je veux dire. En plus, les gens sont toujours curieux de rencontrer une star de la télé.

— Mais oui, je vois ! C'est ce type super charismatique, qui ressemble un peu à George Clooney !

— Dans ce cas, il faudra publier une photo de lui sur notre site, dit Charlotte. Martinique, tu peux voir avec lui s'il est partant ?

— Tout à fait ! Quand est-ce qu'on peut organiser ça, à ton avis ?

— Mieux vaut ne pas trop tarder, quoiqu'il nous faille du temps pour communiquer sur l'événement. Mercredi dans trois semaines ?

— Parfait ! Je l'appelle dès que possible. Elle se tourna vers Sam. Et maintenant, le devoir familial m'appelle !

— Aïe, c'est vrai, tu devais voir Marcia !

— Mmmh, gémit Martinique, découragée. N'hésitez pas à m'appeler dans une vingtaine de minutes en prétextant une urgence quelconque.

Sam ricana.

— *Nous avons vendu tous les livres de Gillian Flynn. Reviens immédiatement !*

Martinique lui lança un clin d'œil.

— À tout à l'heure !

Charlotte attendit qu'elle fût sortie de la boutique pour poser la question qui lui brûlait la langue.

— Qui est Marcia ?

Sam fit volte-face.

— Hein, même ça, tu ne le sais pas ? souffla-t-elle sur un ton exaspéré. Marcia est la sœur de Martinique et son exact opposé. Imagine-toi un croisement entre Amy Dunne et Cruella d'Enfer.

Charlotte hocha la tête d'un air entendu même si elle n'avait aucune idée de qui était Amy Dunne.

— Au fait, tu as enregistré les précommandes comme je t'ai montré ?

— Oui, je crois bien.

Sam se dirigea vers la caisse, l'ouvrit et en sortit un long ticket. Charlotte sentit aussitôt l'inquiétude monter. Sam finissait par lui donner l'impression d'être stupide avec cette manie de contrôler tous ses faits et gestes.

Sam fronçait les sourcils.

— Non, tu ne les as pas rentrés comme il fallait.

Charlotte pointa son doigt vers un bouton rouge sur la caisse.

— Tu m'as pourtant dit d'appuyer là-dessus après avoir tapé le montant brut ?

Sam leva un sourcil.

— Pas que je sache. T'as rentré les précommandes comme des dépenses. Résultat, il y a un trou dans la caisse. Quel bordel ! éructa Sam.

Pourquoi est-ce que Sam ne faisait pas les choses elle-même si elle la trouvait si peu dégourdie ? Quoi qu'elle fasse, Sam trouvait toujours à redire, et il était clair qu'elle ne voulait pas d'elle à Riverside. Peu lui importait que Charlotte ait mis sa vie en Suède entre parenthèses pour se consacrer au sauvetage de la librairie ; pour Sam, elle faisait tout de travers. Même lorsqu'elle avait demandé conseil à sa collègue, Sam ne s'était pas radoucie, et les rares fois où Charlotte l'avait sollicitée pour trouver un livre, Sam avait pris un malin plaisir à la faire passer pour une idiote devant les clients. *Hein ? Tu n'as jamais rien lu de Philip Roth ? Mon Dieu, comment c'est possible ? Et Alice Munro, qui a reçu le Nobel de littérature en 2013 ? Oh pardon, tu ne sais peut-être même pas qui c'est ?*

Charlotte croisa les bras en lâchant un soupir. Sa mésentente avec Sam avait pris de telles proportions qu'elle avait ressenti le besoin d'en parler à Henrik. D'après lui, l'agressivité de Sam s'expliquait par le départ brusque et inopiné de Sara. Il lui conseillait de se montrer patiente avec elle. S'il avait certainement raison, elle ne savait pas combien de temps elle supporterait le ton méchant et les attaques récurrentes de Sam. À en croire cette dernière, tous les problèmes de Riverside étaient la faute de Charlotte. La caisse avait planté ? Charlotte avait dû appuyer sur la mauvaise touche. Une liste de commandes disparaissait ? Charlotte l'avait probablement égarée. Les toilettes étaient bouchées ? C'est Charlotte, évidemment, qui les avait utilisées en dernier. Sam avait déclaré qu'il était de la responsabilité du gérant de se servir de la ventouse lorsque la cuvette avait débordé. « On dirait que tu as trouvé le job de tes rêves », s'était moqué Henrik quand elle lui avait raconté comment elle s'était retrouvée à déboucher les cabinets de Riverside, de l'eau usée jusqu'aux chevilles, sous le regard satisfait de Sam.

Charlotte se balança d'avant en arrière sur ses pieds tandis que Sam scrutait le ticket de caisse, tous crocs dehors.

— Tu as besoin d'aide ? demanda Charlotte.

Sam soupira bruyamment.

— Si tu veux m'aider, reste à bonne distance de la librairie. Rien ne fonctionne comme prévu quand t'es dans le coin.

Charlotte se décomposa. C'était la goutte d'eau. Elle ne supportait plus la méchanceté de Sam alors qu'elle remuait ciel et terre pour sauver Riverside. Si elle avait abandonné tout espoir de devenir un jour l'amie de Sam, était-ce trop demander que d'attendre d'elle un minimum de politesse ?

— Non, siffla-t-elle, presque inaudible.

Sam ouvrit grand les yeux et la regarda avec surprise.

— Pardon ?

Charlotte inspira profondément. Il fallait que ça sorte, car la colère à présent, bouillonnait en elle.

— Non ! dit-elle un peu plus fort. Je n'ai pas l'intention de rester à distance. C'est ma librairie. Sara me l'a donnée.

Sam haussa les épaules.

— Comme tu voudras, j'en ai rien à faire.

Charlotte serra les deux poings. Le plus sage aurait été de ravaler sa colère et de quitter la pièce, mais son corps refusait d'obéir.

— Mais tu devrais, dit-elle. Honnêtement, je ne sais pas pourquoi tu m'en veux autant, mais tu vois bien que je me tue à la tâche pour maintenir la librairie à flot. Si je n'avais pas été là, tu te serais retrouvée au chômage. Tu ne peux pas m'aider au lieu de critiquer tout ce que je fais ? Je n'ai rien demandé, figure-toi ! Je n'ai pas choisi d'hériter de Riverside, mais maintenant que c'est fait, c'est ma responsabilité d'en prendre soin ! Je travaille comme un âne, mais tout ce que tu vois, ce sont mes erreurs. Est-ce que tu t'es mise à ma place une seule seconde ? Est-ce que tu saisis à quel point c'est dur pour moi de tenir bon quand tu passes ton temps à essayer de tout saboter ?

Elle se tut quand elle vit le regard de Sam virer au noir. Pendant de longues secondes, Charlotte crut qu'elle allait lui répondre avec la même hargne, au lieu de quoi elle pinça les lèvres, referma la caisse et s'éloigna à grands pas.

Charlotte resta plantée là, stupéfaite. Au-dessus de sa lèvre supérieure, la sueur perlait. Quelle mouche l'avait piquée ?

Vidée, elle se pencha contre l'imposant comptoir en chêne et essaya de se rappeler précisément ce qu'elle avait dit. Les mots avaient jailli de sa bouche et elle avait perdu tout contrôle sur elle-même. Mon Dieu. Sam ne lui pardonnerait jamais. Elle serait encore plus imbuvable qu'elle ne l'avait été jusqu'à présent, c'est tout ce que Charlotte avait gagné.

Elle ferma les yeux et pensa à Sara. Ce n'est certainement pas ce qu'elle avait espéré en léguant l'œuvre de toute sa vie à sa nièce. Jusqu'à présent, elle avait surtout eu l'impression de ne faire que des impairs. Sam avait peut-être raison finalement ; tout était de sa faute. Elle était la dernière personne sur Terre capable de remettre sur pied une librairie, et c'est pourquoi Sam la haïssait tant : elle avait vu clair dans son jeu.

La main tremblante, elle sortit son téléphone. Elle avait besoin de parler à quelqu'un qui lui fasse voir les choses sous un autre angle. Elle s'était promis de ne pas appeler Henrik au moindre prétexte, mais elle pouvait bien faire une exception. Elle avait besoin de lui, tout de suite. Elle avait besoin d'un ami.

Maudite Agnetha, pensa-t-elle en composant le numéro de son collègue, *elle a vu juste, une fois de plus.* Sans copilote, difficile de garder le cap en pleine tempête. Alex avait toujours été présent dans les moments les plus difficiles. Il était temps qu'elle se fasse à son absence.

Charlotte pressa la touche verte de son téléphone. Elle s'était rarement sentie aussi perdue. La boule au ventre, elle se retenait pour ne pas fondre en larmes. À quoi bon s'acharner ? Elle aurait mieux fait de quitter Londres et de rentrer en Suède.

— Henrik pour vous servir !

Le son familier de sa voix chaleureuse la fit éclater en sanglots. Elle renifla bruyamment dans le combiné.

— Charlotte, mais qu'est-ce qu'il se passe ? s'inquiéta-t-il. Elle se mit à pleurer de plus belle.

— Je me suis disputée, hoqueta-t-elle. Avec Sam. Et maintenant, je n'ai plus envie de rester ici.

Henrik s'éclaircit la gorge.

— Je vois. Tu sais Charlotte, c'est peut-être une bonne chose.

— Une bonne chose ? Hein ? Sur quelle planète une dispute est-elle une bonne chose ?

À l'autre bout de la ligne, elle entendait son souffle régulier.

— Vous aviez besoin de régler vos comptes. Maintenant, ça ne peut qu'aller mieux.

Charlotte jeta un œil en direction de la cuisine où elle vit Sam qui lui tournait le dos.

— Franchement, ça m'étonnerait, murmura-t-elle.

— Parfois, un bon coup de gueule, ça remet les pendules à l'heure. Vois le côté positif !

Charlotte poussa un long soupir. Henrik et son satané optimisme.

— Laisse passer quelques heures avant de t'adresser à elle. Si elle t'en veut encore, tu pourras toujours lui présenter des excuses.

— Des excuses ? Jamais de la vie ! C'est elle qui m'en doit.

Il laissa échapper un petit rire.

— Vous devriez peut-être vous excuser toutes les deux. Mais s'il te plaît, ne te prends pas trop le chou avec cette histoire. Entre collègues, ça devient parfois électrique, pas vrai ?

— Mmmh, fit-elle en essuyant une larme.

— Et je sais que tu te plais là-bas. Sinon tu serais déjà revenue parmi nous.

Charlotte avala sa salive. Elle pouvait le voir sourire à l'autre bout du fil.

— Peut-être.

— Évidemment ! Et n'oublie pas que j'ai toujours raison.

Comme elle ne répondait rien, il haussa la voix d'un ton.

— Je t'en prie, Charlotte, tu n'as pas à me remercier d'avoir réglé tes problèmes ! En revanche, je ne dirais pas non à une petite prime de Noël.

Elle sécha ses joues et soupira.

— Tu as sûrement raison.

— Qu'est-ce que je disais !

Charlotte se mordit la lèvre.

— Merci.

— Allez, je t'en prie.

Le silence se fit dans le combiné. Charlotte était extrêmement reconnaissante de pouvoir compter sur son collègue. Elle ne savait pas ce qu'elle aurait fait sans lui. C'était un ami, un vrai, même si le hasard avait voulu qu'elle lui verse un salaire tous les mois.

— Dis, il faut que je file, dit-il doucement, j'ai une réunion dans quelques minutes.

— Bien sûr. Merci de m'avoir écoutée.

— De rien. Tant que tu n'oublies pas ma prime de Noël, répéta-t-il en étouffant un rire.

Après avoir raccroché, Charlotte se sentait un peu mieux, sans être complètement rassurée. Elle doutait que Sam soit prête à enterrer la hache de guerre, et même si elle souhaitait de tout son cœur que son collègue ait raison, Henrik n'avait jamais rencontré l'animal.

***

Comme d'habitude, Marcia arriva en retard à leur déjeuner, bien qu'elle sache pertinemment que Martinique ne pouvait pas s'absenter longtemps de son poste.

— Martinique ! s'écria-t-elle en frappant dans ses mains. Ma chère !

Martinique sourit. Connaissant le personnage, elle savait que Marcia s'attendait à la voir se lever pour la saluer, mais elle se contenta de faire un petit geste vers la chaise face à elle.

— Assieds-toi. J'ai déjà commandé.

Du bout de ses ongles parfaitement manucurés, Marcia releva sur son front des lunettes de soleil démesurées qui avaient probablement coûté plus cher que la Fiat rouillée que Martinique conduisait depuis quinze ans.

— Tu ne m'as rien commandé, j'espère ! Tu sais bien que je ne peux pas manger n'importe quoi !

Qu'est-ce qu'elle a encore inventé cette semaine ? Soupe aux choux ? Petits pots pour bébé ? Macrobiotique ?

— Je crois qu'ils n'ont qu'un ou deux plats du jour, pas plus.

Marcia pinça les lèvres.

— Ça, c'est parce que tu t'obstines à aller dans ce genre de – elle balaya la salle de son regard méprisant – troquet infâme.

Marcia sortit de son sac à main un mouchoir qu'elle passa sur sa chaise avant de s'asseoir.

— C'est une nouvelle jupe, s'excusa-t-elle. Et une Chanel blanche mérite un traitement spécial, tu comprends.

Martinique l'observa en silence. Marcia et elle n'auraient pas pu être plus différentes. Elle avait parfois du mal à croire qu'elles étaient nées de la même mère. Dès leur plus jeune âge, elles avaient pris deux directions opposées. Enfant déjà, Marcia, qui accordait une grande importance à son statut social, ne jetait son dévolu que sur les garçons les plus populaires de l'école. Pendant que Martinique restait à la maison à lire ou à jouer aux cartes avec ses parents, Marcia, de son côté, enchaînait les rendez-vous galants.

Bien qu'elles touchent le même maigre salaire mensuel, Marcia était toujours habillée à la pointe de la mode. Et alors que Martinique dissimulait maladroitement ses rondeurs sous ce qui s'apparentait plus à des bâches qu'à des vêtements, Marcia, elle, se pavanait dans des jupes courtes et des débardeurs échancrés.

Très tôt, Martinique fut assignée au rôle de la gentille petite fille obéissante : Marcia avait de bonnes notes, rendait toujours ses devoirs à temps et ne rentrait jamais à la maison après l'heure dite. Marcia était tout l'inverse. Elle se fichait pas mal de l'école et leurs parents avaient plus d'une raison de se plaindre de son comportement.

Pourtant, Martinique ne pouvait pas s'empêcher d'envier sa sœur, qui, sans jamais faire ce qu'il fallait, s'en était bien mieux sortie qu'elle. C'est Marcia qui avait épousé un bon parti, elle qui habitait une superbe villa à Kensington, elle qui avait scolarisé ses enfants dans une école privée, elle qui s'offrait des séjours de luxe aux quatre coins du monde. C'est elle, enfin, qui n'avait jamais besoin de travailler et partageait ses journées entre les boutiques, la salle de sport et les soirées caritatives où elle souriait de toutes ses dents à l'objectif, une coupe de champagne à la main.

Marcia était une superstar, et Martinique, une maman épuisée par ses doubles journées, à la carrière ratée et aux fins de mois difficiles. Comment était-il possible qu'elles partagent le même ADN ?

Un serveur passa prendre la commande de Marcia, une salade à base de légumes cuits à la vapeur.

— Comme ça, le brocoli conserve tout son intérêt nutritionnel ! expliqua Marcia en tendant le menu au serveur qui disparut. Et toi, tu prends quoi ?

— Des spaghettis bolognaise.

Marcia débarrassa la table de quelques miettes invisibles. Elle fournissait un effort monstrueux pour ne pas commenter le choix de Martinique, ça crevait les yeux. Marcia, en effet, avait la fâcheuse tendance à jouer les nutritionnistes. Elle n'avait pas l'air de saisir qu'elle et Martinique avaient été dotées de deux morphologies radicalement différentes et s'obstinait à lui suggérer d'essayer tel ou tel régime. Si elle avait su que Martinique était devenue pâtissière pour le compte de Riverside, elle aurait sans doute manqué tourner de l'œil.

— Tu sais que les pâtes sont pleines de gluten ?

— Oui.

Marcia pianotait sur le rebord de la table.

— Si tu consommais un peu moins de gluten, tu n'aurais pas tant de mal à perdre du poids.

Martinique baissa les yeux et prit un croûton dans la corbeille à pain. Elle détestait entendre Marcia commenter son anatomie.

— Je dis ça pour ton bien, tu sais. Avant de courir mon premier marathon, j'ai évité le gluten pendant plusieurs mois. C'est ce qui m'a permis de réaliser une aussi belle performance.

Elle croqua dans son morceau de pain. Quel besoin avait Marcia de la ramener avec son satané marathon ? Si Martinique n'avait pas travaillé et qu'elle avait pu se payer les services d'un coach personnel, comme sa sœur, elle aurait certainement pu courir pendant des heures, elle aussi. Avec ou sans gluten.

— Mmmh, fit-elle pour couper court. Comment ça se passe avec les enfants ?

Marcia s'étira.

— Tout va très bien, je te remercie ! Sterling et Spencer ont tous les deux été nommés capitaine de leur équipe de cricket, ils ont de quoi être fiers. Ils t'en parleront eux-mêmes si tu les emmènes à leur prochain match.

— On verra. Et Edison ?

Elle battit des paupières.

— Son prof dit qu'il a un don pour la musique. Il tambourine sur tout ce qui lui passe sous la main.

— Oui, j'avais remarqué.

— C'est formidable, non ? gloussa-t-elle. Et Angela alors, comment va-t-elle ?

Martinique tripota les couverts posés devant elle.

— Bien, j'imagine. Elle refuse de me parler, donc je n'ai aucune idée de ce qu'il se passe dans sa vie.

— Aïe.

— Bah, c'est une ado ! répondit Martinique pour dédramatiser. Tu te rappelles comment on était, à son âge ?

Marcia hocha la tête d'un air pensif.

— Oh que oui. Je faisais tout pour éviter Maman et Papa.

Martinique haussa les épaules.

— Je ne sais pas, j'ai toujours cru qu'Angela et moi avions une bonne relation, et qu'elle n'hésiterait pas à se tourner vers moi s'il lui arrivait quoi que ce soit. Aujourd'hui, elle s'est refermée comme une huître. Elle ne veut même plus que je l'emmène à l'école. Trop la honte d'être vue avec sa mère, tu comprends.

Marcia pencha la tête sur le côté.

— Ma chère, c'est parfaitement normal. Elle veut couper le cordon, c'est tout.

— Je sais. Mais je ne peux pas m'empêcher de me demander si ça n'est pas de ma faute. Peut-être que j'ai été trop dure avec elle. Paul, lui, l'a toujours laissée faire. Si je lui avais donné carte blanche sur l'éducation d'Angela, elle aurait passé toutes ses soirées en boîte de nuit.

Marcia prit sa main au-dessus de la table.

— Tu es une très bonne maman. Tout va s'arranger, tu verras.

Martinique l'observa sans rien dire. Sa sœur et sa fille avaient toujours été très complices. Marcia avait souvent emmené Angela faire du shopping, la couvrant de cadeaux dont Martinique n'aurait jamais eu les moyens. Même si elle était contente qu'elles s'entendent si bien, Martinique ne pouvait pas s'empêcher d'être vexée quand sa fille choisissait de passer du temps avec sa tante plutôt qu'avec elle.

— J'espère juste qu'il n'est rien arrivé de grave. Elle est toujours dans son coin, encore plus que d'habitude. Ces dernières semaines, je l'ai à peine vue. Elle ne t'a rien dit, par hasard ?

Une ombre passa dans le regard de Marcia, qui recula au fond de sa chaise.

— Non, pas que je me souvienne.

Martinique observa Marcia rajuster nerveusement son brushing parfait. Il n'y avait pas besoin d'être extra-lucide pour comprendre qu'elle cachait quelque chose. En temps normal, Martinique n'aurait pas insisté, mais il s'agissait tout de même de sa fille.

— T'en es sûre ? Elle ne t'a rien dit du tout ?

Marcia jouait avec sa serviette.

— Pourquoi les plats n'arrivent pas ? demanda-t-elle en jetant des coups d'œil par-dessus l'épaule de Martinique.

— Si tu sais quelque chose, il faut que tu m'en parles ! Imagine s'il était question de Spencer ou de Sterling !

Sa sœur ne savait plus où se mettre. Elle savait quelque chose, Martinique en était certaine. Elle sentit la panique l'envahir.

— Allez, crache le morceau ! insista-t-elle.

Marcia rentra la tête dans les épaules, l'air honteux.

— Je ne peux pas.

— Et pourquoi pas ?

Elle saisit son mouchoir et s'essuya méthodiquement les doigts.

— Parce que je l'ai promis à Angela.

Quand elle osa regarder à nouveau Martinique, elle vit que ses yeux brillaient.

— Si Angela avait été en danger, je t'en aurais évidemment parlé ! Ne vaut-il mieux pas qu'Angela continue à me faire confiance plutôt que je la trahisse ?

Une boule se forma dans le ventre de Martinique. Sa fille se confiait donc plus volontiers à Marcia qu'à elle.

— Tu ne peux pas me dire en gros de quoi il s'agit ? chuchota-t-elle tout bas.

— Pourquoi tu ne demandes pas à Paul ?

— Paul ? Il est au courant ?

Marcia hocha la tête et Martinique eut envie de disparaître six pieds sous terre. Quelle mauvaise mère elle devait être, pour que sa propre fille ne lui fasse pas confiance.

— Il faut que j'y aille, murmura-t-elle.

— Mais nous n'avons pas encore mangé !

Martinique rassembla ses affaires et se leva.

— Je suis navrée, Marcia, mais je ne peux pas rester ici. Tu peux prendre mes pâtes. Ou bien les donner à un plouc qui mange encore du gluten.

Malgré les protestations de Marcia, Martinique quitta le restaurant et sortit dans le vent frais de ce début d'automne. Après quelques profondes inspirations, elle retrouva un peu de son calme. Un peu avant d'arriver à la librairie, elle s'adossa à un mur et médita sur son sort : qu'avait-elle fait au bon Dieu pour mériter ça ?

Martinique essaya de se rappeler depuis combien de temps sa fille l'évitait. Juste avant les vacances, elles étaient allées acheter ensemble tout ce dont Angela avait besoin. Martinique s'en souvenait comme d'une très belle journée.

Elle se mit à compter dans sa tête. Au cours des quelques semaines qui avaient suivi la mort de Sara, Martinique n'avait pas été très présente à la maison. D'une part, parce qu'elle était occupée à faire le deuil de son amie et d'autre part, à cause des responsabilités qu'elle avait dû endosser à la librairie. Est-ce qu'elle avait raté un épisode ? Était-elle tellement obnubilée par ses propres problèmes qu'elle n'avait même pas vu que sa fille était en détresse ?

D'une main, Martinique se couvrit la bouche. Angela ne pouvait tout de même pas être malade ? Non, Paul le lui aurait dit. Quoi d'autre ? Martinique réfléchissait à cent à l'heure, imaginant divers scénarios, plus catastrophiques les uns que les autres.

Elle dégaina son téléphone. Il fallait qu'elle parle avec Paul de toute urgence. Elle ne pouvait pas rester dans l'ignorance une seconde de plus.

Elle composa son numéro d'une main tremblante. La gorge serrée, elle entendit sonner plusieurs fois, jusqu'à tomber sur la voix familière de sa messagerie. Elle raccrocha et rappela aussitôt. Encore, et encore. Au quatrième appel sans réponse, elle se résigna. Il la rappellerait sans faute quand il verrait ses appels manqués, et dans le pire des cas, il ne rentrait jamais très tard du travail le jeudi soir.

Martinique rangea le téléphone dans son sac. Elle avait du mal à fixer ses pensées. Une voix en elle lui ordonnait de se jeter dans le premier taxi et de se rendre directement au bureau de Paul, tandis qu'une autre lui conseillait de se calmer. Elle se faisait probablement des idées. Et d'ailleurs, on avait besoin d'elle à la librairie.

Elle soupira. Martinique avait promis à Sara de tout faire pour que survive Riverside, elle ne savait pas si elle en avait encore la force. La simple pensée qu'Angela avait eu besoin d'elle pendant les longues soirées qu'elle avait dû passer dans le petit bureau de la librairie lui fit monter les larmes aux yeux. Quel genre de mère était-elle si elle n'était même pas fichue d'être là pour sa fille ?

Martinique s'essuya les yeux. Était-elle la seule coupable ? Était-ce de sa faute si sa fille ne lui faisait plus confiance ? Aurait-elle dû être une mère au foyer comme Marcia ?

Martinique avait toujours été fière de travailler. Titulaire d'un diplôme en histoire de la littérature, elle s'était investie dans sa carrière au même titre que Paul – ce qui n'avait certes pas débouché sur un poste particulièrement lucratif, mais au moins, elle aimait son métier. S'était-elle trompée ? Angela aurait-elle été plus heureuse si Martinique était restée à la maison ?

Martinique essaya de se rependre. Pourquoi tout remettre en question ? Être mère au foyer n'avait jamais été une option. D'une part, ils avaient largement besoin d'un double salaire, d'autre part, elle aimait son travail.

Elle ressortit son téléphone et commença à écrire un message à Angela. Elle devait passer la nuit chez une amie, ce n'était donc pas le bon jour pour l'interroger. Elle écrivit simplement :

J'espère que tout va bien. Je t'aime. Maman.

Une fois le message envoyé, elle se sentit un peu mieux. Que pouvait-elle faire de plus ? De toute façon, Sam et Charlotte l'attendaient dans la librairie. Elle n'arriverait probablement pas à joindre Paul avant ce soir ; mais alors, elle le mettrait au pied du mur – et elle espérait pour lui qu'il aurait une bonne raison de lui avoir caché la vérité.

Ça va s'arranger, pensa Martinique dans une tentative pour refouler la colère d'avoir été trahie par Marcia et Paul. Il devait y avoir une explication à toute cette histoire. Du moment qu'Angela allait bien, et que son mari et sa sœur avaient choisi de ne rien lui dire dans l'intérêt de sa fille, Martinique finirait par leur pardonner. Mais il lui faudrait un peu de temps.

21

Lundi 3 janvier 1983

Kristina est toute à son dessin quand elle entend les clefs tourner dans la serrure. Très vite, elle descend du lit et jette un dernier coup d'œil à son carnet avant de le refermer et de le cacher dans sa valise.

Ce soir, ils ont prévu de dîner ensemble, tous les trois. L'occasion de fêter le contrat longue durée de Kristina au café. Elle se serait bien contentée d'un dîner avec Sara, mais sa sœur a insisté pour que Daniel en soit et Kristina n'a pas trouvé de raison valable pour refuser.

Elle s'étire et rajuste sa robe. Elle a préparé un gratin de pommes de terre dans la cuisine du café. Daniel a promis d'apporter un poulet rôti et pour une fois, Sara sortira du travail vers six heures.

Kristina s'avance vers le petit miroir suspendu à hauteur de son visage et se passe la main dans les cheveux. Elle n'a jamais été aussi heureuse qu'au cours de ces dernières semaines, comme si elle avait enfin commencé à vivre. Sara et elle sortent plus souvent. Elles ont appris à aimer la ville, ses parcs, ses musées, ses concerts. À Noël, elles ont pris un plaisir immense à remplir l'appartement de décorations et de bougies.

Pendant les semaines qu'elles ont passées dans leur ancienne colocation, Kristina ne s'est jamais sentie à sa place. Ici, c'est différent. Sara et elle s'approprient Londres pour de bon. Elles y sont chez elles autant que n'importe qui.

C'est à peine si elle a reparlé à Daniel depuis ce soir-là. Il est si habile pour donner le change que Kristina finit par se demander si elle n'a pas tout inventé. Les premiers jours, elle avait peur de ne pas réussir à cacher ses sentiments, mais plus il l'évite, plus c'est facile.

Kristina se glisse sans bruit sur le sol froid jusqu'à la porte qu'elle entrouvre tout doucement. Si Daniel est le premier rentré, elle restera dans la chambre en attendant Sara. Elle n'a aucune raison d'être seule avec lui plus que nécessaire.

Derrière la porte entrouverte, Kristina distingue la ligne de son dos. Daniel est dans l'entrée, mais quelque chose a changé dans sa manière d'être. Depuis la petite chambre, Kristina l'observe en silence. Lorsqu'on frappe à la porte, il balaye le salon du regard pour s'assurer qu'il est seul, avant d'ouvrir.

Sur le seuil se tient un homme à la barbe brune et aux larges épaules. Il porte une veste en jean sur son épais pull-over noir et dépasse Daniel d'au moins une tête.

Kristina pense d'abord qu'il doit s'agir de Mark, le frère de Daniel, venu lui rendre visite. Mais en voyant le regard noir de l'homme, elle comprend qu'elle doit se tromper.

— T'as vraiment cru que j'allais pas te trouver ?

Sa voix menaçante lui donne la chair de poule. Posté sur ses jambes écartées, les bras croisés sur son torse, Daniel empêche l'homme d'entrer dans l'appartement.

— Qu'est-ce que tu veux ?

— Je te l'ai déjà dit, rugit l'homme. J'ai besoin de ton aide.

Daniel secoue la tête.

— Je ne peux pas t'aider.

— Putain, Daniel. Après tout ce que j'ai fait pour toi.

Quelque chose change dans la posture de Daniel. Kristina le voit se ratatiner sur lui-même.

— Je ne peux pas. J'habite pas tout seul, ici.

L'homme face à lui serre les poings de frustration.

— T'es de quel côté, en fait ? Tu te rappelles pas ce qu'ils nous ont fait ? Ce qu'ils ont fait à Linda ?

À l'accent, on pourrait presque le confondre avec Daniel, si sa voix n'était pas aussi dure. C'est peut-être un de ses camarades de l'usine que Sara a pris en grippe.

Daniel ouvre les bras en signe d'impuissance.

— C'est pas possible, je te dis. Je veux pas être mêlé à tout ça.

L'homme resté sur le seuil se baisse pour attraper un objet à ses pieds.

— L'intérêt c'est justement qu'on fasse ça ensemble, parce que toi, ils ne te soupçonneront jamais. Je passe récupérer le tout jeudi. Vendredi au plus tard.

Kristina entend Daniel soupirer. Après quelques secondes, il tend la main et attrape la mallette noire que lui tend l'homme.

— Un bon petit garçon, dit l'homme avant de refermer la porte derrière lui.

Pendant une longue minute, Daniel reste interdit. Puis il ouvre l'armoire de l'entrée et y cache la mallette, tout au fond.

Kristina, qui l'observe toujours, se demande si elle le connaît assez pour lui dire qu'elle a vu toute la scène. Finalement, elle décide de faire comme si de rien n'était.

Sans bruit, elle bat en retraite et retourne s'asseoir au bord du lit. Pendant un court instant, l'appartement est plongé dans un silence de mort. Elle entend Daniel faire les cent pas dans l'entrée avant de pousser un juron.

— Le poulet ! s'écrie-t-il.

La porte d'entrée s'ouvre en grinçant et Daniel disparaît dans l'escalier.

Bien que seule, Kristina attend quelques minutes avant d'oser ressortir de la chambre. Elle se faufile jusqu'à l'armoire de l'entrée et ouvre la porte. À l'intérieur, c'est un bazar sans nom. À côté des écharpes et foulards de toutes les couleurs suspendus à un crochet, les gros pull-overs et les manteaux font ployer la tringle de la penderie. Le fond de l'armoire est recouvert de chaussures dépareillées jetées là pêle-mêle.

Kristina se penche en avant. Sur l'étagère du bas, elle repère une mallette noire que Daniel a coincée derrière quelques cartons.

Kristina s'éloigne de l'armoire. Elle n'a pas le droit de regarder dans la mallette. En fait, ce serait complètement idiot. Ce qu'il y a dedans ne regarde que Daniel. D'ailleurs, ce type a promis qu'il reviendrait vite la chercher.

Elle retourne dans le salon et commence à mettre la table. Elle pose une assiette après l'autre sur la nappe en se demandant ce qu'il peut bien y avoir dans la mallette. Et si c'était du recel, ou pire, de la drogue ?

Cet homme peut revenir à tout moment. Elle a toujours cru que Sara exagérait quand elle se plaignait des amis de Daniel. À présent, elle regrette de ne pas l'avoir prise au sérieux.

Kristina sent son cœur s'emballer quand elle pose les serviettes à côté des assiettes. Elle envisage un instant d'appeler la police et se ravise aussitôt : qu'adviendrait-il de Daniel ?

Elle repense à Sara qui répète à qui veut l'entendre que c'est l'homme de sa vie.

En tremblant, elle ouvre le tiroir des couverts. Kristina a du mal à croire que Daniel puisse faire quoi que ce soit d'illégal. Elle le connaît, ce n'est pas son genre. Mais elle peut se tromper.

Elle n'y tient plus et retourne dans l'entrée. Elle se dépêche de déplacer les cartons dans l'armoire. Daniel peut revenir d'une minute à l'autre avec le poulet rôti. Il ne faut pas qu'elle traîne.

La mallette qu'elle sort de l'armoire est étonnamment légère. Kristina passe son doigt sur la fermeture Éclair avant de l'ouvrir d'un coup sec.

L'espace d'un instant, Kristina est comme pétrifiée, les yeux rivés sur le contenu de la mallette. Elle essaye de donner un sens à ce qu'elle voit : du plastique, une boîte de vis, un genre de batterie, du Scotch noir et des câbles. Sous le cache de plastique qu'elle soulève, elle aperçoit un paquet rectangulaire emballé dans du papier.

Kristina a du mal à reprendre son souffle. La peur comprime sa poitrine. Elle se dépêche de ranger la mallette là où elle l'a trouvée et revient aussi vite que possible dans la kitchenette.

Sur le feu, une casserole de sauce cuit à petits bouillons. Elle y tourne doucement la cuillère en bois, encore et encore. C'est le seul moyen qu'elle a trouvé pour se libérer de son angoisse. Il ne faut surtout pas qu'au retour de Daniel elle ait l'air d'avoir perçu quelque chose. Elle retient de toutes ses forces les larmes qui lui brûlent les paupières.

Kristina calcule dans sa tête. Est-ce le mardi que Sara, commençant plus tard, est encore à l'appartement quand Kristina revient du café ? Ou le mercredi ? Il faut qu'elle arrive à lui parler en tête-à-tête – mais pour lui dire quoi, au juste ? Elle n'arrive plus à garder les idées claires. Elle ne contrôle plus ses pensées et sa respiration s'accélère. Que se passera-t-il si Daniel comprend qu'elle a tout vu ?

Elle secoue la tête et va se laver les mains à l'évier. L'eau glacée lui brûle la peau, elle serre les dents. Plusieurs fois, Sara a mentionné le fait que les amis de Daniel ont parlé de fabriquer une bombe. Les câbles pourraient-ils servir à autre chose ? Est-ce qu'elle s'inquiète pour rien ? Daniel sait-il seulement ce qu'il y a dans la mallette ? Kristina ne l'a même pas vu l'ouvrir.

Elle pense à Sara et à sa déception quand elle apprendra la vérité. Peut-être qu'elle ne devrait rien dire du tout.

Soudain, la porte d'entrée s'ouvre à la volée. Kristina ferme le robinet et s'essuie les mains dans un torchon. Tendue, elle attend de voir qui vient de rentrer.

Quelqu'un enlève ses chaussures dans l'entrée. Kristina avale sa salive et s'efforce de retrouver ses esprits. Il lui semble reconnaître Sara, mais elle n'ose pas l'interpeller.

Quand elle aperçoit les cheveux blonds et le visage riant de Sara, elle court vers elle et se jette dans ses bras.

— Et alors, qu'est-ce qui t'arrive ? rit Sara.

Kristina reste pendue à son cou. Elle est tellement heureuse que sa sœur soit rentrée.

— Rien, murmure-t-elle. Ça me fait plaisir de te voir, c'est tout.

Sara l'enlace à son tour.

— Tu en es sûre ? chuchote-t-elle à l'oreille de Kristina.

À ce moment précis, Daniel fait son apparition dans l'entrée.

— Vous avez commandé un poulet rôti ? lance-t-il à la cantonade.

Sara repousse doucement Kristina et lui caresse la joue avant de se tourner vers Daniel.

— Enfin ! dit-elle gaiement. J'ai une de ces faims !

Daniel entre dans le salon et serre Sara dans ses bras avant de faire un signe du menton vers la table.

— Vous avez déjà eu le temps de mettre les couverts ?

— Ben, Kristina était là tout l'après-midi, dit Sara en allant dans la salle de bains se laver les mains.

Kristina se retourne vers le plan de travail. Elle sent le regard de Daniel dans son dos.

— Non, j'ai travaillé plus tard que prévu aujourd'hui. Je viens à peine de rentrer.

— Pourtant, t'as eu le temps de faire la sauce, dit Daniel en montrant du doigt la casserole. Vite fait bien fait, comme on dit.

Elle n'a pas le temps de répondre que Sara est de retour de la salle de bains.

— Bon allez, trêve de bavardages ! On passe à table ! dit-elle en attrapant le poulet rôti encore fumant.

Pendant qu'elle coupe la volaille, Sara parle sans interruption. Elle fait le récit détaillé de sa journée au pub, mais Kristina n'écoute pas. Elle ne pense qu'à la mallette, à son contenu, et à la réaction de Daniel s'il apprend qu'elle l'a vu.

22

Jeudi 28 septembre, suite

MARTINIQUE FIXAIT LA GUITARE Gibson Les Paul que son mari avait reçue en cadeau pour ses cinquante ans et qu'il chérissait plus que tout au monde. Lentement, elle faisait tourner les ciseaux de cuisine qu'elle avait dans la main.

Depuis son déjeuner raté avec Marcia, elle n'avait pas cessé d'essayer de joindre Paul, dont le téléphone portable, curieusement, était éteint. À neuf heures passées, il n'était toujours pas rentré du travail.

Martinique soupira et pressa la pointe acérée des ciseaux contre la paume de sa main. Elle avait lu maintes histoires sur des femmes qui s'en prenaient aux effets personnels de leur mari pour se venger, mais ce type de comportement destructeur n'était pas vraiment son genre. D'un autre côté, Charlotte avait dit à Martinique de ne plus se laisser marcher sur les pieds et elle avait raison. Il aurait probablement mieux valu pour elle qu'elle découpe en bandelettes les slips de Paul ou qu'elle récure les WC avec son pull favori plutôt que de rester là à espérer que Paul aurait une excuse valable, à son retour.

Martinique fit glisser les ciseaux sur le manche de la guitare. Elle avait beau essayer, elle n'arrivait pas à se sortir de la tête ce que Marcia lui avait raconté – ou plutôt, ne lui avait pas raconté – au restaurant. Il était presque inconcevable que Paul lui ait menti ou qu'il ait dissimulé quoi que ce soit au sujet d'Angela.

Elle était si bouleversée qu'elle arrivait à peine à respirer. Si Paul avait pu lui mentir au sujet de leur fille, comment être sûre qu'il ne lui avait pas menti sur le reste ? Et si toute leur relation était basée sur des mensonges ? Et si Paul, comme Richard, entretenait une, voire plusieurs liaisons ?

Martinique prit une profonde inspiration. Elle n'avait aucune envie de nourrir des soupçons envers Paul, en qui elle avait une confiance absolue, mais plus elle repensait à ce qui s'était passé, plus elle s'inquiétait. Marcia, pour ne citer qu'elle, n'avait eu aucun moyen de se douter que Richard lui était infidèle. Elle avait été certaine jusqu'au bout qu'ils filaient le parfait amour. Elle avait compris trop tard que toutes les vacances de luxe et autres cadeaux exubérants dont il la couvrait en permanence n'étaient qu'une façon pour Richard de se racheter une conscience. Était-ce pour la même raison que Martinique avait reçu ce bouquet de fleurs ? Toute leur vie commune était-elle sur le point de voler en éclats ?

Elle essaya de s'ôter de l'esprit l'idée particulièrement pénible d'avoir été trahie et jeta un œil sur son portable. Il était plus qu'étrange que Paul n'ait répondu à aucun de ses messages. Martinique avait été jusqu'à penser que

Paul avait peut-être eu un accident. Pendant près d'une heure, elle avait téléphoné à tous les hôpitaux environnants pour s'assurer que son mari n'avait pas été victime d'un infarctus ou d'un accident de la route, passant de l'espoir au désespoir. Car bien qu'elle souhaitât qu'il ne lui soit rien arrivé, seule une hospitalisation aurait pu expliquer la soudaine disparition de Paul. Mais même après avoir appelé les admissions de tous les hôpitaux du sud de Londres, Martinique n'était pas plus avancée.

Elle pensa à Angela. Qu'adviendrait-il de leur fille si Paul et elle venaient à se séparer ? Elle connaissait bien les méthodes d'éducation de Paul qu'elle jugeait trop laxistes – tandis que Paul disait toujours que Martinique en demandait trop à Angela. Lui pensait qu'il était important qu'elle apprenne à voler de ses propres ailes.

Martinique soupira. Si Paul avait été seul à décider de l'éducation de leur fille, Angela aurait probablement déjà quitté l'école, rejoint les Hells Angels, et vendu ses petites culottes sur le Net pour financer son prochain voyage à moto.

Elle se sentait soudain épuisée. C'était dans ce genre de moment que Sara lui manquait le plus. Elle avait toujours prêté une oreille attentive aux problèmes de Martinique quels qu'ils soient, négligeant le fait qu'elle ait tendance à se faire du souci pour rien.

Quand son téléphone vibra, elle se jeta littéralement dessus, presque déçue de constater que le message qu'elle venait de recevoir n'était pas de Paul, mais d'Angela.

Elle ouvrit le SMS avec une lenteur extrême. Dans la journée, Martinique avait envisagé plusieurs fois de téléphoner directement à sa fille et de lui demander de cracher le morceau, mais elle avait plus à perdre qu'à gagner à ce jeu-là. Elle ne voulait pas risquer un nouveau conflit avec Angela quand celle-ci se trouvait à l'autre bout de la ville et qu'il lui suffisait de raccrocher pour couper court à la conversation. Même si Martinique refusait de le reconnaître, Marcia avait raison quand elle disait qu'il valait mieux qu'Angela se confie à elle, plutôt qu'à personne. Martinique n'avait pas d'autre choix que de se fier au jugement de Marcia, même si elle avait du mal à faire confiance à une femme qui se faisait volontairement piquer le visage par des abeilles pour avoir une peau plus lisse et qui, par ailleurs, investissait des sommes astronomiques dans des séances de vaporisation vaginale pour prévenir l'effet du vieillissement de ses muqueuses.

Comme d'habitude, Angela était peu loquace.

Ça va. On va se coucher Birdie et moi.

Ce message ayant quelque peu calmé son inquiétude, elle entra dans la chambre et déposa les ciseaux sur la table de nuit. *Autant se comporter comme un être rationnel et aller se coucher*, pensa-t-elle. Paul finirait bien par refaire surface avec une explication sensée et elle regretterait d'avoir passé toute sa soirée à se ronger les sangs pour rien.

Avant de se réfugier sous la couette, elle en profita pour s'octroyer les meilleurs oreillers. Vu tout ce que Paul lui avait fait subir dans la journée, elle avait au moins mérité une bonne nuit de sommeil. Lorsqu'elle se réveilla le lendemain matin, elle eut la grande surprise de trouver Paul endormi à ses côtés.

Égal à lui-même, son mari dormait du sommeil du juste et ronflait avec la même intensité que d'habitude. Rien ne laissait présager qu'il avait fait un infarctus ou qu'un bus lui était passé dessus.

Martinique le détailla du regard, comme si elle pouvait déceler à l'œil nu une quelconque infidélité. De ce qu'elle voyait, aucune trace de rouge à lèvres n'était apparente sur son visage ou sur ses vêtements – et aucune odeur suspecte ne venait le trahir.

Elle replongea dans son oreiller. Sa réaction était-elle démesurée ? Était-elle devenue folle ? À en croire Marcia, il lui avait effectivement menti au sujet d'Angela, ses soupçons n'étaient donc pas tout à fait infondés. De plus, Paul et elle avaient un accord tacite : si l'un d'eux rentrait plus tard que prévu à la maison, il était d'usage d'en informer l'autre. Ce n'était tout de même pas trop demander que de passer un coup de fil avant d'aller au pub, ou au moins, de répondre à son téléphone quand elle lui téléphonait ?

Martinique bouillait d'impatience. Elle eut envie de lui donner un grand coup sur le torse, au lieu de quoi elle se contenta de l'effleurer du bout du doigt.

Paul grogna avant de se retourner. *Au moins, il est vivant,* pensa-t-elle amèrement.

— Paul ?

— Mmmmh.

— Paul, tu dors ?

— Oui.

Martinique leva les yeux au ciel. Elle n'avait pas l'intention de patienter une minute de plus.

— Qu'est-ce qu'il s'est passé hier soir ? Je ne sais pas combien de fois j'ai essayé de t'appeler. D'abord, pas de réponse, puis ton téléphone était carrément éteint.

Paul tendit vaguement la main vers le réveil sans réussir à l'attraper en murmurant de façon inaudible. Martinique s'assit sur son séant, le dos appuyé contre la tête de lit. Elle n'était pas vraiment du genre à chercher des noises à son mari, mais cette fois, c'était plus fort qu'elle.

— Qu'est-ce que tu dis ?

Elle donna à Paul un petit coup de pied sous la couette.

Il grogna à nouveau et se tourna sur le dos.

— Désolé. J'avais plus de batterie.

Il saisit son téléphone laissé à charger sur la table de nuit et soupira en voyant l'heure.

— Il faut que j'en rachète un, marmonna-t-il. Il ne tient même pas une journée.

Il fallut une bonne minute à Paul pour ouvrir complètement les yeux. Il se tourna vers elle.

— Excuse-moi. Tom ne marchait plus droit, j'ai dû le raccompagner chez lui. Mais tu savais que j'étais de sortie.

Elle secoua la tête.

— C'était prévu depuis plusieurs semaines, je te l'avais dit ! Le pot de départ de Rashid, tu as oublié ?

Elle avait eu tellement de préoccupations ces derniers temps que la fête d'adieu du collègue de Paul lui était complètement sortie de la tête. Elle eut honte de s'être fait un tel film la veille. Décidément, elle était au bord de la crise de nerfs.

— Pardon. Je suis un peu sous pression, en ce moment.

Paul sourit.

— Pas de problème. Tu t'es inquiétée ?

Martinique hocha la tête.

— J'ai appelé tous les hôpitaux du secteur.

Il émit un petit rire. La seconde d'après, une ride se dessina entre ses sourcils.

— Au moins, si je disparaissais, quelqu'un s'en rendrait compte. Ça fait toujours plaisir. Et alors, qu'est-ce qu'ils t'ont dit, aux admissions ? Est-ce que l'ambulance leur a ramené de beaux hommes mûrs ?

— Oui, uniquement des beaux d'ailleurs. Au moins, j'étais fixée, ça ne pouvait pas être toi.

— Ha ha. Très drôle.

Martinique remonta la couette sous son menton.

— Dis, il y a une chose dont je voulais te parler. J'ai déjeuné avec Marcia hier, elle m'a dit qu'il se passait quelque chose avec Angela.

Martinique nota un changement dans l'attitude de Paul. Il haussa les épaules.

— Ah oui ? À quoi tu penses ?

— Marcia m'a dit de te poser la question.

Paul se dépêcha de sortir du lit.

— Je ne vois pas de quoi elle parle, répondit-il, visiblement dans l'évitement.

Elle se leva à son tour.

— Paul, si tu sais quelque chose, il faut m'en parler. Je suis sa mère, tout de même.

Gêné, Paul chercha du regard autour de lui.

— Tu as vu mon jean noir ?

Elle pointa du doigt la chaise entièrement recouverte de vêtements dans l'angle de la pièce.

— T'as regardé là-dedans ?

Pendant qu'il remuait le tas d'habits en quête dudit pantalon, Martinique vint se mettre juste derrière lui.

— Je suis sérieuse, Paul ! Je vois bien que tu me caches un truc.

— J'ai promis de ne rien dire, murmura-t-il.

Les oreilles de Martinique se mirent à siffler. C'était donc vrai. Il s'était passé quelque chose qu'elle n'avait pas le droit de savoir. Elle cogitait à toute vitesse. Angela avait-elle été témoin d'un crime, ou pire, complice ? Elle essayait désespérément de combler les trous. Pourquoi était-elle la seule à qui Angela n'avait rien voulu dire ? Est-ce qu'elle était tombée enceinte ?

Quand Paul se retourna, elle avait les bras croisés sur sa poitrine.

— Je ne te lâcherai pas tant que tu n'auras pas craché le morceau !

— N'en fais pas tout un plat, soupira-t-il.

— Comment ça, tout un plat ? Tu plaisantes, j'espère ? Il s'agit de ma fille. J'ai le droit de savoir !

— Mais Angela m'a fait promettre.

Martinique se sentait perdre pied.

— Pourquoi ? demanda-t-elle d'une toute petite voix.

Paul eut l'air de prendre son élan pour répondre.

— Peut-être parce que tu as toujours tendance à surréagir. Ou parce qu'elle a peur de te décevoir, je ne sais pas, moi.

Elle serra les lèvres. Elle était si terrifiante que même sa propre fille n'osait pas l'appeler au secours.

— S'il te plaît, dis-moi ce qu'il se passe ! Je vais crever d'inquiétude, suffoqua-t-elle.

Résigné, Paul s'assit au bord du lit.

— Premièrement, ça n'est pas aussi grave que tu as l'air de le croire. Elle a fait une bêtise, et elle a eu besoin d'aide, c'est tout. Et elle a eu trop peur de ta réaction pour t'en parler.

Martinique secouait la tête.

— Mais j'ai toujours été là pour elle ! C'est moi qui l'ai accompagnée chez le directeur la fois où elle a triché à son contrôle, moi qui ai rapporté les bonbons qu'elle avait volés à Tesco !

— Ça fait plusieurs années. Elle a grandi, tu sais.

Paul se releva et passa ses bras autour d'elle.

— Angela est presque une adulte. Tu dois l'accepter et commencer à lâcher prise. Elle te trouve beaucoup trop stricte avec elle.

— Je m'inquiète pour elle, c'est tout.

Martinique sentit l'haleine tiède de Paul quand il l'embrassa sur le front.

— Ça, je sais, chuchota-t-il.

Martinique se laissa aller dans les bras de Paul. Elle savait qu'il avait raison, mais ça n'était pas aussi simple pour elle que ça l'était pour lui. Comment pourrait-elle lâcher sa fille dans le terrible et vaste monde ? Martinique frissonna en pensant à toutes les horreurs qui pouvaient lui arriver.

— C'est pour ça que tu m'as acheté des fleurs ? demanda-t-elle prudemment.

Paul fit oui de la tête.

— Je m'en voulais de ne pas pouvoir t'en parler.

— Et ce coup de fil l'autre matin, que tu n'as pas voulu que j'entende ?

— Pareil. C'était aussi au sujet d'Angela.

Martinique soupira et lui donna une pichenette.

— J'ai pensé que peut-être, tu étais allé voir ailleurs.

Paul laissa échapper un petit rire avant de redevenir sérieux.

— Bon Dieu, chérie… tu sais bien que je ne te ferais jamais une chose pareille !

Elle leva les yeux jusqu'à croiser son regard.

— Je sais. Mais j'ai pensé à Richard, et je…

Elle haletait. Paul lui prit le menton dans la main.

— Richard est un snobinard multimillionnaire qui collectionne les Rolex et se déplace en jet privé. Moi, je suis un minable prof de fac qui collectionne les timbres et roule en Mazda cabossée. Bref, on n'a pas grand-chose en commun.

Martinique esquissa un sourire.

— Là-dessus, tu as raison, dit-elle en se penchant vers lui.

— Il n'est rien arrivé de grave, alors ?

— Non.

— Elle a demandé de l'aide à Marcia et à toi ?

— Mmmh.

— Et tu ne peux pas m'en dire plus ?

Paul l'entoura de ses bras.

— Il vaut mieux que tu attendes qu'elle soit prête à t'en parler elle-même.

Martinique soupira.

— Tu as raison. Je vais essayer d'être un peu moins… stricte.

— Tout ce qu'elle veut, c'est qu'on lui fasse confiance. Et même si elle a fait une bêtise, elle a eu le courage de m'en parler.

— D'accord.

— Bien.

Martinique appuya la joue contre l'épaule de son mari.

— Tu passes à la douche d'abord, ou j'y vais ?

Paul bâilla longuement.

— Et si on se recouchait, plutôt ?

Elle se libéra doucement de son étreinte.

— Jusqu'à ce que ton chef appelle ? Je ne te donne pas plus d'une demi-heure.

— Quelle chance que mon téléphone soit HS, dit-il en s'étirant.

— Oui, d'ailleurs, ce serait bien que tu t'en occupes. Si je ne peux pas garder un œil sur Angela, je veux au moins pouvoir garder un œil sur toi.

— D'accord, dit-il en déboutonnant son pyjama. Tu peux aussi me coller une puce GPS sous la peau.

Il montra la zone juste au-dessus de sa nuque.

— Bonne idée. Tu penses qu'on peut demander au vétérinaire en bas de chez nous ?

— Certainement, dit Paul en se dirigeant vers la salle de bains. Tu sais que je ferais n'importe quoi pour toi.

— C'est ça, marmonna Martinique sans pouvoir s'empêcher de sourire. Même si elle ne s'était pas encore remise des demi-aveux au sujet d'Angela, elle était au moins rassurée de savoir que son couple, lui, tenait encore la route.

Quand Paul fut entré dans la douche, elle se rappela ce que Charlotte lui avait dit à propos de sa tendance à toujours se faire avoir.

— Et au fait, lui cria-t-elle. Si un jour il te reprend l'idée de m'offrir des fleurs pour soulager ta conscience, tu pourras te les mettre là où je pense !

23

Jeudi 5 octobre

Charlotte jeta un coup d'œil discret aux livres que la cliente aux cheveux filasse avait posés sur le comptoir devant elle. *Tricoter avec des poils de chien*, *Amoureux d'un âne*, *Le Cannibalisme en pratique*, et *Les femmes sont-elles aussi des êtres humains ?*

Elle avait appris à rester impassible devant les choix parfois saugrenus de certains clients, et sourit donc le plus normalement du monde à la femme au pull couleur crème qui lui faisait face.

— Vous avez trouvé votre bonheur ?

— Oui, dit-elle sans la regarder.

— Excellent !

Tandis qu'elle rentrait les prix dans la caisse, elle s'efforça de trouver autre chose à lui dire. Simuler l'intérêt pour des clients avec qui elle devait en plus se montrer cordiale était de loin ce qui lui coûtait le plus d'efforts quand elle tenait la caisse.

— En voilà une sélection intéressante, dit-elle gaiement. C'est pour un projet scolaire ?

La femme secoua la tête et sortit son portefeuille.

— Non, c'est pour mon père. Il faut bien qu'il s'occupe.

Charlotte se força à sourire.

— Je comprends. Le cannibalisme doit être une marotte passionnante.

La femme, qui n'eut pas l'air de percevoir l'ironie dans le ton de Charlotte, la fixa de ses yeux vitreux et lui tendit sa carte bleue.

— Oui, dit-elle atone. Ça n'est pas facile de vieillir. Si on ne peut même pas se distraire…

Quand elle fut sortie de la librairie, Charlotte se repassa en revue les livres qu'elle venait de vendre. Peut-être existait-il un code moral destiné aux libraires ? Elle n'avait certes lu aucun des ouvrages réglés par la cliente, mais une petite voix lui disait qu'elle n'aurait pas dû vendre un livre intitulé *Les femmes sont-elles aussi des êtres humains ?* Elle n'avait encore parlé à personne de l'homme en doudoune bleu clair. La question valait la peine d'être posée. Un libraire était-il en droit de refuser certains titres, par éthique ? Où tracer la frontière entre l'acceptable et l'inacceptable ? Que penser des polars qui consacraient des chapitres entiers à des scènes de violence circonstanciées ou à des descriptions de crimes sexuels ? *Quid* des manuels pratiques sur la découpe de la viande ? Rien ne garantissait qu'ils n'inspirent pas un potentiel tueur en série.

Charlotte sourit à part soi. C'était typiquement le genre de question dont elle aurait aimé discuter avec sa mère. Kristina, toujours très fine dans ses analyses, avait été une interlocutrice de premier choix.

Elle poussa un soupir. Longtemps après la mort de sa mère, il lui arrivait encore d'éprouver le terrible sentiment d'avoir été abandonnée. Charlotte n'avait même pas osé demander de quoi sa tante était morte, de peur que ce soit du même cancer qui avait emporté sa mère. Elle ne voulait pas admettre que cette détestable maladie rôdait dans la famille. C'était profondément injuste d'avoir dû voir partir tous ceux qui lui étaient proches. En fait, elle n'avait même pas la force d'y penser. Pour peu qu'elle essaye de comprendre ce qui s'était passé, elle se retrouvait prise dans un cercle vicieux d'inquiétude et de chagrin et en venait à se convaincre que toutes les personnes qu'elle aimait finiraient par disparaître.

Charlotte chassa ces pensées morbides de son esprit et fit un signe à Martinique qui passait devant elle avec un plateau. La fabrication et la vente de gâteaux suédois étaient un franc succès. Martinique avait très vite appris à confectionner rêves à la vanille, escargots au caramel et fourrés à la framboise. Toute la librairie embaumait d'une irrésistible odeur sucrée et les clients ne résistaient pas à l'envie de prendre un goûter sur place ou d'emporter chez eux quelques pâtisseries.

Le *fika suédois,* dont la pancarte posée sur le trottoir faisait la promotion, attirait dans la librairie toute une foule de nouveaux clients gourmands ou simplement curieux de savoir ce que signifiait la mystérieuse expression. Mais aujourd'hui était un jeudi, jour particulièrement calme à Riverside.

Sam était assise à l'une des tables du café et feuilletait le catalogue des publications à venir pour sélectionner les titres à commander. De là où elle était, Charlotte l'entendait siffloter juchée sur sa chaise dans ses collants violets et son mini-short en cuir. Elles s'étaient à peine adressé la parole depuis leur dispute et Charlotte avait l'impression que Sam l'évitait. Dans un sens, c'était plutôt agréable. Charlotte pouvait se concentrer sur ce qu'elle devait faire et Sam avait toute liberté pour préparer le coin lecture sous l'escalier. La veille, Sam avait passé plusieurs heures à vider le local et à le rafraîchir avec un vieux reste de peinture. Elle avait même trouvé à reloger tout ce que le réduit comportait de bazar, ce qui relevait du miracle. Charlotte, toutefois, ne l'avait pas encore autorisée à acheter de nouveaux éléments de décoration. Elle se creusait encore la tête pour trouver une solution à la situation économique de Riverside. Les rentrées d'argent permises par la vente de café et de gâteaux rondement menée par Martinique ne suffisaient pas à couvrir la dette béante laissée par Sara. Pourtant, Charlotte n'était pas encore décidée à en toucher un mot à Sam et Martinique. Elle continuait d'espérer qu'elle trouverait un moyen de régler le problème toute seule.

Quand Charlotte aperçut William descendre l'escalier, un picotement lui chatouilla le ventre. Elle n'avait pas eu le temps de lui parler depuis leur longue promenade de la semaine passée et elle réalisa soudain qu'il lui avait manqué. Comme d'habitude, il flânait, les deux mains dans les poches, comme d'habitude, il était beau sans le faire exprès.

— Salut ! Comment va ?

Charlotte fit un grand geste circulaire de la main.

— Comme tu peux le voir, on est submergés sous la clientèle.

William émit un petit rire – elle sentit aussitôt une douce chaleur l'envelopper.

— Ne t'inquiète pas. Vu tout ce que vous avez mis en œuvre, ça devrait s'arranger.

Sam leva les yeux de son catalogue.

— Et pour toi, comment ça se passe ? T'as l'air en pleine forme, est-ce que la crampe de l'écrivain te laisse enfin tranquille ?

William sourit. Charlotte vit deux fossettes se dessiner sous sa barbe de trois jours.

— Si on veut, oui. J'ai trouvé l'inspiration.

Quand il jeta un regard en biais vers elle, Charlotte eut l'envie soudaine de se pencher au-dessus du comptoir pour passer une main dans ses cheveux épais et brillants. *Merci Seigneur de m'avoir appris à refréner mes impulsions !* pensa-t-elle l'espace d'une demi-seconde.

— Génial, dit Sam. Et concrètement, comment on fait pour être inspiré ?

William haussa les épaules.

— D'un coup les idées jaillissent toutes seules, c'est tout.

Il se remit à rire et fit le tour du comptoir pour se servir un café.

— Quelqu'un d'autre en veut ?

Charlotte secoua la tête.

— Les écrivains ont différentes astuces pour trouver l'inspiration, poursuivit-il en se remplissant une tasse jusqu'à ras bord.

— Ouais, Dan Brown se met en équilibre sur la tête, dit Sam.

— Bah, rien de très original ! Il paraît que certains arrêtent de se doucher pour ne pas être tentés de sortir au lieu d'écrire, dit-il, l'air amusé.

Sam fronça les narines.

— Marcher sur la tête me paraît être une bien meilleure idée. Du moins si tu tiens à retrouver un jour une vie sexuelle.

William s'assit et souffla sur sa tasse de café. Charlotte l'observait en silence.

— Comment on fait pour écrire un livre, en pratique ?

Il prit une gorgée de café.

— Je n'en ai pas la moindre idée.

— Mais ton premier roman par exemple, comment tu t'y es pris ? insista Sam en refermant son catalogue.

William se tourna vers elle.

— C'est ça le plus dingue. J'en sais rien. L'écriture, c'est comme un prurit. Une fois que l'histoire a germé en moi, je ne peux plus m'en empêcher : il faut que je me gratte.

Sam fit la grimace.

— Si t'arrêtes de te doucher, c'est sûr que ça finit par démanger.

— Ha ha, fit-il, caustique. Je sais que ça a l'air bête comme ça, mais je ne trouve pas de métaphore plus parlante. Il faut que j'écrive, sinon je deviens fou.

— Et là, ça te démange ?

Il acquiesça.

— Formidable, dit Sam. Il faut fêter ça !

— Et si on allait dîner quelque part ce soir ? proposa William.

Sam applaudissait, l'air enthousiaste.

— Ouais ! The Swan, nous voilà !

William se tourna vers Charlotte et la regarda droit dans les yeux.

— Tu viens, hein ?

Charlotte hésita. Elle avait beau apprécier la compagnie de William, elle préférait s'abstenir. Plus elle s'attacherait à lui, plus il serait difficile de lui dire au revoir. En plus, elle doutait fort que Sam ait envie de passer la soirée avec elle.

— Je ne pense pas pouvoir.

Sam leva les yeux au ciel.

— Est-ce que tu es en train de rater une occasion de découvrir la vie nocturne londonienne ?

Charlotte resta un instant interloquée. Avait-elle bien entendu ? Sam insinuait-elle par là qu'elle était la bienvenue, ou était-ce encore une de ses vannes habituelles ?

William se pencha au-dessus du comptoir.

— Allez viens, on va rire !

Sam la toisa des pieds à la tête.

— Je peux t'aider à choisir une tenue.

Charlotte regarda tout autour d'elle, comme désorientée. Sam venait de lui offrir son aide. Sans sarcasme.

— On verra, marmonna-t-elle, indécise.

Sam fit un signe en direction de la cuisine.

— Will, tu peux demander à Martinique si elle a envie de se joindre à nous ?

Dès qu'il fut hors de vue, Sam passa de l'autre côté du comptoir et fit mine de mesurer le tour de hanches de Charlotte.

— Tu n'as pas de tatouage que tu peux montrer ? Je veux dire, histoire d'être un peu sexy.

— Non, et toi ?

Sam lui lança un regard condescendant.

— Évidemment, comme tout le monde, non ?

Devant la mine perplexe de Charlotte, Sam abaissa la manche de son tee-shirt sur son épaule et dévoila un cercle barré d'un trait à l'intérieur d'un triangle noir.

— C'est mon tatouage Harry Potter. Les Reliques de la Mort, tu sais.

— Mmh-mmh.

Elle remonta sa manche et continua d'observer Charlotte sous toutes les coutures.

— Il faut te débarrasser un peu de ce look de supermarché.

Charlotte renifla. Elle n'avait jamais fait son shopping dans un supermarché, mais Sam marquait un point. Elle n'avait pas le style le plus original du monde. Avant la mort d'Alex, elle accordait beaucoup plus d'importance à son apparence, mais ces derniers temps, elle n'avait pas eu la force de s'en préoccuper.

— Tu pourrais être vraiment jolie, déclara Sam, sûre d'elle. Mais il faut travailler ton attitude. Répète après moi : « Je suis sexy. »

Charlotte lui jeta un regard outré.

— Jamais de la vie !

— Pourquoi pas ? C'est ce qu'on appelle de l'autosuggestion, une méthode prouvée scientifiquement. Si tu veux être quelque chose, il faut le dire à voix haute. Allez. « Je suis une déesse du sexe. » Dis-le !

Charlotte secouait la tête.

— Je ne peux pas.

Sam haussa les épaules.

— Tu peux t'en prendre qu'à toi-même, dit-elle en attrapant l'encolure du pull de Charlotte pour agrandir son décolleté.

— C'est bon, finit par lâcher Charlotte tout en se débattant pour se défaire des mains de Sam. Je viens avec vous ce soir si tu arrêtes de tirer sur mes vêtements.

— Tu promets ?

— Oui. Mais c'est moi qui choisis ma tenue !

Sam leva les mains en signe de reddition.

— OK. Comme tu veux, dit-elle, amusée. Mais à mon avis, essaye quelque chose de rouge et de brillant. Ça devrait plaire à William.

— Oui, j'en suis sûre, dit Charlotte à toute vitesse. Excuse-moi, j'ai un truc à faire.

Dès qu'elle le put, elle se précipita à l'intérieur du bureau et ferma la porte derrière elle. Le sang lui montait à la tête, elle sentait ses joues en feu. Elle n'aimait pas être observée et soupesée et les intentions de Sam lui semblaient un peu douteuses. Et si ça n'était pour elle qu'un moyen de se venger ?

Embarrassée, elle baissa les yeux vers son pull et son jean. Sam n'avait pas tout à fait tort. Même si elle n'avait aucune envie d'être remarquée, Charlotte pouvait bien faire l'effort d'essayer quelque chose de nouveau. Autrefois, elle avait pris beaucoup de plaisir à s'exprimer à travers le maquillage et les vêtements, et même si elle ne serait jamais aussi audacieuse qu'elle l'avait été par le passé, s'occuper un peu d'elle-même ne pouvait pas lui faire de mal.

Elle sourit en pensant à ses tenues fétiches restées chez elle en Scanie. Certaines étaient tellement affriolantes qu'elles auraient reçu l'aval de Sam à coup sûr. Elle possédait, entre autres, une robe fendue en soie bleu nuit dans laquelle elle avait passé des soirées exquises, une fausse fourrure vert émeraude achetée à Paris et une paire de cuissardes divines en velours mauves. Autrefois, elle avait adoré ces tenues, mais elle n'avait plus envie de les porter. Les vêtements qu'elle avait laissés chez elle appartenaient à sa vie passée. À présent, elle devait découvrir la personne qu'elle était devenue.

— Je suis… sexy, chuchota-t-elle aussi bas que possible avant de pouffer de rire. Elle se trouvait particulièrement ridicule. Sam avait dû se payer sa tête.

Charlotte croisa son propre regard dans le petit miroir accroché au mur. Elle ne pouvait plus se débiner, surtout pas maintenant que Sam lui avait tendu la main, mais elle n'avait pas l'intention de rester très tard. *Une heure tout au plus,* pensa-t-elle, *et surtout pas trop de bavardages avec William.* Non, à vrai dire, elle veillerait même à ne pas s'asseoir à côté de lui. Elle se concentrerait plutôt sur Martinique. Peut-être pourraient-elles parler de *Jane Eyre* que Charlotte venait de terminer. Et maintenant qu'elle avait dit oui, elle pouvait bien essayer de s'arranger un peu.

Charlotte pensa à la grande garde-robe dans la chambre de Sara. Elle y trouverait sans doute quelque chose à se mettre. Rien de trop sexy, évidemment. Toutes les parties de son corps resteraient scrupuleusement couvertes. Et surtout pas de léopard comme l'avait suggéré Sam – et puis quoi, encore !

Charlotte ne se sentait pas exactement à son aise dans le chemisier rouge aux boutons dorés qu'elle avait trouvé parmi les robes de Sara, mais une fois qu'elle l'eut essayé, une force mystérieuse la poussa à le garder. Lorsqu'elle descendit les escaliers, elle fourmillait d'impatience.

Sam l'attendait debout près du comptoir.

— Voilà au moins un pas fait dans la bonne direction, dit-elle en désignant le chemisier.

Charlotte réajusta le vêtement qu'elle trouvait juste un peu trop serré.

— Merci… je suppose.

Sam enfila un petit sac à dos noir laqué.

— Ouais. Bon, faut y aller, William est déjà sur place.

Charlotte regarda tout autour d'elle.

— Et Martinique ?

Sam secoua la tête.

— Elle ne vient pas. Elle m'a dit qu'elle avait un truc à régler avec sa fille.

Charlotte se figea. Martinique était sa bouée de sauvetage. Sans elle, comment arriverait-elle à se maintenir à distance de William ?

— Quel dommage ! Rien de grave, j'espère ? Tu ne crois pas qu'il faut que je l'appelle pour savoir si elle n'a pas besoin d'un coup de main ?

Sam leva un sourcil.

— Non, elle devrait s'en sortir. Allez viens, on y va.

Sur Riverside Drive, les commerçants avaient commencé à fermer boutique. La fleuriste était occupée à remiser les grands seaux couleur zinc emplis de roses tandis que le propriétaire de la charcuterie-fromagerie se balançait en haut d'une échelle pour retourner du côté *fermé* le petit fanion qui disait *ouvert*. L'une comme l'autre saluèrent gaiement Charlotte qui se démenait pour ne pas se faire distancer par Sam. Malgré ses bottines compensées, sa collègue marchait à un rythme étonnamment rapide sur les trottoirs en pente et les pavés irréguliers. Quand Sam se rendit compte que Charlotte traînait la patte, elle baissa les yeux vers ses chaussures.

— Pourquoi tu ne portes jamais de talons ? C'est beaucoup plus facile de marcher avec !

Charlotte ne sachant pas quoi répondre, elle se contenta de hausser les épaules.

— T'as des pieds plus larges que la moyenne ? poursuivit Sam. À Camden, y a plein de boutiques spécialisées dans les chaussures pour travestis. Là-bas, tu devrais réussir à trouver chaussure à ton pied.

Charlotte la dévisagea. Était-ce une pique ou une mauvaise blague ? Elle n'eut pas le temps de trouver une repartie pour sa défense que Sam était déjà plusieurs mètres devant elle. Charlotte dut presque courir pour ne pas la perdre de vue.

La nuit avait commencé à tomber et le quartier qu'elles traversaient à présent était rempli de petits restaurants avec terrasse. Dans les ruelles éclairées par des dizaines de petites lanternes suspendues affluait une foule joyeuse et bigarrée. À l'exception des cornes de brume qui résonnaient en arrière-plan, l'atmosphère était particulièrement chaleureuse, et malgré les commentaires désobligeants de Sam, Charlotte était heureuse d'avoir accepté l'invitation. Elle était encore loin d'avoir vu tout ce que la ville avait à offrir, mais chaque fois qu'elle sortait de la librairie, elle était ravie du spectacle qui se présentait devant elle. Outre une promenade à Big Ben, au palais de Westminster, à London Eye et à Borough Market, un grand marché situé sous London Bridge, elle avait aussi eu l'occasion de visiter Notting Hill avec Martinique. Un samedi matin, elles étaient allées à Portobello Market pour faire des emplettes nécessaires à la librairie et elles en avaient profité pour déambuler entre les nombreuses échoppes d'antiquaires.

Quel que soit le quartier de Londres visité, elle était chaque fois séduite par ce qui se jouait autour d'elle. Comme à Riverside, certaines des rues de Notting Hill étaient égayées par de longues rangées de maisons victoriennes aux façades peintes de différentes couleurs. Pour ne rien gâcher, le quartier était très arboré. Chaque espace laissé vacant entre deux murs abritait un petit jardin luxuriant et à tous les coins de rue, d'adorables petits cafés vous faisaient de l'œil. Ce matin-là, Charlotte eut envie de rentrer dans chacun d'entre eux, mais sur le conseil de Martinique, elles attendirent d'être assises chez Granger & Co pour déguster un brunch mirobolant composé d'un cake exquis à la ricotta, à la banane et au miel, de maïs doux grillé avec des tomates rôties, d'épinards, de bacon, et de tout un assortiment de muffins juste sortis du four. Le seul inconvénient, à Londres, était d'y avoir toujours l'embarras du choix. Il faudrait à Charlotte au moins un an pour avoir une vue d'ensemble de la ville.

Lorsqu'elles arrivèrent au Swan, Charlotte repéra William assis à une table d'angle sur une banquette en demi-lune et sentit le rouge lui monter aux joues. Pour une fois, il avait repassé sa chemise, ou du moins certaines parties, puisque à bien y regarder, les manches étaient encore froissées. Charlotte essaya de s'asseoir tout au bout de la table, mais Sam, d'un coup de coude, la poussa juste à côté de lui.

— Hello, s'écria Sam d'un ton enjoué en ôtant son manteau. T'as un nouveau contrat en poche ou t'es juste heureux de me voir ?

— Très drôle, répondit William sèchement. Vous en avez mis, du temps !

Sam leva les yeux au ciel.

— Ce n'est pas une chose à dire à une dame, voyons ! Je vais aux chiottes. Tu me prends un Pimm's ?

— D'accord. On n'a qu'à commander une première tournée de Pimm's.

William se tourna vers Charlotte :

— Tu aurais voulu autre chose ?

Charlotte envisagea une seconde de demander une tasse de thé avant de se raviser, de peur de passer pour la personne la plus assommante de l'univers. À Londres, pourtant, le thé était toujours un délice, surtout servi avec des scones, de la confiture de cassis et cette crème d'un jaune doré à base de lait cru délicieusement appelée *clotted cream*.

— Un Pimm's pour moi aussi, merci.

En voyant Sam filer vers les toilettes, elle laissa échapper un soupir. William, qui venait de se lever, la regarda d'un air soucieux.

— Tout va bien ?

Charlotte approuva.

— Oui, oui, tout va bien.

Il se rassit si près d'elle qu'elle sentit son cœur s'emballer.

— Tu es sûre ? Tu as l'air un peu triste.

Charlotte secouait vigoureusement la tête.

— Non, c'est rien, je t'assure. C'est juste que… Enfin, j'ai l'impression que… Elle expira longuement. Je crois que Sam me déteste.

Elle ne savait plus où se mettre. Persuadée que William confirmerait ce qu'elle venait de dire, elle fut étonnée de le voir se mettre à rire.

— Je sais pas si t'as remarqué, mais Sam n'est tendre avec personne. Faut pas le prendre personnellement, elle est comme ça.

— Oui, sauf qu'elle a une raison de m'en vouloir. Je l'ai salement engueulée il y a quelques jours.

William dégagea de son front quelques boucles tombées devant ses yeux et sourit.

— J'ai du mal à y croire. Et même si tu lui avais vraiment crié dessus, je ne suis pas sûre qu'elle aurait remarqué. En tout cas, elle ne m'en a pas parlé.

Charlotte s'étira. Elle était persuadée que Sam avait rapporté à William toutes les méchancetés qu'elle lui avait lancées à la figure.

— C'est vrai ?

— Oui. Crois-moi, elle a d'autres choses en tête. Tu veux toujours un Pimm's ?

Elle fit oui de la tête. C'était pour elle un sentiment très particulier de se trouver en compagnie de William, même si Sam n'était pas loin.

Quand ils eurent terminé leurs *bangers and mash,* que Sam classait parmi les incontournables de la gastronomie anglaise – mais qui rappelaient à Charlotte la saucisse-purée qu'on servait chez elle en Suède, ils continuèrent au Pimm's. Charlotte était contente d'avoir pu parler de Sam avec William car elle remarquait à présent que sa jeune collègue était aussi désagréable avec lui qu'elle l'était avec elle. Les deux amis passaient leur temps à se chamailler et par moments, Sam sortait de telles obscénités que même William semblait gêné.

Pendant qu'ils bavardaient, Charlotte observa avec curiosité les autres clients du pub. Presque tous ceux qui se trouvaient dans son champ de vision arboraient une tenue excentrique, sans commune mesure avec ses compatriotes. À la table devant eux, un type avait les jambes moulées dans un pantalon en similicuir rose tenu par des bretelles. Bien qu'âgé de vingt-cinq ans tout au plus, ses cheveux argentés contrastaient avec ses sourcils bleu corbeau. La fille qui l'accompagnait, dont les cheveux aux mèches violettes descendaient jusqu'à la taille, portait un gros poncho tricoté et des chaussures vert fluo. À la table d'à côté, un couple de quadragénaires était apprêté jusqu'aux dents. Lui était vêtu d'un complet-veston brun à fines rayures, avec pochette et chapeau haut de forme et moustache frisée. Sa compagne portait la version moderne d'une robe médiévale, les cheveux relevés en une coiffure recherchée, avec des nattes enroulées autour de ses oreilles et un gros anneau dans le nez.

Charlotte n'avait jamais vu une population aussi tatouée et percée que les Londoniens. En fait, ça lui faisait plaisir. Tous ces autochtones avaient l'air d'œuvres d'art vivantes et elle fut frappée de constater qu'avec son style banal, c'était elle qui sortait du lot. Elle s'étonna aussi du nombre de regards insistants que Sam recevait de la part d'hommes et de femmes. Un type tout habillé en blanc ne la quittait pas des yeux. Charlotte fit un signe discret en sa direction.

— Je crois qu'il t'aime bien, dit-elle doucement.

Sam renifla.

— Je sais. Comme la plupart des gens, en fait. C'est épuisant à la longue, soupira-t-elle.

William fit une moue ironique.

— Ma pauvre. Ça doit être vraiment dur.

— Ça l'est, dit-elle, atone. Avant, je trouvais super de pouvoir faire mon marché, mais maintenant…

Elle se tut.

— Tu es peut-être prête pour quelque chose de plus sérieux ? demanda William.

Sam secoua immédiatement la tête.

— Non, pouah ! Je n'ai aucune envie de me retrouver piégée. Quel cauchemar de se réveiller à côté de la même personne tous les matins. Elle se tourna vers Charlotte. Les coups d'un soir, c'est ma passion.

William leva son verre.

— Et quoi de neuf avec Lindsay, alors ? Tu avais un petit faible pour elle, il me semble.

Sam soupira.

— Ce n'est pas parce que je couche avec que je suis amoureuse. Le sexe et l'amour sont deux choses différentes, combien de fois faudra-t-il que je te le répète ? En plus, je ne veux pas perdre ma liberté.

— À d'autres, la taquina William. Toi aussi tu cherches l'amour, comme tout le monde.

— Certainement pas ! Je veux juste m'amuser un peu.

Une belle femme enrobée de paillettes avec chignon banane s'assit au bar. William la montra discrètement du doigt.

— Plutôt ton style, je me trompe ?

Sam se mordit la lèvre inférieure.

— Ça se pourrait. Qu'est-ce que je gagne si j'arrive à la séduire ?

William réfléchissait.

— Rien. Mais si tu reviens bredouille, tu devras appeler Lindsay.

Sam finit son verre, rajusta son soutien-gorge et lui lança un regard plein de malice.

— Aucune chance, dit-elle en se laissant glisser du banc.

En silence, ils observèrent Sam s'avancer vers le bar, commander quatre shots et s'asseoir à côté de la créature qui semblait tout droit sortie d'un gala mondain. Charlotte, qui n'arrivait pas à se rappeler la dernière fois qu'elle avait assisté à un spectacle aussi passionnant, ne quittait pas Sam des yeux.

— Qu'est-ce qu'elle est en train de faire ? ne put-elle s'empêcher de demander alors même que la question était idiote. Je sais ce qu'elle est en train de faire, mais enfin, bref, passons.

William la regarda en fronçant les sourcils.

— Est-ce que tu te plais ici ?

Charlotte haussa les épaules.

— Je crois, oui.

— Tu penses que tu vas rester ?

Elle sentait le regard de William posé sur elle et son estomac se noua. Elle aurait voulu répondre oui, mais elle savait que c'était impossible.

— Non. Mais tout prend beaucoup plus de temps que prévu.

— Et ton travail en Suède ?

Elle sourit.

— Par chance, tout roule, que je sois là ou non. J'ai seulement besoin d'un peu de wifi pour m'assurer de temps à autre que tout va bien.

— C'est aussi l'avantage avec le métier d'écrivain, renchérit William, je peux travailler de n'importe où. J'aime me sentir libre de quitter Londres sur un coup de tête, si j'en ai envie, et de n'avoir aucune attache.

Elle but une gorgée de son Pimm's et repensa au découragement profond de William après qu'on eut refusé de publier son manuscrit.

— Tu pourrais t'imaginer faire autre chose ?

Occupé à dépiauter une cacahuète, William prit un air amusé.

— Crois-moi, j'ai presque tout essayé : déménageur, coursier à vélo, vendeur, homme de ménage, baby-sitter et dog-sitter. Une fois, j'ai même nettoyé les gouttières d'un des palais royaux.

Impressionnée, Charlotte siffla.

— Et alors, t'as croisé une tête couronnée ?

— Ouaip. La reine, qui mangeait ses haricots blancs au petit déjeuner.

Il fit un signe vers Sam qui en était à proposer un shot à sa nouvelle proie.

— On dirait que ça se passe bien, dit-il amèrement. J'avais espéré qu'elle rappelle cette Lindsay.

Charlotte étudia discrètement William. Elle avait vraiment besoin de quelqu'un à qui se confier. Les derniers jours, elle avait sérieusement considéré de vendre C/O Charlotte afin de dégager des liquidités pour Riverside. Mais cette solution reviendrait à trahir tous ceux qui travaillaient pour elle, y compris Henrik – de plus, en devenant une simple employée de son entreprise, elle perdrait cette liberté qu'elle chérissait tant. La seule pensée de devoir travailler à heure fixe et de rendre des comptes à quelqu'un la déprimait.

— J'ai reçu une offre, si ça t'intéresse, dit-elle à voix basse. Mais il faut que ça reste entre nous.

William lui lança un regard intense.

— Je suis tout ouïe !

Charlotte dessina un cercle invisible sur la nappe.

— Une grande chaîne de cosmétiques m'a proposé d'acheter mon entreprise. À un très bon prix. Je ne sais pas quoi faire.

William s'éclaircit la voix.

— Tu veux dire que tu pourrais gagner une grosse somme d'argent et arrêter de travailler. En voilà un dilemme cornélien !

Elle croisa les mains sur ses genoux. Elle ne connaissait pas encore assez bien William pour lui parler d'Alex, mais elle ne savait pas comment expliquer son lien affectif à C/O Charlotte sans évoquer son existence.

— C'est plus compliqué que ça. Ils veulent me garder dans l'entreprise et de toute façon, je ne me vois pas encore laisser les rênes à quelqu'un d'autre. J'y ai mis beaucoup de moi-même, tu comprends.

— D'un autre côté, c'est une occasion en or pour essayer autre chose, comme tenir une librairie, par exemple.

Charlotte le regarda. Il espérait donc la voir rester à Londres.

— Si seulement c'était si simple, dit-elle. Toute ma vie est en Suède.

Il hocha la tête.

— Tu ne serais pas la première à t'installer dans un nouveau pays. Qu'est-ce qui te retient là-bas ? Je veux dire, si tu te plais ici.

Tout ce qui la liait encore à Alex se trouvait en Scanie, leur maison et l'appartement où ils avaient vécu, les restaurants où ils avaient leurs habitudes, les parcs où ils se promenaient. De plus, sa mère et Alex étaient tous les deux enterrés au cimetière de Lund.

— Ma maison, par exemple.

— Que tu pourrais vendre, non ? Ou garder comme résidence secondaire, si tu as les moyens.

À ce moment précis, une autre femme franchit la porte d'entrée. Dans son costume strict, elle avait l'air d'une avocate ou d'une banquière. Ses talons aiguilles claquèrent sur le plancher lorsque, d'un pas décidé, elle se dirigea tout droit vers Sam.

Dès que William l'aperçut, son visage changea d'expression.

— Oh non.

Charlotte se retourna vers Sam, qui, elle aussi, avait subitement cessé de sourire.

— Qui est-ce ?

— Lindsay. La policière avec qui Sam a fricoté.

— Aïe. Elle n'a pas l'air commode.

— C'est le moins qu'on puisse dire.

La femme en robe à paillettes jeta un regard effrayé à Sam avant d'attraper son sac à main et de battre en retraite, mais Sam ne parut même pas remarquer son départ. Les yeux écarquillés, elle fixait Lindsay qui se tenait devant elle, les bras croisés sur la poitrine.

Sam, qui jusque-là rayonnait d'un excès de confiance en elle, semblait avoir rapetissé de plusieurs centimètres. Charlotte la vit descendre du tabouret de bar et faire un geste vague de la main, comme pour s'excuser, pendant que Lindsay secouait la tête d'un air péremptoire.

— Peut-être qu'on ne devrait pas regarder, chuchota Charlotte à William.

— Fais ce que tu veux. Moi, je ne veux pas louper ça.

Sam fit quelques pas chancelants en direction de leur table, assez près pour que Charlotte puisse entendre ce qu'elles se disaient.

— Je suis désolée. Vraiment !

— Je ne te crois pas.

Lindsay, droite comme un piquet, avait les mains sur les hanches. Charlotte essaya de comprendre comment un couple aussi mal assorti avait pu se former.

— Mon message était idiot. Pardonne-moi.

Lindsay dévisageait Sam.

— Oui, c'était carrément immature.

Sam se décomposa encore plus.

— Et si on allait s'asseoir quelque part pour en parler ? proposa-t-elle.

— Jamais de la vie ! Je ne veux plus entendre parler de toi tant que tu n'auras pas un peu grandi.

Sur ce, la dénommée Lindsay lança à Sam un dernier regard plein de reproches avant de faire volte-face et de sortir du pub.

La tête baissée, Sam se traîna jusqu'à leur table et se laissa tomber sur la banquette.

— Merde ! jura-t-elle à voix haute.

William tendit une main vers elle.

— Allez, ça va s'arranger, dit-il gentiment devant la mine déconfite de Sam.

— De toute façon, elle ne t'a jamais intéressée, pas vrai ?

Sam le regardait d'un œil torve.

— Non, mais ça ne veut pas dire que j'aime être humiliée en public, siffla-t-elle. Et puis… elle lâcha un profond soupir. Et puis j'avais oublié à quel point elle était belle.

William lui donna une tape amicale sur l'épaule.

— Je suis désolé, Sammy.

— Ça va. Elle posa les mains sur ses joues écarlates avant de se relever. J'ai besoin d'un remontant, marmonna-t-elle en disparaissant vers le bar.

William eut un geste d'impuissance.

— C'est jamais agréable de se faire larguer.

Les yeux de William brillaient étrangement.

— Tout va bien ? demanda Charlotte.

William détourna la tête.

— Oui, oui. C'est juste que je ne connais rien de plus compliqué que la vie sentimentale des mammifères bipèdes.

— Je vois ce que tu veux dire.

— J'ai été fiancé, dans le temps, poursuivit-il.

— Ah oui ?

William sourit.

— Elle s'appelait Theresa. On a vécu ensemble pendant quelques années.

Il sembla se renfermer en lui-même, tandis qu'un désagréable sentiment naissait en Charlotte. Elle ne voulait rien savoir de plus sur cette Theresa.

— Qu'est-ce qu'il s'est passé ? demanda-t-elle malgré tout.

Il secoua la tête.

— Bizarrement, elle s'est lassée de dîner tous les soirs de pain grillé et de conserves de poisson. Elle me voyait comme un écrivain raté, et ça la rendait folle. Elle disait qu'on n'avait aucun avenir ensemble puisque je n'aurais jamais une vie normale avec un métier, des enfants, une maison, une voiture cinq places et tout. Il haussa les épaules. Elle avait sans doute raison. C'est après qu'elle m'a jeté dehors que Sara m'a proposé de m'installer à Riverside.

— Oh, fit Charlotte.

Une ride s'était formée entre ses sourcils.

— Quand mon premier roman est arrivé en tête des ventes, j'ai eu envie de l'appeler pour lui dire à quel point elle se trompait. Pitoyable, n'est-ce pas ?

Charlotte le regarda avec empathie.

— Assez compréhensible, en fait. Et alors ? Tu as fini par lui dire ?

Il leva les yeux au plafond.

— Un ami commun a fait en sorte qu'elle lise une de mes interviews dans le *Guardian.* L'article en question me faisait passer pour un écrivain aussi hautain que talentueux, capable de gagner n'importe quel prix littéraire.

— Ça a dû te faire un bien fou !

Sam revint vers eux, un verre de whisky à la main. Elle avait toujours l'air dépité, mais son visage s'illumina un instant quand elle lut un message tout juste reçu sur son téléphone.

— C'est Lindsay qui t'écrit ? demanda William plein d'espoir.

Sam secoua la tête.

— Non, un ami qui organise une sauterie à Mayfair ce soir.

— Quel genre de sauterie ?

Sam arriva à esquisser un sourire.

— Un événement pour filles bicurieuses.

Charlotte ne comprenait rien de ce que Sam disait.

— C'est-à-dire ?

— L'occasion pour des nanas lassées de leur mec de rencontrer des goudous dans mon genre. En général, on se marre bien. Je me sens toujours un peu comme le serpent du paradis, qui apporte la pomme à Ève. Mon record, c'est d'avoir fait changer de bord quatorze filles au cours de la même soirée, dit-elle fièrement, même si ça m'a collé des courbatures à la langue pendant plusieurs jours. Elle regarda Charlotte et ajouta : t'es la bienvenue !

Charlotte détourna le visage pour masquer sa gêne.

— Merci pour l'invitation, pourquoi pas une autre fois.

William leva les yeux au ciel.

— Tu crois vraiment que c'est toi qui les fais passer de l'autre côté ?

Sam s'étira.

— Bien sûr que c'est moi. Les femmes qui font l'amour avec d'autres femmes ont sept fois plus de chances d'avoir un orgasme que celles qui couchent avec des hommes.

— D'où tu sors ça ? dit-il, sceptique.

— C'est le résultat probant d'enquêtes de terrain !

— Faites par qui ?

— Par moi, évidemment, répondit Sam, triomphante.

William renifla bruyamment.

— Tu as la moindre preuve de ce que t'avances ? Des analyses statistiques ? Des interviews ?

— Évidemment que non. La plupart des sujets interrogés veulent rester anonymes. Mais crois-moi, j'ai travaillé corps et âme à cette enquête !

Elle descendit d'un trait son whisky, prit son manteau et adressa un clin d'œil à Charlotte.

— Appelle si jamais tu changes d'avis, dit-elle, et n'oublie pas que d'après mes calculs, tu t'amuseras sept fois plus si tu m'accompagnes que si tu restes ici avec William.

Après le départ de Sam, William et Charlotte restèrent un long moment à discuter. Il lui parla de sa jeunesse à Hampstead, où ses parents vivaient encore, et elle partagea avec lui quelques morceaux choisis de sa propre enfance.

C'était peut-être l'effet de la bière, mais elle s'ouvrait à William avec une facilité déconcertante, bien plus qu'elle n'était habituée à le faire. Après lui avoir avoué qu'elle n'avait jamais rencontré Sara, elle lui parla des curieuses annotations qu'elle avait trouvées dans son appartement. Ensemble, ils émirent plusieurs hypothèses pour tâcher de comprendre pourquoi Sara avait légué Riverside à Charlotte.

Lorsque le patron du bar sonna la cloche pour la troisième et dernière fois, ils quittèrent le pub et se mirent tranquillement en marche vers la librairie. La nuit à Londres avait quelque chose de magique, comme si la ville reprenait vie lorsqu'elle était plongée dans l'obscurité. À minuit passé, les rues étaient encore pleines de passants souriants, en goguette. Les grands monuments éclairés par des projecteurs bien placés jetaient au sol leurs ombres dramatiques et bien que le mois d'octobre fût déjà entamé, une brise tiède passait au-dessus de la Tamise. De loin, ils virent Big Ben et London Eye dont la lumière dessinait un énorme cercle bleu dans les airs.

Légèrement ivre, comme enveloppée dans du coton, elle s'imprégnait de l'atmosphère. Elle aurait voulu que cette soirée merveilleuse ne prenne jamais fin, mais elle ne savait pas comment inviter William dans l'appartement de Sara sans qu'il se méprenne sur ses intentions.

Lorsqu'ils arrivèrent devant la petite porte de l'arrière-boutique, William s'arrêta. Il regardait Charlotte avec tellement d'intensité qu'elle fut obligée de lui tourner le dos en faisant mine de chercher ses clefs.

— J'ai passé une excellente soirée, dit-il de sa voix rauque.

Charlotte hocha la tête.

— Moi aussi.

William fit un pas en sa direction. Ils étaient tout proche l'un de l'autre à présent.

— J'aime parler avec toi.

— Moi aussi, dit-elle en le regardant droit dans les yeux.

Sous le ciel obscur, le quartier était illuminé par la lumière des lampadaires et la douce lueur des appartements alentour.

Elle se figea. Elle aimait beaucoup William, mais ses pensées et sentiments s'entremêlaient pour former un brouillard impénétrable. Elle n'était pas prête à se lancer dans une nouvelle relation et par ailleurs, elle ne voulait vraiment pas d'une amourette sans lendemain avant son retour en Suède. Une petite voix dans sa tête lui criait de partir. Pourtant elle restait plantée là, ses pieds comme collés au sol.

William effleura une mèche de ses cheveux. Un agréable frisson lui parcourut tout le corps. Personne, depuis Alex, ne l'avait touchée ainsi.

— Je t'aime beaucoup, souffla-t-il d'une voix étouffée.

Charlotte serra les lèvres. Le cœur serré par l'émotion, elle essayait de tirer au clair les sentiments qui la traversaient.

Doucement, il caressa sa joue du bout des doigts avant de saisir son visage dans sa main ferme et délicate. À cet instant, le cœur de Charlotte battait si fort qu'elle crut qu'il allait exploser. Elle se sentait tiraillée de toutes parts. Plus il s'approchait d'elle, plus il lui serait difficile de résister. Elle craignait d'embrasser quelqu'un d'autre qu'Alex alors même qu'elle n'avait jamais mentionné ce dernier.

Lentement, William se pencha plus près d'elle. Elle plongea son regard dans le sien, sa respiration s'accéléra. Ils se regardèrent l'un l'autre pendant ce qui lui sembla une éternité. Puis il ferma les yeux, et pressa doucement ses lèvres contre les siennes.

Le court espace d'une seconde, elle se laissa aller au plaisir de ce baiser. La peau douce de William contre la sienne, la chaleur de son corps et l'odeur de ses cheveux la firent trembler de tout son être. Puis, prenant soudain conscience de ce qu'elle avait fait, elle recula d'un pas.

— Charlotte ? Est-ce que ça va ? demanda-t-il, surpris.

Elle fit non de la tête. Ils ne pouvaient pas faire ça avant qu'elle lui ait parlé d'Alex. Mais pour dire quoi ? *Au fait, juste en passant, mon ex est mort. Mon ex-mari, d'ailleurs : on était mariés. Voilà, maintenant on peut continuer à s'embrasser.*

— Je suis désolée, marmonna-t-elle en ouvrant la porte d'un bref tour de clef. Elle lança à William un dernier regard avant de disparaître en courant dans les escaliers.

24

Vendredi 6 octobre

CHARLOTTE SE TOURNAIT ET SE RETOURNAIT sur le canapé qui lui semblait soudain rembourré de noyaux de pêches. Tennyson, qui n'aimait pas trop sentir sa couchette gigoter, lâcha un soupir d'agacement.

Profondément remuée par ce qui venait de se passer, elle n'arrivait pas à fermer l'œil. À plusieurs reprises, elle fut tentée de rejoindre William pour tout lui expliquer, mais consciente de n'être pas tout à fait sobre, elle s'interdit d'aller frapper à sa porte.

Lorsqu'elle finit par s'endormir, Tennyson étalé sur sa poitrine, elle avait préparé tout un monologue au sujet d'Alex. Une fois que son organisme aurait éliminé l'alcool ingéré, elle n'aurait plus qu'à s'armer d'assez de courage pour tout déballer.

Au matin, elle était loin de se sentir reposée. Tennyson, qui avait migré sur l'oreiller, pétrissait son cuir chevelu tout en balayant son visage avec sa queue sur son visage. Épuisée, elle se leva du canapé à la fois trop mou et trop dur, alluma la bouilloire et se rendit dans la salle de bains.

L'image que lui renvoya le miroir était terrifiante. Le discret trait de crayon dont elle avait souligné ses paupières formait désormais un magma poisseux sous ses yeux cernés. Ses cheveux refusaient de coopérer et elle ne les blâmait pas, elle-même ne rêvait que de retourner se coucher.

Elle se rinça le visage à l'eau froide. Elle n'avait pas l'habitude de tels excès. Au cours du mois passé, elle avait probablement bu plus d'alcool que pendant les dernières années de son existence. Cette ville allait finir par la corrompre jusqu'à la moelle.

Elle ôta le tee-shirt dans lequel elle avait dormi et, grelottante, elle se repassa les événements de la veille. Pourquoi n'avait-elle rien osé dire à William ? Et pourquoi l'avait-elle laissé l'embrasser ? *À présent, les choses prennent une tournure extrêmement complexe,* pensa-t-elle, sans pouvoir s'empêcher de sourire.

Après une longue douche, elle se sentit de meilleure humeur. Elle chercha des vêtements propres dans la valise où elle gardait encore ses affaires et s'habilla prestement. Avec un peu de chance, William descendrait dans la librairie pour boire son café comme d'habitude. D'ici là, elle aurait rassemblé assez de courage pour lui dire ce qu'elle avait sur le cœur.

Elle descendit dans la cuisine où l'attendaient Sam, Martinique et des tartines de pain grillé. Martinique lui tendit une tasse de thé qu'elle accepta avec gratitude, lorsque son regard s'arrêta sur un pot de Marmite.

— C'est quoi, ça ? demanda-t-elle d'une voix traînante.

Sam, qui avait l'impertinence d'être en pleine forme, dévissa le couvercle et lui tendit le pot.

— Tu veux sentir ?

Penchée au-dessus de la table, Charlotte grimaça lorsqu'une odeur prononcée (et jusque-là inconnue) parvint à ses narines. Soudain prise de nausée, elle posa une main sur sa bouche pendant que le rire cru de Sam résonnait dans toute la boutique.

— Le meilleur remède à la gueule de bois, dit-elle en étalant la pâte brunâtre sur une tartine. Je suppose que tu n'en veux pas ?

Charlotte se massait les tempes tout en lisant l'étiquette collée sur le pot en verre.

— Extrait de levure. Pourquoi manger un truc pareil ?

Sam leva un sourcil.

— Pour la même raison que vous autres Suédois mangez des œufs de poisson. Sara nous a rapporté du Kalles Kaviar une fois, c'était bien dégueulasse.

— Ça n'a rien à voir ! Le Kaviar, c'est délicieux !

— Le caviar russe, peut-être, dit Sam. J'en ai jamais vu qui sortait d'un tube bleu et jaune.

Charlotte lança un regard à Martinique qui secouait la tête d'un air navré.

— Désolée mon cœur, mais à moi non plus il ne m'a pas plu, ce Kalles.

— Deux contre une, vraiment ? Charlotte sourit malgré la fatigue. Autant commencer tout de suite la réunion. Comment se présente la soirée-rencontre avec notre écrivain ?

— Matthew Morrow a confirmé sa venue, répondit Martinique. J'ai commandé cinquante de ses bouquins avec vingt pour cent de réduction. En plus, la maison d'édition a promis de prendre en charge les frais de retour si besoin, et ils nous enverront une facture, donc on n'a rien à payer tant qu'on ne sait pas combien on va en vendre.

— Formidable ! C'est du beau travail. Tu veux bien veiller à ce qu'il arrive à l'heure et qu'il soit bien accueilli ?

Martinique découvrit ses dents blanches et régulières dans un large sourire.

— Avec plaisir. Il a trouvé à se loger chez un ami et on lui paye le billet de train. Je ferai en sorte qu'il arrive et qu'il reparte de Riverside entier.

— Parfait, dans ce cas, j'annonce l'événement sur notre site Internet.

Sam se racla la gorge.

— Il se trouve que j'ai une amie qui bosse chez Printexpress. Elle a promis d'imprimer des banderoles et des dépliants gratis si nous acceptons d'accrocher une affiche publicitaire pour eux dans la librairie.

— Sans problème. Quelle belle initiative, Sam !

— J'ai aussi fait des recherches sur la manière dont on pourrait se démarquer de la concurrence.

Charlotte but une gorgée de thé. Elle appréciait Sam pour sa force de proposition, mais elle espérait qu'elle comprendrait que toutes n'étaient pas réalisables.

— On t'écoute !

Sam changea d'attitude, visiblement heureuse de se trouver au centre de l'attention.

— La Belle Hortense, à Paris, vend des livres et du vin. J'ai pensé qu'on pouvait s'en inspirer.

Martinique hocha la tête d'un air pensif.

— Des livres et des amuse-gueule, peut-être ? On pourrait vendre des paniers garnis en associant des histoires à des saveurs. Un roman d'amour vendu avec du chocolat, un polar avec de la réglisse salée ou un roman historique accompagné de petits sablés ?

— Et pourquoi pas carrément une bouteille de vin pour chaque livre ? renchérit Sam. Certains bouquins requièrent d'être lus en état d'ébriété, par pur hygiénisme mental.

Charlotte s'efforça de ne pas avoir l'air trop négative.

— Le problème, c'est qu'on n'a pas la place pour stocker des bouteilles de vin en plus du reste... Tu as d'autres idées ?

Sam croisa les mains.

— Qu'est-ce que vous diriez de vendre des livres mystères ? Le client paye sans savoir ce qu'il achète, comme ça, il découvre de nouveaux auteurs et de nouveaux genres !

Martinique et Charlotte échangèrent un bref regard.

— Je ne suis pas sûre que ce soit une si bonne idée, dit Martinique timidement. Nos clients apprécient de pouvoir feuilleter les livres avant de se décider, ce qu'ils ne peuvent pas faire quand ils achètent en ligne.

Sam leva les yeux au ciel.

— Ouais, bon. J'ai aussi été voir pas mal d'autres vitrines. Elle se pencha et tira une tablette de son sac. Sur l'écran, elle montra la photo d'une vitrine où des rangées de livres, reliés entre eux par une bande de cuir, dessinaient un motif élégant.

— Regardez-moi ça ! Ça nous correspond assez bien, non ?

Charlotte approuva, convaincue par cette démonstration.

— En plein dans le mille. Tu pourrais faire quelque chose du même genre dans la nôtre ?

Sam fit la grimace.

— Tu m'as bien regardée ? Évidemment que je peux.

Elle fit défiler l'écran jusqu'à une autre image.

— Sinon, j'ai remarqué une autre tendance chez les libraires, celle d'écrire un message directement sur la vitrine. Alors j'en ai concocté un pour nous.

Elle montra le texte écrit dans une police sophistiquée. Charlotte lut lentement.

Pour le rêveur diurne et la vagabonde, pour tous ceux en fuite du vrai monde.

Qu'il te manque un ami ou toute une clique ; la sagesse des modernes et des antiques.

De la connaissance, le temple et l'antre : à Riverside, allez, entre !

— Ouais, vous en pensez quoi ? demanda Sam, pleine d'espoir.

Avant que Charlotte ait le temps de répondre, Martinique se mit à applaudir.

— Merveilleux, Sam ! C'est exactement ce qu'il nous faut !

Sam rayonnait de fierté et Charlotte n'eut pas le cœur de trouver à redire.

— Très bien. J'aime beaucoup moi aussi. Tu sais où imprimer des lettres autocollantes ?

— À Printexpress, bien sûr ! déclara-t-elle comme si la réponse était évidente.

— Parfait, faisons ça aussi.

— OK ! Et pour le coin lecture, tu en penses quoi ?

Charlotte jura intérieurement. Elle n'avait pas encore eu le temps de regarder les calculs de Sam. Au moment où elle s'apprêtait à se confondre en excuses, son téléphone sonna. Un bref coup d'œil sur l'écran lui confirma qu'il s'agissait bien de Carl Chambers, le banquier. Elle rejeta l'appel.

— Il te fallait combien, déjà ?

— Environ soixante-dix pounds, répondit Sam. Ça devrait suffire à un matelas, quelques coussins, du tissu pour les housses et quelques lampes.

La probabilité que Charlotte parvienne à rassembler quinze mille pounds était si faible que soixante-dix de plus ou de moins ne feraient pas une grande différence. De plus, elle voulait montrer à Sam qu'elle lui faisait confiance.

— D'accord, dit-elle. Tu peux te servir dans la caisse, mais n'oublie pas de garder les factures !

— Entendu ! Je comptais aller chez IKEA. Est-ce que je te prends quelque chose ?

La question surprit Charlotte.

— Comme quoi ?

Sam haussa les épaules.

— Je sais pas moi, il ne te manque rien ? Des boulettes de viande ? Ou ce pain tout dur devenu hyper tendance. J'ai lu qu'Oprah ne pouvait plus s'en passer.

— Le *knäckebröd* ? demanda Charlotte.

Martinique s'illumina.

— Oui ! Prends-m'en un paquet aussi, s'il te plaît. Et des bonbons en vrac.

Pendant que Martinique pêchait quelques billets froissés dans la poche de sa jupe, Charlotte se rappela qu'elle avait eu une envie irrésistible de tétines gélifiées et de pralines au punch pendant son insomnie de la veille. Les bonbons anglais étaient répugnants, sans parler des chips, qui avaient tous le goût de vinaigre.

— Ils ont des bonbons en vrac ? Les mêmes qu'en Suède ?

Sam fit la grimace.

— Comment veux-tu que je le sache ?

Charlotte sortit un billet de cinq livres.

— Tu peux m'en prendre aussi. Mais s'il te plaît, pas de réglisse.

— Ça marche, dit-elle en fourrant le billet dans sa poche.

— Et pas de trucs salés ou acides, dit-elle avant d'être stoppée net par le regard noir de Sam.

— T'auras ce que t'auras. J'irai y faire un tour dans la semaine un jour où on n'a pas trop de monde, dit-elle d'un ton raisonnable.

Sam sortit dans la boutique pour ouvrir la grande porte pendant que Charlotte et Martinique débarrassaient les restes du petit déjeuner. Quand les tranches de fromage, de bacon et de concombre furent de retour dans le réfrigérateur, Martinique posa une main sur l'épaule de Charlotte.

— Tu sais que tu fais du très beau travail ?

Charlotte ne savait que répondre.

— Merci, marmonna-t-elle. J'en ai pas vraiment l'impression.

— Je t'assure ! continua Martinique. La librairie est plus vivante qu'elle l'a été depuis longtemps. Ça faisait plusieurs années qu'on n'avait pas eu une activité aussi intense.

Elle posa les tasses dans l'évier et ouvrit le robinet.

— Quand j'ai commencé ici, la littérature avait une tout autre place. Les écrivains étaient des superstars. Je me souviens encore des séances de dédicace qu'on a organisées ici avec Helen Fielding, Nick Hornby et John Grisham. On devait littéralement jeter les gens dehors au moment de la fermeture.

Martinique attrapa une éponge et lança à Charlotte un regard sérieux.

— Les librairies sont essentielles. Riverside est un lieu de rencontre pour les gens du quartier. Tu as vu le nombre de retraités, d'étudiants et de parents à poussette qui viennent ici tous les jours pour boire un café ? Sans nous, ils seraient restés seuls. Pense à tous les enfants qui attrapent le virus de la lecture. Il ne faut rien lâcher.

Charlotte se sentit soudain mal à l'aise. Avait-elle tort de n'avoir rien dit au sujet de la banque ? Elle essaya de se convaincre du contraire. C'était son fardeau, pas celui de Sam ni de Martinique. Elle ne voulait pas qu'elles aussi se mettent à s'inquiéter. De plus, elle avait encore quelques semaines devant elle pour rembourser la dette de Sara, et la soirée-rencontre pouvait encore être leur planche de salut. *Il doit bien y avoir encore une petite chance,* pensa Charlotte, avec une soudaine bouffée d'optimisme. Mais il leur faudrait battre tous les records du monde en vente de livres.

— C'est gentil de dire ça, en tout cas. Toi aussi, tu fais un travail formidable. Je ne m'en serais jamais sortie sans ton aide et celle de Sam.

Martinique lui offrit son sourire le plus chaleureux.

— Tu te souviens de ce que je t'ai dit quand tu es arrivée ici ? À Riverside, on est une grande famille. On se serre les coudes.

Charlotte sourit à son tour quand elle sentit son téléphone vibrer à nouveau. Elle s'excusa, sortit le maudit appareil de sa poche et reconnut sans surprise le numéro de la banque.

La boule au ventre, elle rangea son téléphone. Puissent Matthew Morrow et son livre sur les chouettes plaire aux Londoniens. Sinon, c'en était fini pour Riverside.

25

Lundi 3 janvier 1983, suite

Daniel et Sara semblent plus amoureux que jamais pendant ce dîner qui n'en finit pas. Ils s'embrassent au-dessus de la table, se donnent la becquée et rient comme si Kristina n'était pas là.

Au bout d'un moment, elle se lève pour entrer dans la chambre, mais Sara proteste et la tire par le bras.

— Tu ne veux pas rester encore un peu ? S'il te plaît, c'est quand même toi qu'on fête !

Le regard insistant de Daniel rend Kristina nerveuse au point de la faire trembler. Puisqu'elle ne peut rien dire devant lui, elle doit jouer la comédie.

— D'accord, dit-elle. Pas longtemps, alors.

Sara bondit de sa chaise et pousse Kristina sur le canapé.

— Assieds-toi et écoute le nouveau vinyle que j'ai dégoté !

Resté à table, Daniel joue avec un os de poulet qui traîne dans son assiette. Kristina, qui n'ose pas croiser son regard, se concentre sur Sara qui sort le vinyle de sa pochette et le place sur le tourne-disque.

À peine la musique fait-elle vibrer les haut-parleurs que Sara se met à danser. Les yeux fermés, elle lève les bras en l'air et se balance au rythme du tube des Bee Gees, *Night Fever.* Quand elle rouvre les yeux, Kristina croit un instant qu'elle va la tirer de force dans sa danse, au lieu de quoi elle tend la main vers Daniel qui se lève. Daniel s'avance lentement vers Sara et passe ses bras autour d'elle.

Sara a éteint le plafonnier, et la lueur vacillante des quelques bougies posées sur la table contraste avec l'éclairage froid de la rue. Dehors, il vient tout juste de se mettre à neiger. Les flocons tourbillonnent dans le halo pâle des lampadaires.

Depuis le canapé, Kristina observe Daniel bouger contre sa sœur. Dans l'obscurité, il est méconnaissable, et Kristina se demande soudain comment elle a pu se sentir attirée par lui.

Un frisson la parcourt quand elle réalise à quel point elle connaît mal Daniel. Il a un frère qui s'appelle Mark. À part ça, elles ne savent rien de sa famille. Et si Sara avait raison quand elle soupçonnait ses amis de faire partie de l'IRA. Et si Daniel lui-même était lié à l'organisation terroriste ?

Après un autre morceau, Kristina s'excuse et part se réfugier dans la petite chambre à coucher. Elle s'attend à ce que Sara l'en empêche, mais cette dernière est occupée à danser et remarque à peine son départ.

Kristina s'assoit au bord du lit et attend que Sara fasse son apparition. Il faut qu'elle arrive à lui parler sans que Daniel entende, il faut qu'elle lui dise ce qu'elle a vu.

Mais la musique continue de jouer, et Sara reste dans le salon.

Kristina se relève. Elle hésite à sortir la valise du placard de l'entrée, à la montrer à Sara et à demander des explications à Daniel, tout simplement. Qu'est-ce qu'il pourrait leur arriver dans le pire des cas ? Daniel n'oserait jamais leur faire de mal. Elle se rappelle un article qu'elle a lu sur l'IRA. Apparemment, les membres du groupe sont le plus souvent des gens normaux, menant une vie sans histoire, d'où l'étonnement des proches quand ils apprennent quels crimes atroces ont été commis par leur collègue ou leur voisin. Ont-elles pu se tromper sur le compte de Daniel ? Quelle réaction attendre de sa part quand il sera démasqué ?

Kristina fait les cent pas dans la chambre, incapable de se calmer. Elle tremble en repensant à ce que Daniel lui a raconté sur la chasse aux sorcières qui sévit en Angleterre. S'il fait partie de l'IRA, Sara et elle pourraient être accusées de complicité. Elle se souvient de ces quatre jeunes gens reconnus coupables d'avoir fait exploser deux pubs à Guildford alors que plusieurs témoins avaient affirmé qu'ils se trouvaient à l'autre bout de la ville au moment de l'attaque. Les crimes terroristes échappent manifestement à la loi ordinaire et la police ne s'interdit aucune méthode quand il s'agit de pousser aux aveux un suspect.

L'estomac noué, elle sent sa respiration s'accélérer. C'est maintenant qu'elle doit parler à Sara, elle ne peut plus attendre.

Soudain, elle entend du bruit dans l'entrée. Parfaitement immobile, Kristina tend l'oreille : un manteau qu'on décroche de la patère, des chaussures qu'on enfile, la porte qui claque.

Tout doucement, elle ouvre la porte et sort de la chambre. Il n'y a personne dans le couloir, mais le disque des Bee Gees continue de tourner dans le salon. Elle se rapproche lentement, tentée de faire demi-tour, quand l'idée lui vient que Daniel l'attend peut-être seul sur le canapé. Elle se ressaisit. Pourquoi Sara serait-elle sortie à une heure pareille ?

Son soulagement est immense quand elle aperçoit Sara.

— Eh ! dit-elle gaiement. Tu n'es pas couchée ?

Kristina secoue la tête.

— Il est où, Daniel ?

— Il est sorti chercher des bières. Sara tend les mains vers Kristina. Viens, on danse !

Devant la joie communicative de sa sœur, Kristina ne peut pas s'empêcher de sourire. Très vite, son visage redevient sérieux.

— Il faut qu'on parle d'un truc.

Sara tourne la tête.

— Parle, je t'écoute !

Kristina lorgne l'entrée. Elle doit se dépêcher avant le retour de Daniel.

— J'ai trouvé une valise.

— Hein ? Quelle valise ?

Kristina avale sa salive. Elle ne sait pas trop par où commencer.

— Quelqu'un est venu ici et l'a laissée à Daniel.

Sara tourne sur elle-même, hilare.

— On devrait danser plus souvent. J'adore ce morceau !

Kristina se dirige vers le tourne-disque et l'éteint aussitôt.

— Mais c'est quoi ton problème ?

Elle saisit les mains de Sara et la regarde dans les yeux.

— La valise. Je sais pas ce qu'il y a dedans. Un truc bizarre, peut-être une bombe.

Une ride s'est dessinée entre les sourcils de Sara.

— Qu'est-ce que tu racontes ?

— Daniel. J'ai peur qu'il soit un membre de l'IRA et qu'il cache des trucs dans l'appartement.

Sara lève les yeux au ciel.

— Daniel ? Lui qui rechigne à poser un piège dans le grenier parce qu'il a pitié des souris ?

Kristina désigne la garde-robe de l'entrée.

— T'as qu'à aller voir toi-même. La valise est dedans.

Sara la suit dans l'entrée en traînant des pieds. Kristina sent son cœur battre la chamade, elle a peur que Daniel rentre avant que Sara n'ait vu la valise. Vite, elle ouvre la porte et déplace les cartons, mais elle ne trouve rien.

Sara soupire.

— C'était là avant, je te jure !

Au summum de la contrariété, elle fouille chaque recoin de l'armoire et envoie valdinguer les paires de chaussures, en vain. Sara est repartie dans le salon. Le diamant crisse sur le vinyle et la musique se remet à jouer.

Kristina ne comprend pas. Daniel a dû prendre la valise avec lui. Elle retourne dans le salon et se plante face à sa sœur.

— J'ai trouvé une valise juste avant que tu rentres, avec des câbles et des trucs dedans.

— Daniel bosse dans l'électronique, c'est pas étonnant qu'il se trimballe *des câbles et des trucs.*

— Mais c'était pas à lui ! Quelqu'un est passé pour lui laisser.

Sara lui lance un regard glacial.

— Tu crois que je ne sais pas à quoi tu joues ?

Kristina recule d'un pas.

— Hein ? Qu'est-ce que tu veux dire ?

Sara croise les bras sur sa poitrine.

— Je comprends que ce soit pas toujours facile pour toi d'habiter ici avec nous.

Kristina détourne le regard.

— Non, c'est pas ça. J'ai juste peur que…

— Daniel n'appartient pas à l'IRA, l'interrompt Sara. Tu veux savoir pourquoi j'en suis sûre ? Parce qu'on s'aime, et qu'il me raconte absolument *tout.*

Kristina est piquée au vif par le ton accusateur de Sara. « Il me raconte tout », est-ce que ça veut dire qu'elle est au courant pour le baiser ?

— Mais toi aussi, tu trouves ses amis bizarres, non ? tente Kristina.

— Ça nous regarde, Daniel et moi. Mêle-toi de ce qui te regarde et arrête de t'immiscer dans notre relation.

Kristina baisse les yeux.

— Je tiens à toi, c'est tout.

Sara rit sèchement.

— Ouais, d'accord. Et tu tiens à Daniel aussi, non ?

Kristina secoue la tête.

— Je ne vois pas ce que tu veux dire.

— Ah non ? Tu crois que je n'ai pas vu comment tu le reluques en permanence ? Ne me prends pas pour une débile, Kristina !

Kristina sent le rouge lui monter aux joues. Qu'est-ce qu'elle peut bien répondre ? Sara a raison, elle a eu des sentiments pour Daniel. Elle baisse la tête, se fait toute petite.

— Désolée, je voulais juste t'aider.

— Alors arrête, tu veux bien ?

La porte s'ouvre sur Daniel qui entre d'un pas lourd.

— De la bonne bière fraîche, dit-il.

Kristina cherche sa sœur des yeux, mais Sara évite son regard.

— Rejoins-moi sur la piste ! lui crie-t-elle en guise de réponse.

Kristina rentre dans la petite chambre à toute vitesse. Debout à la fenêtre, elle est comme sidérée. Comment la valise a-t-elle pu disparaître ? Elle n'en revient pas. Daniel a dû la prendre avec lui et la cacher quelque part.

Elle regarde dans la rue où une épaisse couche de neige recouvre l'asphalte. Est-ce qu'il a pu la donner à quelqu'un d'autre ? Ou l'abandonner dans une poubelle ?

Elle scrute la rue à la recherche d'un indice quelconque, mais tout est comme d'habitude. Elle s'est peut-être fait des idées. Peut-être que Daniel a été forcé de prendre la valise chez eux sans même savoir ce qu'elle contient. Peut-être qu'elle ne contient rien de spécial, d'ailleurs.

Kristina se glisse dans le lit tout habillée. Les mots de Sara continuent de résonner en elle. Elle croyait dur comme fer que Sara ne s'était rendu compte de rien. Et d'ailleurs, qu'y a-t-il entre elle et Daniel ? Il ne s'est rien passé. Ils se sont embrassés par inadvertance, et si Sara l'avait appris, elle lui en aurait déjà touché un mot.

Une vague de colère déferle sur Kristina. Sara n'a pas le droit de lui en vouloir, ce n'est pas juste. Elle a fait tout ce que sa sœur lui a dit : c'est pour Sara qu'elle a emménagé ici – pour Sara, encore, qu'elle a fait des efforts pour se rapprocher de Daniel. Si elle avait été tellement amoureuse de lui, d'ailleurs, elle n'aurait rien dit de cette fichue valise. Elle essayait seulement de protéger Sara. Elle a toujours été loyale.

À travers le mur, le rire de Sara lui parvient en écho. Elle n'a pas eu l'air de s'intéresser une seule seconde à ce que Kristina avait à lui dire. Tout ce qu'elle voulait, c'était se retrouver seule avec lui. « Mêle-toi de ce qui te regarde », a-t-elle dit.

Kristina se retourne brusquement vers le mur. À partir de maintenant, elle ne se mêlera plus de rien. Dès qu'elle pourra, elle ira s'installer ailleurs. Tina ne disait pas qu'elle avait une chambre en trop dans son appartement ?

Kristina refait le compte de ses heures au café. Son salaire actuel devrait suffire à un mois de loyer. En plus, elle a mis de l'argent de côté. Elle devrait s'en sortir.

Elle voit d'ici la mine étonnée de Sara quand elle lui annoncera qu'elle déménage. Peut-être qu'elle ne lui dira rien du tout, qu'elle fera sa valise et qu'elle disparaîtra. « Comme ça, vous serez enfin tranquilles, toi et Daniel », elle lui criera dans l'escalier. « Enfin débarrassés de moi ! »

Et si ça la rendait triste ? Et si Sara se mettait à genoux devant elle et la suppliait de rester ? Puis, une autre pensée traverse Kristina. Et si Sara ne disait rien du tout et qu'elle la laissait partir ?

Kristina sent la colère monter en elle. Elle soupire lentement pour retrouver son calme. Elles n'auraient jamais dû emménager chez Daniel. Elles auraient dû trouver leur propre appartement. Maintenant, tout est détruit. Le lien entre elles est rompu pour toujours.

Derrière le mur, elle entend les Bee Gees chanter *Stayin' Alive*. Leurs voix claires s'invitent dans ses pensées et Kristina ferme les yeux de toutes ses forces. Tout est la faute de Daniel. Comment ont-elles pu le laisser entrer dans leur vie ? Comment ont-elles pu le laisser s'interposer entre elles ?

26

Mardi 10 octobre

— Si vous avez aimé *Le Secret du mari*, je vous recommande *Petits Secrets, grands mensonges* du même auteur. Beaucoup de lecteurs l'ont même préféré au premier.

Après avoir jeté un bref coup d'œil à la couverture, la femme prit un air satisfait.

— Ce sera parfait ! Au fait, j'ai un ado de treize ans à la maison, vous avez une suggestion pour lui ?

Charlotte glissa un regard vers Martinique qui l'encouragea.

— Est-ce qu'il a lu *Erebos* ?

— Non, je ne crois pas.

Sûre d'elle, Charlotte fit un aller-retour au rayon jeunesse.

— Le voici, dit-elle en tendant le volume à la cliente et en lui présentant la quatrième de couverture. L'intrigue se passe à Londres. Un jeu vidéo, qui s'est répandu dans les différentes écoles de la ville, pousse les élèves à agir contre leur volonté.

La femme jeta un œil par-dessus ses lunettes et sourit.

— Ça m'a l'air pas mal du tout. Je le prends aussi.

— Super ! Au fait, vous savez qu'on organise une soirée-rencontre avec un écrivain la semaine prochaine ?

Sur le comptoir, Charlotte montra la pile de dépliants. La cliente se pencha pour en examiner un de plus près.

— Ah oui, ce Morrow, il passait à la télé, non ?

— Exactement ! Si vous êtes intéressée, vous pouvez acheter votre place dès maintenant. Le billet coûte dix pounds, goûter inclus !

La cliente prit un dépliant et le glissa dans sa poche.

— Merci ! dit-elle. Je vais voir si je suis libre ce soir-là.

Dès que la cliente fut hors de vue, Parnella, assise à une table du café, émit un sifflement.

— Dis donc, tu te débrouilles vraiment bien, maintenant !

— Oui, à croire que tu as fait ça toute ta vie ! ajouta Martinique.

Elle haussa les épaules. Pourtant, au fond, elles avaient raison. Elle avait enfin trouvé l'art et la manière de s'adresser aux clients ; elle savait dans quelle mesure elle pouvait recommander un livre qu'elle n'avait pas lu, et quand elle n'avait pas d'autre choix que d'appeler à l'aide.

— Je n'y serais jamais arrivée sans toi, dit-elle à Martinique qui gloussa aussitôt.

— Bah ! dit-elle, modeste comme toujours.

Plus elle gagnait en expérience, plus ses journées à la librairie étaient plaisantes. À ce stade, elle avait déjà dévoré quatre des livres que Martinique lui avait prêtés, et à sa grande surprise, elle lisait beaucoup plus vite qu'elle ne s'en était crue capable. Et surtout, elle en tirait beaucoup de plaisir. Il lui prenait souvent l'envie de monter à l'étage pour reprendre sa lecture là où elle l'avait laissée ; de plus, elle commençait enfin à comprendre certaines des références littéraires que Sam, William et Martinique faisaient à tout bout de champ. Bientôt, elle pourrait recommander des titres sur la base de ses propres lectures. Elle était toujours aussi impressionnée de voir avec quelle aisance Sam ou Martinique conseillaient les clients, naviguaient entre les genres et les auteurs, finissant toujours par tomber juste.

Herbert arriva en claudiquant, un paquet sous le bras. Il affichait le même air triste qu'à son habitude. En s'asseyant à côté de Parnella, il grimaça.

— Allons, Herb, qu'est-ce qui ne va pas ? demanda Martinique, inquiète.

Il fit une moue contrariée.

— Je me suis bloqué le dos. Clary a sonné à ma porte ce matin. Je me suis bien gardé de lui ouvrir, mais quand elle a regardé par la boîte aux lettres, je me suis jeté au sol pour qu'elle ne me voie pas. J'ai tout de suite entendu craquer mes lombaires mais j'ai quand même dû ramper jusqu'à la cuisine, sinon, elle m'aurait entendu gémir de douleur. J'avais l'impression d'être au fond d'une tranchée.

Parnella secouait la tête.

— Tu ferais mieux de demander à ton concierge de filtrer tes visites.

— Oui, je suppose. Mais figure-toi que j'ai commencé à m'habituer à ses Tupperware quotidiens. Elle réussit très bien les côtelettes de saumon, dit-il en se léchant discrètement les babines.

— Ce qui a du goût a un coût, railla Parnella. Rien n'est gratuit !

Herbert hocha gravement la tête et posa son paquet sur la table.

Martinique lui sourit.

— Qu'est-ce que tu as là ?

— Un cadeau. De la part de Clary.

Il déballa le paquet déjà ouvert et en sortit un épais volume à la reliure de cuir. Parnella étouffa un rire.

— *L'Amant de lady Chatterley*. Seigneur ! Tu te doutes bien que tu ne peux pas le garder.

Martinique attrapa le roman et le fit tourner délicatement entre ses mains.

— Il est magnifique.

— Je sais, soupira Herbert.

— L'année dernière, j'ai trouvé tout un carton des œuvres complètes de Shakespeare, une édition de 1910, continua Martinique, soudain rêveuse. Tous reliés de cuir. Les vieux livres ont quelque chose de magique, et ils sentent si bon. Quand j'en tiens un dans les mains, j'ai toujours envie de connaître la liste de leurs anciens propriétaires.

— Tu as déjà nourri une reliure en cuir ?

Lorsque Martinique secoua la tête, une étincelle s'alluma dans l'œil de Herbert.

— J'ai ma propre recette de baume nourrissant. Beaucoup plus doux que celui qu'on trouve dans le commerce, dit-il avec une émotion visible. Je mélange de l'huile de clou de girofle, de la cire d'abeille et de la lanoline. Après un long massage pour bien faire pénétrer, le cuir redevient souple et brillant.

— J'ai bien entendu les mots « cuir » et « massage » dans la même phrase ? dit Sam qui surgissait de nulle part. Tu ne nous as pas habitués à des sujets de conversation aussi tendancieux, Herb.

Herbert secouait la tête.

— Je parle de livres ! se défendit-il, offensé.

— Certainement, dit-elle en riant, mais ce qui vaut pour les livres vaut aussi pour les fouets, non ?

— Ce n'est pas à moi qu'il faut poser la question.

Charlotte vit Herbert devenir rouge écarlate. Derrière lui dans la rue, elle aperçut un homme planté devant la vitrine. Il ne lui fallut que quelques secondes pour reconnaître le client à la doudoune bleu clair. Elle fit un signe discret en sa direction.

— L'autre jour, cet homme est passé chercher une commande. Quelqu'un sait qui c'est ?

Aussitôt, tous les regards se tournèrent vers l'entrée.

— Non ! siffla-t-elle. Il va comprendre qu'on parle de lui.

La porte s'ouvrit et l'homme à la doudoune entra en traînant des pieds. Derrière ses lunettes rafistolées, il regarda autour de lui, l'air désorienté.

Herbert se pencha vers Charlotte.

— Lui, c'est Mac. Il habite le quartier.

Parnella confirma d'un geste de la tête.

— Je crois que sa Rhonda est morte la semaine dernière. Le pauvre, il doit être dévasté.

Charlotte repensa aux livres que Mac avait achetés. Sur la confection de cercueils et les techniques de taxidermie appliquées à sa bien-aimée, entre autres. À l'idée que l'homme se passerait des services des pompes funèbres et embaumerait sa femme tout seul, dans sa salle à manger, elle fut parcourue d'un frisson.

— Est-ce que des funérailles ont déjà eu lieu ? chuchota-t-elle.

Parnella lui lança un regard étonné.

— Non, je ne crois pas.

Il aurait mieux valu qu'elle fasse part de ses soupçons dès le début. Lorsque Mac disparut à l'autre bout du magasin, elle haussa légèrement la voix.

— La dernière fois, il m'a acheté un manuel de taxidermie, et un autre sur la fabrication de cercueils. J'imagine qu'il prévoit de l'enterrer sans l'aide de personne, mais c'est forcément illégal, non ?

Elle s'attendait à ce que les autres réagissent comme elle, mais seul Herbert sembla légèrement étonné.

— La taxidermie. Vous croyez qu'il a l'intention d'empailler Rhonda ? demanda-t-il à Parnella.

Charlotte ne comprenait pas pourquoi personne n'avait l'air de s'émouvoir de ce qu'elle venait de leur révéler. L'image du corps sans vie d'une femme installé dans un cercueil fait maison, au beau milieu du salon de Mac, la rendait folle.

— Mon Dieu, mais vous vous rendez compte ? L'empailler ! Il faut qu'on fasse quelque chose !

Martinique posa doucement la main sur le bras de Charlotte.

— Rhonda était un terrier.

Les autres se mirent à pouffer et Sam éclata d'un rire franc.

— Tu croyais vraiment que Mac fabriquait un cercueil pour sa femme ?

Charlotte secoua la tête.

— Il a acheté des bouquins tellement bizarres, murmura-t-elle, soudain honteuse d'avoir jugé Mac sur son apparence.

— Il n'y a pas plus gentil que Mac, et sa chienne était tout pour lui, dit Martinique. Il doit se sentir tellement seul, maintenant.

D'un coup, Parnella s'illumina.

— Il aurait bien besoin d'un peu d'attention féminine.

Elle regarda Herbert qui se grattait le menton d'un air pensif.

— Tu crois que… ? dit-il tout bas.

— Et pourquoi pas ?

— Et s'il n'est pas son genre ?

Parnella renifla bruyamment.

— Sans vouloir t'offenser, tu n'as pas exactement la carrure d'un Sean Connery. Il ne lui faudrait pas grand-chose pour s'arranger. Un costume propre, déjà.

Herbert haussa les épaules et la voix de Parnella s'abaissa d'une octave.

— Tu veux te débarrasser d'elle, oui ou non ?

Il se tortilla sur place avant de hocher la tête.

— Eh bien la voilà, la solution !

Charlotte les regardait sans comprendre. Elle n'avait pas saisi un traître mot de leur conversation.

— La solution à quoi, exactement ?

— Mac et Clary, bien sûr. Tu es sourd ou quoi ?

Parnella se tourna vers Sam.

— Invite donc Mac à la soirée-rencontre, je veillerai à ce que Clary y soit aussi.

Charlotte attrapa un dépliant. C'était elle qui avait eu des idées préconçues sur Mac, elle qui l'avait cru capable du pire quand le pauvre homme cherchait simplement à faire le deuil de sa chienne morte.

— Je m'en occupe. De toute façon, j'avais prévu de monter faire du tri dans l'appartement de Sara.

Martinique lui sourit et Parnella se racla la gorge.

— Dis-lui de s'habiller un peu !

Charlotte hocha la tête.

— D'accord.

— Et rappelle-lui de prendre une douche. Qu'il n'oublie pas la Sainte Trinité.

— Qu'est-ce que c'est ?

— Shampoing, déodorant et caleçon propre.

Charlotte lui lança un regard sceptique.

— Je lui dirai qu'une tenue correcte est exigée. Pour le reste, il se débrouille !

***

Après avoir passé un bon moment à faire du tri dans l'appartement de Sara, Charlotte était en nage. Elle s'épongea le front, contente d'avoir réussi à déplacer dans un coin du salon plusieurs cartons pleins. L'un d'eux contenait les livres qui avaient encore une chance de se vendre, tandis que les autres étaient remplis de bricoles diverses tout juste bonnes à donner à l'Armée du Salut. Le reste avait atterri dans de grands sacs-poubelle noirs.

À présent, le salon était désert, à l'exception de quelques vieux meubles. La kitchenette et l'entrée avaient été également vidées, mais elle n'avait pas encore osé s'attaquer à la chambre de Sara.

Il n'avait pas été simple de faire le tri parmi les affaires de sa tante, entre ce qu'elle pouvait jeter et ce qui pourrait être vendu à un antiquaire. Il y avait là toute la vie d'une personne entassée dans des cartons. Et même si elle ne pouvait raisonnablement pas tout garder, elle aurait eu l'impression de manquer de respect à sa tante si elle avait jeté à la benne l'intégralité de ses affaires. Elle avait laissé Sam et Martinique prendre ce qu'elles voulaient et elle-même avait mis de côté les photos encadrées et quelques-uns des livres préférés de Sara pour les lire plus tard. À part ça, tout avait disparu.

Les affiches avaient été décrochées des murs et de nouveaux rideaux blancs habillaient les fenêtres du salon. Charlotte avait récuré chaque millimètre de l'appartement, battu les tapis par la fenêtre et secoué un par un tous les coussins du canapé. Plusieurs lampes qu'elle croyait cassées avaient été ramenées à la vie quand Charlotte en avait changé l'ampoule ; sous cet éclairage, l'appartement brillait d'un nouvel éclat.

Elle admira son œuvre avec satisfaction. Une fois rangé, l'appartement avait l'air particulièrement douillet. Comment ne pas souhaiter y habiter ?

Elle avait d'abord pensé solliciter William pour l'aider à descendre les cartons remplis à ras bord, mais elle y avait renoncé. Cinq jours avaient passé depuis leur baiser, pendant lesquels elle ne l'avait pas croisé une seule fois. Elle finissait par croire qu'il l'évitait.

C'était peut-être aussi bien comme ça. Elle avait beau l'apprécier énormément, il ne pourrait jamais rien y avoir de sérieux entre eux. Elle avait sa vie en Suède et il était impensable qu'il envisage de la suivre. Elle devait avant tout penser à l'avenir de la librairie et d'ailleurs, dans ce contexte, William allait bientôt devoir payer un loyer aligné sur les prix du marché.

Une fois que la soirée-rencontre aurait eu lieu, elle prendrait le taureau par les cornes et irait lui en toucher un mot. La librairie ne pouvait faire l'économie d'aucun revenu, il faudrait aussi trouver un locataire pour l'appartement de Sara.

Son téléphone sonna. Charlotte sentit l'angoisse la gagner : le banquier était probablement toujours à ses trousses.

Lentement, elle sortit son portable et fut soulagée de lire sur l'écran un numéro bien connu.

— Allô ?

— Allô, Charlotte ? Content de t'entendre ! Comment vas-tu ?

Charlotte prit une profonde inspiration.

— Bien, Papa. Et toi, comment vas-tu ?

Elle ferma les yeux pendant que son père lui donnait des nouvelles détaillées de sa nouvelle femme Malin et de leurs trois enfants.

— Mais ce n'est pas pour ça que je t'appelle, finit-il par dire. Je voulais juste savoir si tu allais bien.

Charlotte soupira. Elle était contente d'avoir des nouvelles de son père, mais au fond son attention ne signifiait pas grand-chose. Elle ne pourrait jamais répondre autre chose que « ça va », car c'était là toute la profondeur de leur relation. Pour autant qu'elle s'en souvienne, depuis qu'il s'était séparé de sa mère, ils n'avaient eu que des conversations hésitantes et superficielles.

— Oui, ça va.

— Comment ça se passe au travail ?

— Bien.

Le silence se fit à l'autre bout du fil. Charlotte se demanda si son père pouvait savoir quelque chose au sujet de la période que sa mère avait passée à Londres.

— Dis, commença-t-elle prudemment, tu savais que Maman vivait à Londres avant ma naissance ?

Elle l'entendit se racler la gorge.

— Oui.

Et si son père était celui qui la mettrait sur la voie ?

— Elle est partie en Angleterre avec sa sœur Sara, dit-elle sur la pointe des pieds. Elle ne t'en a jamais parlé ?

Ça crachotait sur la ligne.

— Non, pas que je m'en souvienne. Ta mère n'a jamais été très bavarde à ce sujet, et à vrai dire, je n'ai même jamais rencontré sa sœur.

Elle laissa échapper un soupir de déception. Quel était le secret que sa mère avait si bien réussi à occulter ?

— Alors tu ne sais rien ?

— Je suis désolé, mais non, pas davantage que ce que tu viens de dire, poursuivit-il. J'aurais aimé pouvoir t'en dire plus.

Elle hocha la tête.

— Tu n'y peux rien. Écoute, il faut que je retourne travailler, mais on n'a qu'à se rappeler un autre jour ?

À son grand soulagement, son père semblait tout aussi désireux de mettre un terme à la conversation.

— C'est d'accord.

— Passe le bonjour à Malin et aux enfants.

— Je n'y manquerai pas, Charlotte. Prends soin de toi !

Après avoir raccroché, elle s'écroula sur le canapé. Cinq semaines s'étaient écoulées depuis son arrivée à Londres, et c'était la première fois qu'elle recevait des nouvelles de Suède qui n'aient pas de rapport avec son entreprise. Si elle venait à disparaître, il se passerait probablement plusieurs mois avant que quelqu'un s'en aperçoive. Henrik, lui, finirait bien par s'en rendre compte, mais c'était uniquement parce qu'il travaillait pour elle.

Elle ramena ses genoux contre elle. Sara avait-elle vécu la même chose qu'elle ? S'était-elle retrouvée complètement seule, elle aussi ?

Charlotte ferma les yeux à nouveau. Elle pensait à Alex, et à la vie qu'elle aurait pu avoir s'il n'avait pas disparu. Elle n'aurait pas connu ces moments de solitude – elle aurait eu au moins une personne à qui parler.

L'espace d'un instant, elle céda à la colère. Elle n'arrivait toujours pas à repenser à ce qui s'était passé sans s'énerver. Par moments, elle trouvait réconfortant de trouver des coupables : la voiture, l'arbre, l'ingénieur qui avait dessiné la courbe du virage. Mais la colère était mauvaise conseillère : la consolation qu'elle lui apportait n'avait qu'un temps. De plus, Agnetha lui avait maintes fois répété qu'elle n'avancerait pas si elle n'acceptait pas d'abord ce qui s'était passé.

Charlotte repensa au baiser échangé avec William. Ce baiser extraordinaire qui l'avait fait se sentir vivante, pour la première fois depuis longtemps. William était peut-être sa chance de tourner la page. Serait-elle capable de tomber amoureuse de lui ?

Dès qu'elle s'imagina devant lui, tout son corps fut parcouru de picotements, mais elle se rappela aussitôt ce qu'il avait raconté au sujet de ses relations passées. Il n'avait pas une vie ordinaire. Manifestement, il n'aimait pas les contraintes, et n'était pas le type à vouloir une maison et une famille, ce à quoi elle aspirait justement.

Elle ferma les paupières encore plus fort pour retenir les larmes qu'elle sentait monter. Alex était celui avec qui elle avait désiré passer sa vie. Une vie peuplée d'enfants, qui auraient joué dans le jardin de leur maison blanche à la campagne. Qu'une seule seconde fatale ait suffi à tout empêcher était une pure aberration.

Son pouls battait contre ses tempes. Arriverait-elle un jour à faire son deuil ? À laisser quelqu'un d'autre qu'Alex l'approcher ?

Surgi de nulle part, Tennyson fit quelques tours dans l'appartement impeccable, en inspecteur des travaux finis. Il semblait apprécier les nouveaux rideaux contre lesquels il vint frotter son postérieur. Ensuite, il enfonça ses griffes dans le tapis, comme pour s'assurer de sa bonne facture. Puisque Charlotte l'observait sans rien dire, il continua son exploration et posa une patte sur l'un des sacs-poubelle à moitié pleins, comme par défi.

— Pas touche, s'il te plaît, marmonna-t-elle en se séchant les joues.

Tennyson lui lança un regard malicieux avant de se jeter sous le sac qui se renversa aussitôt dans une avalanche de vieux Post-it, agrafes et stylos.

Charlotte soupira. S'il n'avait pas été un chat, elle aurait juré qu'il l'avait fait exprès.

— Tennyson, dit-elle de sa voix la plus sévère. Qu'est-ce que je vais faire de toi ?

Le félin grassouillet ronronna à pleine puissance et sauta à côté d'elle sur le canapé. Il ne lui faudrait pas plus de quelques minutes pour recouvrir de poils les coussins impeccables. Charlotte croisa les bras sur sa poitrine.

— Tu crois vraiment que tu mérites des caresses quand tu fais l'imbécile ?

Peu convaincu par le regard noir que lui lançait Charlotte, il continua à ronronner et, du museau, se fraya un passage sous son bras jusqu'à ce qu'elle renonce et lui donne une caresse sur le dos.

Tennyson avait beau être têtu, poilu et maladroit, il était son ami le plus loyal, et bien qu'ils soient à l'étroit dans le canapé, Charlotte adorait l'avoir avec elle la nuit. Elle dormait beaucoup mieux quand elle sentait sur elle le poids de son corps chaud et dodu, et elle appréhendait déjà le retour dans son lit, chez elle en Suède – où elle se retrouverait à nouveau désespérément seule.

Charlotte regarda tout autour d'elle. Il ne lui restait plus qu'à ranger la chambre de Sara – à cette pensée, elle se souvint que Sam avait parlé de livres stockés sous son lit. Elle trouverait probablement de quoi remplir un ou deux cartons de plus.

Lentement, elle se leva et entra dans la chambre à coucher. Charlotte n'avait pas la moindre envie de faire du tri là aussi, mais elle n'avait pas le choix. Rassemblant tout son courage, elle s'accroupit par terre et souleva le couvre-lit.

À la vue de ce qui avait été entreposé sous le large sommier, Charlotte fut envahie par le découragement. Comme dans un jeu de Tetris, des dizaines de cartons avaient été soigneusement serrés les uns contre les autres, saturant chaque millimètre carré d'espace disponible. Sara avait dû forcer pour en faire rentrer autant.

Charlotte commença à extraire les cartons un à un et Tennyson, qui n'avait pas pu s'empêcher de la suivre dans la chambre à coucher, s'assit à côté d'elle pour la regarder s'affairer. Les cartons étaient bourrés de livres. Au total, il y en avait probablement plusieurs tonnes. Charlotte se donna un mal de chien pour en sortir quelques-uns.

Tous, sans exception, contenaient les différents tomes de la série *Harry Potter*. Il y avait, au bas mot, trois cents livres étalés devant elle.

Elle faillit se précipiter dans les escaliers pour faire part de sa découverte à ses collègues, puis se rappela qu'elle irait aussi vite à leur passer un coup de fil. Elle composa le numéro de la librairie.

— Librairie Riverside bonjour, que puis-je faire pour vous ? récita Sam, crâneuse.

— Sam, c'est Charlotte. Dis-moi, j'appelle depuis chez Sara parce que je viens de faire une drôle de découverte.

— Ah oui ! dit Sam. Si c'est rose et que ça vibre, je te conseille de pas y toucher.

Charlotte sentit immédiatement le rouge lui monter aux joues.

— Ce sont des livres, dit-elle rapidement, espérant que Sam ne remarquerait pas qu'elle s'était égarée un instant. *Harry Potter*, plusieurs cartons pleins.

— Génial ! Je savais bien qu'ils étaient quelque part.

Charlotte s'éclaircit la voix.

— Il y en a au minimum trois cents.

— Cinq cents, si mes souvenirs sont bons, mais il y en a peut-être quelques-uns dans les cartons posés devant le bureau.

— OK. Quoi qu'il en soit, ils valent un paquet d'argent. Il faut les retourner.

Sam renifla.

— Jamais de la vie ! *Harry Potter* se vend toujours. C'est un classique !

Charlotte jeta un œil à Tennyson qui se léchait consciencieusement les pattes avant.

— Sam, on n'a pas les moyens de s'asseoir sur ce genre de stocks – ni de dormir dessus, d'ailleurs. Sois gentille et retrouve la date à laquelle tu les as commandés pour que je contacte la maison d'édition.

Elle pouvait entendre l'agacement de Sam à sa respiration.

— Tu vas le regretter, menaça-t-elle.

J'essaye seulement d'éviter la faillite à Riverside, songea Charlotte amèrement.

— Fais ce que je te demande, s'il te plaît.

— D'accord, chef ! dit-elle avec dureté. Il y avait autre chose ?

Charlotte leva les yeux au ciel.

— Non. Merci pour ton aide !

Elle n'eut pas le temps de dire un mot de plus que Sam avait déjà raccroché.

Les humeurs de Sam étaient bien mystérieuses. Avec elle, c'était vraiment un pas en avant, deux pas en arrière. Elle avait certes remarqué que Sam employait le même ton avec tout le monde, mais ça ne le rendait pas plus plaisant pour autant, et elle avait du mal à ne pas le prendre personnellement.

Elle jeta un dernier regard aux cartons éventrés, puis se leva et sortit de la chambre, Tennyson sur les talons. Après tout le mal qu'elle s'était donné, elle avait bien besoin d'une pause. Elle avait largement eu sa dose de ménage pour la journée. À présent, elle rêvait d'une longue promenade pour s'aérer l'esprit.

Elle repensa à l'immense magasin de jouets à proximité d'Oxford Circus dont Martinique avait parlé. Elle pourrait s'aventurer dans ce quartier qu'elle ne connaissait pas encore, prendre le bus jusqu'à Piccadilly, remonter Regent Street et continuer en direction de Marble Arch. D'après son GPS, les boutiques ne manquaient pas sur son trajet : elle arriverait sans doute à trouver un cadeau pour Henrik et pour Harry.

Quand Charlotte regarda sa montre, une autre pensée la traversa. Il y avait de grandes chances pour que William, boive son café à cette heure-ci – de grandes chances, en d'autres termes, pour qu'elle le croise dans la librairie.

Charlotte saisit le trousseau de clefs de Sara et le soupesa. Elle avait envie d'avoir cette conversation avec William mais elle n'était pas sûre de savoir quoi dire ni quoi faire une fois qu'elle serait en face de lui.

Circonspecte, elle enfila son manteau et décida finalement de passer par la porte de service à l'arrière. Elle attendrait d'être mieux préparée pour affronter William. À Riverside aussi, les murs avaient des oreilles.

27

Jeudi 6 janvier 1983

KRISTINA A TOUT FAIT POUR L'ÉVITER depuis ce soir-là, mais le voilà soudain planté devant elle. Elle fait semblant de ne pas le voir, sauf que Daniel ne rentre pas dans son jeu.

— Ouh-ouh ! Kristina ?

Elle hoche la tête en évitant soigneusement de croiser son regard.

— Ça va ?

Elle continue sa lecture sans détacher les yeux du livre qu'elle tient juste devant son visage. Si elle avait su que Daniel rentrerait plus tôt, elle se serait enfermée dans la chambre.

— Dis, je voulais te parler d'un truc.

— Mmmh, quoi ?

Elle fait de son mieux pour avoir l'air indifférente alors que son pouls accélère d'un coup.

— Je peux m'asseoir ?

Kristina lève les yeux de son livre. Daniel est en train de désigner le canapé en même temps qu'il se débarrasse de sa veste.

— Si tu veux, soupire-t-elle.

Il se laisse tomber à côté d'elle et reste là un instant sans savoir quoi dire. En silence, il tripote le rebord de la table basse.

— Tu étais à la maison quand Steve est passé avec la valise, non ?

Tiens donc, pense Kristina. C'est donc *lui,* Steve.

— Oui, répond-elle résolument.

Daniel tape du doigt sur la table.

— Steve est un camarade de l'usine Marconi. Et ouais, il est un peu spécial. Mais Sara se trompe sur son compte : au fond, il est pas méchant. Ça lui arrive de prendre les mauvaises décisions, c'est tout.

Elle se tourne vers lui, sur la défensive. Quand elle croise son regard, son souffle se coupe. Ses yeux ont toujours le même pouvoir sur elle.

— Ah oui, comme quoi ?

Daniel soupire longuement.

— Comme de voler des trucs à l'usine. Daniel secoue la tête. C'est débile, je sais. Mais Steve s'est mis dans le crâne que les Irlandais étaient moins bien payés que les autres, alors il a commencé à piquer des trucs pour se venger.

Il s'ébroue et marque une pause.

— D'accord, c'est dégueulasse qu'on n'ait pas tous le même salaire, mais faucher des trucs n'y change rien du tout.

Kristina l'observe en silence. Elle reconnaît le Daniel habituel, celui qu'elle aime.

— Pourquoi t'as accepté qu'il laisse la mallette ici, si c'était du recel ?

Daniel hausse les épaules.

— Quand il a quelque chose en tête, c'est dur de le faire changer d'avis. T'as dû remarquer.

Daniel pose une main sur le bras de Kristina.

— En plus, y avait rien de précieux dedans, et je m'en suis débarrassé aussi vite que j'ai pu. Je l'ai rangée dans un casier à la laverie automatique et j'ai tout remis en place à l'usine le lendemain.

Kristina lui trouve l'air sincère. Elle décide de le croire.

— Très bien, dit-elle.

— Très bien ? Ça veut dire que tu ne m'en veux pas ?

Kristina fait non de la tête. Elle est déçue lorsqu'il retire sa main.

— Ouf, tant mieux, dit-il.

La bouche de Kristina se fige dans un sourire faux.

— Ben quoi ? T'avais peur que je raconte tout à Sara, c'est ça ?

— Non, j'avais peur que *tu* m'en veuilles. Il change de position sur le canapé sans la quitter des yeux. C'est peut-être difficile à comprendre, mais Steve fait partie de la famille, malgré toutes les conneries qu'il peut faire.

Kristina ne dit rien. Il poursuit.

— T'as entendu parler de la loi antiterroriste de 1974 ?

— Non.

— Elle est passée après que l'IRA a fait exploser deux pubs à Birmingham. En pratique, ça autorise la police à arrêter n'importe qui, même sans motif.

— Je ne savais pas.

— Non, mais quand t'es irlandais, tu n'as pas le choix que de la connaître. Y a des tas de gens qui ont fini au poste juste parce qu'ils avaient l'air suspects. On en entend parler.

— C'est horrible.

— Mmmh. Ensuite, la police peut recourir à n'importe quel moyen pour te pousser à reconnaître ce que tu n'as même pas fait. Comme avec les jeunes de Guildford, tu sais.

Kristina avait en effet entendu parler de cette histoire.

— Ce que je veux dire, c'est qu'il est complètement con de commettre de petits délits comme de piquer des trucs dans une usine. À partir du moment où la police t'a à l'œil, tu ne sais jamais comment tu vas finir.

— Je comprends.

Le sourire de Daniel lui réchauffe le cœur. Mais elle a encore une question à lui poser.

— C'est qui, Linda ?

D'un coup, l'atmosphère dans la pièce change radicalement. Le regard de Daniel s'assombrit, il fixe le plancher.

— Pardon, dit-elle. Tu n'es pas obligé de me dire.

Daniel soupire.

— Non, ça fait rien. Linda était…

Sa voix se brise et Kristina pose une main sur sa jambe.

— Tu n'es pas obligé, je t'assure.

Daniel hoche la tête.

— Si, je suis obligé. Linda était ma petite sœur.

Était, pense Kristina. Elle n'est plus. D'un coup, elle se sent extrêmement proche de Daniel. Ça, c'est sûr, il ne l'a pas raconté à Sara.

Daniel se racle la gorge.

— Elle jouait dans la rue après l'école. C'était un jour comme les autres, à part qu'il y avait eu une manif dans le centre. En fait, on ne sait pas ce qu'il s'est passé. Quelqu'un a lancé un cocktail Molotov sur les flics, il y a eu une émeute, et Linda s'est retrouvée en plein dedans. Elle a reçu une balle dans le ventre.

Les yeux de Kristina se remplissent de larmes. Elle se sent tellement triste pour Daniel.

— Mon Dieu..., réussit-elle à articuler.

Daniel fixe le plafond.

— Elle avait huit ans. Huit ans. T'imagines ce que ça fait ?

Kristina n'imagine pas, mais elle hoche la tête quand même. Tout ce qu'elle veut, c'est se rapprocher de lui. Elle se penche et serre Daniel dans ses bras. D'abord, il se fige, puis il se laisse aller contre la poitrine de Kristina. Il passe ses bras autour d'elle.

— Ma mère, ça l'a détruite. Elle a disparu à l'intérieur d'elle-même, on n'arrive même plus à lui parler. On a dû partir, avec Mark. On n'avait pas le choix, il fallait qu'on se tire de là.

Kristina caresse le dos de Daniel de la main. Elle sent ses côtes se soulever au rythme de sa respiration.

— Voilà pourquoi ça me rend dingue, poursuit-il. Quand on pense que je fais partie de l'IRA. Je hais l'IRA et leurs putains de bombes. Je ne veux rien avoir à faire avec eux.

Kristina pose la joue dans le creux de la nuque de Daniel.

— Pardonne-moi.

Il met les mains sur ses épaules et la pousse doucement jusqu'à ce qu'elle soit en face de lui.

— Je ne suis pas en colère contre toi. C'est contre eux que j'en ai, dit-il en la regardant droit dans les yeux.

— Sara m'en veut, elle.

Daniel l'attire de nouveau contre lui.

— Elle t'en veut parce qu'elle sait que je t'aime bien. Ce n'est pas ta faute, c'est la mienne.

— Vraiment, tu m'aimes bien ?

Aussitôt elle regrette ce qu'elle vient de dire. Elle se trouve tellement niaise.

Daniel appuie la joue contre sa tête ; elle sent son souffle tout près de son oreille.

— T'es du genre à vouloir savoir ce qu'il y a sur la face B. C'est ça que j'aime chez toi, que tu te fiches pas mal de ce que les autres pensent. Que tu ne te contentes pas d'écouter les chansons sur la face A.

Kristina ne sait pas quoi penser. Est-ce qu'il la compare à Sara ?

— Moi aussi je t'aime bien, chuchote-t-elle.

À cet instant, tout semble parfaitement en ordre. Kristina se fiche bien de ce que dira Sara. Lorsque Daniel l'embrasse, elle presse ses lèvres contre les siennes sans ressentir la moindre honte.

Il la couche sur le canapé, doucement, en relevant ses cheveux.

Kristina est tendue. Elle le regarde déboutonner sa robe. Lentement, il défait un bouton après l'autre sans cesser de la regarder et elle est saisie par la poésie de ce moment. C'est vers ce moment précis que tout tend depuis le départ, et il ne servirait à rien de vouloir l'empêcher.

Quand Daniel lui sourit, son corps est envahi par une douce chaleur. Sa respiration est si légère qu'elle ne sent pas l'air entrer dans ses poumons. Jamais personne ne l'a vue nue, avant. Jamais personne ne s'est approché aussi près d'elle.

Quand elle sent ses mains sur sa poitrine nue, elle halète. Rattrapée par une sorte d'ivresse, elle a du mal à fixer son regard. Soudain tout est flou, à part le visage de Daniel.

Une voix en elle lui crie que ce n'est pas une bonne idée, mais elle ne peut pas s'en empêcher. Kristina veut Daniel, elle le veut près d'elle.

Les mains tendues, elle attire son corps contre elle et l'embrasse à pleine bouche. *C'est moi qu'il choisit,* pense-t-elle. *Ça ne peut pas être une erreur s'il me choisit ?* Elle ferme les yeux quand les lèvres de Daniel se frayent un chemin dans son cou jusqu'à sa poitrine. Elle n'a jamais rien ressenti de tel. C'est comme si son corps s'ouvrait, comme si le trop-plein d'émotions jaillissait hors d'elle.

Il me choisit, chuchote la voix dans sa tête. *Et moi, je le choisis.*

28

Jeudi 12 octobre

CHARLOTTE REGARDAIT LE PETIT BOUT de Tamise visible depuis la fenêtre du salon de Sara. La ville avait l'air à l'abandon. Aucun bateau ne mouillait à l'horizon, et les rares audacieux à s'être aventurés sur la promenade le long du quai luttaient pour ne pas être emportés par le vent violent, qui retournait leurs parapluies.

La tempête avait fait rage toute la journée. Le vent rabattait la pluie drue contre le bitume sous un ciel d'un gris menaçant. Les prévisions annonçaient un probable ouragan plus tard dans la soirée.

Avant d'arriver à Londres, c'était l'image que Charlotte se faisait de la météo anglaise. Elle s'était imaginé des nuages permanents et d'infinies variétés de pluie – en réalité, c'était la première fois qu'elle voyait la ville sous un temps aussi exécrable.

Elle posa une main sur le mur. Le vent s'engouffrait dans les aérations et provoquait d'inquiétants craquements au niveau du toit. Elle remonta la couverture sur elle et retira du feu la casserole d'eau qu'elle avait mise à bouillir.

Sur la table, son ordinateur diffusait les nouvelles de la BBC, mais plus la tempête augmentait en intensité, plus la connexion était mauvaise. Juste avant que l'émission ne s'arrête totalement, un journaliste trempé rapportait en direct l'alarmante montée des eaux, l'arrêt des vols aériens aux aéroports de Gatwick et de Heathrow et enjoignait aux Londoniens de rester chez eux.

Étalé sur le canapé, Tennyson dormait du sommeil du juste, visiblement peu dérangé par l'orage en cours. Charlotte se recroquevilla à côté de lui, une tasse de thé à la main, en continuant de guetter par la fenêtre. Les rafales faisaient trembler les carreaux et elle se demanda s'il y avait un risque que la tempête fasse s'écrouler la maison. Fallait-il faire confiance à Sara pour l'entretien du bâtiment, vu le peu de rigueur dont elle avait fait preuve avec tout le reste ?

Charlotte observa le plafonnier osciller d'avant en arrière.

— Qu'est-ce que t'en dis ? chuchota-t-elle au chat. Tu penses qu'on ferait mieux d'aller se réfugier ailleurs ?

Tennyson entrouvrit un œil avant de se retourner et de se rendormir aussitôt.

— Tu ne m'aides pas beaucoup, murmura-t-elle.

Lorsque la tempête avait été annoncée, quelques jours auparavant, Martinique avait proposé à Charlotte de venir passer quelque temps chez elle. À présent, elle regrettait d'avoir décliné son invitation. Attendre que la tempête se calme dans une maison vieille de plusieurs siècles avec pour seule compagnie un chat amorphe ne lui semblait plus très raisonnable.

Elle s'apprêtait à boire une gorgée de thé lorsqu'elle entendit des coups portés dans le mur mitoyen à l'appartement voisin ; en sursautant, elle se brûla le bout de la langue. Peut-être n'était-elle pas aussi seule qu'elle le croyait.

Elle et William ne s'étaient toujours pas reparlé depuis ce soir-là au pub et Charlotte s'en voulait de ne pas avoir eu le courage de venir le trouver plus tôt. Une semaine entière s'était écoulée, et plus le temps passait, moins elle se sentait capable de lui expliquer ce qu'elle avait ressenti. En fait, elle avait peur de passer pour une imbécile. De plus, William s'était tenu à distance et elle avait beau essayer de se convaincre qu'il devait être occupé à écrire, elle savait, au fond, qu'elle l'avait blessé. Autre hypothèse, peut-être s'était-il rendu compte que ce baiser était une erreur monumentale. Charlotte ne savait laquelle des deux possibilités était la pire.

Un terrible craquement fit clignoter le plafonnier. La lumière vacilla comme si elle était à bout de souffle. Pendant quelques secondes, l'ampoule continua d'émettre une lueur intermittente avant de s'éteindre dans un crépitement. Tout devint noir.

Charlotte soupira. La coupure d'électricité était probablement générale. Heureusement, elle avait trouvé une boîte entière de bougies pendant son grand ménage.

Tandis que Tennyson poursuivait tranquillement son somme, elle alluma la lampe de poche sur son téléphone portable pour chercher quelques chandelles qu'elle disposa dans la pièce. À peine avait-elle eu le temps de se rasseoir et de contempler la douce lueur des flammes qu'une détonation terrible fit trembler tout le bâtiment.

Cette fois, même Tennyson réagit, se redressant brusquement sur le canapé. Elle regarda tout autour d'elle. Le ciel était-il en train de leur tomber sur la tête ?

Elle se précipita à la fenêtre, mais ne vit rien d'autre que les trombes d'eau qui se déversaient derrière les carreaux.

Charlotte essaya de ranimer sa connexion Internet dans l'espoir de trouver des informations fiables, et si possible rassurantes sur la tempête, en cours, mais après avoir redémarré le wifi sur son téléphone une énième fois, elle abandonna.

Découragée, elle se laissa tomber sur une chaise de la cuisine lorsqu'elle entendit plusieurs coups retentissants. Elle crut d'abord à des coups de tonnerre, mais à la seconde réplique, elle comprit que quelqu'un frappait à la porte. Une bougie dans la main, elle se dépêcha d'aller ouvrir.

William l'attendait sur le seuil. Ses cheveux étaient plus ébouriffés que jamais et ses vêtements, même dans l'obscurité, apparaissaient recouverts de taches.

— Bonsoir, dit Charlotte, soulagée de ne pas être seule. Toi non plus, t'as plus de courant ?

Il secoua la tête et braqua sa lampe de poche à l'intérieur de l'appartement.

— C'est bien pire que ça, maugréa-t-il. Viens voir !

Comme elle ne faisait pas confiance à Tennyson pour rester tranquille, Charlotte se dépêcha d'éteindre toutes les bougies avant de suivre William dans son appartement plongé dans le noir. Agencé comme l'appartement de Sara, il était mieux rangé qu'elle ne l'avait imaginé – en tout cas, aucune pile de livres n'encombrait le plancher.

— Par là, dit-il en faisant un signe vers la chambre à coucher.

Plus ils s'approchaient, plus le bruit du vent s'intensifiait et lorsque Charlotte passa le seuil de la chambre, le hurlement devint si puissant qu'il fit vibrer ses tympans, tandis qu'une bourrasque humide et glaciale lui arrivait en plein visage.

— Une partie du toit s'est envolée ! lui cria William en lui montrant le trou béant entre les planches de lambris dans la soupente.

Charlotte leva une main en visière pour constater les dégâts. Dans la percée, une bâche noire flottait au vent. La pluie s'y engouffrait et venait tremper les quelques serviettes que William avait disposées autour d'un seau posé au sol.

Mon Dieu, pensa Charlotte. Comme si les choses n'allaient pas déjà assez mal. S'ils ne colmataient pas la fuite, l'eau continuerait à s'infiltrer jusqu'à faire pourrir toute la maison.

— Je n'ai pas assez de mes deux mains pour ça, dit William en pointant du doigt quelques chiffons, un rouleau de sacs-poubelle, un marteau et une boîte de clous.

Charlotte acquiesça et prit les sacs-poubelle que lui tendit William. Pendant qu'elle en défaisait plusieurs, Charlotte jeta un œil au tee-shirt mouillé qui lui collait au torse.

Ensemble, ils se mirent à étancher la trouée à l'aide de chiffons. Pendant que l'un d'eux essayait tant bien que mal de contenir la fuite, l'autre luttait pour fixer les sacs en travers de la brèche.

Charlotte s'efforça de ne pas penser aux frais générés par cet incident. Lorsqu'elle prit conscience qu'elle ne savait même pas si la maison était assurée, elle dut se faire violence pour rester concentrée.

Après un bon moment à se relayer, le trou ne laissait plus passer que quelques gouttes. Charlotte grelottait.

Ce rafistolage provisoire, réalisé à la seule lueur d'une lampe de poche et sous une pluie glacée, n'avait pas été une mince affaire – mais William et elle formaient visiblement bonne équipe.

Charlotte s'épongea le front avec la serviette sèche que lui tendit William. Puis, elle frotta ses mains pour les réchauffer. Il lui jeta un bref coup d'œil en s'ébrouant.

— Merci, dit-il. Je ne sais pas ce que j'aurais fait sans toi.

Charlotte se passa la serviette sur la nuque et tira les manches de son pull sur ses mains.

— Il va falloir que tu en touches un mot à ton propriétaire.

William approuva.

— N'est-ce pas ? Quand on loue un appartement dans le centre de Londres, on devrait pouvoir s'attendre à un certain standing.

— D'un autre côté, dit Charlotte, tout le monde n'a pas le luxe d'avoir une douche dans la chambre à coucher.

— Là-dessus, tu as raison.

Il la regarda de nouveau et Charlotte sentit son estomac se contracter.

— Tu veux venir te sécher chez moi ? demanda-t-elle prudemment. J'ai fait du thé.

William ouvrit un placard et en sortit une bouteille de whisky.

— J'ai besoin de quelque chose de plus fort, répondit-il, l'air fatigué.

Une fois séchés et changés, ils s'assirent chacun à une extrémité du canapé sous plusieurs couches de couvertures. Au début, Tennyson s'installa entre eux, mais il ne trouva pas la place suffisante pour s'étirer comme il avait l'habitude de le faire. Après s'être contorsionné dans tous les sens, il se résigna à sauter au sol où il s'allongea de tout son long, visiblement furieux contre William qui avait eu le toupet d'empiéter sur son territoire.

Charlotte sirotait son thé rallongé d'une lichette de whisky. Après avoir rallumé une par une les bougies, elle sentait la chaleur revenir peu à peu au bout de ses doigts gelés.

— Mon Dieu, dit-elle en secouant la tête. Quelle tempête ! Je n'avais encore jamais vu ça.

William acquiesçait.

— J'ai entendu à la radio qu'une maison s'était écroulée à Greenwich. Ou du moins, une maison en construction. Il n'y avait encore personne dedans.

— Quelle chance qu'on y ait échappé. Elle tourna la cuillère dans son thé. Même s'il faut s'attendre à ce que la réparation du toit nous coûte une belle somme.

— Ça doit être couvert par l'assurance, non ?

— À condition qu'il y en ait une. On ne peut pas dire que Sara ait été une propriétaire particulièrement prévoyante... Elle sourit comme pour s'excuser. Je vais encore passer pour une ingrate si je dis que cette maison n'a que des problèmes, mais en fait, je n'ai jamais demandé à en hériter.

William la taquina du pied.

— Ça ne peut pas être si terrible ?

— T'imagines même pas !

Il fit tourner son verre.

— Allez, ne t'en fais pas. Tout finissait toujours par s'arranger du temps de Sara. Tant que tu ne mets pas la maison en vente.

Charlotte esquissa un demi-sourire.

— J'aimerais que ce soit aussi simple. Honnêtement, je ne sais pas combien de temps on va réussir à garder la librairie ouverte.

— On s'est trompés de vocation, toi et moi, soupira William. Si j'avais été plus riche, poursuivit-il, j'y aurais bien mis mes propres deniers. Dès que je toucherai ma prochaine avance, je promets de payer mon loyer jusqu'à la fin de l'année.

Charlotte se sentit un peu gênée. Elle ne savait toujours pas par quel bout attaquer ce problème.

Comme s'il avait lu dans ses pensées, il se racla la gorge.

— Je sais bien que le loyer que je verse est ridicule. Mais je ne suis pas encore un cas désespéré, du moins pas autant que le pensait Theresa. Il se tourna vers Charlotte. Mon prochain livre devrait bien se vendre, j'en suis sûr. Alors je rendrai au centuple ce qu'on m'a donné, c'est promis.

Elle leva sa tasse de thé.

— C'est entendu. Aux succès futurs !

Ils trinquèrent et Charlotte pensa à Agnetha. Que dirait-elle si elle apprenait tout ce qu'elle avait fait au cours du dernier mois ? Qu'elle soit restée à Riverside, qu'elle ait fait la connaissance de tout un tas de gens, et même embrassé un autre homme ?

William l'observait en silence.

— À quoi ressemblait ta vie avant ton arrivée ici ?

Elle haussa les épaules.

— Tu passais tes journées à travailler, c'est ce que tu vas me dire ?

— Oui.

— Et tu as une maison ?

Elle baissa les yeux vers son thé.

— Exactement.

— Où tu vis seule ?

Elle s'efforça d'avoir l'air détaché.

— Mmmh.

William acquiesça.

— Pardon pour l'interrogatoire, hein, je veux juste apprendre à te connaître un peu mieux.

Elle ne savait pas de quelle manière aborder le sujet, mais pour la première fois, elle sentait que c'était nécessaire. Les secrets qu'elle gardait en elle finissaient par lui peser. Elle n'avait simplement plus la force de continuer à les porter.

— J'étais mariée, chuchota-t-elle.

William resta silencieux. Elle continuait de fixer le plancher.

— Il s'appelait Alex, on s'était rencontrés à la fac. C'est avec lui que j'ai monté mon entreprise.

À ces mots, elle sentit son estomac se nouer. Elle s'accrocha de toutes ses forces à l'accoudoir du canapé. William se pencha vers elle et posa une main sur son bras. Elle ferma les paupières.

— Alex est mort dans un accident de voiture il y a un peu plus d'un an.

Sur le point d'éclater en sanglots, elle compta jusqu'à cinq avant de s'autoriser à inspirer à nouveau. William se rapprocha d'elle sur le canapé.

— Oh… je ne savais pas…

— Je n'aime pas en parler, articula-t-elle.

— Tu m'étonnes.

Les larmes avaient commencé à rouler le long de ses joues.

William passa un bras autour d'elle. Elle appuya sa tête sur son épaule et pleura en silence, contre son pull. Lorsqu'elle avait tout raconté à William, la réalité l'avait frappée en plein cœur, comme si rien de tout cela, jusque-là, n'avait été vrai.

— Je ne suis même pas capable d'imaginer ta douleur, dit-il d'une voix sourde. Je n'ai jamais perdu aucun de mes proches.

— Tu as de la chance, renifla-t-elle. J'ai aussi perdu ma mère il y a quelques années, elle est morte d'un cancer. Les deux personnes les plus importantes dans ma vie ont toutes les deux disparu.

— Ma pauvre.

Elle laissa son regard glisser vers la fenêtre. Cela lui faisait un bien fou d'avoir enfin parlé.

William lui caressait les cheveux.

— Pourquoi tu n'en as jamais parlé ?

Elle laissa rouler sur ses joues quelques larmes et porta son thé à ses lèvres.

— Ça n'est pas la chose la plus facile à dire. Et j'ai remarqué que les gens me traitent différemment quand ils apprennent ce que j'ai vécu. Soit ils deviennent nerveux et se mettent à parler de la météo, soit ils me posent mille questions étranges.

— Je suis là si tu as besoin de parler.

Charlotte passa le doigt sur la couture en zigzag d'un des coussins du canapé.

— Merci. En fait, j'en ai presque parlé à personne. Après l'accident, une rumeur a couru, selon laquelle Alex aurait fait exprès de rentrer dans cet arbre. Apparemment, il n'y avait pas de traces de frein, et j'ai…

Sa voix trembla et William posa l'index sur sa bouche.

— Tu n'es pas obligée d'en dire plus si tu ne veux pas.

Charlotte se frotta les yeux.

— Ça a été doublement horrible. De perdre celui que j'aimais et d'entendre les pires ragots possibles et imaginables. J'avais tellement honte, comme si c'était de ma faute. Ça m'a fait beaucoup de mal.

William se pencha plus près. Rassurée par la chaleur de son corps près du sien, Charlotte se lova contre son torse.

— Ensuite, tout le monde s'attend à ce qu'on aille mieux. À ce qu'on oublie et qu'on tourne la page. Mais ce n'est pas si simple.

Il lui passa une main sur le dos et Charlotte ferma les yeux.

— Je suis vraiment désolé, dit-il.

Elle bâilla en silence.

— Fatiguée ?

— Ça se voit tant que ça ?

William se mit à rire.

— Repose-toi un moment si tu veux. Je reste ici, si le matou ne passe pas à l'attaque.

Tennyson s'était couché sur le plancher sans quitter William des yeux. Charlotte agita la main d'un geste qui se voulait rassurant.

— Mais non. Il ne ferait pas de mal à une mouche.

— Je n'en suis pas si sûr, marmonna William. Il ne m'a jamais apprécié et on dirait bien qu'il fomente un sale coup. Je lui ai quand même piqué sa place sur le canapé.

Charlotte le regarda en souriant. Les paupières lourdes, elle s'installa confortablement contre la poitrine de William. *Je peux bien me reposer un instant,* pensa-t-elle, et lorsqu'elle finit par fermer les yeux, il ne se passa pas une minute avant qu'elle s'endorme profondément.

Quand Charlotte se réveilla, elle entendit le bruit d'un couteau contre le plan de travail. Encore ensommeillée, elle regarda autour d'elle. Tennyson dormait paisiblement à côté d'elle et William s'affairait dans la kitchenette.

Elle l'observa à la lueur des bougies allumées. Elle avait adoré s'abandonner à son étreinte. Combien de femmes s'étaient endormies comme elle dans son bras ?

Lorsqu'il vit qu'elle était réveillée, il lui sourit.

— Tu as faim ?

Charlotte approuva.

— C'est presque prêt.

Elle jeta un œil par la fenêtre. Dehors, il faisait encore nuit et la tempête faisait toujours rage.

— Mais le courant n'est pas revenu ?!

William leva un sourcil.

— Ça n'arrête pas un grand chef !

Il agita un objet dans sa main.

— Un chalumeau, dit-il gaiement. Devant l'air perplexe de Charlotte, il soupira. L'accessoire indispensable de tout amateur de crème brûlée. Évidemment, on peut s'en servir pour autre chose.

William lui tendit une assiette sur laquelle fumait un croissant fourré.

— Avec du gouda fondu, et des épinards frais !

Charlotte mordit dans la pâte feuilletée et s'accorda un instant pour savourer le goût merveilleux du croissant encore chaud.

— Mmmh, dit-elle en reprenant une bouchée.

— Content que tu aimes. C'est tout ce que j'avais dans le frigo.

Ils dégustèrent chacun leur croissant avec un verre de vin qu'il avait trouvé au fond d'un placard. Elle avait du mal à détacher son regard de William. Avec ses yeux sombres et ses traits fins, elle le trouvait particulièrement beau. Son corps réclamait sa présence.

Elle avait perdu l'habitude de cette sensation, et elle s'étonna de ne plus pouvoir penser à rien d'autre qu'à William. Elle ne voulait surtout pas se précipiter dans une nouvelle relation, mais elle ne pouvait pas non plus ignorer ce que William avait réveillé en elle.

Lorsqu'elle eut avalé jusqu'à la dernière miette de son croissant, les yeux de William brillaient de fierté. Charlotte reposa son assiette et son verre et vint s'asseoir plus près de lui.

— Il y a quelque chose dont je voulais te parler.

William acquiesça sans rien dire.

Gênée, elle se passa une main dans les cheveux.

— Je ne suis pas très douée pour ces choses-là, je veux dire, je ne sais pas par où commencer. Elle secoua la tête. Une tension palpable faisait trembler ses mains. Elle releva la tête et croisa son regard.

— Je t'apprécie beaucoup, enfin, vraiment beaucoup. Et ce baiser l'autre soir, j'y repense sans arrêt.

William changea de position sur le canapé.

— Je…

— Non, attends ! dit-elle brusquement. Je n'ai pas fini. Je t'apprécie énormément, mais j'ai peur que toi et moi, ça ne soit pas si simple. J'ai été mariée à un homme que j'aimais et que j'ai vu partir, et on ne peut pas dire que je m'en sois remise. Je ne suis pas sûre d'être la personne la plus facile à vivre.

À chaque mot qu'elle prononçait, elle sentait William glisser un peu plus loin d'elle. À la fin, il détourna carrément le regard. *Qu'est-ce que tu es en train de faire ?* cria sa voix intérieure. *Tu as tout gâché ! Comment ça, « facile à vivre » ? Maintenant il pense que tu veux lui passer la bague au doigt. Pour une fois dans ta vie, tu ne peux pas te détendre et profiter du moment présent ?*

William s'éclaircit la voix. Les joues écarlates, il fixait le tapis sous ses pieds. Ça n'était certainement pas bon signe.

— Tu as terminé ? murmura-t-il.

Oui, pensa-t-elle. *Tout à fait terminé. L'idiote que je suis vient de perdre une occasion d'embrasser le plus bel homme sur Terre. Je ne dirai plus jamais rien.*

— Oui, se força-t-elle à répondre.

— Dans ce cas, continua-t-il en la regardant dans les yeux, c'est mon tour.

Elle croisa ses mains sur ses genoux, ne sachant plus quoi en faire.

Malgré son état de nervosité extrême, elle ne pouvait pas s'empêcher de sourire. Il valait probablement mieux que William tue dans l'œuf tous ses espoirs, car elle n'aimait pas du tout l'angoisse qui la saisissait chaque fois qu'il posait son regard sur elle.

William s'assit plus près d'elle et délia ses mains. Le simple fait qu'il la touche déclencha en elle comme un choc électrique.

— Je t'apprécie beaucoup moi aussi, vraiment, exactement telle que tu es. Les gens faciles à vivre sont ennuyeux, ajouta-t-il en riant, faisant apparaître des fossettes au coin de sa bouche.

Sans lui laisser le temps de poursuivre, elle l'embrassa. Elle fut si rapide que William n'eut pas le temps de poser son verre de vin qui se renversa entièrement sur son pull-over.

Effarée, elle regarda la grande tache rouge s'étendre sur sa poitrine et se releva en vitesse pour aller chercher de l'essuie-tout. William, lui, était hilare.

— Laisse tomber, ça fait rien, dit-il en retirant son pull.

— Je n'ai pas de machine à laver, s'excusa-t-elle en bredouillant.

— Moi non plus. Je le laisserai tremper.

— Il y a une bassine dans la salle de bains.

William hocha la tête, mais au lieu de se lever, il attrapa Charlotte par la taille et l'allongea sur le canapé.

— Rien ne presse, chuchota-t-il, une main sur sa joue.

Charlotte ferma les yeux. D'une main douce, il caressa ses cheveux avant de poser ses lèvres sur les siennes.

Il l'embrassa tendrement, avec beaucoup de délicatesse. Charlotte sentit son angoisse s'envoler et au lieu de le repousser, elle passa ses bras autour du torse nu de William et l'attira contre elle.

29

Dimanche 27 février 1983

Assise en tailleur sur le lit, Kristina regarde par la fenêtre. À quelques pâtés de maisons de là, la vie suit son cours. Les bus rouges dévalent les rues et les gens se pressent sur le trottoir, avec, en fond sonore permanent, le bruit métallique et familier du métro. Mais dans l'appartement, rien n'est plus comme avant.

Elle lève les yeux et essaye de voir au-delà de la brume matinale. Ici et là s'élève une tour ou une grue, qu'elle n'arrive de toute façon pas à distinguer. La ville s'étend et se transforme, mais Kristina, elle, est bloquée au même endroit.

Cela fait plusieurs semaines que Daniel lui a promis, mais chaque tentative de discussion avec Sara s'est soldée par un échec et par une porte qui claque. Kristina reste seule à ramasser les pots cassés après la dispute sans pouvoir rien dévoiler à sa sœur.

La situation est à la limite du supportable. Kristina sait que les chances pour que tout s'arrange sont minimes. Car même si Daniel se sépare de Sara, elle et lui ne pourront jamais être ensemble. Sara voudra déménager, et Kristina devra la suivre.

Une autre option est de laisser faire le temps. Dans quelques mois, Kristina pourra faire croire à sa sœur qu'elle a rencontré Daniel par hasard. Qu'ils se sont parlé et qu'ils ont compris qu'ils s'aimaient. *Mais non*, songe-t-elle. *Sara ne croira jamais un bobard pareil.* D'ailleurs, elle ne veut pas se passer de Daniel pendant si longtemps, ni se résoudre à le voir en cachette – ce n'est même pas la peine d'y penser.

Parfois, Kristina se demande s'il ne vaudrait pas mieux dévoiler toute la vérité. Expliquer à Sara qu'elle et Daniel sont tombés amoureux. Sa sœur serait sans doute blessée et forcément furieuse. Elle irait habiter chez une collègue et elle ne lui parlerait plus pendant un moment. Mais ensuite, quand le pire serait passé, elle finirait bien par pardonner à Kristina. Et Kristina pourrait continuer à vivre ici, avec Daniel. Ils auraient l'appartement pour eux tout seuls, et ils y feraient tout ce qu'ils voudraient.

Elle se mord la lèvre et s'allonge sur le lit. Au cours des dernières semaines, elle a découvert de nouveaux aspects d'elle-même. Elle n'est pas aussi gentille et loyale qu'elle le croyait. Parfois, quand elle est seule avec Sara, elle se morfond tellement qu'elle est au bord de tout lui raconter et de lui demander pardon. Mais elle ne peut pas faire une chose pareille à Daniel. Ils s'aiment, même s'ils doivent se tenir à distance l'un de l'autre tant qu'il n'a pas parlé à Sara. Kristina ne supporte plus d'agir dans son dos.

Par chance, Sara a été particulièrement désagréable ces derniers temps. La méchanceté de Sara lui ôte toute forme de culpabilité. Il lui arrive même de penser que Sara mérite d'avoir été trahie quand elle se comporte comme elle le fait. L'autre jour, elle a emprunté une des robes de Kristina et la lui a rendue tout abîmée. Lorsque Kristina l'a trouvée roulée en boule sous le lit, Sara ne s'est même pas excusée. Elle s'est contentée de hausser les épaules en disant qu'il n'y avait franchement pas de quoi en faire tout un plat. La semaine d'avant, elle a raconté à Daniel que Kristina n'avait jamais eu de petit ami. Elle s'est moquée d'elle avec cruauté, insinuant qu'aucun des garçons de leur ancienne école n'aurait pu s'intéresser à Kristina puisqu'elle faisait pitié à voir. « Elle s'habillait comme une bonne sœur », s'est-elle esclaffée sur les genoux de Daniel.

Kristina s'est mise à bouillir de colère. Elle a eu envie de leur crier des horreurs à tous les deux, mais elle s'est mordu la langue et elle a tenu bon. Bientôt, Sara saurait à qui, d'elles deux, Daniel s'intéressait vraiment.

Elle saisit son petit agenda à la couverture rouge qu'elle garde caché dans la table de nuit. Kristina regarde les petits carrés alignés les uns à côté des autres. Cela fait déjà six mois qu'elles habitent à Londres. Février se termine à peine, mais ça sent déjà le printemps, et malgré tout, Kristina est pleine d'espoir pour l'avenir.

Lentement, elle compte dans sa tête les semaines depuis que Sara lui a présenté Daniel dans ce pub. Quand est-elle vraiment tombée amoureuse de lui ? Elle se souvient d'avoir été troublée dès leur première rencontre, mais c'était peut-être l'effet de toute cette nouveauté. Peut-être que ses sentiments ont grandi au cours des petits déjeuners qu'ils ont pris ensemble, à moins qu'ils n'aient toujours existé ?

Kristina sourit en se rappelant leur premier baiser, et combien elle s'était sentie vivante. En réalité, elle ne veut pas perdre une minute de plus. Elle veut être avec Daniel maintenant. Elle veut pouvoir l'embrasser n'importe où et n'importe quand.

Elle glousse en cherchant des yeux sur le calendrier ce jour spécial où Daniel et elle ont été ensemble pour la première fois. Est-ce seulement possible de dater les sentiments ? Arrivera-t-elle à trouver le moment précis où elle a commencé à l'aimer ?

Son regard glisse sur les mois d'hiver. Kristina continue à compter. Soudain, elle a l'impression d'avoir raté quelque chose.

Elle se redresse et regarde ses annotations de plus près. Elle y a inscrit toutes ses heures supplémentaires, ses jours de repos et les événements importants qu'elle veut marquer d'une pierre blanche. En avril, Thin Lizzy donne un concert à l'Odeon à Hammersmith et Kristina compte demander à Daniel s'il veut y aller avec elle. En secret, elle a même commencé à mettre de l'argent de côté pour les vacances. Elle voudrait descendre à Brighton et dormir à l'hôtel. Il faudra d'abord que Daniel parle à Sara.

Du doigt, Kristina suit les semaines qui se succèdent. Elle regarde les petits points rouges qui signalent ses règles et se rend compte qu'il n'y en a pas ce mois-ci. Aurait-elle oublié de le marquer ? Elle fait le compte des jours dans sa tête. Non, ses notes sont exactes, elle n'a pas saigné depuis le début du mois de janvier.

À cette pensée, tout son corps se raidit. Enceinte ? Non, c'est impossible. Daniel et elle ont fait très attention.

Kristina pose une main sur son ventre. En temps normal, elle aurait demandé de l'aide à Sara. Cette fois, elle ne peut pas.

D'un coup, son cœur bat beaucoup plus vite. Kristina a la bouche sèche. Elle n'est quand même pas enceinte ?

Hésitante, elle se lève et titube vers le miroir, où elle étudie son reflet de profil. Son corps est toujours le même, rien n'a changé. Y a-t-il une autre explication à l'arrêt de ses règles ?

La panique s'empare d'elle. Si seulement elle pouvait parler avec Sara. Sa grande sœur lui dirait quoi faire.

Elle soulève son pull et met ses mains en coupe autour de son ventre. Elle sait qu'une opération est possible – ça s'appelle un avortement – parce qu'une fille à Årebo en a fait un. Margareta, c'était son nom, elle était un peu plus âgée que Sara. Au fond, Kristina ne sait pas trop à quoi peut ressembler un avortement. Elle sait seulement qu'ils font disparaître l'enfant. Margareta est restée absente pendant quelques semaines, puis elle est revenue en cours comme si de rien n'était. Mais où faut-il aller pour un avortement ? À qui peut-elle poser la question ?

D'un coup, les larmes coulent sur ses joues. Kristina rabaisse son pull. Comment y arrivera-t-elle sans l'aide de Sara ? Comment trouvera-t-elle le courage d'en parler à quelqu'un d'autre ?

Kristina s'assied sur le lit et sèche ses joues avec les manches de son pull. *Est-ce que je suis punie ?* pense-t-elle. *Est-ce que ça me tombe dessus parce que j'ai trahi ma sœur ?*

Fébrile, elle se concentre pour trouver une solution. Elle pourrait aller voir un docteur. Prétexter qu'elle est malade et ne parler de ses doutes que lorsqu'elle sera assise en face d'un médecin.

Sa poitrine se serre quand elle s'imagine un homme âgé en blouse blanche. Comment pourrait-elle s'ouvrir à quelqu'un qu'elle ne connaît pas, dans une langue qui n'est pas la sienne ?

Sur le lit, Kristina se met en position fœtale et serre ses genoux contre sa poitrine. Qu'a-t-elle fait ?

Comment a-t-elle pu être aussi idiote pour prendre un tel risque ?

Par la fenêtre, elle aperçoit un oiseau qui prend de l'altitude. La brume s'est dissipée et un soleil pâle réchauffe les carreaux. Soudain, elle se rappelle que Tina en a parlé l'autre jour au travail. Un test à faire à la maison pour savoir si on est enceinte. D'après Tina, le test n'est pas donné, mais Kristina a des économies.

Elle se lève et marche vers la commode. Dans le tiroir des sous-vêtements, elle a caché un petit porte-monnaie où elle garde une partie de son salaire. Elle sort un billet de dix livres et regarde la mine sérieuse de la reine Elizabeth. Au verso lui sourit Florence Nightingale. Kristina aurait aimé pouvoir lui parler là, tout de suite.

Vite, elle replie le billet et l'enfonce dans la poche de son pantalon et se regarde dans le miroir. Elle ne veut pas qu'on voie qu'elle a pleuré alors elle finit de se sécher les yeux et arrange ses cheveux.

À l'angle, il y a une pharmacie, elle y a déjà acheté du paracétamol. Dans sa tête, elle répète son texte. *A pregnancy test.* Une fois là-bas, elle ne doit pas hésiter. Il faut qu'elle ose demander.

Après un dernier coup d'œil au miroir, elle marche d'un pas décidé vers la porte. *Elle se fait sans doute des idées,* se dit-elle pour faire taire la voix inquiète qui la tourmente de l'intérieur.

30

Lundi 16 octobre

WILLIAM CARESSA SES CHEVEUX et l'embrassa profondément dans une tentative de la faire se rasseoir sur le canapé. Charlotte frissonna de plaisir avant de le repousser gentiment.

— Il faut que je me prépare.

— Tu as bien le temps de petit-déjeuner ?

Elle regarda amoureusement l'homme assis sur le canapé juste vêtu d'un tee-shirt et d'un caleçon. Depuis la tempête de jeudi, ils ne s'étaient pas quittés. Tout était arrivé si vite que sa voix intérieure n'avait pas eu le temps de protester, et c'était déjà lundi.

Dès que William se trouvait dans les parages, Charlotte se sentait ivre de bonheur et chaque fois qu'ils s'embrassaient, elle oubliait toute notion de passé et d'avenir. Elle voulait être là, dans l'instant présent, avec lui. Elle l'avait mérité.

— Qu'y a-t-il au menu aujourd'hui ? demanda-t-elle, curieuse.

— Puisque tu as dû te lasser de mes pancakes américains et de mes gaufres belges, je te propose un œuf Bénédicte.

— Tu veux dire que tu es capable de préparer un œuf Bénédicte ici, dans la misérable kitchenette de Sara ?

— Donne-moi dix minutes, dit William en souriant.

Charlotte se pencha vers lui et l'embrassa sur la bouche.

— Parfait, ça me laisse le temps de prendre une douche !

Quand elle fut de retour dans le salon, elle ne put s'empêcher de sourire en voyant William debout en train de siffler devant le minuscule plan de travail. Sa joie était si entière qu'elle en était presque palpable. Charlotte ne le quitta pas des yeux en allant chercher des vêtements propres dans sa valise.

— Comment ça se passe ?

William faisait habilement tourner casseroles et ramequins entre la plaque chauffante, le plan de travail et la petite table à manger.

— La sauce hollandaise est prête et le pain grille dans la poêle, je n'ai plus qu'à pocher les œufs. Il jeta un regard par-dessus son épaule. Il n'est pas temps que tu défasses ta valise ?

Comme chaque matin, Charlotte releva ses cheveux en une queue-de-cheval, puis joua des coudes pour entrer dans son tee-shirt.

— Si si, dit-elle, évitante.

— Avec ta valise toute prête, on dirait que tu prévois de rentrer en Suède à n'importe quel moment.

Elle enfila un jean, le boutonna rapidement et se dirigea vers la kitchenette.

— Bonjour, dit-elle en passant un bras par-dessus son épaule.

— Bonjour toi, répondit William en lui donnant un baiser. Le thé est servi. Vous pouvez prendre place.

Charlotte pouvait à peine en croire ses yeux quand un œuf Bénédicte parfait fut posé devant elle.

— Je sais pas comment tu fais. J'arrive même pas à griller du pain, dans ce placard.

William sourit.

— En espérant que ça te plaise.

— Ça, c'est garanti. Tu n'as jamais pensé à devenir chef cuisinier ?

Charlotte regretta ses paroles au moment même où elle les prononçait. Elle ne voulait surtout pas que William pense qu'elle le poussait à prendre un *vrai boulot*. Elle avait parlé sans réfléchir.

— Figure-toi que j'ai déjà bossé en cuisine. S'il y a bien un truc pour tuer toute forme de créativité..., répondit-il sèchement. Ça m'a dégoûté de tout, de la cuisine et de l'écriture. Bref, mangeons tant que c'est chaud.

À peine avaient-ils commencé que Tennyson bondit sur la chaise vide posée entre eux. Après la tempête, William avait plus ou moins emménagé dans l'appartement de Sara et Tennyson n'hésitait pas à faire savoir ce qu'il en pensait – en se soulageant, entre autres, dans les chaussures de William. À présent, le chat fixait férocement Charlotte de ses yeux vert clair.

— Je crois que lui aussi veut un œuf Bénédicte, dit-elle prudemment.

William secoua la tête.

— Il peut se brosser. C'est bien trop délicat pour un chat. D'ailleurs, il commence à s'empâter.

Charlotte lui donna un coup de pied sous la table.

— Ne dis pas de choses pareilles ! Tu blesses ses sentiments.

— Je ne crois pas que ce soit possible. Je ne connais personne d'aussi imbu de lui-même que Tennyson. N'est-ce pas, gros minou ?

Tennyson, qui lui tournait ostensiblement le dos, continuait de fixer Charlotte.

— Il faut bien lui donner quelque chose, dit-elle sur un ton charmeur.

— Un des œufs pochés s'est défait, soupira William. Je lui donnerai quand on aura fini de manger.

Il tendit sa main au-dessus de la table et frôla son bras.

— Tu comptes rester ici, hein ?

Charlotte se força à sourire. Devaient-ils vraiment avoir cette discussion maintenant, quand tout était si parfait ?

Pour gagner du temps, elle se concentra sur son œuf poché qu'elle ouvrit à la fourchette et observa le jaune couler sur son muffin. Même si elle aimait sincèrement passer du temps avec William, elle ne pouvait rien promettre. Elle ne savait même pas si Riverside allait tenir jusqu'à la fin du mois. Et puis, son entreprise ne pourrait plus se passer d'elle très longtemps.

— Parce que je ne peux pas te suivre en Suède, tu comprends ? Mon suédois est lamentable ! rit-il.

À ce moment précis, la porte d'entrée de la boutique claqua et Charlotte se leva d'un bond.

— Il faut que je descende.

Elle débarrassa son assiette et déposa un baiser sur sa joue. Elle ne voulait rien dire à William sur l'avenir de la librairie ou de son entreprise avant d'être sûre de savoir quoi faire.

— Merci pour ce délicieux petit déjeuner. J'ai prévu d'accrocher mes vêtements dans la penderie de Sara, c'est juste que je n'ai pas eu le temps.

William l'attira tout contre lui.

— Tu ne peux pas rester avec moi un tout petit peu plus ?

Doucement, il passa ses mains sous son tee-shirt et caressa sa peau nue. Sentant le désir monter, Charlotte ferma les yeux. Elle avait toujours du mal à croire que William et elle en étaient arrivés là et elle savourait chaque seconde qu'ils passaient ensemble. Tant qu'elle ne réfléchissait pas trop, tout allait bien. Elle s'interdisait de penser à leur avenir commun avant d'être fixée sur tout le reste.

Quand il déboutonna son jean et qu'il passa une main sur le tissu soyeux de sa culotte, elle poussa un gémissement.

— William, il faut que j'y aille, sinon les autres vont m'attendre. Que diront Sam et Martinique quand elles comprendront que tu ne passes pas tes nuits ici seulement dans l'attente que les ouvriers réparent le toit de ta chambre ?

Il se pencha et lui donna un rapide baiser sur le ventre.

— Je m'en fiche.

Charlotte se mit à rire.

— C'est bien ce qu'il me semblait.

Tendrement, elle l'embrassa sur la bouche.

— Je reviens à l'heure du déjeuner.

— Non, s'étrangla-t-il, je ne peux pas attendre aussi longtemps.

— Mais il faut que tu écrives ! lui rappela-t-elle.

William soupira pendant que Charlotte essuyait une goutte de sauce hollandaise qu'il avait sur la joue. Elle fit un geste vers Tennyson.

— Occupe-toi de ce pauvre chat ! Il est habitué à recevoir beaucoup d'attention.

Il leva un sourcil.

— Sans blague. J'avais remarqué.

Elle lui donna un dernier baiser et recula vers l'entrée.

— À tout à l'heure ?

William passa une main dans ses cheveux bruns ébouriffés.

— Oui oui. Même si je me sens un peu comme un esclave sexuel enfermé dans ton appartement.

Charlotte lui souffla un baiser.

— Si tu veux, on peut faire autre chose ce midi. Jouer au Scrabble, par exemple ?

Il secoua la tête.

— Non, merci. Écoute, tant que tu ne m'enchaînes pas au lit, je devrais arriver à le supporter.

Lorsqu'elle arriva au rez-de-chaussée, Charlotte eut la surprise de trouver Sam et Martinique toutes les deux affairées derrière le comptoir. Dès qu'elle l'aperçut, Sam attrapa un dépliant qu'elle agita au-dessus d'elle.

— Eh Charlotte, regarde un peu ça !

Charlotte plissa les yeux pour voir ce que Sam tenait à la main.

— Tu as réussi à en faire imprimer d'autres ? Génial !

Sam hocha la tête avec enthousiasme.

— J'en ai distribué absolument partout.

— Dans cinq bibliothèques ! renchérit Martinique.

— Et à l'Université de Londres !

— Maintenant, j'espère juste qu'on aura du monde.

— Moi aussi ! s'exclama Martinique. J'ai prévu de faire des quantités de roulés à la cannelle.

— J'espère aussi, dit Charlotte. Est-ce que quelqu'un veut du café ?

Sam et Martinique secouèrent la tête à l'unisson. Elles étaient en plein dans les préparatifs de la soirée-rencontre prévue pour le lendemain, mais Charlotte avait cruellement besoin de caféine. Elle et William avaient passé la moitié de la nuit à discuter. Enfin, pas seulement à discuter.

Dans la cuisine, elle mit en route la cafetière et prit une tasse dans le placard. Sam et Martinique étaient vraiment deux employées dévouées, et elle ne pouvait rien imaginer de pire que d'avoir à leur annoncer que la librairie avait fait faillite.

Charlotte laissa aller son regard sur le vieux plancher au bois noueux, les indécrottables fauteuils de velours et la quantité impressionnante de livres qui remplissaient chaque recoin de la librairie. Maintenant que les étagères qui obstruaient les fenêtres avaient été déplacées, la lumière inondait la boutique. La vue des meubles élégants, assortis à l'escalier fringant et à la cheminée au manteau vert surmonté par de grands candélabres blancs remplissait son cœur de joie.

Tout miser sur un seul événement en évitant les appels de Carl Chambers n'était probablement pas la meilleure stratégie, mais c'était la seule qu'avait trouvée Charlotte. Même si elles n'arriveraient jamais à générer assez de bénéfices pour rembourser leur dette, elles parviendraient, avec un peu de chance, à verser une somme suffisante à la banque pour se voir accorder un délai supplémentaire.

Charlotte entortilla une mèche de cheveux entre ses doigts et pensa à William. Que se passerait-il quand elle devrait rentrer chez elle ? William avait expressément fait savoir qu'il n'avait aucune intention de la suivre en Suède. De toute façon, elle avait du mal à l'imaginer à la campagne, bottes crottées au pied, au milieu des vaches et des tracteurs.

Ces derniers jours, elle avait joué avec l'idée de rester à Londres. Elle avait envisagé de négocier un poste de consultante avec BC Beauty afin de continuer à travailler à distance. Même si l'idée était alléchante, elle n'était pas sûre d'être prête à lâcher les rênes de C/O Charlotte et elle ne voulait surtout pas trahir Henrik et tous ceux qui avaient été si loyaux envers elle. D'ailleurs, cette idée proche du fantasme dépendait de la réussite économique de Riverside.

Elle se servit une tasse de café fraîchement passé qu'elle allongea d'un peu de lait et de sucre. Qui aurait jamais cru que sa vie puisse prendre un tournant aussi incertain ? Et elle n'aimait pas sentir qu'elle perdait le contrôle. Au moins, après la soirée-rencontre, elle serait fixée.

Soudain, Sam fit une apparition dans l'encadrement de la porte.

— Viens, je vais te montrer un truc.

Charlotte hésita. Elle n'était pas d'humeur à supporter les brimades de Sam.

— OK, dit-elle sur ses gardes en reposant son café. Où tu m'emmènes ?

Sam fit un geste vers l'escalier et Charlotte la suivit jusqu'au petit cagibi.

— Tadam ! s'écria-t-elle fièrement en dépliant le bras dans un geste théâtral.

Au sol était posé un matelas recouvert d'une housse violette que venaient égayer des coussins de toutes les couleurs. Au-dessus, trois lampes de lecture avaient été stratégiquement placées sous une étagère remplie de livres pour enfants.

— Wahou ! Tu as fait tout ça pour soixante-dix pounds ?

Sam s'éclaircit la gorge.

— Soixante-neuf cinquante, exactement ! s'exclama-t-elle, le visage rayonnant.

Charlotte s'accroupit et prit place sur le matelas. Sam avait mis du cœur à aménager le coin lecture, ça crevait les yeux.

— C'est super joli, Sam ! Les enfants vont adorer.

— J'espère bien, dit-elle en s'asseyant à côté de Charlotte.

— Tu as vu le plafond ?

Charlotte renversa la tête en arrière et admira la grande affiche de Harry Potter entourée d'étoiles fluorescentes.

— Adorable !

Sam sourit. William avait raconté que Lindsay, la fille du bar, avait fini par donner une nouvelle chance à Sam et qu'elles vivaient à présent comme n'importe quel couple, à la surprise générale.

— Tu rayonnes, lui dit Charlotte.

Sam leva les yeux au ciel.

— Oui. Mais il ne faut pas s'attendre à ce que ça dure. Ma copine veut absolument qu'on ait une *relation normale,* ce qui, en sous-texte, implique qu'on se parle tous les jours et qu'on ne sorte avec personne d'autre. En plus, elle est flic. Donc oui, je suis heureuse, bête et amoureuse. Mais encore une fois, on verra si ça dure.

Charlotte ne put s'empêcher de rire.

— Aïe, je te plains !

— N'est-ce pas ? dit Sam avec un sourire malicieux. Toi aussi, tu rayonnes.

— Ah bon ?

Sam plissa les yeux en la regardant.

— Je ne crois pas t'avoir vue sourire une seule fois pendant ta première semaine ici, et aujourd'hui tu as des pattes d'oie autour des yeux.

Charlotte porta un doigt au coin de ses yeux.

— Tu as sûrement raison.

— Ah oui ?

— Ah oui, quoi ?

Sam renifla.

— Comment ça, je te parle ouvertement de ma relation et toi, tu ne dis rien du tout !

Charlotte se sentit rougir.

— Oh, dit-elle. Il n'y a rien à dire.

Sam partit d'un rire franc.

— D'accord. Écoute, tu peux essayer de t'en persuader. Mais n'oublie pas que cette vieille maison a des murs en papier.

***

Debout derrière la caisse, Martinique observait Sam et Charlotte à distance. Sara avait eu raison. Sa nièce était exactement ce qui manquait à Riverside et Martinique était heureuse de voir qu'elle s'y plaisait enfin.

Elle passa la main sur le vieux comptoir de chêne poli et arrêta son doigt sur un minuscule éclat de bois. Sara disait toujours que la librairie était le lieu idéal pour guérir de ses blessures. Charlotte en avait eu besoin, de toute évidence. Martinique ignorait ce qu'elle avait traversé avant son arrivée à Londres et elle ne voulait pas la pousser à la confidence. Elle savait que Charlotte avait perdu sa mère, mais que cela remontait déjà à quelques années.

Martinique soupira. Chaque fois qu'elle pensait à Sara, elle sentait un poids sur sa poitrine. Sa dernière volonté, au moins, avait été exaucée. Charlotte faisait maintenant partie de Riverside et il était plus que temps qu'elle en apprenne un peu plus sur le passé de Sara. Dès que la grande soirée du lendemain serait passée, Martinique trouverait le moment opportun pour lui faire part de tout ce qu'elle savait.

La vue de Sam et Charlotte qui riaient ensemble sous l'escalier la fit penser à Angela. Elle était prête à tout pour que sa fille et elle retrouvent cette même complicité.

Après avoir eu la confirmation de Paul qu'Angela lui cachait bien quelque chose, elle avait radicalement changé de tactique. Elle s'était lentement rapprochée de sa fille et avait fait de son mieux pour adoucir son ton. Elle ne lui avait rien dit au sujet des fringues laissées par terre, ni de la vaisselle sale abandonnée dans l'évier. À la place, elle avait essayé de tendre l'oreille et d'être présente, tout simplement.

Elle avait acheté à Angela tout ce qu'elle aimait : un pot de glace Skinny Cow qui, d'après Martinique, avait surtout un goût de glaçon, des spécialités libanaises et du raisin blanc. Elle avait proposé à Angela de la conduire à un concert, l'avait invitée au cinéma et même à une virée shopping pour lui trouver un nouveau manteau d'hiver, sans résultat. Quoi qu'elle lui propose, sa fille se contentait de secouer la tête en marmonnant qu'elle avait autre chose à faire.

Martinique vivait très mal le sentiment d'être mise sur la touche et elle ne savait pas combien de temps elle allait encore le supporter. Angela devait vraiment haïr sa maman pour décliner une invitation à aller faire du shopping, ce qui, en temps normal, était de loin son activité favorite.

À plusieurs reprises, ses nerfs avaient lâché, et Martinique s'était retrouvée à pleurer sur l'épaule de Paul. Elle avait eu beau le supplier de lui révéler le secret d'Angela, il avait tenu bon, répétant sans faillir qu'Angela lui en parlerait elle-même quand elle serait prête.

Martinique prit l'un des dépliants de Sam qu'elle rangea dans sa poche. Au fond, elle aurait aimé que Paul et Angela viennent à leur grand événement, mais Paul assistait à une conférence importante avant d'aller dîner avec des chercheurs de la Sorbonne – quant à Angela, elle n'avait même pas osé lui demander. Sa fille aurait probablement beaucoup mieux à faire, comme de se repeindre les ongles, de se mettre à jour sur Snapchat ou de rattraper la dernière saison des Kardashian.

Dans la cuisine, Martinique prit du beurre, des œufs, de la farine, de la levure et du lait. Elle voulait préparer une première fournée de roulés à la cannelle pour mettre au point sa recette avant la soirée-rencontre. Martinique adorait faire la cuisine sur de la musique disco des années 1970 et quand elle sortit son téléphone pour lancer une playlist, elle découvrit un message de Marcia.

J'ai rendez-vous chez mon kiné, si tu peux passer chercher les enfants à quinze heures. Spencer doit rentrer à la maison car il a oublié ses affaires de sport, tu pourras en profiter pour leur donner quelque chose à manger. Fais au plus simple : conduis-les tous les trois au cricket. J'irai sans doute me faire masser dans la soirée. Au cas où je rentre tard, je mettrai leurs pyjamas en évidence. Demain, j'ai un autre impératif dans l'après-midi, c'est chouette si tu peux passer les prendre aussi.

Martinique sentit la panique la gagner. Elle n'aurait jamais le temps de terminer sa fournée avant l'heure de sortie de l'école et en plus, elle avait tout un tas d'autres choses à préparer pour la soirée qui approchait à grands pas.

Elle commença à écrire un message d'excuses à Marcia pour ne lui avoir pas répondu plus tôt tout en mettant au point un plan d'attaque. Elle pourrait peut-être emporter la pâte avec elle dans la voiture et la cuire à la maison. Ce ne serait pas pratique et elle était déjà fatiguée – néanmoins, ça n'était pas impossible.

Soudain dépassée par les événements, elle était à nouveau en train d'essayer de faire rentrer des ronds dans des carrés. Pendant combien de temps fallait-il que la pâte lève ? N'y avait-il aucun risque de la gâter en la trimballant avec elle dans la voiture ? Autant qu'elle s'en souvienne, elle n'avait pas assez de levure à la maison pour refaire de la pâte en cas de loupé. Puis elle eut une autre idée. Peut-être n'était-il pas nécessaire de préparer une fournée d'essai ? Avec un peu de chance, sa recette était la bonne. *Sauf que,* pensa-t-elle, *la soirée du lendemain est un événement d'importance majeure, et j'ai sacrément intérêt à réussir mes roulés à la cannelle.*

Martinique avait beau retourner la situation dans tous les sens, elle n'arrivait à rien d'autre qu'à paniquer encore plus. Elle était à bout de nerfs quand Charlotte fit une soudaine apparition dans la librairie. En la voyant, Martinique se rappela leur conversation. *Voilà une occasion de mettre en pratique les conseils de Charlotte,* pensa-t-elle. Il était temps qu'elle apprenne à dire non.

Elle relut le SMS de Marcia.

J'ai rendez-vous chez mon kiné… J'irai sans doute me faire masser…

Elle essaya d'imaginer ce que Paul aurait à dire sur son activité secrète de taxi pour enfants gâtés. *Marcia n'a rien à faire de toute la journée,* pesterait-il. *Elle peut aller chez le kiné quand ça lui chante, alors que toi, tu as un boulot à plein temps. Bon Dieu, ta sœur peut s'acheter un kiné si elle veut !*

Le son de la voix de Paul dans sa tête fit taire ses derniers doutes. Elle ne pouvait pas abandonner la librairie en pleine journée pour conduire les enfants de Marcia d'un bout à l'autre de la ville. Malgré toute sa bonne volonté, ce n'était simplement pas possible. Elle n'avait pas le temps et Marcia devrait l'entendre.

Martinique effaça le message qu'elle avait commencé à écrire et reprit du début.

Pas possible aujourd'hui. Malheureusement. Pardon. Je suis vraiment désolée.

Elle effaça tout à nouveau.

Je travaille. Demande à quelqu'un d'autre.

En écrivant ces derniers mots, son ventre se noua. Elle allait passer un sale moment. Quoi qu'elle décide de faire, quelqu'un serait forcément déçu.

Elle prit une profonde inspiration avant de composer le numéro de Marcia.

Lorsqu'elle entendit la première sonnerie, son cœur cognait fort dans sa poitrine.

Calme-toi, se dit-elle. *C'est ta sœur que tu appelles, pas un dictateur nord-coréen.*

— Oui, allô ?

— Salut, bredouilla Martinique.

— Martinique ? Qu'est-ce qu'il y a ? Tu en as une drôle de voix !

Elle se racla la gorge.

— Rien. Je viens de voir ton message, c'est tout.

— Ah, très bien. J'ai réservé un massage aussi, donc je rentrerai tard, mais honnêtement, je l'ai bien mérité. Après ma double séance de fitness ce matin, j'ai mal partout.

C'est maintenant ou jamais, pensa Martinique.

— Dis, je suis désolée, mais je ne vais pas pouvoir aller chercher les enfants aujourd'hui.

Un silence se fit dans le combiné, finalement interrompu par un soupir.

— Ah non ? Et pourquoi pas ?

— Il faut que je travaille.

— OK. Je vais voir avec l'école si les enfants peuvent rester au centre aéré après les cours. À quelle heure tu seras libre ?

Martinique ferma les yeux de toutes ses forces. C'était plus difficile que prévu.

— Aujourd'hui, ça n'est vraiment pas possible. J'ai une tonne de choses à préparer pour notre événement de demain soir. En fait, la librairie est au bord de la faillite, et on se bat bec et ongles pour ne pas avoir à fermer. J'adore passer du temps avec Spencer, Sterling et Edison, mais je ne vais plus pouvoir les emmener à l'école. Si tu veux, je peux t'aider à trouver une nounou.

Marcia hoqueta au bout du fil pendant que Martinique prenait une grande inspiration.

— À moins que tu puisses y aller toi-même. Moi, je ne peux pas.

À peine avait-elle prononcé ces mots qu'elle regretta sa dureté de ton. Tendue, Martinique attendait la réaction de sa sœur, qu'elle imaginait terrible. Après plusieurs longues secondes, elle entendit Marcia renifler.

— Moi qui pensais que tu voulais m'aider après tout ce que j'ai traversé ! Comment veux-tu que je m'en sorte seule avec mes enfants, si je ne peux même pas compter sur ma famille ? Est-ce que tu te rends compte que je n'ai personne pour me soutenir ? Et Richard qui ne lève même pas le petit doigt ! Je dois tout faire toute seule. TOUT.

Martinique retint son souffle. Elle avait l'impression que Marcia venait de lui arracher le cœur. Évidemment qu'elle tenait à l'aider, évidemment qu'elle voulait la soutenir. Mon Dieu, quel genre d'être humain était-elle, pour laisser passer le travail avant la famille ?

— Je...

Marcia soupira.

— Est-ce que ça veut dire qu'il faut que j'annule mon rendez-vous chez Stefano demain aussi ? Tu sais depuis combien de temps j'attends pour y aller ? Je ne me suis pas fait de brushing depuis des semaines !

Martinique sursauta. Un rendez-vous chez Stefano, c'était ça, son impératif ? Elle lui demandait de s'absenter de la librairie pour pouvoir aller se faire un brushing ?

D'un coup, Martinique sentit toute forme de compassion la quitter. Elle-même avait envie d'aller chez le coiffeur depuis l'été dernier, mais elle n'avait pas eu une minute à elle puisqu'elle passait tout son temps à aider les autres.

Elle passa une main dans ses cheveux abîmés. Paul avait raison, Marcia l'exploitait et il était plus que temps d'y mettre un terme.

— Tu n'as pas l'air de comprendre, mais j'ai un travail, et des responsabilités, dit-elle d'une voix tremblante. Je n'ai pas le choix si je veux continuer à payer notre loyer. Les gens normaux n'ont pas le temps de se rendre chez le coiffeur toutes les cinq minutes, ils ont autre chose à penser. Tu as bien de la chance de mener la grande vie, mais il ne faut plus que tu comptes sur moi pour conduire tes enfants pendant que tu te fais masser. Trouve quelqu'un d'autre pour t'aider.

À l'autre bout de la ligne, on pouvait entendre les mouches voler. Martinique se sentait sur le point d'imploser. Vite, raccrocher avant de revenir sur ce qu'elle venait de dire.

— Il faut que j'y aille. À plus tard.

Au moment où elle coupa court à la communication, elle fut rattrapée par sa mauvaise conscience. Pourtant, très vite, un sentiment de profond soulagement prit le dessus. Elle y était parvenue ! Elle avait enfin réussi à dire non, pour son plus grand bonheur.

Alors qu'elle mettait son téléphone sur silencieux, sa voix intérieure lui souffla qu'elle avait pris la bonne décision. Marcia lui en voudrait un moment, mais il n'y avait pas mort d'homme. D'ailleurs, c'était peut-être le coup de pied qu'il lui fallait pour qu'elle se décide enfin à prendre une baby-sitter.

Soudain emplie d'un sentiment de liberté, Martinique fit quelques pas de danse vers le four qu'elle alluma. Elle n'aurait jamais cru qu'être égoïste la rendrait si heureuse. À l'avenir, elle penserait à l'être plus souvent !

Elle attrapa le vieux livre de recettes de Sara et l'ouvrit à la page des roulés à la cannelle. Marcia finirait bien par lui pardonner, elle en était sûre. Toutefois, vu son caractère rancunier, il ne fallait pas compter sur elle à la soirée du lendemain.

Martinique chassa cette dernière pensée de son esprit. Bien sûr, elle aurait aimé que Marcia soit là pendant la soirée tant attendue, d'autant que la librairie était vraiment charmante depuis que Charlotte y avait mis de l'ordre. Mais ça n'était pas la fin du monde. Non, Martinique devait voir le bon côté des choses. Puisqu'elle n'avait plus à aller chercher ses neveux, elle aurait au moins le temps de perfectionner sa pâte et d'essayer plusieurs garnitures différentes.

Martinique plongea dans le livre de recettes. Ayant lu quelque part qu'il existait un nombre infini de variations à partir de la recette initiale, elle s'était fait le plaisir d'acheter des graines de cardamome, différents sucres vanillés et toutes sortes de pâtes d'amande.

Elle sourit. La soirée-rencontre du lendemain serait un franc succès. Tout le monde avait travaillé d'arrache-pied aux préparatifs et elle veillerait personnellement à ce que les roulés à la cannelle soient les meilleurs jamais servis.

31

Mardi 1er mars 1983

Assise sur la cuvette des toilettes, Kristina scrute l'étui de plastique où elle a placé la petite éprouvette. Près de deux heures ont passé depuis qu'elle a mélangé quelques gouttes des premières urines du matin à la solution fournie avec le test.

Kristina n'a pas parlé à Daniel depuis sa récente découverte. À cette heure-ci, il est au travail, et Sara dort encore. En général, elle n'est jamais debout avant dix heures, mais Kristina est aussi discrète que possible, de peur de se faire surprendre.

L'anneau brun foncé qui a commencé à apparaître dans le miroir placé sous l'éprouvette devient plus visible à chaque minute. Kristina relit la notice. Le test est fiable à quatre-vingt-dix-sept pour cent. Il y a donc trois chances d'erreur sur cent. Mais le test dit vrai. Elle en est absolument sûre. Toutes les cellules de son corps savent qu'elle est enceinte.

Bouleversée par cette révélation soudaine, elle sort de la salle de bains en trébuchant. Une légère nausée lui comprime la poitrine, elle marche jusqu'à la kitchenette.

Appuyée contre l'évier, elle se sert un verre d'eau qu'elle vide à grandes gorgées. C'est seulement lorsqu'elle le repose qu'elle remarque que sa sœur s'est glissée à côté d'elle.

Sara est enroulée dans leur couverture, les cheveux ébouriffés. Pourtant elle n'a pas l'air aussi lunaire que d'habitude au sortir du lit. Elle fixe Kristina d'un regard perçant, les paupières entrouvertes.

Kristina se retourne brusquement comme pour cacher le verre d'eau.

— Déjà réveillée ?

Sara ne dit rien. Elle se contente d'acquiescer.

La nausée reprend Kristina. Son ventre se tord d'inquiétude. C'est à elle de dire quelque chose.

— Tu travailles ce soir ? sont les seuls mots qu'elle arrive à articuler.

Sara fait un pas vers elle et tend la main par-dessus l'épaule de Kristina pour attraper une tasse. Daniel a laissé une casserole d'eau sur le feu. Kristina ne sait pas si elle est encore chaude, mais visiblement ça n'a aucune importance pour Sara qui en remplit sa tasse et y laisse tomber un sachet de thé.

— Faut que j'aille aux toilettes, dit-elle.

Kristina se jette devant elle.

— Non, attends !

Sur le front de Sara, une ride se creuse.

— J'ai laissé pas mal de bazar, s'excuse-t-elle. Je veux juste débarrasser après moi.

Kristina se précipite dans la salle de bains. Elle a tout juste le temps de ranger le test dans sa trousse de toilette avant que Sara n'entre à son tour. Sans un mot, elle se faufile devant Kristina, descend sa culotte et s'assoit sur les toilettes.

Kristina reste debout devant le lavabo. Elle n'ose pas laisser Sara seule dans la salle de bains tant que le test s'y trouve aussi. Nerveusement, elle tripote le robinet et fait semblant de se laver les mains. Sara soupire et se prend la tête dans les mains.

— Fatiguée ?

— Mmmh, se plaint-elle.

Au moment où Kristina se retourne, elle aperçoit la notice du test tombée sur le carrelage. Sara aussi l'a vue. Elle fixe le papier, puis se tourne vers Kristina.

— Est-ce que c'est... ?

Vite, Kristina se baisse pour attraper la notice et sort de la salle de bains. Sara la suit, l'air désorienté. Elle porte toujours le tee-shirt dans lequel elle a dormi.

Leurs regards se croisent pendant une seconde interminable. Kristina sent le désespoir la gagner.

— C'est un test de grossesse ? demande Sara.

Kristina secoue la tête, mais déjà ses yeux se remplissent de larmes.

— Ce n'est pas le mien, chuchote-t-elle.

Le regard de Sara se durcit. À présent, elle est parfaitement réveillée.

— Est-ce que quelqu'un t'a fait du mal ?

Kristina regarde ses pieds.

— Non.

Sara pose une main sur son épaule.

— Si on t'a fait quoi que ce soit, tu dois m'en parler, Kristina !

Quand Kristina entend la voix de sa sœur, une digue se rompt dans sa tête et c'est une déferlante d'émotions. Elle sanglote en silence et se détourne.

— Non, c'est pas ça.

La voix de Sara est glaciale.

— Tu es enceinte ? Réponds, Kristina, est-ce que t'es enceinte ?

Kristina est à deux doigts d'imploser. Une partie d'elle-même crève d'envie de demander de l'aide à Sara. Elle veut que sa sœur prenne soin d'elle, qu'elle l'entoure de ses bras en lui disant tout bas « Ça va aller. » Elle sait aussi qu'une fois que la vérité aura éclaté, elle se retrouvera toute seule.

Soudain Sara change d'attitude. Elle retire sa main et croise les bras sur sa poitrine.

— Ce n'est pas celui de Daniel, quand même ?

Elle dit ces mots d'une voix si basse que Kristina l'entend à peine. Ce n'est pas comme ça qu'elle aurait dû l'apprendre. Kristina se fait violence, elle se force à soutenir le regard de sa sœur.

Sara secoue la tête.

— Non. Dis-moi que ça n'est pas vrai !

Elle se prend la tête dans les deux mains et ferme les yeux.

De grosses larmes roulent sur les joues de Kristina. Comment pourrait-elle expliquer ce qu'il s'est passé ? Comment Sara pourrait-elle un jour lui pardonner ?

— Je suis désolée, bredouille-t-elle.

Quand Sara ouvre les yeux à nouveau, ils sont noirs. Elle fixe Kristina sans ciller.

— C'était un accident…, commence Kristina avant que sa sœur ne se jette sur elle.

Le premier coup est si soudain que Kristina ne comprend pas ce qu'il lui arrive. Sara la frappe une seconde fois, si fort qu'elle la fait tomber à la renverse sur le canapé.

Kristina reste allongée, étourdie par le choc. Sara se penche sur elle. Elle souffle sa colère comme une bête, ses doigts étrangement recourbés sont soudain comme des griffes.

— Qu'est-ce que tu racontes, putain ! hurle-t-elle. Tu couches avec mon mec ?

Kristina secoue la tête.

— Je ne voulais pas... Je comprends que tu m'en veuilles, mais je te jure, c'est arrivé comme ça. Pardonne-moi, s'il te plaît !

Elle se relève et essaye de retrouver son équilibre, mais Sara l'attrape par les cheveux. Quand elle lui tire la tête en arrière, Kristina se cogne à l'angle du canapé. Le choc est puissant.

— Depuis quand ? dit-elle, les yeux révulsés.

Sara est comme folle. Kristina ne l'a jamais vue dans un état pareil.

— Depuis quand ? répète-t-elle avec la même hargne.

— C'est arrivé il y a quelques semaines.

Sara prend une profonde inspiration.

— Vous l'avez fait combien de fois ?

Kristina sent les larmes continuer de ruisseler sur ses joues.

— Une fois.

— Une fois ? Vraiment ?

Kristina ferme les paupières et secoue la tête.

— Tu vas me dire combien de fois !

— Trois. Ou quatre.

Sara lâche ses cheveux et se met à marcher d'un bout à l'autre de la pièce. Les joues en feu, elle secoue la tête comme une démente.

— Il faut que tu m'aides, pleurniche Kristina.

Sara marmonne sans s'arrêter de marcher.

— Je lui faisais confiance. Et je te faisais confiance, à toi, ma propre sœur. Putain, c'est pas croyable.

— Il faut que je me fasse avorter.

Kristina regarde sa sœur. Sara ne semble pas l'avoir entendue.

— Sara, tu n'imagines pas à quel point je suis désolée. C'est normal que tu m'en veuilles. Mais je ne peux pas garder l'enfant. J'ai besoin de ton aide.

Sara s'arrête net et la regarde. Il y a quelque chose de froid dans sa manière d'être, comme si elle n'était pas vraiment là.

— Tu me demandes de t'aider ?

Kristina se lève.

— Oui. Je n'ai personne d'autre à qui demander.

Sara écarquille les yeux, puis elle prend un crayon dans le pot sur le rebord de la fenêtre et le fait tourner entre ses doigts.

— Je veux que tu t'en ailles. Maintenant.

— Où ça ?

Sara renifle.

— Je n'en ai rien à faire. Casse-toi, c'est tout.

Kristina secoue la tête.

— Mais j'ai nulle part où aller.

— C'est pas mon problème.

Kristina fait un pas vers elle.

— On ne peut pas s'asseoir et en parler ?

Sara secoue la tête.

— Tu n'es plus rien pour moi. Tu n'es plus ma sœur et je ne veux plus jamais te voir.

Kristina ne sait pas quoi faire. Désemparée, elle hésite, puis tend une main vers Sara.

— S'il te plaît, Sara…

Au moment où elle prononce le nom de sa sœur, celle-ci lui envoie le crayon en pleine figure. Puis un autre.

— Sors de l'appartement ! Tu m'entends ?

Kristina se remet à renifler. Elle ne contrôle pas ses pleurs.

— Mais j'ai nulle part où habiter.

— Fallait y penser avant. Fais ta valise, maintenant !

Alors qu'elle secoue la tête, Sara lui jette un autre crayon à la figure.

— Je me contrefous de ce qui peut t'arriver ! braille Sara. Tu m'as trahie. T'as fait des horreurs dans mon dos. Je te hais Kristina, tu comprends ça ?

Kristina pose une main sur son ventre et sent quelque chose percuter violemment son bras. Ça résonne lorsque la pile que Sara lui a lancée s'écrase au sol.

— Va-t'en, avant que je te jette un truc plus gros.

Le souffle court, Kristina court dans leur chambre et sort sa valise de dessous le lit. Machinalement, elle ramasse toutes ses affaires. Elle ne comprend pas encore ce qu'il vient de se passer. Est-ce que Sara parle sérieusement ? Elle ne veut plus la voir, jamais ?

Quand elle a fini de faire sa valise, Kristina prend quelques inspirations profondes afin de se calmer. Sara lui en veut, ce qui se comprend, mais la violence de sa réaction lui fait peur. Elle ne reconnaît pas sa sœur. Tout ce qu'elle souhaite, c'est qu'elle lui pardonne. Elle ne veut pas croire ce que Sara a dit, qu'elle ne veut plus jamais la revoir.

Sara l'attend dans l'entrée, plantée sur ses deux jambes, les mains sur les hanches.

— Je pars travailler. Je verrai si je peux passer la nuit chez Tina, dit Kristina prudemment en essayant de déceler un changement sur le visage indifférent de Sara. Je reviendrai demain.

Sara secoue la tête.

— Tu n'as pas l'air de comprendre ce que je dis. Je ne veux plus jamais te voir, articule-t-elle lentement.

Kristina est sous le choc.

— Tu ne le penses pas vraiment. T'es juste en colère.

— Si, je le pense. Tu sais pourquoi j'en suis sûre ? Parce que j'aime Daniel. Il est tout pour moi, et si je dois tirer un trait sur toi pour pouvoir être avec lui, je n'hésite pas une seconde.

Kristina enfile des chaussures et rassemble ses autres paires dans un sac. Sara ne la quitte pas des yeux, pas une seconde. Quand elle a terminé, elle se dirige vers la porte en cherchant à croiser le regard de sa sœur.

— Sara, implore-t-elle sans obtenir la moindre réaction.

— Et n'essaye pas de le joindre, siffle Sara. Sinon, je veillerai à te pourrir la vie jusqu'au bout. Tu avais le mal du pays et tu as pris le premier bateau pour la Suède – ça, c'est la version officielle, OK ?

Kristina ne répond rien. Sara poursuit.

— Tu m'as trahie, tu me dois au moins ça !

— Oui, mais je…

— Elle est où, ta clef ?

Kristina pointe du doigt le clou au mur.

— Accrochée là.

— Bien. Va-t'en, maintenant, dit Sara en ouvrant la porte.

Kristina est à peine dans la cage d'escalier que Sara claque la porte derrière elle et ferme le verrou.

Les jambes de Kristina ne la portent plus, elle s'écroule au sol. Où diable peut-elle aller ? Elle essaye de réfléchir, mais la tête lui tourne. Elle est toute seule, il n'y a personne qui puisse l'aider. Quelle direction prendre ?

Pendant un court instant, elle envisage de braver l'interdiction de Sara et d'aller trouver Daniel, mais elle se ravise, convaincue qu'elle ne ferait qu'aggraver les choses. En plus, elle ne sait pas comment Daniel réagirait. Lui qui a grandi dans une famille catholique ne la laisserait peut-être pas avorter. Et s'il lui en voulait d'avoir tout gâché ? Non, elle ne supporterait pas qu'il la rejette, lui aussi. Elle préfère ne pas prendre le risque.

Péniblement, elle rassemble ses affaires et se lève. Il doit bien y avoir un moyen de tout arranger. Elle pense à l'argent qu'elle a économisé. Elle a sûrement assez pour rentrer à la maison, en Suède. Mais quelle maison, au juste ? Celle où vit son père ?

La nausée la reprend quand elle pense à ce que son père ferait s'il apprenait la nouvelle. Elle-même en crèverait de honte. Pourtant, quelque part, elle trouve plus rassurante l'idée d'avorter en Suède. Au moins, elle comprendra ce qu'on lui dira.

Elle descend lentement les escaliers. Un de leur oncle habite en Scanie. Un certain Hans. Petite, Kristina lui a rendu visite quelques fois. Elle se rappelle de lui comme d'un oncle gentil, qui lui offrait des caramels, mais ils ne se sont pas revus depuis que Maman est morte. Est-ce qu'il aurait pitié d'elle si elle lui demandait de l'aide ? Se souviendrait-il seulement d'elle ?

Elle pousse la porte de la hanche et sort sur le trottoir. Sa valise est la même qu'à son arrivée à Londres, ni plus lourde, ni plus légère.

Elle ne sait plus très bien si Tina travaille aujourd'hui. Elle est la seule à qui Kristina oserait demander de l'aide. Avec un peu de chance, elle pourra passer quelques nuits chez elle le temps de trouver un moyen de rentrer en Suède.

Cette seule pensée lui fait l'effet d'un coup de poing en plein ventre : *rentrer à la maison*. Kristina adore habiter à Londres. Ici, elle est devenue quelqu'un d'autre, mais elle ne peut pas rester. Pas après ce qu'il s'est passé.

Elle laisse glisser son regard au hasard de cette rue qu'elle connaît bien, comme pour s'imprégner une dernière fois de son paysage quotidien. Le lavomatique, les petites boutiques, le restaurant plus bas, l'épicerie dans l'angle et la belle librairie. Tout ça, c'était à Sara et à elle. C'était *leur* vie, à toutes les deux.

Ses yeux se remplissent de larmes. Kristina prend conscience qu'elle ne reverra probablement jamais Sara ni Daniel. Sa sœur ne lui pardonnera pas. Kristina a tout détruit. Tout est de sa faute.

Le vent s'engouffre sur la Tamise et fait voler les pans de son manteau. *Il y a un autre moyen,* pense Kristina en traversant la rue. Un moyen plus simple pour tout arrêter, d'un seul coup. Rien ne l'oblige à faire le long et pénible voyage qui l'attend ; rien ne l'oblige à vivre avec la honte.

Kristina lâche sa valise sur le quai et pose une main sur son ventre. Elle pense à cette chanson de Johnny Mandel dans la sitcom M*A*S*H. « The game of life is hard to play. I'm gonna lose it anyway. »

Le désespoir lui broie la poitrine. Elle sonde ses entrailles et essaye de percevoir la vie en elle. Et si elle avait tout imaginé ? Et si elle n'était pas enceinte ?

Quand une autre bourrasque survient, elle ferme les yeux et sent le vent froid sur sa joue. Comment en est-elle arrivée là ? Est-ce qu'elle a joué de malchance, ou est-ce qu'elle a simplement été idiote ?

Elle entend le bruit du fleuve. Sa vie est détruite. À présent, c'est terminé. Si elle ne retrouve pas son oncle Hans ou s'il refuse de l'aider, il ne lui reste plus qu'une seule personne chez qui aller. Et Kristina ne veut pas retourner à Årebo. Elle ne veut pas le revoir, lui.

Elle fait encore un pas vers l'eau. Debout sur le rebord du quai, elle se balance d'avant en arrière. Ça n'a pas l'air si méchant, après tout. Elle se sent plus courageuse, plus forte.

Ses yeux sont toujours clos. Elle tend les mains sur les côtés et vacille. Une autre pensée la traverse. Peut-être que l'enfant mourra quand elle plongera dans l'eau froide.

Derrière ses paupières, le visage de Daniel lui apparaît. Elle aimerait tellement lui parler, mais elle sait que c'est impossible. Elle n'en a plus le droit.

Je n'ai pas le choix, songe-t-elle, sentant le vent qui la pousse dans le dos. *Je n'ai vraiment pas le choix.*

32

Mardi 17 octobre

Assise dans le petit bureau, Charlotte était si concentrée qu'elle n'entendit pas William se glisser derrière elle. Lorsqu'il passa ses bras autour d'elle, elle sursauta.

— Non, chuchota-t-elle instinctivement. On pourrait nous voir !

Il se mit à rire.

— Pas d'inquiétude, Sam et Martinique ont toutes les deux le nez dans la caisse. De plus, elles finiront bien par savoir qu'on est ensemble ; alors pourquoi se cacher ?

Charlotte se retourna et répondit à William par un baiser sur la bouche, mais incapable de se défaire du sentiment qu'ils faisaient quelque chose d'interdit, elle jeta un coup d'œil inquiet par-dessus son épaule.

— Ça avance, ton livre ?

William sourit et tout son visage s'illumina.

— Plutôt deux fois qu'une ! J'ai une énergie incroyable, en ce moment.

— Formidable.

— Oui, vraiment. J'ai réécrit toute l'intrigue, le récit a gagné en dynamisme. Il désigna l'escalier du menton. Je ne vais pas tarder à m'y remettre, j'avais juste envie de te voir.

Quand il frôla sa joue du bout des doigts, elle se sentit fondre. La moindre de ses caresses la rendait euphorique.

— Au fait, qu'est-ce que tu as envie de faire, ce soir ?

Charlotte vérifia son agenda ouvert sur le bureau.

— Tu n'étais pas censé dîner avec ton éditrice, ce soir ?

William renifla bruyamment.

— Si elle croit que je vais lui pardonner ce qu'elle a dit sur mon manuscrit parce qu'elle offre le menu gastronomique à l'hôtel Savoy, elle se met le doigt dans l'œil.

Devant le silence de Charlotte, il prit une profonde inspiration.

— En fait, j'ai oublié de confirmer. Tous les auteurs publiés par la maison sont invités. Je n'ai aucune envie de me retrouver assis en face d'un Lord-je-suis-l'auteur-le-plus-vendu-de-Grande-Bretagne pour l'entendre se vanter de ses derniers contrats à l'étranger et des futures adaptations cinématographiques de ses bouquins pathétiques.

Elle s'apprêtait à lui dire un mot d'encouragement quand son téléphone se mit à vibrer. Charlotte loucha sur l'écran. Un nombre très restreint de personnes utilisaient ce numéro : Henrik, son père, et Carl Chambers, que Charlotte fuyait comme la peste. En fait, elle avait carrément arrêté de décrocher quand elle voyait s'afficher un numéro anglais puisqu'elle soupçonnait la banque d'utiliser différentes lignes pour parvenir à la joindre.

Charlotte soupira de soulagement quand elle reconnut l'indicatif suédois.

— Tu veux le prendre ? demanda William.

— Non, c'est seulement mon père, dit-elle en rejetant l'appel. Je le rappellerai un peu plus tard.

— Ton père ? Comment il s'appelle ?

Charlotte reposa son téléphone loin d'elle.

— Bertil. Sauf qu'il n'est pas mon père biologique. Il s'est marié avec ma mère quand j'avais quatre ans, puis s'est séparé d'elle quand j'ai quitté la maison. Depuis, il s'est remarié et a eu trois vrais enfants.

Elle avait utilisé un ton plus amer qu'elle ne l'aurait voulu, alors elle agita la main comme pour effacer ses propos.

— Enfin, je ne lui en veux pas d'avoir fondé une nouvelle famille.

William posa sur elle un regard interrogatif.

— Et ton vrai père, alors ?

Elle haussa les épaules.

— Aucune idée. Maman n'a jamais voulu me dire qui il était. Il doit probablement s'agir d'une célébrité comme Rod Stewart ou Tom Jones.

— Je trouve que tu as plutôt des airs d'Elton John.

Elle fit la grimace.

— Très drôle !

William posa ses mains sur ses hanches et l'attira à lui. Lorsqu'il l'embrassa à nouveau, elle secoua la tête.

— Allez, laisse-moi tranquille, dit-elle en riant. J'ai une tonne de trucs à préparer pour notre grand événement de demain soir.

— Parfait, dans ce cas, je peux t'aider !

Charlotte essaya de garder un visage sévère, ce qui était mission impossible lorsque William lui souriait de cette façon.

— Tu n'as pas un roman à écrire ?

— J'ai besoin d'une pause, dit-il gaiement. Par quoi on commence ?

Sam se tenait derrière la caisse, le visage enfoui dans un gros bloc-notes. Elle se figea quand William l'apostropha.

— Alors, quoi de neuf ?

Le regard de Sam fit plusieurs allers-retours entre William et Charlotte.

— On n'a vendu que treize billets. Treize ! Je ne comprends pas. À l'heure qu'il est, il n'y a personne dans tout Londres qui n'a pas entendu parler de notre soirée-rencontre.

Ses yeux brillaient de frustration. Charlotte dut prendre sur elle pour cacher sa propre déception.

— Les gens attendent sans doute le dernier moment. Peut-être même qu'ils prévoient d'acheter leur billet sur place, demain soir.

Sam secouait la tête.

— Qu'est-ce qu'on fait ?

— Ne t'inquiète pas. Tout devrait s'arranger.

Martinique arrivait de la cuisine. Saupoudrée de farine, elle était occupée à épousseter sa tunique jaune.

— Voilà ! La pâte est en train de lever.

Sam renifla.

— Autant la jeter tout de suite. De toute façon, on n'aura personne demain soir.

Martinique et Charlotte échangèrent un regard inquiet avant de tenter une nouvelle fois de réconforter Sam.

— N'oublie pas que Matthew Morrow est une vedette de la télé. On aura forcément des curieux de dernière minute ! dit Martinique sur un ton enjoué.

— Forcément ! Et dès qu'on aura ouvert les portes et que l'odeur des roulés à la cannelle de Martinique se sera répandue dans la rue, les gens se précipiteront à l'intérieur, compléta Charlotte.

Sam se tourna vers William.

— Et toi, alors ? Tu n'as pas un petit mot d'encouragement ?

Saisissant l'un des livres de Matthew Morrow, William observa l'étrange chouette squelettique qui illustrait la couverture.

— Qui n'aime pas les oiseaux ? tenta-t-il.

À ce moment précis, la porte s'ouvrit sur un homme en complet-veston. Il fallut plusieurs secondes à Charlotte avant de reconnaître le notaire de Sara, Mr Gerald Cook.

— Maître Cook, dit-elle avec surprise. Que faites-vous ici ?

Il ôta sa casquette à carreaux et inclina la tête comme pour saluer. Charlotte pria intérieurement pour qu'il n'ait pas été en contact avec la banque.

— Bien le bonjour, madame Rydberg, dit-il poliment. Je vous apporte d'excellentes nouvelles !

— Ah oui ? Pourquoi n'avez-vous pas plutôt téléphoné ?

Mr Cook sourit avec indulgence et Charlotte prit conscience que sa question était probablement déplacée.

— Même si vous êtes évidemment le bienvenu ici, s'empressa-t-elle d'ajouter.

— J'ai essayé de vous appeler. À plusieurs reprises d'ailleurs, mais madame Rydberg, vous n'avez pas pour habitude de décrocher votre téléphone.

Charlotte n'en menait pas large. Quoi que Mr Cook ait à lui annoncer, elle aurait préféré de loin s'entretenir avec lui en privé plutôt que devant trois autres paires d'oreilles. Demander au notaire de la suivre dans le petit bureau était hors de question, elle aurait inévitablement éveillé leurs soupçons. Elle était coincée.

— Je suis navrée, j'ai eu quelques problèmes avec mon abonnement suédois, mentit-elle.

Mr Cook acquiesça.

— Désolé de l'apprendre. Mais à présent, vous êtes sans doute impatiente d'entendre la bonne nouvelle ?

Charlotte était de plus en plus mal à l'aise. Quelle bonne nouvelle y avait-il à annoncer ? Mr Cook avait-il découvert la somme de quinze mille pounds déposés sur un compte secret ?

Elle hocha la tête à contrecœur.

— Je vous ai trouvé un acquéreur !

Une ride profonde se dessina sur le front de Charlotte. Vu l'incertitude qui planait sur l'avenir de la librairie, elle n'avait voulu fermer aucune porte et avait laissé le notaire continuer à chercher un acheteur potentiel, mais elle ne tenait pas à ce que les autres l'apprennent.

— Oui, pour la maison, j'entends. Malheureusement, je n'ai trouvé personne qui envisage de reprendre la librairie, mais une entreprise américaine, une chaîne de hamburgers dont je tairai le nom, souhaite y installer un grill sur deux étages. Ils ont fait une offre très généreuse. De plus, ils sont prêts à commencer les travaux dès décembre.

La mine déconfite, Charlotte jeta un œil autour d'elle. Les autres évitaient soigneusement de croiser son regard.

— C'est tout ce que j'avais à dire, poursuivit Mr Cook, l'air satisfait. N'hésitez pas à appeler ma secrétaire et à prendre rendez-vous au plus vite pour que nous discutions de l'offre en détail.

La porte se referma sur Mr Cook, dont le départ fut suivi par un silence gênant. Après quelques secondes, Sam poussa un grognement.

— Alors comme ça, tu veux vendre la librairie ?

Charlotte secoua la tête.

— Non, pas du tout.

Elle lança un regard désespéré à William qui avait croisé les bras sur sa poitrine.

— Tu n'as pas l'intention de rester, en fait. Ton plan depuis le début, c'est de te débarrasser de Riverside ! dit-il d'un ton accusateur.

— Non ! J'y ai pensé les premiers jours, c'est tout.

Le visage de William se durcit.

— Tu m'as menti.

Charlotte ouvrit grand les bras en signe d'impuissance.

— Non ! Je veux essayer de sauver Riverside, mais je ne suis pas sûre d'y arriver.

William serra les mâchoires. Charlotte l'avait rarement vu aussi en colère.

— Une chaîne de hamburgers. Voilà qui est charmant ! J'espère qu'ils te paieront grassement.

— Ce n'est pas une question d'argent. Enfin si, d'ailleurs… Riverside est au bord de la faillite.

William leva les yeux au plafond avant de lui jeter un dernier regard glacial.

— Bon, ça suffit, mon bouquin ne va pas s'écrire tout seul.

— Mais William !

— Je n'ai pas le temps d'écouter tes mensonges.

En un éclair, il avait disparu en haut des marches. Charlotte envisagea un instant de lui courir après, mais les regards brûlants de Sam et de Martinique l'arrêtèrent.

— Il faut me croire ! dit-elle, au désespoir. Je n'ai pas du tout l'intention de me débarrasser de la librairie.

De toute évidence soucieuse, Martinique s'efforçait de sourire.

— Tout devrait finir par s'arranger, mon cœur. Si tu ne veux pas vendre, ce notaire peut bien aller se rhabiller. J'aurais seulement aimé que tu ne nous caches pas la vérité au sujet des finances de la librairie.

Charlotte acquiesça, honteuse.

— Tu as raison, j'aurais dû vous en parler. Mais je ne voulais pas vous inquiéter, d'autant plus qu'on a notre grand événement demain. J'espérais vraiment que ce serait l'occasion d'un nouveau départ.

— Il y a donc une chance qu'on s'en sorte ? demanda Martinique, le souffle court.

Charlotte ne voulait pas leur mentir à nouveau, mais en voyant les regards pleins d'espoir de Sam et de Martinique, elle n'osa rien dire sur les quinze mille pounds que la librairie devait encore à la banque.

— Oui, dit-elle. Une petite chance. Assez pour que ça vaille le coup d'essayer.

Martinique prit les mains de Charlotte dans les siennes.

— Bien sûr qu'on va essayer, hein Sam ? Demain on fera une fête de tous les diables qui aurait rendu Sara fière de sa librairie !

Sam hocha la tête et Charlotte se détendit légèrement. Il ne lui restait plus qu'à expliquer à William pourquoi elle n'avait pas été tout à fait transparente depuis le début. Avec un peu de chance, il lui pardonnerait aussi.

Quand le téléphone portable de la librairie se mit à sonner, elles sursautèrent toutes les trois. Comme elle était la plus près, Martinique décrocha sous le regard inquiet de ses deux collègues. Lorsqu'elle raccrocha, son visage avait sensiblement pâli.

Sam se tortillait d'impatience.

— Qu'est-ce qu'il se passe ?

Martinique soupira.

— Matthew Morrow vient d'annuler. C'est la grippe. D'après sa femme, il a tellement de fièvre qu'on pourrait faire cuire des œufs sur son front.

Sam laissa échapper un hurlement dramatique.

— Je le savais ! Je savais que ça ne marcherait jamais ! Pourquoi est-ce que je n'ai pas postulé pour cette foutue formation de psychologue scolaire ?

Martinique se pencha vers Charlotte.

— À quel point sommes-nous au bord de la faillite ? chuchota-t-elle.

Charlotte n'avait plus d'autre choix que de déballer toute la vérité.

— Le crédit hypothécaire n'a pas été payé depuis des mois, et je ne crois pas que nous ayons assez de liquidités pour régler les coûts ordinaires de Riverside à la fin de ce mois-ci.

Charlotte vit que Martinique encaissait le coup.

— En d'autres termes, il faut faire rentrer pas mal d'argent, et vite.

Sam commença à paniquer.

— C'est donc foutu pour Riverside ? Il va falloir fermer boutique ? Les yeux écarquillés, elle se tourna vers Martinique. Ça y est, on est bientôt au chômedu !

Martinique s'écroula sur une chaise. Je ne peux pas y croire. Tout ce travail, tout ce temps sacrifié. Tout ce que Sara a construit.

Face à un tel désespoir, Charlotte sentit sa poitrine se serrer. C'était en grande partie sa faute. À trop vouloir les préserver, elle avait donné de faux espoirs à Sam et Martinique. Pourquoi n'avait-elle pas été honnête depuis le départ ?

— J'ai besoin d'une clope, dit Sam en quittant la boutique.

— Du chocolat, bredouilla Martinique en disparaissant elle aussi, laissant Charlotte toute seule.

Faillite. Ce mot la fit frémir de tout son être. Elle ne pouvait rien imaginer de pire que de voir la librairie fermer ses portes pour toujours – à part, peut-être, de voir tous les livres, bibliothèques et fauteuils de velours jetés pêle-mêle dans des containers.

Les larmes aux yeux, Charlotte caressa le vieux comptoir de bois. Si la librairie devait fermer, toute l'œuvre de Sara partirait en fumée. Tout l'amour et toute la chaleur qui faisaient de Riverside un lieu unique voleraient en éclats et aucun souvenir n'y naîtrait plus jamais.

Imaginer la librairie vidée de ses meubles, déserte et dépeuplée provoqua chez elle une douleur réelle. Elle n'osait même pas songer à ce qu'elle ressentirait le jour où les murs seraient abattus, le plancher arraché et l'escalier vert de Sara démoli pour une vulgaire chaîne de hamburgers.

Charlotte ferma les yeux. Si seulement elle était arrivée un peu plus tôt, si Sara l'avait contactée alors qu'elle vivait encore, avant que ce soit trop tard, Riverside aurait peut-être pu être sauvée. Mais Charlotte n'avait pas eu cette chance.

Son téléphone vibra dans sa poche. Si Carl Chambers s'obstinait à l'appeler une fois de plus, elle se jura de balancer le maudit appareil à la poubelle. Mais au lieu d'un numéro anglais, elle eut la surprise de voir clignoter sur l'écran le nom de Henrik. Elle rejeta l'appel. Elle n'avait pas la force de parler à qui que ce soit.

Complètement démoralisée, elle s'appuya sur le comptoir. L'idée d'être obligée de déposer le bilan de Riverside lui répugnait. Elle ne voulait pas abandonner sa nouvelle vie ; elle voulait rester à Londres.

Et puis, il y avait William. Les derniers jours en sa compagnie avaient été merveilleux, et elle ne se souvenait pas de la dernière fois où elle s'était sentie aussi heureuse. Qu'allaient-ils devenir, à présent ? William avait été très clair sur le fait qu'il ne comptait pas la suivre en Suède, et si Riverside venait à disparaître, que leur resterait-il ? Se connaissaient-ils suffisamment pour repartir à zéro ailleurs ?

Elle ressortit son téléphone qu'elle se mit à tripoter nerveusement. Ils n'avaient encore rien promis à BC Beauty. Si Charlotte leur vendait son entreprise, elle en tirerait assez d'argent pour garder la librairie ouverte, au moins un certain temps. La question était de savoir si cette somme serait disponible immédiatement, et si elle était vraiment prête à sacrifier C/O Charlotte pour Riverside.

Elle ne pouvait pas abandonner, pas maintenant. Résolue, elle rappela Henrik.

— Oui, allô ?

— Allô, Henrik ? Dis-moi, je n'ai pas beaucoup de temps pour parler, je voulais juste te poser une question.

— Je t'écoute !

Charlotte s'éclaircit la voix.

— Si nous acceptions l'offre de BC Beauty, combien de temps crois-tu qu'il faudrait pour que l'affaire soit conclue ?

— Pourquoi ça ? Tu as repéré un château que tu prévois d'acheter ?

— Quelque chose dans ce style-là, oui.

Malgré son ton badin, Henrik prenait la question très au sérieux.

— Mmmh… Écoute, je crois bien qu'ils sont prêts à signer tout de suite. On n'aurait qu'à passer en revue tous les contrats.

— Parfait, c'est ce que j'espérais.

Elle était sur le point de raccrocher quand elle l'entendit à nouveau.

— Mais Charlotte, tu t'es décidée à vendre C/O Charlotte ?

Bien que ces mots lui fissent l'effet d'un coup porté dans sa poitrine, elle savait que c'est ce qu'elle avait l'intention de faire.

— Je ne sais pas, dit-elle. Mais ça m'aiderait si tu pouvais préparer le terrain. Je te rappelle demain.

Elle raccrocha. Lorsqu'elle releva la tête, Sam et Martinique étaient de retour.

— Dites, s'écria Charlotte en s'efforçant d'avoir l'air sûre d'elle. Je pense qu'on devrait maintenir notre événement dans tous les cas. Quoi qu'il arrive, Riverside mérite une fête digne de ce nom !

Sam eut l'air sceptique.

— Mais attends, on n'a plus d'écrivain, je te signale ! Ni de public d'ailleurs, vu le nombre ridicule de billets qu'on a vendus.

Charlotte enfila son manteau.

— Je peux essayer d'arranger ça si vous promettez de continuer les préparatifs. Elle fit un signe vers Martinique. N'hésite pas à faire d'autres fournées de roulés à la cannelle. Autant que tu pourras !

L'espace d'une seconde, Martinique resta interdite, puis elle sourit à Charlotte.

— J'en suis. Et Sam aussi, dit-elle en passant un bras autour de cette dernière.

— Génial ! Je reviens dans une petite heure !

Charlotte se dépêcha de sortir. Cette fois, elle n'avait pas menti à Sam et Martinique : elle avait vraiment un plan. Elle n'avait aucune garantie de réussite, mais à ce stade, elle n'avait plus rien à perdre.

Aussi vite qu'elle le put, Charlotte se dirigea vers Covent Garden.

33

Vendredi 17 juin 1983

SARA S'APPLIQUE À CONFECTIONNER un glaçage lorsqu'elle entend la porte s'ouvrir. Elle jette un œil à sa montre, il est beaucoup plus tard qu'elle ne le pensait. Vite, elle s'essuie les mains sur son tablier et se dirige vers l'entrée.

Daniel a l'air fatigué : ses yeux bleus sont soulignés par d'épais cernes violets. Il sourit quand elle vient à sa rencontre.

— Bonsoir !

— Bonsoir chéri, répond-elle d'un ton surjoué. Les deux mains dans les poches de son tablier, elle pose. Qu'est-ce que tu penses de mon nouveau style ?

Daniel lève un sourcil.

— Ce n'est pas vraiment toi.

Sara lui donne un petit coup sur le bras.

— Tu dis ça parce que tu ne sais rien de mon nouveau moi ! Tu sens cette bonne odeur ?

Il relève le menton et fait mine de humer l'air.

— Du détergent ? dit-il, plein d'optimisme.

Sara rit.

— Eh non. Le ménage, c'est ton boulot, pas le mien. Mais j'ai fait un gâteau.

— Mais non ! Génial ! Comment tu t'y es prise ? On n'a même pas de four !

Sara sourit.

— Bon, je n'ai pas vraiment fait de gâteau, j'en ai acheté un. En revanche, le glaçage que je vais verser dessus, c'est moi qui l'ai fait !

Quand Daniel accroche son manteau, Sara repère le paquet d'enveloppes qu'il tient à la main.

— C'est le courrier ? Je peux regarder ?

Il lui tend le paquet qu'elle emporte dans le salon.

— Tu attends quelque chose en particulier ? Une lettre ?

Sara secoue la tête en épluchant la liasse de lettres. D'habitude, c'est toujours elle qui récupère le courrier, mais aujourd'hui le facteur a dû passer plus tard que d'habitude, car la boîte aux lettres était vide quand elle est rentrée. Quand elle aperçoit la petite enveloppe blanche au nom de Daniel, elle se dépêche de la mettre de côté.

— Non, pas vraiment. Ou plutôt si, il y a ce cours pour lequel j'ai postulé, j'attends la réponse de l'école.

Daniel lui attrape les bras et fait mine de danser. Elle a tout juste le temps de ranger la lettre dans la poche de son tablier avant qu'il se retrouve face à elle.

— Et alors ? Ils t'ont répondu ?

Sara sourit et l'embrasse sur la bouche.

— Non, pas aujourd'hui. En revanche, il y a une facture d'électricité pour toi.

— Oh, c'est mon jour de veine !

Ils s'assoient à table. Sara verse son glaçage sur le gâteau dont elle sert deux belles parts. C'est ça, sa vie rêvée. Être aux petits soins pour Daniel quand il rentre du travail.

Elle ne travaille plus au pub. Elle trouvait usant de passer presque tous les soirs loin de Daniel, et d'ailleurs, tenir le bar et flirter avec des clients ivres n'est pas un travail convenable pour une jeune femme qui sera bientôt mariée. Du moins c'est ce qu'elle pense. À plusieurs reprises, elle a laissé entendre à Daniel qu'elle voulait l'épouser, et il n'a pas l'air d'y être tout à fait opposé.

Sara a trouvé un travail à mi-temps dans la librairie au rez-de-chaussée. La patronne est une dame adorable, et elle est contente de ne pas perdre de temps dans les transports. D'ailleurs, quand elle sera enceinte, ce poste sera plus approprié que son ancien boulot de serveuse.

Daniel ne le sait pas, mais elle espère qu'elle portera bientôt son enfant. Elle a arrêté la pilule il y a longtemps et elle rêve souvent du jour où elle lui fera la surprise de cette bonne nouvelle. Une fois enceinte, aucun risque qu'il l'abandonne.

Ils continuent à se disputer, mais beaucoup moins que lorsque Kristina était encore dans les parages. Sara a décidé de pardonner à Daniel son dérapage et par moments, ils sont vraiment heureux ensemble.

Pendant les premières semaines qui ont suivi sa disparition, Daniel demandait après Kristina presque tous les jours. Il voulait savoir si Sara avait eu de ses nouvelles, ce qui, pour elle, était une provocation insupportable. Au bout d'un certain temps, pourtant, il a fini par avaler la version de Sara : Kristina, souffrait du mal du pays et était rentrée en Suède. À présent, il ne l'évoque presque plus et, elle l'espère, Kristina ne sera bientôt plus qu'un lointain souvenir.

Elle n'a pas dit un mot des lettres qu'elle envoie à intervalles réguliers. Au début, elle les lisait toutes, même celles destinées à Daniel. À présent elle les jette dans une vieille boîte à chaussures sans même les ouvrir. Peu importe que Kristina se répande en excuses, Sara ne veut plus entendre parler de sa sœur, et elle espère qu'elle finira par se lasser de leur écrire.

Au fond, Sara ferait mieux de se débarrasser de ces lettres, une bonne fois pour toutes. Elle devrait les jeter, mais quelque chose l'en empêche. Un jour, elle a voulu descendre la boîte de chaussures à la poubelle, mais incapable de s'en débarrasser, elle l'a remontée à l'appartement. Même s'il n'y a aucune chance que Daniel tombe dessus un jour, elle ferait probablement mieux de répondre à Kristina et de lui faire comprendre pour de bon qu'elle peut cesser de leur écrire.

Malgré sa colère, Kristina lui manque parfois. Elle se demande aussi parfois ce qui est advenu de l'enfant. Certaines nuits, quand elle est réveillée par un cauchemar, elle se tourne vers la place de Kristina pour lui raconter. Comme si la Sara endormie n'avait pas encore intégré que sa sœur n'était plus là. C'est dans ces moments-là qu'elle lui manque le plus. Il lui arrive même de ressentir une douleur physique quand elle prend conscience qu'elle ne verra plus jamais Kristina. Pourtant, Sara sait qu'elle a pris la bonne décision. Elle aime Daniel et c'est avec lui qu'elle imagine l'avenir. Un jour ou l'autre, ils fonderont une famille, et ils vivront heureux. Kristina n'aurait pas pu faire partie du tableau, pas après sa trahison.

Sara regarde Daniel boire son café. C'est un vrai plaisir de l'entendre siroter pendant qu'il tourne les pages du journal posé devant lui sur la table.

C'est ici qu'elle veut être, maintenant et pour toujours. Pour vivre comme on l'entend, il faut parfois faire des sacrifices. Et Kristina va s'en sortir, Sara n'a pas la moindre inquiétude à ce sujet. Elle a sans doute déjà trouvé un travail à l'heure qu'il est. Peut-être même qu'elle s'est dégoté un petit ami.

Sara tend sa main et la pose sur celle de Daniel.

Il relève la tête et croise son regard.

— Tu sais que je t'aime, hein ?

Daniel acquiesce avec docilité.

— Parce que je paye les factures ?

L'air offusqué, Sara retire sa main, mais Daniel est assez rapide pour l'attraper au vol.

— Allez, je plaisante, dit-il en inclinant légèrement la tête. Je t'aime aussi.

Sara boit du petit-lait, elle respire à nouveau. Elle est sûre d'une chose, elle ne peut pas vivre sans l'amour de Daniel.

— Parce que je fais d'aussi bons gâteaux ?

Il rit aux éclats et serre sa main.

— Oui, entre autres.

Il retourne à son journal et Sara reste assise à côté de lui, sa main dans la sienne. Dans ce genre de moment, tous ses doutes s'envolent. Elle a bien fait d'obliger Kristina à partir, c'était la seule issue possible. Elle a eu raison de se protéger et de protéger son amour. *Un jour,* songe-t-elle, *Kristina comprendra.*

34

Mardi 17 octobre, suite

L'ENTRÉE DE L'HÔTEL était si majestueuse que Charlotte hésita avant d'en pousser la porte. Le cœur battant, elle se sentait aussi nerveuse que guindée. Elle avait eu beau retourner le problème dans tous les sens depuis qu'elle avait quitté la librairie, elle n'était pas plus avancée.

Vendre C/O Charlotte était un virage important dans sa vie et elle ne voulait rien précipiter ; d'un autre côté, elle ne voyait pas d'autre solution. Si elle voulait sauver Riverside, il fallait qu'elle se décide, et vite.

Elle pensa à Henrik qui avait été présent depuis la création. En plus d'être un collaborateur hors pair, il avait été un soutien précieux après la mort d'Alex. Pourrait-elle se passer de lui à l'avenir, quand elle aurait lâché les rênes de l'entreprise ? Était-elle prête à tout quitter pour Riverside ?

Elle aurait aimé en discuter avec William, mais elle se voyait mal lui parler de son attachement sentimental à son entreprise.

Elle s'imagina la tête qu'avait dû faire Henrik quand ils s'étaient parlé au téléphone plus tôt dans la journée et sourit. Il devait la prendre pour une cinglée, de vouloir tout vendre pour s'installer à Londres, surtout connaissant sa haine des grandes villes. Mais étrangement, elle commençait à se sentir chez elle à Riverside, et plus elle y réfléchissait, plus il lui semblait impensable de revenir à sa vie d'avant.

Émerveillée, elle admira les grands piliers de marbre blanc surmontés de chapiteaux dorés, les balustrades en fer forgé et les élégants lustres de cristal qui projetaient une lumière douce sur le sol en damier de l'hôtel. C'était là que la maison d'édition de William avait invité ses auteurs à dîner le soir même, elle trouverait bien quelqu'un qui serait prêt à prendre la place de Matthew Morrow le lendemain soir.

À l'affût, elle parcourut des yeux le grand lobby jusqu'à un petit salon dans un coin. Sur l'un des fauteuils de velours était assise une femme élégante aux longs cheveux blonds, un ordinateur sur les genoux. *Aha, une écrivaine !* pensa Charlotte en prenant place en face d'elle.

Il fallut quelques secondes avant que la femme remarque qu'elle avait de la compagnie. Lorsqu'elle leva les yeux, Charlotte la salua de son plus grand sourire.

— Excusez-moi de vous déranger. À tout hasard, vous ne seriez pas écrivaine ?

La femme la regarda, l'air surpris.

— Il se trouve que j'ai eu vent du dîner organisé ce soir par une grande maison d'édition, et puisque vous êtes sur place, j'ai pensé que vous faisiez peut-être partie des auteurs invités.

La femme acquiesça. Elle eut l'air amusée par la question de Charlotte.

— C'est exact. Il se trouve que j'écris des livres.

Charlotte se rapprocha, s'asseyant tout au bord de son fauteuil.

— Quelle chance ! Pardonnez mon indiscrétion, et rassurez-vous, je ne suis pas folle. Elle posa une main sur sa poitrine. Je m'appelle Charlotte Rydberg et je viens d'hériter d'une librairie en ville que j'essaye de remettre sur pied. Demain, nous avions prévu de recevoir un auteur lors d'un grand événement public, mais il a annulé à la dernière minute et nous essayons de lui trouver un remplaçant.

La femme la regarda dans l'expectative.

— Ah oui ?

— Oui, c'est pourquoi je me demandais si, par hasard, vous seriez prête à venir dire quelques mots de vos livres ?

La femme referma son ordinateur portable.

— Savez-vous qui je suis ? demanda-t-elle prudemment.

Charlotte baissa la tête avec l'air de s'excuser.

— Non, à vrai dire, je suis suédoise, et je ne connais pas grand-chose au paysage littéraire britannique, mais je suis sûre que nos clients seraient ravis de vous rencontrer.

— Où se trouve la librairie ?

— Sur Riverside Drive. C'est une charmante petite librairie plus que centenaire à un jet de pierre d'ici. Nous avons, entre autres, une formidable offre de livres à la vente, un coin lecture pour enfants sous l'escalier, copie conforme du placard de Harry Potter, les meilleures pâtisseries suédoises au monde et un écrivain à demeure, William Henslow, qui habite l'étage au-dessus. Malheureusement, les finances ont un peu de mal à suivre en ce moment, je ne peux donc pas vous offrir de dédommagement, mais vous pourrez manger autant de roulés à la cannelle que vous voudrez. Évidemment, nous prenons en charge le taxi à l'aller et au retour.

— Le placard de Harry Potter, vous dites ?

Charlotte leva les yeux au ciel.

— Oui, je sais, ce n'est pas commun. Une des employées de la librairie est obsédée par ces bouquins. Elle s'est même fait tatouer un drôle de triangle sur l'omoplate.

La femme sourit et attrapa son téléphone.

— J'aime beaucoup les brioches suédoises, dit-elle en pianotant sur son clavier. La rencontre a lieu demain soir, c'est bien ça ?

— C'est ça. À six heures.

— Vous savez quoi, Charlotte ? J'avais un rendez-vous prévu à la même heure. Comme il vient d'être annulé, je serai heureuse de venir à Riverside.

Charlotte se sentit allégée d'un poids énorme.

— C'est vrai ? Oh, vous ne pouvez pas savoir à quel point ça me fait plaisir. Merci mille fois !

La femme sourit à nouveau.

— Il n'y a pas de quoi.

Elle sortit un petit bloc-notes où elle griffonna quelque chose avant d'en déchirer la page et de la tendre à Charlotte.

— Voilà mon nom, et le numéro de mon assistante. Vous pourrez lui communiquer l'adresse ?

Charlotte prit le morceau de papier et se leva.

— Sans faute ! Merci encore… elle baissa les yeux vers sa main. … Joanne Murray !

Lorsque Charlotte entra dans la librairie, la première chose qui s'offrit à sa vue fut la mine pour le moins abattue de Sam. Depuis le comptoir, elle lança un regard triste à Charlotte, puis détourna la tête.

— Je crois que j'ai trouvé une solution, dit Charlotte en se plantant devant elle.

— Ah ouais, soupira Sam sans y croire en déplaçant vainement une pile de livres posée devant elle.

Charlotte s'éclaircit la gorge.

— Sam, du nerf ! Est-ce qu'on ne peut pas faire une dernière tentative ? J'ai trouvé une remplaçante à Matthew Morrow.

Sam glissa un regard vers elle.

— Qui ça ?

Charlotte chercha au fond de sa poche le petit morceau de papier.

— À vrai dire, je n'en sais rien, mais elle était charmante.

— Tu as invité une auteure sans savoir qui c'est ? demanda Sam, incrédule. Le genre à faire des rimes et à imprimer ses bouquins toute seule dans une cave ?

Charlotte haussa les épaules. Elle ne réussissait pas à remettre la main sur la petite page arrachée du bloc-notes.

— Quelle importance ?

Sam secoua la tête.

— T'as raison, on n'est plus à ça près. Une poétesse maudite qui fait de l'autoédition, c'est toujours mieux que rien.

Charlotte plongea la main dans son sac et trouva enfin le petit morceau de papier plié en quatre.

— Voilà ! s'écria-t-elle, triomphante. L'auteure s'appelle Joanne Murray !

Sam fronça les sourcils avec méfiance.

— C'est ça, très drôle. C'est William qui t'a soufflé la vanne ? Elle balaya la librairie du regard. C'est bon, tu peux sortir de ta cachette maintenant, imbécile ! cria-t-elle dans la librairie déserte.

Charlotte s'assit sur un des tabourets de bar. Elle ne comprenait pas du tout la réaction de Sam.

— Tiens, dit-elle en lui tendant le pense-bête.

Sam l'observa sans rien dire.

— Qui te l'a donné ?

Charlotte ouvrit grand les bras.

— Joanne Murray, évidemment !

— Et où est-ce que tu l'as trouvée ?

— Je suis allée jusqu'à l'hôtel où William était censé dîner ce soir avec son éditrice, elle était assise dans le lobby.

Une lueur s'alluma dans le regard de Sam qui sembla soudain montée sur ressorts. Sautant d'un bond par-dessus le comptoir, elle appela Martinique qui s'affairait dans la cuisine.

— Martinique, viens ici ! Tu vas jamais le croire !

Charlotte regardait Sam sans comprendre.

— Tu sais qui c'est ? demanda-t-elle prudemment.

Visiblement en ébullition, Sam hochait la tête dans un état d'excitation intense.

— Si je sais qui c'est ?!

Au même moment, Martinique les rejoignit. Elle s'essuya les mains sur le tissu blanc de son tablier.

Sam tenait le bout de feuille volante comme un trophée.

— Charlotte a invité Joanne Murray à la soirée de demain !

Martinique secouait la tête.

— Tu plaisantes ? dit-elle en se saisissant du morceau de papier.

Prise d'un rire nerveux, Martinique se tourna vers Charlotte.

— Tu es sûre que nous avons les moyens ?

Charlotte plissa le front.

— Comment ça, les moyens ? Je lui ai dit qu'elle serait dédommagée en roulés à la cannelle. La seule chose qu'on ait à payer, c'est son aller-retour en taxi. Bon, et maintenant, vous voulez bien me dire qui est cette Joanne Murray ?

Elles se regardèrent l'une l'autre avant d'exploser en un grand éclat de rire.

— Joanne Murray, dit Sam sur un ton théâtral, est J. K. Rowling. C'est elle qui a écrit *Harry Potter* !

Charlotte en resta bouche bée.

— Aïe, dit-elle, gênée. C'est un peu embarrassant. Je lui ai parlé du placard sous l'escalier et de ton tatouage.

Sam s'appuya sur le comptoir.

— C'est absolument génial, tu veux dire ! Si tu as vraiment réussi à faire venir J. K. Rowling ici, je te pardonne toutes tes bourdes.

Soudain, Martinique redevint sérieuse.

— On ferait mieux de vérifier avant d'en parler à qui que ce soit.

— Tu as raison, répliqua Charlotte. De toute façon, j'ai promis qu'on lui communiquerait l'adresse par téléphone.

Sam dégaina son portable et composa solennellement le numéro inscrit sur le pense-bête. Toutes les trois écoutèrent résonner les premières sonneries dans un silence religieux, osant à peine respirer.

— Allô, bonjour. Sam à l'appareil, de la librairie Riverside, je vous appelle simplement pour confirmer la venue de J. K. Rowling demain à notre soirée-rencontre.

Pétries d'angoisse, Charlotte et Martinique scrutaient le visage concentré de Sam.

— C'est ça, à six heures. Nous avons des livres à faire dédicacer aussi, au cas où. Oui, nous avions pensé poser quelques questions, un peu comme une discussion. C'est exact, 187, Riverside Drive. Formidable, alors à demain.

Elle raccrocha, visiblement troublée.

— Alors ? demanda Martinique, visiblement fébrile.

— C'était son assistante, et oui ! J. K. Rowling sera là demain ! s'écria Sam avant de lancer à Charlotte un regard inquiet : au fait, tu n'as pas renvoyé les livres qui étaient rangés sous le lit de Sara ?

Charlotte secoua la tête.

— Bon Dieu, quelle chance !

Martinique se tourna vers Charlotte.

— Qu'est-ce qu'on fait maintenant ?

Charlotte prit une profonde inspiration.

— On communique. Sam, tu es bien sur Twitter, Instagram et tous ces trucs-là ?

Sam acquiesça, son téléphone en main.

— C'est comme si c'était fait, dit-elle gaiement.

— Parfait ! Je publie l'info sur notre site et je m'occupe de la pancarte sur le trottoir.

— Et moi, alors ? demanda Martinique.

Charlotte sourit.

— Continue à pétrir, autant que tu pourras. Demain, il va pleuvoir des roulés à la cannelle !

35

Mercredi 18 octobre

À Riverside, l'ambiance avait été électrique toute la journée et tout le monde, à part William qui restait dans son coin, s'affairait aux préparatifs du grand événement. Dans l'euphorie la plus totale, Sam avait chanté presque sans interruption tandis qu'elle accrochait au plafond ses guirlandes arc-en-ciel faites maison et disposait dans la boutique autant de chaises qu'elle put en trouver.

Puisque Martinique avait été la première sur place à s'activer en cuisine depuis sept heures du matin, Charlotte l'avait renvoyée chez elle le temps de recharger ses batteries. La soirée qui s'annonçait l'avait mise dans un état de tension extrême. Postée devant le miroir de la salle de bains, elle arrangeait ses cheveux quand elle entendit s'ouvrir la porte d'entrée.

— Angela, c'est toi ?

Comme personne ne répondait, Martinique sortit dans l'entrée où elle trouva sa fille assise sur le banc oblong en face du meuble à chaussures.

— Bonjour ma grande, je croyais que tu rentrais plus tard aujourd'hui. Comment ça va ?

Les yeux rivés sur le plancher, Angela se rongeait les ongles.

— Bof.

Martinique s'avança lentement vers sa fille et s'assit à côté d'elle.

— Qu'est-ce qu'il s'est passé ?

Angela ôta ses écouteurs blancs et posa son téléphone sur le banc.

— Rien, dit-elle rapidement.

Au son de sa voix, Martinique sut tout de suite que quelque chose n'allait pas.

— Tu sais que tu peux tout me dire ? Tout et n'importe quoi, ajouta-t-elle. Je ne me mettrai pas en colère.

Angela ferma les yeux.

— C'est rien, répéta-t-elle.

Martinique se rapprocha encore un peu et posa délicatement sa main sur l'épaule d'Angela.

— OK, dit-elle. Tu n'es pas obligée de m'en parler. On peut simplement rester assises ici toutes les deux.

Angela soupira.

— C'est juste que…

Elle se tut. Martinique attendit patiemment qu'elle poursuive.

— Oui ?

— C'est juste tellement dur de savoir quoi faire.

Martinique acquiesça, l'air aussi empathique que possible.

— Bon, dit-elle calmement. De savoir quoi faire avec quoi ?

Angela haussa les épaules.

— Avec les amis, tout ça.

— Quelqu'un t'a blessée ?

Angela lui lança un regard désespéré.

— Non, Maman !

— Pardon. Qu'est-ce qui est si difficile alors, avec tes amis ?

Angela poussa un long soupir.

— Je ne sais pas. Ils se contredisent tout le temps. Birdie m'a demandé d'être sa meilleure amie, mais Tyler traîne avec nous de temps en temps, et c'est cool, parce que je l'aime bien aussi. Mais aujourd'hui j'ai appris que Birdie et Tyler étaient allés au cinéma sans moi. Bon, c'était un film que j'avais pas envie de voir, mais quand même, je me suis sentie, genre…

Elle renifla et Martinique la prit dans ses bras. Crispée d'abord, Angela se détendit après quelques secondes et se laissa aller à l'étreinte de Martinique.

— Je ne sais pas ce que je dois faire.

Martinique posa sa joue sur la tête d'Angela, à la fois triste pour sa fille qu'elle se soit sentie exclue et heureuse qu'elle se confie enfin à elle.

— Pourquoi tu ne dirais pas à Birdie que ça te fait de la peine qu'elle voie Tyler sans toi ?

Angela se moucha.

— Et si elle me trouvait stupide ?

Martinique passa une main dans le dos de sa fille.

— Birdie sait bien que tu n'es pas stupide.

Angela se tut un instant, puis releva ses yeux humides vers sa mère.

— Merci, Maman.

Martinique prit doucement sa main.

— Je suis là si tu as besoin de moi, tu le sais ?

Angela acquiesça.

— Je suis sérieuse. Tu peux tout me dire sans avoir peur de me mettre en colère. S'il t'arrive quelque chose, je préfère que tu nous en parles pour qu'on puisse t'aider.

Elle regarda sa fille dans les yeux. Si elle ne racontait pas tout de suite ce qui s'était passé, Martinique ne le saurait sans doute jamais.

— Y a un truc, dit soudain Angela en détournant le regard.

— Ah oui, quoi donc ?

Elle fit une pause et scruta un point invisible dans le mur devant elle.

— J'ai fait une bêtise, mais je ne voulais pas t'en parler.

Martinique déglutit.

— Pourquoi ?

— Je ne sais pas. Parce que ça t'aurait mise en colère. Et parce que j'avais honte. Tu me l'avais interdit, mais je l'ai fait quand même.

Imaginant le pire, Martinique prit une profonde inspiration. Qu'avait-elle interdit à Angela ?

— Qu'est-ce que tu as fait, ma chérie ? dit-elle aussi gentiment que possible.

Angela fronça le nez, puis releva lentement son pull en dénudant son ventre. En plein milieu était collé un gros pansement blanc.

Martinique fut parcourue d'un frisson, mais s'efforça de ne pas montrer son effroi.

— Aïe, qu'est-ce qui t'est arrivé ?

Angela caressa son ventre.

— Je me suis percé le nombril.

— Toute seule !

Angela soupira.

— Tu n'as pas besoin de crier.

— Excuse-moi. Tu l'as fait toute seule ? dit-elle sur un ton de reproche.

— Non, pas toute seule. Une copine m'a aidée.

Martinique se gratta la nuque. *Une copine,* pensa-t-elle. *Voilà qui est beaucoup mieux.*

— Ça t'a fait mal ?

Angela acquiesça.

— Oui. Et puis ça s'est infecté.

— Mais ma pauvre chérie, pourquoi tu n'as rien dit ? J'aurais pu t'aider.

— J'en ai parlé à Papa, il m'a amenée chez le docteur.

— Je vois. Et qu'a dit le docteur ?

— Que la plaie était superficielle, et qu'elle finirait par cicatriser.

Martinique eut envie de dire à Angela qu'elle aurait pu avoir beaucoup moins de chance, mais en voyant le regard renfrogné de sa fille, elle laissa glisser.

— Tant mieux si Papa t'a aidée, dit-elle doucement avant de lire l'heure sur l'horloge de la cuisine. Je suis désolée, mais il faut que je retourne à la librairie, nous organisons une rencontre ce soir.

Angela tripota sa boucle d'oreille.

— Vous avez invité qui ?

Martinique sourit. C'était la première fois depuis plusieurs semaines que sa fille lui posait une question autre que « Je peux avoir dix pounds ? » ou « Qu'est-ce qu'on mange ce soir ? ».

— J. K. Rowling.

Angela s'illumina.

— Non ! C'est elle qui a écrit *Harry Potter* !

— Elle-même ! Martinique se leva. Tu veux venir ?

Sa fille réfléchit un instant avant de se lever elle aussi.

— Pourquoi pas ?

Une chaleur soudaine se répandit dans la poitrine de Martinique. Si Angela voulait bien l'accompagner à la librairie, elle ne pouvait pas la détester tant que ça.

— J'ai préparé des roulés à la cannelle, dit-elle. Et si tu as faim, on pourra commander des pizzas.

Angela se mit à rire.

— J'ai déjà dit oui, Maman. Tu n'as pas besoin de m'appâter.

Elle attira Angela contre elle à nouveau. À contrecœur, sa fille consentit à lui faire un bref câlin.

— C'est bon, ça suffit maintenant. Je peux encore changer d'avis.

— Oui, excuse-moi, dit Martinique en essayant de cacher sa joie, de peur que sa fille ne décide de rester à la maison.

***

Toutes les trois en rang d'oignon, Sam, Martinique et Charlotte observaient la marée humaine remplir peu à peu la librairie. La foule bigarrée, composée de retraités penchés sur leur déambulateur, de femmes d'âge moyen en talons hauts, d'écoliers venus avec leur papa et de jeunes adultes affublés de longues capes noires et d'écharpes rouge et or, annonçait une soirée haute en couleur.

Les cent soixante billets que Sam avait fabriqués avaient été épuisés en moins d'une heure. Quand Charlotte apprit combien de cartons rectangulaires Sam avait imprimés et découpés soigneusement, elle s'était moquée de son optimisme. Il s'avérait à présent qu'elles avaient eu tort toutes les deux, puisqu'il en aurait fallu encore davantage.

Jamais auparavant la petite librairie n'avait accueilli autant de monde d'un seul coup – au mépris de toutes les règles de sécurité contre les risques d'incendie, ce dont Charlotte semblait être la seule à se soucier. Ça irait bien pour cette fois, avait-elle fini par se convaincre.

Quelques heures avant le début de l'événement, la foule avait commencé à s'agglutiner sur le trottoir. Sam et Charlotte s'étaient empressées de réorganiser toute la librairie. Elles avaient déplacé les modules qui occupaient jusqu'alors l'espace central de la boutique et aménagé une table de dédicace. Dessous, elles avaient rangé une partie des cinq cents exemplaires des *Harry Potter* que William et Sam avaient courageusement descendus de l'étage et trouvés dans des cartons éparpillés çà et là dans la boutique. Ensuite, elles avaient augmenté le nombre de places assises en rassemblant toutes les chaises et les tables qu'elles avaient pu trouver dans la maison.

C'est Sam qui avait demandé à William un coup de main, et lorsqu'il était descendu dans la librairie, Charlotte avait pensé qu'il lui avait peut-être pardonné, mais à peine lui avait-elle adressé deux mots qu'il avait tourné les talons en marmonnant. Il ne semblait pas non plus décidé à répondre aux messages qu'elle lui avait envoyés. Ils auraient besoin d'avoir une discussion sérieuse dès que la grande soirée serait derrière eux.

Dans la petite cuisine, une montagne de roulés était prête à être distribuée, et Angela aidait sa mère à préparer et à servir du café. Arrivée une demi-heure en avance, J. K. Rowling avait eu droit à une visite guidée de la librairie, avant de se voir proposer du thé et des pâtisseries suédoises. À présent, debout à côté de son assistante, elle attendait sagement d'être présentée au public. Sam était celle qui lui poserait des questions – mais d'abord, Charlotte tenait à souhaiter à tout le monde la bienvenue.

Son pouls accéléra quand elle vit qu'il était près de dix-huit heures. Elle échangea un regard anxieux avec Martinique. Un peu plus loin dans la salle, une femme aux cheveux mauves, qui semblait s'être coiffée avec un râteau, était occupée à parler avec un homme en costume sombre. Charlotte eut besoin de quelques secondes pour reconnaître Mac. Surprise, elle étouffa un petit rire. Parnella, qui se tenait juste derrière eux, montra son pouce levé à Charlotte. Elle se sentit aussitôt forte d'un courage neuf.

Charlotte grimpa les premières marches de l'escalier vert petit pois qui servirait d'estrade pour la soirée. Lorsqu'elle se retourna, le bourdonnement de la foule en liesse s'interrompit un instant. Elle entreprit de compter rapidement le nombre de personnes présentes. Arrivée à deux cents, elle abandonna. Sur le trottoir, la file d'attente continuait de s'allonger : William s'était donc autoattribué le rôle de portier. L'heure était venue.

— Bonsoir et bienvenue !

Charlotte marqua une pause pour calmer le tremblement de sa voix. Une quantité invraisemblable de regards étaient tournés vers elle, elle sentit des gouttes de sueur perler dans sa nuque.

— Je m'appelle Charlotte Rydberg et certains d'entre vous ont probablement connu ma tante, Sara Rydberg, qui a travaillé dans cette librairie pendant plus de trente ans. Depuis quelques semaines, c'est moi qui ai repris le flambeau.

Elle s'éclaircit la voix et chercha des yeux le regard rassurant de Martinique avant de poursuivre.

— Pour être tout à fait honnête, il faut que je vous dise qu'à mon arrivée ici, je ne savais pas grand-chose des livres, et encore moins des librairies. Avec l'aide précieuse du personnel compétent de Riverside, Sam et Martinique, je suis peu à peu entrée dans le monde magique de la littérature, et j'ai appris combien elle est essentielle à nos vies. Aujourd'hui, je suis à la fois honorée et reconnaissante de pouvoir travailler dans un lieu aussi merveilleux que The Riverside Bookshop. Notre mission est de tout faire pour que cette librairie reste un endroit ouvert à tous et accueillant, peu importe ce que l'on vient y chercher : des conseils de lecture, de la compagnie ou les meilleures brioches à la cannelle du monde. C'est vous qui, chaque jour, faites de Riverside ce qu'elle est, et j'espère du fond du cœur que vous continuerez à nous choisir et à nous aimer. Je souhaite maintenant laisser la parole à Sam qui va nous présenter l'auteure invitée de ce soir, J. K. Rowling.

Un murmure se fit entendre dans l'assemblée. En redescendant l'escalier, Charlotte repéra William au fond de la salle. Ils se regardèrent pendant une moitié de seconde, une mer de visages inconnus et de chapeaux de sorciers entre eux.

Le reste de la soirée passa comme un éclair. Sam, Charlotte, Martinique et Angela vendirent autant de livres qu'elles servirent de goûters suédois dans une atmosphère aussi joyeuse qu'émouvante. Le bip incessant de la caisse enregistreuse était presque rendu inaudible par les éclats de rire, de voix, et les bruits des tasses de café qui s'entrechoquaient.

L'interminable file pour les dédicaces n'en finissait pas de s'allonger et Charlotte se demanda avec une pointe d'inquiétude s'ils allaient devoir rester ouverts toute la nuit. Sam, rodée à l'exercice des séances de dédicace, se préoccupait constamment du bien-être de J. K. Rowling, ce dont Charlotte lui était particulièrement reconnaissante. En revanche, lorsque la jeune femme abaissa son pull pour montrer son tatouage – seul vrai moment de malaise de la soirée aux yeux de Charlotte –, elle se prit à espérer que Sam ne se mette pas à draguer lourdement la pauvre créatrice de *Harry Potter*.

Vers huit heures et demie, les derniers invités quittèrent la librairie et J. K. Rowling rentra à son hôtel, avec un sac de roulés la cannelle que Martinique l'avait littéralement forcée à emporter. Une fois les portes closes, toutes se rassemblèrent autour du comptoir – William, lui, avait déjà disparu à l'étage. Pendant que Sam comptait la caisse, Angela passait l'éponge sur les tables, et Charlotte et Martinique ramassaient les tasses vides.

— Quelle femme charmante, cette J. K. Rowling, gazouilla Martinique.

— Tu l'as dit ! Si je n'étais pas déjà prise, je lui aurais sauté dessus, dit Sam en gloussant.

Charlotte lui lança un regard plein de reproches.

— Tu ne lui as rien dit de déplacé, j'espère ?

Sam se gratta la nuque.

— Je lui ai juste demandé si elle voulait venir se détendre un moment avec moi dans le coin lecture, proposition qu'elle a malheureusement déclinée.

Charlotte se décomposa et Sam éclata de rire.

— Rassure-toi, je plaisante.

Martinique referma un gros Tupperware rempli de brioches.

— Apparemment, un journaliste du *Daily Telegraph* était dans le public.

Charlotte se laissa tomber sur un des tabourets de bar.

— Oui, on a un peu discuté.

— C'est vrai ? demanda Martinique en rassemblant les miettes restées sur le comptoir.

Charlotte hocha la tête.

— Oui. Il a dit qu'il ne manquerait pas d'écrire quelques lignes sur la librairie la plus branchée de Londres.

Sam décocha un large sourire.

— Génial ! Ça va attirer un paquet de nouveaux clients !

— Espérons-le. Charlotte regarda tout autour d'elle. Quelle soirée ! Merci à vous toutes pour votre aide !

— Merci à toi, dit Martinique. Ce soir pourrait bien marquer un nouveau départ pour Riverside.

Charlotte massa ses cervicales endolories. Elle espérait du fond du cœur que Martinique disait vrai.

— Et merci à toi, Angela, insista-t-elle. Tu mériterais un salaire pour ton aide ce soir.

Angela montra le livre qu'elle tenait en main.

— Oh, ce n'est pas la peine, j'ai reçu un exemplaire dédicacé de *Harry Potter et l'enfant maudit*, j'aurais pas rêvé mieux !

Martinique posa fièrement son bras sur les épaules de sa fille et la serra contre elle. Charlotte fut si émue qu'elle en eut les larmes aux yeux. Sa propre mère aurait adoré voir ça.

Malgré toute l'agitation des dernières heures, Tennyson était allongé à sa place habituelle. Charlotte avait d'abord été inquiète qu'il craigne la foule, mais lorsque les visiteurs avaient commencé à affluer, il s'était mis à se pavaner, la queue en l'air, manifestement ravi d'être admiré par autant de paires d'yeux. Au plus fort de la soirée, il s'était réfugié sur une marche de l'escalier pour faire sa toilette devant les mines ébahies d'un nouveau public d'admirateurs.

— Parfait, coupa Sam d'une voix forte. Je suis peut-être devenue folle, mais on dirait bien que le bénéfice de la soirée s'élève à un peu plus de dix mille pounds.

Charlotte bondit au pied de son tabouret.

— Qu'est-ce que tu dis ?

Martinique calcula à voix haute.

— Cent soixante billets à dix pounds pièce et pas loin de cinq cents livres à vingt pounds chacun, dit-elle les doigts en l'air, plus une centaine de roulés… Oui, on ne doit pas être loin du compte.

— C'est incroyable ! s'écria Sam. On devrait s'en sortir maintenant, non ?

Charlotte ne pouvait que se rendre à l'évidence.

— Oui. Au moins pendant un moment.

Elle sourit en voyant Sam et Martinique se prendre dans les bras. Le lendemain, Charlotte rappellerait la banque, et de sa voix la plus éloquente, elle convaincrait Carl Chambers de mettre en place un plan de remboursement. Avec une telle avance, il ne pourrait pas refuser sans commettre une faute professionnelle. « Un cas probant de faute professionnelle », aurait dit Alex.

Ce souvenir la fit sourire. Alex et ses expressions. Ses pensées dérivèrent ensuite vers William. Il faudrait qu'elle arrive à lui expliquer pourquoi elle n'avait rien dit sur la librairie. Il comprendrait, elle en était sûre. Cette conversation, cependant, devrait attendre le lendemain, car à présent, elle était si fatiguée que ses yeux se fermaient tout seuls.

36

Jeudi 19 octobre

MARTINIQUE OUVRIT GRAND LE JOURNAL sur le comptoir. Le papier bruissait tandis qu'elle tournait les pages à la hâte.

— Ici ! cria-t-elle soudain, si fort que Charlotte manqua d'avaler son thé de travers.

Toutes deux penchées au-dessus du journal, elles reconnurent la vitrine de la librairie sur une photo qui prenait toute une moitié de page, avec un focus sur la citation de Sam. Deux autres photos illustraient l'article, l'une de J. K. Rowling s'adressant au public depuis l'escalier, et l'autre qui montrait la petite librairie pleine à craquer.

— « Une charmante librairie fait la joie du quartier », lut Martinique à voix haute. « Hier soir, la soirée littéraire organisée par The Riverside Bookshop a rencontré un franc succès. J. K. Rowling, venue parler du huitième tome de la célèbre série des *Harry Potter*, a reçu un accueil des plus chaleureux. »

Elle parcourut l'article des yeux.

— « Située au bord de la Tamise, cette petite caverne d'Ali Baba de la littérature a réussi à conserver son charme d'antan. La décoration fin de siècle crée une ambiance presque magique dans cette librairie plus que centenaire, avec ses bibliothèques qui s'élèvent jusqu'au plafond, ses échelles emblématiques et ses meubles rustiques. Plus récemment, un café a vu le jour dans les murs de la boutique, où de délicieux gâteaux suédois sont servis par un personnel aussi attentionné que dévoué à la cause de la lecture. D'après la nouvelle propriétaire, Charlotte Rydberg, les soirées-rencontres avec un écrivain devraient s'inscrire durablement à l'agenda de la librairie, avec l'espoir, toujours selon Mrs Rydberg, que Riverside continue d'être un lieu de vie pour le quartier. Si vos pas vous conduisent South Bank, la rédaction ne peut que vous recommander une visite dans l'une des plus charmantes librairies de la capitale. »

Elles se regardèrent l'une l'autre, puis Martinique poussa un petit cri.

— Mon Dieu, Charlotte, c'est vraiment formidable.

Elle se jeta au cou de Charlotte qui la serra dans ses bras. Un jour comme celui-ci, il était simplement merveilleux d'être au monde.

— Oui, il faut qu'on encadre cet article ! répondit Charlotte.

Elles furent interrompues par la sonnerie de son téléphone. Un rapide coup d'œil à l'écran confirma ses doutes : c'était la banque, encore une fois.

Charlotte aurait aimé se préparer à cette conversation correctement – d'un autre côté, autant s'en débarrasser tout de suite. Elle fixa le numéro pendant une seconde supplémentaire, puis s'excusa et fila dans le petit bureau.

— Allô, ici Charlotte, dit-elle en baissant d'un ton pour retrouver un air sérieux.

— Bonjour, Charlotte. Carl Chambers, de la Westminster Bank. Quel plaisir de vous entendre enfin. Il est largement temps que nous prenions rendez-vous.

Charlotte s'éclaircit la voix.

— Si vous permettez, j'ai moi aussi quelque chose à vous dire. Je souhaite vous faire une proposition.

Un silence se fit de l'autre côté de la ligne.

— Ah oui ? De quoi s'agit-il ?

Charlotte s'arma de tout son courage. C'était là sa dernière chance de sauver la librairie. Si la banque n'acceptait pas de prolonger leur crédit, peu importait le nombre de livres ou de brioches qu'elles réussiraient à vendre. Il s'agissait maintenant d'avoir l'air convaincant.

— Comme vous le savez sans doute, j'ai repris l'affaire de ma tante il y a un peu plus de six semaines. Les finances de la librairie étaient dans un état assez catastrophique, mais après avoir passé en revue tous les documents et monté un plan de restructuration, je pense que l'affaire peut être sauvée. J'ai commencé à dégager des liquidités en renvoyant les invendus à l'imprimeur, par ailleurs, nous avons réussi à augmenter grandement nos revenus au cours des derniers temps. Je suis prête à vous verser dès aujourd'hui la somme de dix mille pounds, et j'espère que nous pourrons convenir d'un plan de remboursement pour le reste de la dette.

Elle pouvait entendre Carl Chambers respirer lourdement au bout du fil.

— La concurrence est rude pour les librairies, dit-il, atone. Il n'est pas facile de se démarquer. Je ne suis pas certain que la banque soit prête à prendre ce risque.

Charlotte resserra ses doigts autour de son téléphone.

— Vous parlez à des gens qui connaissent leur métier. Hier soir, pendant un événement public, nous avons vendu près d'un demi-millier de livres.

— Je suis ravi de l'apprendre, mais il ne faut pas perdre de vue les objectifs à long terme…

— Parfaitement d'accord avec vous ! Sur le long terme, nous sommes indispensables à la vie du quartier. La librairie est un lieu de rencontre pour beaucoup d'anciens, comme vous pourrez le lire vous-même dans un article paru aujourd'hui dans le *Daily Telegraph*. Riverside y est décrite comme l'une des plus charmantes librairies de Londres. La rédaction serait sans doute surprise d'apprendre que la Westminster Bank refuse de soutenir une entreprise locale en plein essor.

Carl Chambers soupira.

— Je peux vous envoyer l'article si vous le souhaitez, continua-t-elle.

— Ça n'est pas nécessaire, se résigna-t-il. Si vous avez une avance de dix mille pounds à nous verser dès aujourd'hui, nous pourrons certainement convenir d'un délai supplémentaire pour les cinq mille restants.

Charlotte ferma les yeux. Elle se retint de pousser un cri de joie.

— Bien, dit-elle sur le même ton résolu.

Carl Chambers pianota sur son ordinateur.

— Cela ne change en rien mon souhait de vous rencontrer afin que nous discutions ensemble des modalités.

Charlotte acquiesça. Elle était tellement heureuse qu'elle avait du mal à tenir en place. Sous la table, ses orteils frétillaient de contentement.

— Naturellement, dit-elle en s'efforçant de rester calme alors que tout son corps vibrait de joie.

Après avoir raccroché, Charlotte nageait en pleine euphorie. S'il n'existait aucune garantie de réussite dans la durée, Riverside avait échappé à la faillite, au moins pour cette fois. Elles y étaient arrivées ensemble, et elle n'aurait pas besoin de vendre C/O Charlotte.

Elle fit quelques pas de danse en se levant de sa chaise, quand William lui revint soudain à l'esprit. Ils n'avaient pas eu l'occasion de se parler depuis l'annonce, par le notaire, de cette sordide histoire de chaîne de hamburgers. La veille, elle avait été bien trop fatiguée pour aller frapper à sa porte, mais une fois dans son lit, la solitude lui avait été particulièrement douloureuse.

Charlotte leva les yeux vers le plafond. William devait être chez lui à travailler sur son manuscrit. Pendant les jours qu'ils avaient passés ensemble, elle avait pris beaucoup de plaisir à le regarder écrire sur le clavier fatigué de son ordinateur, l'air concentré, marmonnant pour lui-même. Elle avait encore du mal à saisir ce qui s'était passé entre eux et elle avait hâte qu'ils se réconcilient et qu'ils s'embrassent à nouveau.

William avait certes des raisons de lui en vouloir, mais lorsqu'elle aurait eu l'occasion de tout lui expliquer, il comprendrait sûrement. Et sinon, elle saurait quoi faire pour l'amadouer. Charlotte avait eu le temps de découvrir deux ou trois choses qui le faisaient craquer à tous les coups.

Prise d'un vertige agréable, elle sourit. Elle ferait peut-être tout aussi bien de monter chez lui immédiatement. Elle se glisserait derrière lui, passerait ses bras autour de son cou et ferait descendre ses mains sous son tee-shirt (probablement froissé).

Cette pensée la grisa. Elle brûlait de raconter à William sa victoire sur la banque, de lui dire qu'aucun fast-food ne prendrait jamais d'assaut les murs de la librairie. Que tout n'était qu'un terrible malentendu.

En marchant d'un pas léger vers l'escalier, Charlotte l'aperçut dans la cuisine de la librairie. William s'affairait devant la machine à café. Elle l'y rejoignit discrètement et s'appuya contre le cadre de la porte, un sourire aux lèvres.

— Bonjour.

William lui jeta un rapide coup d'œil avant de lui tourner le dos à nouveau.

— Je déménage dès que possible.

Charlotte se figea.

— Hein ? Qu'est-ce que tu veux dire ?

Au lieu de répondre, William attrapa une tasse et la remplit de café.

— William, dit-elle sur un ton encourageant. Qu'est-ce qu'il y a ?

— Ma sœur a une chambre d'amis où je peux m'installer en attendant.

Elle fit un pas à l'intérieur de la cuisine, mais s'arrêta lorsqu'elle le vit reculer devant elle.

— Je ne comprends pas. Je croyais que toi et moi… enfin, tu ne veux pas me dire ce qu'il se passe ?

Il scruta le fond de sa tasse.

— J'ai vu ton petit plan d'attaque à l'intérieur de la garde-robe, dans l'entrée, dit-il, s'excusant d'un haussement d'épaules. Je cherchais un contenant pour descendre tous les *Harry Potter*, et j'ai vu ce que tu avais écrit.

Lorsqu'il releva les yeux, il avait l'air si blessé que Charlotte fut prise d'une envie irrésistible de le prendre dans ses bras. Elle soupira. Ce papier lui était complètement sorti de la tête. Qu'avait-elle bien pu y écrire ? Qu'il était l'une des causes de la mauvaise santé économique de Riverside ? Ou pire, qu'elle voulait l'expulser ?

— Je suis désolée, dit-elle. J'ai écrit ça à mon arrivée ici, avant de faire ta connaissance. C'était des idées comme ça, des pistes de réflexion.

William acquiesça.

— Mais tu as raison. Je ne peux pas continuer à vivre ici sans payer un loyer digne de ce nom. J'ai cru bêtement que ce qu'on vivait, toi et moi, c'était pour de vrai.

— Mais c'est pour de vrai ! protesta-t-elle.

Lorsqu'il la regarda, son cœur se serra.

— Tu m'as menti. T'as toujours eu l'intention de rentrer en Suède. T'attendais juste de pouvoir vendre la librairie.

— Non, ce n'est pas vrai. C'était vrai au début, mais en apprenant à vous connaître…

Elle se tut. William avait en partie raison, elle avait longtemps hésité à franchir le pas et à s'installer ici pour de bon. Quelle idiote elle avait été de tout garder pour elle !

— Je n'ai jamais voulu te mentir, poursuivit-elle. Je ne savais pas quoi faire, c'est tout. Maintenant je sais, je veux rester ici, avec toi.

William passa une main dans ses cheveux en bataille. Charlotte avait l'impression que le sol penchait sous ses pieds, la poussant irrésistiblement vers William, et dut se retenir de tendre la main vers lui pour le toucher.

— J'ai besoin de m'éloigner d'ici un moment.

Sa tasse à la main, il fit quelques pas et s'arrêta juste à sa hauteur.

— Au fait, j'ai trouvé une boîte de chaussures avec de vieilles lettres sous le lit de Sara, tout au fond. Je l'ai posée à côté de la table basse, dit-il avec un sourire figé.

Charlotte prit appui sur le mur. Sentant le sol se dérober sous ses pieds, elle se laissa tomber sur une chaise. Dans sa tête fusaient des centaines de pensées, mais elle ne trouvait pas une seule chose à dire. C'était comme si les mots restaient coincés au fond de sa gorge.

Par-dessus son épaule, elle regarda William disparaître dans l'escalier et quelque chose se brisa en elle.

***

Malgré l'immense soulagement qu'elle avait ressenti après le coup de téléphone de la banque, Charlotte n'était pas sereine. Elle ne cessait de penser à William. Leur entrevue dans la cuisine lui avait fait perdre tous ses moyens, et le reste de la journée passa dans un brouillard confus.

Après avoir essayé de travailler quelques heures dans le bureau, elle remonta à l'appartement de Sara. Dès qu'elle eut passé le seuil, elle se dépêcha d'ouvrir la garde-robe pour arracher le panneau qu'elle y avait scotché. De rage, elle déchira la grande feuille de papier et la fit disparaître au fond d'un sac-poubelle avant de ramper jusqu'au canapé.

Elle était dépassée par ses émotions. La joie qu'elle aurait dû ressentir après que la banque eut accepté sa proposition avait été balayée par sa querelle avec William. Fallait-il toujours qu'elle prenne conscience de la valeur d'une chose au moment où elle la perdait ?

Attrapant un des coussins du canapé, elle le pressa contre sa poitrine pendant que les larmes ruisselaient sur ses joues. Devrait-elle tirer un trait sur sa relation avec William ? Est-ce qu'elle l'avait perdu, lui aussi ?

Son téléphone à la main, elle était en train de lui écrire un message lorsqu'elle aperçut une boîte grise cachée derrière la table basse. Les derniers mots de William lui revinrent en mémoire. Il avait dû la trouver sous le lit de Sara, la veille, en descendant les cartons de livres.

Elle se pencha et souleva le couvercle de la petite boîte. À l'intérieur étaient empilées des lettres déjà ouvertes, elle en sortit un petit paquet qu'elle posa machinalement sur la table. Certaines étaient adressées à Sara, d'autres à Daniel, mais toutes avaient été envoyées à l'adresse de la librairie. Lorsqu'elle retourna une enveloppe pour lire le nom du destinataire, elle sursauta. Les lettres étaient toutes de la main de sa mère.

Elle se frotta les yeux. Ces lettres devaient forcément lever une partie du mystère, jusque-là impénétrable, qui entourait le passé de sa mère.

Le cœur battant, elle ouvrit une des enveloppes adressées à Sara. Ses mains tremblaient. Avait-elle vraiment le droit de lire ces lettres ? Malgré son hésitation, elle était persuadée que cette correspondance la concernait, de près ou de loin. Il fallait qu'elle sache, c'était plus fort qu'elle. Le papier fragile bruissa lorsqu'elle le déplia lentement. Elle laissa glisser son regard sur l'écriture soignée de sa mère.

Gårdstånga, 20 juin 1983

Sara,

Je t'écris depuis mon propre appartement à Gårdstånga, un petit village de Scanie. Ce n'est pas le grand luxe, loin de là, juste une studette avec coin cuisine, mais c'est le mien. Je veux que tu saches que tout s'est bien passé pour moi et que je ne t'en veux pas. Je comprends que tu sois en colère, tu as bien le droit de l'être. Daniel et moi n'avons jamais eu l'intention de te blesser, tout ce que je t'ai dit ce jour-là était vrai. Si je ne l'avais pas aimé, rien de tout cela ne serait arrivé, mais on ne contrôle pas ses sentiments.

Charlotte posa une main devant sa bouche. Sa mère était-elle tombée amoureuse du petit ami de Sara ? Rien d'étonnant à ce que Sara lui en ait voulu. Elle poursuivit sa lecture.

Je ne sais pas quoi t'écrire à part que j'espère que tu pourras me pardonner. Ce que nous avons fait est abominable, et si je pouvais revenir en arrière, je ferais en sorte que ça n'arrive jamais. Mais il faut que j'arrive à joindre Daniel. Sais-tu s'il lit mes lettres ? Je comprends que ça te soit pénible, mais pour le bien de l'enfant, je dois lui parler. L'accouchement est prévu pour la fin du mois d'octobre et j'aurais aimé que Daniel soit présent (et toi aussi bien sûr, si tu en as envie). À la maternité, ils disent que je vais avoir besoin d'aide pendant les premiers temps.

J'ai hâte de te lire ! Tu me manques.
Je t'embrasse comme je t'aime, Kristina.

Charlotte suffoquait, le cœur battant à tout rompre. En reposant la lettre, ses oreilles sifflaient. L'enfant ? Était-ce d'elle qu'il était question ? Daniel, le petit ami de Sara, était-il son père ? La lettre avait été écrite quelques mois avant sa naissance. De qui d'autre pouvait-il s'agir ?

Charlotte se leva et alla chercher la photo accrochée à l'extérieur de la chambre de Sara avant de se rasseoir sur le canapé. Il était déroutant de savoir si peu de choses de son passé et d'être sans cesse obligée d'avancer à tâtons, comme si elle s'était trouvée dans une maison inconnue, en pleine nuit.

Elle fixa le jeune homme sur la photographie. Prise dans un tourbillon d'émotions, elle avait du mal à se concentrer. Allait-elle enfin pouvoir mettre un visage sur son père biologique ? L'homme de la photo était-il son vrai papa ?

Charlotte ouvrit une autre lettre datée du mois d'août de la même année.

À Sara.

Merci d'avoir répondu à ma lettre ! Je suis désolée d'apprendre que Daniel a déménagé. Tu es sûre qu'il a intégré l'IRA ? J'ai du mal à le croire, ça lui ressemble si peu. Je ne veux pas croire non plus qu'il ne veuille pas entendre parler de notre enfant. Qu'est-ce qu'il t'a dit exactement quand tu le lui as annoncé ? Peut-il s'agir d'un malentendu ? Même si ce que tu m'apprends m'a rendue très triste, ça ne change rien au fait que je doive lui parler. As-tu sa nouvelle adresse ? Je continue à écrire. S'il te plaît, donne mes lettres à Daniel si jamais tu le croises !

Je t'embrasse, Kristina.

Charlotte ferma les yeux et renversa la tête en arrière. Du revers de la main, elle sécha rapidement ses larmes. C'était donc pour ça que sa mère lui avait caché l'existence de Daniel. Il ne voulait rien avoir à faire avec elle.

Charlotte respirait avec peine. La poitrine serrée, elle laissa échapper un sanglot. Pourquoi Daniel ne voulait-il pas entendre parler d'elle ni de Kristina ? Que s'était-il passé, au juste ? Daniel était-il vraiment lié à l'IRA ?

Elle se pencha à nouveau sur la photo de Daniel, qui lui apparaissait floue entre ses larmes. Un frisson la parcourut quand elle essaya de se mettre à la place du jeune homme. Peut-être ne voulait-il pas s'embêter avec un enfant ? Peut-être encore n'avait-il jamais aimé Kristina ?

À la vue de la signature de sa mère, son ventre se noua. Charlotte avait toujours su que sa mère s'était battue seule, mais de là à connaître un tel abandon…

Comment avait-elle pu seulement s'occuper de Charlotte en étant seule au monde ?

La haine s'empara d'elle lorsqu'elle pensa à Daniel. Elle aurait aimé pouvoir lui faire part de son sentiment. Lui dire qu'elle trouvait son comportement lamentable, et qu'elles s'en étaient très bien sorties sans lui.

Charlotte se moucha et regarda la photo encore une fois. Leur ressemblance, à présent, lui sautait aux yeux. Sa mâchoire marquée et ses lèvres charnues, c'est de lui qu'elle les tenait.

Sa colère soudaine passa aussi vite qu'elle était venue. Une fois calmée, Charlotte se demanda ce qu'elle aurait ressenti si elle s'était retrouvée nez à nez avec son père. Lui-même saurait-il seulement qui elle était ?

Elle sécha ses joues lorsqu'une autre pensée la traversa. Il y avait de fortes chances pour que Daniel soit encore en vie. Était-ce pour cette raison que Sara avait tenu à la faire venir ici, pour qu'elle ait enfin la chance de le rencontrer ?

Charlotte se leva et se mit à faire les cent pas dans l'appartement. Sara et Kristina n'étaient plus de ce monde, mais il y avait encore un espoir qu'elle revoie un jour son père !

Il fallait qu'elle rassemble ses pensées. D'une main résolue, elle saisit son téléphone et ouvrit le moteur de recherche en faisant de rapides calculs dans sa tête. Daniel paraissait quelques années de plus que sa mère – s'il vivait encore, il devait avoir une soixantaine d'années.

Les doigts tremblants, elle tapa « Daniel O'Connor + London » et appuya sur *Rechercher*. Un dixième de seconde plus tard, l'écran afficha vingt-deux millions de résultats.

37

Mercredi 18 avril 1984

À LA SECONDE OÙ SARA OUVRE LA PORTE, elle comprend que quelque chose ne va pas. Des chaussures et des vêtements sont répandus pêle-mêle sur le sol de l'entrée. De l'intérieur de la chambre, elle entend quelqu'un fourrager dans les tiroirs de la commode.

— Ouh-ouh ?! crie-t-elle juste avant d'être rattrapée par la pensée qu'un voleur est peut-être entré par effraction dans l'appartement.

Le silence se fait dans la chambre. Sara attrape une chaussure qu'elle brandit comme une arme. Sur le qui-vive, elle fixe la porte de la chambre.

Elle est d'abord soulagée de voir Daniel en sortir, avant de remarquer son air prostré. Il marche à pas lourds, la tête baissée. Soudain fébrile, Sara essaye de comprendre ce qui a pu lui arriver.

— Qu'est-ce qu'il se passe ? tente-t-elle.

Daniel s'arrête. Dans la main, il tient quelque chose de blanc. Comprenant qu'il s'agit d'une enveloppe, Sara suffoque aussitôt.

— J'ai relevé le courrier, dit-il, les yeux éteints. Il y avait une lettre de Kristina.

Sara ne sait pas quoi répondre. Lentement, elle accroche son manteau à la patère.

— Tu étais au courant ?

Leurs regards se croisent. Sara constate qu'il a les yeux qui brillent. Quand elle s'avance vers lui, il lève ses deux mains pour l'empêcher de s'approcher.

— Sara, dit-il d'un ton grave. Tu étais au courant ?

Elle se racle la gorge et Daniel ne la laisse même pas répondre.

— Évidemment que oui. Kristina écrit qu'elle a envoyé des dizaines de lettres. Qu'est-ce que t'en as fait ? Tu les as jetées, c'est ça ?

— Oui, ment-elle.

Il secoue la tête.

— Tu n'avais pas le droit ! Ces lettres, elles étaient à moi ! Elles étaient pour moi.

Sara se mord les lèvres.

— Je sais, pardon. Je me suis dit qu'on n'y arriverait pas, toi et moi, si tu ne te l'ôtais pas de la tête.

Daniel se passe une main dans les cheveux.

— Tu sais tout ? Depuis tout ce temps ?

Face au silence de Sara, il détourne la tête.

— Putain, Sara, j'ai un enfant quelque part, et je ne le savais pas !

Quelque chose change en elle quand il prononce ces mots. Sara chancelle et prend appui sur le mur.

— Hein ?

— Tu m'as bien entendu. Je suis père, et je n'ai jamais rencontré mon enfant.

Sara a le souffle coupé. Y a-t-il seulement un intérêt à faire semblant de ne pas savoir ? Une fois de plus, Kristina a tout cassé. Tout ce qui comptait. Elle a gâché la vie de Sara.

— Si tu es père, c'est uniquement parce que tu m'as trompée, lui reproche-t-elle.

Daniel acquiesce.

— Oui, et je t'ai demandé pardon pour ça. Mille fois. Mais quand il y a un enfant en jeu, plus rien de tout ça n'a d'importance.

Sara sent les larmes lui monter aux yeux.

— Je suis désolée d'avoir jeté les lettres. Si je l'ai fait, c'est parce que je t'aime.

Daniel ne répond pas. Au lieu de quoi, il fixe la lettre qu'il tient à la main.

— Je dois partir, dit-il. Il faut que j'aille en Suède.

Sara secoue la tête.

— Non, je t'en prie. Tu n'as pas le droit !

— Je suis désolé Sara, mais il le faut. Un enfant, bon Dieu, tu ne comprends pas que c'est plus important ?

Lorsqu'il disparaît dans la chambre, elle s'écroule sur le plancher. Tout son corps tremble. En état de choc, elle pleure sans retenue. Daniel ne peut pas l'abandonner, elle ne le supportera pas.

À la pensée qu'il va rejoindre Kristina en Suède, elle est prise de nausée. Elle ne peut pas perdre Daniel à cause d'elle, pas une seconde fois.

Daniel revient dans l'entrée, son sac à dos jaune jeté sur une épaule. Il tient toujours la lettre dans son poing serré. Pendant un court instant, il s'arrête devant elle, se penche en avant et pose sur son épaule une main réconfortante, que Sara essaye d'attraper. Lorsqu'elle tend une main vers lui, il recule.

— Je suis désolé, marmonne-t-il.

Cela semble si simple pour Daniel de la rejeter. Manifestement, tout ce qu'elle a fait pour lui n'a aucune importance. Elle se relève, une main toujours appuyée sur le mur.

— Si tu pars maintenant, c'est fini entre nous, tu comprends ça ?

Il hausse les épaules.

— Je n'ai pas le choix.

— Bien sûr que tu as le choix ! Tu peux rester avec moi. On va continuer à être heureux.

Sara s'aperçoit qu'elle crie comme une forcenée et baisse d'un ton.

— On peut trouver une solution ensemble, lance-t-elle. Écrire à Kristina et lui dire qu'on viendra la voir cet été, tous les deux.

Daniel enfile ses bottes.

— C'est trop tard, dit-il. Il faut que j'y aille maintenant. Et seul.

Il lui lance un dernier regard, sort sur le palier et claque la porte derrière lui.

Sara se précipite jusqu'à la porte fermée. À nouveau, ses yeux se remplissent de larmes. Elle pose ses mains sur le cadre de la porte.

— Je te hais, chuchote-t-elle. Je vous hais tous les deux.

Lentement, elle se met à donner des coups sur la porte. Les poings serrés, elle frappe de plus en plus fort.

— Je vous déteste ! Vous n'avez pas le droit de me faire ça. Vous avez tout détruit ! crie-t-elle.

Elle est déchirée par la souffrance. Comment en est-elle arrivée là ? Comment a-t-il pu l'abandonner, la trahir une nouvelle fois, lui, la personne qu'elle aime le plus au monde ?

Sara continue de frapper des poings contre la porte. La douleur aux mains lui fait du bien, elle soulage l'angoisse qui grandit en elle. *Ils n'ont pas le droit de me faire ça,* pense-t-elle.

Quand son regard s'arrête sur les photos de Daniel et de Kristina, c'est plus fort qu'elle ; elle arrache l'étagère placée à côté de la porte. Est-ce qu'ils vont vivre heureux, comme une famille ? Daniel, Kristina, et leur enfant chéri ? Kristina va-t-elle finir de la dépouiller de tout ce qui lui appartenait ?

Elle donne des coups de pied dans le tas d'objets tombés de l'étagère ; moufles et bonnets volent dans la pièce. Il n'est pas juste que Kristina lui ait tout volé. C'était son Daniel à elle. Il aurait dû être le père de son enfant, pas de l'enfant de Kristina.

Le cœur battant, elle s'écroule au milieu du désordre. Elle pleure sans s'arrêter, ses joues sont trempées de larmes. Comment sa sœur a-t-elle pu lui faire ça ? Comment a-t-elle pu anéantir ses chances d'être mère ? Tout ce qu'elle voulait, c'était fonder une famille avec Daniel. À présent, elle est seule au monde.

Elle reste par terre un long moment jusqu'à avoir une révélation : il faut qu'elle fasse quelque chose. Elle ne peut pas laisser Daniel partir en Suède. Elle ne peut pas le laisser à Kristina.

Fébrilement, elle cherche un moyen de l'arrêter. Au bout de quelques minutes, elle a une idée.

Elle s'avance jusqu'au téléphone dont elle manipule le combiné rouge et brillant. Elle est consciente des risques, mais elle ne voit aucune autre issue. Au fond, rien de ce qui s'est passé n'est de sa faute.

Elle soulève lentement le combiné en essayant de se calmer. Quand elle sait précisément ce qu'elle va dire, elle glisse un doigt dans le cadran et prend une profonde inspiration. Puis elle compose le numéro.

38

Jeudi 19 octobre, suite

CHARLOTTE FIXAIT L'ÉCRAN de son téléphone. Vingt-deux millions de résultats. Elle ne retrouverait jamais son père.

Elle se rassit au fond du canapé. Toute sa vie, elle s'était demandé qui était son père biologique, mais elle avait supposé que sa mère avait eu une bonne raison de ne pas lui dire. Il avait fallu qu'elle vienne jusqu'à Londres pour comprendre : Daniel n'avait jamais voulu être père et Kristina avait préféré cacher à sa fille la triste vérité.

Charlotte porta les mains à son visage et se frotta le front. Sa découverte avait ouvert en elle un vide sidéral. Elle avait toujours cru, à tort, que son père ignorait son existence. Or il avait délibérément choisi de vivre sa vie loin d'elle et de Kristina.

Elle observa la photographie de Daniel. Lui trouvant l'air gentil, elle se demanda s'il verrait les choses de la même façon aujourd'hui. Si elle le retrouvait, refuserait-il toujours de la rencontrer ?

La gorge serrée, elle déglutit avec peine et essaya de rassembler ses pensées. Dépassée par ses émotions, elle ressentit le besoin, quasi vital, d'en parler à quelqu'un. C'était trop lourd à porter pour elle toute seule.

Après s'être rincé le visage à l'eau froide, elle descendit l'escalier en titubant. Dès qu'elle aperçut Martinique devant la porte du petit bureau, ses yeux se remplirent de larmes à nouveau.

Martinique se précipita vers elle et l'entoura de ses bras. Charlotte reniflait en silence.

— Mon petit cœur, mais qu'est-ce qu'il se passe ?

— Pardon, dit Charlotte d'une voix faible. C'est rien, j'ai juste…

Voyant Charlotte vaciller, Martinique la rattrapa dans ses bras.

— Voilà, comme ça, consola-t-elle. Ça va aller.

Charlotte prit quelques profondes inspirations. Elle n'avait vraiment pas prévu de s'effondrer devant Martinique.

— Est-ce qu'un thé te ferait du bien ?

Charlotte acquiesça et se laissa guider jusqu'à la cuisine où Martinique la fit asseoir sur une chaise. Puis elle alluma la bouilloire et posa sur la table de petites tasses assorties de leurs soucoupes.

— Je crois que c'est le moment de sortir la jolie porcelaine, dit-elle doucement. Et maintenant, dis-moi ce qui ne va pas.

Charlotte glissa un regard vers l'intérieur de la boutique et vit Sam debout près de la caisse.

— Plus que cinq minutes avant la fermeture, dit Martinique. Sam peut très bien s'occuper des derniers clients.

Les yeux encore humides, Charlotte regarda Martinique remplir les deux tasses d'eau bouillante.

— Le thé guérit presque tous les maux, c'est ce que Sara disait toujours, marmonna-t-elle en tendant sa tasse à Charlotte, qui la remercia en silence.

Elles restèrent assises un long moment sans rien dire, à siroter à petites gorgées leur thé qui embaumait la cuisine d'une subtile odeur d'agrumes et de bergamote. Lorsque Charlotte eut rassemblé suffisamment de forces pour parler, elle se pencha au-dessus de la table et regarda Martinique dans les yeux.

— Qu'est-ce que tu sais de la vie de Sara, avant ton arrivée ici ?

Martinique fit tourner une petite cuillère dans sa tasse de thé.

— Pas grand-chose, en réalité. Sara a toujours été très secrète. Elle examina Charlotte. Je sais qu'elle a commencé à travailler ici au début des années 1980 et qu'elle a acheté la maison en 1992 ou en 1993, lorsque l'ancienne propriétaire a pris sa retraite.

— Elle n'a jamais eu de compagnon ?

Martinique secoua la tête.

— Non, pas que je sache. Elle a dédié sa vie à Riverside. Parfois, c'était presque comme si... Elle se tut.

— Oui ?

Martinique appuya son menton sur sa main.

— Comme si elle essayait de faire amende honorable. Je me souviens d'une fois où je lui avais demandé si elle n'avait pas envie de fonder une famille. Elle m'avait répondu qu'elle ne méritait pas d'avoir des enfants.

Charlotte resserra les mains autour de sa tasse de thé. Dans la lettre adressée à Kristina qu'elle avait lue dès son premier soir à Riverside, Sara semblait vouloir se réconcilier avec sa sœur en lui demandant pardon.

— Faire amende honorable ? De quoi ?

Martinique prit un air grave.

— Elle s'en voulait énormément de ne pas avoir aidé ta maman lorsqu'elle est tombée enceinte.

— Est-ce qu'elle t'a déjà parlé d'un certain Daniel ? demanda Charlotte, la gorge serrée.

Martinique tripota un coin de la nappe.

— Oui, admit-elle. Je sais qui est Daniel.

Charlotte ouvrit grand les yeux.

— Mais quand je t'ai montré la photo accrochée dans l'entrée, tu m'as dit que tu ne le connaissais pas !

Martinique acquiesça, l'air contrit.

— Je sais, et je te demande pardon. J'ai promis à Sara d'attendre de te connaître assez avant de te parler de lui. C'était peut-être idiot de ma part, mais je me voyais mal te sauter dessus à ton arrivée avec des révélations de ce genre. J'ai senti que tu avais traversé une période difficile avant d'arriver ici, c'est pourquoi j'ai préféré attendre le bon moment.

Charlotte baissa les yeux. Si elle en voulait un peu à Martinique de lui avoir caché la vérité sur Daniel, on ne peut pas dire non plus qu'elle-même avait été très honnête par rapport à son passé.

— Mon mari Alex est mort dans un accident de voiture il y a un peu plus d'un an, chuchota-t-elle.

Martinique prit la main de Charlotte et la serra dans la sienne.

— Mon cœur, c'est horrible. Je suis tellement triste pour toi.

Charlotte dodelinait de la tête.

— Merci. Je n'ai tout simplement pas trouvé le courage d'en parler.

— Ça n'a rien d'étonnant.

Charlotte but une gorgée de thé bien chaud avant de croiser le regard attendri de Martinique.

— Daniel, c'est mon père ?

— Oui, du moins à en croire Sara. Ta maman ne t'a jamais rien dit à ce sujet ?

Charlotte secouait la tête.

— Tu as une idée d'où il peut se trouver en ce moment ?

En posant la question, son ventre se noua. Que se passerait-il si Martinique ne savait pas où il était et si le peu de choses qu'elle connaissait de lui ne lui permettait pas de retrouver sa trace ?

Martinique remua la cuillère dans son thé.

— Non, malheureusement. Je sais que Sara a perdu tout contact avec lui à leur séparation et qu'elle l'a longtemps cherché, en vain. Moi, je ne l'ai jamais rencontré, et je ne connais même pas son nom de famille.

Charlotte esquissa un léger sourire.

— O'Connor, dit-elle. Daniel O'Connor. Un nom plutôt commun au Royaume-Uni, apparemment.

Martinique se pencha en avant, les deux coudes sur la table.

— S'il a été enregistré à cette adresse, on pourra peut-être en apprendre davantage sur lui *via* le département des Recettes et Douanes.

— Tu crois ?

Elle hocha la tête.

— Si tu veux, bien sûr.

— Oh oui, ce serait formidable, chuchota-t-elle.

— Dans ce cas, je vais demander à Paul s'il sait à qui nous pouvons nous adresser. Ça va s'arranger mon cœur, tu vas voir. Nous allons tout faire pour retrouver ton papa.

Charlotte finit son thé. Toutes ces émotions l'avaient épuisée, elle luttait pour garder les yeux ouverts.

— Je crois qu'il faut que j'aille me reposer un moment.

Martinique la considéra en silence avant de se lever.

— Attends un peu, j'ai quelque chose pour toi.

Elle s'éloigna et revint aussitôt avec ce qui ressemblait à une autre lettre.

— Tiens, dit-elle en la tendant à Charlotte. De la part de Sara. Elle m'a demandé de te la donner après t'avoir parlé de Daniel.

Charlotte hocha la tête sans un mot. Décidément, Sara avait tout prévu dans les moindres détails, elle ne s'étonnait même plus de ses manigances.

Lorsqu'elle se leva, Martinique la serra dans ses bras.

— Je suis désolée de ne t'avoir rien dit plus tôt, mais il s'est passé tellement de choses que je n'ai pas trouvé d'opportunité pour le faire.

Elle caressa Charlotte sur la joue.

— Tu es sûre de pouvoir rester seule, ce soir ?

Charlotte acquiesça.

— Mais oui. Je vais m'endormir dès que je fermerai les yeux.

— À demain, alors. Et n'hésite pas à appeler si tu as besoin de parler.

— C'est d'accord. Merci.

Charlotte quitta la cuisine et fit un petit signe à Sam qui clôturait la caisse. Elle se sentait profondément reconnaissante d'avoir pu parler de sa découverte à Martinique. Si elle était restée seule avec ses ruminations, elle aurait fini par perdre la raison.

Elle se frotta les yeux. Elle était tout à fait exténuée, mais la lettre que Martinique venait de lui donner lui brûlait la main. Peut-être y découvrirait-elle une explication, voire un moyen de retrouver son père ?

Cette pensée soulevait tellement d'interrogations en elle que Charlotte faillit trébucher sur la dernière marche de l'escalier. Tétanisée par l'angoisse, elle se dépêcha d'ouvrir la porte de l'appartement de Sara.

Malgré sa fatigue et une fois installée sur le canapé, elle déchira l'enveloppe dont le rabat avait été soigneusement recollé. C'est avec un goût amer dans la bouche qu'elle sortit la lettre de son enveloppe. Charlotte n'avait pas la moindre idée de son contenu. Et si Sara ne lui apprenait que de mauvaises nouvelles ? Que Daniel était lié à l'IRA par exemple, qu'il se trouvait derrière les barreaux ou pire, qu'il était mort lui aussi ? Et si cette lettre venait salir la mémoire de sa maman ?

Elle débarrassa son front d'une mèche de cheveux indocile. Malgré tout ce que Sara avait écrit sur sa sœur dans son journal intime, Charlotte avait eu l'impression que sa tante était une personne aimable et chaleureuse. Ses mots durs à l'égard de Kristina avaient probablement été écrits sous le coup de la colère, en réaction à ce qui s'était passé entre Daniel et celle-ci. De plus, il s'agissait de notes intimes, qui n'avaient pas vocation à être lues par quelqu'un d'autre que leur auteure.

Charlotte jeta un œil aux lettres de Kristina encore posées sur la table à côté de la boîte de chaussures. Dans l'une d'entre elles, sa mère avait évoqué leur dernière dispute, juste avant qu'elles se séparent pour toujours. Il n'y avait rien d'étonnant à ce que Sara ait vu rouge en apprenant que Daniel l'avait trompée avec sa propre sœur. Par la suite, avait-elle eu mauvaise conscience de n'avoir pas aidé sa petite sœur enceinte ? Était-ce pour cette raison qu'elle avait légué Riverside à sa nièce ?

Elle déplia la lettre écrite à la main.

Chère Charlotte,

Je ne sais pas vraiment par où commencer cette lettre. Tout d'abord, je veux te dire à quel point je suis heureuse que tu lises ces lignes, puisque cela signifie que tu te trouves à Riverside. La librairie a été mon foyer pendant plus de trente-cinq ans, c'est l'endroit que j'aime le plus au monde. J'espère qu'elle t'apportera autant qu'elle m'a apporté.

Si j'avais cru aux forces surnaturelles, j'aurais soupçonné Riverside de renfermer un pouvoir de guérison. Quoi qu'il en soit vraiment, j'espère que ces lieux te donneront un peu de tout ce qu'ils m'ont donné : la paix, la sécurité, l'amour, l'amitié et le pardon.

Comme je suis malade et que je n'ai aucune idée du temps qu'il me reste, je veux saisir la chance de t'apprendre ce que tu dois savoir. Kristina t'a sans doute déjà fourni sa version de l'histoire, je m'excuse, donc, pour les éventuelles redites ou les contradictions : voici ma version.

En 1982, ta maman et moi sommes parties à Londres pour y commencer une nouvelle vie. Nous étions jeunes, curieuses du monde et impatientes de laisser derrière nous des souvenirs pénibles.

Très tôt, j'ai fait la rencontre d'un jeune homme irlandais, Daniel O'Connor, chez qui ta mère et moi avons emménagé. Son appartement, celui-là même situé à l'étage de la librairie, est l'appartement où j'ai vécu jusqu'à mes derniers jours.

Daniel était un homme formidable. Gentil, généreux et attentionné, solidaire avec les plus démunis, et très idéaliste. Notre relation, en revanche, n'a pas toujours été un long fleuve tranquille, et après quelques mois de vie commune, j'ai compris que ta mère en était tombée amoureuse.

Naturellement, cette découverte m'a rendue aussi furieuse que jalouse, et lorsque ta mère m'a appris qu'elle attendait un enfant, j'ai laissé éclater ma colère. À ce moment-là, Daniel était au travail. J'ai jeté Kristina dehors et dans la foulée, elle est rentrée en Suède où elle t'a finalement donné naissance.

Avec du recul, j'ai honte de ma réaction, et rien n'excuse ce que je vous ai fait subir, à toi et à ta maman. J'étais encore amoureuse de Daniel, et assez naïve pour croire qu'on arriverait à recoller les morceaux.

Je regrette terriblement de n'avoir jamais eu la chance de te rencontrer, mais j'ai suivi tes progrès à distance et je me suis toujours réjouie de tes succès.

Veux-tu embrasser ta mère pour moi et lui dire que je l'aime ? Je ne me pardonnerai jamais ce qui s'est passé.

Ta tante, Sara.

Charlotte laissa son regard glisser jusqu'au sommet de Tower Bridge qu'elle parvenait désormais à repérer, même assise sur le canapé. Elle se sentait envahie par des émotions contradictoires. D'un côté, elle était heureuse que Daniel ne soit pas un terroriste irlandais comme Sara l'avait insinué dans sa correspondance avec Kristina, de l'autre, la lettre laissait de nombreuses questions en suspens. Daniel avait-il refusé tout contact avec elle et sa maman par égard pour Sara, et qu'était-il devenu ? Habitait-il toujours en Angleterre ? Avait-il refait sa vie ailleurs, et fondé une nouvelle famille ?

Elle secoua la tête. Sara avait l'air de croire que Kristina était encore en vie. Elle aurait sans doute donné plus de détails si elle avait su que Kristina n'était plus de ce monde, et que cette dernière n'avait jamais dit un mot sur les quelques mois qu'elle avait passés à Londres.

Charlotte prit la boîte à chaussures sur ses genoux et y rangea la lettre de Sara. Certaines pièces manquaient encore au puzzle, et elle doutait de parvenir un jour à les réunir toutes.

Elle passa en revue les lettres de sa mère en quête d'informations qui lui auraient échappé. Toutes avaient été écrites pendant les premières années de Charlotte, et ce jusqu'à son mariage avec Bertil. Charlotte était le sujet principal de la plupart des lettres, qui donnaient à Sara un aperçu de leur vie quotidienne : ses premiers pas, les chansons qu'elle aimait chanter, le nom de ses camarades à la maternelle. Les lettres étaient presque toutes adressées à Sara, mais quelques-unes, écrites en anglais, étaient destinées à Daniel.

D'un coup, Charlotte comprit pourquoi sa mère avait envoyé autant de photos d'elle, petite. C'était le seul moyen pour elle de garder le contact avec Daniel, de lui montrer les progrès de sa fille dans l'espoir de lui faire entendre raison pour qu'il lui réponde enfin.

Une fois de plus, Charlotte sentit les larmes lui brûler les paupières, qu'elle sécha de la manche de son pull. Elle pensait à sa mère, à la solitude sans fond qu'elle avait dû ressentir quand Sara et Daniel lui avaient tourné le dos tous les deux, et à quel point elle avait dû se battre pour s'en sortir.

Tout au fond de la boîte à chaussures, elle aperçut une enveloppe différente des autres, qu'elle n'avait pas encore remarquée : plus petite, dans un papier plus foncé, et dont l'adresse n'avait visiblement pas été écrite de la main de Kristina.

Charlotte sortit délicatement de la boîte la lettre destinée à Sara. D'une main, elle la tint à la lueur du plafonnier tandis qu'elle repoussait plus loin le carton à chaussures. Elle caressa doucement le papier fragile et taché de jaune avant de retourner l'enveloppe entre ses doigts. Elle dut relire plusieurs fois le nom de l'expéditeur avant d'y croire.

Charlotte ferma les yeux et prit une profonde inspiration. C'était presque trop d'un coup. Elle rouvrit les yeux sur la lettre écrite par Daniel O'Connor lui-même.

Tout son corps tremblait sous la couverture où elle s'était glissée, rejointe par un Tennyson particulièrement affectueux. Dehors, l'obscurité était défiée par des milliers de lampes, et même si elle regrettait parfois l'absence de nuit noire, elle était heureuse, ce soir-là, de savoir qu'elle n'était pas seule.

À plusieurs reprises, elle avait hésité à aller frapper chez William, mais elle ne savait pas quoi lui dire – du reste, elle n'était pas sûre qu'il soit encore là. Elle ne l'avait pas revu depuis qu'il lui avait annoncé sa décision de déménager, il était donc fort probable qu'il se trouve déjà chez sa sœur.

Elle n'osait pas non plus appeler Martinique au beau milieu de la nuit, d'autant qu'il n'y avait aucune urgence. Pourtant, elle avait cruellement besoin de parler à quelqu'un. À peine eut-elle éteint la lumière qu'elle fut prise de palpitations. Elle repensa avec amertume aux conseils de sa thérapeute, qui l'avait souvent tourmentée au sujet des amis qu'elle n'avait pas ; c'est dans ce genre de moment qu'elle en aurait eu besoin.

Elle se retourna doucement dans le canapé pour ne pas brusquer Tennyson. Même son fidèle compagnon n'avait pas la force de l'écouter : chaque fois qu'elle se confiait à lui, il fermait les yeux et détournait la tête.

Elle respirait aussi lentement que possible. À chaque minute qui passait, le poids sur sa poitrine semblait plus lourd, et la nuit plus longue, jusqu'à la faire douter de revoir le jour se lever. Elle jetait régulièrement des coups d'œil à sa montre dont la trotteuse lui paraissait tourner au ralenti.

Elle tripota la lettre qu'elle avait glissée sous l'oreiller. Elle l'avait déjà lue une bonne dizaine de fois, mais puisque c'était la seule chose qui parvienne à la calmer un peu, elle la déplia encore une fois et ralluma la lampe. Tennyson lâcha un soupir d'agacement et enfouit son museau sous la couverture. Comme pour s'excuser, elle lui caressa le ventre avant de reprendre la lettre depuis le début.

Londres, avril 1984

Chère Sara,

J'ai beaucoup de peine à écrire ces mots, et je suis vraiment désolé de la façon dont nous nous sommes quittés. Je n'ai jamais voulu te blesser et j'espère que tu sais que tu auras toujours une place dans mon cœur.

On ne peut jamais savoir ce que la vie nous réserve. Les événements nous tombent dessus et font dévier notre trajectoire. Je suis reconnaissant pour le temps qu'on a passé ensemble, mais tu sais aussi que j'éprouve des sentiments très forts pour ta sœur. Lorsque j'ai appris qu'elle avait donné naissance à notre enfant, tout a changé. Plus rien d'autre ne compte à présent, un enfant est toujours plus important.

Je pars pour la Suède ce soir même, te voilà donc débarrassée de moi pour un moment. J'espère que mes affaires pourront rester dans l'appartement jusqu'à mon retour, mais si tu ne supportes pas de les garder, tu peux bien en faire ce que tu voudras.

Dès que je serai arrivé chez Kristina et qu'on aura décidé quoi faire, tu seras la première informée. Tu auras l'argent pour le prochain loyer, et si tu as le moindre problème, n'hésite surtout pas à m'écrire.

J'espère que tu ne m'en voudras pas pour toujours et que nous pourrons nous revoir comme des amis, ne serait-ce que pour la petite. Il n'y a pas que moi qui suis devenu père, tu es aussi devenue tante !

Malgré tout ce qui s'est passé, je suis heureux et plein d'espoir pour l'avenir. Quoi qu'il arrive, je te pardonne de m'avoir caché les lettres de Kristina. Ma trahison était pire et j'ai honte de ce que j'ai fait.

Beaucoup d'amour et encore une fois, pardon.

Daniel

Charlotte soupira en silence. La lettre de Daniel avait fait voler en éclats tout ce qu'elle croyait savoir sur lui. Ce que Sara avait écrit à Kristina était pure invention : il n'était pas vrai que Daniel n'avait pas envie de voir sa fille. Il ignorait simplement que Kristina était tombée enceinte, et Sara avait dissimulé ses lettres pour qu'il ne l'apprenne jamais. Pas étonnant qu'elle ait voulu expier ses fautes.

Elle sourit en regardant l'écriture méticuleuse de Daniel. Ces mots, c'est son père qui les avait écrits. Et il avait voulu la rencontrer, puisqu'il avait essayé de rejoindre la Suède. Que s'était-il passé pour qu'il n'arrive jamais à bon port ?

Elle se retourna dans le canapé et essaya d'aplanir les plis du drap sous son corps sans réveiller Tennyson. Elle était simplement incapable de dormir. Si Daniel était encore de ce monde, elle n'avait pas d'autre choix que d'essayer de le retrouver.

Elle se leva péniblement. Dépassée par les événements, la tête lui tournait, mais elle ne pouvait attendre une minute de plus.

Elle chercha son téléphone à tâtons sur la table de nuit. Une seule personne, dans son entourage, était en lien direct avec la police, mais elle ne savait pas comment Sam réagirait si elle l'appelait à deux heures et demie du matin pour solliciter l'aide de Lindsay. Charlotte espérait que Sam était devenue une assez bonne amie pour qu'elle puisse compter sur elle. Sinon, elle le saurait bien assez vite.

D'une main résolue, elle composa le numéro de Sam et n'hésita qu'une demi-seconde avant de l'appeler.

Au bout de plusieurs sonneries, un déclic se fit entendre, puis une voix hébétée :

— Allô ?

— Sam, c'est Charlotte. Excuse-moi de t'appeler à cette heure-ci, mais j'ai besoin d'aide.

Sam bâilla. Charlotte aurait très bien compris si elle lui avait raccroché au nez, au lieu de quoi il lui sembla l'entendre se lever.

— Pas de problème, dit-elle d'une voix rauque.

Au second plan, quelqu'un poussa un gémissement.

— C'est qui ?

— Oh, t'en fais pas, c'est Scotland Yard. Comme d'habitude, ils ont besoin de mon expertise. Rendors-toi, je reviens vite.

La blague de Sam fit sourire Charlotte. Même réveillée en pleine nuit, elle était incapable de garder son sérieux.

À travers le combiné, Charlotte entendit une porte se fermer, puis Sam qui se raclait la gorge.

— C'est bon, Charlotte, je suis sortie de la chambre. Dis-moi ce qu'il t'arrive.

Charlotte ne savait par où commencer.

— Depuis que je suis arrivée ici, j'ai trouvé tout un tas de lettres et de notes dans l'appartement de Sara. Apparemment, ma mère aurait vécu à Londres avec elle dans les années 1980, et c'est ici que ma mère aurait rencontré mon père.

Elle fit une pause pour s'assurer que Sam l'écoutait.

— Je n'ai jamais su qui était mon père, dit-elle. Je connais son nom depuis à peine quelques heures.

— Merde Charlotte, c'est pas croyable !

— N'est-ce pas ? Je suis navrée de t'avoir réveillée, mais je suis en train de perdre la raison. Je dois essayer de retrouver mon père, j'ai pensé que tu pourrais peut-être m'aider ?

— Évidemment que je vais t'aider. Qu'est-ce que tu sais sur lui ?

Charlotte sentit un poids quitter ses épaules.

— Qu'il s'appelle Daniel O'Connor, qu'il vient d'Irlande et qu'il avait environ vingt-cinq ans en 1983.

— Tu sais où il est né ? Sa profession ?

— Non, dit-elle d'une voix tendue.

— Je peux toujours me renseigner, mais je ne te garantis pas qu'on le retrouve si on n'a que son nom.

Charlotte soupira et ferma les yeux.

— Je m'en doutais.

— Tu n'as aucun moyen d'en savoir plus sur lui ?

Charlotte réfléchit. Quelque chose lui avait peut-être échappé sur le contrat de location.

— Attends un instant, dit-elle en contournant le canapé jusqu'à une desserte où elle avait posé les dossiers de Sara. Avec des gestes précipités, elle s'empressa de retrouver le contrat signé des noms de Sara et de Daniel. Le parcourant des yeux, elle n'y vit aucune autre adresse que celle de la librairie, ni d'information sur un quelconque employeur.

— Il n'y a rien, dit-elle, déçue.

Sam toussota.

— Même pas un numéro NI ?

Le numéro NI… était-ce l'identifiant utilisé par l'administration britannique ? Elle se souvenait vaguement avoir entendu Martinique lui conseiller de s'en procurer un si elle souhaitait rester à Londres.

— À quoi ça ressemble ?

— C'est une série de sept chiffres précédés de deux lettres. Ça devrait nous permettre de retrouver sa trace.

Charlotte repéra un code inscrit sous la signature de Daniel.

— Je crois que je l'ai trouvé !

Sam émit un rire nerveux.

— Vraiment ?

Charlotte acquiesça et lut le code à voix haute.

— On dirait bien un numéro NI. Envoie-le-moi par SMS, je vais voir ce que je peux faire.

— Merci, Sam ! Et excuse-moi encore, je crois que je serais devenue folle si je ne t'avais pas appelée.

— Ne t'inquiète pas. C'est à ça que servent les amis.

Charlotte sourit.

— On se voit demain.

— Mais oui. Bonne nuit.

Lorsqu'elle eut raccroché, elle se laissa retomber dans le canapé. Son cœur battait moins fort. Elles avaient trouvé un indice qui les mènerait peut-être jusqu'à Daniel ; tout espoir n'était donc pas perdu.

Elle s'allongea doucement à côté de Tennyson et reposa sa tête sur l'oreiller moelleux. Et si Sam réussissait à retrouver son père ? Et si elle avait une chance de le revoir, après toutes ces années ? Cette seule pensée lui donnait presque le vertige.

39

Mercredi 18 avril 1984, suite

DANIEL ENTRE DANS SON PUB PRÉFÉRÉ et s'assoit à sa place habituelle. Il doit rassembler ses idées avant de partir. Lorsque Bill vient lui servir sa Kilkenny Cream Ale, il lui demande du papier et un stylo.

Il place la feuille blanche à côté de la lettre qu'il n'arrive pas à quitter des yeux. L'adresse de Kristina est inscrite au dos de l'enveloppe. Devrait-il lui écrire pour lui annoncer qu'il est en route ? Lui dire pourquoi il ne lui a jamais répondu ? Non, de toute façon, il sera sur place bien avant sa lettre.

Daniel referme la main sur son verre de bière et le porte à sa bouche. Il n'est pas fier de la façon dont il a quitté Sara. C'est à elle probablement qu'il ferait mieux d'écrire, à elle. Lui expliquer sa façon de voir les choses, lui offrir la possibilité d'un dénouement apaisé. Leur relation est terminée, il ne pardonnera jamais à Sara de lui avoir caché les lettres de Kristina. Naturellement, une partie de lui-même la comprend. D'ailleurs, il faudra bien qu'ils se reparlent à un moment ou à un autre, puisque Daniel, en principe, habite toujours à Riverside. Les détails pratiques, il verra plus tard. Pour le moment, il a quelque chose d'urgent à régler.

Rien que d'y penser, il se sent euphorique. Un enfant. Il n'arrive presque pas à y croire. Conscient des difficultés qui l'attendent, il ne peut pas s'empêcher de sourire. Il est devenu papa, et c'est Kristina qui a donné naissance à son enfant.

Il se demande depuis combien de temps elle lui écrit. Savait-elle qu'elle était enceinte quand elle a quitté l'Angleterre ? Il espère que non. Ce serait terrible si elle avait fui par peur de lui annoncer qu'elle attendait son enfant.

Il souffre à l'idée de tout ce que Kristina a dû endurer toute seule, et s'en veut de ne pas avoir été présent.

Il prend une autre gorgée de bière. Enfant déjà, il s'était juré de ne jamais devenir comme son propre père. Il sera toujours là pour sa fille.

Lorsqu'il prononce ces mots tout bas, son ventre se noue et il ressort la lettre de l'enveloppe. Il n'a pas rêvé, elle a bien écrit que c'était une fille ? Il parcourt les lignes des yeux et s'arrête sur les mots « little girl ». Bien qu'il ne l'ait jamais vue, le désir de la retrouver est plus fort que tout ce qu'il a éprouvé jusqu'alors.

Il repose la lettre. Kristina ne mentionne pas le rôle qu'il aurait à jouer, ce qu'elle attend de lui. Elle n'en dit pas un mot dans sa lettre, où elle décrit brièvement sa vie en Suède et où elle regrette de ne pas réussir à les joindre, lui et Sara. Elle lui en veut sans doute. Daniel lui a promis de rompre avec Sara pour qu'ils vivent ensemble, mais il ne l'a jamais fait. Mettre un terme à sa relation avec Sara s'est avéré beaucoup plus difficile que ce qu'il avait pu imaginer. Il a laissé traîner beaucoup trop longtemps.

Parfois, il se demande si c'est pour cette raison que Kristina est partie, parce qu'il n'a pas tenu parole. Elle devait en avoir par-dessus la tête de leurs disputes permanentes.

S'il n'avait pas été aussi lâche, s'il avait tenu sa promesse, Kristina ne serait probablement jamais partie. Il aurait été présent lorsque son enfant était venue au monde.

Il vide son demi et se saisit du stylo. Il va écrire à Sara, lui demander pardon encore une fois et la prier de se montrer patiente. Quelque part, elle doit bien comprendre qu'il ne peut pas la faire passer avant sa propre fille. Ça n'est simplement pas possible, Daniel n'a pas d'autre choix que de trahir Sara.

Il soupire en repensant à ce que Kristina et lui ont fait dans le dos de Sara. Ça n'était pas juste envers elle, ils auraient dû s'y prendre autrement. Mais ce n'est pas à l'enfant de payer le prix pour leurs erreurs.

Daniel écrit lentement, pesant chaque mot pour ne laisser place à aucune ambiguïté. Sara est triste, assurément, mais ça lui passera. Elle est jeune et belle, il ne lui faudra pas longtemps avant de retomber amoureuse.

Lorsqu'il a terminé, il plie la feuille de papier et attrape son sac à dos jaune. Dehors, la nuit a commencé à tomber. Le pub se remplit d'hommes et de femmes venus prendre un verre après le travail. Il remplit ses poumons de l'odeur familière de tabac et de friture et sort dans la fraîcheur du soir.

Dans un bureau de tabac, il achète une enveloppe et un timbre. Il poste sa lettre, puis marche dans les rues qu'il connaît bien jusqu'à la rive du fleuve. Il longe la Tamise une dernière fois dans la direction de Waterloo. De là, il prendra un train vers la côte, avant d'embarquer à bord d'un bateau pour la Suède.

Le vent souffle fort quand il passe à côté d'une zone industrielle. D'habitude, il aime se promener dans ce quartier toujours désert. Les lampadaires se reflètent à la surface de l'eau, il réalise qu'il ne reverra peut-être pas la Tamise de sitôt.

Soudain, il entend remuer derrière lui, il se retourne. De loin, il distingue les silhouettes de deux hommes. Avançant dans l'ombre, ils se rapprochent doucement de lui.

Daniel plisse les yeux pour mieux les voir, en vain. C'est seulement lorsque les hommes sont à une dizaine de mètres de lui qu'il remarque leur uniforme. Il recule prudemment jusqu'à ce que l'un d'eux crie son nom.

— Daniel O'Connor ?

Perplexe, Daniel regarde autour de lui. Comment peuvent-ils savoir qui il est ?

— Pose ton sac !

Les pensées se bousculent dans sa tête. S'ils connaissent son nom, ils savent aussi qu'il est irlandais, et Daniel sait trop bien ce qui l'attend s'ils lui mettent la main dessus. La police a le droit de le garder à vue sans aucun motif. Il ne peut pas prendre ce risque, il doit rejoindre Kristina.

Les hommes se sont arrêtés. Le premier, celui qui a crié, est un barbu d'une cinquantaine d'années. L'autre, rasé de près, tripote nerveusement son holster.

Daniel lève les mains en l'air tout en lançant de brefs regards sur le côté. À quelques mètres, une usine projette son ombre sur le sol. Si seulement il arrive à s'en rapprocher, il devrait pouvoir s'enfuir dans l'obscurité et leur échapper.

Le plus âgé des deux agents élève la voix.

— Pose ton sac, immédiatement !

Daniel hésite. Il évalue la distance qui le sépare du bâtiment. Ça devrait aller. Il regarde les policiers qui ont l'air aussi tendus que lui, puis, sans le moindre avertissement, il jette son sac jaune loin de lui et se met à courir.

— Arrête-toi ou je tire ! hurle l'agent.

Daniel a presque atteint son but. En pleine montée d'adrénaline, il est sûr d'arriver à les semer.

L'espace d'une seconde, il voit Kristina devant lui. Il court pour la rejoindre et la serrer dans ses bras quand retentit un coup de feu. Et son dos qui lui brûle.

Daniel tombe, les bras le long du corps, mais il ne ressent pas le choc quand il atterrit contre l'asphalte. Ses oreilles sifflent. De loin, il entend des éclats de voix.

— Mais qu'est-ce que t'as fait, putain ? Tu lui as tiré dessus ?

— Il ne voulait pas s'arrêter !

— Tu ne peux pas tirer sur quelqu'un juste parce qu'il court.

L'impact des bottes fait vibrer le sol. Daniel sent deux doigts froids dans son cou.

— Il est mort ?

— Je ne sais pas, attends.

— Je ne sais pas ce qu'il s'est passé, j'ai juste… Le mouchard a dit qu'il était de l'IRA. Il a bien un sac à dos jaune.

— Regarde ce qu'il y a dedans !

— Hein ?

— Regarde s'il contient des explosifs.

Daniel entend vaguement farfouiller dans son sac à dos, puis un soupir.

— Y a rien. Que des fringues.

— Je crois pas sentir son pouls.

— Bordel. Qu'est-ce que je vais faire ? Je peux pas finir au trou pour ça ! Déborah ne s'en sortira jamais toute seule avec les enfants.

— Allez, calme-toi. Ça va aller. On dira la vérité, qu'il s'est comporté en suspect avant de prendre la fuite.

— Et si ça ne suffit pas ?

— Qu'est-ce que tu veux qu'on fasse d'autre ?

— Il aurait pu tomber à l'eau. Y a pas mal de courant ici, non ? Il sera déjà au large bien avant le lever du soleil.

— Je ne sais pas.

— Harrison, s'il te plaît. Fais-le pour moi. Je ne peux pas me permettre de perdre ce boulot. Pense à Deborah, merde.

— Écoute, je vais me poster là-bas et faire le guet, mais tu te débrouilles avec le cadavre.

— Merci ! Je ne voulais pas, je te jure. Quelle raison il avait de courir, s'il était innocent ? Quel abruti !

Lorsque Daniel reprend connaissance, il devine, à la sensation de son visage écorché vif, qu'on le traîne au sol. Des cailloux et du sable sont entrés dans sa bouche. Il essaye de cracher, mais il n'y arrive pas.

Quelqu'un le tire. Il a cessé de ressentir la douleur cuisante dans son dos. Ça et tout le reste, d'ailleurs. Il ne ressent plus rien du tout.

Péniblement, il essaye d'entrouvrir les lèvres pour dire quelque chose, mais aucun son ne sort de sa bouche.

Il entend des cris au loin, mais impossible de savoir d'où ça vient. Il ne peut pas tourner la tête. *Il faut qu'ils m'aident,* pense-t-il. *Je dois aller en Suède.*

Il lutte pour lever les bras et appeler à l'aide, mais eux aussi refusent d'obéir. Est-ce que quelqu'un a appelé une ambulance ? Il n'a pas le temps de passer plusieurs semaines à l'hôpital, c'est maintenant qu'il doit retrouver Kristina et l'enfant.

Il entend un juron, puis un bruit sourd, comme quelque chose qui s'écrase au sol. Était-ce sa jambe ? Il ne sent plus ses pieds non plus.

Entre ses cils, il reconnaît la Tamise. L'eau noire et houleuse où viennent se refléter les lumières de la ville. Mais qui est debout à côté de lui ?

Daniel tente encore une fois d'appeler au secours. Il crie de toutes ses forces, sans émettre la moindre syllabe.

À côté de lui, quelqu'un allume une cigarette. Il perçoit le bruit de l'allumette que l'on frotte, la flamme qui jaillit, la braise qui crépite. Les bouffées rapides coup sur coup. Et cette ambulance qui ne vient pas.

La poitrine comprimée, il a du mal à y faire entrer de l'air. Il cligne des yeux. Pourquoi l'homme n'essaye pas de lui parler ? Pourquoi est-ce qu'il ne dit rien ?

Si Daniel pouvait parler, il lui expliquerait pourquoi il a couru. Il lui dirait qu'on l'attend en Suède, que son petit enfant l'attend. Il a déjà raté ses premiers mois, il ne veut pas rater une seconde de plus.

L'odeur de la fumée atteint ses narines. Il voudrait tousser, mais ça non plus, il n'y arrive pas. Combien de temps va-t-il rester couché là par terre ?

Soudain, il y a enfin du mouvement. L'homme s'agite et pose un pied sur le corps de Daniel. C'est à peine s'il le sent, comme une légère pression en forme de semelle. A-t-il l'intention de le déplacer encore une fois ?

Le pied le pousse dans le bas du dos et Daniel vacille.

L'homme recommence à pousser, mais cette fois il a pris de l'élan, et la pression est plus forte. Daniel roule sur lui-même, bascule sur le bord du quai, puis tombe à l'eau.

Le fleuve est froid et sombre. Très vite, il se sent couler, essaye de lutter contre, mais son corps ne peut plus.

Les oreilles bourdonnantes, Daniel fait tout pour garder son calme. Il pense à Kristina et à sa petite fille qui doit être si jolie. Il s'imagine la tenir dans ses bras, et cette dernière pensée reste en lui lorsque tout s'éteint.

40

Samedi 21 octobre

BIEN QU'ELLE AIT À PEINE FERMÉ L'ŒIL de la nuit, Charlotte se leva de bonne heure et descendit dans la librairie. Impatiente de voir arriver Sam, elle dut se retenir de lui téléphoner à nouveau. Pour se changer les idées, elle se mit à déambuler entre les rayonnages de livres, respirant à pleins poumons l'odeur de papier et de vanille. Elle finit par tomber sur le recueil de nouvelles de Jhumpa Lahiri, *Sur une terre étrangère,* qu'elle choisit pour accompagner son petit déjeuner.

Dans la cuisine, elle prépara du thé et quelques tartines avant de commencer à feuilleter son livre. Sam lui avait dit qu'un des avantages à lire beaucoup était de développer sa polyvalence. Tout grand lecteur était capable de manger, de boire et de se faire les ongles de pied sans lâcher son livre des yeux. En même temps qu'elle tenait une tartine grillée de la main droite, Charlotte tournait les pages de son livre de la gauche.

Pendant les heures précédant l'arrivée de Sam, elle eut le temps de lire plusieurs des nouvelles de Lahiri. L'intrigue était si prenante qu'elle en avait presque perdu la notion du temps, mais en entendant une clef tourner dans la porte, elle reposa immédiatement le petit ouvrage et sortit en vitesse dans la librairie.

Sam, debout sur le paillasson rouge, était occupée à replier son parapluie transparent.

— Tu parles d'une saucée ! dit-elle en frissonnant.

Charlotte, qui n'avait même pas prêté attention au temps qu'il faisait dehors, jeta un bref coup d'œil à la rue où les gens couraient se mettre à l'abri, se protégeant la tête d'un porte-documents ou d'un journal. Le ciel était d'un noir d'encre, et de puissantes rafales faisaient tomber des trombes d'eau sur le sol.

— Aïe, je t'apporte une serviette ?

Sam secoua la tête et se donna un coup sur l'oreille comme pour la vider de son eau.

— Mais non, ça va. Je regrette seulement de ne pas avoir pris mon maillot de bain. Cet après-midi, je devrais pouvoir rentrer chez moi à la nage.

Pendant une demi-seconde, Charlotte imagina Sam déambuler dans Londres en maillot de bain, avant de comprendre qu'il s'agissait d'une de ses blagues habituelles. Fatiguée, elle se massa les tempes.

— T'as réussi à dormir un peu ? demanda Sam tout en époussetant sa robe à grosses fleurs style papier peint des années 1980, dont la jupe défiait les lois de la gravité.

Charlotte fit la grimace.

— Un peu, dit-elle. Excuse-moi encore de t'avoir réveillée.

— Vraiment, ne t'en fais pas ! répliqua Sam en souriant. Et c'est chouette de savoir qu'on peut se téléphoner à n'importe quel moment. À mon prochain chagrin d'amour, je t'appelle.

Elle lui adressa un clin d'œil et Charlotte lui rendit son sourire.

— J'imagine que tu ne sais rien pour le moment ? demanda-t-elle tout bas.

Sam rajusta son chignon crêpé.

— Apparemment, les commissariats ouvrent un peu plus tôt que les librairies. Lindsay a déjà eu le temps de faire quelques découvertes.

Elle fit un geste vers la Thermos de café.

— Il en reste ?

Fébrile, elle attrapa une tasse qu'elle remplit de café noir avant de la lui tendre.

— Eh bien, dit-elle en observant Sam qui portait la tasse à sa bouche. Elle a fait vite ! Dis-moi tout !

En reposant sa tasse, Sam fit un étrange sourire.

— Malheureusement, les nouvelles ne sont pas bonnes. Tu es sûre que tu veux savoir ?

Un frisson parcourut la colonne vertébrale de Charlotte. Elle prit appui sur le comptoir. Qu'avait découvert Lindsay ? Que Daniel avait rejoint l'IRA, ou qu'il était suspecté d'avoir commis un crime ? Rien de pire que l'incertitude. Il fallait qu'elle sache.

— Oui, dit-elle sur un ton décidé. S'il te plaît, je t'écoute.

Sam reprit une gorgée de café.

— Le Daniel O'Connor correspondant au numéro NI que tu m'as donné a été porté disparu par son employeur en mai 1984.

Charlotte accueillit la nouvelle. En mai 1984, Daniel aurait déjà dû rejoindre la Suède. Il n'avait donc peut-être pas disparu !

— À ce moment-là, il venait juste de partir en Suède, dit-elle, enthousiaste. Il en parle dans une lettre envoyée à Sara !

Sam la regarda avec empathie.

— Mais je ne crois pas qu'il y soit non plus. Sept ans plus tard, il a été déclaré mort.

Charlotte secoua la tête.

— Déclaré mort ? Ça veut dire qu'on ne l'a jamais retrouvé ?

— Non. Mais la police ne déclare jamais officiellement le décès à moins d'avoir fait des recherches approfondies. Et d'après Lindsay, les services d'enquête ont été en contact avec la police suédoise. Il n'y a pas la moindre trace de lui après sa disparition.

Charlotte sentit les larmes monter.

— Ce n'est pas possible ! Comment a-t-il pu disparaître ? Il s'apprêtait à rejoindre ma mère.

Sam fit le tour de la table et la serra maladroitement dans ses bras.

— Je suis vraiment désolée.

Charlotte s'enfouit le visage dans les mains. Elle ne voulait pas y croire. Elle ne rencontrerait donc jamais son père. Il avait bel et bien disparu.

Son ventre se noua quand elle pensa à sa mère. Avait-elle seulement su que Daniel était en route pour la rejoindre ? Qu'il se réjouissait d'être devenu papa, et qu'il avait hâte de les retrouver ? Ou était-elle restée seule dans son petit appartement avec le sentiment d'avoir été abandonnée de tous ?

— C'est tellement injuste, soupira-t-elle. Et dire que j'ignorais encore tout de lui avant-hier.

Sam acquiesça.

— Je sais. C'est dégueulasse.

Charlotte tripotait sa boucle d'oreille.

— C'est tout ce qu'on sait ? Est-ce que la police a une hypothèse sur ce qui a pu lui arriver ?

Sam secoua la tête.

— Non, pas que je sache. Mais Lindsay a promis de continuer à chercher. Je te le dirai dès qu'on en saura plus.

À ce moment précis, Martinique passa la porte de la librairie. Elle sifflotait gaiement en portant un grand plat recouvert de film étirable sous lequel brillaient de la pâte d'amande verte et du chocolat noir. Dès qu'elle vit Charlotte, elle posa le plat et se dirigea vers elle.

— Mais qu'est-ce qu'il y a, mon petit cœur ?

Charlotte prit une profonde inspiration.

— J'ai demandé à Sam de m'aider à retrouver mon père. Il s'avère qu'il est mort.

— Déclaré mort, précisa Sam. Il a disparu en 1984.

— Six mois après ma naissance, suffoqua Charlotte.

Martinique lui tendit les bras et Charlotte se laissa aller à son étreinte.

— Ma pauvre chérie. Quelle horrible nouvelle pour commencer la journée.

Incapable d'articuler un mot de plus, elle reposa sa tête avec gratitude sur l'épaule moelleuse de Martinique, heureuse d'avoir au moins la chance d'être consolée. Elle n'aurait pas supporté de rester seule dans de telles circonstances.

Sam, qui s'était avancée discrètement jusqu'au plat apporté par Martinique, observait à présent les pâtisseries, à deux doigts de soulever le film plastique.

— Qu'est-ce que c'est que ça ?

Martinique caressa les cheveux de Charlotte.

— Tu les reconnais ? dit-elle gentiment.

Charlotte cligna des yeux, visiblement épuisée.

— Des *dammsugare*[1] ? C'est toi qui les as faits ?

Martinique acquiesça.

— Oui. Avec Angela, d'après la recette originale suédoise. Qu'est-ce que vous en dites ? Je pensais les ajouter à la liste de nos petits gâteaux à vendre.

Sam prit un air sceptique.

— Quel goût ça a ?

— Chocolat et pâte d'amande avec du punch.

— Du punch, vraiment ? Il fallait le dire tout de suite ! Comme si j'étais du genre à refuser quoi que ce soit contenant de l'alcool ! dit-elle en se servant.

Martinique leva un sourcil.

— En fait, c'est de l'extrait de punch.

— C'est pas plus mal, dit-elle la bouche pleine. Autrement, tous les vieux du quartier se jetteraient dessus.

Martinique tendit le plat à Charlotte.

— Tu en as bien mérité un, toi aussi.

Charlotte attrapa un petit gâteau vert et mordit dedans. C'était bon comme à la maison.

— Et maintenant, qu'est-ce qu'il va se passer ? demanda Martinique.

Charlotte fit un geste en direction de Sam.

— Lindsay va poursuivre les recherches, au cas où.

Sam se léchait les doigts.

— On ne sait jamais, il est peut-être possible d'apprendre les détails de sa disparition. Elle se tourna vers Martinique. Mon Dieu, ce que c'est bon. Je peux en prendre un autre ?

— Bien sûr !

---

1. Littéralement « aspirateur », ce terme désigne un petit gâteau typique de la même forme. Il se compose d'une pâte aromatisée au punch et enrobée de massepain.

— Vraiment délicieux, renchérit Charlotte. Angela t'a aidée, tu disais ?

Martinique sourit fièrement.

— Oui. On dirait que ça lui plaît tout d'un coup, de m'aider en cuisine.

Charlotte fut touchée de voir les yeux de Martinique briller de joie. Elle savait qu'Angela, ces dernières semaines, rechignait même à parler à sa mère.

— Je l'ai trouvée super dégourdie le soir de la rencontre. Tu crois qu'elle serait d'accord pour travailler ici quelques heures par-ci par-là ? Pendant les événements, les longs week-ends et les vacances, par exemple ?

Martinique approuva avant de froncer les sourcils.

— Tu es sûre qu'on a les moyens ?

Charlotte esquissa un sourire.

— Oui, je le crois bien. Et tu as clairement lancé une nouvelle tendance, avec tes pâtisseries suédoises.

Sam approuvait.

— Il ne se passe pas un jour sans qu'un client entre pour demander ce qu'est le *fika suédois*. Hier, en milieu d'après-midi, on avait vendu tous les gâteaux !

— Et la banque ? demanda Martinique.

— Je ne vous ai rien dit ? Pardon, il s'est passé tellement de choses ces derniers temps. Tout est en ordre. Ils sont d'accord pour mettre au point un plan de remboursement.

— Alors tu ne vends plus la librairie ? explosa Sam.

Charlotte émit un petit rire.

— Ça, je l'ai déjà dit ! J'ai promis de tout faire pour que Riverside survive.

— Ils peuvent bien se les mettre là où je pense, leurs hamburgers ! s'exclama Sam, l'air espiègle. C'est peut-être le moment de demander une augmentation, non ?

— Sam ! gronda Martinique en lui lançant un regard lourd de reproches.

— Ben quoi, je pose la question, c'est tout.

Charlotte ramassa les miettes de gâteaux dispersées sur le comptoir.

— Je promets de me pencher dessus dès que possible, dit-elle sur un ton coupable.

— Tiens, tu vois, Martinique, taquina Sam. Elle a promis de se pencher dessus dès que possible.

Elle se tourna vers Charlotte.

— Si tu veux bien t'en occuper avant Noël… j'aimerais acheter un vrai beau cadeau à ma petite amie.

Martinique leva les yeux au ciel. Charlotte, quant à elle, ne put s'empêcher de sourire.

— Comment ça va avec Lindsay, au fait ?

Sam poussa un soupir sonore, mais son visage s'empourprait chaque fois qu'il était question de Lindsay.

— Conformément à ce qui était prévu, elle continue d'exiger que nous ayons une relation monogame et hier, elle a suggéré qu'on emménage ensemble.

— Génial ! s'écria Martinique. Je veux dire, il n'est pas temps que tu quittes le foyer familial ?

Sam renifla.

— On verra. Mon père ne va pas s'en remettre. Qu'est-ce qu'il va faire de ses journées s'il ne peut plus s'occuper de sa fille chérie ?

— Il trouvera bien de quoi s'occuper, dit Martinique en sortant du placard les tasses pour le premier service du matin.

— Au fait, dit Charlotte. J'ai reçu un mail au sujet d'un écrivain nommé John Green. Vous le connaissez ?

Une lueur s'alluma dans le regard de Sam.

— Je l'adore !

— Parfait ! Son éditeur demande si nous pouvons lui organiser une séance de dédicace juste avant Noël. Apparemment, ils ont lu l'article du *Daily Telegraph*.

Martinique déposa prudemment deux hautes piles de tasses l'une à côté de l'autre.

— Oui, et Angela m'a dit qu'il y avait déjà une tonne d'articles sur nous en ligne.

— Est-ce que j'en conclus qu'il faut dire oui à John Green ?

Sam et Martinique approuvèrent en chœur.

— Plutôt deux fois qu'une ! On pourrait peut-être prévoir d'autres événements dès maintenant ? demanda Sam avec optimisme.

— Et pourquoi pas ? dit Charlotte. On peut s'attendre à ce qu'il y ait autant de monde que le soir où Joanne Murray était ici.

— J. K. Rowling, corrigea Sam.

— Si tu préfères, J. K. Rowling. Quoi qu'il en soit, je ne vois pas pourquoi on ne continuerait pas à miser sur ce genre d'événements.

— Je suis d'accord, dit Martinique. Sam, tu pourrais compiler une liste d'auteurs qui ont récemment fait paraître de nouveaux titres ?

Sam se sentit visiblement honorée par cette demande.

— Naturellement. Je m'y mets tout de suite…

Elle attrapa une autre bouchée de gâteau juste avant que Martinique n'ait le temps de retirer le plat du comptoir.

— … dès que j'aurai fini ma bouchée ! dit-elle en faisant un clin d'œil à Charlotte.

41

Mercredi 1er novembre

— Alors, de quoi tu voulais me parler ?

La voix dans le combiné était cristalline, et Charlotte avait du mal à croire que Henrik se trouvait dans un autre pays, à plus de mille kilomètres de distance.

Charlotte tripotait la coque en caoutchouc de son téléphone. La semaine qui venait de s'écouler, elle l'avait passée à réfléchir. Elle avait déambulé dans Londres, pris le pont de Waterloo jusqu'à Covent Garden et continué jusqu'à la National Gallery. Quand elle eut fait le tour de cette partie de Londres, elle était montée dans un bus jusqu'à Notting Hill et avait flâné dans Regent Park jusqu'à Hyde Park et Marble Arch.

Pendant ses errances urbaines, elle avait méthodiquement examiné tous les événements de l'année passée. Elle avait pensé à Alex et à leur vie commune à jamais détruite. Elle avait imaginé ce qu'il aurait dit si elle lui avait demandé conseil. Alex l'avait toujours encouragée à oser être elle-même et à essayer de nouvelles choses. Il n'aurait jamais accepté qu'elle laisse passer une opportunité à cause de lui.

— Mon père biologique, souffla-t-elle, il vivait ici, juste au-dessus de la librairie.

Pendant les quelques secondes de silence qui suivirent sa confidence, Charlotte entendit ses oreilles bourdonner. Elle ne voulait surtout pas décevoir Henrik, lui qui avait toujours été là pour elle. C'est lui qui les avait aidés, Alex et elle, à lancer C/O Charlotte, lui aussi qui avait été présent après l'accident d'Alex. Mais plus elle y pensait, et plus elle se sentait à sa juste place à Londres. Elle adorait Riverside, et elle n'avait pas l'intention d'abandonner tout de suite ses recherches concernant Daniel.

— Mon Dieu, Charlotte. Est-ce que ça va ?

— Oui, je crois. Mais je voudrais rester ici.

Henrik ne répondit pas tout de suite.

— Qu'est-ce qu'on fait avec BC Beauty ?

Il fallait qu'elle le lui dise, maintenant.

— Je veux vendre C/O Charlotte.

Henrik se racla la gorge.

— Tu ne prévois pas du tout de rentrer, si je comprends bien ?

— Non. Je suis désolée. Avec tout ce que tu as fait pour moi et Alex… mais il faut que je tourne la page. J'ai l'impression de vous trahir, toi et les autres, et je m'en veux…

— Charlotte, interrompit-il. Ne t'inquiète pas pour nous, on va s'en sortir. Pour être tout à fait honnête, je m'y attendais, et depuis un moment déjà. À vrai dire, je suis même étonné que tu aies tenu si longtemps.

Elle laissa échapper un soupir de soulagement.

— Merci. Je ne pensais pas que je finirais par abandonner.

— Tu n'abandonnes rien du tout, tu essayes quelque chose de nouveau. Et ne t'inquiète pas pour C/O Charlotte, je promets de bien m'en occuper. Tout ce que je te demande, c'est de veiller à ce que BC Beauty me laisse une totale liberté de mouvement.

Charlotte se mit à rire.

— Naturellement ! Ce sera écrit noir sur blanc dans le contrat.

— Bien. Je suis content pour toi, Charlotte. Ça faisait longtemps que je ne t'avais pas entendue aussi sereine.

Lorsqu'ils eurent raccroché, elle se posta à la fenêtre du salon. Dehors s'annonçait une magnifique journée d'automne. Sous un ciel lumineux, passants et bateaux suivaient le rythme de la Tamise, les feuilles des arbres s'étaient parées de rouge et d'or, et le soleil scintillait dans des milliers de fenêtres aux reflets argentés.

Chaque fois qu'elle regardait au-dehors, son cœur tressaillait. Et dire qu'elle allait vivre ici ! Dès que la vente de l'entreprise serait actée, elle irait s'inscrire à un cours du soir – un cours de peinture peut-être, puisqu'elle avait toujours voulu apprendre l'art du dessin et de la composition.

Elle laissa glisser son regard vers la kitchenette et se rappela toutes les merveilles que William avait cuisinées pour elle. À ce moment précis, Tennyson sauta sur la table et, en grand séducteur qu'il était, vint se frotter à son ventre. Elle soupira. Après avoir pris son mal en patience pendant toute une semaine, elle avait écrit à William pendant le week-end, n'obtenant pour toute réponse que des messages courts et expéditifs. Leur discussion dans la cuisine, le lendemain de la soirée J. K. Rowling, lui avait rappelé la solitude qu'elle avait ressentie à la mort d'Alex. Pendant les semaines qui avaient suivi, tel un mort-vivant, elle avait mis ses sentiments en sourdine et s'était enterrée sous une montagne de travail – ce qu'elle n'avait aucune envie de revivre.

Elle caressa le dos de Tennyson. Dans les moments où le manque se faisait le plus sentir, elle pouvait au moins compter sur lui pour la réconforter. Son ventre se nouait chaque fois qu'elle pensait à William, malgré tous ses efforts pour se convaincre que leur relation n'aurait pas pu finir autrement. Ils n'avaient jamais parlé de l'avenir, mais Charlotte pensait qu'ils n'avaient pas les mêmes envies. Elle rêvait d'enfants et de stabilité tandis que William n'avait l'air d'être intéressé que par l'écriture. Même s'ils avaient insisté, ils auraient probablement fini avec le cœur brisé.

Elle rassembla ses cheveux et les noua en une queue-de-cheval serrée. Daniel, lui aussi, avait beaucoup occupé ses pensées ces derniers temps. Elle avait été dévastée d'apprendre qu'elle n'aurait jamais la chance de le rencontrer, mais d'un autre côté, elle était reconnaissante d'avoir enfin découvert qui il était, grâce à Sara. Sa tante avait raison, Riverside faisait décidément partie de son histoire.

Dans une petite boîte, Charlotte avait rassemblé tous les objets en lien avec Daniel. Assise sur le canapé, elle la tenait sur ses genoux. Doucement, elle en sortit la photographie autrefois accrochée à l'extérieur de la chambre de Sara. Elle avait passé des heures à regarder cette photo. Chaque fois qu'elle observait le regard de Daniel, elle le reconnaissait comme son père avec certitude.

La photo de Daniel et de Kristina, elle osait à peine la toucher. Charlotte avait une peur terrible de l'abîmer et dès qu'elle le pourrait, elle en ferait des copies.

Après toutes ces années passées dans le flou, elle trouvait particulièrement émouvant de voir sa mère et son père réunis sur la même photo. Elle ne pouvait pas s'empêcher de se demander ce qu'il se serait passé si Daniel n'avait pas disparu. Les aurait-il rejointes à Gårdstånga ? Aurait-elle eu la chance de grandir avec ses deux parents, dans une famille normale ?

Cela faisait maintenant dix jours que Lindsay avait entamé ses recherches. Pour l'instant, elle n'avait rien trouvé de plus, et les chances d'en savoir davantage s'amenuisaient de jour en jour. Elle était heureuse que la lumière ait été faite sur une partie de son histoire, malgré la somme de questions restées sans réponse. Daniel était la pièce de puzzle qui avait toujours manqué à son existence. C'était sans doute pour cette raison que Sara avait tellement tenu à la faire venir ici, pour qu'elle découvre elle-même qui était son père.

En pleine réflexion, Charlotte passa sa main sur la housse du canapé. Un frisson la parcourut quand elle repensa aux moments qu'elle et William y avaient passés. Il ne la prendrait plus jamais dans ses bras, il ne l'embrasserait plus jamais de ses lèvres douces. Elle ne pourrait plus jamais enfouir son visage dans sa nuque, ni respirer l'odeur de sa peau.

Elle se mordit la lèvre presque jusqu'au sang. Jusqu'au dernier moment, elle avait espéré voir William revenir, débouler en trombe dans la librairie et s'écrier que tout cela n'était qu'un fâcheux malentendu. Qu'il l'aimait, et qu'il voulait être avec elle. Mais apparemment, elle avait laissé passer sa chance.

Elle promenait son regard triste dans l'appartement vide quand un rayon de soleil passa à travers les carreaux étincelants de propreté. Elle s'apprêtait à sortir marcher quand son téléphone vibra. Aussitôt, son ventre tressaillit. Et si c'était William ! Elle s'empressa d'ouvrir le message, un peu désappointée de constater qu'il venait de Sam. À peine eut-elle lu son SMS que sa déception se changea en une excitation intense.

Rejoins-nous au rez-de-chaussée, j'ai quelque chose d'important à te dire !

Charlotte fixa un instant les mots écrits par Sam. Le cœur bondissant, elle courut dans l'entrée, enfila rapidement ses chaussures et dévala le petit escalier.

Sam et Martinique discutaient derrière le comptoir. C'est seulement en s'approchant que Charlotte vit l'homme qui se tenait à côté d'elles. Il avait les cheveux blonds teintés de gris, une barbe soignée et parlait d'une voix grave. Avec sa chemise bleu ciel, Charlotte pensa d'abord qu'il était de la police, mais dès qu'il l'aperçut, il lui adressa un large sourire généreux.

— Charlotte ! s'écria Sam. Te voilà déjà !

Sur ses gardes, Charlotte s'avança jusqu'au comptoir.

— Bonjour ! Euh, qu'est-ce qu'il se passe ici ?

Martinique rayonnait de bonheur et Sam était si fébrile qu'elle semblait montée sur ressorts.

— Ce monsieur, dit-elle solennellement, est Mark O'Connor.

L'homme sourit à nouveau et Charlotte le regarda bouche bée.

— Ah oui ? parvint-elle à articuler.

Martinique posa une main sur son épaule.

— C'est le frère de Daniel. Ton oncle. Dès que Lindsay a découvert son existence, nous l'avons contacté. Il est venu tout de suite.

Des rides se dessinèrent sur le front de Charlotte. Daniel avait donc un frère ? Il n'en avait jamais été question dans les lettres.

L'homme fit un pas en avant et lui tendit la main.

— Bonjour, Charlotte ! Je suis sans doute aussi surpris que toi, mais c'est un immense plaisir pour moi d'être ici.

Charlotte cligna des yeux, comme abasourdie. Elle n'y croyait pas encore.

— Bonjour, chuchota-t-elle.

Ils se regardèrent un petit moment sans rien dire, puis l'homme ouvrit les bras et la serra délicatement contre lui. Submergée par l'émotion, elle se laissa faire. Elle ne se serait jamais attendue à ça.

Mark recula d'un pas.

— Quand Sam m'a appelé, j'ai cru à un canular. Tant d'années ont passé depuis la mort de Daniel, j'ignorais tout à fait qu'il avait eu un enfant. Si j'avais su, il y a longtemps que je me serais manifesté.

Charlotte acquiesçait.

— Alors tu es certain qu'il est mort ?

Mark fit un sourire navré.

— Oui, malheureusement. Daniel n'aurait jamais coupé les ponts volontairement avec sa famille.

— Tu sais ce qu'il lui est arrivé ?

Un voile passa devant ses yeux.

— Non. Mais c'était une autre époque, et nous les Irlandais n'avions pas la vie facile, ici à Londres. J'en connais plus d'un qui a disparu sans raison apparente.

Il l'observa et sourit à nouveau.

— Tu ressembles tellement à Kristina… et à Sara, pour le coup !

Charlotte s'illumina.

— Tu as rencontré ma mère ?

— Oui, une fois. C'était une belle personne. Et Daniel aussi. Je comprends qu'ils aient été attirés l'un par l'autre.

Il prit sa main.

— Daniel aurait été si fier de toi. Quelle tristesse que vous ne vous soyez jamais rencontrés.

La gorge serrée, Charlotte hocha la tête.

— Merci, dit-elle.

— Il te reste encore ton vieil oncle, poursuivit-il sur un ton encourageant. Et toute ma famille.

Charlotte sursauta. Elle n'y avait même pas pensé.

— Tu as des enfants ? demanda-t-elle timidement.

Mark fit oui de la tête.

— J'en ai deux, Leanne qui a ton âge et Tom, un peu plus jeune. Tes cousins, ajouta-t-il. Ah oui, et puis je suis l'heureux grand-père de trois petits-enfants. Leanne a un fils et des jumelles.

Au bord des larmes, elle ne savait pas quoi dire.

— Est-ce que je peux les rencontrer ?

Il sourit.

— Naturellement ! Leanne est déjà en route pour venir chez moi et Tom nous rejoindra après le travail.

Le menton tremblant, Charlotte ne tenait plus en place.

— Je monte juste récupérer mon sac.

— Prends ton temps ! Je t'attends dehors.

Dès qu'il fut sorti de la librairie, Charlotte se tourna vers Sam et Martinique.

— C'est incroyable !

Sam applaudissait tandis que Martinique séchait ses yeux embués de larmes.

— Merci mille fois, dit-elle en prenant leurs mains au-dessus du comptoir. Vous ne pouvez pas imaginer ce que ça signifie pour moi.

— Oh, ma chérie ! dit Martinique en reniflant de plus belle. Ça signifie beaucoup pour nous aussi.

Charlotte alla chercher son sac à main et lança un dernier regard à Sam et à Martinique avant de sortir.

— Et maintenant, je pars faire la connaissance de ma nouvelle famille, dit-elle nerveusement.

— Amuse-toi bien, mon cœur, répondit Martinique en soufflant un baiser déposé au creux de sa main tandis que Charlotte disparaissait dans le soleil de ce début d'après-midi.

***

Parnella sirota bruyamment son café jusqu'à la dernière goutte et tendit sa tasse pour s'en faire servir un second.

— Alors ça y est, Charlotte sait tout ?

Martinique lui remplit sa tasse.

— Oui, du moins tout ce que j'avais à lui dire.

Sans quitter Martinique du regard, elle se servit du lait et laissa tomber deux morceaux de sucre dans sa tasse.

— C'est tout de même incroyable que vous ayez réussi à retrouver Mark après toutes ces années.

— Tout le mérite revient à Lindsay, la petite amie de Sam. On n'y serait jamais arrivées sans les registres de la police.

— Elle a dit quoi Charlotte quand il a débarqué ?

Martinique sourit.

— Elle rayonnait. Tu aurais vu sa tête ! Elle n'en revenait pas. Je crois qu'elle ne s'attendait pas à être adoptée par une nouvelle famille.

— Ça n'a pas dû être facile pour elle d'apprendre la mort de Daniel.

Martinique hocha la tête et reposa la Thermos de café.

— Oui. Sara ne me l'avait jamais dit. Seulement qu'il avait disparu.

Un vieux fourgon vert traversa la rue avec fracas et le regard de Parnella glissa jusqu'au quai. Martinique l'observait en silence. Au fond, elle était persuadée que la plus vieille amie de Sara en savait davantage sur Daniel, mais elle ne voulait pas la brusquer.

— C'est étonnant qu'elle n'en ait jamais parlé, elle devait savoir qu'il avait été déclaré mort.

— Elle ne voulait probablement pas y croire elle-même, dit Parnella à voix basse. Je sais qu'elle l'a cherché pendant de nombreuses années. Elle a fini par se dire qu'il était rentré en Irlande. Je crois même qu'elle a fait le voyage jusqu'à Belfast pour le retrouver. Et elle a écrit de nombreux courriers à la police de Londres, persuadée qu'ils y étaient pour quelque chose. Mais elle n'aimait pas en parler. Quelque part, je pense qu'elle se sentait coupable.

Martinique se pencha au-dessus le comptoir.

— Quelle tragédie. Ça doit être terrible de ne pas savoir ce qui lui est arrivé. Je n'imagine même pas ce que je ressentirais si c'était quelqu'un de ma famille.

— Oui. Et ce qui est encore plus tragique, c'est que Sara n'a jamais pu se réconcilier avec sa sœur. Elle s'en voulait tellement de l'avoir chassée quand elle est tombée enceinte, après ça, elles n'ont jamais renoué le contact. Si tu veux mon avis, ce qui l'a tuée à petit feu, c'est sa culpabilité.

Martinique soupira.

— Sara ne m'en a jamais parlé non plus. J'ai toujours su qu'il y avait un froid entre elles, mais je croyais qu'elles s'écrivaient de temps en temps. Elle avait tellement de photos de Charlotte chez elle !

Un petit garçon aux cheveux bien peignés passa en furie devant le comptoir, son papa sur les talons.

— Non ! Ne monte pas sur les étagères ! criait-il, désespéré, pendant que le garçon poussait de petits cris de joie.

Parnella secouait la tête.

— Sara a longtemps essayé de renouer avec Kristina, mais elle n'a jamais reçu de réponses à ses lettres. Elle a fini par se dire que sa sœur ne pouvait pas lui pardonner.

Une étincelle brilla dans les yeux de Martinique.

— Charlotte m'a dit qu'elles avaient déménagé, et que sa mère avait changé de nom après s'être mariée ! Peut-être que les lettres de Sara ne lui sont jamais parvenues.

— Oui, peut-être.

Une femme vêtue d'une longue cape rouge entra dans la librairie. Martinique la salua gaiement.

— Bonjour, Alice ! Comment va ta maman ?

— Bien, merci !

Parnella s'éclaircit la gorge.

— Et son opération de la hanche, comment ça s'est passé ?

— Très bien. Elle est déjà de nouveau sur pied.

Martinique joignit les mains devant sa poitrine.

— Quelle bonne nouvelle ! N'hésite pas à me demander si elle a besoin d'un coup de main pour ses courses ou ses repas. Je me ferai un plaisir de l'aider !

— Comme c'est gentil.

— Et dès qu'elle sera assez en forme, il faudra qu'elle vienne prendre un café avec nous, compléta Parnella.

— Je lui transmettrai !

La femme s'éloigna vers le rayon jeunesse et Martinique se retourna vers Parnella.

— Quoi qu'il en soit, je suis contente que Charlotte ait enfin découvert l'existence de Daniel. Apparemment,

Kristina ne lui en avait jamais parlé, ni de son père, ni de ce qui s'est passé avec Sara. C'est une chance qu'elle soit venue ici. Au moins, maintenant, elle sait d'où elle vient.

— Je crois que je sais précisément ce que Sara avait en tête quand elle a décidé de léguer la librairie à Charlotte, dit Parnella. Elle tenait vraiment à réparer tout le mal qu'elle a pu faire.

Elle tourna lentement la cuillère dans son café.

— Au fait, et toi, comment ça se passe avec ta sœur ? Est-ce que vous vous êtes reparlé ?

Martinique secoua la tête.

— Non. Marcia ne m'a pas demandé un seul service depuis la dernière fois. Et pour être honnête, elle commence à me manquer.

Parnella agita son index sous le nez de Martinique.

— Ne fais pas de bêtises. Elle aurait eu ta peau, à force de te faire courir comme ça sans arrêt. Tu as bien mérité des vacances.

— Tu as raison. C'est juste que… je ne veux pas qu'on finisse comme Sara et sa sœur.

— Vous vous verrez à Noël, comme d'habitude, non ?

— Oui, je suppose.

— Bien ! Dans ce cas, attends encore un peu, histoire que Marcia ait vraiment mauvaise conscience et qu'elle t'achète un super cadeau.

Martinique sourit.

— Je l'aurai bien mérité, après tout ce que j'ai fait pour elle !

Parnella toussa dans son coude.

— Et avec Angela, comment ça s'est passé ?

— Mieux que prévu, je dois dire. Elle a recommencé à me parler et hier, on a même vu un film ensemble. Je crois qu'elle est très heureuse de pouvoir travailler ici pendant les vacances de Noël et de se faire un peu d'argent de poche.

Parnella acquiesça et Martinique posa sa main sur la sienne.

— Je n'arrive pas à croire que tout se soit arrangé. L'été dernier, je me suis fait un vrai sang d'encre, je ne savais pas si on pourrait maintenir la librairie ouverte, ni comment les choses allaient se passer avec Charlotte. Elle a fini par se fondre dans le décor, sans parler de tout ce qu'elle a fait pour l'avenir de Riverside. J'espère qu'on pourra la garder avec nous.

Parnella lui lança un regard finaud.

— Mon petit doigt me dit qu'il n'y a plus à s'en faire de ce côté-là, dit-elle en frappant trois coups sur le comptoir de chêne. Les choses ont tendance à s'arranger, ici à Riverside.

***

Charlotte se pencha au-dessus du garde-corps et suivit des yeux les vaguelettes à la surface de la Tamise. Le clapotis du fleuve, même couvert par le bruit des voitures qui passaient derrière elle dans la rue, étonnamment, l'apaisait.

Au-delà des immeubles, le soleil s'apprêtait à se coucher. Elle venait de quitter la jolie maison victorienne peinte en blanc où son oncle Mark O'Connor vivait avec sa femme Mary, à quelques pâtés de maisons de là. Elle y avait également rencontré leur fille Leanne, aussi bavarde, aussi rousse et aussi jolie que sa mère.

Au début, elle s'était sentie nerveuse. Assise sur l'un des moelleux fauteuils rose pâle, elle n'avait pas trop su où poser son regard. Très vite, Mary et Leanne l'avaient mise à l'aise avec leurs sourires désarmants et leur curiosité sincère.

Ensemble, ils avaient bu du thé et mangé de petits sandwichs au concombre tout en échangeant des anecdotes personnelles. Leanne avait posé des questions sur l'enfance de Charlotte et Charlotte avait parlé de la Suède, et de sa mère. Elle avait expliqué comment elle s'était retrouvée à Londres et avait fourni une description détaillée de la librairie, description qu'elle regrettait à présent puisqu'elle s'était rendu compte, un peu trop tard, que l'état des stocks, ou les projets futurs de soirées-rencontres à Riverside n'étaient sans doute pas aussi intéressants pour eux qu'ils l'étaient pour elle.

À son tour, Mark lui avait parlé de son père. Les mots qu'il choisit pour décrire Daniel la touchèrent profondément. Lorsqu'il lui avait confié qu'elle lui rappelait son frère, elle n'avait pu retenir ses larmes.

Avant le départ de Charlotte, Mary l'invita à leur traditionnel déjeuner dominical. Elle insista auprès de Charlotte pour qu'elle s'y sente la bienvenue et la serra un long moment dans ses bras. Mark promit qu'il monterait au grenier chercher toutes les vieilles photos de Daniel et de leurs cousins à Belfast. Leanne, enfin, prenant les mains de Charlotte en riant, la prévint qu'elle viendrait au repas de famille accompagnée de ses trois enfants et qu'il leur arrivait d'être un peu sauvages. Ils pourraient être aussi sauvages qu'ils le voudraient, Charlotte avait hâte de les rencontrer.

Au moment où elle allait sortir, Tom, le frère de Leanne, débarqua et Charlotte salua en coup de vent. Il promit d'être là aussi le dimanche suivant, et de révéler tous les secrets de famille les plus gênants, qui n'étaient pas – Charlotte le comprit tout de suite – des secrets obscurs, mais des anecdotes amusantes, voire, dans le pire des cas, légèrement embarrassantes.

Tous les quatre lui avaient fait de grands signes pour la saluer, depuis les marches du perron, et Charlotte s'était éloignée avec des papillons dans le ventre. Elle ne réalisait pas encore ce qu'il venait de se passer.

Dès qu'elle pensait à la famille O'Connor, une douce chaleur l'envahissait. Son oncle et sa tante, ses cousins et petits-cousins. Charlotte n'en revenait pas, ils avaient toujours existé, mais jusqu'à présent, elle l'ignorait.

Une péniche passa devant elle. Elle la suivit du regard. Après les événements récents, elle sentait son âme plus légère, si pleine de joie et d'espoir que ses poumons étaient à l'étroit dans sa poitrine.

Elle jeta un œil vers la rue qui menait à Riverside. Elle brûlait d'envie de raconter à quelqu'un ce qu'elle venait de vivre – avec un peu de chance, Sam et Martinique seraient encore dans la librairie à son retour.

D'un geste résolu, elle s'apprêtait à téléphoner à la librairie lorsqu'elle eut une illumination. Il y avait une autre personne à qui elle avait encore plus envie de raconter son après-midi. Elle prit une profonde inspiration et appuya ensuite sur la touche verte de son téléphone.

Son cœur tambourinait dans sa poitrine quand les premières sonneries se firent entendre. Tendue, elle tenait le téléphone tout contre son oreille. William ne répondait pas. Au bout de quelques secondes qui lui semblèrent une éternité, elle fut renvoyée à la boîte vocale. Elle écouta sa voix, puis s'empressa de raccrocher avant le bip.

Elle s'appuya à nouveau contre le garde-corps. Un coup de vent survola le lit du fleuve et vint la décoiffer. Tout au fond, elle avait espéré que ce qui avait existé entre elle et William n'était pas complètement terminé, mais elle s'était visiblement trompée puisqu'il ne daignait même pas répondre à ses appels. Le pas lourd, elle se mit à marcher en direction de Riverside.

De loin, elle vit que les lumières étaient toujours allumées dans la librairie, alors même qu'une heure avait passé depuis la fermeture. En s'approchant, elle remarqua que la porte n'était pas fermée. Charlotte entra et aperçut Tennyson affalé à sa place habituelle.

— Bonsoir, minou, dit-elle doucement, croyant presque voir se dessiner un sourire sur son museau avant qu'il ne se laisse retomber sur le coussin de velours.

Elle regarda tout autour d'elle. Sur l'une des tables du café des assiettes, des verres à vin et des bougies avaient été disposés et une bonne odeur s'échappait de la cuisine de la librairie. Lentement, elle ôta son écharpe. Martinique avait-elle préparé un dîner surprise ?

— Sam ? Martinique ? Vous êtes là ? cria-t-elle à tue-tête. Elle n'entendit aucune réponse, seulement du bruit en provenance de la cuisine.

Elle se tourna vers Tennyson.

— Qu'est-ce qu'il se passe ? lui demanda-t-elle. Il se contenta d'agiter paresseusement la queue.

Lorsque William sortit brusquement de la cuisine, le cœur de Charlotte fit un bond.

— Qu'est-ce que tu fais là ? demanda-t-elle, étonnée, pensant d'abord qu'il était passé en vitesse récupérer des affaires oubliées.

William la regarda de ses yeux pétillants.

— J'avais envie de te voir.

Charlotte retira son manteau.

— Ah bon ? Et pourquoi tu fais le mort, dans ce cas ?

William secouait la tête.

— Je suis désolé, répondit-il. J'avais pas mal de choses à régler avant.

Charlotte posa son sac à main sur le comptoir sans le quitter des yeux.

— Quel genre de choses ?

Il se passa une main dans les cheveux.

— Je ne voulais plus être ce mec raté, qui n'a pas de boulot et qui n'est même pas foutu de payer un loyer.

Charlotte croisa les bras sur sa poitrine. Elle avait pensé qu'elle serait heureuse de le revoir, mais déjà bouillonnaient en elle la colère et la déception. Il l'avait abandonnée sans préavis et à présent, il lui fallait des explications.

— Pourquoi tu n'as rien dit ? Tu t'es tiré du jour au lendemain !

L'air coupable, William haussa les épaules.

— Désolé, c'est nul, je sais, mais je m'en suis tellement voulu. J'avais honte. Et peur de te perdre, aussi.

— Drôle de façon de le montrer, marmonna-t-elle.

— Je sais. Mais je n'avais pas compris que tu envisageais encore de rentrer en Suède. Je croyais qu'entre toi et moi, c'était spécial.

Même si elle crevait d'envie d'avancer vers lui et de le serrer dans ses bras, quelque chose la retenait.

— William. Tu me plais beaucoup. J'ai adoré le temps qu'on a passé ensemble, mais je crois qu'on ne veut pas les mêmes choses.

Il fit un geste en direction de la table dressée.

— Tu ne veux pas t'asseoir ?

Charlotte secoua la tête.

— Pourquoi ?

— S'il te plaît. Tu peux au moins dîner avec moi et me laisser t'expliquer ?

Elle s'assit à contrecœur tandis que William disparaissait dans la cuisine.

Il dut faire plusieurs allers-retours pour sortir toutes les marmites, plats et ramequins qu'il avait remplis de victuailles. Avec soin, il les aligna sur le comptoir et présenta solennellement tous les plats un par un.

— *Köttbullar*[1], dit-il fièrement. Ragoût d'élan. Pommes de terre vapeur au beurre d'aneth. Galettes de pommes de terre au Kaviar. *Skagenröra*[2]. Saumon mariné.

Charlotte le regarda en silence. Elle ne savait pas quoi dire.

— La tentation de Jansson[3]. *Gubberöra*[4].

— On dit *Gubbröra.*

— C'est ce que je viens de dire. *Gubberöra.* Tu veux du vin ?

— Suédois, aussi ?

William secoua la tête.

— Malheureusement non, mais j'ai du *nubbi.*

— Tu veux dire *nubbe*[5] ?

— Exactement !

Charlotte le regarda. L'envie de le toucher lui démangeait le bout des doigts, mais elle ne voulait pas remettre le couvert sans savoir d'abord sur quel pied danser.

— D'accord, dit-elle. Et maintenant, si tu veux bien m'expliquer ce que tu as en tête.

William posa un ramequin de confiture d'airelles sur la table.

— Tu me manques, c'est tout.

---

1. Tous les plats cités sont des spécialités culinaires typiquement suédoises : boulettes de viande.
2. Mélange de crème et de crevettes servi sur des toasts.
3. Gratin de pommes de terre aux anchois.
4. Ou littéralement « la mixture du vieux » : salade d'œufs et d'anchois aux oignons et aux herbes.
5. Eau-de-vie suédoise.

Il posa sur elle ses grands yeux sincères. Charlotte sentit son cœur s'emballer, mais elle ne pouvait pas oublier si vite le mal qu'ils s'étaient fait l'un à l'autre.

— Tu m'as manqué aussi, murmura-t-elle. Mais encore une fois, je ne crois pas qu'on veuille les mêmes choses.

William plongea son regard au fond de ses yeux.

— Je suis amoureux de toi, Charlotte. Je sais que ça ne va pas être facile, mais ça ne fait rien. J'aime la difficulté, bon Dieu, sinon, je ferais un autre métier.

Il fallait qu'elle le dise, c'était maintenant ou jamais.

— C'est justement ça, le problème. Je peux m'imaginer vivre comme ça un temps, mais à l'avenir, je veux une famille et une maison, une existence stable et des factures payées à temps.

Charlotte ne voulait surtout pas le blesser et toutes les cellules de son corps protestaient contre ce qu'elle venait de dire, mais elle savait aussi que c'était un rappel nécessaire. Il avait beau lui plaire énormément, ils ne pourraient jamais tenir sur la durée. Cela avait été merveilleux de se sentir tomber amoureux, de rester des heures sur le canapé à s'embrasser comme des adolescents, de vivre pleinement l'excitation des premiers instants, mais elle ne pouvait pas aller plus loin sans être sûre qu'ils voulaient la même chose.

En silence, elle observa William farfouiller dans la poche de son pantalon. L'espace d'un instant, elle crut qu'il allait la demander en mariage. Lorsqu'il finit par sortir un petit livre, elle lâcha un soupir de soulagement.

— Un dictionnaire de poche, dit-il en tenant le petit ouvrage devant lui. Je m'entraîne.

— Tu t'entraînes pour quoi ?

William fit un geste vers les nombreux plats disposés sur le comptoir.

— Pour pouvoir te suivre en Suède, pardi. J'apprends tout le vocabulaire nécessaire pour pouvoir travailler. *Köttbullar. Gubberöra*, oui, tu m'as bien entendu. Je pourrais commencer dans la cuisine d'un restaurant dès demain.

Charlotte en resta muette. Avait-il fait tout ça rien que pour elle ? Était-il vraiment prêt à la suivre en Suède ?

William se redressa sur sa chaise.

— Je connais bien plus de mots. *Nettoyer les gouttières de château,* dit-il dans un suédois haché. Si Charles XVI Gustave a besoin de moi, je suis prêt !

Charlotte se mit à rire.

— Tu parles sérieusement ?

William se pencha au-dessus de la table et lui prit la main. À ce contact, elle frissonna.

— Oui et non. J'ai soumis mon manuscrit à l'amie éditrice de Sam et elle m'a rappelé hier pour me dire qu'elle l'avait adoré. J'ai rendez-vous avec l'éditeur en chef demain. Mais si le livre, pour une raison ou pour une autre, ne devient pas le succès fracassant espéré, je m'engage à changer de métier et à te suivre en Suède, si c'est ce que tu veux.

Il sourit.

— Je t'ai dit que j'étais amoureux. S'il y a une personne sur Terre avec qui je veux avoir des enfants, c'est avec toi. Je veux tout faire avec toi Charlotte, je te trouve fantastique.

Son cœur battait si fort qu'elle avait du mal à respirer.

— Je n'aurais jamais cru… je veux dire, je ne savais pas.

— Tu ne m'as jamais demandé.

Elle sentit les larmes monter.

— Quelle bonne nouvelle pour ton roman. Félicitations !

— Merci ! Quand ils m'ont appelé, tu étais la première à qui j'aurais voulu le raconter. Figure-toi que c'est cette polygame de Sam qui a suggéré que je te prépare un dîner ici. Je n'arrive pas à croire qu'elle soit passée si vite dans le camp des romantiques.

Charlotte lui sourit.

— Comment tu as su que je serais là ?

William lui lança un regard affectueux.

— Tu n'es pas ici tous les soirs ?

Elle voulut protester, mais dut reconnaître qu'il avait raison. Ces derniers jours, elle avait passé tout son temps libre sur le vieux canapé de Sara avec une tasse de thé, un peu de chocolat, un bon bouquin et Tennyson ronronnant sur ses genoux.

Elle se pencha au-dessus de la table.

— À moi aussi, il est arrivé quelque chose. Quelque chose d'important.

William serra sa main dans la sienne.

— OK, raconte-moi.

Elle prit une profonde inspiration, puis lui parla des lettres qu'elle avait dénichées dans la vieille boîte à chaussures. Elle lui raconta comment elle avait découvert que Daniel était son père et comment Sam l'avait aidée à retrouver son oncle.

William écouta attentivement pendant qu'ils entamaient le festin préparé avec amour. Il avait l'air aussi fasciné par son histoire qu'elle était émue de la raconter, et lorsque Charlotte eut décrit sa rencontre avec Mark et sa famille, elle le vit s'illuminer.

— Tu les as vus aujourd'hui ?

— Oui, je reviens de chez eux.

— Mais c'est extraordinaire !

Charlotte acquiesça.

— Je sais. Si j'avais su que j'avais une famille ici...

Il tendit la main et lui caressa tendrement la joue.

— Je veux être avec toi, quel que soit le lieu où tu décides de vivre.

Charlotte le regarda, puis se leva, contourna la table et passa les bras autour de son cou.

— Moi aussi, lui chuchota-t-elle à l'oreille en sentant tout son corps se détendre de soulagement.

Lorsqu'ils eurent débarrassé la table et verrouillé la porte d'entrée, ils s'avancèrent ensemble vers l'escalier vert petit pois. Tennyson s'étira langoureusement de tout son long avant de les rattraper. Charlotte jeta un œil sur le gros chat hirsute qui semblait prendre un malin plaisir à se faufiler entre les pieds de William, comme pour lui faire perdre l'équilibre.

— Tu te doutes bien que Tennyson est compris dans l'offre ? Si tu me veux, il faudra me prendre avec lui.

William fit mine de soupirer avant d'attraper Charlotte par la taille et de lui donner un long baiser.

— Il faudra bien que je m'y fasse !

Il la serra fort contre lui. Charlotte passa ses doigts dans ses cheveux soyeux. Émue, elle repensa à Sara. Tout ça, c'était grâce à elle. Si elle ne lui avait pas légué Riverside, elle ne serait jamais venue à Londres, elle n'aurait jamais découvert qui était son père biologique, elle n'aurait jamais renoué avec son oncle et, assurément, elle n'aurait jamais rencontré William. Elle aurait aimé pouvoir témoigner sa gratitude à sa tante. En pensée, elle la remercia.

Charlotte reposa sa tête contre la poitrine de William et se demanda quand elle lui annoncerait sa décision de vendre C/O Charlotte et d'emménager à Londres.

Au fond, ça n'était pas pressé, il pouvait bien continuer à s'entraîner sur elle pour perfectionner sa recette, déjà délicieuse, de boulettes de viande.

Lorsque William lui prit la main et désigna l'étage du menton, elle lui sourit.

— Après toi, dit-elle en lui tendant le trousseau de clefs. Je te rejoins tout de suite.

Emplie d'une joie diffuse, elle resta quelques instants à écouter les bruits familiers des pas dans l'escalier, des clefs tournées dans la serrure grippée, de la porte grinçante de l'appartement et des pattes légères de Tennyson qui suivait William à l'intérieur.

Charlotte se dirigea tranquillement vers le comptoir. Sur le dessus, une pile de livres avait été oubliée. Elle n'avait plus de mal à se repérer dans la librairie et remit chaque livre à sa place d'une main experte.

Une pensée presque magique la traversa : Sara avait fait exactement la même chose pendant les trente-cinq années passées. Ses mains aussi avaient porté ces livres, repoussé les échelles bancales et épousseté les étagères rustiques. Elle avait vécu sous la même lumière douce des mêmes plafonniers, admiré la même vue sur le quai et respiré la même odeur douceâtre de vieux papier. Charlotte comprenait enfin ce que Martinique avait voulu dire lorsqu'elle avait déclaré que l'esprit de Sara flottait sur Riverside.

Lorsqu'elle eut terminé, elle grimpa les premières marches de l'escalier et contempla l'intérieur de la boutique. Elle laissa son regard glisser sur les milliers d'ouvrages aux dos de toutes les tailles et de toutes les couleurs, et releva ensuite la tête vers les lampes vertes du plafond, les fauteuils dans l'angle, et le placard de Sam sous l'escalier. Là où d'autres auraient pu voir des meubles délabrés et des livres écornés, Charlotte ne voyait plus que de l'amour. Embrassant la librairie du regard, elle se sentit gagnée par la paix intérieure. Riverside était un lieu unique, dont elle avait appris à aimer chaque recoin poussiéreux. C'était *chez elle.*

Charlotte sourit une dernière fois avant de tendre sa main vers l'interrupteur et de plonger la boutique dans le noir. Ils pourraient sans doute vivre un temps dans l'appartement de Sara, même s'ils y étaient un peu à l'étroit. Sauf qu'il leur faudrait bientôt acheter de nouveaux meubles. Au moins un vrai grand lit où ils tiendraient tous les trois, des étagères où ranger ses nouveaux livres préférés pour qu'elle n'ait plus à les conserver dans les placards de la cuisine, et peut-être un four, où William leur cuirait de délicieux petits plats.

Charlotte prit une profonde inspiration et caressa la rampe de bois poli. Elle avait déjà hâte d'être au lendemain pour annoncer à tout le monde la bonne nouvelle.

De là-haut, elle entendit William crier son nom. Au son de sa voix sa poitrine se gonfla de désir.

— J'arrive ! répondit-elle avant de se retourner vers la librairie. Bonne nuit, chuchota-t-elle dans l'obscurité. Et à demain.

REMERCIEMENTS

Tout d'abord, merci à Louise Bäckelin, directrice des éditions LB, de croire en moi et en mes livres et d'avoir eu le courage d'entreprendre ce voyage à mes côtés. Merci aussi à mon éditrice Heléne Jensen, pour l'énorme travail qu'elle a fourni, et à tous les collaborateurs qui ont contribué de près ou de loin à la parution de *La Petite Librairie de Riverside Drive.*

Je tiens également à remercier Maria Enberg, d'Enberg Agency, qui s'est démenée pour que mes livres atteignent le public le plus large, et le plus international possible.

Sans l'aide précieuse reçue pour mener de front devoirs familiaux et tâches domestiques, aucun roman ne pourrait voir le jour, c'est pourquoi j'adresse un merci particulièrement chaleureux à grand-mère Eva et grand-père Björn pour leur présence par temps sec et par temps humide. Merci également à ma mère pour son expertise linguistique et à mon père pour son aide comptable plus qu'appréciable.

Autre personnage principal de cette aventure, mon mari Antonio – qui s'est montré extrêmement compréhensif quant au processus créatif, long et parfois tortueux. Merci d'avoir cru en moi, et de m'avoir toujours soutenue ! Je souhaite également remercier mes deux merveilleuses filles, Tilda et Klara, qui remplissent mon quotidien de joie et d'énergie et qui veillent à ce que je ne dorme pas trop longtemps le matin.

À mes sœurs Maria et Johanna, à mon frère Erik, à mes proches et à mes amis, merci de lire mes livres et de répandre la bonne parole ! Merci aussi de ne pas me tenir rigueur lorsque, certaines périodes je disparais de la surface de la Terre. Sans vous, je n'en serais jamais arrivée là ! Merci tout particulièrement à Maria de m'avoir fait part de ses précieux commentaires à tous les stades de l'écriture.

Merci, enfin, à toutes celles et ceux qui me suivent et m'encouragent sur les réseaux sociaux – sur Facebook, Twitter et Instagram. Vous comptez plus que vous ne le pensez !

Lundi 1er mars 2018
Frida Skybäck

Cet ouvrage a été imprimé en utilisant des papiers composés de fibres naturelles, renouvelables, recyclables et fabriquées à partir de bois issus de forêts qui adoptent un système d'aménagement durable.
En outre, les fournisseurs de papier s'inscrivent dans une démarche de certification environnementale reconnue.

Achevé d'imprimer en août 2022
par CPI Bussière
À Saint-Amand-Montrond (18)
Dépôt légal : septembre 2022
N° d'impression : 2066823
Imprimé en France